ପ୍ରଜାପତିର ଘର

ପ୍ରଜାପତିର ଘର

ବିଭୂତି ଭୂଷଣ ପ୍ରଧାନ

New Wave Publication
2019

NEW WAVE PUBLICATION
an imprint of BLACK EAGLE BOOKS
7464 Wisdom Lane
Dublin, OH 43016
E-mail: info@blackeaglebooks.org
Website: www.blackeaglebooks.org

First International Edition published by
NEW WAVE PUBLICATION, 2019

Prajapatira Ghara
by Bibhuti Bhusan Pradhan

Copyright © **Preeti Prajna Pradhan**

Cover & Interior Design: Ezy's Publication

ISBN- 978-1-64560-032-9 (Paperback)

Printed in United States of America

ବାପାଙ୍କୁ ଗାନ୍ଧିକ ହିସାବରେ ଯେମିତି ଜାଣେ

ଛୁଆଦିନେ ଜାଣିଥିଲି, ବାପାଙ୍କ କେତେ ଲେଖା ସବୁ ମଝି ମଝିରେ ବାହାରୁଛି 'ଇସ୍ତାହାର'ରେ। କେବେ କେବେ ହୁଏତ ଖବରକାଗଜରେ ବି। ଟିକେଟିକେ ଜାଣିଥିଲି ବି, ବାପା କ'ଣ ଗୋଟେ ପିଏଚ୍‌ଡ଼ି କରୁଛନ୍ତି। ହେଲେ ସେତେବେଳେ ସେ ଲେଖାସବୁ ପଢ଼ି ବୁଝିବାର ବୟସ ମୋର ହୋଇ ନଥିଲା। ଅତି ବେଶୀରେ 'ଶିଶୁଲେଖା', 'ମନପବନ', 'ଛବିଲ ରାମାୟଣ' ବା କୁନି ପିଲାଙ୍କ ପାଇଁ ଛବି ଥିବା ଇଂଲିଶ ଷ୍ଟୋରୀ ବୁକ୍ ପଢ଼ା ଯାଏ ସୀମିତ ଥିଲା ମୋ' ଜ୍ଞାନ। ଆମ ଘରେ କେବେ ବହିର ଅଭାବ ନଥିଲା, ହେଲେ ତା' ଭିତରେ ବାପାଙ୍କ ଲେଖା ବହି ବି ରହିପାରେ, ସେ ପ୍ରକାର ଧାରଣା ମୋର ନଥିଲା ସେତେବେଳେ। ଯେତେବେଳେ 'ଶିଶୁଲେଖା'କୁ ଟପି 'ଗ୍ରନ୍ଥ ମନ୍ଦିର' ଦ୍ୱାରା ପ୍ରକାଶିତ ପିଲାମାନଙ୍କ ପାଇଁ ଉଦ୍ଦିଷ୍ଟ ବିଶ୍ୱ ସାହିତ୍ୟ ଗ୍ରନ୍ଥମାଳା (ଯେଉଁ ସିରିଜ୍‌ରେ ରହିଛି, ବିଶ୍ୱପ୍ରସିଦ୍ଧ ଅନେକ ଉପନ୍ୟାସର ସହଜ, ସରଳ ଆଉ ସଂକ୍ଷିପ୍ତ ଅନୁବାଦ) କି ଦେଶବିଦେଶର ବହୁ ବଡ଼ ବଡ଼ ବହିର ସଂକ୍ଷିପ୍ତ ଇଂରାଜୀ ରୂପ ସବୁ ପଢ଼ିବାର

ବୟସ ମୋର ହେଲା, ସେତେବେଳକୁ କେଜାଣି କ'ଣ ପାଇଁ ଲେଖାଲେଖି ପ୍ରାୟ ପୂରା ବନ୍ଦ କରିଦେଇଥିଲେ ବାପା। ମଝି ମଝିରେ ବୋଉ ବାପାଙ୍କୁ ଲଗାଏ, ଆଟ୍‌ଲିଷ୍ଟ ତମ ପିଏଚ୍‌ଡି ପେପର ତ ପୂରା କରିଦିଅ। ହେଲେ ବିଭିନ୍ନ କାମରେ ବ୍ୟସ୍ତ ରହି ବାପା ଏଡ଼େଇ ଯାଉଥିଲେ ସେ କାମକୁ। ଶେଷ ଯାଏ ବି ଅଧା ରହିଗଲା ସେ କାମ। ଅନେକ ଥର ବୋଉ କହୁଥିବାର ଶୁଣିଛି, ତୋ' ବାପାଙ୍କ ଥେସିସ୍‌ର ଭାଷା ଏତେ ସୁନ୍ଦର ଥିଲା ଯେ, ବଢ଼ିଆ ବହିଟେ ହୋଇପାରିଥା'ନ୍ତା। ନଳଦିଆ ହାଇସ୍କୁଲରୁ ଯାଇ କୋରାପୁଟ ନବୋଦୟରେ ଥିବା ଯାଏ ବାପା ତାଙ୍କ ଲେଖାଲେଖିକୁ ସୀମିତ କରି ଦେଇଥିଲେ— ସ୍କୁଲର ଓ୍ୱାଲ୍ ମାଗାଜିନ୍ 'ଚଇତାଲି'ର ସମ୍ପାଦକୀୟ, ତା' ପାଇଁ ପିଲାଙ୍କ ଲେଖାସବୁର କରେକ୍‌ସନ୍, ଆନୁଆଲ୍ ଡ୍ରାମା କିମ୍ଭ ବିଭିନ୍ନ କଲ୍‌ଚରାଲ୍ ଫଙ୍କ୍‌ସନ୍‌ର ସ୍ୱାଗତ ସଙ୍ଗୀତ ଭିତରେ। କୋରାପୁଟରୁ ମୁଣ୍ଡଳୀ ନବୋଦୟକୁ ଆସିବା ପରେ କେଜାଣି କେମିତି ପୁଣି ଥରେ ଲେଖାଲେଖି ଆରମ୍ଭ କଲେ ବାପା। ମହାନଦୀର ଅନିନ୍ଦିତ ନୀଳ ସୌନ୍ଦର୍ଯ୍ୟ ପ୍ରବର୍ତ୍ତାଇଲା କି ବାପାଙ୍କୁ ପୁଣି ଥରେ କଲମ ଧରିବାକୁ! କେଜାଣି! ତେବେ ଯେମିତି ଅଚାନକ ଲେଖା ବନ୍ଦ କରିଥିଲେ, ସେମିତି ଅଚାନକ ବି ଆରମ୍ଭ କଲେ ପୁଣି ଥରେ ଲେଖାଲେଖି।

ଦୁଃଖର କଥା, ବାପାଙ୍କ ଲେଖାଲେଖି ପ୍ରକ୍ରିୟାର ଅଧିକାଂଶ ସମୟରେ ଆମେ ଦୁଇ ଭଉଣୀ ରହୁଥିଲୁ ବାପା-ବୋଉଙ୍କଠାରୁ ଦୂରରେ। ତେବେ ବାପାଙ୍କ ବହୁ ଲେଖାର ଆମେ ପ୍ରଥମ ପାଠିକା। ତାଙ୍କ ଅନେକ ଲେଖାର ମୁଁ ପ୍ରଫ୍ କରେକ୍‌ସନ୍ କରେ ତ, ସାନ ଭଉଣୀ ତାଙ୍କ କେତେ ନଭେଲ୍‌ର ନାଁ ସବୁ ଦିଏ। ବାକି, ବାପାଙ୍କୁ ମୁଁ ଗାଞ୍ଜିକ ହିସାବରେ କେମିତି ଜାଣେ, ଏ ପ୍ରଶ୍ନର ଉତ୍ତର ଏମିତି ହୁଏତ ହୋଇପାରେ, ବାପା ଲେଖୁଥିଲେ— ମୁଖ୍ୟତଃ ମଣିଷ ତା' ନିତିଦିନିଆ ଜୀବନରେ ଭେଟୁଥିବା ସୁଖଦୁଃଖ, ଘଟଣା-ଦୁର୍ଘଟଣା ଆଉ ସେସବୁକୁ ନେଇ ତା'ର ଅନ୍ତରଙ୍ଗ ଆଉ ନିବିଡ଼ ଅନୁଭବମାନଙ୍କୁ ନେଇ। ବାପାଙ୍କ ପ୍ରାୟ ପ୍ରତିଟି ଗଳ୍ପର ଚରିତ୍ରମାନଙ୍କୁ ବୋଧେ ସେଇଥିପାଇଁ ଛୁଇଁଲା ଛୁଇଁଲା ପରି ଲାଗେ, ଅତି ପାଖରୁ। ସେମାନେ ଦୁଃଖରେ ଭାଙ୍ଗିପଡ଼ିବା ବେଳେ ଆଉସି ଦେଇହୁଏ ସେମାନଙ୍କୁ ଆଦରରେ। ସେମାନଙ୍କ ଆଖିରୁ ଲୁହ ଝରିଲେ ପାଠକ ଆଖିରେ ବି ଜକେଇ ଆସେ ଲୁହ। ଆଉ ସେମାନେ ଖୁସି ହେଲେ ଧାରେ ହସ ଉକୁଟି ଉଠେ ପାଠକ ଓଠରେ। ସେଇଥି ପାଇଁ ତ କେତେବେଳେ 'ଅଜାଙ୍କ ପ୍ରେମିକା'ର ଅଜାଙ୍କ ସହ ମିଶି ପାଠକ ପୁରୀର ଗଳିକନ୍ଦିରେ ଖୋଜି ବୁଲେ ତାଙ୍କ ରହସ୍ୟମୟୀ ପ୍ରେମିକାକୁ ତ ପୁଣି କେଉଁଠ 'ରଣ କହୁଡ଼ି'ର ବାପା ସହ ମିଶି ଛେଉଣ୍ଡ ପାଲଟି ଯାଏ ଝିଅକୁ ନ ବଂଚେଇ ପାରୁଥିବାର ଅସହାୟତାରେ, କରୁଣତାରେ। କେବେ ପୁଣି 'ଦିଲ୍‌ରୁବା' ବିନି ଆପା ଆଖିର ଅନନ୍ତ

ଉଦାସପଣ ପାଠକ ଆଖିକୁ ସଂଚରି ଯାଏ ତ ଆଉ କେବେ 'କ୍ଷେତ ଆରପାରି ଗାଁ'ର ବିଟୁ ସହ ମିଶି ପାଠକ ଆଣ୍ଠେଇ ପଡ଼େ ବାପାଙ୍କ ପନିସ୍‌ମେଣ୍ଟ୍‌ ପାଇଁ ନିଜକୁ ପ୍ରସ୍ତୁତ କରି । ସେମିତି ପୁଣି କେବେ ପାଠକ ଟିକନ ମିଶ୍ର ଭଳି ବାରମ୍ବାର ଫେରିଆସେ ଅସମାପ୍ତ 'ଘର' ପାଖକୁ ତ କେବେ କଣ୍ଠିଆ ସହ ମିଶି ପାଠକ ଅହରହ ଜଡ଼ସଡ଼ ହୁଏ, 'ଖାମ୍‌' ଭିତରେ ଥିବା, ସାହେବାଣୀ ଲେଖିଥିବା ଚିଠିକୁ ନ ପଢ଼ିବାର ଦୁଃଖରେ, ଅଥଚ ପଢ଼ିବାର ସାହସ ବି ଜୁଟେଇ ପାରେ ନାହିଁ କେବେ ।

ଆଉ ପୁଣି କେବେ କଂଜୁସ୍ ବାପ ପାଖରୁ ଦିନେ ନା ଦିନେ ଫୁସୁନା ସହ ମିଶି ଖସି ପଲେଇବାର 'ବେଟ୍‌' ବି ମାରେ । ସତ୍ୟ ଅଙ୍କଲଙ୍କ ଉଦ୍ୟମରେ ପ୍ରକାଶ ପାଉଥିବା ବାପାଙ୍କ ଏ ଗପ ବହିର ଗପମାନଙ୍କୁ ପଢ଼ିଲେ ପାଠକେ ଠିକ୍‌ରେ ବୁଝିପାରିବେ ବାପାଙ୍କ ଗଛମାନଙ୍କୁ ନେଇ ମୋ'ର ଏ ଅଭିବ୍ୟକ୍ତିକୁ । ବିଶ୍ୱସ୍ତରରେ ପାଠକମାନଙ୍କ ପାଖରେ ବାପାଙ୍କ ଗପସବୁକୁ ପହଂଚାଇବା ପାଇଁ ତାଙ୍କର ଏ ଅନ୍ତରଙ୍ଗ ଉଦ୍ୟମ ପାଇଁ ମୁଁ ଅଙ୍କଲଙ୍କୁ ଅନ୍ତରର ସହ ଧନ୍ୟବାଦ ଦେଉଛି ।

ଶେଷ ଦଶ ବର୍ଷ ବାପା ରହୁଥିଲେ ଆମ ଦୁଇ ଭଉଣୀଙ୍କଠୁ ଦୂରରେ, ଛତିଶଗଡ଼ର କୋର୍ବାରେ । ଖାଲି ପୂଜା ନ ହେଲେ ସମର ଭ୍ୟାକେସନ୍ ବେଳେ ଦେଖା । ବାକି ଯେବେ ଆମେ ଦୁଇ ଜଣ କେବେ ଦୁଇ ତିନି ଦିନ ପାଇଁ ତାଙ୍କ ପାଖକୁ ବୁଲିଗଲେ ଫେରିବା ବେଳେ ବାପା ଆମକୁ ପ୍ରତିଥର ଷ୍ଟେସନ୍ ଛାଡ଼ିବାକୁ ଆସନ୍ତି । ପ୍ଲାଟ୍‌ଫର୍ମରୁ ଗାଡ଼ି ଛାଡ଼ିବା ପରେ ଯେପର୍ଯ୍ୟନ୍ତ ଦେଖାଯାଉଥା'ନ୍ତି, କାନ୍ଦୁଥା'ନ୍ତି ବାପା । ଆଉ ତା' ପରେ ବାଟ ସାରା ବାପାଙ୍କ ଲୁହ ଆମକୁ ଉଦାସ କରି ପକାଉଥାଏ ବାରମ୍ବାର । ସେଥିପାଇଁ ଆମ ଆଖିରେ ଲୁହ ସହି ପାରିବେନି ବୋଲି ଯିବା ପୂର୍ବରୁ ବି ଜାଣି ଜାଣି ଦେଖା କଲେନି କି କ'ଣ! ଆଜି ବାପାଙ୍କ ଅବର୍ତ୍ତମାନରେ ବାପାଙ୍କ ମାନୁ ପରି ମୋ' ମନରେ ବି ଆସୁଛି, "ବାପା ପାଖରେ ନ ଥିଲେ, ଆଉ ଜୀବନରେ କି ଗପ!"

– ପ୍ରୀତିପ୍ରଜ୍ଞା ପ୍ରଧାନ

ସୂଚୀପତ୍ର

ରଣ କୁହୁଡ଼ି

ଅନେକ ବର୍ଷ ତଳର ଘଟଣା ହୋଇଥିବାରୁ ପାହାଡ଼ର ନାଁ ଟା ମୁଁ ଏହା ଭିତରେ ଭୁଲି ଗଲିଣି । ହୋଇପାରେ କଙ୍କଡ଼ାମାଳ କି କଙ୍କଡ଼ା ହାଡ଼ । କୋରାପୁଟ ମାଲରେ ଝୋଲା, ଡଙ୍ଗର ଯେତେ, ପାହାଡ଼, ମୁଣ୍ଡିଆ ବି ସେତେ । ନାଁ ଉପରେ କେହି କେବେ ଗୁରୁତ୍ୱ ଦିଅନ୍ତି ନାହିଁ । ମୁଁ ବି ଦେଇନଥିଲି । ଅଥଚ ସେଇ ପାହାଡ଼ ତଳୁ ଆମ ବାଟ ମୋଡ଼ ବୁଲିଥିଲା । ବଣ, ପାହାଡ଼ ସନ୍ଧିରେ କ୍ଷୁଧିତ ଅଜଗର ପରି ଲମ୍ବିଥିବା କଙ୍କରିଲ ରାସ୍ତାରେ ତିରିଶ ମାଇଲ ଆସିଲେ କଙ୍କଡ଼ାମାଳ ଛକ । ଛକ କହିଲେ ଖଣ୍ଡେ ତିନିମୁହାଣୀ ରାସ୍ତା । ଆମେ ସେଠି ପହଞ୍ଚିଲା ବେଳକୁ ରାତି ଅନେକ ହେଲାଣି । ଦିନର ଅସହ୍ୟ ଗରମ, ଗୁଲୁଗୁଲି କ୍ରମେ ଶାନ୍ତ ପଡ଼ିଆସୁଛି । ଜହ୍ନ ଉଚ୍ଚ ଉଚ୍ଚ ହୋଇ ପାହାଡ଼ ସେପଟରେ ଯେପରି କେଉଁଠି ଦଣ୍ଡେ ଘଡ଼ିଏ ଅଟକି ପଡ଼ିଛି ।

ଦିନ ସାରା କଟିଥିଲା କୋରାପୁଟ କଲେଜ କ୍ୟାମ୍ପସରେ । କାଉଣ୍ଟରରୁ କାଉଣ୍ଟର ବୁଲି ବାଲାଟ୍ ପେପର, ବାଲାଟ୍ ବକ୍ସ ଇତ୍ୟାଦି ନିର୍ବାଚନୀ ସାମଗ୍ରୀ ସଂଗ୍ରହ କରି ବଡ଼ କ୍ଳାନ୍ତ ଲାଗୁଥିଲା । ପ୍ରକୃତରେ ମୋ' ନାଁ ଥିଲା ରିଜର୍ଭଡ଼ ଅଫିସରମାନଙ୍କ ତାଲିକାରେ । ରିଜର୍ଭ ରହିବାରେ ଗୋଟିଏ ବଡ଼ ବିପଦ । ଅନ୍ୟମାନେ ଜିନିଷପତ୍ର ଧରି ଯିଏ ଯାହା

ବାଟରେ ଯାଆନ୍ତି । ରିଜର୍ଭଡ଼ ଅଫିସରମାନେ ହୋଟେଲରେ ଖାଇ କେଉଁ ଅଫିସ ବାରଣ୍ଡାରେ ନ ହେଲେ ସରକାରୀ ଛାମୁଡ଼ିଆ ତଲେ ଅନିର୍ଦ୍ଦିଷ୍ଟ ଠିକଣାକୁ ଅପେକ୍ଷା କରି ଗଡ଼ଗଡ଼ମାଲି ଖେଳନ୍ତି । ତେଣୁ ସକାଳେ ହଠାତ୍ ଜଣେ ପ୍ରିଜାଇଡ଼ିଂ ଅଫିସର ମେଡ଼ିକାଲ ସାର୍ଟିଫିକେଟ୍ ଦେଇ ଯେତେବେଳେ ଦାୟିତ୍ୱରୁ ଅବ୍ୟାହତି ନେଲେ, ତାଙ୍କ ଦାୟିତ୍ୱ ମୁଣ୍ଡେଇବାକୁ ମୁଁ ସ୍ୱେଚ୍ଛାରେ ରାଜି ହୋଇଗଲି । ମୋ’ ସାଙ୍ଗରେ ରିଜର୍ଭ ଲିଷ୍ଟରେ ଥିବା ମହାପାତ୍ର ବାବୁ କହିଲେ – ‘ସେ ଗାଁ ବିଷୟରେ କିଛି ଜାଣିଛନ୍ତି ନା ସାଆନ୍ତ କୁଣିଆ ଭଳିଆ ବାହାରି ପଡ଼ୁଛନ୍ତି ? ସେଟା ବଡ଼ ପରଜା ଗାଁ । ମହା ଦୁର୍ଦ୍ଦାନ୍ତ । ପନ୍ଦର ଦିନ ତଲେ ଆମ ଆଡ଼ ପଣ୍ଡା କଣ୍ଢାକୁରକୁ ଏମିତି ବାଡ଼େଇଛନ୍ତି, ବିଚରା ସେବେଠାରୁ ଡାକ୍ତରଖାନାରେ ପଡ଼ିଛି । ସେଥିପାଇଁ ସେ ଭଦ୍ରଲୋକ ମେଡ଼ିକାଲ ସାର୍ଟିଫିକେଟ୍ ଦେଇ ମୁଣ୍ଡରୁ ବୋଝ ଖସେଇଲେ ।’ ପରଜାମାନଙ୍କ ସଂପର୍କରେ ସାମାନ୍ୟ ଧାରଣା ଥିଲା । ମହାପାତ୍ର ବାବୁଙ୍କର ନଈ ନ ଦେଖୁଣୁ ଲୁଗା ଖୋଲିବା ପ୍ରକୃତି । ଦୁଇ ରାତି ମଶା, ଡାଆଁଶରେ କଲେଜ ବାରଣ୍ଡାରେ ପଡ଼ି ପଡ଼ି ମୋର ଧୈର୍ଯ୍ୟଚ୍ୟୁତି ଘଟିଥିଲା । ମୁଁ କିଛି ନ ଶୁଣି ଯିବାକୁ ସମ୍ମତି ଜଣେଇ ଦେଲି । ଦି’ ଜଣ ପୋଲିଂ ଅଫିସର, ଜଣେ ପିଅନ, ଜଣେ ହୋମ୍ ଗାର୍ଡ଼କୁ ସାଙ୍ଗରେ ଧରି କୋରାପୁଟ ଛାଡ଼ୁଛାଡ଼ୁ ସନ୍ଧ୍ୟା ସାତଟା । ନନ୍ଦପୁର ଡେଇଁଲେ ତେଣିକି ଦୋକାନ ବଜାର ନଥିବାରୁ ନନ୍ଦପୁର ହୋଟେଲ ଗୁଡ଼ିକରେ ସେଦିନ ଅସମ୍ଭବ ଭିଡ଼ । ପୋଲିଂ ପାର୍ଟି, ବିଭିନ୍ନ ରାଜନୈତିକ ଦଳର କର୍ମୀ, କୁଜିନେତାମାନେ ହୋଟେଲ ବାରଣ୍ଡାଠାରୁ ଆରମ୍ଭ କରି ରାସ୍ତା ଉପର ପର୍ଯ୍ୟନ୍ତ ବାଛବିଚାର ନ ରଖି କାଠପତ୍ର ଖଣ୍ଡେ ଖଣ୍ଡେ ପକେଇ ବସି ପଡ଼ିଥା’ନ୍ତି । ସିଝା, ଦରସିଝା ବାରଣ ନରଖି ହୋଟେଲ ବାଲା ଯାହା ପାରୁଥା’ନ୍ତି କୁଢ଼େଇ ପକେଇ ଯାଉଥା’ନ୍ତି । ମୋ’ ସାଙ୍ଗରେ ଆସିଥିବା ଅନ୍ୟମାନେ ବି ବହୁଦିନର କ୍ଷୁଧାର୍ତ୍ତଙ୍କ ପରି ସେ ଭିତରେ ମିଶିଗଲେ । ଦିନ ସାରାର କ୍ଳେଦାନ୍ତ କ୍ଲାନ୍ତି ପରେ ସେ ଠେଲାପେଲା ଭିତରେ ପଶିବାକୁ ମୋର ସ୍ପୃହା ନଥିଲା । ରାସ୍ତାକଡ଼ ଚା’ ଦୋକାନରୁ କପେ ଚା’ ଖାଇ, ଦୁଇଟା ବେଂଗଫୁଲା ପରି ପାଉଁରୁଟି ଓ ବିସ୍କୁଟ୍ ପ୍ୟାକେଟ୍‌ଟାଏ ଧରି ମୁଁ ପୁଣି ଜିପ୍ ଉପରକୁ ଉଠିଲି । କଙ୍ଗଡ଼ାମାଲ ଛକରେ ପହଞ୍ଚିଲା ବେଳକୁ ରାତି ଏଗାରଟା ଉପରେ । ଜିପ୍ ଡ୍ରାଇଭର କହୁଥିଲା ତା’ ସାଙ୍ଗରେ ଆହୁରି ଦଶ, ବାର କିଲୋମିଟର ଯାଇ ଫେରି ଆସିବାକୁ । ସେଠିକା ବୁଥକୁ ଯେଉଁ ପ୍ରିଜାଇଡ଼ିଂ ଅଫିସର ଯାଇଥା’ନ୍ତି ମହା ପାରିବାର ଲୋକ । ଟ୍ରକ୍ ଡାଲାରେ ଦୁଇ ଚାରିଟା ଅନ୍ୟ ପାର୍ଟି ସହ ଏକାଠି ମିଶି ଯାଇଥିବାରୁ କେବଳ ବାଲାଟ୍ ପେପର ଧରି ପଳେଇଥା’ନ୍ତି । ତାଙ୍କର ଅନ୍ୟାନ୍ୟ ଜିନିଷ ଆମ ଜିପରେ ଲଦା ହୋଇଥାଏ । ଡ୍ରାଇଭରକୁ ନିର୍ଦ୍ଦେଶ ଥାଏ, ଆଗ ତାଙ୍କ ଜିନିଷପତ୍ର ବୁଥରେ ପହଁଚେଇ ପରେ ଆମ ବୁଥକୁ ଯିବ ।

ଆମ ସାଙ୍ଗରେ ଥିବା ପିଅନ- ଡାକୁଆ, ଭାରି ଅଭିଜ୍ଞ ପରି ଜଣା ପଡୁଥାଏ। ଗଞ୍ଜାମ ବେଲଗୁଣ୍ଠା ଅଞ୍ଚଳର ଲୋକ। ବ୍ଲକ୍ ଅଫିସ ପିଅନ ଚାକିରୀରେ ତିରିଶ ବର୍ଷ କୋରାପୁଟ ଜିଲ୍ଲାରେ କଟେଇଲାଣି। କୋରାପୁଟର ଗଳିକନ୍ଦି ତା' ନଖ ଦର୍ପଣରେ। ଅନ୍ଧାର ଭିତରକୁ ହାତ ବଢ଼େଇ ସେ ଗାଁଟା ଚିହ୍ନେଇ ଦେଲା। ଚାହିଁ ଦେଖିଲି, ଦିଶୁଥିଲା ଛୁଆଙ୍କ ପେନ୍ସିଲଆଙ୍କା ଖଣ୍ଡେ ଘଷରା ଛବି ପରି। ରାସ୍ତା ପାଖରୁ ଦୁଇ, ତିନି କିଲୋମିଟର ଦୂର ହୋଇପାରେ। ଛକ ପାଖରୁ ପାଦଚଲା ଅଣ ଓସାରିଆ ରାସ୍ତା ଖଣ୍ଡେ ତାଲ, ସଲପ ବଣ ମଝିରେ ନାରୀର ଅଳସ ଅଙ୍ଗରେଖା ପରି ଅଙ୍କେଇ ବଙ୍କେଇ ସେଆଡ଼େ ଲମ୍ବିଛି। ମୋର ଆଉ ଦଶ କିଲୋମିଟର ଅଯଥାରେ ଯାଇ ଫେରିବାକୁ ଇଚ୍ଛା ନଥିଲା। ଜହ୍ନ ପଡ଼ିଥିଲେ ହେଲେ ଚଳିଥା'ନ୍ତା। ରାସ୍ତା କଡ଼ ଗାଁ, ବଣ, ପାହାଡ଼ ଦିଶିଥା'ନ୍ତା- ଖଣ୍ଡେ ଖଣ୍ଡେ କୁହୁଡ଼ିବୋଲା ଲ୍ୟାଣ୍ଡ୍ସ୍କେପ୍ ପରି। କାଁ ଭାଁ କେଉଁଠି ହରିଣଟା କି ଠେକୁଆଟିଏ ଆଖିରେ ପଡ଼ିଥା'ନ୍ତା। ଅଶରୀରି ଆତଙ୍କ ପରି ହଠାତ୍ ଜଲକା ଭାଲୁଟିଏ କେଉଁଠି ବାଟ ଉଣ୍ଡାଲି ଜିପ୍ ଆଗରେ ଠିଆ ହୋଇ ପଡ଼ିଥା'ନ୍ତା। କିନ୍ତୁ ଜହ୍ନ ତଥାପି ଉଇଁନି। ସବୁ ଦିଶୁଛି କାଲି ନେସି ଦେଲା ପରି। ମୁଁ ସେଇଠି ଓହ୍ଲେଇ ଡ୍ରାଇଭରକୁ ଶୀଘ୍ର ଫେରି ଆସିବାକୁ କହିଲି।

ମୋ' ସାଙ୍ଗରେ ଯାଇଥିବା ଫାଷ୍ଟ ପୋଲିଂ ଅଫିସର ଲେଙ୍କାବାବୁ, କେଉଁ ପ୍ରୋଜେକ୍ଟରେ ସିନିୟର କ୍ଲର୍କ। ରିଟାୟାର୍ଡ କରିବାକୁ ଆଉ ବର୍ଷେ ଖଣ୍ଡେ ବାକି ଅଛି। ଏ ପର୍ଯ୍ୟନ୍ତ ହେଡ୍ କ୍ଲର୍କଟିଏ ହୋଇ ପାରିନଥିବାରୁ ତାଙ୍କର ଅବସୋସ। ମୋର ବିଶ୍ୱାସ, ଭଦ୍ରଲୋକ ନିଶ୍ଚୟ   ପଞ୍ଚଷଠୀ ଟପିବେଣି। ବୟସ କମେଇ ସରକାରୀ ଚାକିରୀରେ ଅଛନ୍ତି। ତଳ ଉପର ହୋଇ ଛାମୁ ଦାନ୍ତ ଚାରିଟା ଗଲାଣି। ସେଥିରେ ପୁଣି ଛେଲି ଭଳିଆ ଅହରହ ପାନ ପାକୁଲି। ଦିନରେ ଦେଖିଥିଲି, ଗୋଟାଏ ଦୋକାନରୁ ପାନପତ୍ର, କଟାଗୁଆ ଇତ୍ୟାଦି ପାନସଜ କିଣି ବ୍ୟାଗରେ ପୁରୋଉଥିଲେ। ତାଙ୍କୁ ମୁଁ କାଉଣ୍ଟରକୁ ଯାଇ ଭୋଟର ଲିଷ୍ଟ ଓ କେତେଟା ଅନ୍ୟାନ୍ୟ ଫର୍ମ ସଂଗ୍ରହ କରିବାକୁ କହିଥିଲି। ସେ ଧାଡ଼ିରେ ମଧ୍ୟ ଠିଆ ହୋଇଥିଲେ। ତାଙ୍କ ପାଲି ପଡ଼ିବାକୁ ଆଉ ମୋଟେ ଦୁଇ ଚାରିଜଣ ବାକି ଅଛନ୍ତି, ପାନ ଛେପ ପକେଇବାକୁ ଧାଡ଼ି ଛାଡ଼ି ପଦାକୁ ବାହାରିଗଲେ। ଫେରିଲା ବେଲକୁ ପୁଣି ପଛରୁ ଭଣ୍ଡା ଦେବାକୁ ପଡ଼ିଲା। ଏମିତି ଏମିତି ଦୁଇ ତିନି ଥର ହେଲା। ତାଙ୍କ ସାତ ପଛରେ ଆସିଥିବା ଲୋକେ ଜିନିଷପତ୍ର ଧରି କେତେବେଲୁ ଗଲେଣି। ମୁଁ ବିରକ୍ତ ହୋଇ ସେକେଣ୍ଡ ପୋଲିଂ ଅଫିସରଙ୍କୁ ଧାଡ଼ିରେ ଠିଆ କରେଇ ଅନ୍ୟାନ୍ୟ କାମରେ ଲାଗିଲି। ସେଇ ମଉକାରେ ସେ ହରିଡ଼ାଖଣ୍ଡୀ ଗୁଣ୍ଠି କିଣିବାକୁ ବଜାରକୁ ପଲେଇଲେ। ଜିନିଷପତ୍ର ସଂଗ୍ରହ କରିସାରି ଆମେ ବାହାରିଲା ବେଲକୁ ତାଙ୍କର

ଦେଖା ନାହିଁ। ଅବଶ୍ୟ ଗୋଟାଏ ଆଉ ଭଲ ହେଲା। ଅନ୍ୟ ଦୁଇ ଚାରିଟା ପାର୍ଟି ସାଙ୍ଗରେ ମିଶି ଆମକୁ ଟ୍ରକ୍ ଡାଲାରେ ଆସିବାକୁ ପଡ଼ିଲାନି। କିନ୍ତୁ ସେତେବେଳେ ଆସିଥିଲେ ଆମେ ଦିନ ଥାଉ ଥାଉ ବୁଥରେ ପହଞ୍ଚି ଥାଆନ୍ତୁ। ରାତି ଅନ୍ଧାରରେ ଏମିତି ହଇରାଣ ହେବାକୁ ପଡ଼ିନଥା'ନ୍ତା। ସେକେଣ୍ଡ ପୋଲିଂ ଅଫିସର ନବବାବୁ, ଡାକୁଆ ତାଙ୍କୁ ଖୋଜି ଖୋଜି ନ୍ୟସ୍ତ ହୋଇ ଫେରିଲେ। ଭେହିକିଲ ୟାର୍ଡରେ ମଧ୍ୟ ଆଉ ଗାଡ଼ି ଫାଡ଼ିର ଦେଖାଦର୍ଶନ ନଥାଏ। ଆମେ ନିରସ୍ତ ହୋଇ ବସିଥାଉ। ଆରଟିଓ ଆସି କହିଲେ, 'ମୁଁ ଆପଣଙ୍କ ପାଇଁ ଜିପ୍ ଖଣ୍ଡେ ଯୋଗାଡ଼ କରୁଛି। ଆପଣମାନେ ଯାଆନ୍ତୁ। ସେ ଲେଙ୍କା ବାବୁ ତାଙ୍କ ନିଜ ରିସ୍କରେ ବୁଥରେ ପହଞ୍ଚିବେ। ଗୋଟେ ଧନ୍ଦା ଲାଗେଇଛନ୍ତି।' ନବବାବୁ କହିଲେ, 'ସେଇୟା କରିବା ସାର୍। ବୁଢ଼ା ପାନେ ପାଇଲେ ମନ ଘର ଧରିବ।' ଡାକୁଆ କ୍ଷୀଣ ସ୍ୱରରେ ମୋ' ପାଖରେ ପ୍ରତିବାଦଟିଏ କଲା, 'ୟା' ନାଁ କ'ଣ ଗୋଟାଏ କଥା ସା'ରେ? ସମସ୍ତେ ତ ଏକା ନାଆରେ ବସିଛେ। ଜଣକୁ ମଝି ନଈରେ ଛାଡ଼ି ଦେଇଯିବା କ'ଣ ମଣିଷ କାମ? ପଦମ୍‌ଗୁଡ଼ା କ'ଣ କମି ବାଟ୍ ହେଲାଣି?' ମୁଁ ବି ଟିକେ ଧର୍ମସଙ୍କଟରେ ପଡ଼ିଗଲି। ହଉ ଗାଡ଼ି ଆଗ ଯୋଗାଡ଼ ହେଉ। ତେଣିକି ଦେଖାଯିବ। ଆରଟିଓ ଯିବାର ଅଧ ଘଣ୍ଟାଏ ପରେ ମାଇକ୍‌ରୁ ଘୋଷଣା ଶୁଭିଲା, 'ଆଟେନ୍‌ସନ୍ ପ୍ଲିଜ୍। ପାର୍ଟି ନମ୍ବର ଏଇଟି ସେଭେନ, ବୁଥ ପଦମ୍‌ଗୁଡ଼ା....।' ମୁଁ ପରବର୍ତ୍ତୀ ଘୋଷଣାକୁ ଅପେକ୍ଷା ନକରି କଣ୍ଟ୍ରୋଲ୍ ରୁମ୍ ଆଡ଼େ ଧାଇଁଲି। ମୋତେ ଦେଖି ଆରଟିଓ କହିଲେ, 'କାଉଣ୍ଟର ନମ୍ବର ସେଭେନକୁ ଯାଆନ୍ତୁ। ଆପଣଙ୍କୁ ଗାଡ଼ି ନମ୍ବର ଆଲଟ୍ ହୋଇଯିବ।' ସାତ ନମ୍ବର କାଉଣ୍ଟର କଲେଜ ପଛ ଗେଟ୍ ପାଖରେ। କଣ୍ଟ୍ରୋଲ ରୁମ୍ ପାଖରୁ ଗୁଡ଼ାଏ ବାଟ। ମୁଁ ଅଗତ୍ୟା ସେ ଆଡ଼େ ଆଗେଇଲି। କେତେ ପାଦ ଆଗେଇଛୁ କି ନାହିଁ, ପଛରୁ ଡାକୁଆ ଦୌଡ଼ି ଦୌଡ଼ି ଆସି କହିଲା, 'ଆମେ ଗାଡ଼ିରେ ଜିନିଷପତ୍ର ଲଦି ସାରିଲୁଣି। ଭାଗ୍ୟ ଭଲ, ଆମ ସିଡିପିଓଙ୍କ ଗାଡ଼ି ମିଳିଲା।' ବଂଶୀ ଡ୍ରାଇଭର କହିଲା, 'ଆପଣ ଗଲାବେଳେ ସାତ ନମ୍ବର କାଉଣ୍ଟରରେ ଖାଲି ଦସ୍ତଖତଟିଏ ମାରି ଦେଇଯିବେ।' ମୁଁ ପଚାରିଲି, 'ଲେଙ୍କାବାବୁ?' ଡାକୁଆ କହିଲା, 'ତାଙ୍କ ଭାଗ୍ୟ ଭଲ ଥିଲେ ବଜାର ଭିତରେ ଦେଖା ହେବ। ନ ହେଲେ ପଛରେ କ'ଣ ବ୍ୟବସ୍ଥା କରିବେ। କିଏ ଆଉ କ'ଣ କରିବ?'

ସହର ଶେଷ ମୁଣ୍ଠରେ କଲେଜ। ଗେଟ୍ ଟପି ଆମେ ଡାହାଣହାତି ସୁନାବେଡ଼ା ରାସ୍ତା ଧରିବା କଥା। ସେଠୁ ସିମିଲିଗୁଡ଼ା ଦେଇ ନନ୍ଦପୁର। ନନ୍ଦପୁର ପରେ ମୋତେ ବାଟଘାଟ ଜଣା ନଥାଏ। କେବଳ ଲେଙ୍କା ବାବୁଙ୍କୁ ଖୋଜିବା ପାଇଁ ବଜାର ଭିତରେ ପଶିଲୁ। ସିଡିପିଓଙ୍କୁ ଏ ଅଙ୍ଗନବାଡ଼ିରୁ ସେ ଅଙ୍ଗନବାଡ଼ି ବୁଲେଇ ବୁଲେଇ ବଂଶୀ

ଡ୍ରାଇଭର ଖାଲ ଢିପ'ରେ ଗାଡ଼ି ଚଲେଇବାରେ ଓସ୍ତାଦ। କୋରାପୁଟ ବଜାର ପିଇରୁ ରାସ୍ତାରେ ସେ ତୋଫାନ ଭଳିଆ ଗାଡ଼ି ଛୁଟେଇଲା। ଘଡ଼ିକ ଭିତରେ ଆମେ ବଜାରଟାକୁ ଦି'ଥର ଘୁରାଲି ପକାଇଲୁ। ଲେଙ୍କା ବାବୁଙ୍କର ଦେଖା ନାହିଁ। ନବବାବୁ କହିଲେ, 'ଏଇଠି ତ ଆସି ସାତଟା ବାଜିଲାଣି, ପଦ୍ମଗୁଡ଼ାରେ ପହଞ୍ଚିଲା ବେଳକୁ କେଜାଣି ରାତି ପାହିବ।' ବଂଶୀ ବି ବାହାରିବାକୁ ତରତର ହୋଇ କହିଲା, 'ରାତି ବାଟ। ଯେତେ ଜଣା ହେଲେ କ'ଣ ହେଲା!' ମୁଁ ଆଉ କ'ଣ କରିଥା'ନ୍ତି ? ଗାଡ଼ି ବୁଲିଲା। ମେନ୍ ରୋଡ଼ ଭିଡ଼ କଟେଇବାକୁ ବଂଶୀ ଗଲି ଭିତରେ ଜିପ୍ ପୂରେଇ ଥାଏ। ଆମେ ଜଗନ୍ନାଥ ମନ୍ଦିର ପାଖାପାଖି ହୋଇଛୁ, ହଠାତ୍ ଡାକୁଆ 'ଲେଙ୍କାବାବୁ, ଲେଙ୍କାବାବୁ' ଚିକ୍ରାର କରି ଉଠିଲା। ମୁଁ ଆଗକୁ ଅନେଇ ଦେଖିଲି, ଲେଙ୍କାବାବୁ ମଦନମୋହନ ଚାଲିରେ ଢଲି ଢଲି ମଉହସ୍ତୀଙ୍କ ପରି କଲେଜ ଆଡ଼େ ଚାଲିଛନ୍ତି। ଗାଡ଼ି ତାଙ୍କ ପାଖରେ ବ୍ରେକ୍ ମାରିବାରୁ ମୁଁହକୁ ବିଷପିତା କରି କହିଲେ, 'ଶଃ ଆଜି କି ଯୋଗରେ ମଣିଷ ଘରୁ ଗୋଡ଼ କାଢ଼ିଥିଲା କେଜାଣି, ହରିଢ଼ାଖଣ୍ଡୀ ଗୁଣ୍ଠି ଟିକେ ପାଇଁ ବୁଲି ବୁଲି ଥକିଲିଣି।' ମୁଁ ବିରକ୍ତ ହେବି କି ହସିବି ବୁଝି ନ ପାରି ଚୁପ୍ ରହିଲି। ଡାକୁଆ ପଚାରିଲା, 'ପାଇଲେ ?' ଲେଙ୍କାବାବୁ କ'ଣ କହିଲେ କେଜାଣି, ବଂଶୀ ଡ୍ରାଇଭର ଅଯଥାରେ ଦି' ଥର ହର୍ଷ ମାରି ବାଙ୍କ ବୁଲୁଥିବାରୁ କିଛି ଶୁଭିଲାନି।

ସେହି ଲେଙ୍କାବାବୁ ଏବେ ଟିକେ ନିରୋଳା ପାଇ ରାସ୍ତାକଡ଼ କଲ୍‌ଭର୍ଟ ଉପରେ ବସି ପାନରେ ଚୂନ ଲଗାଉଥିଲେ। ନବବାବୁ ତାଙ୍କ ହ୍ୟାଣ୍ଡବ୍ୟାଗ୍ ଖୋଲି ନାଲି ଗାମୁଛା ବାହାର କରୁଥିଲେ। ସେ ବିଚରା ବାତାଜାର୍ଣ୍ଣ ରୋଗୀ। ଦିନସାରାର ଗରମ ଓ ହୋଟେଲ ଖିଆ ଯୋଗୁଁ ତାଙ୍କର ପୁଣି ଆମଶୂଳ ବାହାରି ଥିଲା। ରାସ୍ତାକଡ଼ରେ ପାଣି ସନ୍ଧାନ କରିବାକୁ ଯିବା ପୂର୍ବରୁ ସେ ଅନୁନାସିକ ସ୍ୱରରେ ମୋତେ ଉଦ୍ଦେଶ୍ୟ କରି କହିଲେ, 'ପରିସ୍ଥିତି ମୋତେ କାଇଁ କିଛି ଭଲ ଦିଶୁନି।' ମୁଁ ପଚାରିଲି – 'କ'ଣ ହେଲା ?' ସେ ଚେଁ ଚେଁ ହୋଇ ସେହି ବଡ଼ ପରଜା, ଦୁର୍ଦ୍ଧାନ୍ତ, ପଣ୍ଠା କଣ୍ଟାକ୍‌ର ଇତ୍ୟାଦି ବହୁଥର ଶୁଣା କଥା କହିଲେ। ତା' ସାଙ୍ଗକୁ ଯୋଡ଼ିଲେ ନକ୍‌ଲାଇଟ୍ ଭୟ। କଲେଜ କ୍ୟାମ୍ପସରେ ଶୁଭାକାଂକ୍ଷୀ, ଚିହ୍ନା ପରିଚୟ ସମସ୍ତଙ୍କ ଠାରୁ ସେହି ଗୋଟିଏ କଥା ବାରମ୍ବାର ଶୁଣି ଶୁଣି ମୋତେ ସେତେବେଳକୁ ବିରକ୍ତ ଲାଗିଲାଣି। ମୁଁ କହିଲି – ଲାଭ କ'ଣ ? ଆମ ହାତର କଥା ହୋଇଛି ?' ମୋ' କଥା ବୋଧେ ନବବାବୁଙ୍କ ମନକୁ ପାଇଲାନି। ସେ ହାତ ଘଣ୍ଟାଟାକୁ ଡାକୁଆକୁ ଧରେଇ ଦେଇ ଗଲ୍ଲେ। ଦୁର୍ଘଟଣା ଭୁଲିବାକୁ ମୁଁ ଏଣେତେଣେ ବୁଲିଲି।

ଶେଷ ଏପ୍ରିଲର ନିର୍ମେଘ ଆକାଶ। ବଣ ପାହାଡ଼ ସନ୍ଧିରୁ ଆଙ୍ଗୁଲା ଆଙ୍ଗୁଲା

ଜ୍ୟୋସ୍ନା ଝରି ପଡୁଥାଏ। ଦିନ ସାରା କେଉଁଠି ଅଟକି ପଡ଼ିବା ପରେ ଦକ୍ଷିଣା ପବନ ହଠାତ୍ ମତୁଆଲା ହୋଇ ଉଠିଥାଏ। ଦମକାଏ ପବନ ବଣ ଉହାଡ଼ରୁ ପଗାଛିଣ୍ଡା ଦାମୁଡ଼ି ଭଳି ଉଦ୍‌ବନ୍ତ ଡେଇଁ ମାଡ଼ି ଆସିଲା ବେଳକୁ ଲେଙ୍କା ବାବୁଙ୍କ ଅବସ୍ଥା ଅସମ୍ଭାଳ। ତାଙ୍କ ପାନଭଙ୍ଗା। ସେତେବେଳ ଯାଏ ସରିନଥାଏ। ଉଡ଼ି ଯାଇଥିବା ପାନପତ୍ରକୁ ଅନ୍ଧାରରେ ଉଣ୍ଠାଲୁ ଉଣ୍ଠାଲୁ ସେ କହିଲେ – ଶଃ, ଏ ଗୋଟାଏ ଜାଗା! ଆମକୁ ଆଗ ପହଞ୍ଛେଇ ଦେଇ ଯାଇଥିଲେ ହୋଇନଥା'ନ୍ତା! ଭୋଟ ଯାଇ ତ ପଞ୍ଚରଦିନ। ଫର୍ମ, ବାଲାଟ, ବାକ୍‌ କ'ଣ ରାତିରେ ଖାଇବେ?' ଡାକୁଆ ପାନଖଣ୍ଡେ ଲୋଭରେ ବୋଧେ ତାଙ୍କୁ ଜଗିବସିଥିଲା। ଲେଙ୍କା ବାବୁଙ୍କୁ ସମର୍ଥନ କଲା ପରି ସେ କହିଲା, 'ସାରେ ସିନା ବଂଶୀକୁ ମନା କରିଥିଲେ ହୋଇଥାଆନ୍ତା। କାଲି ସକାଳେ ଯାଇଥିଲେ ତ ଚଲିଥା'ନ୍ତା।' ଲେଙ୍କାବାବୁ ସବୁ ବିରକ୍ତି ଡାକୁଆ ଉପରେ ଓଜାଡ଼ି ପକେଇ କହିଲେ, 'ତୁ ଟା ତୁଚ୍ଛା ଗପୁଡ଼ିଟାଏ।' ପାନ ଉପରେ ଟିକେ ହାତ ପକେଇଥିଲେ ହୋଇନଥା'ନ୍ତା?' ସେତିକିବେଳେ ଗୋଟିଏ ହରିଣୀ ତା'ର ଛୁଆଟିକୁ ସାଙ୍ଗରେ ଧରି ରାସ୍ତା ଉପରକୁ ଗଡ଼ିଲା। ଦୂରରୁ କେଉଁଠି ଝରଣାର କୁଲୁକୁଲୁ ସ୍ୱର ଧ୍ରୁପଦୀ ସଂଗୀତର ଅନ୍ତିଣ୍ଡା ଲହର ପରି ଶୁଭୁଥାଏ। କିନ୍ତୁ ଆଖିରେ ପଡ଼ୁନଥାଏ। ହରିଣୀ ତା' ଛୁଆ ସାଙ୍ଗରେ ପ୍ରତି ରାତିରେ ବୋଧେ ସେଠିକୁ ପାଣି ପିଇବାକୁ ଯାଏ। ଆଜି ରାସ୍ତା ମଝିରେ ଆମକୁ ଦେଖି ତରକି ଠିଆ ହୋଇଛି। 'ତ୍ରସ୍ତା ହରିଣୀ' ଉପମାଟି ତା'ହେଲେ ମିଥ୍ୟା ନୁହେଁ। ଡାକୁଆ, ଲେଙ୍କାବାବୁଙ୍କ ଉପସ୍ଥିତି ଭୁଲି ମୁଁ ସିଆଡ଼େ ଆଗେଇଲି। ହରିଣୀଟି କିନ୍ତୁ ମୋ' ପାଦ ଶବ୍ଦ ବାରି ବଣ ଭିତରେ ଅନ୍ତର୍ଦ୍ଧାନ ହୋଇଗଲା। ଛୁଆଟା କାନ ଦୁଇଟିକୁ ଡେରି ଦେଇ ମୋତେ କିଛି ସମୟ ଚାହିଁଲା। ତା'ପରେ ମା' ଯାଇଥବା ଦିଗକୁ ଦୌଡ଼ି ପଳେଇଲା। ମୁଁ ଖଣ୍ଡେ ମାଙ୍କଡ଼ା ପଥର ଉପରେ ବସି ଚାରିଆଡ଼କୁ ଚାହିଁଲି। ଏ ଅଞ୍ଚଳ ଚନ୍ଦନ ଗଛ ପାଇଁ ପ୍ରସିଦ୍ଧ। ଯାହା କୁହନ୍ତି, ସତକୁ ସତ ମଲୟବାଉଲା ରାତି। ଦିନର ସବୁ କ୍ଲାନ୍ତି, ଆସନ୍ତା କାଲିର ସବୁ ଦୁଶ୍ଚିନ୍ତା ଭୁଲି ମୁଁ ରାତି ସହ ଏକାମ୍ ହୋଇ ପଡ଼ିଲି। ପରଜା ଗାଁକୁ ଡରି ଆସିନଥିଲେ ରାତିର ଏ ମୌନାବତୀ, ରହସ୍ୟମୟୀ ରୂପ କ'ଣ କେବେ ଦେଖି ପାରିଥା'ନ୍ତି? ଇଚ୍ଛା ହେଉଥିଲା – ବଂଶୀ ରାତି ପାହିବା ଯାଏ ନଫେରନ୍ତା କି! ଏଇଠି ନୀରବରେ ବସି ବସି ରାତିଟା କଟେଇ ଦିଅନ୍ତି। ଜୀବନରେ ଏମିତି ରାତି ଅବା କେତେଥର ଆସେ?

 କିନ୍ତୁ ସେତେବେଳେ ନିର୍ଘାତ ରସଭଙ୍ଗ କଲା ପରି ନବବାବୁ ତରତରରେ ମୋ' ଆଡ଼କୁ ଆଗେଇ ଆସୁ ଆସୁ ପଚାରିଲେ, 'ସାର, ଶୁଭୁଛି?' ମୁଁ ପଚାରିଲି– କ'ଣ?' ମୋ' ପ୍ରଶ୍ନ ଶୁଣିବାକୁ କିନ୍ତୁ ନବବାବୁ ସେଠି ନଥିଲେ। କିଛି କ୍ଷଣ ପୂର୍ବର

ତ୍ରସ୍ତା ହରିଣୀଠାରୁ ଆହୁରି ଦ୍ରୁତ ଗତିରେ ସେ ଡାକୁଆ, ଲେଙ୍କା ବାବୁଙ୍କ ସାଙ୍ଗ ଧରିବାକୁ ଧାଇଁଥିଲେ। ରାସ୍ତାକଡ଼ ଖଜୁରୀ ବଣ ସେ କଡ଼ରୁ ଆଠ ଦଶଜଣ ପାଟିତୁଣ୍ଡ କରି ଆମ ଆଡ଼କୁ ମାଡ଼ି ଆସୁଥିଲେ। ବିହ୍ୱଳତା ମୁହୂର୍ତ୍ତକରେ ଲଣ୍ଠନକାଚ ପରି ଭାଙ୍ଗି ଖଣ୍ଡ ଖଣ୍ଡ ହୋଇଗଲା। ବାଲାଟ୍‌ ପେପର କଥା ମନେ ପଡ଼ି ଛାତି ଦାଉଁ ଦାଉଁ ହେଲା। ମୁଁ ତରତରରେ ଯାଇ ବାଲାଟ୍‌ ପେପର ଥିବା ବ୍ୟାଗ୍‌ଖଣ୍ଡକ ଛାତିରେ ଜାକି ଧରିଲି। ନବବାବୁ କହିଲେ – ମୁଁ କ'ଣ କହୁଥିଲି?' ଏଇଟା ପୂରା ନକ୍‌ସଲାଇଟ୍‌ ଏରିୟା। ନକ୍‌ସଲାଇଟ୍‌ କଥା ଶୁଣି ମୋ' ମାଣ୍ଡ ଥରିଲା। ଲେଙ୍କା ବାବୁ ପାନସଜ ବ୍ୟାଗ୍‌ରେ ପୂରୋଇ ପୂରୋଇ ପଚାରିଲେ, 'ଉପାୟ?' ଅସହାୟ ହୋଇ ଆମେ ପରସ୍ପର ମୁହଁକୁ ଚାହିଁଲୁ। ନବବାବୁ ମୋ' ମୁଣ୍ଡରେ ଦୋଷ ଲଦି ଦେବାକୁ କହିଲେ – ସାରେ ହୋମଗାର୍ଡକୁ ବି ବଂଶୀ ସାଙ୍ଗରେ ପଠେଇ ଦେଲେ।' ମୁଁ କିଛି କହିବା ଆଗରୁ ଡାକୁଆ କହିଲା – ରହନ୍ତୁ ମ। କିଏ ଆସୁଛି ନ ଜାଣି ମାହାଲିଆକୁ ସେମିତି କିଆଁ ହେଉଛନ୍ତି? ନକ୍‌ସଲାଇଟ ଏମିତି ଆସନ୍ତି?' ସବ୍‌ଜାନ୍ତାଙ୍କ ପରି ସେ କହିଲା, 'ଦେଶୀୟା ମାନେ ଶିକାରରେ ବାହାରିଥିବେ। ନକ୍‌ସଲାଇଟିଆ ହୋଇଥିଲେ ଏତେ ବେଳକୁ ଦି' ଚାରି ଥର ବନ୍ଦୁକ ଫୁଟେଇ ସାରନ୍ତେଣି। ସେଗୁଡ଼ାଙ୍କର ଲୁହାର ଆଖି ଟି।' ମୋତେ ଲାଗିଲା, ଡାକୁଆ ପ୍ରକୃତରେ ଅଭିଜ୍ଞ। ସମସ୍ତଙ୍କ ନାଡ଼ି ନକ୍ଷତ୍ର ତାକୁ ମାଲୁମ। ମୁଁ କଲଭର୍ଟ ଉପରେ ବସି ପଡ଼ିଲି।

ସେମାନେ ପହଞ୍ଚିବା ପରେ ଜାଣିଲୁ, ପଦମଗୁଡ଼ା ଗାଁର ଲୋକ। ଦଳରୁ ବାହାରି ପଡ଼ି ବାରିକ ଅଣ୍ଠା ବଙ୍କେଇ ଜୁହାର ହୋଇ ନିବେଦନ କଲା 'ମହାପୁରୁ?' ଡାକୁଆ ଦେଶୀୟା ଭାଷାରେ ସେମାନଙ୍କ ସାଙ୍ଗରେ କଥାବାର୍ତ୍ତା ହେଲା। ମୁଁ ନିର୍ଶ୍ଚିନ୍ତ ହେଲି। ନବବାବୁ ନାଲି ଗାମୁଛା ଭାଙ୍ଗିଭୁଙ୍ଗି ବ୍ୟାଗ୍‌ରେ ପୂରେଇଲେ। ଲେଙ୍କା ବାବୁ ପାନ ଖଦଡ଼ା ଫୋପାଡ଼ି ଆଉ ଖଣ୍ଡେ ପାନ ପାଟିରେ ପୂରେଇଲେ। ଡାକୁଆ କହିଲା – 'ଗାଁ ନାଇକ ଜିପ୍‌ ହର୍ଣ୍ଡ ଶୁଣି ଆମକୁ ପାଛୋଟି ନେବାକୁ ଲୋକ ପଠେଇଛି।' ଲେଙ୍କାବାବୁ ପାନ ଛେପ ପକାଇବା ବାହାନାରେ ମୋ' ପାଖକୁ ଉଠିଆସି କଣ୍ଠ ନୁଆଁଇ କହିଲେ – "ନକ୍‌ସଲାଇଟ୍‌ ପଠେଇ ନଥିବେ ବୋଲି କେଉଁ ବିଶ୍ୱାସ! ସେଗୁଡ଼ା ମହାଛିଦ୍ରମ ଜାତି। ହରେକ ରକମ ବେଶ ଧରିବେ, ହରେକ କରମ ପେଖନା କାଢ଼ିବେ। ଆମ ପାଖରେ ବାଲାଟ ପେପର ଅଛି। ଗାଡ଼ି ନଫେରିବା ଯାଏ ଜାଗା ଛାଡ଼ିଲେ ବିପଦ।" ନବବାବୁଙ୍କର ପୁଣି ପେଟଟଣା ଆରମ୍ଭ ହୋଇଥିଲା କି କ'ଣ। ଖଣ୍ଡେ ଦୂରରେ ସେ ପେଟକୁ ଚାପି ଧରି ବସିଥିଲେ। ଲେଙ୍କାବାବୁଙ୍କ କଥା ଶୁଣି ସେ ଚିହିଁକି ଉଠିଲେ – 'ଆପଣଙ୍କର ତ ସମସ୍ତଙ୍କୁ ଅବିଶ୍ୱାସ। ଗାଡ଼ି ଫେରୁ ଫେରୁ ରାତି ଅଧ କି ପାହାନ୍ତା। ସେତେବେଳ ଯାଏ ଏଇଠି ଜଗି ବସିଥିବା?'

ମୁଁ ପଚାରିଲି – 'ସେମାନେ ଫେରିଲେ ଆମେ ଗାଁକୁ ଯିବା ଖବର ଜାଣିବେ କେମିତି ?' ଡାକୁଆ କହିଲା – 'ସେମାନଙ୍କ ଭିତରୁ ଦି'ଜଣ ଏଇଠି ଜଗି ବସିଥା'ନ୍ତୁ।' ଭାବି ଦେଖିଲି – ଗାଁ ନାୟକ ସଜ୍ଝାଳି ନେବାକୁ ରାତି ଅଧରେ ଲୋକ ପଠେଇଛି ଯେତେବେଳେ, ନ ଗଲେ ତା' ମନ ଭାଙ୍ଗିଯିବ। ଦେଶୀୟାଙ୍କ ମନ ମାଟିହାଣ୍ଡି। ଥରେ ଭାଙ୍ଗିଗଲେ ଖପରା। ତା' ଛଡ଼ା ନକ୍ସଲାଇଟ୍ଙ୍କ ଚର ହୋଇଥିଲେ, ଏଇଠି ଆକ୍ରମଣ କରିବାରେ ବାଧା କ'ଣ ? ସେମାନେ ଦଶ ବାରଜଣ। ସମସ୍ତଙ୍କ କାନ୍ଧରେ ଟାଙ୍ଗିଆ, ହାତରେ ଧନୁ ତୀର। ମୁଁ ଯିବାକୁ ଉଠିଲି। ଦି'ଜଣ ଲୋକ ଆମ ଜିନିଷପତ୍ର ଧରିଲେ। ଆଗରେ ବାରିକ, ତା' ପଛରେ ମୁଁ। ନବବାବୁ ପଚାରିଲେ – କେତେ ବାଟ ହେବ ?' ଡାକୁଆ କହିଲା – କେତେ ଆଉ ହେବ ? ମାଇଲିଏ କି ବେଶୀ ହେଲେ ଦେଢ଼ ମାଇଲ।' ଲେଙ୍କାବାବୁ ଦେଶୀୟା ଦୁଇ ଜଣଙ୍କ ସାଙ୍ଗରେ ଛକରେ ଗାଡ଼ି ଫେରିବା ଯାଏ ଅପେକ୍ଷା କରିବେ ବୋଲି କହୁଥିଲେ। ପୁଣି କ'ଣ ଭାବିଲେ କେଜାଣି, ଆମ ପଛରେ କୁନ୍ଦୁ କୁନ୍ଦୁ ହୋଇ ଚାଲିଲେ।

ବାଟସାରା ବୁଦୁବଦିଆ ଜଙ୍ଗଲ। ମଝିରେ ମଝିରେ ଗୋଟାଏ ଦୁଇଟା ସଲ୍ପ ଗଛ। ଠେକି ଓହଳିଥାଏ। କିଛି ବାଟ ଗଲା ପରେ ଉଠାଣି ଆରମ୍ଭ ହେଲା। ପଦମ୍ଗୁଡ଼ା ଗାଁ ଗୋଟିଏ ଛୋଟ ମୁଣ୍ଡିଆ ଉପରେ। ପାହାଡ଼ ଢାଲୁରେ ଏଣେ ତେଣେ ବିଞ୍ଚି ଦେଲା ପରି କୋଡ଼ିଏ ତିରିଶ ବଡ଼ ପରଜା ଘର। ସବୁଠାରୁ ଉଚ୍ଚ ଜାଗାରେ ବାଡ଼ବନ୍ଦୀ ହୋଇ ସ୍କୁଲ୍ ହତା। ସ୍କୁଲ୍ କହିଲେ ଲମ୍ବ ହୋଇ ଚାଲ ଛପର ଘର ଖଣ୍ଡେ। କୋଠାଘର ପାଇଁ ସରକାରୀ ଘର ଟଙ୍କା ଦେଇଥିଲେ। ପଣ୍ଡା କର୍ଣ୍ଣାକ୍ତର କାମ ଧରିଥିଲା। ଏମିତି ଛାତ ପକେଇଲା ଯେ, ଖୋଲୁ ଖୋଲୁ ଗଲି ପଡ଼ିଲା। ଭାଗ୍ୟ ଭଲ। ଖଣ୍ଡିଆ ଖାବରା ହୋଇ ଲୋକେ ବଞ୍ଚିଗଲେ। ସେଇଥିପାଇଁ ପଣ୍ଡା କର୍ଣ୍ଣାକ୍ତର ସାଙ୍ଗରେ ଗଣ୍ଡଗୋଳ। ମାଡ଼ ମାରିବା ଯାଏ କଥା ଗଲା। ସ୍କୁଲ୍ ଦାଣ୍ଡଟା ଲିପା ପୋଛା ହୋଇ ଜହ୍ନ ଆଲୁଅରେ ଚିକ୍କଣ ଦିଶୁଥାଏ। ନାୟକ ସେଠି ଚାରି, ଛ'ଖଣ୍ଡ ଦଉଡ଼ିଆ ଖଟିଆ ପକେଇ ଅପେକ୍ଷା କରି ବସିଥାଏ। ଗୋଟାଏ କଡ଼କୁ କେତେଜଣ ଆମ ପାଇଁ ରୋଷେଇବାସରେ ଲାଗିଥା'ନ୍ତି। ମଝିରେ ମଝିରେ ନାୟକ, 'ଖଙ୍କାର-ପଟ୍କାର' କହି ସେମାନଙ୍କ ଆଡ଼କୁ ଖେଦି ଯାଉଥାଏ। ପୁଣି ଫେରି ଆସି ଖଟିଆ ଉପରେ ବସି ପଡୁଥାଏ। ଲୋକଟା ଦେଖିବାକୁ ଯେମିତି ଆଉ ଗାଟାଏ ଲଣ୍ଢା 'ମୁଣ୍ଠିଆ'। ପୋଡୁ ଚାଷ ପାଇଁ ଗଛବୃଚ୍ଛ ପୋଡ଼ି ଖାଁ ଖାଁ ଦିଶୁଛି। ଜହ୍ନ ଆଲୁଅରେ ତା' ମୁହଁ ଝାପ୍ସା ଦିଶୁଥାଏ, ଅନ୍ଧାରୁଆ ଗଛ କୋରଡ଼ରୁ ଯେମିତି ପେଚାଟାଏ ମୁହଁ କାଢ଼ିଛି। ଦୂରରୁ ତା' ଚିକ୍କାର ଶୁଣି ମହାପାତ୍ରବାବୁଙ୍କ କଥା ମନେ ପଡ଼ିଗଲା – ବଡ଼ ପରଜା ଗାଁ। ବଡ଼ ଦୁର୍ଦ୍ଧାନ୍ତ। ପଣ୍ଡା କର୍ଣ୍ଣାକ୍ତର କଥା ଶୁଣି

ପ୍ରଥମେ ଅବିଶ୍ୱାସ ଲାଗୁଥିଲା । ନାଇକ ପାଟି ଆଗରୁ ଶୁଣିଥିଲେ, ତାକୁ ତୀର ଲାଛି ଦେବା କଥା ବି ବିଶ୍ୱାସ କରିଥା'ନ୍ତି । ଆମେ ପହଞ୍ଚିଲାରୁ ନାଇକ ଜୁହାରଟିଏ ପକେଇ ଠିଆ ହେଲା । ବାଟରେ ସୁବିଧା ଅସୁବିଧା କଥା ପଚାରିଲା । ମୁଁ କହିଲି – 'ବସନ୍ତୁ' । ତଳେ ବସିପଡ଼ି ନାଇକ ଆରମ୍ଭ କଲା ତା'ର ଅବସୋସ । ରାସ୍ତା ପାଖରୁ ଗାଁ ଗଦାଏ ବାଟ । ପୁଣି ମୁଣ୍ଡିଆ ଉପରେ । ଜମି ସବୁ ଯାଇ ତଳେ । ରାତିରେ ଜନ୍ତୁଜୁନ୍ତା ପଶି ଫସଲ ଖାଇଯାଆନ୍ତି । ବର୍ଷା ଦିନେ ଝୋଲା ବଢ଼ିଲେ ରାସ୍ତା ଧରିବା ମୁସ୍କିଲ । ଅମିନ, ଅଧିକାରୀମାନେ କଙ୍କଡ଼ାମାଳ ପାହାଡ଼ କଡ଼ରୁ ଉଠି ଯିବାକୁ କହୁଛନ୍ତି । ସେଠି ଚାଷବାସ ପାଇଁ ବିସ୍ତର ଜଙ୍ଗଲ । ହେଲେ ସାତ ପୁରୁଷ ଭିଟାମାଟି ଛାଡ଼ି ଯିବାକୁ ଆମ୍ବ ଡାକୁନି । 'ମୋ' ଅନ୍ତେ, ଗାଁ ବାଲାଙ୍କ ମନକୁ ଯେମିତି ଫାବିବ...', ଗୋଟାଏ ତାତିଲା ନିଶ୍ୱାସ ନାଇକ ଅନ୍ତର ଥରେଇ ଯେମିତି ରାତିର ଅନ୍ଧକାରରେ ମିଶିଗଲା । କ୍ଷଣକ ପୂର୍ବରୁ ଶୁଣିଥିବା ତା' ଘାଗଡ଼ା ଗଳା ବରଡ଼ାପତ୍ର ପରି ଥରୁଥାଏ । ମଣିଷ ! ଦୁରନ୍ତର କେଉଁ ଢେଉଢେଉକା ପାହାଡ଼, ଡଙ୍ଗର ପରି । ବାହାରକୁ ଗୋଟାଏ । ଭିତରେ ଆଉ ପ୍ରକାରେ ।

ଜହ୍ନ ସେତେବେଳକୁ ପାଖ ମହୁଲ ଗଛ ମଥାନକୁ ଚଢ଼ିଲାଣି । କୋରାପୁଟିଆ ମାଲରୁ ଚଇତ ସହଜେ ବିଦାୟ ନିଏ ନାଈଁ । ଦୂରର କେଉଁ ଗାଁରୁ ଶୁଭୁଥିଲା ଉଙ୍କୁଉଙ୍କାର ଏକତାରା ବିଲାପ । ତା' ସାଙ୍ଗକୁ ପରଜା ବଂଶୀର ଲହରିଆ ସ୍ୱର । ଚଇତାଳି ପିଟୁଥାଏ । ଘଡ଼ିଏ ଥକ୍କା ମେଣ୍ଟେଇଲା ପରେ ବାରିକ ଆଣି ଚା' ଗିଲାସେ ଧରେଇ ଦେଇଗଲା । ପଦମଗୁଡ଼ା ଲୋକେ ଅତିଥି ସକ୍କାର ଜାଣନ୍ତି । ନାଇକ ସବୁ ସଜ କରି ରଖିଛି । ଡାକୁଆ ସେତେବେଳକୁ ଲୋକଙ୍କ ସାଙ୍ଗରେ ମିଶି ରୋଷେଇରେ ଲାଗିଲାଣି । ସ୍କୁଲ୍ ପଛରେ ହାଣି ହେଲା ପରି ତୀଖ ପାହାଡ଼ କାନ୍ଥି । ତା' ତଳେ ଝରଣା । ଝରଣା ତ ନୁହେଁ, ଛୋଟିଆ ପାହାଡ଼ି ନଈଟିଏ । ଜହ୍ନ ପଡ଼ି ନଈ ବାଲି ପରିଷ୍କାର ଦିଶୁଥାଏ । ମୁଁ ଲୁଗାପତା ବଦଲି ଗାଧୋଇବାକୁ ଦାହାରିଲି । ବାଟ ଦେଖାଇ ଦେବାକୁ ସାଙ୍ଗରେ ଦି' ଜଣ ଲୋକ ଗଲେ । ଗାଁ ଭିତର ଦେଇ ବୁଲି ବୁଲି ବାଟଟା ତଳକୁ ଖସିଛି । ପାଣିରେ ପଶି ମନଭଲ୍ଲା ଗାଧୋଇଲି.... ସବୁ ଧୂଳି, ମଳି ସାଙ୍ଗକୁ ମନରୁ ଦୁଷ୍ଟଚାଟକ ବି ଧୋଇ ହୋଇଗଲା । ସେଠୁ ଫେରିଲା ବେଳକୁ ଲେଙ୍କାବାବୁ ନିଦୁଆ ଗଳାରେ କୁଣ୍ଟେଇ କୁଣ୍ଟେଇ ପଚାରିଲେ – 'ଏତେ ଡେରି କଲେ ସା'ରେ ?' ନୂଆ ପାଣି ଧରିବ !' ବଂଶୀ ସେତେବେଳକୁ ଜିପ୍ ନେଇ ଫେରିଲାଣି । ହୋମ୍‌ଗାର୍ଡ ବନେଟ୍ ଉପରେ ତା' ବାଡ଼ି ଖଣ୍ଡିକ ଡେରି ଦେଇ ପାଖରେ ବସି ଢୋଲୋଉଛି । ନବବାବୁ ବି ଘୁଙ୍ଗୁଡ଼ି ମାରିଲେଣି । ସାଙ୍ଗେ ସାଙ୍ଗେ କାଠପତ୍ର ପାରିଦେଇ ଡାକୁଆ ଖାଇବାକୁ ବାଢ଼ିଲା । ମୋଟା ଅରୁଆ ଚାଉଳ ଭାତ ସାଙ୍ଗକୁ ବଣ କୁକୁଡ଼ା ମାଂସର ଝୋଲ । ଝୋଲ ହାପୁଟୁ ହାପୁଟୁ

ଲେଙ୍କାବାବୁ କହିଲେ, "ଫାର୍ମ କୁକୁଡ଼ା ଖାଇ ପାଟି ଅରୁଟି ଧରି ଯାଇଥିଲାରେ ଡାକୁଆ । ଏତେଦିନେ ତରକାରୀ ଭଳିଆ ଟିକେ ଚଖିଲୁ ।"

ଡାକୁଆ ପ୍ରକୃତରେ ରୋଷେଇରେ ଧୁରନ୍ଧର । ନବବାବୁଙ୍କୁ ଡାକି ଡାକି ଖାଇଲେନି । କହିଲେ, "ଏତେ ରାତିରେ ମୋ' ଦେହରେ ଅରୁଆ ଚାଉଳ ଭାତ ଯିବନି । ତା' ସାଙ୍କୁ ପୁଣି ମାଂସ ଝୋଲ ।" ଲେଙ୍କାବାବୁ ଠଟ୍ଟା କଲେ, "ବେଙ୍ଗ ପେଟରେ ଘିଅ ହଜମ ହେବନିରେ ଡାକୁଆ । ମୋତେ ଆଉ ମାଂସ ଦି'ଖଣ୍ଡ ଦେ । ତୁମେ ସୁବ ବି ପତ୍ର ପକା ।" ଆମେ ଖାଇ ସାରିଲା ପରେ ଗାଁ ଲୋକଙ୍କ ସାଙ୍ଗରେ ଡାକୁଆ, ହୋମ୍‌ଗାର୍ଡ, ବଂଶୀ ଡ୍ରାଇଭର ଖାଇ ବସିଲେ । ମୁଁ ନବବାବୁଙ୍କୁ ନନ୍ଦପୁରରୁ କିଣିଥିବା ପାଉଁରୁଟି ଦୁଇଟା ଧରେଇ ଦେଲି ।

ପରଦିନ ହାତରେ ବିଶେଷ କିଛି କାମ ନଥାଏ । ଗାଁ ଲୋକେ ବଣରୁ କାଠ କାଟି ଆଣି ଘର ମଝିରେ ପୋତିଦେଲେ । ଡାକୁଆ ତା' ଚାରିପଟେ ସାଲୁକନା ଗୁଡ଼େଇ ଦେଇ ଦୁଇଟା ଭୋଟ୍ ଚାମ୍ବର ତିଆରି କରିଦେଲା । ଖୁଣ୍ଟ ପୋତି, ତାଳପତ୍ର ପକେଇ ସ୍କୁଲ୍ ଆଗରେ ଛାମୁଡ଼ିଆଟା ବି ତିଆରି ହୋଇଗଲା । ତା'ର ଅବଶ୍ୟ ବିଶେଷ କିଛି ଆବଶ୍ୟକତା ନଥିଲା । ଗାଁସାରା ଭୋଟର ମିଶି ଶହେ କି ତା'ଠାରୁ ଦଶ, କୋଡ଼ିଏ ବେଶୀ । ସେଥିରୁ ଅଧେ ଯାଇଛନ୍ତି ଦାଦନ ଖଟି । କାମ ଚାଲିଥାଏ, ରୋଷେଇ ଚାଲିଥାଏ, ତା' ସାଙ୍ଗରେ ଗପ । ଚୁପ୍ ରହିବା ଦେଶୀୟଙ୍କ ପ୍ରକୃତିବିରୁଦ୍ଧ । ଗୀତ ହେଉ କି ଗପ, ସବୁବେଳେ ପାଟି ଚାଲୁଥିବ । ଗପ ଲମ୍ବିଲା । ନାଇକ ଆମ ପାଖରେ ବସିଥାଏ । ମଝିରେ ମଝିରେ ଲୋକଙ୍କୁ କାମଟା ବରଗି ଦେଇ 'ଉମ୍ ପଟ୍‌କାର' ଚିକ୍‌କାର କରୁଥାଏ । ଜାଣିଲି ତା' ରାଗ ଭସାମେଘ । ଘଡ଼ିକେ ଅଛି, ଘଡ଼ିକେ ନାହିଁ । ଗାଁ ଲୋକ କେହି ତା' କଥା ମନରେ ଧରୁନଥା'ନ୍ତି । ବାରିକ ଓଲଟା ହସି ଦେଇ କୁହେ – ସେମିତି ବିଜ୍ଵର ପ୍ରକୃତି ତାର । ପେଟରେ କିଛି ନାହିଁ । ନିଖଳିଆ ମଣିଷଟାଏ । ଗାଁ ପାଇଁ ଜୀବନ ଦେଇଯାଉଥାଏ ।' ଲେଙ୍କାବାବୁ ଦି' ଚାରିଜଣ ଗାଁ ଲୋକଙ୍କ ସାଙ୍ଗରେ ଆଖ ପାଖର କେଉଁ ହାଟକୁ କାନ୍ଦୁଲ ଡାଲି କିଣିବାକୁ ଯାଇଥା'ନ୍ତି । ନବବାବୁ ଖଟିଆ ଖଣ୍ଡେ ଟାଣି ନେଇ ସ୍କୁଲ୍ ଘରେ ସକାଳୁ ଶୋଇଥା'ନ୍ତି । ବଂଶୀ ଗାଡ଼ି ଧୋଇଧାଇ ପୋଛିଲା ବେଳକୁ କୋରାପୁଟ ଯିବା ପାଇଁ ଖବର ଆସିଲା । ସେଠି ଗାଡ଼ି ଅଭାବରୁ ଜରୁରୀ ଡାକରା ଆସିଥାଏ । ସେ କାଲି ରାତିରେ ଫେରି ଆମକୁ ନେବ ।

ପଦମଗୁଡ଼ା ଲୋକଙ୍କର ମୋ' ପାଖରେ ଗୋଟାଏ ଦାବି– 'ଗପ' । ଗାଁ ସାରା ଲୋକ ମୋ' ମୁହଁକୁ ଅନେଇ ବସିଥାନ୍ତି । କି ଗପ ସେମାନଙ୍କୁ କହିବି ? ବହିପଢ଼ା ଗପ ସେମାନେ ବୁଝିବେନି । ଏପରିକି ଗୋପୀବାବୁଙ୍କ 'ପରଜା' କାହାଣୀ ସେମାନଙ୍କୁ

ବିଶେଷ ଆକୃଷ୍ଟ କଲା ପରି ମନେ ହେଲାନି। 'ହୁଇତ', 'ସତ୍-ସତ୍' କହି ଅବଶ୍ୟ ସେମାନେ ମୁଣ୍ଡ ଟୁଙ୍ଗାରନ୍ତି। କିନ୍ତୁ ବୁଢ଼ୀ ଅସୁରୁଣୀ କି କଲୁରେଇ ବେଣ୍ଟ ଗପ ଶୁଣିଲା ବେଳର ଉସ୍ବାହ ସେମାନଙ୍କର ନଥାଏ। ତାଙ୍କ ମନ ନ ଭାଙ୍ଗିବାକୁ ମୁଁ ଗାଲୁ ଗପୁଥାଏ। କାହିଁ କେଉଁ ପିଲାଦିନେ ଶୁଆଶାରୀ କାହାଣୀ, ବେତାଳ ପଞ୍ଚବିଂଶତି ପଢ଼ିଥିଲି। ଆଉ କେଉଁ ମନେ ଅଛି ? ସେସବୁ ପୁଣି କହିବାକୁ ପଡ଼ିବ ସେମାନେ ବୁଝି ପାରିଲା ପରି ଭାଷାରେ। ବୁଝନ୍ତୁ, ନ ବୁଝନ୍ତୁ ମୁଣ୍ଡ ଟୁଙ୍ଗାରି ଦେଇ ଦେଶୀୟା କହିବେ – 'ହୁଇ-ହୁଇ'। କି ଉସ୍ବାହ ସେମାନଙ୍କର। ଅଧେ ଶୁଣା, ଅଧେ ମନଗଢ଼ା କାହାଣୀ ମିଶେଇ ମୁଁ ଗପୁଥାଏ।

ରାତିରେ ନାଚ ହେଲା। ପରଜା ଗାଁର ସେହି ଅତି ପୁରୁଣା ଗୀତ 'ସାରିଆ କାତି ଶୁଣିଗାରୁ ହିଣ୍ଡା। ଆଇଲୁସରେ ଟୋକି ତୁଇ କେଡ଼େ ରିସି ଦିଣ୍ଡା।' ପାହାଡ଼ ମଥାନରୁ ମହାବଳର ହେଣ୍ଟାଳ ପରି ପୁରୁଷ କଣ୍ଠର ଆଦିମ ଆହ୍ବାନ। ପୌରୁଷର ଆସ୍ଫାଳନରେ ସ୍ଫର୍ଦ୍ଦିତ। ଝିଅମାନେ ହସିହସି ଅଣ୍ଟା ବଙ୍କେଇ, ଆଗକୁ ନଇଁ, ପଛକୁ ଢୁଙ୍ଗି ତା'ର ଉତ୍ତର ଦେଉଥା'ନ୍ତି। ଅଧେ ବୁଝି ହେଉଥାଏ ଅଙ୍ଗ ଭଙ୍ଗୀରୁ। ବାକି ଅଧିକ ମନର କଳ୍ପନା ମିଶେଇ ଅନୁମାନ କରିବା କଥା। ବଡ଼ ପରଜା ଗାଁ ପଦମ୍‌ଗୁଡ଼ାର ଖୋଲାମେଲା ଆକାଶ ତଳେ, ହୁନ୍ତ ଆଲୁଅରେ କ୍ଷୁଧିତ ସରୀସୃପ ପରି ନାଚୁଛି କେତେଟା ଛାଇ। ତା'ର ପ୍ରଭାବ ମନରେ ନୁହେଁ, ଛାତି ତଳର କେଉଁ ଅତଳ ଗହ୍ବରରେ। ଭାଷା ସେଠି ନିରର୍ଥକ। ତାକୁ ବୁଝି ଅର୍ଥ କରିବାକୁ ବସିଲେ ଧୂଆଁଳିଆ ହୋଇ କୁଆଡ଼େ ଖସି ପଳାଏ। ତା'ରି ଭିତରେ ଲକ୍ଷ୍ୟ କରି ଦେଖୁଥାଏ, ନିରବ ଛାୟା ମୂର୍ତ୍ତିପରି ଝିଏଟିଏ ବାଡ଼ କଡ଼ର ଗୋଟିଏ ନହକିଆ ଗଛକୁ ଆଉଜି ଠିଆ ହୋଇଛି। ଅଧା ଆଲୁଅ, ଅଧା ଅନ୍ଧାରରେ ତା'ର ଚେହେରା ଠିକ୍ ବାରି ହେଉ ନଥାଏ। ପରଜା ଝିଅ ନାଚରେ ନ ମିଶି ଚୁପ୍‌ଚାପ୍ ଠିଆ ହେବ, ଏମିତି ହେବାର ନୁହେଁ। ନାଚ ଉପରୁ ମୋର ଦୃଷ୍ଟି ଫେରି ତା' ଉପରେ ନିବଦ୍ଧ ହେଲା। ଲାଗୁଥାଏ, ସତେ ଯେପରି ଏକ ରିକ୍ତ, ଉଦାସୀନ ହାହାକାର ତା' ଛାତି ତଳୁ ବାହାରି ଜହ୍ନ ଆଲୁଅରେ ଗୋଲି ହୋଇଯାଇ, ପାହାଡ଼ କାନ୍ତିରେ ନେସି ହୋଇଯାଉଛି। ନାଚ ଉଠିଥିଲା ଶେଷ ପର୍ଯ୍ୟାୟକୁ। ପ୍ରଚଣ୍ଡ ଉଦ୍ଦାମତାରେ ଗୁଡ଼ାଏ କଳା କଳା ଛାଇ ଦାଣ୍ଡ ସାରା ଘୂରି ବୁଲୁଥିଲେ। ଧାଙ୍ଗଡ଼ା କିଏ, ଧାଙ୍ଗଡ଼ି କିଏ ଆଉ ଚିହ୍ନିବାର ଉପାୟ ନଥିଲା। ସମସ୍ତେ ମିଶି ଏକାକାର। ନାଚ ସରିଲା ପୂର୍ବରୁ ଅତୃପ୍ତ କାମନାର ନିରବ ଅବସୋସ ପରି ଛାୟା ମୂର୍ତ୍ତିଟି ବାଡ଼ କଡ଼ରୁ ବାହାରି ଅନ୍ଧାର ଭିତରେ କୁଆଡ଼େ ହଜିଗଲା।

ନାଚ ସରୁ ସରୁ ଅନେକ ରାତି। ପଦମ୍‌ଗୁଡ଼ା ଗାଁର ଲୋକମାନେ ମଦ ଟଳଟଳ

ପାଦରେ ଫେରିଗଲେ । ନାଇକ କେତେବେଳୁ ଖଣ୍ଡେ ଖଟିଆ ଉପରେ ନିଘୋଡ଼ ନିଦରେ ଶୋଇଛି । ବେଶୀ ପିଆ ଦେଇଛି କି କ'ଣ । ଜହ୍ନ ବି ମାତାଲଙ୍କ ପରି ସ୍ଖଳିତ ପାଦରେ ପାହାଡ଼ କାନ୍ତ ତଳକୁ ଖସୁଛି । ମହୁଲୀ ଗଛ ସନ୍ଧିରେ ବାଦୁଡ଼ି କେତୋଟି ଡେଣା ଫଡ଼ଫଡ଼ କରି ଉଠିଲେ । ସକାଳେ ଭୋଟ କାମ । ମୁଁ ତରତରରେ ଶୋଇବାକୁ ବାହାରିଲି ।

ଭୋଟ ଦିନ କିନ୍ତୁ ଅଭୁତ ପରିସ୍ଥିତି । ପଦମ୍‌ଗୁଡ଼ା ଗାଁ ଲୋକେ ସମ୍ପୂର୍ଣ୍ଣ ଅପରିଚିତଙ୍କ ପରି ହେଉଥା'ନ୍ତି । ଯେପରି ଆଗରୁ ମୋତେ ଚିହ୍ନା, ପରିଚୟ ନାହିଁ । କୁଆଡ଼େ ଗଲା ଦି' ଦିନର ଗପସପ, ହାସ, ପରିହାସ ? ଏମାନେ ତ ସବୁ ଗୋଟାଏ ଗୋଟାଏ ନିର୍ଜୀବ କଣ୍ଢେଇ । ଧାଡ଼ି ବାନ୍ଧି ଜଣେ ଜଣେ ଆସୁଥା'ନ୍ତି । ପୁରୁଷ ସ୍ତ୍ରୀ ଅଲଗା ଅଲଗା ଧାଡ଼ିରେ । ସ୍କୁଲ୍‌ ପିଲାଙ୍କ ପରି ସୁଧାର, ଶୃଙ୍ଖଳିତ । ସମସ୍ତଙ୍କ ମୁହଁ ତଳକୁ । ଯେପରି ଆମକୁ ନୂଆ ଦେଖୁଛନ୍ତି । ପଚାଶ, ଷାଠିଏ ଜଣ ଲୋକ ଭୋଟ ଦେବାକୁ ଆଉ କେତେ ସମୟ ଲାଗନ୍ତା ? ଦୁଇ, ତିନି ଘଣ୍ଟା ଭିତରେ ସବୁ କାମ ବଢ଼ିଗଲା । ଯେଉଁ ପାଞ୍ଚ, ଦଶ ଜଣ ହାଟକୁ ଯାଇଥା'ନ୍ତି, ସେମାନଙ୍କ ପାଇଁ ଖାଲି ଯାହା ଅପେକ୍ଷା । ଯାହା ହେଲେ ବି ପାଞ୍ଚଟା ଯାଏ ବୁଥ୍ ଖୋଲା ରଖିବାକୁ ହେବ । ମୋତେ ବଡ଼ ଅସ୍ୱସ୍ତି ଲାଗୁଥାଏ । ହାତ ଗୋଡ଼ ବାନ୍ଧି କେତେ ବସିବ ? ଲେଙ୍କାବାବୁ ଟେବୁଲ୍ ଉପରେ ମୁଣ୍ଡ ଲଦି ଶୋଇଲେଣି । ତାଙ୍କ ମୁଣ୍ଡ ତଳେ ଭୋଟର ଲିଷ୍ଟ । ପାନ ପିକ ବୋହି ସେଇଟା ନଷ୍ଟ ହୋଇଯିବା ଭୟରେ ମୁଁ ଡାକୁଆକୁ ଡାକିଲି । ସେ ଲିଷ୍ଟଟା ଆଣି ମୋ' ଟେବୁଲ୍ ଉପରେ ରଖି ଦେଇ ଗଲା । ନବବାବୁ ପୁଣି ଥରେ କହିଲେ – 'ସାର୍ ପରିସ୍ଥିତି କାହିଁ ମୋତେ କିଛି ଭଲ ଦିଶୁନି ।' ମୁଁ ଠଙ୍ଗା କରି ପଚାରିଲି, 'କାଇଁ ବାଁ ପୁଡ଼ାରେ ନିଶ୍ୱାସ ଚାଲୁଛି କି ?' ସେ କହିଲେ, 'ଲୋକଗୁଡ଼ାକ କେମିତି ମୁହଁକୁ ଚାହୁଁ ନାହାନ୍ତି, ଦେଖୁ ନାହାନ୍ତି ? କାଲି ପରିସ୍ଥିତି ଆଜି କି ଅଛି ?' ନବବାବୁ ଘୋର ସନ୍ଦେହୀ । ମଞ୍ଝି ରାସ୍ତାରେ ଆମାଶୟ ତଳବକୁ ଡରି ଡରି ନିଜ ଛାଇକୁ ବି ଡରିବା ଆରମ୍ଭ କଲେଣି । ତାଙ୍କୁ ଆଶ୍ୱାସନା ଦେବାକୁ ମୁଁ କହିଲି, 'କିଛି ହେବନି । ଆପଣ ନିଶ୍ଚିତ ରୁହନ୍ତୁ ।'

ସବୁ କାମ ବଢ଼ି ସଂଧ୍ୟା ସୁଦ୍ଧା ବାଲାଟ୍ ବକ୍ସ ସିଲ୍ ହୋଇଗଲା । ଦୂର ଗାଁରୁ ଆସିଥିବା ପୋଲିଂ ଏଜେଣ୍ଟମାନେ ବି ଫେରିଗଲେ । ବଂଶୀ ଗାଡ଼ି ନେଇ ରାତି ଦଶଟା ବେଳକୁ କଙ୍କଡ଼ାମାଳ ପାହାଡ଼ ପାଖରେ ପହଞ୍ଚିବ ବୋଲି ଖବର ପଠେଇଥାଏ । ଆଉ ଦି' ତିନି ଘଣ୍ଟା ଭିତରେ ଆମର ବାହାରିବା କଥା । ନାଇକ ସେମିତି 'ଡମ୍‌-ପଟ୍‌କାର' କହି ତାଙ୍କୁ ତରତର କରୁଥାଏ । ଲେଙ୍କାବାବୁ କହିଲେ, 'ଡାକୁଆ ଭାତ, ମାଂସ କଷା ଟିକେ ପତରରେ ବାନ୍ଧିଆ' । କୋରାପୁଟରେ ଜିନିଷପତ୍ର ଫେରାଉ ଫେରାଉ କେତେ

ରାତି ହେବ କିଏ ଜାଣେ ?' ନବବାବୁ ବଂଶୀ ଉପରେ ଚିତ୍ତଥା'ନ୍ତି, ତିନି ଦିନ ହେଲାଣି ତାଙ୍କର ଅଧେ ବେଳ ଉପାସ । ଅରୁଆ ଭାତ, ମାଂସ ଧୋଲ ତାଙ୍କୁ ବିଷ ପରି । ବିସ୍କୁଟ୍, କଦଳୀ ଖାଇ କାମ ଚଳୋଉଥା'ନ୍ତି । ଧୋଲ ପାଣି ପିଇ ତାଙ୍କ ପେଟ ଅହରହ ଘୁଡୁଘୁଡୁ ହେଉଥାଏ । ଯେତେବେଳେ ଜୋରରେ ଟାଣେ ସେ ନାଲି ଗାମୁଛା ଖୋଜନ୍ତି । କୋରାପୁଟରେ ଚଞ୍ଚଳ ପହଞ୍ଚି ଡାକ୍ତର ପରାମର୍ଶ କରିବାକୁ ସେ ତରତର ହେଉଥା'ନ୍ତି ।

ମୁଁ ରାତିର ଅନ୍ଧାର ଭିତରକୁ ଚାହିଁ ଶୋଇଥାଏ । ଆଉ କିଛି ସମୟ ପରେ ଆମେ ଏଠାରେ ନଥିବୁ । ଆଜି ବି ଜହ୍ନ ଉଇଁବ, ଘଡ଼ିଏ ଡେରିରେ । ପୁଣି ଚଇତାଲି ପିଟିବ । କେଉଁ ପୂଜା ପରବରେ ପଦମଗୁଡ଼ାର ଧାଙ୍ଗଡ଼ା-ଧାଙ୍ଗଡ଼ି ଏଠି ଅନ୍ଧାରେ ହାତ ଛନ୍ଦି ନାଚିବେ । ପୁଣି ବାଜା ବାଜିବ । ଡୁଙ୍ଗାଡୁଙ୍ଗାର ଏକତଣା ଲହର ନିଶୃତି ରାତିର ଗଭୀରତାକୁ ଉଚ୍ଛନ୍ଦ କରିଦେବ । ବଂଶୀର ଅଛିଣ୍ଟା ଲହର ଗାଁ ଟପି ଭାସିଯିବ କୁଆଡ଼େ ବୋଲି କୁଆଡ଼େ । ଜୀବନରେ ଆଉ କେବେ ପଦମଗୁଡ଼ା ଆସିବି କି ନାହିଁ କିଏ ଜାଣେ ? ଗୋଟାଏ ଗୋଟାଏ ଅଧ୍ୟାୟ କେତେ ଶୀଘ୍ର ଚାଲିଯାଏ ସତରେ ! ଦୁଇ ଦିନ ପୂର୍ବର ଅଜଣା, ଅଚିହ୍ନା ଦୁର୍ଦ୍ଦାନ୍ତ ବଡ଼ ପରଜାମାନେ କେତେ ଶୀଘ୍ର ଆପଣାର ହୋଇ ବାନ୍ଧି ପକେଇଲେ !

ଖିଆପିଆ ସରିଲା । ଖାଲି ଯାହା ଜିପ୍ ହର୍ଷକୁ ଅପେକ୍ଷା । ଗାଁ ଲୋକ ଆମକୁ ଘେରି ବସିଥା'ନ୍ତି । ନାଇକ ହଠାତ୍ ଅଡ଼ି ବସିଲା - ମହାପୁରୁ, 'ଗପ ।' କି ଗପ ଆଉ କହିବି ?' ମୋର କିଛି ମନେପଡୁ ନଥାଏ । ଗପୁଡ଼ି ବୋଲି ଜୀବନରେ ସୁନାମ, ଦୁର୍ନାମ ଉଭୟ ଅର୍ଜିଛି । ଗପ ଶୁଣିବାକୁ ପିଲାମାନେ ଉକ୍ଣ୍ଠାରେ ମୋତେ କ୍ଲାସରେ ଚାହିଁ ବସିଥା'ନ୍ତି । ସେମାନଙ୍କୁ ଗପ କହୁ କହୁ ମୋର ବର୍ଷ ସରିଯାଏ । ମାର୍ଚ୍ଚ ମାସ ସରିଲା ବେଳକୁ ବି ମୋର କୋର୍ସ ଅଧା ହୋଇ ନଥାଏ । ଅନ୍ୟମାନେ ଗାଲଦୃଘର୍ମ ହୋଇ ଏକସ୍ତା କ୍ଲାସରେ ମୋର ଅବଶିଷ୍ଟ କୋର୍ସ ଉପରେ ପାଣି ବୁଲେଇ ଦିଅନ୍ତି । ସେଥିପାଇଁ ସହକର୍ମୀଙ୍କଠାରୁ ପ୍ରିନ୍ସପାଲଙ୍କ ପର୍ଯ୍ୟନ୍ତ ସମସ୍ତେ ମୋ' ଉପରେ ବିରକ୍ତ । କିନ୍ତୁ ଗପସବୁ ଆସନ୍ତି କଥା ପ୍ରସଙ୍ଗରେ ଲଥା ପରି । ଶୂନ୍ୟରୁ ତୋଲି କି ଗପ କହିବି ? ଅର୍ଥହୀନ ଦୃଷ୍ଟିରେ ମୁଁ ବାଡ଼ କଡ଼କୁ ଚାହିଁଥାଏ । ମହୁଲ ଗଛରୁ ଲମ୍ବିଥିବା ଗୋଟିଏ ଡାଲ ପବନରେ ହଲି ଦୋହଲି ଗଲା ବେଳେ ତା'ର ଛାଇଟା ବି ନାଚି ଯାଉଥାଏ । ମୋତେ ଲାଗିଲା, ବାଡ଼ କଡ଼ ନହକିଆ ଗଛକୁ ଆଉଜି ଆଜି ବି ସେହି ଝିଅଟି ଠିଆ ହୋଇଛି । ମୁଁ ଶୋଇ ପଡ଼ିଲିଣି ଭାବି ନାଇକ ଡାକିଲା - 'ମହାପୁରୁ ?' ତା' ଡାକରେ ମୋର ଆବେଶ ଭାଙ୍ଗିଗଲା । ହଠାତ୍ କାହିଁକି କେଜାଣି ମୋ' ମନରେ ଭାସି ଉଠିଲା, ଗୋଟିଏ ନିଛାଟିଆ ପଦ୍ମ ପୋଖରୀର ନିରୋଲା ତୁଠର ଛବି । ପଦ୍ମ ତୋଲିବାକୁ ଯାଇ

ଝିଅ ମଟ ପୋଖରୀରେ ହେଲାଣି। କୂଳରେ ଅସହାୟ, ଅସମର୍ଥ ବାପା। ଝିଅ ଡାକି କହୁଛି– "ପଦ୍ମ ଘୁଣ୍ଟି ଘୁଣ୍ଟି ଯାଉଛି ହେ ବାପା; ଆଣ୍ଠିଏ ପାଣିରେ ହେଲି।" ହାତ ପାଆନ୍ତାରୁ ଖସି ଯାଉଛି ଝିଅ। ଆଗରେ ବେଣ୍ଟ ପୋଖରୀର ଅକାତକାତ ପାଣି। "ପଦ୍ମ ଘୁଣ୍ଟି ଘୁଣ୍ଟି ଯାଉଛି ହେ ବାପା; ଅଣ୍ଟାଏ ପାଣିରେ ହେଲି।" କୂଳରେ ନିର୍ବାକ୍, ନିରୁପାୟ ବାପ। ଉଜୁଡ଼ି ଯାଉଛି ସଂସାର। ଦୁନିଆର କୌଣସି ଶକ୍ତି ଝିଅକୁ ରକ୍ଷା କରିପାରିବନି। "ପଦ୍ମ ଘୁଣ୍ଟି ଘୁଣ୍ଟି ଯାଉଛି ହେ ବାପା; ଛାତିଏ ପାଣିରେ ହେଲି।" ବାପ ଭାବୁଥିବ, ଝିଅଟା ହେଲେ ଏଇ ଶେଷ ମୁହୂର୍ତ୍ତରେ ତାକୁ ଅଭିସମ୍ପାତ ପଦେ ଦିଅନ୍ତା। ଏ ଅସ୍ୱସ୍ତି, ଏ ଅସହାୟତାରୁ ତାକୁ ମୁକ୍ତି ମିଳିଯାଆନ୍ତା। ସେ ଅଭିଶାପରେ ସେ ଜଳି ଯାଆନ୍ତା। "ପଦ୍ମ ଘୁଣ୍ଟି ଘୁଣ୍ଟି ଯାଉଛି ହେ ବାପା; ତଣ୍ଟିଏ ପାଣିରେ ହେଲି।" ଆଉ ଟିକକୁ ପାଟି ବି ବୁଡ଼ିଯିବ। ଏ ଜନ୍ମରେ ଆଉ ବାପ ଡାକ ଶୁଭିବନି। ଚାହୁଁ ଚାହୁଁ ଆଖି ଆଗରେ ବୁଡ଼ିଯିବ ଝିଅ। କେଉଁ ସାତ ତାଳ ଗହୀରକୁ ଚାଲିଯିବ, ଆପଣାର ଭାଗ୍ୟ ଆଦରି। ଯେଉଁଠି ମୁଣ୍ଡ ଗୁଞ୍ଜିବାକୁ ବାପର ଛାତି ନଥିବ। ଖାଲି ପାଣି ଆଉ ପାଣି। ଅନ୍ଧାର ଆଉ ଅନ୍ଧାର। ଝିଅ କଣ୍ଠରେ ଆକୁତି ନାହିଁ। ରକ୍ଷା କରିବାକୁ ଆବେଦନ ବି ନାହିଁ। ମୁଣ୍ଠିଆ ଉପରର ଏଇ ସୁଲୁସୁଲୁ ବାଆ ପରି, ଆପଣାର ଦୟନୀୟତା ବଖାଣି ତୁଚ୍ଛା ଗୀତ ପଦେ। 'ଏମିତି ବାଛ ଚଢ଼େଇଙ୍କ ପରି ବାପର କୋଳ ଶୂନ୍ୟ କରି କିଏ କ'ଣ ଯାଏ ଲୋ ବାୟାଣୀ? ଅଭିସମ୍ପାତ ପଦେ ଦେବାକୁ ବି ତୋର ଏତେ କୁଣ୍ଠା? ଏଡ଼େ ନିର୍ଦ୍ଦୟ ତୁ.....' ଭାବୁଥିବ ବାପା। "ପଦ୍ମ ଘୁଣ୍ଟି ଘୁଣ୍ଟି ଯାଉଛି ହେ ବାପା....।" କ'ଣ ହେଲା କେଜାଣି, ଅବୋଧ ଛୁଆଙ୍କ ପରି ନାଇକ କାନ୍ଦି ଉଠିଲା। କାନ୍ଦି କାନ୍ଦି ଅନ୍ଧାର ଭିତରେ କୁଆଡ଼େ ଅଦୃଶ୍ୟ ହୋଇଗଲା। ମୁଁ ଆଶ୍ଚର୍ଯ୍ୟରେ ବାରିକ ମୁହଁକୁ ଚାହିଁଲି। ବାରିକ କହିଲା – ନାଇକର ସଂସାର ବୋଇଲେ ଝିଅଟିଏ। ସ୍ତ୍ରୀ କୋଉଦିନୁ ମରିଛି। ତିନି ବର୍ଷ ହେଲାଣି, କ'ଣ ହୋଇଛି କେଜାଣି ଝିଅଟା ଦିନକୁ ଦିନ ଶୁଖି ଯାଉଛି। ଯେମିତି ଶୁଖିଲା ଡାଙ୍ଗ। ନାଇକ କେତେ ଗୁଣି ଗାରେଡ଼ି କରାଇଲା। କିଛି ଫଳ ହେଲାନି। ଜମି ବିକି କୋରାପୁଟ ବଡ଼ ଡାକ୍ତରଖାନାକୁ ନେଇଥିଲା। ଡାକ୍ତର କହିଲା – ବଞ୍ଚିବନି। ଝିଅ ଜାଣେନି ସେ କଥା। ଭାବୁଛି ବଞ୍ଚିବ। ପୁଣି ଦିନେ ତା' ଦେହ କଅଁଳି ଉଠିବ। ନାଇକର ବାରଣ ନ ମାନି ରନ୍ଧାବଢ଼ା କରେ। ବାପର ହେପାଜତ କରେ। ମଟିରେ ମଟିରେ ଦିନେ ଦୁଇ ଦିନ ମଲାଗଲା ପରି ପଡ଼ି ରହେ। ସେତେବେଳେ ତା' ନିଶ୍ୱାସ ରୁନ୍ଧି ହୋଇଯାଏ। ହାତ ଗୋଡ଼ ଲାଠି ଲାଠି। ଦିନେ ଦିନେ ନାଇକ କୁହେ, 'ଚାଲିଯାଆନ୍ତା ହେଲେ ମୋ' ଆଖି ଆଗରେ, ସେ ବାରିକ। ମୋ' ଅଛେ...।" ଆଃ ନାଇକ ପଳେଇଯାଇ ଭଲ କରିଛି। ନହେଲେ କେଉଁ ଭାଷାରେ ସାନ୍ତ୍ୱନା ଦେଇଥା'ନ୍ତି

ତାକୁ? କେମିତି ବୁଝାଯାଏ ଏମିତି ଏକ ସର୍ବସ୍ୱାନ୍ତ ବାପକୁ? କେଉଁଠି ଲେଖା ଅଛି ସେ ଭାଷା?

ନବବାବୁ କ'ଣ ଭାବିଲେ କେଜାଣି, ବାରିକକୁ ପଚାରିଲେ, 'ଆଜି ଭୋଟ ବେଳେ ଗାଁ ସାରା ଅଚିହ୍ନା, ଅଜଣାଙ୍କ ପରି କାହିଁକି ହେଉଥ୍ଲ କିରେ?' ମୁଣ୍ଡ କୁଞ୍ଚେଇ, ଦାନ୍ତ ନେଫେଡ଼ି ବାରିକ ଉତ୍ତର ଦେଲା, ଜାମା, ପେଣ୍ଟ ପିନ୍ଧି ପଡ଼ିଲେ ତୁମେ ସବୁ ତ ଅଧିକାରୀ। ଅଧିକାରୀ ସାଙ୍ଗରେ ଦେଶୀୟାର କି ଭାବ?' ତା' ଉତ୍ତର ଶୁଣି ଲେଙ୍କାବାବୁ ଖୌଁ ଖୌଁ ହସିଲେ। ତାଙ୍କ ହସ ଗୋଧ ମାଙ୍କଡ଼ ଖେଙ୍କିଲା ପରି ଶୁଭୁଥାଏ। କ୍ରମେ ତାହା ଖୁଁ ଖୁଁରେ ପରିଣତ ହେଲା। ଦନ୍ତରେ ଗୁଆ ଲାଗିଗଲା କି କ'ଣ।

କଙ୍କଡ଼ାମାଳ ଛକରୁ ବାଁଶୀ ଡ୍ରାଇଭର ହର୍ଷ ମାରିଲା। ଗୋଟି ଗୋଟି ହୋଇ ସମସ୍ତେ ବାହାରିଗଲେ। ସବା ଆଗରେ ନବବାବୁ। ତାଙ୍କ ପଛକୁ ବାଲାଟ୍ ବାକ୍ସ ମୁଣ୍ଡେଇ ଦି'ଜଣ। ସେମାନଙ୍କ ପଛରେ ହୋମ୍‌ଗାର୍ଡ। ଲେଙ୍କାବାବୁଙ୍କର ବାଟ ପାଇଁ ପାନଭଙ୍ଗା ସରିନଥାଏ। ପାନ ଲୋଭରେ ଡାକୁଆ ତାଙ୍କ ପାଖରେ ଟାକେଇ ଥାଏ। ମୁଁ ମନେ ମନେ ନାଇକକୁ ଅପେକ୍ଷା କରିଥାଏ। ନ କହି ବାହାରିଯିବି କେମିତି? ମୋ' ମନ କଥା ବୁଝିଲା ପରି ବାରିକ କହିଲା – 'ନାଇକ ସାର୍ ନାଁ ଆସେ।' ଲେଙ୍କାବାବୁ ପାନସଜ ବ୍ୟାଗ୍‌ରେ ପୂରେଇ ଯିବାକୁ ବାହାରିଗଲେ। ଡାକୁଆ ମୋ' ବ୍ୟାଗ୍ ଖଣ୍ଡିକ ଧରି ତାଙ୍କ ପଛେ ପଛେ ଚାଲିଲା। ଶେଷଥର ପାଇଁ ଚାରିଆଡ଼େ ଥରେ ଆଖି ବୁଲେଇ ନେଲି। ନାଇକ ସତକୁ ସତ ଆଉ ଆସିଲାନି ନା! ମନେ ମନେ କହିଲି – 'ବିଦାୟ ନାଇକ, ବିଦାୟ ପଦମ୍‌ଗୁଡ଼ା, ବିଦାୟ-ବିଦାୟ!'

ଆମକୁ ବଲେଇ ଦେବାକୁ ଦଶ ପନ୍ଦର ଜଣ ସାଙ୍ଗରେ ଚାଲିଥା'ନ୍ତି। ବାଟରେ ଗୋଟାଏ ଭୁସୁଡ଼ା କୋଠା ଆଡ଼କୁ ଆଙ୍ଗୁଠି ଦେଖାଇ ବାରିକ ଚିହ୍ନେଇ ଦେଲା, 'ପଣ୍ଡା କଣ୍ଟ୍ରାକ୍ଟରର କୋଠି।' ମାଳା ହାତୀ ପରି ଅରମା ମଝିରେ ଘରଟା ହାମୁଡ଼େଇ ଥାଏ।

କଙ୍କଡ଼ାମାଳ ଛକରୁ ବାଁଶୀ ଉଚ୍ଛନ୍ନ ହୋଇ ହର୍ଷ ମାରୁଥାଏ। ଆମେ ତରତରରେ ପାଦ ପକେଇଲୁ। ଗାଁ ମୁଣ୍ଡରେ ଏକୁଟିଆ ବାଆଁରା ଘରଟିଏ। ସେଇଠି ଗୋଟାଏ ପଥର ଚଟାଣ ଉପରେ ଠିଆ ହୋଇଥାଏ ନାଇକ, ନିଛାଟିଆ ଡେଙ୍ଗା ଶାଲ ଗଛପରି। ମୁଁ ତାକୁ ଚିହ୍ନିପାରି ପାଖକୁ ଛୁଟିଗଲି। ମୋତେ ଦେଖି ନାଇକ ଖୁସିରେ ଉଚ୍ଛୁଳି ପଡ଼ିଲା। କହିଲା, 'ମୁଁ ଜାଣିଥ୍ଲି ତୁ ଆସିବୁ।' ତା' ପରେ ଘର ଭିତରକୁ ଆସି ଡାକ ପକାଇଲା, 'ଫୁଲମତୀ!' ଅନ୍ଧାରୁଆ ଘର ଭିତରୁ ପଦାକୁ ଆସି ଠିଆ ହେଲା ଫୁଲମତୀ। ସେତିକି ବାଟ ଆସି ସେ ଧଇଁସଇଁ ହୋଇଯାଉଥାଏ। ଚିହ୍ନିଲି – କାଲି ରାତିରେ ନାଚ ପାଖରେ ଏଇ ଫୁଲମତୀ ହିଁ ଠିଆ ହୋଇଥ୍ଲା। ଦିଶୁଥାଏ ଗୋଟାଏ ଜୀଅନ୍ତା ପ୍ରେତ ପରି। ହାଡ଼

କେଇଖଣ୍ଡ ଉପରେ ଖାଲି ଚମ ଛାଉଣି । କେତେ କଷ୍ଟ କରି କାଲି ସ୍କୁଲ୍ ହତା ଯାଏ ଯାଇଥିବ । କ'ଣ ଦେଖିବାକୁ କିଏ ଜାଣେ ? ଦେହର ସବୁ ଶକ୍ତି ଖଟେଇ ମୋ' ଆଗରେ ଠିଆ ହୋଇଥାଏ, ଯେମିତି ଜୀବନ ବିରୋଧରେ ନିରବ ପ୍ରତିବାଦଟିଏ । ନାଇକ ଚିହ୍ନେଇ ଦେଲେ – 'ମହାପୁରୁ' । ଫୁଲମତୀ ତଳେ ମୁଣ୍ଡ ଲଗେଇଲା । ତମାମ ପୃଥିବୀର ଯନ୍ତ୍ରଣା ସତେ ଅବା ବୋଝଟିଏ ହୋଇ ମୋ' ପାଦ ତଳେ ଲୋଟି ପଡ଼ିଲା । ତଳୁ ମୁଣ୍ଡ ଉଠେଇ ଠିଆ ହେବା ପାଇଁ ତାକୁ ଯେତିକି କଷ୍ଟ, ସାରା ସଂସାରର ଐଶ୍ୱର୍ଯ୍ୟ ଓଜାଡ଼ି ଦେଲେ ବି ସେଥିରୁ କାଣିଚାଏ ଊଣା ହେବନି । କି ଆଶୀର୍ବାଦ ତାକୁ କରିବି ମୁଁ ? ଛାର ମଣିଷଟାଏ । ବଡ଼ ପରଜା ଗାଁ ପଦମଗୁଡ଼ାର ଦି' ଦିନିଆ ଭୋଟ ଅଧିକାରୀ ! ଭାରି ଇଚ୍ଛା ହେଉଥିଲା, ଜୀବନରେ ପୁଣ୍ୟ କିଛି ଯଦି ଥାଏ ତା' ବିନିମୟରେ ଫୁଲମତୀ ମୁହଁରେ ଚେନାଏ ହସ ଫୁଟେଇ ଦିଅନ୍ତି । ଘଡ଼ିକ ପାଇଁ ହେଉ ପଛକେ ତାକୁ ମୃତ୍ୟୁର ଆତଙ୍କ ଭୁଲେଇ ଦେଇ କୁହନ୍ତି – 'ଡରନାହିଁରେ ମା', ମୁଁ ଅଛି ।' କିନ୍ତୁ ହାତ ଦୁଇଟା ମୋର ସେମିତି ଅଥର୍ବ ହୋଇ ଓହଲି ରହିଥା'ନ୍ତି । ବେଣ୍ଟ ପୋଖରୀ ତୁଠର ଅସହାୟ ଚାପଠାରୁ ବି ବଳି ସେ ଦୁଇଟି ଆହୁରି ଜଡ଼, ଆହୁରି ନିଷ୍ପନ୍ଦ ।

ଲେଙ୍କାବାବୁ ଡାକିଲେ – 'ଆସନ୍ତୁ ସା'ରେ । ଡେରି ହେଉଛି । ଏଇଟା ରକ୍ତ ଶିକୁଳୀ ରୋଗ । ଲକ୍ଷଣ ଦେଖି ମୁଁ ଜାଣିପାରୁଛି । ଆଦିବାସୀଙ୍କୁ ସେ ରୋଗ ବେଶୀ ଧରେ । ସେ କ'ଣ ଆଉ ବଞ୍ଚିବ ? ନାଇକ ମିଛଟାରେ କୁହୁଡ଼ି ପହଁରୁଛି ।'

ମୋତେ ଲାଗିଲା, କଙ୍କଡ଼ାମାଳ ପାହାଡ଼ ମଥାନରୁ ଏତେବେଳ ଯାଏ ଧାପେ ଧାପେ କରି ଚଢ଼ିବାକୁ ଚେଷ୍ଟା କରୁଥିବା ଜହ୍ନ ପଦମଗୁଡ଼ା ପାହାଡ଼ କାନ୍ଥି ତଳକୁ ହଠାତ୍ ଖସି ପଡ଼ିଲା । ଘନଘୋର ଅନ୍ଧାର ଭିତରେ ଗଲା ଫଟାଇ ମୁଁ ଚିତ୍କାର କରି ଉଠିଲି – 'ଲେଙ୍କାବାବୁ !'

ଅଧ ରାତିର ଗପ

ତୋ ଘର ଏତେ ବାଟ ବୋଲି ମୁଁ କଅଣ ଜାଣିଥେଲି ଲୋ ନାବ ? ବସରୁ ଓହ୍ଲେଇ ଚାଲୁଚି ତ ଗଲା । ମୋ ଭାଇ ସେଇ ବସ୍ ଷ୍ଟାଆଣ୍ଡ ପାଖରେ ଘରଭଡା ନେଇ ରହୁଚି । ଭୋବନେଶୋରରେ କୋଉଠି ଜାଗା କିଣି ପାଞ୍ଚ ବରଷ ହେଲା ପକେଇଚି । ଘର କରି ପାରୁନି । ଭାଉଜଟା ଭାରି ବଦଖର୍ଜି । ବଦଖର୍ଜି କଅଣ ବା ଯାହାକୁ ଜୁହନ୍ତି ଚରଚରି ଘୋଡୀ । ସବୁକଥାକୁ ହମହମ । ଛଅ ଜାଗାରେ ନଅ ଖରଚ କରି ପକେଇବ । ଭାଇ ଭୋବନେଶୋର ଭଲିଆ ଜାଗାରେ ଘର କରିବାକୁ ପାରି ଉଠି ପାରିଲେ ହେବ ସିନା ! ଜାଗାଟା ସେମିତି ପଡିଚି । ପାଚିରୀ ବୁଲେଇବାକୁ ଭାଙ୍କ ମତେ ତିରିଶ ହଜାର ଟଙ୍କା ମାଗୁଥେଲା । ଇଲୋ ତିରିଶ ହଜାର କିଏ ନା ମୁଁ କିଏ ଲୋ ନାବ ? ଏ କଅଣ କହନ୍ତି ହାଉକୁ ଘୋରି ଟଙ୍କା କେଇଟା ସଞ୍ଚିଥେଲି ବୋଲି ଆଜି ପରିକା ଯୁଗରେ ସହରବଜାର ଜାଗାରେ ଘର ଖଣ୍ଡେ କଲି । ବେଙ୍କ ଲୋନ ଆହୁରି ସତୁରୀ ହଜାର ବାକି ପଡିଚି । ବେଙ୍କ ବାଲା ମାସକୁ ମାସ ସୁଧ ଓପରେ ସୁଧ କଷି ନଉଛନ୍ତି । ଯାହା ଯେମିତି ହେଇଥାଆନ୍ତା, ପୁଅଟା କଲିଜି ଯିବା ଦିନୁ ହାତରେ ପଇସାଟିଏ ବଲୁନି । ଆଜିକାଲିକା ପିଲାଙ୍କ ବାଗ ତୁ ଜାଣିନୁ ? ଖାଲି ଟଙ୍କା ଓପରେ

ଟଙ୍କା ଝଡ଼େଉଚି । ଆଉ ଘର ଚାରି ବଖରାକୁ ମୋ ସଞ୍ଚୟ ପାଇଲେ ହେବ ସିନା! ଭାବିଥେଲି ଦୋ ମହଲା ଓପରେ ଘର ଚାରି ବଖରା କରି ଦେଇଥିଲେ, ସେଇଠି ଆମେ ରହିଥାନ୍ତୁ । ତଳତାଲା ଓପର ତାଲା ଭଡ଼ା ନଗେଇ ଥେଲେ ଟଙ୍କା କୋଡ଼ିଏ ହଜାର ମିଲିଥାନ୍ତା । ହେସୁରୁ କଅଣ ବା ନାବ? ଏଇଋଷିଣାକୁ ୟାଙ୍କର ଚାକିରି ଖଣ୍ଡକ ଅଛି ବୋଲି ସିନା । ଆଉ ତ ଧାଇଁଧାଇଁ ବର୍ଷ ଦଶବବାରଟା । ତେଣିକି ? ପେନସନ ଏମିତି କେତେ ମିଲିବ କି ? ସେଥିରେ ପୁଣି ବୁଢ଼ାବୁଢ଼ୀ ଦିନେ ଧେଆ ମୁଣ୍ଡ ଅଛି ନା ନାହିଁ । ଏବକୁ ସିନା ସେ ମତେ କଥାକଥାକେ ନିକୁଛିଆଣି କହି ଉଲୁଗୁଣା ଦେଉଚନ୍ତି, ସତେବେଲକୁ ବଲେ ବୁଝିବେନି କି ।

     ଇଲୋ ମୁଁ ସେମିତି ହେଇ ନଥେଲେ ଜାଗା କିଏ ନା ଘର କିଏବା ? କିଏ କେତେ ଓଜାଡ଼ି ପକେଥାଆନ୍ତା ମୁଁ ଦେଖିଚି । ବୁଝିଲି ଲୋ ନାବ, ମୁଁ କହୁଥେଲି ଆଉ ଦଶ ବରଷ ଆମେ ଆମର ସିଆଁଡେ ରହିବା । କଟକଭୋବନୀଶୋରରେ କଅଣ ଆମର ପୁର ପଇଚି ? ଖାଲି ତ ଘର ପାଖକୁ ଯିବିଯିବି ବୋଲି ଆଁଖିକି ନିଦ ହେଲାନି । ପାଉଥା ଦିହରେ ମୁଣ୍ଡରେ ଅବିକା । କଟକ ଭୋବନୀଶୋର କଥା ମୁଁ ଜାଣିନି । ଯାହାର ଡାକ୍ତରପାଖରେ କାମ ପଡ଼ିଲା ସିଏ ପହଞ୍ଚିବ । ଯାହାର ଅଫିସ କାମ ପଡ଼ିଲା ସିଏ ପହଞ୍ଚିବ । ଇଲୋ ଦିନେ କାଲେ ଯାହା ସାଙ୍ଗରେ ଚିହ୍ନାପରିଚ ନ ଥିବ କୋଉ ଆଲିଆ ଲେଖାରେ ବାଲିଆ ବନ୍ଧୁ ହିସାବ ଯୋଡ଼ି ଆସି ପହଞ୍ଚିବେ । ଯାବତ ହଇରାଣ କରିବେ । ଖାଇବେ ପିଇବେ ପୁଣି ଗଲା ବେଲକୁ ବାଟ ଖରଚ ଉଧାରି ମାଗିବେ । ଖାଆସ ସେଇଥି ପାଇଁ ଘର କାମ ନସରୁଣୁ ମୁଁ ଭଡ଼ା ବାବଦକୁ ବଇନା ରଖିଲି । ଘର ଖାଲି ଥିଲେ ସିନା କିଏ ଆସି ରହିବାକୁ କହିବ । ଓପର ତାଲାରେ ଶିଡ଼ି ଘରକୁ ଲାଗି ଯୋଉ ବଡ଼ ବଖରାଟା ଅଛି ସିଏ ତାକୁ ଖାଲି ରଖିବାକୁ କହୁଥେଲେ । ତାଙ୍କ ମତଲବ କଅଣ ମତେ ଆମାଲୁମ ? ଗାଁରୁ ବୁଢ଼ାବୁଢ଼ୀଙ୍କ ଆଣି ପାଖରେ ରଖିଥାଆନ୍ତେ । ବୁଢ଼ାର ଦିନରାତି କି ନେଞ୍ଚରା କାଶ ନାଗିଚି ଯେ ଘଡ଼ିଏ ପହଡେ ଶାନ୍ତିରେ ରଖେଇ ଦେବନି । ବୁଢ଼ୀର ଆଶଣ୍ଡୁଗଣ୍ଡି ବାତ । ଦି ବରଷ ହେଲା ଭଲରେ ଉଠିବସି ପାରୁନି । ମୋର ସେଗୁଡ଼ାଙ୍କ ପଚ୍ଛରେ ଦିନ ରାତି ଦହଗଞ୍ଜି ହୋଇ ମରିବ କିଏ ବା ? ମୋ ବଲ ବୟସ ଯାଉଚି ନା ଆସୁଚି, ତୁ କହୁନୁ ନାବ । ସହଜେ ଆମୁଆ ଦିହ ବୋଲି ଚଲପର୍ଚଲ ହେବାକୁ ମତେ ଯୋଉ କଷ୍ଟ ମୁଁ ଜାଣେ । ସେଥେରେ ପୁଣି ଅଡ଼ୁଆରେ ପଶିବି ? କାହିଁ ଆଉ ତିନତିନିଟା ପୁଅ ଜନମ କରି ନାହାନ୍ତି କି ? ମୁଁ କଅଣ ମୋଫତ ପଡ଼ଚି ? ମୁଁ କହିଲି, ଏତେ ଯଦି ବାପମା ସୁଆଗ ବୋହି ପଡ଼ୁଚି, ମାସକୁମାସ ବୁଢ଼ା ନାଁରେ ଶହେ ବୁଢ଼ୀ ନାଁରେ ଶହେ ପଠେଇ ଦିଅ । ଆମେ ତେଣିକି ପାଇଲେ ଖାଇବା ନ ପାଇଲେ

ଓପାସ ରହିବା। ଇଲୋ ଦି ବରଷ ହେଲାଣି ମୋ ଅଣ୍ଢା ଦରଜ। ପଇସା ଖର୍ଚ୍କୁ ଡରି ମୁଁ ଓଷଦ ଟିକେ ଖାଉନି। ଏତେ ବେପାରକୁ ମୁଁ ପାରିଲେ ସିନା! ନା ବାପ ରାଣ ଢିଙ୍କି ଗିଲା? କାହିଁ ରହୁ ନାହାନ୍ତି ଯାଇ ଆଉ କାହା ପାଖରେ। ଆହୁରି ଦିଇଟା ପୁଅ ପଦାରେ ଚାକିରି କରି ରହୁନାହାନ୍ତି କି? ଆମେ ତ ଖାସ ସେଇ ବୁଢ଼ାବୁଢ଼ୀଙ୍କ ପେଇଁ ଜାଗା ବାଡ଼ି ସବୁ ଛାଡ଼ି ଆସିଲୁ। କେଉ

ଦିନେକାଳେ ଭଲରେମନ୍ଦରେ କିଏ ଚାଉଲ ଗଣ୍ଡାଏ ନା ବିରିମୁଗ ପୋଷେ ଆମକୁ ଦିଏ ବା? ତୋତାଟାଜାକର ଆମ୍ୟପଣସ ତାଙ୍କ ପେଟରେ ପଶୁଚି, ମୋ ଛୁଆ ପେଇଁ କିଏ କେଉ ଦିନ ଗୋଟାଅଧେ ପଠାଏ? ଆମର ତ ବାରମାସି ତେରକାନ୍ଲି ଯେଉ କିଣି ଖିଆକୁ ସେଇ କିଣି ଖିଆ। ଫେଏରେ ଆମ ଓପରେ ଆଖି କାଙ୍କି? ମୁଁ ୟାଙ୍କୁ କହିଲି, ଜମିବାଡ଼ି, ତୋତାପୋଖରୀ ସବୁ ମାମଲତକାର ବସେଇ ସାତ ବାଣ୍ଡ କରଦିଅ । ଚାରି ପୁଅଙ୍କର ଚାରି ବାଣ୍ଡ, ଦୁଇଙ୍କର ବାଣ୍ଡେ, ବୁଢ଼ାବୁଢ଼ୀଙ୍କର ଦି ବାଣ୍ଡ। ତେଣିକି ବୁଢ଼ାବୁଢ଼ୀଙ୍କ ଜମି ଯିଏ ଖାଇବ, ତାଙ୍କ ଭଲମନ୍ଦ ତାଆର। ଦୁଇଙ୍କ ସମ୍ପତ୍ତି ଯିଏ ଖାଇବ ତାଙ୍କ ହାନିନାଭ ସିଏ ବୁଝିବ। ଏଇଷିଣାକୁ ବଡ ନଣନ୍ଦ ପୁଅର କାନ ଫୋଡା। ବୁଢ଼ୀ ସୁନା ଫାସିଆ ହଲେ ପେଇଁ ଖବର ପଠେଇ ଥେଲା । ସୁନା ଆଜିକାଲି ଯେଉ ଅଦର ଦର! ତୁ କହୁନୁ ନାବ, ନିକୁଛିଆରେ ଦି ତିନି ହଜାରରୁ କମ ପଡ଼ିବ? ଆମର ତ ବେଙ୍କ ଲୋଆନ ଶୁଝ। ସରନି। ସୁନା ଫାସିଆକୁ ଆମେ ପାରିଲେ ସିନା! ମୋ ପୁଅ କାନ ଫୋଡା ବେଲକୁ ତା ମାମୁ ଦେଥିବା ପୁରୁଣା ଫାସିଆ ହଲକ ବାକ୍ସରେ ଥୁଆ ହୋଇଚି। ଇଏ ତା ଓପରେ ଆଖି ପକେଇଥିଲେ। ମନେମନେ ଭାବିଥେଲେ ଆଉ ଟଙ୍କା ଦିଥିନି ଶହ ପକେଇ ବଜାରୁ ବଦଲେଇ ଆଣିଥାଆନ୍ତେ। ମୁଁ କହିଲି, ବୁଝ୍ ଖବରଦାର ! ମୋ ବାପଘର ଜିନିଷରେ ହାତ ଦବନି। କାହିଁ, ଆହୁରି ତିନିତିନିଟା ମାମୁ ନାହାନ୍ତି କି? କାହାରି ତ ପ୍ରାଣ କାନ୍ଦୁନି। ତମର କଅଣ ଏମିତି ଭଣଜା ସୁଆଗ ବୁକେଇ ପଡ଼ୁଚି?   ବେଭାର ବାବଦକୁ ଟଙ୍କା ଦି ଶହ ପଠେଇ ଥିର ହେଇ ଘରେ ବସ। ରାଗରେ ଇଏ ଆଉ ବେଭାର ଟଙ୍କା ବି ପଠେଇଲେନି। ତହୁଁ, ବଡ ନଣନ୍ଦ ତ ଆର ଚାଲାକି। ଭାଇକି କାନଫୋଡା ଦିନ ଯିବାକୁ ବାରୁବାରୁ କରି ଖବର ପଠେଇଲା । ମୁଁ ଭାବିଲି ଇଏ ଗଲେ କଅଣ ଆଉ ଖାଲି ହାତରେ ଯିବେ? ନିହାତି ପାଁଶ' ହଜାର ଦରକାର ନା ନାହିଁ? ବୁଝିଲୁ ନା ନାବ, ସେ ଟୁପୁସାମୁହିଁ ଖଣ୍ଟକ ତା ମା' ବାଗବରଗ ଛିଣ୍ଡେଇ ଆଣିଚି ବା। ତାଆରି ଭଲିଆ ବାର କୁତୁରିପିଆଣିଟା। ପେଟରେ ଗୋଟାଏ, ମୁହଁରେ ଗୋଟାଏ। ମାଡୁଅ ଏମିତି ସାକୁଲେଇ ହେଇ କଥା କହିବେ, ତୁ କହିବୁ ୟାଙ୍କ ବାଗେ ଭଲ ଲୋକ ଆଉ

ଜଗତରେ ନାହାନ୍ତି । ଛିଆ ଲୋ ମା', ମୁଁ ତ ଏତେ ଛଦକପଟରେ ପଶି ପାରେନା । ମୋ ମା' ତ ମତେ ସେମିତି ବଢେଇନି । ମୁଁ ଏବେ କରେ କଅଣ ? ମନେମନେ ଗୋଟାଏ ବୁଦ୍ଧି ପାଞ୍ଜି କହିଲି, ମୋ ଅଣ୍ଟା ପଗଡିଚି । ମୁଁ ରୋଷେଇବାସକୁ ପାରିବିନି । ପାରୁଚ ଯଦି ରୋଷେଇ କରି ଖା' । ନହେଲେ ବାପପୁଅ ହୋଟେଲରେ ଖା' । ଏଣେ ପୁଅର ତ ମୁଣ୍ଡ ଓପରେ ପରୀକ୍ଷା । ଇଏ ଆଉ କରନ୍ତି କଅଣ ? କୋଚିଆ ଭଳିଆ ମୁହଁ ଜାକି ଘରେ ରହିଲେ । କାନଫୋଡା ଆଠ ଦଶ ଦିନ ବାଆଦେ ନଣନ୍ଦ ତା ଭାଇ ପେଇଁ ଜାମା ପେଏଣ୍ଟ କପଡା ମୋ ପେଇଁ ଶାଢି ଖଣ୍ଡେ ପଠେଇ ଥେଲା । ୟାଙ୍କ ବାଗ ତ ଜାଣିଚୁ । ରଖିବାକୁ କୁନୁକୁନୁ ହେଉଥେଲେ । ମୁଁ କହିଲି, କି ? ଗାଁରୁ ଯୋଉ ଭାରବେଭାର ଗଲା ସେଠିରେ ଆମ ଭାଗ ନ ଥିଲାକି ? ତଥାପି ମୋ କଥା କାଇଁ ଶୁଣନ୍ତେ ! ମୁଁ କହିଲି, ନ ଶୁଣିଲେ ତ ମୋର ଭାସି ଗଲା । ପୁଅ କୋଉ ଦିନୁ ଜାମା ପେଏଣ୍ଟ ପେଇଁ ଲଗେଇ ଥେଲା । ସେଇ କପଡାରେ ତା ପେଇଁ ଜାମା ପେଏଣ୍ଟ ସିଲେଇ କରେଇ ଦେଲି । ସେ ଟୋକା ମନକୁ ପାଉ ନଥିଲା । କଅଣ ଜିଲ୍ନି ନା ଫିଲ୍ନି ପେଏଣ୍ଟ କହୁଥେଲା । ମୁଁ କହିଲି ଇଚ୍ଛା ହେଲେ ପିନ୍ଧ୍ ନହେଲେ ନ ପିନ୍ଧ । ବେଙ୍କ ଲୋନ ଶୁଝ । ନ ସରିବା ଯାଏ, ମୁଁ କୋଉ କଥା ଶୁଣିବିନି । ବୁଝିଲୁ ନା ନାବ, ବେଏଙ୍କ ଲୋଓନ କୋଉ ଶୁଝୁଚି ? ଶୁଝି ଆସିଲା ବେଳକୁ ମୁଁ ତିନି ତାଲାରେ ଆଉ ଚାରି ବଖରା ଛାତ ପକେଇ ଦେଇ ନଥିବିକି ? ସେ ଟଙ୍କା ଶୁଝ। ସରିଲା ବେଳକୁ ବୁଢାବୁଢୀ କୋଉ ଆଉ ଥିବେ ? ତେଣିକି ଯେତେ ଭାଇ, ସେତେ ଘର । କିଏ କାହାକୁ ପଚାରେ ? ମୁଁ ସେତେବେଳେ ଜମିବାଡି ବାଣ୍ଟ କରିବାକୁ ଆନି ଘୋଟି ବସିବିନିକି ?

ତିନିପୁଅ ତ ଚାକିରିବାକିରି କରି ଆମେ ପଦାରେ । ଗାଁରେ ସେଇ ବଡମଝିଆ ସବୁ ଭୋଗଭାଗ୍ୟ କରୁଚି । ଯାହା ଯୋଉଟି ହେଲା ସବୁ ତାଙ୍କରି ପେଟରେ ପଶୁଚି । ତଥାପି ଏମିତି ନିଅଣ୍ଟ ପଡୁଚି ଯେ ବୁଢାକୁ ଅଫିମ ଖରଚ ବାବଦ ମାସକୁ ସାନ ଦିଅର ତିନି ଶହ ଟଙ୍କା ପଠୋଉଚି । ବୁଢୀର ଅଧସେରେ କ୍ଷୀର ନାଗୁଆ । ସାନମଝିଆ ମାସକୁ ପଠୋଉଚି ତିନିଶହ । ଆହୁରି ଅଭାବ ପଡୁଚି ଯେ ବୁଢା ୟାଙ୍କୁ କହୁଚି ତୁ ବନ୍ଧୁବାନ୍ଧବ ଖର୍ଚ୍ଚ ସମ୍ଭାଳ । ମୁଁ କହିଲି ଏତେ ଯଦି ଅଭାବ ପଡୁଚି ଭିନ୍ନେ ହୋଇ ଯାଆ । ବୁଢାବୁଢୀ ପାଲି କରି ସବୁ ଭାଇଙ୍କ ପାଖରେ ତିନି ମାସ ନେଖା ରହନ୍ତୁ । କଅଣ ନାଙ୍କରା କଥା କହିଲି ତୁ କହୁନୁ ନାବ ।

ବୁଢୀ ଆଣ୍ଟୁଗଣ୍ଟି ବାତ ବେଶୀ ପଗଡିଥେଲା ବେଳେ ଆମେ ପାଖକୁ ଆଣି ମାସେଦେଢମାସ ରଖି ନଥିଲୁ କି ? ବୁଢୀ ତ ନିଜେ ଗାଁକୁ ଯିବାକୁ ଖୁମାଣ ଘୋଟି

ବସିଲା । ତାଆର ତ ଘଡିକି ଘଡି ଖାଲି ମାଲ କଥା ମନେ ପଡିଲା,ସିଏ ଏବେ କରିବ କଣ ? ସେ ମାଲଟେଁ କି ପୁର ପଶିଚି କେଜାଣି ଲୋ ମା' ?ତାଆରି ନାଁକୁ ଜପାମାଲି କରିଚି । ଉଠୁଣୁବସୁଣୁ ମାଲ । ବୁଢ଼ିକି କଣ ଓଷଦମୋଷଦି କରିଚି କି କଣ ଲୋ ନାବ । ସୁତରକହି ଭାରି ଜଣେ । ଏ କଣ କହନ୍ତିନି କଥା ଚାଦି ନା କଥାରେ ପକେଇବ ବାନ୍ଧି । ଏମିତି ସର ପକେଇ କଥାକହିବ ତୁ କହିବୁ ଯାଉ ମୋର ନିଜର ବିଲି ଆଉ କେହି ନାହାନ୍ତି । ମତେ ତ ସେମିତି ସତମିଛ ନଗେଇଙ୍କୁଟେଇ କହି ଆସେନା ଲୋ ମା ! ବୁଢ଼ୀ ଯୋଉ କେତେ ଦିନ ରହିଲା ତାଆର କେତେ ନକରିଚି । ଦିହରେ କବିରାଜୀ ତେଲ ମାଲିସ କରିବା ଠୋଉ ଆଉଆଉ ଯେତେ କଥା । ହେଲେ ଟିକକ କଥାକେ ମାଲ । କାହା ବ୍ରହ୍ଣ ନ ଚିଢ଼ିବ କହନୁ । ଏତେ କରିକରି ମନ ଶାନ୍ତି ହେଲାନି ଯେ ଗାଈ କିଣିବ ବୋଲି ଟଙ୍କ ଦି ହଜାର ମାଗୁଥେଲା । କହିଲା ଗଜିଆ ପାଏ ଦୁଧରେ ତିନି ପା' ପାଣି ପୂରେଇ ଦେଉଚି । ଏତେ ଯଦି ଘର କ୍ଷୀର ଖାଇବାକୁ ଇଚ୍ଛା, ଘର ଗାଈ ଝୁଥିକୁ ଦଉଥେଲ କିଆଁ? ଏମିତି ନଷ୍ଟୀବନ୍ତ ଗାଈ କି ନାବ ! ସେଇ ଗାଈ ନେଲା ଦିନୁ ତା ଝୁଥ ଘର କେମିତି ଉଜୁଟି ହଉଚି ଦେଖୁନୁ । ଆଉ ଅବିକା ଗାଈ କିଣିବାକୁ ଫେଁଶେ ହମହମ କଣ? ଆମେ ଟଙ୍କା ଦି ହଜାର କୋଉଠୁ ପାଇବୁ? କି ଯୋଗରେ ଘର କାମ ଆରମ୍ଭ କରିବାକୁ କହିଲି ଯାହା ଯୋଉଠି ଥେଲା ସବୁ ତ ସେଇ ଘର ମୁହାଁ ଯାଉଚି । ଆମ ଗାଁ କୁଳଭାଇ ଘରନେଖା ଘର ଖଣ୍ଡେ କରିବାକୁ ମୋର ଭାରି ଇଚ୍ଛା । କୁଳଭାଇ ଦାଣ୍ଡରେ କେମିତିକା କୁଟି କାମକରା ଯାଉଁଲି କବାଟ ଫିଟିଂ କରିଚି ଦେଖିଚୁ ନା ? ଯେତେ ମାର୍ବୁଲଟାଇଲ ବିଛେଇଲେ କଣ ହେବ, ତା ପଥର ପିଣ୍ଡାକୁ କଣ ସରି ହେବ? ମୁଁ ପଥର ପିଣ୍ଡା କଥା କହିବାରୁ ଇଏ ହସିଲେ । କହିଲେ କୋଉ ଯୁଗର ନୋକ କି ତମେ ? ଇଏ ସହରବଜାରରେ ଚାକିରି କରୁଥିବା ଲୋକ ପଥର ପିଣ୍ଡା ମହତ ବୁଝିବେ କାହୁଁ? ପଥରପିଣ୍ଡାକୁ ଉଁଚାଉଁଚା ଲିପାପୋଛା କାନ୍ତୁ । ସତେ ଯେମିତି ମାଛି ଖସି ପଡିବ । ସେଥେରେ ପୁଣି ପଦୁଁଆ ଫୁଲ ଚିତା ନେଖା ହେଇଥବ । ଚାଲରୁ ଝୁଲୁଥିବ ସବାରୀପାଲିଙ୍କି । ଆଗରେ ବଉଳଗଛ ଛାଇରେ ବଡଚଉଁରାକୁ ଏହେ ବଡ ଚାଦିନୀ । ସେ ପିଲାଦିନ କଥା କଣ ପାଶୋର ଯାଉଚି ? କୁଳ ଭାଇ ସାଙ୍ଗରେ ମୋର ଯେତେବେଳେ ବାହାଘର ପର୍ଯ୍ୟାବ ପଡିଥେଲା ଖାଲି ସେଇ ଯାଉଁଲି କବାଟ,ପଥର ପିଣ୍ଡା ନୋଭରେ ମୁଁ ଅଧେ ରାଜି ହୋଇଥେଲି । ମୋ ବୋଉର ବି କ୍ଷୋଲ ପଣ ଓପରେ ସତର ପଣ ଛଲ୍ଲା ଥେଲା । ହେଲେ ତାଙ୍କ ଡିମାଣ୍ଡକୁ ଆମେ ପାରି ଉଠିଲେ ସିନା! ନହେଲେ ମୁଁ କାଇଁ ଯାଉଥେଲି ଏ ବାରଛତରଖିଆ ଘର ଭାଙ୍ଗି ଭଗାରୀରେ ପଡି ଘାଣ୍ଟିଚକଟି ହେଇ ଆଜି ହାନସ୍ତ ହେବାକୁ । କୁଳଭାଇ ବାପମା

ଟଙ୍କା ସୁନା ନୋଉରେ ସିନା ସେଠି ବସିଲେ ନ ହେଲେ କୁଳ ଭାଉ ସାଙ୍ଗକୁ ସେ ମାଇକିନିଆ କଅଣ ମାନୁଚି? ତା ପାହୁଆ ଗୋଡ ଦିଇଟା ଦେଖିନୁ ? ଥୋମଣିଟାକୁ ଯେମିତି କିଏ କୋଦାଳରେ ଚେକା ହାଣିଲା ଭଳିଆ ତାଙ୍କ ଦେଇଚି। ଛାଡ ବା ପର କଥାରୁ ଆମକୁ କଅଣ ମିଳିବ। କିଏ ଶୁଣିଲେ ବାର ଅପଦୁଆ ଉଠିବ। ଖାଲି ତୁ ପିଲା ଦିନ ସାଙ୍ଗଟା ବୋଲି ତୋତେ ମନ ଖୋଲି କହୁଚି। ପଥର ପିଣ୍ଡ ନ ହେଲା ନାହିଁ ସେମିତିକା। ଯାଉଁଲି କବାଟ ହେଲେ ଆଗ ଦରଜାରେ ଫିଇଟି କରିବାକୁ ମୋର ଭାରି ଇଚ୍ଛା। ସେମିତିକା କାରିଗର ଟାଉନୁରେ ମିଳୁ ନାହାନ୍ତି। ଏଠିକା ମିସ୍ତ୍ରୀ ଚକେ ଗଲେ ବାର ହାତ। ଅବିକାକୁ ପିଲାଇ କବାଟ ନଗେଇ ଦେଇଚି। ଅସଲ ମେହଗାନୀ ପଟା କିଣି ରଖିଚି। ମିସ୍ତ୍ରୀ ମିଳିଲେ ସେମିତିକା ଯାଉଁଲି କବାଟ ଫିଇଟି କରେଇବି। ସବୁ ସେଇ ଓପର ବାଲାର ବରାଦ। ଦେଖାଯାଉ।

ଇଲୋ ଦେଖ ଲୋ ନାବ, କୋଉ କଥାରୁ ଆସି କୋଉ କଥା। ଏ କୁଳ ଭାଇଟା ସବୁ କଥାରେ ଏମିତି ଅନୁହୁତି ପଶି ଆସେ କାହିଁକି କେଜାଣି। ଯିଏ ଶୁଣିବ ହସିବ। ଛିଃ, କି ବେଲଜ୍ୟା କଥା ଲୋ ମା! ଆସି ପୁଅ ବାହା କରି ବୋହୂ ଆଣିବାକୁ ବସିଲିଣି, ଏ ଦିନେ ପୁଣି କୁଳ ଭାଇ!

ହଁ, ସେ ବୁଢୀ କଥା କହୁଥେଲି ନା। ଆଗଆଗ ତ ମାଲକୁ ଛାଡି ଆସିବାକୁ ମୋତେ ମଙ୍ଗୁ ନଥେଲା । ଯେମିତି ଆସି ଟାଉନୁ ଖାନା ପାଟିରେ ବାଜିଚି ଆଉ ତ ଯିବା ନାଁ ଧରିଲାନି। ଓଲଟା ବାର ସିଟିମିଟି ବରାଦ କଲା। ଆଜି କଖାରୁ ଫୁଲ ପିଠା କର। କାଲି ମଞ୍ଜା ରାଇ କର କର । ମୁଁ ଏବେ ତୋ ପେଇଁ କଖାରୁଫୁଲା, କଦଳୀ ମଞ୍ଜା ପାଉଚି କୋଉଠୁ? ଚାଲକୁ ବାଉକୁ ଦେଖେଇ ବାର ହାଉଜଲା କଥା କହିବ। ଓ', ମାଲ ଏମିତି ଚିତୋଉ ପିଠା କରେ, ଓ' ମାଲ ସେମିତି ମଞ୍ଜି ବଡି ପକେଇ ନେଉଟିଆ ଶାଗ ଖରଦେ। ଇଲୋ, ସେଇ ମାଲ କାନି ତଲେ ନ ପଶି ଏଠିକୁ ଆସିବାକୁ କିଏ କହୁଥେଲା ବା ? ଯୋଉ ପୁଅ ଏଠିକି ଆଣିବାକୁ ହମହମ ହଉଥେଲା, ତାକୁ କହୁନୁ ଚିତୋଉ ଗଢି ଦେବକି, ମଞ୍ଜି ବଡି ପାରିଦେବ। ଏ କଅଣ କହନ୍ତିନି ତୁ ଆସିବା ଦିନୁ ତ ମୋର ଖାଇବାପିଇବାରେ ଠିକଣା ନାହିଁ କି ଶୋଇବା ବସିବାରେ ଶାନ୍ତି ନାହିଁ। ସେ ବୁଢୀର ଯୋଉ ପଧିବ ତୁ ଜାଣିନୁ ଲୋ ନାବ। ଠାକୁର ଆଗରେ ଆଖି ବୁଜି ପାଟି ପାକୁପାକୁ କରିବ ଘଣ୍ଟାଏ କି ଦି ଘଣ୍ଟା। ତା ପାଖକୁ ସଲିତା ବଲି ଦିଅ, ଫୁଲ ତୋଲି ଦିଅ, ଚନ ଘୋରି ଦିଅ, ଧୁଣା ନଗେଇ ଦିଅ। ସେଥେରେ ପୁଣି ସଫା ବିଛଣା ଚଦର ନହେଲେ ତା ଦିହ ହାତ କାଲେ କଣ୍ଡିକଣ୍ଡି ନାଗିବ। ଖାଇବା ଅଗରୁ ଦଶ ଥର କରି ବାସନକୁ ଦେଖୁଥିବ। କହିବ ଇଲୋ ମା, ଦେଖେନି ଏଗୁଡା

ବାସନରେ କଅଣ ନାଗିଚି । ଧେତେରିକି । ବାର ଦିକିଦାରୀ ହେଇଗଲି ମୁଁ । ଶେଷକୁ ବୁଢ଼ୀ ଯାହା ଯେତେ କହିଲା ଏ କାନରେ ପୂରେଇ ସେ କାନରେ ବାହାର କରି ଦେଲି । ଜତୁନିଏ ଘର ଦୁଆର ଅସନା କରି ପକେଇଲି । ଲୁଗାପଟା କି ବୁଢ଼ୀ ବିଛଣା ପତର ସଫା କଲିନି । ନାକ ଟେକି ବୁଢ଼ୀ ଖାଲି ଦିନରାତି ସିକିସିକି ହେଲା । ଜାଣିଜାଣି ଘରେ ହପ୍ତାକୁ ପାଁସାତଥର ଆଇଁଷ କଲି । ଆଜି ମାଉଁସ ତ କାଲି ଚିକିନି । ଏ ଓଲି ଚୁଙ୍ଗୁଡ଼ି ତ ସେ ଓଲି ଅଣ୍ଡା ଆମ୍ଲେଟ । ଭାବିଲି ପଇସା ପଛେ ଖରଚ ହେଉ ଖେଷ୍ଣି ବୁଢ଼ୀ ଏକାଠରେ ବିଦା ହେଇ ଯାଉ । ବୁଢ଼ୀ ଖାଲି ନାକରେ ଲୁଗା ଦେଇ ଖପରା ଡେଇଁଲା ଭଳିଆ ଡେଇଁଡେଇଁ ଚାଲୁଥାଏ । ଭଲରେ ଖିଆପିଆ କରି ପାରେନା । ଶେଷକୁ ଦିନେ ପୁଅ ପାଖରେ ଜିଗର ନଗେଇଲା ମତେ କାଲି ନେଇ ଗାଁରେ ଛାଡ଼ି ଆ । ସେଇ ଦିନୁ ଯାଇଚି ତ । ଆଉ ଦିନେ ଆସିବା ନାଁ ଧରିବନି । ମୁହଁ ଖୋଲି କହି ଖରାପ ହେବାକୁ ଯାଇଥାଆନ୍ତି କାହିଁକି ? ମୁଁ ବଇ ଖରୁଆ ଝୁଅଟି ! ସିଏ ମତେ ଚିହ୍ନିନି । ସିଏ ଡାଲେଡାଲେ ଗଲେ ମୁଁ ପତରେପତରେ ଯିବା ନୋକ, ହାଁ । ହାତରେ ନ ମାରି ଏମିତି ଭାତରେ ମାରିବି ଯେ ଯିବିଯିବି ବୋଲି ବାଟ ପାଇବନି ।

ତୋ ଫୋଅନ୍ ଟିକେ ଦେଲୁ ଲୋ ନାବ । ମୋ ଫୋଅନଟା ଆଣିବାକୁ ପୋଡାମୁହାଁ ମନ ପଡ଼ିଲାନି । ମୋ ମନଟା ସେମିତି ଲୋ । କୋଉକଥା ଠିକଣା ବେଲେ ମନେ ପଡ଼ିବନି । ସେଇଥିପେଁ ଯେତେ ଯାହାଉ ଶୁଣୁଚି ! ମୋ ଭାଇ ପାଖକୁ ଟିକେ ଫୋଅନ କରି ଥାଆନ୍ତି । ମତେ ନେଇ ଗଲା ଦିନ ଟିକେ ବଅସରେ ବସେଇ ଦେଇ ଥାଆନ୍ତା । ବଅସ ସ୍ଥାଆଣ୍ଡ ଏଠୁ କଣ କମି ବାଟ ହେଲାଣି ? ରେକ୍ସାକୁ କହିଲେ ଏଇଷିଣା ପାଞ୍ଚ ଟଙ୍କା ଜାଗାରେ ଦଶ ଟଙ୍କା ହାଙ୍କିବ । ଅଯଥା ପଇସା ଖର୍ଚ କରିବାକୁ ମତେ ଭଲ ଲାଗେନା । ଭାଇ ଓପରେ ବି ସେଇ ଅଷ୍ଟେଇଁ ଦିନୁ ପାଁଶ’ ଟଙ୍କ ବାକି ପଡ଼ିଚି । ଫି ବରଷ ଅଷ୍ଟେଇଁକି ପୁଅକୁ ପୋରୁହାଁ କରିବାକୁ ପାଁଶ’ ନେଖା ଦଉଥେଲା । ପୁଅ ଛୋଟିଆ ହୋଇଥେଲା ଚଲିଯାଉଥେଲା । ଏବକୁ ତ ପୁଅ କଲିଜି ଗଲାଣି । ଜିନି ନା ଫିଇନି କିଣିବ ବୋଲି କହୁଚି । ଦିହଜାର କି ଆହୁରି କେତେ ପଡ଼ିବ । ମୁଁ କହିଲି ପାଁଶ’ ଟଙ୍କା କଅଣ ଶୁଢ଼ିବ ? ସେ ଟୋକାର ତ ମୋ ପାଟିକି ମହାପ୍ରାଣ ଦର । କହିଲା, ତୁ ବେସ୍ତ ହଅନା ଅପା ମୁଁ ଆଉ ପାଁଶ’ ପଠେଇବି । ଅଷ୍ଟେଇଁ ଯିବା ଆସି ମାସେ ଓପରେ ହେଲାଣି ଆଉ ଟଙ୍କା ନା ଫଙ୍କା ! ଏମିତିକା ତଗଲତଫାତ କଥା ମୋ ଦିହରେ ଯାଏନା । ହକ ଜବାବ ଦେଇ ଆସିଲୁ । ଅବିକା ଦେବାକୁ କୁତୁକୁତୁ କଅଣ ? ନା ମାଇପକୁ ଡରି ଜୋକ ମୁହଁରେ ନୁଣ ଦେଲା ଭଳିଆ ରହିଚୁ । ସେ ମାଇକିନିଆକୁ ତୁ କମି ବୁଝିଚୁ କି ନାବ । ଦେଖା ସୁନ୍ଦର କଖାରୁ ଫୁଲ ନା ତୁଚ୍ଛା ବାସନାକୁ କାଉଚି

ମୂଲ ! ଏ ଟୋକା ବି ତାଆରି କଥାରେ ଚା'ଶାଳୀ ପିଲାଙ୍କ ଭଳିଆ ଉଠ୍‌ବସ ହେଉଚି ।
କେତେ ମାଇପ ରକ୍ଷ୍ଣୀ ହେଇଚୁ ହେଇଥା । ବଲେ ଦିହରେମୁଣ୍ଡରେ ପାଇବୁନି କି ?
ଏ କଥଣ କହନ୍ତିନି ଲୋ ନାବ, ମାଇଟିଆ ନୁଙ୍ଗୁରା ସାଉ ନା ମାଇପ ହାତରୁ କହୁଣୀ
ଖାଉ । ଖାଲି ଛୁଆ ଗୋଟାଏ ହେଇ ଯାଉ, ସେ ମାଗିଖାଇ ଘର ଝୁଅ ଯଦି ତତେ
ଛାମ୍ଭୁଣୀ ଛ' ଗୋଇଠା ନ କରିଚି ମୋ ନାଁରେ କୁକୁର ପାଲିବୁ ! ସବୁ ବରଷ
ସାବିତିରୀ ବେଲକୁ ପହଞ୍ଚି କହିବ, ଅପା ତୁ ମୋ ସାଙ୍ଗରେ ଦୋକାନକୁ ଚାଆଲ ।
ତୋ ମନକୁ ଯୋଉ ଶାଢ଼ି ପାଇବ କିଣିବୁ । ବାହା ହେଲା ଦିନୁ ଆଉ ପଚରା ନାଈଁ
ନା ପଚରି ନାଈଁ ।ଯାହା ପାଉଚି ଖଣ୍ଡେ ପଠେଇ ଦେଉଚି । କାଇଁ, ମୋର କଥଣ
ବାପ ସମ୍ପତିରେ ଭାଗ ନାଈଁ । ନା ମୁଁ କୋଉଠୁ ଭାସି ଆସିଚି ? ସେ ମାଗିଖାଇ ଘର
ଝୁଅ ଆସି ଏଠି ହାକିମାତି କାଢୁଚି । ବୋଉକୁ କହିଲି ଯେ ବୋଉ ଓ‍ଠ ନେଫଡ଼ି
ଦେଲା । ସତକଥା । ତା ହାତରେ କଥଣ ଆଉ ମାମଲତି ଅଛି ? ସିଏ ତ ନିଜେ ବାର
ଅବସ୍ଥା ହଉଚି । ନ'ଟା ନାଈଁ ନା ଛ'ଟା ନାଈଁ । ଉଷ୍ତୁନା ଧାନ ପିଠିରେ ଶୁଖେଇ
ତତେ ମଣିଷ କରିଥେଲା । ତୁ ଅବିକା ମାଇକିନିଆ ଗୋଡ ଧୋଇ ପାଣି ପାଉଚୁ ।
ମାକୁ ପଚାରୁନୁ । ବୁଢ଼ୀ ଲୋକଟା, ଗାଁରେ ଅନ୍ଧାରରେ ଉଣ୍ଡାଲି ହେଉଚି, ତୁ ଏଣେ
ଟାଉନ୍‌ରେ ଇଲଟ୍ରି ପଙ୍ଖାବାତୀ ନଗେଇ ଅୟ୍‍ସ କରୁଚୁ ?ପାରିଲେ କଥଣ ଦିଇଟା
ଫୁଟେଇ ଦେଉଚି ନ ହେଲେ ଓପାସ ଶୋଉଚି । ତାଆର କଥଣ ଆଉ ରୋଷେଇବାସ
କରିବାକୁ ବଲ ମାଡି ପଡୁଚି । ତାଆରି ଚିନ୍ତାରେ ପରା ଅଧେ ଦିନ ମତେ ରାତିରେ
ନିଦ ହଉନି । ପାହାନ୍ତା ପହରୁ ନିଦ ଭାଙ୍ଗି ଯିବ ଯେ ସେମିତି ଘାଲି ପାରିପାରି ରାତି
ପାହିବ । ଭାବୁଚି ବୋଉକୁ ପାଖକୁ ନେଇ ଆସିବି । ଆମ ପେଇଁ କେତେ କରିଥେଲା
। ମାଇକିନିଆକୁ ଅନେଇ ପୁଅ ସିନା ପଚାରୁନି । ମୋର ଯେତିକି ସଙ୍ଖ୍ୟ ପାଇଲା
କରିବି । ନା, କଥଣ କହୁନୁ । ଭାଉଜ ଅବିକା ଭୋବନିଶୋର ଜାଗାରେ ଘର
କରିବାକୁ ନଗେଇଚି । ଏ କଥଣ କହନ୍ତିନି ଯାର ଦେଖି ତାଆର ଦେଖି ମୋଠର
ଡେଉଁଚି ଡାହାଣ ଆଖି । କାଇଁ ଆମର ଗାଁରେ ସମ୍ପତିବାଡି ନାଈଁ କି ? କୋଠା କରିବା
କଥା ଯଦି ସେଇ ବାପଜେଜଙ୍କ ଭିଟାମାଟିରେ କଲେ ସିନା ସୁନ୍ଦର । ଆଉ ଟାଉନ୍‌ବଜାର
ଜାଗାରେ ପାଞ୍ଚତାଲା ଛାଡି ଦଶ ତାଲା କଲେ କିଏ ପଚାରୁଚି । ବଅସରୁ ଓହ୍ଲେଇ
ସେଇଟା ଘରକୁ ଯାଇ ନଥାନ୍ତି କି ? ଯେତେ ହେଲେ ମା ପେଟର ଭାଇ । ଏକା ନାହି
ଦିଖଣ୍ତ ? କୋଉ ପରଅପର ହେଇଚି ? ହେଲେ ସେଇ ମାଗିଖାଇଘର ଝୁଅ ଜାଲାକୁ
ଡରି ଗଲିନି । ଯାହା ଗୋଟା ଭଲମନ୍ଦ ଧରି ଯିବ ସେଇଟା ମନକୁ କୋଉ କାଲେୟୁଗେ
ପାଇବନି । ତାଆର ଖାଲି ଏହେଏହେ ରସଗୋଲା., ଦିଚାରି କିଲେ ଛେନାପୋଡ

ଦରକାର । ଏଡେ ଖାଇଲା ଘର ଝୁଠଟା . ! ବାପଘରେ କେତେ ଖାଇଥିବୁ ? ଏ କଅଣ କହନ୍ତି ହାସ୍ତି ମାଙ୍କଡ ଚିଟି ମାରୁଥେଲା, ଏଠିକି ଆସି ଦମ ଦେଖୋଉଚି ।   ବଅସରୁ ଓହ୍ଲେଇ ଭାବିଲି, ସେଇ ନିକୁଛିଆଣିଟା ଘରକୁ କାଇଁ ଅଳସାରେ ଯିବି ? ନାବ କଅଣ ମୋର ସାଙ୍ଗଟା ନୁହଁ ! ସିଏ କଅଣ ଦିନ ଦିଇଟା ମତେ ଘରେ ରଖିବନି ? ଫୋପାଡ଼ି ଦେବ ?

ପିଲାଦିନ କଥା ତୋର ମନେ ଅଛିନା ନାବ ? କେତେ ସାଙ୍ଗସୁଖ। ଭଲୋ ଜାଣିରୁ ନା ନାବ । ତତେ କହିବାକୁ ଭୁଲି ଯାଇଥିଲି । ମୋ ପୋଡାମୁହାଁ ମନଟା ସେମିତି । ଭଲୋ, ଆମ ଗାଁ ମୂଲି ସାହୁ ଆସି ଆମ ବଜାରଚ୍ଛକରେ ଖାବାର ଦୋକାନ କରିଚି । ବୁଢ଼ା ତ ଆଉ ସେମିତି ବେପାରବଟାକୁ ପାରୁନି । ତା ପୁଅ ଦୋକାନ ସମାଲୁଚି । ଆଖିରେ ପରଳ ମାଡ଼ିଲାଣି କି କଅଣ ମତେ ଭଲକିରି ଚିହ୍ନି ପାରିଲାନି । ଯେମିତି ଚିହ୍ନା ଦେଇଚି କୋଟି ନିଧି ପାଇଲା ପରିକା ହେଲା । ମତେ ବସେଇ ମାଣ୍ଡୁଅ, ଜିଲିପି ଖୋଇଲା । ପିଲାଦିନ କଥା ତୋର ମନେ ଅଛି ନା ନାବ ? ତମ ଓଳିଆରୁ ବିରି ଚୋରି କରି ମୂଲି ସାହୁ ଦୋକାନରେ ଦେଇ କେତେ ଜିଲପି ନ ଖାଇଛେ ! ମୋର କଅଣ ଆମ ଘରୁ ବିରି କି ମୁଗ ନେବାକୁ ମନ ହୁଏନା କି ? ହେଲେ ମୋ ବୋଉ କଥା ତୋତେ କୋଉ ଅଜଣା । ଛଅଶାଣ ଆଖି ଭଳିଆ ଆଖି ମୋ ବୋଉର । ଏବେ ତୋ ଘରକୁ ଆସିଲା କଥା ଭାବିଲା ଦିନୁ ଭାବିଥେଲି ମୂଲି ସାହୁ ଦୋକାନରୁ ଜିଲିପି ଦଶ ଟଙ୍କାର ତୋ ପେଁଇ ଆଣିବି । ହେଲେ ମୋ ପୋଡାମୁହାଁ ମନ କଥା ତ ଜାଣିରୁ । ଅସଲ ବେଲକୁ କୋଉ କଥା ମୋର ମନେ ପଡେନା । ଏଇଥି ପେଁଇ ସିଏ ମତେ ଯେତେ ଛିଗୁଲେଇଲେ କଅଣ ହେବ ମନ ଓପରେ କଅଣ ମୋର ହାତ ଅଛି ? ସତ ନା ମିଛ ତୁ କହ୍ନୁ ନାବ ।

କେତେ ବାଗବରଗ ନଜାଣିଲେ ଘର ସଂସାର କରି ହୁଏ କିଲୋ ନାବ ? ସତନା ମିଛ ତୁ କହ୍ନୁ । ତୁ ତ ମୋ ପିଲାଦିନ ସାଙ୍ଗ । ଅଜି କଥା ପଡିବାରୁ ତତେ ମନ ଖୋଲି କହୁଚି । ଘର କଥା କଅଣ ସମସ୍ତଙ୍କ ଆଗରେ ମୁହଁ ଖୋଲି କହି ହୁଏ ? ହେଲେ ତୋ ଆଗରେ କଅଣ ନୁଚେଇବି ? ରାଣୀପାଟରେ ଥେଲା ବେଲର କଥା । ତାଙ୍କର କୋଉ ଗୋଟାଏ ସାଙ୍ଗ ଯାଇ ଜୁଟିଲା । କଅଣ ନା ମୋ ପିଲାଦିନ ସାଙ୍ଗୁଟା । ଚାକିରିବାକିରି ଖୋଜିବାକୁ ଆଇଚି । ନିଇତି ତା ପେଁଇ ମାଛମାଉଁସ ଆଣିବେ । ସିଏ ତାଆର ଉପୁରି ଖାଇଦେଇ ଦିନସାରା କୁଆଡେ ନାଇଁ କୁଆଡେ ବୁଲିବ । ଏମିତି ହେଇହେଇ ଗଲା ଆଠଦିନ । ମୁଁ ଭାବିଲି ଏ ତ କଅଣ ଯିବା ନାଁ ଧରୁନୁ । ତାଆର କୋଉ ଦିନ କି ଚାକିରି ହେବ .ତେବେ ଯାଇ ଯିବ । ଚାକିରି କଅଣ ଗଛରେ ଫଳୁଚି ?

କଅଣ କରିବି ? ଇଏ ସେଇଟା ସାଙ୍ଗରେ ଏତେ ସାଙ୍ଗସୁଖ ହେଉଚେନି। ବାହାଘର ମୋତେ ବର୍ଷ ଦିଇଟା ପୂରିନି। ମନରେ କଅଣ ନାଇଁ କଅଣ ଭାବିବେ। ପୁରୁଷ ପୁଅ ମାନ। ଥରେ ଭାଙ୍ଗିଗଲେ ଯୋଡି ହେବା କାଠିକର ପାଠ। ଗୋଟାଏ ବୃଦ୍ଧି ପାଞ୍ଚି ଦିନେ କହିଲି, ତମ ସାଙ୍ଗଙ୍କ ପର୍କୃତି ଭଲ ନୁହଁ। ଚମକି ପଡିଲା ପରି ହେଇ ସେ ପଚାରିଲେ କାହିଁ କଅଣ ହେଲା ? ମୁଁ କହିଲି., ନାଇଁ କିଛି ନାଇଁ। ଯେତେ ଖୋଳିତାଡି ପଚାରିଲେ ସେଇ ପଦେ, ନାଇଁ କିଛି ନାଇଁ। ମୁହଁକୁ ଟିକେ ଶୁଖେଇ ଦେଇ ପଳେଇବି। ସେଟିକିରୁ କଅଣ ବୁଝିଲେ, ତାପର ଦିନ ତାକୁ ଘରୁ ବିଦା କଲେ। ତୁ ଶୁଣି ହସୁରୁ ନାବ ? ସେଇଥିପେଇଁ ଏକଥା ମୁଁ ଆଉ କାହା ଆଗରେ କହୁ ନଥେଲି। ସେମିତିକା କଟକ ଆସିଲା ଦିନୁ ତାଙ୍କ ପିଇସୀପୁଅ ଭାଇ ଆମ ଘରକୁ ଯେମିତି ପାଣି ବାଟ କଲା।   ଆଗରୁ କଅଣ କଟକ ଟାଉନ୍ ନଥେଲା ନା ତମର ସେଟ କାମ ପଡୁ ନଥେଲା। ଯେମିତି ଘର ଭଡା ନେଇ ଜିନିଷ ପତର ଆଣିଚୁ, ଦି ଦିନ ଛାଡି ଚାରିଦିନ ଛାଡି ନାଗିଲା   ତ ଯିବାଆସିବା । ଦିଦିନେ ଚାରି ଦିନ ଯାଇ ନଥବ ଆସି ପୁଣି ହାଜର।   କଅଣ ନା ଅମୁକ ନାଇଁ ସମୁକ ଜାଗାରେ ମୋ କାମ। ପିଲାଦିନେ ଇଏ କାଲେ ତାଙ୍କ ଘରେ ରହି ପାଠ ପଢୁଥେଲେ। ତା ବୋଇଲେ ସେଇଆକୁ ଏଇନେ ଶୁଝିବେ ନା କଅଣ ? ଶୁଝିଲେ ସିଏ ତାଙ୍କର ଶୁଝନ୍ତୁ। ମୋର କି ଦୋଷ! ମୁଁ କାଇଁ କାମ କରିକରି ରାତିଅଧ ଯାଏ ମରିବି ? ଯ୍ୟାଙ୍କର ପୁଣି ଭାରି ସାଙ୍ଗସୁଖ ତାରି ସାଙ୍ଗରେ। ମୋତେ ଛ'ମାସ ସାନବଡ କିନା! ରାତି ଅଧ ଯାଏ ବସି ଅଲଣା ଗପ ଗପୁଥେବେ। କୋଉ କାଲ ନାଇଁ କୋଉ କାଲର କଥା। ଏଶେ ଘଡିକି ଘଡି ପାନ ପେଇଁ ଡାକ ଛାଡିଥିବେ। କୁଣିଆମଇତ୍ରଙ୍କ ଆଗରେ ମୁଁ ଆଉ ମୁହଁ ଖୋଲି କେମିତି ମନା କରୁଚି ? ତେଣେ ଭାତ ଶୁଝି ଚଣାଚାଉଲ ହେଉଥବ। କାମ କରିକରି ମୋ ଅଣ୍ଡାପିଠି ଲାଗି ଯାଉଥବ। ଆଖି ମାଡି ପଡୁଥବ। ଖାଇ ସାରିଲେ ପୁଣି ଗଦାଏ ବାସନ। ମୁଁ କରେ କଅଣ !ମନେମନେ ଖାଲି ରବେଇଖବେଇ ହେଇ ରହୁଥାଏ।ଥରେ ଯେମିତି ଆସିବାକୁ ଫୋଅନ କରିଚେନି, ଇଏ ଘରେ ନଥେଲେ, କହିଲି ତମର ସିଆଡେ କାଲେ ଏବେ ଭଲ ଖଅଙ୍ଗା ମାଛ ମିଲୁଚି। ଗୋଟେ ଭଲ ଖଅଙ୍ଗା ଆଉ ଦି କିଲେ ଖଣ୍ଡେ ଖଅଙ୍ଗା ଶୁଖୁଆ ଆଣିବ। ନ ଆଣି ଆଉ ଯାଏ କୁଆଡେ ? ତେଣିକି ଯେମିତି ସେ ଆସିବା କଥା ଜାଣିବି ଇଏ ନ ଜାଣିଲା ଭଳିଆ ଖବର ପଠେଇବି ଅମୁକଟା ନାଇଁ ସମୁକଟା ଆସିବା। ଏଶେ ଆସି ପହଞ୍ଚୁ ନ ପହଞ୍ଚୁ ପୁଥର ଯାହା ଦରକାର କହିବି ଦାଦା ସାଙ୍ଗରେ ଯାଉନୁ ବଜାରରୁ କିଣି ଆଣିବୁ। ତଥାପି ସେ ବେଲଜ୍ୟା ଆସୁଥେଲା। ଦିନେ ଖବର ପଠେଇଲି କି ଆମର ତ ଘର କାମ ଲାଗିଚି। ତମ

ଭାଉଙ୍କି ନ ଜଣେଇ ଟଙ୍କା କୋଡିଏ ହଜାର ଥେଲେ ମୋତେ ହାତ ଉଧାରି ଦେଇଥା। ଟଙ୍କା ହେଲେ ମୁଁ ଶୁଝିଦେବି। ସେଇଦିନୁ ଏକାଥରେ ଭାଇ ସୁଥାଗ ଛାଡିଚି ଯେ ଆଉ ଦେଖା ଦର୍ଶନ ନାହିଁ। ପଛରେ ଇଏ କୋଉଠୁ ଶୁଣି ମତେ ପଚାରୁଥେଲେ। ମୁଁ ମୁହଁ ଭଉଙ୍ଗା ଦେଖେଇ କହିଲି, କାହିଁ, ବେଙ୍କରୁ ଲୋନ ନ ନେଇ ତାଙ୍କ ଠାରୁ ଆଣିଲେ ସୁଧ ତ ପଡିବନି। ତାଙ୍କର ପାଖରେ କଅଣ ଟଙ୍କା ଅଭାବ ହେଇଚି? ସିଏ ଆସି ଏଠ ଯୋଉ ଦିଦିନ ଚାରିଦିନ ଲେଖା ପଡି ଖାଉଛନ୍ତି, ସେତିକି ଦିନ ହୋଟେଲରେ ରହିଲେ ତାଙ୍କର ପୁଣି ଟଙ୍କା ଖରଚ ହୁଅନ୍ତା ନା ନାହିଁ? ୟାଙ୍କ ମୁହଁରେ ଏକାଥରକେ କୋଲପ ଖଜୁରୀ ଗଛର ତ ମୂଲରୁ ପାହାଚ, ତୋ ଆଗରେ ମୁଁ କି ଗୁଣ ବାହୁନିବି ଲୋ ନାବ?ଇଏ କଅଣ କଥାରେ କହନ୍ତିନି କହିବି ନା କହିଲେ ଏ ଘରେ ରହିବିନି। ଖାଲି ମୋ ଭଳିଆ ସୁଧାର ଲୋକ ତାଙ୍କ ଭଳିଆ ଲୋକ ଜାଲାରେ ଦିହକୁପଥର କରି ରହିଚି। ଆଉ କିଏ ହୋଇଥିଲେ ଛତିଆ ଛଅ ପଇସାରେ ପଚାରନ୍ତାନି।ତାଙ୍କର ଯୋଉ ବାଗ କୋଉ କାଲୁ ଭେକବାନା ନେଇ ବାଆାଜୀ ହୋଇ ଯାଆାନ୍ତେଣି । ଘର କିଏ ନା ସିଏ କିଏ ବା? ତାଙ୍କରି ସାଙ୍ଗରେ ଆହୁରି ଲୋକ ଚାକିରି କରି ନାହାନ୍ତି କି? ମୁଁ କଅଣ ଦେଖୁନି ନା ଜାଣୁନି? ଏ ଅଗାଡି ସୋଇଁ ପରା ତାଙ୍କ ପାଞ୍ଚ ବରଷ ଆଗରୁ ଚାକିରିରେ ଜଇନି କରିଥେଲା। ଏଇ ବଦଖରଚି ଗୁଣରୁ ଆଜିୟାଏ ସେଇ ଭଡାଘରେ ପଡିଚି। ଅଗାଡି ସୋଇଁ ନାଁ ଶୁଣି ତୁ ହସୁରୁ କଅଣ ବା ନାବ? ମୋ ମଲାଣ୍ଟର ନାଁ ପଡିବ। ମଲାଣ୍ଟର କଥା ପଡିବାରୁ ଅସଲ କଥା ମନେ ପଡିଲା।ମଲାଣ୍ଟରଙ୍କର ଏତେ ଥିଲା ଥୋଇଲା ଘର।ପୁଅକୁ କଅଣ ଆଉ କୋଉଠି ରଖି କଲିଜିରେ ପଢେଇ ପାରନ୍ତେନି? ତାଙ୍କ ଆଖି ବି ଆମରି ଓପରେ। କଅଣ ନା ଭାଇଭାଉଜଙ୍କ ଦୁଷ୍ଟିରେ ରହିଲେ ଶାସନରେ ରହିବ। ତଗାଲତଫାତ କରିବନି। ଇଲୋ କି ଦୁଷ୍ଟି ଲୋ? ଏ ବେଲକାଲ ଯାହା ହେଲାଣି ନିଜ ଛୁଆ ତ କଥାରବୋଲର ନୁହନ୍ତି। ହେଇତିନି ନାବ, ତୁ ତ ମୋ ପିଲା ଦିନର ସାଙ୍ଗ। ତତେ ନୁଚେଇବି କଅଣ?ମୋ ପୁଅକୁ ଏତେ ଜାବତାରେ ରଖି ନଥେଲି କି?ହେଲେ କୋଉ ଛଟକରେ ଏ କାମ କଲା ଲୋ ମା ରାଣୀ!ମୁଁ ତ ଏତେ ଛନ୍ଦକପଟରେ ପଶି ପାରେନା। ପୁଅ କଲିଜିକି ଯାଉଚି ନା ଯାଉଚି। ମୁଁ କି ଜାଣେ। ଶୁଢଣୁଶୁଢଣୁ କଅଣ ନା ପୁଅ ମନପଇଡା ଝୁଅ ପାଲରେ ପଡିଲାଣି। ମନପଇଡା ୟାଙ୍କରି ସାଙ୍ଗରେ ଏକା ଅଫିସିରେ ଚାକିରି କରୁଚି। ଖଡାଖିଆତା। ବାର କରଜରେ ବୁଡି ମରୁଚି।ତୋ ମାଇକିନିଆ ଫୁଟାଣି କହିଲେ ନସରେ। କୋଉ ରଜାମହାରଜା ମାଇପ କାଇଁ ଏମିତି କଥା କହିବ କି!ଝୁଅ ହାକିମାତି ତହୁଁ ବଲି। ଥରେ ବାଁରେଇ ହେଇ ଏ ଟୋକା ତାକୁ ଘରକୁ ଆଣିଥେଲା। ମୁଁ ଦେଖିଚି।ଇଲୋ ତା

ରୂପଗୁଣକୁ ଧୋଇ ମୁଁ କଅଣ ପାଣି ପାଇବି ? ତା ବୋପା ତ ବାର ଧାରକରଜରେ ବୁଡ଼ି ମରୁଚି । ସେଥିକୁ ତିନିତିନିଟା ଝିଅ ବେକରେ ବାନ୍ଧିଚି । ସେଇଟା ମତେ କଅଣ ଦବାନବା କରିବ ? ମତେ କଅଣ ଦୁନିଆରେ ଆଉ ଝିଅ ଅଭାବ ହେଇଚନ୍ତି । ଅବିକା ପାଟିରୁ ଫିଟିଲେ ତହୁଁ ବଲି ତହୁଁ ବଲି ଘରୁ ପର୍ସ୍ତାବ ଆସିବ । ମୁଁ କଅଣ ପୁଅକୁ ଯୋଗା କରିନି କି ? ମୋ ଗରଜ ପଡ଼ିଥେଲା ମନପଇଡ଼ା ଘରେ ବନ୍ଧୁ ବାନ୍ଧିବାକୁ । ତୁ କହୁନୁ ନାବ, ଇନ୍ଦ୍ର ଭୁବନ ଭଲିଆ ଘର କରିଚି କଅଣ ମନପଇଡ଼ା ଝିଅ ଆସି ଅୟସ କରିବାକୁ ? ତା ବୋପାଆଜ୍ଜା ସତଚାଳିଶ ପୁରୁଷରେ କିଏ ଦିନ ମାର୍ବୁଲ,ଚାଇଲ ଦେଖିଚି ? ଟିବଲ ହେଣ୍ଡଲ ମାରିମାରି ମା ହାତରେ ବିନ୍ଧି ବସିଲାଣି, ଝିଅ ଆସି ମୋ ମାର୍ବୁଲବିଛା ଗାଧୁଆଘରେ ବାସେନା ସାବୁନ ମାରି ହେଇ ଗାଧୋଇବ ? ପେଟ.ପିଠିକୁ ମାରି ଘର କରିଥେଲି କଅଣ ବାର ମାଗିଖିଆ ଘର ଝିଅକୁ ଆଣି ପୂରେଇବାକୁ । ଝିଅ ମୁହେଁମୁହେଁ ଝାଡ଼ିଲି ଏମିତି ଅଣଲେଉଟା ପଦ ଯେ ବୋପାକୁ ମଉସା ଡାକି ଯାଇଚି ।ସେ ଟୋକା କଅଣ କହି ଆସୁଥେଲା, ଛାଡ଼ିଲି ଗୋଟା ଭୁରୁଡ଼ି ଯେ ଚୁପ ହେଇ ଠିଆ ହେଲା । ମୋ ପାଟି ଶୁଣିଲେ ତା ବୋପା ତ ପାତାଳରେ ପଶିବ । ଆଉ ପୁଅ କୋଉ ଗାଇଁର ଗୋବର ବା ? ଏ କଅଣ କହନ୍ତି ତୋ ଗାଲ ଚିପି ଦେଲେ କ୍ଷୀର ବାହାରିବ । ତୁ କଲିଜି ଯାଉରୁ ଏଇ ପାଠ ପଢ଼ିବାକୁ ? ସେଇ ଦିନୁ ଆଉ ତ କାଇଁ ଆଉ ସେ ଟୋକିର କିଛି ସୋରଶବଦ ନାହିଁ । ଭିତରେଭିତରେ ଯଦି କଅଣ କରୁଥିବ, ମତେ ଚିହ୍ନିବନି କି ? ହଅକ କଥାରେ ମୁଁ କାହାରି ନୁହଁ । ନଇପୋଖରୀକି ଡେଙ୍ଗ ପଡ଼ିବି ପଛେ ସେ ମାଗିଖିଆ ଘର ଝିଅକୁ ଘରେ ପୂରେଇବିନି । ମୋ କଥା ତୁ ପିଲାଦିନୁ ଜାଣିନୁ ନାବ ? କାଉଁରିଆ କାଠ । ଭାଙ୍ଗିଯିବି ପଛେ ନଇଁବିନି । ମୋର ବାପ ଗୋଟାଏ କଥା ଗୋଟାଏ, ହାଁ । ନାବ ? ଲୋ ନାବ ? ଇଲ୍ଲୋ ତୁ ଶୋଇ ପଡ଼ିଲୁ କିଲୋ ? ନାବ.... ? ? ?

ଛିଆ ଲୋ ମା, ତୁଚ୍ଛା ସପନ ଦେଖି ମୁଁ ଅଧରାତିରେ ଗପୁଚି ?

ଅଜାଙ୍କ ପ୍ରେମିକା

ସାହାଡ଼ା ଗଛକୁ ମିଶେଇ ମୋ ଅଜା ପାଞ୍ଚ ବାହା। ମୋ ନିଜ ଆଈ ଶେଷ ସଂସ୍ଥା। ତାକୁ ପାଞ୍ଚ ନମ୍ବରୀ କହିଲେ ଭାରି ଚିଡ଼େ। କୁହେ – ରହିଥା ଧରମଦଣ୍ଡା! ତୋତେ ଯଦି ଗୋଟା ଦଶନମ୍ବରୀ ନ ଜୁଟେଇଛି!

ଆଈ ବି ଆମର ବୁଢ଼ା ରାଶିରେ ଭଲ ଉଧେଇଲା। ଗୋରା ତକତକ ହଳଦୀ ଗଣ୍ଡି ପରି ବେହେରା। ଯେମିତି ଗୁଷ୍ଠୁଣୀହାତୀ। ପାନପତର ପରି ସରୁ ମୁହଁରେ ଛୁଞ୍ଚି ପରି ନାକ। ନାକଚଣାଟା ତା ମୁହଁକୁ ଭଲମାନେ। ହେଲେ ପାଟିଟା ଚକୁଳିଆ ପଣ୍ଡା ପରି ଅହରହ ବୁଲୁଥିବ। ଯେମିତି ଗୋଟାଏ କଳ ଗାଉଣା। ତା'ର ଆଉ ଗୋଟାଏ ବଦ୍‌-ପ୍ରକୃତି, ବସୁବସୁ ଢୋଲେଇବ। ସଞ୍ଜବେଳେ ଗପ କହିବ ଯେ ମୋତେ ପଦେ କି ଦିପଦ – ପଦ୍‌ ଘଣ୍ଟିଘୁଣ୍ଟି ଯାଉଛି ହେ ବାପା, ଆଣ୍ଠୁଏ ପାଣିରେ ହେଲି। ଆଣ୍ଠୁ ଉପରକୁ ବୁଡ଼ୀ କୋଉଦିନ ଉଠିପାରେନା। ଘୁଙ୍ଗୁଡ଼ିରେ ତା ତଣ୍ଡି ଘଡ଼ଘଡ଼ ଡାକେ। ମୁଁ ତାକୁ ପୁଲାଏ ଚିମୁଟି ଦେଇ କୁହେ – ସେଇଠୁ କ'ଣ ହେଲା କହନ୍ତୁ। ବୁଢ଼ୀ ମୋତେ ପେଲିଦେଇ ଚିଡ଼ି ଉଠେ – ହାଃ ଧରମଦଣ୍ଡା, ତୋ ଅଜା ପାଖକୁ ଯାଉନ୍।

ଅଜା କିନ୍ତୁ ଅଲଗା କିସମର ଲୋକ। ଦିନରାତି ଠାକୁର ଘରଟା ଭିତରେ

ପଶିଥିବେ । କେତେବେଳେ ମାଳା ଗେଢ଼ିବେ ତ କେତେବେଳେ ଗୋପୀ ବିଳାସ ଛାନ୍ଦ ବୋଲିବେ । ତାଙ୍କ ବୟସ ବେଳେ କାଲେ କୃଷ୍ଣ ଲୀଳାରେ କୃଷ୍ଣ ପାର୍ଟ କରୁଥିଲେ । ତାଙ୍କ ମୁହଁଟା ବି ସେମିତି କୃଷ୍ଣାଲିଆ । ଟିକେ କେମିତି ମାଇଚିଆମାଇଚିଆ ଦିଶେ । ରାଶି ତେଲ ଜୁଡୁଜୁଡୁ ବାଳ କେରାକ ବେକଯାଏ ଓହ୍ଲି ଅଗ ମୋଡ଼ିଥାଏ । କେବେ କେମିତି ସେଥିରୁ କେରାଏ ଆଗକୁ ଝୁଙ୍କି ପଡ଼ିଲେ, ବୁଢ଼ା ତାକୁ ବଡ଼ କାଇଦାରେ ପଛକୁ ଛାଟିଦିଏ । ଯେମିତି ଯାତ୍ରା ପାର୍ଟ ହିରୋ !

ତାଙ୍କର ପୁରୁଣା ମହାଜନୀ ଲାଖରାଜୀ ଘରା ପିଲାଦିନେ ସଅଠକରେ ପୁରୀଆଡ଼େ କେଉଁଠି ଗୁରୁ କରି ଗୋଟି ପୁଅ ନାଚ ଶିଖୁଥିଲେ । ସେଇଠୁ କୃଷ୍ଣ ଲୀଳା ସୁଆଙ୍ଗରେ ମିଶିଲେ । ସେ ସବୁ ଖାଲି ମୋ ଶୁଣା କଥା । ମୋ ହେତୁ ପାଇଲା ଦିନୁ ବୁଢ଼ା ଭାଗବତ ଘର ମେଳାରେ ନହେଲେ ପିଣ୍ଠାରେ ।

ଆଇ ସକାଳୁ ଉଠୁ ଉଠୁ ଦିନ ଦିଘଡ଼ି । କୋଉ ନେଁନେଶ୍ୱରା ମାଡ଼ିଯାଉଛି ? ବୁଢ଼ିର ପୁଅ ଝିଅ ବୋଲି ମୋତେ ଯୋଡ଼ିଏ । ମୋ ବୋଉ ବଡ଼ । ମାମୁ ସାନ । ଶେଷ ଶେଷୁଆଣୀ ବୁଢ଼ା ପାଗ ଯୋଗ ଦେଖ ଭଲ ଲାଖଟାଏ ନାଇଁଥିଲା । ମାମୁଁ ପିଲାବେଳକୁ ମହାଜ୍ଞାନୀ । ପାଟି ଫିଟିଲା ଦିନୁ ବଡ଼ ମଣିଷ ଭଲି କାଲେ ବଡ଼ ବିଚାରବନ୍ତ କଥା କହିଲେ । ପାଠ ପଢ଼ିଲେ ବି ସେମିତି । ସିଏ ଯେଉଁଦିନ ଚାକିରି ପାଇଲେ ଆଇ ମହାଦେବଙ୍କ ଉପରେ ଶହେ ଆଠ ବେଲପତ୍ର ବଢ଼େଇଲା । ଠାକୁରାଣୀ ମାଜଣା କଲା । ବାହା, ବ୍ରତ   ଭଲିଆ ବନ୍ଧୁ ବାନ୍ଧବ ଖୋଜା ଲୋଡ଼ା କଲା । ଗାଁ ସାରା ଖାଇବାକୁ ଦେଲା । କହିଲା – ମୋ ପୁଅ ଅୟସ ଚାକିରୀ କଲା । ଏ ଆଖପାଖ ଗାଁରେ ଆଉ, କିଏ କୋଇଦିନ ଅୟସ ଚାକିରି କରିଥିଲା ?

ସାଧୁଜନେ, ମୋର ସେତେବେଳକୁ ଆସି ହେଲାଣି ପଞ୍ଚମଶ୍ରେଣୀ । ମୋତେ ଭାରି ଲାଜ ମାଡ଼େ । ମୁଁ କୁହେ – ତୋ ପାଟିରେ ଆଇ.ଏ.ଏସ୍. ପଶୁନି, ଅୟସ – ଅୟସ ହେଉଛୁ ? ଶୁଣିଲେ ଲୋକ ହସିବେ ।

ଏଁ ଏତେ ହସିଲା ବାଲା ? ମୋ ପୁଅ ଅସଲ ଏଣ୍ଠିଆ.... ରହିଥା ଧରମଦଣ୍ଡା, ତୋ ମଉଲା ଆସୁ ।

ଏତେବଡ଼ କଥା ହେଲା । ମାମୁଁ ସେ କାଲରେ ଆଇ.ଏ.ଏସ୍. ପାଇଲେ । ଅଜାଙ୍କର କିନ୍ତୁ ହୋଲ ନ ଥାଏ କି ଢୋଲ ନଥାଏ । ଯେମିତି ଗୋଟା ବଡ଼ ଭାବୁକଲୋକ । ଦୁନିଆ ଭଲ ମନ୍ଦରେ ତାଙ୍କର କିଛି ପରିବାୟ ନାହିଁ । ତାଙ୍କ ଭାଗବତ ଗାଦି, ପୂଜା କୋଠଲି, ଗୋପୀ ବିଳାସ ଛାନ୍ଦ, ବଙ୍କା ବାଡ଼ି, ପାନକୁଟା ଭଲ ତ ସେ ଭଲ ।

ତେଣିକି ବୁଢ଼ୀ କଥା କଥାକେ ଉଘାଏ – ବାଇ ଚଢ଼େଇର କି ଯାଉଛି ନା ବାଆ କଲେ ବସା ଦୋହଲୁ ଅଛି। ପୁଅଟା ଆସି କିଲିଟିରୀ ଚାକିରି କଲା....

ମୁଁ ଟେହି ଦିଏ – କିଲିଟିରୀ ନୁହଁ ବା! କଲେକ୍ଟର।

ବୁଢ଼ୀ ଖେଙ୍କି ଗୋଡ଼ାଏ – ଧରମ ଦଣ୍ଡା ଦେଖ୍ବୁ ଏଇନା ?

ଆଇ ଗପ ପରି ଗାଳି ବି ମୋତେ ଦିପଦ। ଧରମ ଦଣ୍ଡା ନହେଲେ ବିଲୁଆ ମୁହାଁ। ମୁଁ ଦୌଡ଼ଦୌଡ଼ି ଆମ୍ଭ ଗଛକୁ ଚଢ଼ିଯାଇ ଦୋଲେନା ଡାଳ ସନ୍ଧିରେ ବସେ। ଆଇ ମୋ ପଛେପଛେ ଗଛମୂଳ ଯାଏ ଦୌଡ଼ି ଯାଇ ହୁରି ଛାଡ଼େ – ଇରେ ପଡ଼ିବୁ ବା। ତଳକୁ ଆ। ପାଟିଲା ପିଆରା ଦେବି – ପାଟିଲା ଜେଉଟ ଦେବି।

ସେତେବେଳକୁ ମୋର ହେଲାଣି ଆସି ନବମଶ୍ରେଣୀ। ପାଟିଲା ପିଆରା, ଜେଉଟରେ ମୁଁ କି ଆଉ ଭୁଲିବା ପିଲା ହୋଇଥାଏ! ବୁଢ଼ୀ ଲାଞ୍ଛ ପରିମାଣ ଟିକେ ବଢ଼େଇ ଲୋଭ ଦେଖାଏ – ମୋ ରାଣ, ତଳକୁ ଆ କୁକୁଡ଼ାଡିମ ପିଠା କରିଦେବି।

ତଥାପି ମୁଁ ଟିଲେ ହେଲେ ଟଙ୍କେନା। ଆଇ ନିରସ୍ତ ହୋଇ ଅଜାଙ୍କୁ ଡାକ ପକାଏ – ଦେଖନି ସେ ଟୋକା କେମିତି ଯାଇ ଗଛ ଅଗରେ ବସିଛି। ତୁମକୁ ମୋ କଥା ଶୁଭୁଚି ନା ନାହିଁ ?

ଅଜା ପିଠାରୁ ମୁରୁକି ହସି କହନ୍ତି – ଇରେ ଚଢ଼ିବା କଥା ଯଦି ସିନା କଦମ ଗଛରେ ଚଢ଼ନ୍ତ। ଅସ୍ଥିରିପୁଅ ଜନ୍ମପାଇ ଆମ୍ଭ ଗଛରେ ଗୋଟା ଚଢ଼ଚୁ କଅଣ ?

ସେଟିକିରେ ଆଇ ରାଗ ପଞ୍ଚମକୁ ଚଢ଼ିଯାଏ।

ସେ ଅଜାଙ୍କୁ ଛିଗୁଲାଏ – ଆହା ଲୋ ମୋ ଅସ୍ଥିରା। ତାକୁ ତମ ବଇଁଶୀ ଖଣ୍ଡକ ଧରେଇ ଦଉନା, ଗୋପଳୀଲା କରନ୍ତା। ତମ ମହଁକୁ ନାଜ ନାଇଁ ? ପୁଣି ଗଛ ଉପରକୁ ଚାହିଁ ହୁରି ଛାଡ଼େ, ଇରେ ଧରମ ଦଣ୍ଡା ଟିକେ ଓଢ଼େଇ ଆ ବା। ଏ ବିଲୁଆ ମୁହାଁ ଆସିଛି ମୋରି ଜୀବନ ଖାଇବାକୁ। ରଇଥା ଏଇଥର ସୋର ଆସୁ।

ମୋ ବୋଉ ନାଁ ସରସ୍ୱତୀ। ବୁଢ଼ୀ ପାଟିରେ ପଶେନା, ସେ ଡାକେ ସୋର। ମୁଁ ଗଛରୁ ଓହ୍ଲେଇ ସିଧା ଘରକୁ ବାହାରେ। ପଛକୁ ଜମା ଫେରି ଚାହେଁନା। ଆଇ ମୋ ପଛରେ ଗୋଡ଼ାଏ। ଅଜାଙ୍କୁ ଡାକ ଛାଡ଼େ – ଇଲୋ, ତାକୁ ଅଟକୋଉନା। ସୋର ତା ହାତରେ କଣ ଭଲ ମନ୍ଦ ଖବର ପଠେଇଥିବ।

ଅସଲ କଥା ହେଲା ବାପା ମାମୁଁଙ୍କ ବାହାଘର ପ୍ରସ୍ତାବ ବୁଝୁଥାନ୍ତି। ଏ ହେଲାଣି ଆସି ତିରିଶି ବର୍ଷ ତଳର କଥା। ସେତେବେଳେ ଆଇ.ଏ.ଏସ୍. ସାତ ସପନ। ବାହାଘର କୋଉ ଅଭାବ ହୋଇଛି ? ମହା ମହା ଜାଗାରୁ ପ୍ରସ୍ତାବ ଆସୁଥାଏ। ବାପାଙ୍କ ଠାରୁ ବୁଝି ବୋଉ ମୋ ହାତରେ କ'ଣ ଖବର ଦେଇଛି ସେଇ କଥା

ବୁଝିବାକୁ ବୁଢ଼ୀ ଏମିତି ଡହଳବିକଳ। ମୁଁ ବି ତାକୁ ଥୋପଗିଲା ମାଛ ପରି ଖେଳେଇ ମଜା ଦେଖେ।

ଅଜା ପିଣ୍ଡା ଉପରୁ ଡାକ ଛାଡ଼ନ୍ତି – ଆବେ, ଅଣ୍ଟିରିପୁଥ ହୋଇ ମାଇକିନିଆ କଥାରେ ରୁଣ୍ଡୁଛୁ? ତୁ ଟା ମାହିଆ କି ? ଆ – ଆ, ରାତିରେ ଶାଗୁଆତି ବୈଠକୀ କରିବା ଆ।

ଶାଗୁଆତି ବୈଠକୀମାନେ ଆମେ ଅଜା ନାତି ଦି ଜଣ। ବାରିଆଡ଼ ଢିଙ୍କି ଚାଳିଆରେ ଅଜା ମାଂସ ରାନ୍ଧନ୍ତି। ସେଥିପାଇଁ ହାଣ୍ଡି କଡ଼େଇ ଅଲଗା। ଆଇ ସେସବୁ ଛୁଇଁନା ଖାଲି ବାଟଣ ବାଟିଦିଏ। ତରକାରୀ ରାନ୍ଧୁ ରାନ୍ଧୁ ଅଜା ମଝିରେ ମଝିରେ ଖଣ୍ଡେ ଦିଖଣ୍ଡ ମାଂସ କାଢ଼ି ଚଖେଇବେ। ପଚାରିବେ – ସନ୍ତୁଲି ହେଲାଣି ? ବାଡ଼ି ପିଣ୍ଡାରୁ ଢୋଲେଇଢୋଲେଇ ଆଇ କହିବ – ଭଲା କରି ଖରଡ଼ ବା ତଲି ନାଗି ଗଲାଣି କି କଣ। ଧୁଆଁତିଆ ଗନ୍ଧଉଛି।

ଅଜା କୁହନ୍ତି – ତୋ ଆଇ ତ ବାସନାରେ ଅସଲ ରସ ଶୋଷାଡ଼ି ପକେଇବ। ତରକାରୀ ଲାଗିବ କଣ ଘୋଡ଼ା ଡିମ୍ ? ଖାଲି ଶୁଖୁଲା ଶାଗୁଆତି ରେକଟିବା କଥା।

–ହଃ, ଆଇ ତ କଞ୍ଜାଖାଇ ଡାଆଣୀ। ଆଉରି ଯଦି ସେଗୁଡ଼ା ମୁଁ ଛୁଉଁଥାନ୍ତି...

ଅଜା କୁହନ୍ତି – ଡାହାଣୀ ଚାରି ଜାତିକ। ଶୁଙ୍ଗା, ଦେଖା, ଶୋଷା, ଖିଆ।

– ସତରେ ଅଜା ? ବୁଝି ନପାରି ମୁଁ ପଚାରେ।

– ଆଉ ! ମାଇକିନିଆ ବି ଚାରି ଜାତି। ପଦ୍ମିନୀ, ଶଙ୍ଖିନୀ, ଚିତ୍ରିଣୀ, ହସ୍ତିନୀ। ତୁ କେମିତିଆ ବାହାହବୁ କହ।

– ଚିହ୍ନିବି କେମିତି ?

– ବଲେ ବଲେ ଚିହ୍ନ ଯିବୁନି। ସେଗୁଡ଼ା କଣ କେହି କାହାକୁ କହିଦିଏ ?

ଆଇ କଣ୍ଠ ସେତେବେଳକୁ ଫଟାମାଠିଆ ପରି ଘଡ଼ଘଡ଼ ଡାକୁଥିବ। ଆମେ ଅଜା ନାତି ବି’ଏଁ ଲେଖା ଲମ୍ବ ମଞ୍ଜି କଦଳୀପତ୍ର ପାରି ଶାଗୁଆତି ଢୋଲ ହାପୁଡ଼ିବୁ। ବୈଠକୀ ସରୁସରୁ ରାତି ଅ’ଧ। ଶୋଇଲା ବେଳକୁ ଆଇ ପଚାରିବ – ସୋର ବା ଘର କଥା କଣ କହି ପଠେଇଥିଲା କହିଲୁନି।

–ବାପା ରବିବାର ଦିନ କଟକରୁ ଫେରିଲେ ଯୋଉକଥା, ମାମଲତକାରିଆ ଠାଣୀରେ କହିଦେଇ ମୁଁ ଶୋଇପଡ଼େ।

ପାହାନ୍ତା ପହରକୁ ଅଜାଙ୍କ ଗୀତ ବୋଲାରେ ମୋ ନିଦ ଭାଙ୍ଗେ। ରାତିରେ ଅଜାଙ୍କୁ ନିଦ ହୁଏନା କି ! ହରେ ମୁରାରେ, ନୀଲ ନବଘନ ଇତ୍ୟାଦି ଇତ୍ୟାଦି କେତେ ଗୀତ ଗାଇ ସାରି ସେ ଶେଷକୁ ବୋଲିବେ – ସ୍ୱର ଗରଲ ଖଣ୍ଡନଂ....। ସେଇ ଗୀତକୁ

ମୁଁ କାନେଇଥାଏ । ଦେହୀ ପଦ ପଲ୍ଲବ ମୁଦାରମ୍ ଗାଇଲା ବେଳକୁ ଅଜାଙ୍କ କଣ୍ଠ ଥରେ । ମୋତେ ଲାଗେ ଦୂରରୁ କୋଉଠୁ ଅସରାଏ ମେଘ ମାଡ଼ିଆସୁଛି । କିଛି ନ ବୁଝି ବି ପଦଟା ଶୁଣି ଶୁଣି ମୋ ମନେ ରହିଯାଇଥିଲା । ମୁଁ କୁହେ - ବାଃ ଅଜା । ବଢ଼ିଆ ଗୀତ । କେଉଁଠୁ ଶିଖିଲ ?

ବୁଢ଼ା ସେ ପ୍ରଶଂସାରେ ଖୁସି ହେବ କ'ଣ ! ଓଲଟି ଚିଡ଼େ - ବଢ଼ିଆ କଣ କହୁଛୁ ବେ ? ଯ୍ୟା ଠୁ ବଳି ଆଉ ଦୁନିଆରେ ପଦ ଅଛି ?

କଡ ଲେଉଟେଇ ଆଖି ପାଟି କରେ - ତମେ ଅଜାନାତି ଦିଇଟା ମଣିଷକୁ ଘଡ଼ିଏ ଶୋଇ ଦବନି କି ? ଆଉ ତ କିଛି ଗୀତ ନାଇଁ । ରାତିସାରା ଖାଲି ମର - ମର ।

ମର - ମାର ରହସ୍ୟ ବୁଝି ନ ପାରି ମୁଁ ଗୋଲକ ଧନ୍ଦାରେ ପଡ଼ିଯାଏ । ଅଜାଙ୍କ କଥା, ହସ ଅଳ୍ଛିଣ୍ଟା ଅଙ୍କ ପରି ମୋତେ ବୁଝି ହୁଏନା । କ୍ଲାସରେ ବସି ବସି ମୁଁ ହିସାବ କରେ - ସୋନି, କଇନି, ମଞ୍ଜୁ, ରେବତୀଙ୍କ ଭିତରୁ କିଏ ପଦ୍ମିନୀ, କିଏ ଶଙ୍ଖିନୀ । କିଏ ଚିତ୍ରିଣୀ - ପୁଣି କିଏ ହସ୍ତିନୀ । ଲାଇବ୍ରେରୀ ସାରା କହି ଘାଣ୍ଟେଣ୍ଟ - କେଉଁ ବହିରେ ଲେଖା ହୋଇଛି ଦେହୀ ପଦ ପଲ୍ଲବର ଅର୍ଥ । ନା, ଅଜାଙ୍କ ଅଦେଖା ବଂଶୀପରି ଏସବୁ ବି ମିଛ କଥା । ଯେତେ ଚେଷ୍ଟା କଲେ ବି ବୁଝି ହୁଏନା । ଟିକେ ଟିକେ ବୁଝି ହେଲା ବେଳକୁ ସବୁ ପୁଣି ଗୋଲମାଲିଆ ଧରିଯାଏ ।

ସାଧୁଜନେ, କ୍ଲାସ ପରେ କ୍ଲାସ ଡେଇଁ ତାରି ଭିତରେ ମୋ ପାଠ ପଢ଼ା ସରିଗଲା । ମାମୁଁ ବାହାସାହା ହୋଇ ଦିଲ୍ଲୀରେ । ସେତେବେଳକୁ ତାଙ୍କର କମିଶନର ରଖାଙ୍କ । ଆଇ ଯାଇ ତାଙ୍କ ପାଖରେ । ଘର ଛାଡ଼ି ଯିବାକୁ ଅଜା ମୋତେ ମଙ୍ଗିଲେନି । ପ୍ରଥମେ ପ୍ରଥମେ ବୁଢ଼ୀ ବର୍ଷ ଦି ବର୍ଷରେ ଥରେ ଗାଁକୁ ଆସୁଥିଲା । ଏବକୁ ଆଉ ନାତି ନାତୁଣୀଙ୍କ ମୋହ ତୁଟେଇ ଆସିପାରେନା । ତା କାନକୁ ବି ଭଲ ଶୁଭେନା । ଅନ୍ଧା ଧରେ । ମାମୁଁ ମାଇଁ ତାକୁ ଛାଡ଼ିବାକୁ କୁନ୍ତୁ କୁନ୍ତୁ ।

ଗାଁକୁ ଯିବା ଆସିବା ମୋର କମି ଆସିଲାଣି । ଚାକିରିବାକିରି, ଘର ସଂସାର ଜଞ୍ଜାଳ ମଝିରେ ବେଳେ ବେଳେ ମନେ ପଡ଼ନ୍ତି ଅଜା । ମାମୁଁ ବେଲେବେଲେ ଫୋନ୍ କରନ୍ତି - ଯେମିତି ହେଲେ ବାପାଙ୍କୁ ବୁଝେଇ ଶୁଝେଇ ଏଠିକୁ ପଠା ।

ହେଲେ ଅଜା ଅଚଲ ମହାମେରୁ । କେବେ କେମିତି ମାମୁଁ ଘରକୁ ଗଲେ ଦେଖେ ଅଜା ବିଶେଷ କିଛି ବଦଲି ନାହାନ୍ତି । ସେମିତି ଠେଙ୍ଗା ଠେଙ୍ଗା ଚାଲି । ବିନା ଚଷମାରେ ସେମିତି ଗୀତା ପଢ଼ନ୍ତି, ଭାଗବତ ବୋଲନ୍ତି, ଗୋପୀ ବିଲାସ ଛାନ୍ଦ ଗାଆନ୍ତି । ମୋତେ ଦେଖିଲା ମାତ୍ର ଶାଗୁଆଟି ଯୋଗାଡ଼ରେ ଲାଗନ୍ତି । ଆଗ ଭଳିଆ ସେମିତି ଠୋଆସ ଠୋଅସ୍ କଥା । ମୁଁ ପଚାରେ - ଅଜା ଆଉ ସ୍ବର ଗରଲ ଗାଉନ କି ?

ଅଜା। ଓଠରେ ପୁରୁଣା ଦିନର ସେହି ରହସ୍ୟମୟ ହସ ଚେନାଏ ଫୁଟେଇ କହନ୍ତି – ସେଗୁଡ଼ା ପାହାନ୍ତିଆ ପଦ। ତୁ ତ ତୋ ଆଇ ଭଳିଆ ରାତିସାରା ଘୁଙ୍ଗୁଡ଼ି ଛାଡୁଛୁ। ପଦ ଶୁଣିକୁ କେମିତି ? ସେତେବେଳକୁ ମୁଁ ଜାଣିସାରିଲିଣି ଏ ଗୀତଗୋବିନ୍ଦ। ମୁଁ ପଚାରେ – ତୁମେ ଗୀତ ଗୋବିନ୍ଦ କୋଉଠୁ ଶିଖ୍‌ଲ ?

କଥାଟା ବାଁରେଇ ଦେଇ ଅଜା ମୋତେ ଓଲଟି ପଚାରନ୍ତି – ତୋର ପୁରୀ ବଦଲି ହେବନି କିରେ ?

ମୋର ପୁରୀ ବଦଲି ପାଇଁ ଅଜାଙ୍କ ବ୍ୟଗ୍ରତାର ଅର୍ଥ ବୁଝିହୁଏନା। ହେଇପାରିଥାଏ ଜଗନ୍ନାଥଙ୍କ ପାଇଁ ମୋହ। ସମୁଦ୍ରକୂଳର ଆକର୍ଷଣ ବି ହୋଇପାରିଥାଏ। ମୁଁ ବିଶେଷ ମୁଣ୍ଡ ଖେଳାଏନା। ସଂସାରର ଅନେକ କଥା ତ ରହସ୍ୟମୟ ହୋଇ ରହିଛି। ଥାଉ ସେମିତି।

ସତକୁ ସତ ମୋର ଯେଉଁଦିନ ପୁରୀ ବଦଲି ହେଲା, ଖୁସିରେ ଆଗ ଅଜାଙ୍କ ପାଖରୁ ଗୋଟାଏ ଟେଲିଗ୍ରାମ ମାରିଦେଲି। ଦିନ ଆଠଟା ନ ଯାଉଣୁ ଅଜା ଆସି ହାଜର। ମୋତେ କଥାଟା କେମିତି କେମିତି ଲାଗୁଥାଏ। ବୁଢ଼ା ତ ଘରଛାଡ଼ି ହୁଙ୍କିବା ଲୋକ ନୁହେଁ। ହଉ, ଦେଖା ଯାଉ। ମୁଁ ପଚାରିଲି – ଅଜା, ରାତିରେ ଶାଗୁଆଟି ବୈଠକୀ କରିବା ?

କହିଲେ – ରହିବେ ଶଳା ରଙ୍କଣା। ଟିକେ ଥୟ ଧର। ନାତୁଣୀ ବୋହୂଟା କଣ ଭାବିବ ? ମୁଁ କଣ ଟକଲା ?

ସ୍ତ୍ରୀ କହିଲେ – ମୁଁ କାଇଁ କଣ ଭାବିବି ? ମୁଁ କଣ ଯ୍ଆଙ୍କ ଗୁଣ ଜାଣିନି ? ସେ ନିଜେ ତ ଅସଲ ଟକଲା। ତମର ଖାଲି ନାଁ।

– କିରେ ଟକଲ ଫୁଟେଇ ଚାଟୁଛୁ କିରେ ? ପଚାରିଲେ ଅଜା।

ସ୍ତ୍ରୀ ଲାଜରା ହୋଇ ରୋଷେଇ ଘରକୁ ପଶିଗଲେ। ରାତିରେ ମୁଁ ଛାତ ଉପରେ ଶୋଇଥିଲାବେଳେ ପଚାରିଲି – ତମ ନାତୁଣୀ ବୋହୂ କି ଜାତି ? ମାନେ ପଦ୍ମିନୀ, ଶଙ୍ଖିନୀ ନା....

ମୋ ପାଟିରୁ କଥା ଛଡ଼େଇ ଅଜା ପଚାରିଲେ – ଆଜିଯାଏ ଠଉରେଇନୁ ? ତୁଚ୍ଛା ଟକଲ ଫୁଟୋଉଛୁ ....

କହିଲି – ଚିହ୍ନି ପାରିଲିନି ବୋଲି ତ ପଚାରୁଚି। ତୁମେ କହି ଦେଉନା।

– ହାଃ, ଅପଦାର୍ଥ ! ଆରେ ଏଇଟା ପକ୍ଷିଣୀ।

– ମାନେ ? ତମେ ତ ଆଗରୁ ସେ ଜାତି କଥା କହି ନ ଥିଲ ! ଆଜି ଫେର କଣ ଗୋଟାଏ ନୂଆ ଜାତି ବାହାର କଲଣି।

– ତୋ ପାଇଁ ଏଟା ଭଗବାନଙ୍କର ସ୍ପେସାଲ ସର୍ଜନା ବେ। କେମିତି ଖାଲି ହଳଦୀ ବସନ୍ତ ଭଳିଆ ତରଙ୍ଗ ତରଙ୍ଗ ହେଉଛି ଦେଖୁନୁ।

– ଏମିତି ଆଉ କେତେ ଜାତି ଅଛନ୍ତି?

– ଭାକ୍। ଦୁନିଆରେ ଯେତେ ମାଇପେ, ସେତେ ଜାତି। କେତେ ଜାତି କଣ ପଚାରୁଛୁ? ଶାଗୁଆଟି ଢୋଲ ହାପୁଡ଼ିବା ଚାଲ।

ରହୁ ରହୁ ଅଜା ରହିଗଲେ ବହୁତ ଦିନ। ଆମକୁ ବି ଖୁସିଲାଗୁଥାଏ। ସେ ତାଙ୍କ ପିଲା ଦିନ କଥା ଗପନ୍ତି। ଗପନ୍ତି କୃଷ୍ଣ ଲୀଳା ସୁଆଙ୍ଗ କଥା। କଥା ମଝିରେ ଭାବ ବିହ୍ୱଳ ହୋଇ ଗୋଟା ଦିଟା ଡାଇଲଗ ବି ମାରିଦିଅନ୍ତି।

ସ୍ତ୍ରୀ ପଚାରନ୍ତି – ଅଜା, ଆଇଙ୍କ କଥା ମନେ ପଡୁନି?

ଗୋଟାଏ ତତଲା ଦୀର୍ଘଶ୍ୱାସ ପଲେଇ ଅଜା ଜବାବ ଦିଅନ୍ତି – ସେ କଥା ସିନା ତୋ ଆଇକୁ ପଚାରନ୍ତୁ।

ମାମୁଁ ଫୋନ୍ କରନ୍ତି – ବାପାଙ୍କୁ ସେଇଠୁ ସିଧା ଆଣି ଛାଡ଼ିଦେଇ ଯା। ଗାଁକୁ ଗଲେ ଆଉ ଆସିବା ନାଁ ଧରିବେନି।

ଆମେ ପଚାରୁ – ଅଜା ଯିବ?

ଅଜାଙ୍କର ସେହି ଅଛିଣ୍ଡା ଉତ୍ତର – ଦେଖିବା।

ଅଜା ବୁଲନ୍ତି। ପୁରୀ ସହରର ଏ ମୁଣ୍ଡରୁ ସେ ମୁଣ୍ଡ। ନିର୍ଦ୍ଧୂମ ବୁଲନ୍ତି। ସନ୍ଧ୍ୟା ହେଲେ ବେଶୀ ବେଶୀ। ସ୍ତ୍ରୀ ବ୍ୟସ୍ତ ହୁଅନ୍ତି – ବୁଢ଼ା ମଣିଷ। ଏତେ ରାତି ହେଲାଣି, ତୁମେ ଟିକେ ଯାଉନ।

ହେଲେ ତାଙ୍କର କୋଉ ଠିକ୍ଠିକଣା! ସେ ତ ମନ୍ଦିରକୁ ଯିବେନି, ସମୁଦ୍ରକୂଳକୁ ଯିବେନି। ସୁନାର ଗୌରାଙ୍ଗ କି ଲୋକନାଥ ମନ୍ଦିର କି ଆଉ ଯେତେଯେତେ ମଠ, ମନ୍ଦିର ତା ପାଖ ମାଡ଼ିବେନି। ସେ ବୁଲନ୍ତି – ପୁରୀ ସହରର ଗଳିକନ୍ଦି, ଯାତ୍ରା, ସିନେମା, ସର୍କସ ।

କ’ଣ ଖୋଜନ୍ତି କେଜାଣି? ପଚାରିଲେ କୁହନ୍ତି – ଆରେଇଏ ପୁରୀଟି। କାକ ପଡ଼ିଏଠି ଚତୁର୍ଭୁଜ। ଖୋଜୁଛି ବୋଲି ପଚାରୁଛୁ କଣ?

ସବୁ କଥାରେ ଗୋଟାଏ ନବଜ କଣ ମ? ମୋ ରାଗ ଚିଡ଼େ। ଆଜିକାଲି ସହର ବଜାର ଜାଗା ଯାହା ହେଲାଣି, କେତେବେଲେ କୋଉ କଥା। ମୁଁ ଏବେ ନିତି କେତେ ଖୋଜିବି?

କିନ୍ତୁ ଆମେ ଲକ୍ଷ୍ୟକରୁ, ଆମର ସବୁ ସେବା ଯନ୍ ସତ୍ତ୍ୱେ ଅଜା ଅଧିକ ବୁଢ଼ା ଦିଶୁଛନ୍ତି। ଗାଁରେ ଏତେବର୍ଷ ହେଲା ହାତରେ ରାନ୍ଧି ଖାଇ ଯେମିତି ଦିଶୁଥିଲେ ଆଉ

ସେମିତି ଦିଶୁ ନାହାନ୍ତି। ଭିତରେଭିତରେ କାହିଁକି କେଜାଣି ଭାଙ୍ଗି ପଡୁଛନ୍ତି। ମଞ୍ଜି ପୋକଖିଆ ଗଛ ପରି ଝାଉଁଳି ପଡୁଛନ୍ତିଦିନକୁ ଦିନ। ଖାଲି ତୁଚ୍ଛା ମୁହଁ ଭଡ଼ଙ୍ଗରେ ବାଟ ଚାଲୁଛନ୍ତି ସିନା। ପାହାନ୍ତା ପହରୁ ଉଠି ଆଉ ଗୋପୀ ବିଲାସ ଛାନ୍ଦ ବୋଲୁନାହାନ୍ତି। ଗାଉ ନାହାନ୍ତି — ସ୍ୱର ଗରଳ ଖଣ୍ଡନଂ। ଏତେ ଶାଗୁଆଟି ବୈଠକୀ। ଏତେ ହସଗମାତ। ଏତେ ସାଙ୍ଗସୁଖ। ବୁଢ଼ାଟା ମୋତେ ଚିରକାଲ ଫାଙ୍କିଫାଙ୍କି ଆସିଲା। ବଂଶୀ କୋଉଠି ଲୁଚେଇଛି ତ ଲୁଚେଇଛି। ମଞ୍ଜି କଥାଟା ଲୁଚେଇ ନିଜେ ହନ୍ତସନ୍ତ ହଉଛି। ମୋତେ ବି ଦହଗଞ୍ଜ କରୁଛି। ଅଭିମାନରେ ଦିନେ କହିଲି – ଅଜା ତମେ ବଡ଼ କପଟୀ। କୃଷ୍ଣ ପାର୍ଟ କରି ତାଙ୍କ ଭଳିଆ ହୋଇ ଯାଇଛ।

ଅଜା ପୁଣି ହସିଲେ। ପଚାରିଲେ – କୃଷ୍ଣ କଣ କପଟୀ ?

– ଆଉ ?

– ଭରେ, ଶେଷକୁ ତୁ ଏଇଆ ବୁଝିଲୁ ? ଦ୍ୱାରକା ରାଜା ଅଷ୍ଟପାଟ ବଂଶୀ ଛାଡ଼ି ଗୋପ ଫେରିଥାନ୍ତେ କଣ ଗାଈ ଚରେଇବାକୁ ? ତୁ ଶାଲା ବେଲଜ୍ୟାଟା କି ?

ଅଜାଙ୍କ ଉତ୍ତରର ଅର୍ଥ ଖୋଜି ପାଇଲିନି। ସବୁଥର ପରି ଆଜି ବି ଭିତରେ ଭିତରେ ଗୋଲେଇ ଘାଣ୍ଟି ହୋଇଗଲା। ଯେମିତି ଶାଗୁଆଟି ତୁଣ ବାଟଣ।

ସାଧୁଜନେ ଏମିତି ଏମିତି ବିତିଗଲା ଅନେକ ଦିନ। ଛ ମାସ କି ବର୍ଷେ। ତେଣେ ମାମୁଁ ଘର ବିଲବାଡ଼ି ପଡ଼ିଆ, ଘର ବେଛପର, ଭାଗୁଆ ଚିଠି ଦିଅନ୍ତି, ମାମୁଁ ଘନଘନ ଫୋନ କରନ୍ତି – ଆଈ ଦେହ ଭଲ ରହୁନି। ଅଜା ସବୁ କଥା ଏ କାନରେ ପୁରେଇ ସେ କାନରେ ବାହାର କରି ଦିଅନ୍ତି। ଦିନସାରା ଘର ଭିତରେ ନିଷ୍ଟିନ୍ତରେ ବସି ପାନ କୁଟନ୍ତି। ଡାକ ଛାଡ଼ନ୍ତି – ହଲଦୀ ବସନ୍ତ, ଚା' ଟୋପା ବସା। ଆଉ ସଞ୍ଜ ହେଲେ ବଡ଼ ଦାଣ୍ଡ ଗହଲି ଭିତରେ କୁଆଡ଼େ ହଜି ଯାଆନ୍ତି।

ଦିନେ ସକାଳୁ ସକାଳୁ ମାମୁଁ ଫୋନ୍ କଲେ – ବୋଉ ଦେହ ସାଂଘାତିକ। କାଲିଠାରୁ ଡାକ୍ତରଖାନାରେ। ବାପାଙ୍କୁ ଖୋଜୁଛି। ଅଜା ଶୁଣିଲେ, ହଁ କି ନା କିଛି ଉତ୍ତର ନଦେଇ ଡାକ ପକେଇଲେ – ଆଲୋ ହଲଦୀ ବସନ୍ତ ମୋ ପାନ କୁଟା ?

ପାନକୁଟା ବଢ଼େଇ ଦେଇ ସ୍ତ୍ରୀ କହିଲେ – ଚାଲ ଅଜା, ଆମେ ସାଙ୍ଗରେ ଯିବୁ।

ପାନଖଲଚା କୁଟା ଭିତରକୁ ଟିପରେ ଦାବି ଦେଇ ଅଜା କହିଲେ – ଦେଖିବା। ତା ପରେ ଆଖିବୁଜି ସବୁଦିନ ପରି ମୁଣ୍ଡ ହଲେଇ ପାନ କୁଟିଲେ। ଆମେ ଆଶ୍ଚର୍ଯ୍ୟରେ ମୁହଁ ଚାହାଁ ଚାହିଁ ହେଲୁ।

ସେ ଦିନ ସଞ୍ଜ ବେଳେ ଅଫିସରୁ ଫେରି ଅଜାଙ୍କୁ ଦେଖ ମୁଁ ଆଶ୍ଚର୍ଯ୍ୟ ହେଲି। କ'ଣ ଦେହଫେହ ଖରାପ ହେଲା କି ? ଏତେବେଲେ ତ ସେ ଘରେ ରହନ୍ତିନି।

ମୋତେ ଆହୁରି ଆଶ୍ଚର୍ଯ୍ୟ କରି ଅଜା କହିଲେ – ଗଲୁ ମୋ ପାଇଁ ଗୋଟେ ଥେଟର ଟିକିଟ ଆଣିବୁ।

ମୁଁ ମନେ ମନେ ଚମକି ପଡ଼ିଲି। ଆଇ ଦେହ ଖରାପ କଥା ଶୁଣି ବୁଢ଼ା ମୁଣ୍ଡ ବିଗିଡ଼ିଗଲା କି ଆଉ? ଖାଲି ତୁଚ୍ଛା ମୁହଁ ଭଡ଼ଙ୍ଗ ମାରୁଥିଲା। ତାଙ୍କ ପାଇଁ ଏଇଷିଣା ଥେଟର ଟିକେଟ କୋଉଠୁ ଆଣିବି? ଆଜିକାଲି ଥ୍ଏଟର କେଉଁଠି ଚାଲୁଛି?

ସ୍ତ୍ରୀଙ୍କର ବୋଧହୁଏ ସନ୍ଦେହ ହେଲା, ସେ ପଚାରିଲେ – ଆଜି ସିନେମା ଦେଖିବାକୁ ମନ ହେଉଛି?

– ଧେତ୍ ହୁଣ୍ଟୀ, ଅନ୍ନପୂର୍ଣ୍ଣା ଥେଟର ବା। ଏତେ ଦିନ ହେଲା ପୁରୀ ଆସିଲୁଣି, ସେ ଶଳା ତୋତେ ଆଜିଯାକେ ଅନ୍ନପୂର୍ଣ୍ଣା ଥେଟର ଦେଖେଇନି?

ମୁହଁ ଖୋଲି ଅଜା କେବେ କିଛି ମୋତେ ମାଗନ୍ତିନି। ଆଜିଶେଷରେ ଏ କଣ ମାଗୁଛନ୍ତି? ଅନ୍ନପୂର୍ଣ୍ଣା ଥ୍ଏଟରର ଆଗରେ ଏବେ ବୁଲା ଷଣ୍ଢ ଶୋଇ ପାକୁଲି ବୁଲୋଉଛନ୍ତି ବୋଲି ମୁଁ ତାଙ୍କୁ କହିପାରିଲିନି।

ମୋତେ ନିରବରେ ବାଥରୁମକୁ ପଶିଯାଉଥିବା ଦେଖ ଅଜା କହିଲେ – ଯାଉନୁ ଆଗ ଟିକିଟିଟା ନେଇ ଆସିବୁ। ଡେରି ହେଲେ ଆଉ କଣ ଜାଗା ମିଳିବ?

ସ୍ତ୍ରୀ କହିଲେ – ଅନ୍ନପୂର୍ଣ୍ଣା ଥ୍ଏଟର କଣ ଏବେ ଆଉ ଚାଲୁଛି?

– ଆଉ ?

ମୋତେ ଲାଗିଲା ସେହି ପଦଟିଏ ପ୍ରଶ୍ନରେ ଯେମିତି ତଳିତକାନ୍ତ ହୋଇଗଲେ ଅଜା। ସାତତାଳ ଉଚ୍ଚରୁ ପଡ଼ି ତାଙ୍କ ସାରା ସ୍ୱପ୍ନ ଉଜୁଡ଼ିଗଲା।

– ସେସବୁ ତ ଆସି କୋଉ କାଳର କଥା ହେଲାଣି, କହିଲେ ସ୍ତ୍ରୀ। ତାଙ୍କ କଣ୍ଠଟା ବି ଭାରି ଭଙ୍ଗା ଭଙ୍ଗା ଶୁଭୁଥିଲା। ଯେମିତି ବତାସ ମାଡ଼ ଖିଆ ଖଣ୍ଡେ ମଞ୍ଜି କଦଳୀପତ୍ର ଫାଟିଯିବା ଆଗରୁ ଥରୁଛି।

ଅଜା ଚୁପଚାପ୍ ତାଙ୍କ ଶୋଇବା ଘରକୁ ଉଠିଗଲେ। ଡାକି ଡାକି ରାତିରେ ଖାଇଲେନି। ପାହାନ୍ତା ପହରରୁ ପଚାରିଲେ – ସକାଳୁ ଦିଲ୍ଲୀକୁ ଗାଡ଼ି ନାହିଁ?

ମୁଁ କହିଲି – ସନ୍ଧ୍ୟାକୁ।

– ଟିକିଟି କରି ଦେ।

– ଆମେ ସାଙ୍ଗରେ ଯିବୁ?

– କାଇଁ ମୁଁ କଣ ମାହିଆ?' ଅଜା ଚିତ୍କାର କଲେ।

ତା ପର ଦିନ ସନ୍ଧ୍ୟା ବେଳ। ମୁଁ ସକାଳୁ ମାମୁଁଙ୍କୁ ଫୋନ୍ କରି ଦେଇଥିଲି। ଜିନିଷପତ୍ର ଗାଡ଼ି ଭିତରେ ସଜାଡ଼ି ରଖିଦେଇ ଆମେ ପଦାରେ ଠିଆ ହୋଇଥାଉ।

ଝରକା ପାଖରେ ମୁଣ୍ଡ ରଖି ଅଜା ବାହାରର ଅନ୍ଧାରକୁ ଚାହିଁ କଣ ଯେପରି ଶେଷଥର ପାଇଁ ଖୋଜୁଥାନ୍ତି । ମୋତେ ହଠାତ୍ କାହିଁକି ଲାଗିଲା– ଅଜାଙ୍କ ସାଙ୍ଗରେ ଏ ଜୀବନରେ ଏଇଟା ବୋଧେ ଶେଷ ଦେଖା । ମୋ ଆଖି ଛଳ ଛଳ ହୋଇଗଲା । ଅଜା ହସୁଥାନ୍ତି । ଝାଉଁଳା ଜହ୍ନର ମଳିଚିଆ ଆଲୁଅ ପରି ଶେତା ହସ । ମୁଁ ଭାବୁଥାଏ ଗାଡ଼ି ଜଲଦି ଛାଡୁନି କାହିଁକି ?

ସ୍ତ୍ରୀ କହିଲେ – ଅଜା ପହଞ୍ଚି ଫୋନ୍ କରିବ ।

– ହଉ ।

ଗାଡ଼ି ହୁଇସିଲ ମାରିଲା ।

– ତମ ବଂଶୀଟା ଟିକେ ତାଙ୍କୁ ଦେଖେଇଲଣି । ତାଙ୍କ ଠାରୁ ଶୁଣି ଶୁଣି ମୋର ବି ଦେଖିବାକୁ ଭାରି ଇଚ୍ଛା ହେଉଥିଲା,' କ'ଣ ଭାବି କହିଦେଲେ   ସ୍ତ୍ରୀ ।

– ଆହଃ ଲୋ ମୋ ହଳଦୀବସନ୍ତ.... କହି ଝରକା ବାହାରକୁ ହାତ କାଢ଼ି, ଅଜା ସ୍ତ୍ରୀଙ୍କ ମୁଣ୍ଡ ଆଉଁଷି ଦେଲେ । ରେଲିଂ ଉପରେ ମୁହଁ ଲଦି ଦେଇ କହିଲେ – ହାଃ ହୁଃ ! ମୋର ବଇଁଶୀ ଆସିବ କୁଆଡୁ ? ମୁଁ ସିନା ସତ ସତିକା କୃଷ୍ଣ ହୋଇଥିଲେ ମୋର ବଂଶୀ ଥାଆନ୍ତା ।

ବେଟ୍

ପାଞ୍ଚ ପଇସାର ଉନ୍ନତି ନାହିଁ ଏଠି । ବେଟ୍ ମାରି କହିବି ଆଜ୍ଞା ! ଏମିତିକା ଦୋକାନ ପଛରେ ଶହେ ବର୍ଷ ଲାଗିଲେ ବି ଦଶ ଟଙ୍କା ଲାଭ ମିଳିବନି ।

କି ଦୋକାନ ଆଜ୍ଞା ! ତୁଚ୍ଛା କଥା । ସଉଦା ପତ୍ର ଯାହା ଅଛି ଏଠି ଆଙ୍ଗୁଠିରେ ଗଣି କହିଦେବି । ବେଟ୍ ।

ଚାଉଳ, ଲୁଣ, ଆଳୁ, ପିଆଜ ବସ୍ତା କେତେଟା । ସୋରିଷ ତେଲ, କିରୋସିନି ଟିଣ ଗୋଟାଏ ଲେଖା । ବିସ୍କୁଟ ଟିଣରେ ପଶି ଦି' କିଲୋ ଲେଖା ହରଡ଼ଡାଲି, ବୁଟ ଡାଲି । ଅନ୍ୟ ଯାହା ଥାଉ ନ ଥିଲା ପରି । ଆଜି ଜୀରା ନାହିଁ ତ କାଲି ଲଙ୍କା ନାହିଁ । ବାକିଆ ଗରାଖଙ୍କୁ ଛାଡ଼ିଦେଲେ ଆଉ କିଏ କାହିଁକି ଏ ଦୋକାନକୁ ଆସିବ କହୁନାହାନ୍ତି । ବାକୀ ନେବେ, ଦେବା ନାଁ ଧରିବେନି । ଥରକୁ ଦି'ଥର ମାଗିଲେ ଅନ୍ୟ ଦୋକାନ ଦେଖିବେ । ଏମିତିରେ କି ଦୋକାନ !

ହେଲେ ଆମ ବୁଢ଼ା ବୁଝିଲେ ସିନା । ତିରିଶ ବର୍ଷ ହେଲା ସେ ଦୋକାନରେ ବସି ବସି କୋଉ ଉନ୍ନତି କରି ପକେଇଛି ପଚାରୁ ନାହାନ୍ତି ।

ସେଠି ବସି ଅଯଥାରେ ମୋ ଭବିଷ୍ୟତ ବରବାଦ କରିବି କାହିଁକି ?

ଦିନରାତି ଦୋକାନରେ ବସିବ ଯଦି ଶୁକ ସାହୁ ଭଲିଆ ହୋଲସେଲ ଦୋକାନ କରି ବସିବ । ଶୁକ ସାହୁ କଟକ ମାଲଗୋଦାମରେ ଦଣ୍ଡି ଟେକୁଥିଲା । ପାଞ୍ଚ ସାତ ବର୍ଷ ରହିଲା ସେଠି । ବେପାରବତାର ଅସଲ ଗୁମର ଜାଣି ଆସିଲା ବାହାରି । ପଞ୍ଚାମୁଣ୍ଡେଇ ବଜାରରେ ହୋଲସେଲ ଦୋକାନ ଖୋଲିଲା । ବର୍ଷ ପାଞ୍ଚଟାରେ କେମିତି ମାଲାମାଲ ହୋଇ ବସିଛି ଦେଖୁନାହାନ୍ତି । କଟକରେ କୋଠା । ଭୋବନେସୋରରେ କୋଠା । ଚାରି ଚାରିଟା ଟ୍ରକ । ଦି'ଖଣ୍ଡ ବସ୍ । କଟକରୁ ରାଜନଗର ଚାଲୁଛି । ଏବକୁ ପୁଣି ଗୋଟେ ଲୁହା, ସିମେଣ୍ଟ ଦୋକାନ ଖୋଲି ଭାଇକୁ ବସେଇଛି । ହାତରେ ଲାଗୁନି କି ଗୋଡ଼ରେ ଲାଗୁନି । ମିସିନି କଣ୍ଟା ଲାଗିଛି, ଓଜନ ଲେଖିଦେଉଛି । ଗଣ୍ଡା ଗଣ୍ଡା ଖାଲାସୀ, ମଜୁରିଆ ଲାଗିଛନ୍ତି । ହିସାବ ରଖିବାକୁ ଦିଇଟା ଗୁମାସ୍ତା ଗଦିରେ ବସିଛନ୍ତି । ଶୁକ ସାହୁ ହାତରେ ଦି'ଗଣ୍ଠା ରୁହ ମୁଦି ନାଇ ବେକରେ ଏହେ ମୋଟ୍ ସୁନା ଚେନ୍ ଓହଲେଇ ଘୁରା ଚିଆରରେ ବସିଥାଏ । ମଝିରେ ମନ ହେଲେ କଫି, କୋଲ୍ଡ୍‍ଡ୍ରିଙ୍କ ମଗେଇ ପିଏ । ସିଗିରେଟ୍ ଟାଣେ ।

ତାକୁ ସିନା କହିବ ବେପାର ।

ଆଉ ନା'ଚାଲିଆ ଘରେ ଏ କି କୁଟୁଣ୍ଠ ବେପାର ?

ମାଟି କାନ୍ଥରେ କାଠ ଖୁଣ୍ଟି ବାଡ଼େଇ ଦି ଚାରି ଖଣ୍ଡ ପଟା ପିଟିଦେଲେ ଦୋକାନ ହେଇଗଲା ?

ଏ ସଫଲ, ପାନପରାଗ, ଟଙ୍କିକିଆ ଚା ପାକିଟି ବିକି କି ଲାଭ କହୁ ନାହାନ୍ତି ? ସଫଲ ପାକିଟିଟାରେ ଦଶ ପଇସା କମିସିନୀ । ଦିନସାରା ଶହେ ସଫଲ ବିକିଲେ ଟଙ୍କା ଦଶଟା । ସେଥିରେ ପୁଣି ଦି' ଚାରିଟା ପାକିଟି ଖାଲି ବାହାରିବ । ଖାଉ ଥା ଲାଭ !

ମୋର ଧନ୍ଦା ନ ଥିଲା ଏମିତିକା ଦୋକାନରେ ବସି ଜୀବନ ନଷ୍ଟ କରିବି । ବୁଢ଼ା ବହୁତ ପାଟିତୁଣ୍ଡ ଲଗେଇବାରୁ ବସିଥିଲି ଦି' ଚାରିଦିନ । ଦଣ୍ଡୀ ଟେକି ଟେକି ଆଞ୍ଜା ଖୁଆପିଠ ଦରଜ । ଚାରିଦିନ ବେପାରରୁ ଟଙ୍କା ଶହେଟା ଲାଭ ମିଲିଥିବ କି ନାହିଁ । ସେଥିରୁ ଅଧେରୁ ବେଶୀ ବାକୀରେ । ଲେଖିଥା ବାକୀ ଖାତା । ପୁଣି କୋଉ ସଉଦା ଭଲିଆ ସଉଦା ହୋଇଛି ? ସୋରିଷତେଲ ପଚାଶ, ଲୁଣ ଅଧିକିଲେ, ହରଡ଼ଡାଲି ଶହେ, ଲଙ୍କା ଚାରିଶାର । ଘୋରିଘୋରି ପ୍ରସ୍ଥଏ କାଗଜ ସାରିଲାବେଲକୁ ଗାଏ ମୋଟ୍ ବାର ଟଙ୍କା ଆଠଶା । ତେଣିକି ବାକୀ ଆଦାୟ କରିବାକୁ ଦେ ଦଉଡ଼ ବଇଆ ପଛରେ । ସଞ୍ଝବେଲକୁ ପୁଣି ତଇ ସୋଇଁ ଦୋକାନକୁ ସାଇକେଲ ପେଲ । ତଇ ସୋଇଁ ଦେଖୁ ଦେଖୁ ଆଖ ତରାଟି ପଚାରିବ – କିରେ ତୋ ବାପ ପରା ଆଗ ବାକୀରୁ ଦି' ହଜାର ଟଙ୍କା ଏ ମାସରେ ଦେବ ବୋଲି କହିଥିଲା !

ଭାରି ଦିକିଦୋରିଆ ଧନ୍ଦା ଆଞ୍ଜା ! ସାଇକେଲ କେରିଅଲରେ ଚାଉଲ ବସ୍ତା ନଦି

ଆଣିବା ଭାରି ଝାମେଲା କାମ । ଯେତେ ଭିଡ଼ିଭାଡ଼ି ବାନ୍ଧିଲେ ବି ବାଟରେ ଦି' ଚାରିଥର ଗଳି ପଡ଼ିବ ହଁ ପଡ଼ିବ । ତୁଣ୍ଡପୁର ଛକରୁ ଗାଁ ମୁଣ୍ଡକୁ ଯୋଉ ବାଟ ! ସାଇକେଲ ଟିଉରେ ବାନ୍ଧିଲେ ଚାଉଳ ବସ୍ତା ସମ୍ଭାଳୁଛି କେତେକେ ?

ସେ ଦୋକାନରେ ବସିବା ନାଁ ମୁଁ ସେଥିପାଇଁ ଧରୁନି ।

କାହିଁକି ଦୋକାନ କରିବା କଥା ଯଦି କାଢ଼ୁନା ଟଙ୍କା ଦି'ଲକ୍ଷ । ଟେସନାରୀ ଦୋକାନ ଖୋଲନ୍ତି । ଭିଁପୁର ଛକରେ ଟେସନାରୀ ଦୋକାନ ଦେଲେ ବର୍ଷ ଗୋଟାକରେ ନାଲିପଡ଼ି ଯାଆନ୍ତି । ବେଟ୍ ଆଜ୍ଞା ! ଟେସନାରୀ ଦୋକାନରେ ହାତରେ ଧୂଳିମଳି ଲାଗିବାର ନାହିଁ । ଟଙ୍କାକରେ ଟଙ୍କାଏ ଲାଭ । ଚଉଧୁରୀ ବଜାର ହୋଲସେଲ ବାଲାଙ୍କ ସାଂଗରେ ଚିହ୍ନା ପରିଚ ହେଲେ ଦୋକାନରେ ଆଣି ମାଲ ଡେଲିଭରୀ ଦେଇଯିବେ । ରାୟପୁର, କଲିକତା ବେପାରୀଙ୍କ ସାଂଗରେ ବର୍ଷ ଦି'ଟାରେ ଡାଇରେକ୍ଟ ବେପାର ଚାଲନ୍ତା । ଖାଲି ଫୋନ୍‌ରେ ଫୋନରେ ବେପାର ।

ଛାଡ଼ନ୍ତୁ ଆଜ୍ଞା ! ସେ ସବୁ ଭାବି ପଇସାଟାକର ଲାଭ ନାହିଁ । ଏ ବୁଢ଼ା ଥିବାଯାଏ କିଛି କରେଇ ଦେବନି । ଗୋଲିଆ ମୋତେ ସେ ଆଇଡିଆ ଦେଇଛି । ସେ କଥା ମୁହଁ ଖୋଲି କ'ଣ କହିବି ? କାନକୁ ଖରାପ ଶୁଭିବ । ଆପଣଙ୍କୁ ବି ଖରାପ ଲାଗିବ । ବୁଢ଼ା ଅନ୍ତେ ଯାହା ଯେମିତି । ଆଗ ଏ ଦୋକାନ ନାଆଚାଲିଆ ଭାଙ୍ଗିବ । ତେଣିକି ଯୋଉ କଥା ।

ଦେଖୁ ନାହାନ୍ତି ଆଜ୍ଞା ! ଆଜି ସଜବାଜ । କେଡ଼େ ବଡ଼ ଦିନ ! କାହାର କେଉଁ କଥା । ଏ ବୁଢ଼ାର କିଛି କାମ ନାହିଁ, ଦୋକାନ ଝାଡ଼ୁଛି । ବୁଢ଼ିଆଣୀ ଜାଲ, ଅଲନ୍ଦୁ ଝାଡ଼ି, ଧୂଳି ସଫା କରୁ କରୁ ଅବିକା ସଞ୍ଜ ବୁଡ଼ିବ । ସେଇଠୁ ସାଇକେଲ ପେଲିବ ତୟ ସୋଇଁ ଦୋକାନକୁ ।

ଯୋଉ ତ ସାଇକେଲ ! କବାଡ଼ିବାଲା ବି ଛୁଇଁବେନି । ଚାଲିବ ଯଦି ଖଣ୍ଡମଣ୍ଡଳ କମ୍ପିବ । ସେଥିରେ ହଜାର ଥର ଟେନ୍‌ ଗଳି ପଡ଼ୁଥିବ । ବୁଢ଼ୀ ମୋତେ ମୋ ଏମେଇଟୀ ନେଇ ତୟ ସୋଇଁ ଦୋକାନରୁ ସଉଦା ଆଣିବାକୁ କହୁଥିଲା । ବୁଢ଼ୀ ଅକଲ ଦେଖୁଛନ୍ତି ଆଜ୍ଞା ? ଏମେଇଟୀ ଭଲିଆ ଗାଡିରେ ଚାଉଳ, ଲୁଣ ବସ୍ତା ଲଦିବି ? ସେ ଗାଡିର ଆଉ ଇଜ୍ଜତ ରହିବ ? ସହଜେ ଫୁସୁନା ସେ ଗାଡିରେ ବସିବାକୁ କୁନ୍ଦୁକୁନ୍ଦୁ ହେଉଛି । ଲୁଣ, ଚାଉଳ ବସ୍ତା ଲଦିଲେ ମୋ ମୁହଁକୁ ଛେପ ପକେଇବ ।

ଭିଁପୁର ଛକରେ ପାନ ଦୋକାନ ଦେଲାବେଳେ ଅଠେଇଶ ହଜାର ପାଁଶ' ଦେଇ ସେ ଗାଡି କିଣିଥିଲି । ଭିଁପୁର ଛକରେ ପାନ ଦୋକାନ ପାଇଁ ବହୁ କଷ୍ଟରେ ବୁଢ଼ା ତିରିଶ ହଜାର ଦେଇଥିଲା । କେବିନଟାଏ ବି ଅଢ଼େଇ ହଜାର ଦେଇ କିଣି ଦେଇଥିଲା । ପାନ ଦୋକାନରେ ଆଜ୍ଞା ଲାଭ ମନ୍ଦ ନୁହେଁ । ତା' ସାଙ୍ଗକୁ ପେପ୍‌ସୀ, କୋକୋକୋଲା

ରଖିଥିଲି । ଓମ୍‌ଫେଡ଼୍ କ୍ଷୀର, ଦହି ବି ରଖୁଥିଲି । ଟେସ୍‌ନାରୀ ଆଇଟମ୍ କେତେଟା ବି ସିଧା କଟକ ଚଉଧୁରୀ ବଜାରରୁ ଆଣି ରଖୁଥିଲି । ଏମିତି ସେମିତି ଆଇଟମ୍ ନୁହେଁ । ନିଜେ ବାଛି ବାଛି କିଣୁଥିଲି । ପଞ୍ଚାମୁଣ୍ଡାଇ ବଜାରସାରା ଖୋଜିଲେ ବି ସେମିତି ଆଇଟମ୍ ମିଳିବନି । ଖାସ ସେଇଥିପାଇଁ ମୋ ଦୋକାନରେ କଲେଜ ଝିଅଙ୍କ ଲାଇନ୍ ଲାଗୁଥିଲା । ଫୁସୁନା ସାଙ୍ଗରେ ସେଇଠି ଚିହ୍ନା ପରିଚୟ । ସେଇ ଦୋକାନରେ ଭାବଦୋସ୍ତି । ସେଇଠୁ ଲଭ୍ । ସେଇଠୁ ରୋଲିଂ ପେପର୍ କାଗଜରେ ମୋତେ ଚାରି ଫର୍ଦ୍ଦିଆ ଚିଠିଲେଖା । ଦୋକାନ କାମ ବ୍ୟଢ଼େଇ ମୁଁ ସେ ଚିଠି ପଢ଼େ । ଅଧେ ବୁଝେ । ଅଧେ ବୁଝି ପାରେନା । ମୋର ତ ପାଠଘର କହିଲେ ଆଜ୍ଞା ଷଷ୍ଠ ଶ୍ରେଣୀ ପାସ୍ । ନିତିଆ ମାସ୍ତ ଦାଉରେ ସପ୍ତମ ଶ୍ରେଣୀ ଅଧାରୁ ସ୍କୁଲରୁ ଉଠି ଆସିଲି । ପ୍ଲସ୍ ଟୁ ଝିଅର ହାଫ୍ ଓଡ଼ିଆ ହାଫ୍ ଇଂରିଜୀ ଚିଠି ବୁଝିବାକୁ ମୋର ମଗଜ କାହିଁ   ? ଆପଣ କହୁ ନାହାନ୍ତି ଆଜ୍ଞା ?

ହେଲେ ଲଭ୍ ଗୋଟେ ଅଲଗା ପର୍କାର ଜିନିଷ ନୁହେଁ କି ଆଜ୍ଞା ? ସେ କ'ଣ ପାଠ ଶାଠ ବୁଝେ ନା ଧନୀ ଗରିବ ମାନେ ?

ଫୁସୁନା ବାପା ଭିଁପୁର ଆରାଇ ଅଫିସ୍ ପିଅନ । ପିଅନ ହେଲେ କ'ଣ ହେବ ? ପଚା, ପାଉତି, ଖାତାଫାଡ଼ କେଏଶ୍‌ରୁ ଇନକମ୍ ମନ୍ଦ ନୁହେଁ । ତାଙ୍କ ଘରେ ନିତି ମଟନ, ନିତିଚିକେନ । ତାଙ୍କ ଘରେ ଟିଭି, ଡିସ୍ ଆଣ୍ଟିନା ।

ଫୁସୁନାଚାର ବି ସେତେବେଲେ ଯୋଉ ଚେହେରା ଆଜ୍ଞା ! ଟିଭି ସିନେମାବାଲା ଦେଖିଥିଲେ ହିରୋଇନ୍ ରୋଲ୍ ଦେବାକୁ ପଛରେ ଗୋଡ଼େଇ ଥାଆନ୍ତେ । ବେଟ୍ ଆଜ୍ଞା !

କଲେଜ ଟୋକା, ମାଷ୍ଟର, ଆରାଇ ସବୁ ତା' ପଛରେ ଲାଇନ୍ ମାରୁଥିଲେ । ହେଲେ ଆଉ କାହା ମୁହଁକୁ ଅନେଇଲା ?

ତାକୁ ଏବେ ଅନେଇଲେ ମନ କ'ଣ ହୋଇଯାଉଛି । ଆଉ କ'ଣ ସେ ଆଗ ଚେହେରା ଅଛି ? ଏଠି ଫିଗର କେମିତି ରଖିବ କହୁ ନାହାନ୍ତି । ନେଉଟିଆ ଶାଗ ଖରଡ଼ା, କଖାରୁ ଡଙ୍କ ଝୋଲ ଛଡ଼ା ଆଉ କ'ଣ ଖାଇବାକୁ ପାଉଛି ? ମୁଁ ଶଳା ଅପଦାର୍ଥ । କ୍ରିମ୍, ପାଉଡର ଟିକେ ଯୋଗେଇ ପାରୁନି । ସେଥିରେ ଫିଗର କେମିତି ରଖିବ ?

ବୁଢ଼ୀ ଆମର ବର୍ଷକ ଆଠ କାଳି ବାରମାସୀ ଗୋଟାଏ ପାକୁଆ ଦାଇଲି ଧରି ନେଉଟିଆ ପଟାଲି ଖୁଣ୍ଟିବ, କିଛି ନ ପାଇଲେ ବାଡ଼ି ପୋଖରୀରୁ କଳମ ଶାଗ ପାଞ୍ଛିଆଏ ତୋଳିଆଣି ଶାଗ ଖରଡ଼ି ଧାପେ ତେଲ, ପାଖୁଡ଼ାଏ ରସୁଣରେ ଛୁଙ୍କମାରିବ । ନ ହେଲେ ମଳାସେମଟା କଖାରୁ ଡଙ୍କ ଝୋଲ । ଫୁସୁନା ଭଳିଆ ଝିଅ ଦିହରେ ସେଗୁଡ଼ା ଯାଉଚି କେତକେ ? ମୋ ହାତ ଧରି ତା' ଜୀବନଟା ଜାଣ ବରବାଦ ହେଇଗଲା । ମୁଁ କ'ଣ ଏମିତି ହେବ ବୋଲି ଜାଣିଥିଲି ?

ବେପାର ସେତେବେଳକୁ ଘୁ' ଘୁ' ଚାଲିଥାଏ। ସକାଳ ସାତଟାରୁ ଦୋକାନ ଖୋଲିଲେ ବନ୍ଦ ହେଉ ହେଉ ରାତି ଦଶ କି ଏଗାର। ବେପାର ଦେଖ୍ ବୁଢ଼ା ଆଜବେଷ୍ଟସ୍ ଘର ଦି' ବଖରା କରିଦେବାକୁ ରାଜି ହୋଇଥିଲା। ବେପାର କ'ଣ କେମିତି କରିବାକୁ ହୁଏ ମୋତେ ଜଣା। ବୁଢ଼ା ସିନା ମୋତେ ଏବକୁ ମିଛଟାରେ ଥୋରିଆ ବଳଦ କହି ଶୋଧୁଛି।

ଥୋରିଆ ବଳଦ ହୋଇଥିଲେ ଫୁସୁନା ଭଳିଆ ଝିଅ ମୋତେ ରାଜି ହୋଇଥାନ୍ତା? କଅଣ କହୁ ନାହାନ୍ତି ଆଞ୍ଜା!

ସେତେବେଳକୁ ସେ ଭିଣ୍ପୁର କଲେଜରେ ପଢ଼ୁଥିଲା। ପଢ଼ାରେ ଯେମିତି, ନାଚଗୀତ, ଥେଏଟରରେ ସେମିତି। ମୋତେ ବାହା ହୋଇ ତା' ଜୀବନ ଜଳ ମାଟି। ନ ହେଲେ ଏତେ ବେଳକୁ କୋଉ ଅଫିସରକୁ ବାହା ହୋଇ ମହାଅୟସରେ ଥାଆନ୍ତା। ଖାସ୍ ସେଇଥିପାଇଁ ଏଇକ୍ଷିଣା ମୋ ଉପରେ ନିତି ବିଞ୍ଜୁଛି। ଦିନସାରା ବୁଢ଼ାବୁଢ଼ୀ ଗାରୁଗାରୁ ହୋଇ ରଖେଇ ଦଉନାହାନ୍ତି। ରାତିସାରା ଫୁସୁନା ଅଶାନ୍ତି କରୁଛି। ମୁଁ ଶଳା କାହାର ହେବି? ଏଇ ଜାଲାରୁ ବେଳେବେଳେ ଜୀବନ ହାରି ଦେବାକୁ ଇଚ୍ଛା ହେଉଛି। ଖାଲି ଗୋଲିଆ ବୋଧ ଶୋଧ ଦେଇ ରଖିଛି।

ସେ ମୋତେ ଆଇଡିଆ ଦେଇଛି। ବୁଢ଼ା ଅନ୍ତେ ଜମି ଦି ମାଣ ବିକି ଏକାଥରେ ପଞ୍ଚାମୁଣ୍ଡାଇ ବଜାରରେ ହୋଲ୍‌ସେଲ୍ ଦୋକାନ ଦେବି। ଟେସନାରୀ ଦୋକାନ ଲାଭ ଯିଏ ଜାଣେ, ସିଏ ଜାଣେ। ବର୍ଷ ଦି'ଟାରେ ପୁଣି ଅଠେଇଶ ହଜାର ପାଁଶହ ଦେଇ ଏମେଇଟୀ କିଣିଥିଲି ନା ନାହିଁ? ହାତ ଖୋଲା ଖର୍ଚ୍ଚବାର୍ଚ୍ଚ ବି କରୁଥିଲି। କେବିନ ପଛରେ ଷ୍ଟୋଭ ଲଗେଇ ନିତି ଚିକେନ, ମଟନ ଫିଷ୍ଟ ହେଉଥିଲା। ଭିଣ୍ପୁର ବ୍ୟବସାୟୀ ସଂଘର ମୁଁ ସେତେବେଲେକୁ ଜାଣ ସର୍ବେସର୍ବା। ସେ ପଛ କଥା ଭାବି ଖାଲି ମନ ବ୍ୟସ୍ତ ହେଉଛି।

ଗୋଟେ ପ୍ରକାର ଚାଲୁଥିଲା ଆଞ୍ଜା। ବେପାର ଆଉ ଟିକେ ବଢ଼ିଥିଲେ ଯାହା ଯେମିତି ଭାବିଚିନ୍ତି କରିଥାନ୍ତି। ହେଲେ ଫୁସୁନା ବାପା ତା' ବା'ଘର ପାଇଁ ଲାଗିଲା। ଫୁସୁନା ମୋତେ ଚିଠି ଲେଖିଲା, ଠାକୁରାଣୀଙ୍କ ସୁନ୍ଦର ମୁଁ ତୁମ ନାଁରେ ମଥାରେ ଘେନିଛି। ତୁମେ ଯଦି କିଛି ବ୍ୟବସ୍ଥା ନ କରିବ, ମୁଁ ମୋ ଦେଖିଲା କାମ କରିଦେବି ପଛେ ଆଉ କାହା ହାତ ଧରି ଅସତୀ ହେବିନି। ତୁମେ ମୋ ଇହକାଳ ପରକାଳର ଦେବତା।

ଏମିତିକା ଚିଠି ପାଇ କୋଉ ପୁରୁଷ ପୁଅ ଦେହ ଧରି ରହିବ? ବୁଢ଼ା ପୁଣି କେମିତି ଖବର ପାଇଲା କେଜାଣି ଦିନେ ଯାଇ ଭିଣ୍ପୁର ଛକରେ କମ୍ପିଲା। ତା' ପାଟି

ଫିଟିଲେ ତ କଣା ଦୋ' ଅକ୍ଷରୀ। ଫୁସୁନା ବାପାକୁ ଡାକି ମନ ଇଚ୍ଛା ବର୍ଷିଗଲା। ଖାଲି ତା' ବାପା ସେମିତି ଭଦ୍ରଲୋକ ବୋଲି ଆଖିକାନ ବୁଜି ସବୁ ସହିଗଲେ।

ଗୋଲିଆ କହିଲା – ଅବସ୍ଥା ୟୁଆଡ଼େ ଗଲାଣି, ଫୁସୁନା ବିଷ ଖାଇଦେବାଟା ନିଧାର୍ଯ୍ୟ। ପିଅନ ହେଲାବୋଲି ତା' ବାପର କ'ଣ ଇଜ୍ଜତ ନାହିଁ?

ସେଇ ରାତିରେ ଜାଣ ଦୋକାନ, ଭିଁପୁର ଛକ ସବୁ ତେଜ୍ୟା କରିଦେଲି। ଟଙ୍କା ପଇସା ଯାହା ଥିଲା ସବୁ ଏକାଠି କଲି। ଏମେଢ଼ୀ ପଛରେ ଫୁସୁନାକୁ ବସେଇ ଭୋବନେସୋର ପଳେଇଲି। ଗୋଲିଆ ସେଠି ଯାଇ ଆଗରୁ ଅପେକ୍ଷା କରିଥାଏ। ପହଞ୍ଚୁ ପହଞ୍ଚୁ ବୁଦ୍ଧି ବଟେଇଲା – ସକାଳୁ ଯାଇ ମନ୍ଦିରରେ ମାଳା ବଦଲ କରିପକା ନ ହେଲେ ରକ୍ଷାରକ୍ଷଣ ନାହିଁ। କିଡ଼୍ନାପ୍ କେଶ୍‌ରେ ଫସିବୁ।

ଫୁଲମାଳଠାରୁ ଆରମ୍ଭ କରି ସାକ୍ଷୀ, ପୁରୋହିତ ଜାଣ ସେଇ ଯୋଗାଡ଼ କଲା। ଦଶ ହଜାର ପାଖାପାଖି ଖର୍ଚ୍ଚ ହେଉପଛେ ଗୋଟେ ଝାମେଲା ତୁଟିଲା। ଏଣିକି ତା ବାପା କି ମୋ ବାପା ଆମର କ'ଣ କରି ପକେଇବେ? ହକ ମନ୍ଦିରରେ ମାଳା ବଦଲେଇ ସ୍ୱାମୀସ୍ତ୍ରୀ ହୋଇଛୁ। ମନ୍ଦିର ଖାତାରେ ନାଁ ଚଢ଼ିଛି। ଉଡେଇ ଆଣିଛି ବୋଲି କହିବାକୁ ଆଉ କାହା ଜିଭରେ ହାଡ ଅଛି?

ଗୋଲିଆ ଗୋଟାଏ ଘର ବୁଝିଦେଲା। ଆମେ ତ ଜାଣ ଏକବସ୍ତ୍ର ହୋଇ ଆସିଛୁ। ଗୋଲିଆ ଟଙ୍କା ପଇସା ନେଇ ଲୁଗାପଟା, ଡେକିଚି କଡ଼ା ସବୁ କିଣି ଆଣିଲା। ଭୋବନେସୋର ଭଳିଆ ସହର ବଜାର ଜାଗାରେ ଫୁସୁନାକୁ ଏକୁଟିଆ ଛାଡ଼ି କୁଆଡ଼େ ଯିବାକୁ ମୋ ସାହସ ପାଉ ନ ଥାଏ। ଚାରିଦିନ ଆମ ପାଖରେ ରହି ଗୋଲିଆ ସବୁ ବ୍ୟବସ୍ଥା କରି ଗାଁକୁ ଫେରିଲା।

ସେତେବେଳକୁ ସବୁ ଖର୍ଚ୍ଚବାର୍ଚ ଯାଇ ମୋ ହାତରେ ଟଙ୍କା ଦି'ହଜାର। ଭୋବନେସୋର ସହରରେ ଟଙ୍କା ଦି' ହଜାର କେତେ? ମୋ ମୁଣ୍ଡକୁ ବୁଦ୍ଧି ଜୁଟୁ ନ ଥାଏ। କିଏ ବୁଦ୍ଧି ଦେବ? ଗୋଲିଆ ତ ଯାଇ ଗାଁରେ। ଏଠି ମୋର ଚିହ୍ନା ପରିଚ କେହି ନାହାନ୍ତି। ସକାଳୁ ଖାଇପିଇ ଦେଇ ଯାଇ କାମ ଖୋଜେ।

ଦିନେ ବୁଲି ବୁଲି ଫେରିଲା ବେଳକୁ ଫୁସୁନା କହିଲା – ହେ ତମେ ଫେରିବାକୁ ଏତେ ଡେରି କଲ। କଇ ଭାଇ ଆସିଥିଲେ।

ମୁଁ ପଚାରିଲି – କୋଉ କଇ ଭାଇ?

ସେ ମୋ ଧରମ ଭାଇ। ଏଠି ତାଙ୍କର ଟେଲରିଂ ଦୋକାନ। ମୋ ପାଇଁ ଶାଢ଼ୀ, ସାୟା, ବ୍ଲାଉସ ଆଣିଥିଲେ। ମିଠା ଆଣିଥିଲେ। କାଲିଠୁ ମୁଁ ତାଙ୍କ ଦୋକାନକୁ କାମ ଶିଖିବାକୁ ଯିବି।

ମୋ ହଁ ନାହିଁକୁ ଅପେକ୍ଷା ନ କରି ସଜବାଜ ହୋଇ ତା' ପରଦିନ ଫୁସୁନା କଇ ଭାଇ ଦୋକାନକୁ ପଳେଇଲା। ମୋ ମନଟା କେମିତି କେମିତି ହୋଇଗଲା। ହେଲେ କରେ କ'ଣ? ମୋ ହାତରେ ତ ସେମିତି ଟଙ୍କା ପଇସା ନାହିଁ। ମାସ ଶେଷକୁ ଘରଭଡ଼ା ଦେବି କେଉଁଠୁ? ଏଣେ କାମ ମିଳିବାର କିଛି ଠିକିଠିକଣା ନାହିଁ।

ମୁଁ ମନମରା ହୋଇ ଘରେ ବସେ। ରୋଷେଇବାସ କରି ଘର ଜଗେ। ଫୁସୁନା ସକାଳୁ ଯାଇ ଫେରୁ ଫେରୁ ରାତି ଦଅଣ। ଆଗ ଆଗ ବୋତାମ ଲଗୋଉଥିଲା। କାଜ ମାରୁଥିଲା। ଏଣିକି କାଲେ କଟିଂ ଶିଖୁଛି।

ସେ ଜାଗାଟା ମୋତେ ମୋତେ ଆରୋଡ ନ ଥାଏ। ଝୁମ୍ପୁଡ଼ି ବସ୍ତିରେ ପକାଘର ବୋଲି ଜାଣ ସେଇ ଗୋଟାଏ। ଚାରିଆଡ଼େ ନର୍ଦ୍ଦମା। ରାସ୍ତା ସାରା ଡ୍ରେଏନେ ପାଣି। ପଚା ଗନ୍ଧ। ମାଛି ଭଣ ଭଣ। ମୋର ଭିଁପୁର ଛକ, ସେଠିକା ଖୋଲାମେଲା ଜାଗା, ଘୁ'ଘୁ' ପବନ ମନେପଡ଼େ। ହେଲେ କରେ କ'ଣ?

ଫୁସୁନା ମୋତେ ହିମତ ଦିଏ — ହେଃ, କାହିଁକି ମାଗଣାରେ ମନ ବ୍ୟସ୍ତ କରୁଛ? ମୁଁ ଆଗ କଟିଂ କାମଟା ଶିଖିସାରେ। ଆମର ଖଣ୍ଡେ ସେକେଣ୍ଡହ୍ୟାଣ୍ଡ ମେସିନ୍ କିଣି ପକେଇବା। ମୁଁ ସାୟା, ବ୍ଲାଉସ୍ ସିଲେଇ କରିବି। ତୁମେ ନେଇ ଏମେଇଟୀରେ ଦୋକାନ ଦୋକାନ ବୁଲି ଦେଇ ଆସିବ। ତେଣିକି ଆମ ପଇସା କିଏ ଖାଇବ। ଖାଇବାକୁ ମୋତେ ତ ପେଟ ଦି'ଟା। ଅପୋଷା ରହିଯିବ? ହାତରେ ପଇସାପତ୍ର କିଛି ହେଲେ ତମେ ଛକରେ ପୁଣି ଦୋକାନ ଦେବ। କଇ ଭାଇ କେବିନ ବୁଢ଼ି ଦେବେ ବୋଲି କହିଛନ୍ତି। ଦରକାର ହେଲେ ପାଞ୍ଚ ଦଶ ହଜାର ହେଲ୍ପ କରିବେ।'

ତା'ରି ଖାଲି ପ୍ରତି କଥାରେ କଇ ଭାଇ। ଇରେ ଇଏ କ'ଣ? ଏ କି ରକମ ଧରମ ଭାଇ? ନିଖତି ପ୍ରେଜେଣ୍ଟେସନ, ନିଖତି ଗିଫ୍। ଆଜି ଶାଢ଼ି ତ କାଲି ଚ୍ପଲ। ଆଜି ଫେୟାର ଆଣ୍ଡ ଲଭଲି ତ କାଲି ସାମ୍ପୁ ବୋତଲ। ମୋ ହାତରେ ତ ପଇସା ପତ୍ର ନାହିଁ। ଫୁସୁନା ଇନକମ୍‌ରେ ଜାଣି ଘର ଚଲୁଛି। ସେ ତ କଇ ଭାଇ ଦୋକାନରେ ପ୍ରାୟ ଖୁଆପିଆ କରି ଆସେ। ମୋ ଜଣିକିଆ ରୋଷେଇକୁ ବି ଟଙ୍କା ପଚାଶଟା ନ ହେଲେ ଚଲୁଛି କୁଆଡୁ? ରୋଷେଇ ସାରି ଖାଇଦେଇ ଖାଲି ଭିଁପୁର ଛକ କଥା ମନେ ପକାଏ। ଗାଁ କଥା ମନେ ପଡ଼େ। ମନ ବାଁରେଇବାକୁ ମୁଁ ସପନ ଦେଖେ – ସିଲେଇ ମିସିନି, ସାୟା ବ୍ଲାଉଜ୍ ବେପାର, କେବିନ, ପାନ ଟେସନାରୀ ଦୋକାନ ହୋଲସେଲ ବ୍ୟବସାୟ। ଟିଭି, ଫ୍ରିଜ୍, ଗାଡି ଗହଣା। ସପନ ଏମିତି ମାଡ଼ିଯାଏ ଯେ ମୁଁ ଏ ଝୁମ୍ପୁଡ଼ି ବସ୍ତିଛାଡ଼ି ଯାଇ ତିନି ମହଲା କୋଠା ବାରଣ୍ଡରେ ବସେ। ନୂଆ ଶାଢ଼ି ଗହଣା ପିନ୍ଧି

ଫୁସୁନା ସେତେବେଳକୁ ଦିଶୁଥାଏ ସିନେମା ହିରୋଇନ୍ ଭଳି। ଆଉ କଇଆ। ଫୁଃ! ସେଟାକୁ କି ବେବସାୟ ଜଣା? ସିଲେଇ ମେସିନ୍ ଉପରେ ହାମୁଡ଼େଇ ହାମୁଡ଼େଇ ତା ଅଣ୍ଟା ପିଠି ଲାଗିଯାଏ।

ହେଲେ ସେଇ କଇଆ ମୋ ପାଇଁ ଗୋଟାଏ କମ୍ପାନୀ ଚାକିରି ବୁଝିଦେଲା। ରାତି ଡୁଉଟି। ଦଶ ପନ୍ଦରଟା ମାଇକିନିଆ ସେଠି ବୋତଲରେ ବାସନା ତେଲ ପୁରେଇ ଠିପି ମାରନ୍ତି। ମିସିନ୍ ସିଲ୍ କରେ ଦି'ଟା ଲୋକ ତାକୁ ପେଟିରେ ସାଇଜ କରି ରଖନ୍ତି। ଜଣେ ପେଟିରେ ଲେବୁଲୁ ଲଗାଏ। ମୋ କାମ ପେଟିକୁ ଥାକ ଥାକ କରି ସଜାଡ଼ି ରଖିବା। ଦରମା ମାସକୁ ଅଢ଼େଇ ହଜାର। ଓଭର ଟାଇମ୍ ଅଛି।

ରାତିରେ ଫୁସୁନାକୁ ଏ ମଦୁଆ, ଗଣ୍ଡଗ଼ ଜାଗାରେ ଏକା ଛାଡ଼ି ଯିବାକୁ ସାହସ ପାଉ ନଥିଲା। ଫୁସୁନା କହିଲା – 'କଇ ଭାଇ ଘରେ କେହି ପାଖ ମାଡ଼ିବେନି। ସେ ଏଠିକା ଦାଦା। ଭିଆଇପିଙ୍କ ସାଙ୍ଗରେ ତାଙ୍କର ଚିହ୍ନାପରିଚ। ତମେ ନିଶ୍ଚିନ୍ତରେ ଯା।'

ମୁଁ ବାସନା ତେଲ ପେଟି ଥାକମାରେ। ଓଭର ଟାଇମି କରେ। ସପନ ଦେଖେ ସିଲେଇ ମେସିନି, ସାୟା ବ୍ଲାଉଜ ବେପାର, କେବିନ, ହୋଲସେଲ ଗୋଦାମ। ହେଲେ ପଇସାପତ୍ର ବିଶେଷ ବଞ୍ଚୁ ନ ଥାଏ। ଘରଭଡ଼ା, ପରିବା ବାକୀ ଶୁଝାରେ ସବୁ ସରିଯାଏ। ତହିଁକି ଫୁସୁନାର ଯୋଉ ଆଉ଼ଡ଼ା ଚଉଡ଼ା ଖର୍ଚ! ମୋ ପ୍ରଥମ ମାସ ଦରମାରେ ଗୋଟାଏ ଟେବୁଲ ଫ୍ୟାନ୍ କିଣି ପକେଇଲା। ତା' ଆର ମାସରେ ଗୋଟାଏ ସେକେଣ୍ଡ ହ୍ୟାଣ୍ଡ ଟିଭି। ଓଭର ଟାଇମ୍ କରିକରି ଏଣେ ମୋ ଦିହ ହାତ ପରାଶ। ତା'ର କଇଆ ସାଙ୍ଗରେ ତେଣେ ସିନେମା ଦେଖାର ହିସାବ ନ ଥାଏ। ମୁଁ କାମରୁ ଫେରି ରୋଷେଇ ବସାଏ। ଘର ଓଲାଏ। ଚାଉଳ, ପରିବା ଆଣେ। ହାତରେ ରୋଷେଇ କରି ଖାଇବା ଭାରି ଦିକିଦାରିଆ କାମ।

ତା'ଭିତରେ ଦିନେ ଆସି ଗୋଲିଆ ପହଞ୍ଚିଲା। ସବୁ ଶୁଣି କହିଲା – ସର୍ବନାଶ। ମୁଁ ଚମକି ପଡ଼ିଲି।

ଗୋଲିଆ ବୁଝେଇଲା – ଶଳା ସେ କଇଲାସ ସାହାଣୀ ମହା ଲମ୍ପଟ। ଆଗରୁ ରାଜନଗରରେ, ପଟ୍ଟାମୁଣ୍ଡାଇ ଗୋଲେଇ ଛକରେ ଦୋକାନ କରିଥିଲା। କେତେ ଘର ବୁଡ଼େଇଛି। ତୁ ଏଠୁ ପଳା।

– ଯିବି କୁଆଡ଼େ?

– କାହିଁକି? ଗାଙ୍କୁ। ତୋ ବାପା ବୋଉ କ'ଣ ସେ କଥା ଆଉ ମନରେ ପୁରେଇ ବସିଛନ୍ତି ବୋଲି ଭାବୁଛୁ? ତୋ ବୋଉ ତ ନିତି କାନ୍ଦୁଛି। ବୁଢ଼ା ବି ଦିନେ ମୋତେ ବାଁରେଇ ହୋଇ ତୋ କଥା ପଚାରୁଥିଲା।

– ସେମାନେ କ'ଣ ଫୁସୁନାକୁ ଘରେ ପୁରେଇଦେବେ ?

– ତୁ ତାଙ୍କର ଏକମାତ୍ର ପୁଅଟି ? ଘରେ ନ ପୂରେଇ ଯିବେ କୁଆଡ଼େ ? ତୁ ଆଗ ଚାଲ । ତେଣିକି ସେ ବେବସ୍ଥା ମୁଁ କରିବିନି ।

– ଦୋକାନ ବାକୀ, ଘର ଭଡ଼ା ?

– ସବୁ ଛାଡ଼ି ରାତିକା ରାତି ପଲା ଏଠୁ । ତୋତେ କିଏ ଏଠି ଚିହ୍ନିଛି ନା ଜାଣିଛି ? ତୋ ଠିକଣା ପାଇବେ କୁଆଡୁ ? ଶେଷକୁ ସେ କଇଆକୁ ଧରିବେ । ତୋ ମାଇକିନିଆ ସାଙ୍ଗରେ ରାସଲୀଲା ଲଗେଇଛି । ଗଣ୍ଡ ଶିଲା ଦଶହଜାର ।

ମୁଁ ଫୁସୁନାକୁ ଏ କଥା କହିଲି । ସେ ପଚାରିଲା – ' ଏ ବୁଦ୍ଧି ତମକୁ କିଏ ଦେଲା ଗୋଲିଆ ? ସେଟା ମହାନୁଙ୍ଗୁରା । ଯୋଉ ଚାରିଦିନ ଏଠି ଆମ ପାଖରେ ଥିଲା ଖାଲି ମୋ ଦିହକୁ ମୁଣ୍ଡକୁ କଟାସ ଭଲିଆ ଅନୋଉଥିଲା । କଇ ଭାଇଙ୍କ ପାଖରୁ ସିକ୍ କଟ୍ ସାୟା, ବ୍ରା କଟ୍ ବ୍ଲାଉସ୍ କଟିଂ ଶିଖିବା ଛାଡ଼ି ମୁଁ କୁଆଡ଼େ ଯିବିନି ।'

ବେଶୀ କହିବାରୁ ପାଟିତୁଣ୍ଡ କରି ଅଶାନ୍ତି କଲା । ମୋ ଆମ୍ମା ଛାଡ଼ିଗଲା । ଭାବିଲି – ସବୁ ଛାଡ଼ି ପଲେଇବି ଦିନେ । ତେଣିକି ତୁ କଇଆ ପାଖରେ ପଶ କି ଦାରୀ ଘରେ ପଶ ।

ତା ଭିତରେ ଦିନେ କଣ ହେଲା କେଜାଣି, କଇଆ ଭାର୍ଯ୍ୟା ଆସି ଦୋକାନରେ ତେରିମେରି ଲଗେଇଲା । ଫୁସୁନାକୁ ଦୋକାନରୁ ଝିଙ୍କି ବାହାର କରିଦେଇ କହିଲା – ଯା ଖାନିକୀ ନିକଲ । ରାସ ଲଗେଇବାକୁ ଆଉ ଜାଗା ପାଇଲୁନି ?

ଫୁସୁନା ଅବଶ୍ୟ ମୋତେ ଏ କଥା କିଛି କହିଲାନି । ପାଖ ପରିବା ଦୋକାନୀ ହୃଷିଆ ପାଖରୁ ଶୁଣିଲି ।

ଫୁସୁନା ଆସି ଘରେ ବସିଲା । ମୁଁ ନିଦକ ହୋଇ ରାତି ଡ଼ୁଉଟିକି ଗଲି । ସୁପରଭାଇଜରକୁ ଆହୁରି ଓଭରଟାଇମ୍ ମାଗିଲି ।

ସୁପରଭାଇଜର ପଚାରିଲା – ଟ୍ରକ୍ ଲୋଡ କରିବୁ ? ରାତିକେ ତିନିଶହ । ତିନିଶହ ପେଟିରୁ ଯେତେ ଅଧିକ ଲୋଡ କରିବୁ ପେଟି ପିଛା ଦିଟଙ୍କା ।

ରାଜି ନ ହୋଇ ଚାରା କ'ଣ ? ଜଣିକିଆ ରୋଜଗାରରେ ଘର ଚଲୁଛି କେମିତି ? ଦିନେ ସୁପରଭାଇଜର ଆମ ଘର ଆଗେଦେଇ ଷ୍ଟେସନରୁ ଫେରୁଥିଲା । ମୋତେ ଦେଖ୍ ଘରକୁ ଆସିଲା । ଫୁସୁନାକୁ ଦେଖ୍ ଚା ପିଇ ସାରି କହିଲା – ତାକୁ ଘରେ ବସେଇଛୁ କାହିଁକି ? ପଢ଼ାଶୁଣା ପିଲା । ତାକୁ କାମରେ ଲଗା । ବୋତଲ ଗଣି ହିସାବ ରଖିବ । ପେକିଂ ଡିପାର୍ଟମେଣ୍ଟ ମାଇକିନିଆଗୁଡାକ ମହା ହାରାମୀ । ନ' ଛ' କହି ପଇସା ଲୁଟୁଛି । ଏ ହିସାବ ରଖିବ । ମାସକୁ ଦି ହଜାର ଦେବି । ପରେ କାମ ଶିଖିଗଲେ ସାଢ଼େ ତିନି ହଜାର ।

ମୁଁ ଭାବିଲି ମନ୍ଦ କ'ଣ ? ଫୁସୁନା ବି ରାଜି ହୋଇଗଲା । ରାତି ସରା ଦୁହେଁ ଡୁଉଟୀ କରୁ । ସକାଳୁ ରୋଷେଇ ବାସ । ଖାଆପିଆ ମାଟିନୀ ସୋ ଦେଖା । ସବୁ ଖର୍ଚ୍ଚବର୍ଚ୍ଚ ଯାଇ ମାସକୁ ପାଞ୍ଚ ହଜାର ପାଖାପାଖି ବଳୁଥାଏ । ମୁଁ ଭାବୁଥାଏ ବର୍ଷ ଗୋଟାକରେ ପଚାଶ ଷାଠିଏ ହଜାର ହେଲେ ପାନ କେବିନ ପକେଇବି । ମୁଁ ବେପାରୀ ଛୁଆ । ବେପାର କାଇଦା ମୋତେ ଜଣା । ମୋତେ ଏ କୁଲି କାମ ପୋଷେଇବ କେଇଦିନ ?

ସେତେବେଳେ ପଇସାରେ ପର ଲାଗିଲା । ଫୁସୁନାର ଦିନକୁ ଶହେ ବରାଦ । ଆଜି ଚିକେନ ତ କାଲି ମଟନ । ଏ ହପ୍ତାରେ ସମ୍ବଲପୁରୀ ଶାଢ଼ି ତ ଆର ମାସକୁ ଟୁମୁକି ଲଗା ସିଫନ୍ । ଏ ମାସରେ ଗ୍ରାଇଣ୍ଡର ତ ଆର ମାସରେ ଗ୍ୟାସ୍ ଚୁଲି । ତା' ପର ମାସକୁ ମୋବାଇଲ ।

ନ ହେଲେ ଆଞ୍ଜା ବେଟ୍ ମାରି କହୁଛି ବର୍ଷ ଗୋଟାକରେ ସେଇ ଛକରେ ଟେସନାରୀ ଦୋକାନ ଖୋଲି କଇଆକୁ ଦେଖେଇ ଦେଇଥାନ୍ତି । ଏତେବେଳକୁ ଆଞ୍ଜା ହୋଲସେଲ୍ ଦୋକାନ ମାଲିକ ହୋଇ ବସିଥାନ୍ତି । ମୁଁ ଯାଉଥିଲି ଏ ବୁଢ଼ା ହାତ ଟେକାକୁ ଅନେଇବାକୁ ! ଏ ବୁଢ଼ା ଅଣ୍ଡାରୁ ଅଚଳ ଚାରିଣି କାଢ଼ିବା ଲୋକ ? ତା' ରୂପ ଭେକ ଦେଖୁନାହାନ୍ତି । ଦିହରେ ମୁଣ୍ଡରେ କୋଉଦିନ ତେଲ ଟିକେ ମାରେ ? ପାଞ୍ଚହାତି ଖୋର୍ଦ୍ଧା ଗାମୁଛାକୁ କେମିତି ପିନ୍ଧିଛି ଦେଖୁନାହାନ୍ତି । ମଇଲି କୋଚଟ ଯେ ନିଆଁ ଧରିବନି । ସେଥିରେ ପୁଣି ପାଲ ଦଉଡି ଭଲିଆ ବଲିକି କଚ୍ଛା ମାରିଛି । କ'ଣ ଆଉ କୁହନ୍ତି ?

ବଞ୍ଚ୍ଥିଲା ଯାଏ ସେ ମୋତେ ଆଉ ଟଙ୍କା ପଇସା ଦେବା ନାଁ ଧରିବନି । ଏବେ ମାମୁଁ ଆସିଥିଲା । ମୋ ତରଫ ହୋଇ ଯେମିତି ବୁଢ଼ାକୁ ଦି'ପଦ କହିଛି, ତା ତାଉ ଦେଖ୍ବ କଅଣ ? ମାମୁ ପାଟିରୁ କଥା ନ ସରୁଣୁ ଖାଲି ଡେଇଁଲା ତ ପଡି । କହିଲା – ମାଇକିନିଆ ଧଦାରେ ମାତି ମୋର ଲକ୍ଷେ ଟଙ୍କା ବରବାଦ କଲା । ତାକୁ ଟଙ୍କା ଦେବି କ'ଣ ଭୂତ ଖୋଇବାକୁ ?

ତୋ ମନରେ ଯଦି ଏମିତି କଥା ଥିଲା ମୋତେ ଆଣିବାକୁ ଯିବାକୁ ତୋତେ କିଏ ଖୋସାମତ କରୁଥିଲା ? ମୁଁ ମୋର ଡାକ୍ତରଖାନାରେ ପଡି ଯାହା କରିଥାନ୍ତି ।

ସେତେବେଳେ ପରିସ୍ଥିତି ସେମିତି ହେଲା ବୋଲି ବାଧ୍ୟ ହୋଇ ଆସିଲି । କମ୍ପାନୀ ଟ୍ରକ୍‍ରୁ ପଡି ମୋ ଗୋଡ଼ ଭାଙ୍ଗିଥାଏ । ଡାକ୍ତର ବେଣ୍ଠିସ୍ ଭିତି ଇଟା ଓହଲେଇ ରଖିଥାଏ । ଦି' ମାସ ହେଲା କାମକୁ ଯାଇନି । ଦରମା ବନ୍ଦ । ଫୁସୁନାର ବା କେତେ ଇନ୍‍କମ ? ସେଇଥିରେ ଦିନେ ଦିନେ ଫଳେ, ହରିଲିକିସ୍ ଆଣି ଆସେ ।

ମୁଁ ପଚାରେ – ଏତେ ପଇସା କେଉଁଠୁ ଆଣୁଛୁ ?

ଫୁସୁନା ହସି ଦେଇ କୁହେ – ତୁମେ ସେଥିରୁ କ'ଣ ପାଇବ ? ତମ ଗୋଡ଼ ଆଗ ଭଲ ହୋଇସାରୁ। ମୁଁ ଠାକୁରାଣୀଙ୍କୁ ଶାଢ଼ି ଯାଚିଛି।

ଗୋଲିଆ ପାଖରୁ ଖବର ଯାଇ ବୁଢ଼ୀ କାଲେ କାନ୍ତରେ ଢୋ' କିନା ମୁଣ୍ଡ ବାଡ଼େଇଦେଲା।

ବୁଢ଼ା ଆଉ କରେ କ'ଣ ? ବାଧ୍ୟ ହୋଇ ମୋତେ ଆଣିବାକୁ ଗଲା। ନ ହେଲେ ବେଟ୍ ଆଜ୍ଞା, ତା'ର ଯେମିତି ପାଷାଣ ଛାତି ସେ ମୋତେ ଚଙ୍କି ନ ଥାନ୍ତା।

ଫୁସୁନା ଆସିବାକୁ ମୋତେ ରାଜି ହେଉ ନଥିଲା। ଖାଲି ମୋ ବାଧରେ ପଡ଼ି ଆସିଲା। ତା' ନାଁ ସାଙ୍ଗରେ ସୁପରଭାଇଜରକୁ ଯୋଡ଼ି ପେକିଂ ଡିମାର୍ଟମେଣ୍ଟ ମାଇକିନିଆ ସେତେବେଳେ ବାର କଥା ପର୍ଚାର କରୁଥାନ୍ତି। ଅସଲ କଥା ଶିରୀ ଦେଖ୍ ପାରୁ ନ ଥାନ୍ତି।

ବୁଢ଼ା ଘରଭଡ଼ା, ଦୋକାନ ବାକୀ ସବୁ ତୁଟେଇଲା। ଗୋଟାଏ ଗାଡ଼ି ଭଡ଼ା କରି ଆଣିଲା। ପଞ୍ଚାମୁଣ୍ଡାଇ ଡାକ୍ତରଖାନାରେ ପଡ଼ିଲି ଆହୁରି ମାସେ। ଗୋଡ ଦରଜ ଏ ଯାଏ ଯାଇନି। କବିରାଜୀ ତେଲ ମାଲିସ କରୁଛି। ଗୋଲିଆ ଭୁବନେଶ୍ୱରରୁ ମୋ ଏମେଇଟୀ ଆଣି ପାଖରେ ରଖ୍ଥାଏ। ସେଇଥ୍ରେ ଫୁସୁନାକୁ ବସେଇ ପଞ୍ଚାମୁଣ୍ଡାଇ ଡାକ୍ତରଖାନାକୁ ନେବା ଆଣିବା କରେ। ସେତେବେଳେ ବି ଏ ଗାଁବାଲାଙ୍କ ଆଖ୍କି ସେ ଦୃଶ୍ୟ ଗଲାନି। ଗୋଲିଆ ସାଙ୍ଗରେ ଫୁସୁନାକୁ ଲଗେଇ ବାରକଥା କହିଲେ। ଛାଡ଼ନ୍ତୁ ଆଜ୍ଞା। ତା' ଭାଗ୍ୟଟା ସେମିତି। କେହି ତାକୁ ଦେଖ୍ ପାରନ୍ତିନି। ସବୁଆଡ଼େ ତା ନାଁରେ ବାରବଦନାମ ଉଠାନ୍ତି। ଭୋବନେସୋରରେ ଥ୍ଲାବେଳେ ଗୋଟାଏ ମାଟିନୀ ସୋ ସିନେମା ଦେଖ୍ଥ୍ଲି। ସେଥ୍ରେ ହୀରୋ କହୁଥ୍ଲା – 'ବଦନାମ ଛାଡ଼ି ସୁନ୍ଦରୀ କାହାନ୍ତି ?'

ସତକଥା ଆଜ୍ଞା। ଏବକୁ ସିନା ଖୁଣ୍ଡା ନେଉଟିଆ ଶାଗ ଖରଡ଼ା ଖାଇଖାଇ ତା' ଅବସ୍ଥା ଏମିତି ହେଲାଣି। ନ ହେଲେ ତା' ଭଳିଆ ସୁନ୍ଦରୀ ମାଇକିନିଆ ଖଣ୍ଡେ ଏ ଏରିଆରେ ଦେଖେଇଲେ ?

ପଞ୍ଚାମୁଣ୍ଡାଇ ଡାକ୍ତରଖାନାରୁ ଆସିଲା ବାସୀ ବୁଢ଼ା ରୋକ୍ଟୋକ୍ ପଚାରିଲା – 'ଦୋକାନରେ ବସିବୁ ନା ଚାଷବାସ ଖବର ବୁଝିବୁ ?' ମୁଁ ଚାରିଦିନ କାଲ ଦୋକାନରେ ବସି ଜାଣିଲି ଏଠି ବସି କିଛି ଲାଭ ନାହିଁ। ଖାଲି ଯାହା ଘର ତେଲ ଲୁଣ ଖର୍ଚ ଉଠେଇବା କଥା। ଫୁସୁନା ସେତେବେଳକୁ ବୁଢ଼ୀ ହାତରୁ ଛଡ଼େଇ ରୋଷେଇବାସ କରୁଥାଏ। ତା'ର ଦିନକୁ ଶହେ ଫରମାସୀ। ମାଛ ମସଲା ପଠା, ପୋଷ୍ଟ ପଠା, ଗରମ

ମସଲା ପଠା, ଚା ଚିନି ପଠା। ଏଣେ ଦିନ ସାରା ବସି ବସି ନଗଦ ଶହେ ଟଙ୍କା। ହାତ ଚଟୁ ନ ଥାଏ। ଦିକ୍‌ଦାରୀ ହୋଇ ମୁଁ ସେଠୁ ଉଠି ଆସିଲି। ବସି କ'ଣ କରିଥାନ୍ତି କହୁନାହାନ୍ତି !

ଫୁସୁନା ଅବିକା ଲଗେଇଛି ବେଙ୍କରୁ ଲୋନ୍ ଆଣି ଭିଁପୁର ଛକରେ ପୁଣି ଦୋକାନ ଷ୍ଟାର୍ଟ କର।

ମୁଁ ପଚାରିଲ – ବେଙ୍କବାଲା କ'ଣ ତୋ ମୁହଁ ଦେଖ୍ ପଇସା ଦେବେ ? ଜମିବାଡ଼ି ତ ସବୁ ବୁଢ଼ା ନାଁରେ।

ଫୁସୁନା କହିଲା – ତମେ ମୋତେ ଆଗ ଧୃଜ ଭାଇଙ୍କ ପାଖକୁ ନେଇ ଚାଲୁନା। ତେଣିକି ଜାଣିବ କ'ଣ ଦେଖ୍ ପଇସା ଦେବେ।

– ଧୃଜ ଭାଇ ? ସେଟା ପୁଣି କିଏ ?

– ସିଏ ଆମ ମାମୁ ଘର ଗାଁର। ବି.ଏ. ପାଶ୍ କରି ଅବିକା ପଲଟିକସ୍ କରୁଛନ୍ତି। ସେ କହିଲେ ବେଙ୍କବାଲା ଟଙ୍କା ଆଣି ଘରେ ଦେଇଯିବେ। ମୁଁ କାଲି ମୋବାଇଲରେ ତାଙ୍କ ସାଙ୍ଗରେ କଥା ହୋଇଛି।

ହେଲେ ଧୃଜ ଭାଇ ଭଳିଆ ଲୋକଙ୍କ ଘରକୁ ଫୁସୁନା କ'ଣ ଖାଲି ହାତରେ ଯିବ ? ନିହାଟି ତ ମିଠା କିଲେ ନେଇ କରି ଯିବ। ପୁଣି ଯିବା ଆସିବା ତେଲ ଖର୍ଚ୍ଚ ଅଛି। ସବୁ ମିଶି ଟଙ୍କା ତିନିଶହ ନ ହେଲେ ଯାଉଛୁ କେମିତି ?

କାଲି ବୁଢ଼ା ନ ଥିଲାବେଳେ ନାନୁ ପାତ୍ର ଚାରିଶହ ଟଙ୍କାର ସଉଦା ବାକୀ ନେଇଛି। ସେ ଟଙ୍କାଟା ହାତ ଚଢ଼ନ୍ତା ହେଲେ। ସକାଳୁ ତିନିଥର ଯାଇ ତା' ଘରୁ ମୁହଁ ମାରି ଆସିଲିଣି। ହେଲେ ସେ ଶାଳା କୁଆଡ଼େ ଯାଇଛି ଯେ ଏ ଯାଏ ତା ଦେଖା ଦର୍ଶନ ନାହିଁ।

ବୁଢ଼ୀ ତହବିଲ କିଛି ଊଣା ନୁହେଁ। ହେଲେ କୋଉଠି ରଖିଛି କେଜାଣି ? ତା' ଝିଅମାନେ ଆସିଲେ କାଢ଼େ। ଗତ ମାସରେ ପୁନି ଦେଖ, କଣୁ ଭାଇ ଆସିଥିଲେ। କଣୁ ଭାଇଙ୍କର ରାଉରକେଲାରେ ପାଣି ପାଇପ୍ କଣ୍ଟ୍ରାକ୍ଟରୀ। ଫୁସୁନା ହାତରୁ ଚା ପିଇସାରି ମୋ ଉପରେ ବିଗିଡ଼ିଲେ। କହିଲେ – ଶାଳା,ଅପଦାର୍ଥ ! ତା' ଭଳିଆ କଲେଜ ପଢ଼ୁଆ ପିଲାକୁ ଆଣି କୋଉ ଅକଲରେ ରୋଷେଇ ଘରେ ପୁରେଇଛୁ ? ସେ କ'ଣ ଧୂଆଁରେ ଘାଣ୍ଟିଚକଟି ହେବାକୁ ତୋ ହାତ ଧରିଥିଲା ? ଚାଲୁନୁ ମୋ ସାଙ୍ଗରେ ରାଉରକେଲା। ତୋର ତ ଏମେଟ୍ରୀ ଅଛି। ତୁ କଲ୍ ଯୋଗାଡ଼ କରିବୁ ନ ହେଲେ ସାଇଟ୍ ଜଗିବୁ। ଫୁସୁନା ମୋ ହିସାବ ପତ୍ର ରଖିବ। ରାତିରେ ଟ୍ୟୁସନ ଧରିବ। ତେଣିକି ତମ ପଇସା କିଏ ଖାଇବ। ଚାଲ ମୋ ସାଙ୍ଗରେ।

ହେଲେ ସେ ପ୍ରସ୍ତାବ ଶୁଣି ପୁନି ଦେଇ ମୁହଁ ମୋଡ଼ି ଦେଲା । କହିଲା ଏଠି ମୋ ବାପାବୋଉଙ୍କ ଖବର ବୁଝିବ କିଏ ? ତାଙ୍କର କୋଉ ନ'ଟା ନା ଛ'ଟା ଅଛନ୍ତି ? ଚଣ୍ଡାଳ ଯାହା କଲା ତ କଲା । ସେଠିରେ ପୁଣି ତାକୁ ରାଉରକେଲା ଡାକୁଛ ବୁଢ଼ୀବୁଢ଼ୀ ଦି'ଟାଙ୍କୁ ହୀନସ୍ତା କରିବାକୁ ।

କେମିତି କଥା, ଶୁଣନ୍ତୁ ଆଜ୍ଞା ! ଏଠି ବୁଢ଼ାବୁଢ଼ୀଙ୍କ ଖବର ବୁଝିବାକୁ ଆମେ ପଡ଼ିପଡ଼ି ଜୀବନ ନଷ୍ଟ କରିବୁ ?

ବୁଢ଼ାର ଦୋକାନ ଝଡ଼ା ସରିନି । ବୁଢ଼ୀ ସେମିତି ନେଉଟିଆ ଶାଗ ଖୁଣ୍ଡୁଛି । ଫୁସୁନା ତେଣେ ମୁହଁ ଓଲିଆ ପରିକା କରି ଘରେ ଶୋଇଛି । ନାନୁ ପାତ୍ର ଧରା ଛୁଆଁ ଦେଉନି । ମୁଁ କ'ଣ କରିବି ବାଟ ପାଉନି । ଗୋଲିଆ ବି ଗାଁରେ ନାହିଁ । ରଜ ପାଇଁ ଖାସି ଯୋଗାଡ଼ରେ ଲାଗିଛି ।

ଧନିଆ ଫାଲ ହାରଟା ବୁଢ଼ୀ କୋଉଠି ଲୁଚେଇଛି କେଜାଣି । ପାଞ୍ଚ ଦିଅ ଭିତରୁ କାହାକୁ ବି ଦେଲାନି । ଆଗ ଆଗ କହୁଥିଲା – ମୋ ବୋହୂ ପାଇଁ ରଖିଛି । କାହିଁ ଫୁସୁନା ଆସିଲା ପରେ ତ ଦେଲାନି । ସେ ହାରଟା ହାତ ଚଢ଼ିଲେ ଆଉ କ'ଣ କଥା ଥିଲା କି ଆଜ୍ଞା ? ବନ୍ଧା ଦେଇ ଟଙ୍କା ତିରିଶ ହଜାର ଆଣି ଦୋକାନ ସ୍ଟାଟ କରନ୍ତି । ପଇସା ପତ୍ର ହେଲେ ତେଣିକି ମୁକାଲି ଆଣି ତା' ଜାଗାରେ ଥୋଇ ଦିଅନ୍ତି । ତିରିଶ ହଜାର ଟଙ୍କା । ହେଲେ ଆଜ୍ଞା ବର୍ଷ ଦି'ଟାରେ ମୁଁ ପଚାଶ ହଜାର କମେଇବା ଲୋକ । ବେଟ୍ ଆଜ୍ଞା !

କୋଉଠି ବୁଢ଼ୀ ଲୁଚେଇଛି ସେ ହାର ? ଏଇ ଖଞ୍ଜା ଭିତରେ ଯେଉଁଠି ହେଲେ ତ ରଖିଥବ । ଦିନେ ଦି'ଦିନ ଭିତରେ ନିଶ୍ଚେ ଖୋଜି ପାଇବି । ବେଟ୍ ମାରୁଛି ଆଜ୍ଞା ।

ହାର   ହାତ ଚଢ଼ିଲେ ବନ୍ଧା ଛନ୍ଦା କଥା ମିଛ । ଏକାଥରେ ବିକି ଫୁସୁନାକୁ ଏମେଇଟୀ ପଛରେ ବସେଇ ପାରାଦୀପ ପଲେଇବି ।

ସେଠି ଚୁଙ୍ଗୁଡ଼ି ବେପାରରେ ଟଙ୍କାକେ ତିନିଟଙ୍କା ଲାଭ । ଗୋଲିଆ ଆଇଡିଆ ଦେଇଛି । କାହା ଟ୍ରଲରେ ପାଟନର ରହିବି । ଗୋଲିଆ କହୁଥିଲା – ଟ୍ରଲର ବେପାର ଗୋଟାଏ ବେଟ୍ ଆଜ୍ଞା । ଜୁଆ ଖେଲିଲା ପରି । ଭାଗ୍ୟରେ ଥିଲେ ମାସ ଗୋଟାକରେ ଲକ୍ଷପତି । ନ ହେଲେ ଫୁସ୍ ।

ସେମିତି ଦେଖିଲେ   ଜୀବନଟା ଗୋଟା ବେଟ୍ ନୁହେଁ କି ଆଜ୍ଞା ?

ବେଟ୍ ଆଜ୍ଞା, ପଲେଇବି । ନିଶ୍ଚେ ଦିନେ ପଲେଇବି ।

ବେଟ୍ !

ଦିଲରୁବା

ମଲ୍ଲୀଫୁଲ ବାସୁଥାଏ । ଚମ୍ପାଫୁଲ ବାସୁଥାଏ ।

ବିନିଅପା ଗପ କୁହେ – ଅଗନାଅଗନି ବନସ୍ତ ମଝିରେ ରାଜା ଝିଅକୁ ଛାଡିଦେଇ କମଲକୁମାର ଯାଇଛି ଯେ ଯାଇଛି । ସଞ୍ଜ ବୁଡିଲାଣି ଦେଖା ଦର୍ଶନ ନାହିଁ । ଏଣେ ଆକାଶରେ ପୃବେଇ ମେଘ ଘୋଟି ଆସୁଛି । ରାତି ଅନ୍ଧାର ମାଡି ଆସୁଛି । ନର ବାସନା ଯେମିତି ନାକରେ ବାଜିଛି, କିଲିକିଲା ରଡି ଛାଡି ଗୁମ୍ଫା ଭିତରୁ ଛୁଟି ଆସିଲା ଅସୁର । ଏମିତି ଅସୁର ଯେ ସାତସାତଟା ତାଲଗଛ ପ୍ରମାଣେ ଉଞ୍ଚ ଶାବଳ ଭଳିଆ ଦାନ୍ତ । ନଖ ଗୋଟାଗୋଟା ଲଙ୍ଗଲଲୁହା । ଆଁରେ ଏକାଥରେ ସାତଖଣ୍ଡ ଗାଁ ପଶିଯିବ ।....'

ବିନି ଅପା କାନି ତଳେ ମୁହଁ ଗୁଞ୍ଜି ଦେଇ ମୁଁ ପଚାରେ-ସେଇଠୁ?'

ମେଘ ଦୁଲୁକୁଥାଉ କି ଚାନ୍ଦିନୀ ରାତି ମହମହ ବାସୁଥାଉ, ମୋତେ କୋଳରେ ପୁରେଇ ବିନିଅପା ଗପ କହେ । କେତେ ଗପ । ସାହାଡା ସୁନ୍ଦରୀଠାରୁ ବେଙ୍ଗବତୀ ଯାଏ । ନିତି ରାତିରେ ନୂଆ ଗପ । ନିତି ରାତିରେ ମୋ ମନରେ ନୂଆ ଚମକ । ତେଣିକି ଚମ୍ପାଗଛରୁ ଫୁଲ ଖସୁଥାଉ କି ଆକାଶରୁ ଝରୁଥାଉ ଟୋପିଟୋପି କାକର ।

ବିନିଅପା ମୋ ପିଉସୀ ହେମଅପାର ନଣନ୍ଦ । ମୋର ପିଉସୀ ଲେଖା । ଝିଅ

ଆଖି ଆଗରେ ରହିବ ବୋଲି ମୋ ସାଆନ୍ତ ହେମଅପାକୁ ଘର ପାଖ ଦେଖି ଦେଇଥିଲା। ଦି' ଘର ମଝିରେ ଯାହା ଦାଣ୍ଡ ଦଶହାତ ଛଡ଼ାଛଡ଼ି। ପିଉସା କଲିକତିଆ। ତାଙ୍କ ବାପା ନଖିଜେଜ ବି କଲିକତାରେ ଚାକିରି କରୁଥିଲେ। ବୟସ ହେବାରୁ ପୁଅକୁ କାରଖାନା ଚାକିରିରେ ରଖେଇ ଦେଇ ଗାଁକୁ ପଳେଇ ଆସିଲେ। ମୋ ହେତୁ ପାଇଲା ବେଳକୁ ହେମଅପା ଶାଶୁ ମଲାଣି। ଘରେ ମଣିଷ ବୋଲି ମୋତେ ତିନି ଜଣ।

ଦୁଇଟାଜାକ ଖଞ୍ଜାରେ ପିଲା ବୋଲି ଜାଣି ମୁଁ ସେଇ ବକଟେ। ସମସ୍ତଙ୍କର କୋଟି ଆଦର। ଗପ ଶୁଣିବା ଲୋଭରେ ସଞ୍ଜ ବୁଡୁବୁଡୁ ମୁଁ ତାଙ୍କ ଘରକୁ ପଳେଇବାକୁ ଉଛୁନ୍ନ ହୁଏ। ସାଆନ୍ତ କୁହେ – ଭାଗବତ ଅଧ୍ୟାଏ ବୋଲି ଦେଇ ଯା।'

ମୁଁ ଆରା ଖୋଜେ – ତୋ କାନକୁ ତ ଭଲ ଶୁଭୁନି। ଭାଗବତ କାଇଁ ବୋଲିବି ?"

– ଓ, ପାନ ଖାଇବୁ ? ହାଃ ଶଳା ଲାମ୍ବୁଆ', ସାଆନ୍ତ କୁହେ।

ମୁଁ ତା' କାନ ବାଉଲି ଟିକେ ହଲେଇ ଦେଇ ବଡ଼ ପାଟିରେ କୁହେ – 'କାନ – କାନ'।

ତହୁଁ ବୁଢ଼ା କୁହେ – ତୁଟା ଶଳା ଓଲମା କିରେ ? ଭାଗବତ ଶୁଣିବାକୁ କ'ଣ କାନ ଲୋଡ଼ା ପଡେ ?' ପାନ କୁଟୁକୁଟୁ ତା' ପାକୁଆ ଓଠରେ ଖେଳିଯାଏ ବିଚିତ୍ର ହସର ଲହର। ବୁଢ଼ା ହସେନା ଯେ ମୋତେ ଟିକେ ମହୁ ଚଖେଇ ଦିଏ। ତା'ର ସୁଆଦ ବିନିଅପାର ଗପଠାରୁ ବି ମିଠା। ମୋ ଛାତି ପୁରିଯାଏ। ସେତେବେଳକୁ ପହଞ୍ଚ ସାରିଥାନ୍ତି ନଖିଜେଜ, ମୁଁ ଆଉ ଓଜର ଆପତ୍ତି ନକରି କରଞ୍ଜ ତେଲ ଦୀପ ତେଜିଦେଇ ଭାଗବତ ବୋଲି ବସେ। ଦି'ବୁଢ଼ା, ବିଲେଇ ଦୁଧ ପିଇଲା ପରି, ଆଖ ବୁଜି ଶୁଣନ୍ତି। ପୃଷ୍ଠାଏ ଦି'ପୃଷ୍ଠା ବୋଲା ସରିଥିବ କି ନାହିଁ ସାଆନ୍ତର ଚା' ପାଣି ଲୋଡ଼ା ପଡେ। ହେଲେ, ରାଧାବାଲୀ ବୁଢ଼ୀକୁ ତା'ର ମହାପ୍ରାଣେ ଡର। ସେ ନିଜ ପାଟିରେ ଚା'କଥା ନ କହି ଡାକିବ, 'ସମୁଦି ?' ନଖିଜେଜ ତା'ମତଲବ ଠଉରେଇ ଚଟ୍କିନା ଡାକ ଛାଡ଼ିବେ, 'ସମୁଦୁଣୀ ?'

ତେଣୁ ଖଞ୍ଜା ଭିତରୁ ଘଣ୍ଟ ପାଚୁଆଙ୍କ ପରି କିଲିକିଲା ରଡି ଛାଡ଼ି ବୁଢ଼ୀ ମାଡ଼ି ଆସିବ – ଆସିବ ତ ଭାଗବତ ଘର ମେଲାଦୁଆର କମ୍ପେଇବ, "ତମ ନାଡ଼ୀ ଏମିତି ଫିଡ଼ିକି ଯାଉଛି ? ଭାଗବତ ଶୁଣୁଛ ନା ଚା'କୁ ନାକେଇଛ ବା ?'

ତା'କୋପରୁ ବୋଉବାକୁ ସାଆନ୍ତ ମୋତେ ପଟାଏ ଶୋଧ୍ୟ ଯିବ – ଶଳା ଭାଗବତ ପଢ଼ୁଛୁ ନା ବେଙ୍ଗଳା ଅଡ଼ିଓଉଛୁ ବେ ? ସୁର ଦେଇ ବସେଇବସେଇ ବୋଲ।'

ଚା' କେଟିଲୀ, ଗିଲାସ ଚାରିଟା ନେଇ ପହଞ୍ଚିବେ ନୂଆ ସାନବୋଉ।

ସେତେବେଳକ ଜୁଟିସାରିବଣି ଅସଲ ଭାଗବତବୋଲାଲି ହାଡ଼ିଆ ବାଆଜୀ। ମୋର ତେଣିକି ଛୁଟି। ଏକା ଡିଆଁକେ ମୁଁ ଯାଇ ବିନିଅପା ଘରେ ହାଜର।

ତାଙ୍କ ଘର ପଛଆଡ଼େ ଏହେ ବାଡ଼ି। ପିଣ୍ଡା କଡ଼କୁ ଲାଗି ଅରାଏ ଲିପାପୋଛା ହୋଇ ଏମିତି ଚିକ୍କଣ ହୋଇଥାଏ ଯେ ଭାତ କୁଢ଼େଇ ଖାଇବ। ମଝିରେ ଗୋଟାଏ ଚମ୍ପାଗଛ। ଟିକେ ଛାଡ଼ି କେଇବୁଦା ମଲ୍ଲୀ। କୂଅରୁ ମାଠିଆ ମାଠିଆ ପାଣି କାଢ଼ି ବିନିଅପା ମଲ୍ଲୀ ବୁଦାମୂଳେ ଢାଳେ। ସେଗୁଡ଼ା କଲିକତି ମଲ୍ଲୀ। ନଖ୍‌ଜେଜ ସିଆଡ଼ୁ ଆଣିଥିଲେ। ବର୍ଷକ ବାରମାସୀ ଫୁଲା ଏମିତି ଫୁଲ ନଦି ହୋଇଥାଏ ଯେ ପତର ଦିଶେନା। ଚମ୍ପାଫୁଲ, ମଲ୍ଲୀଫୁଲ ବାସନା ଫେଣ୍ଡି ହୋଇ ସଞ୍ଜୁଆ ପବନ ମହମହ ବାସୁଥାଏ। ବିନିଅପା ଭାରି ଫୁଲରଙ୍କୁଣୀ। ତାଙ୍କ ବାଡିରେ ଜାତିଜାତିକା ଫୁଲ। ତା' ଦିକେନିଆ ବେଣୀରେ ମଲ୍ଲୀଫୁଲ ହାର କଳାହାଣ୍ଡିଆ ମେଘରେ ଲତା-ବିଜୁଲି ପରି ଦିଶେ। ହେମଅପାର ଗଭାରେ ଚମ୍ପାଫୁଲ ମଣ୍ଟି ବିନିଅପା ତାକୁ ଘଡିଏ ଅନାଏ। ତା'ପରେ ଗାଲରେ ବୋକାଟାଏ ଦେଇଦିଏ। ନଣଦ, ଭାଉଜ ଦୁହେଁ ହସାହସି ହୋଇ ଗଡ଼ନ୍ତି। ସାଆନ୍ତ ଦେଖାଦେଖି ମୁଁ ବି କାନରେ ଚମ୍ପାଫୁଲଟିଏ ଗୁଞ୍ଜିଦିଏ। ହେମଅପାକୁ ଛାଡ଼ିଦେଇ ମୋତେ କୋଳରେ ଝାକି ବିନିଅପା କୁହେ – ମୋ ଧନରେ!

ତହୁଁ କ'ଣ ଭାବେ କେଜାଣି, ମୋ ଛାତିରେ ଥୁକଲ ଟିକେ ପକେଇ ଦେଇ ବୋକରେ ବୋକରେ ଗାଲ ଛାଇଦିଏ।

ଭାଗବତ ମେଲାରୁ ଖସି ଆସି ମୁଁ ପହଞ୍ଚିଲାବେଳକୁ ଦି'ଅପା ଚମ୍ପାଗଛ ମୂଳେ ସପ ପାରି ଶୋଇଥାନ୍ତି। ମୁଁ ମଝିରେ ପଶି କୁହେ – ଅପା, ଗପ।

ହେମଅପା କୁହେ – 'ଆସିଲା ବାଲୁଙ୍ଗା। ଆଉ ଶୁଆଇ ବସେଇ ଦେବନି। ବିନିଅପା କହେ – ଆଜି ଗପଫପ କିଛି ମନେପଡୁନି ଶୋଇପଡ।

ମୁଁ କହେ – ରଜାପୁଅ ବାହାଘର ପାଖରୁ କାଲି କଥା ଅଧା ରଖିଥିଲୁ ପରା? ଅଗତ୍ୟା ବିନିଅପା ଅଧାକୁହା ଗପର ଖିଅ ଯୋଡେ ... ରଜାପୁଅ ସେ ଝିଅକୁ ସାଙ୍ଗରେ ଆଣି ନଅରକୁ ଫେରିଲା। ସେଦିନ ତାଙ୍କର ମଧୁଶଯ୍ୟା ରାତି।

ମୁଁ ପଚାରେ – ମଧୁଶଯ୍ୟା କ'ଣ? ଶେଯ ସାରା ମହୁ ବୋଲି ଶୁଅନ୍ତି?" ନଣଦ ଭାଉଜ ଦୁହେଁ ଚିମୁଟା ଚିମୁଟି ହେଇ ହସନ୍ତି। ଠିକ୍ ସେତିକିବେଳକୁ ବାଡ଼ କଡରୁ ବରୁଜା ସାମଲ ଲହରେଇ ଲହରେଇ ସୁସୁରି ମାରେ। ହେମଅପା କହେ, ହେଇଟିନି ଲୋ ବିନି, ତମ ନାଗର ଆସିଲାଣି। ମୁହଁ ଛିଞ୍ଚାଡି ବିନିଅପା କୁହେ, ମରଣ ହେଉନି ତାକୁ! ରସିକ ନାଗର ପାରଡା ପୋକ।

ବରୁଜା ସାମଲକୁ ଗାଁରେ ସମସ୍ତେ ନୁଙ୍ଗୁରା ବୋଲି କହନ୍ତି। ମାଇପି ତୁଠରେ

ସକାଳସଞ୍ଜେ କାଳେ ଲୁଟି ବସେ। ଧରାପଡ଼ିଲେ ଗାଳି ମାଡ଼ ଖାଏ। ଥରେ ରାଉତ ସାହିରେ କାହାଘରେ ପଶିଥିଲା। ରାଉତସାହିଆ ନଡ଼ିଆଗଛରେ ବାନ୍ଧି ତା' ଦେହସାରା ବିଛୁଆତି ବୋଳିଥିଲେ। ମୁଁ କହେ – ରହିଥା, କାଲିକି ମୋ' ବାଟୁଲିଖେଡ଼ା ଆଶେ। ଶାଳା ତାଲୁକୁ ନାଖ କରି ଲାଚ୍ଛି ଦେବି ଯେ ବୋପାକୁ ମଉସା ଡାକୁଥିବ।

ଦିନସାରା ବିନିଅପାର କିଛି କାମଦାମ ନଥାଏ। କେତେବେଳେ କେମିତି ହେମଅପା ପାଖକୁ ପରିବା କାଟିଦିଏ, ବେସର ବାଟିଦିଏ। କୁଣିଆମଇତ୍ର ଆସିଲେ, ଚର୍ଚ୍ଚା କରେ। ନ ହେଲେ 'ଶୁଆ ସାରୀ କାହାଣୀ' କି 'ଚୋରା ପୀରତିର ଗୋପନ ଚିଠି' ନଭେଲ୍ ପଢ଼େ। ପିଉସା ସେମିତିଆ କେତେକେତେ ବହି କଲିକତାରୁ ଆଣନ୍ତି। ଚିକିଚିକି ତେଲିଆ ମଲାଟ। ହେମଅପା ପଢ଼େ। ବିନିଅପା ପଢ଼େ। ଆଉ ଆମ ପଢ଼ାବହି। ଛେଃ, କୋଉ ଗୁଣରେ ତା ପାସଙ୍କୁ ପଢ଼ିବ! ବେଳେବେଳେ ଲୋଭ କରି ଖଣ୍ଡେ ବହି ମାଗେ। ନଦେଲେ କାନ୍ଦେ। ବିନିଅପା ବୁଝାଏ – ମୋ ଧନଟା ପରା, ସେଗୁଡ଼ା ବଡ଼ ମଣିଷଙ୍କ ପଢ଼ିଲା ବହି। ମୋ ମନ ମାନେନା। ବହିରେ ପୁଣି ବଡ଼ ମଣିଷ କ'ଣ, ଛୋଟ ପିଲା କ'ଣ? ଭାଗବତ ବହି ତ ସାଆନ୍ତ ପଢ଼େ, ମୁଁ ବି ପଢ଼େ। ବିନିଅପା ଖଣ୍ଡେ ଫଟୋ ଦେଖାଇ ମୋତେ ଭୁଲେଇ ଦିଏ। ନାଲି, ନେଲି, ହରେକ ରକମ ମଖମଲି ସୂତାରେ ସେ ସେଥିରେ ଅଭୁତ ଜୀବଟାଏ ଆଙ୍କିଥାଏ। ସେମିତି କାନ୍ଦୁକାନ୍ଦୁ ମୁଁ ପଚାରେ – ଏଇଟା କି ଜନ୍ତୁ?"

– ନବ ଗୁଞ୍ଜର।

– ୟା ପିଠିରେ କ'ଣ ଏଡ଼େ ବଡ଼ କୁଜ? ତୋ ବାପା ଭଳିଆ ଦିଶୁଛି।

– ମୋ ବାପା ଭଳିଆ କାହିଁକି ଦିଶିବ ମ? ତୋ'ରି ଛୁଆ ଦାଦା ପରି ଦିଶୁଛି।

ତା' ଆଖିକୁ ଦେଖନ୍ତୁ। ତୋ'ଦାଦା ଆଖି ପରିକା ଦିଶୁନି? ସତକୁ ସତ ନବ ଗୁଞ୍ଜରର ଆଖି ଦୋଉଟି ଦିଶେ ଛୁଆଦାଦାଙ୍କ ଆଖ ପରି ମନମରା, ଯେମିତି ଅଶୀଣ ଆକାଶରେ ଭସା ମେଘର ଛାଇ।

ଆମ ଛୁଆଦାଦା ଭାରି ରସିକିଆ। ଘରେ କୁଟା, ଖଣ୍ଡକୁ ଦି'ଖଣ୍ଡ କରନ୍ତିନି। ଦରକାର ବି ପଢ଼େନା। ବାପା, ମଝିଆଦାଦା, ସାନଦାଦା ଚାକିରି କରି ପଦାରେ। ବୋଉ ବି ଯାଇ ବାପାଙ୍କ ଚାକିରି ଜାଗାରେ। ସାଆନ୍ତ ମୋତେ ପାଖରୁ ଛାଡ଼େନା। ଘରେ ସାଆନ୍ତ ଓ ମା'କୁ ଛାଡ଼ିଦେଲେ ଛୁଆଦାଦା, ମଝିଆଣି ସାନବୋଉ, ନୂଆ ସାନବୋଉ। ଛୁଆଦାଦା ବି ଦି'ତିନିଟା ଛୋଟିଆ ମୋଟିଆ ଚାକିରି କରିଥିଲେ। କୋଡ଼ପୋଛା ପୁଥ ବୋଲି ବୁଢ଼ୀ କୋଉଠି ରଖେଇ ଦେଲାନି। ତାଙ୍କୁ ଘଡ଼ିଏ ନ ଦେଖିଲେ ଛୁଆଖାଇ ବିଲେଇ ପରି ଦାଣ୍ଡବାଡ଼ି ହୁଏ। ଆମର ସେତେବେଳେ ଢେର

ଜମିବାଡ଼ି । ଚାକର, କୋଠିଆ । ଚାଷରୁ ଯେତିକି ମିଳେ, ଖାଇବାକୁ ଲୋକ ନାହାନ୍ତି । ଛୁଆଦାଦା ଖାଇ ପିଇ କ୍ଲବ ଘରେ । ସେଠି ଗାଁ ପିଲାଙ୍କୁ ଡ୍ରାମା ଶିଖାନ୍ତି । 'କର୍ଣ୍ଣାର୍ଜ୍ଜୁନ' ବହିରେ ନିଜେ ହୁଅନ୍ତି କର୍ଣ୍ଣ ନହେଲେ 'ଅନାରକଲି' ବହିରେ ସାହାଜାଦା ସଲିମ୍ । ତାଙ୍କର ବି ସେମିତି ରାଜପୁଅ ପରି ଚେହେରା । ଚିକିମିକିଆ ଜରି ପୋଷାକ ପିନ୍ଧି, ମୁହଁରେ ଦାଢ଼ି ନିଶ ଲଗେଇ ଯେତେବେଲେ ଥାଟରେ ବାହାରନ୍ତି । ଦେଖିବା କଥା । ସେ ଆବାଜାନ୍, ଜାହାଁପନା, ଦିଲରୁବା, କଦରଦାନ ଆଦି କ'ଣ ସବୁ କୁହନ୍ତି, ମୁଁ ବୁଝିବା ତ ଦୂରର କଥା, ତାଙ୍କୁ ମୋତେ ଚିହ୍ନିପାରେନା । ପଚାରେ ଏ କିଏ ?

ମୁରୁକି ହସି ବିନିଅପା କୁହେ - କଂସେଇ ।

କଂସେଇ କିଏ ?' ତାକୁ ନିର୍ବୋଧ ଆଖିରେ ଚାହିଁ ମୁଁ ପୁଣି ପଚାରେ ।

ଛେଲିକଟା ପଠାଣ,' କହିଦେଇ ବିନିଅପା ହସେ । ତା'ଗାଲରେ ଭଉଁରୀ ଖେଳିଯାଏ । ହେମଅପା ତା'ଜଙ୍ଘରୁ ପୁଲାଏ ଚିମୁଟି ଦେଇ କୁହେ, ତମର ତ ଭାରି ସାହସ । ତା'ପରେ ମୋ ଆଡ଼େ ଅନେଇ କୁହେ, ହୁଣ୍ଟାଟା କି ? ସିଏ ପରା ଛୁଆ ଦାଦା । ଲୋକଙ୍କ ମଝିରୁ ମୁଁ ଡାକ ଛାଡ଼େ - ଛୁଆଦା ? ଅନ୍ୟମାନେ ହସନ୍ତି ।

ସେ ନାଟକ ଶେଷରେ ଅନାରକଲିକୁ ସମାଧ୍ୟ ଦିଆହେଉଥାଏ । ଦାଦା ଦୃଶ୍ୟଟାକୁ କେମିତି କ'ଣ ଖଞ୍ଜିଥାନ୍ତି କେଜାଣି, ପେଣ୍ଠାଲ୍ ଉପରଟା ସତସତିକା ମଶାଣୀ ଭଲି ଦିଶୁଥାଏ । ଗୋଟାଏ ଭଙ୍ଗା କୁଥ ମଝିରେ ଯେମିତି ଠିଆ ହୋଇଥାଏ ଅନାରକଲି । ଗୋଟେ ଦାଢ଼ିଆ ପଠାଣ ତା' ଚାରିପାଖେ ଖଣ୍ଡେ ଖଣ୍ଡେ ଇଟା ଖଞ୍ଜୁଥାଏ । ବଡ଼ ବଡ଼ ମେଘ ଟୋପାପରି ତା' ଆଖିରୁ ଲୁହ ଝରି ପଡ଼ୁଥାଏ । ପରଦା ପଛରୁ କିଏ ଏମିତି କରୁଣ ସ୍ୱରରେ ଗୀତଟିଏ ଗାଉଥାଏ ଯେ ଆକାଶସାରା ତା'ର ଦରଦ ଛାଇହୋଇ ଯାଉଥାଏ । ଛୁଆଦାଦାଙ୍କୁ ଦି'ତିନିଟା ଦାଢ଼ିଆ ଲୋକ ମାଡ଼ି ବସିଥାନ୍ତି । ସେ ଖାଲି କଣ୍ଠ ଥରେଇ ବଡ଼ ବିକଲ ସ୍ୱରରେ ଡାକ ଛାଡ଼ୁଥାନ୍ତି - 'ଦିଲରୁବା - ଦିଲରୁବା !

ମୁଁ ଠିଆ ହୋଇପଡ଼ି ଚିତ୍କାର କଲି - ମୋ ଦାଦାଙ୍କୁ ଛାଡ଼ ବେ ।

ମୋ ପାଟିରେ ହାତ ଦେଇ ବିନିଅପା କୁହେ, କାଇଁ ପାଟି କରୁଛୁ ? ସତରେ କ'ଣ ତୋ ଦାଦାଙ୍କୁ ମାରି ପକେଉଛନ୍ତି ?

"ତେଣେ ପରା ଦିଲରୁବାକୁ ପୋତି ପକାଉଛନ୍ତି ।"

"ରାଜା ହୁକୁମ ଦେଇଛନ୍ତି । ତୋ' ଦାଦା କ'ଣ କରିବେ ? ତୋ ଦାଦା ଏମିତି କାଉଆ !"

ଛୁଆଦାଦା ସତରେ ଏତେ ଅସହାୟ ବୋଲି ସେଦିନ କ'ଣ ମୁଁ ଜାଣିଥିଲି ? ପିଲାଦିନେ ମୋ ଆଖି ଆଗରେ ସେ ଥିଲେ ଏକମାତ୍ର ହୀରୋ । ବହୁତ ପରେ

ବୁଝିଲି – ବିନିଅପା ଥିଲା ତାଙ୍କ ଦିଲ୍‌ରୁବା। ଦୁହିଁଙ୍କ ମଝିରେ ମୁଁ ଚିଠିପତ୍ର ନେବାଆଣିବା କରେ। ଦାଦା ଚିତ୍ର ଆଙ୍କି ଦିଅନ୍ତି। ବିନିଅପା ଛୁଞ୍ଚ ସୂତାରେ ତା'ଉପରେ ଫୁଲ ବୁଣେ। ବିନିଅପା ତାଙ୍କ ପାଇଁ ଲବଙ୍ଗଦିଆ ପାନ ଭାଙ୍ଗିଦିଏ। ଦାଦା ଖାଇ ଓଠ ଲାଲ୍ କରି ବୁଲନ୍ତି। ବଡ଼ ବିଚିତ୍ର ସେ ପାନ। ଆଉ କେଉଁଠି ସେମିତିଆ ପାନ ମୁଁ ଦେଖିନି। ଯୋଡି ଯାଉଁଲି ପାନପତର ମଝିରେ କେତକୀ ଖଇର, ଯାଇତ୍ରୀ, ମାଣିକଚାଦିଗୁଆ ଆଉ ଚୁଆପକା ଗୁଣ୍ଠି। ଏବେ ସିନା ସେ ଯୋଡି ଯାଉଁଲି ପାନପତରର ଅର୍ଥ ମୁଁ ବୁଝୁଛି।

ମୋର ଖାଲି ମଇଆଣୀ ସାନବୋଉକୁ ଡର। ଦିନେ ଦିନେ ସେ ମୋ ଜାମା ମୁଣି, ପ୍ୟାଣ୍ଟ ମୁଣି ଉଞ୍ଚାଲେ। ଚିଠିପତ୍ର ହାତରେ ପଡ଼ିଲେ ମା'କୁ ନେଇ ଦେଖାଏ। ତେଣିକି ରାହାବାଲୀ ବୁଢ଼ୀ ଦିଗ ଭାଗ ଭାଙ୍ଗେ – ଏ ନଖ ପଇଡା ଝୁଅ ଆଉ ମୋତେ ସଂସାରରେ ରଖେଇ ଦେବନି କି? କି ଅଭିଲା କଥା ଲୋ ମା! ଶଙ୍ଖପାଣି କୋଉ ରାଜ୍ୟରେ ଲେଉଟିଲାଣି!

ଛୁଆଦାଦା, ବିନିଅପା ମଝିରେ ପ୍ରତିବନ୍ଧକ ଖାଲି ସେଇ ଗୋଟାଏ – ଶଙ୍ଖପାଣି। ଯେଉଁ ଘରକୁ ଥରେ ଶଙ୍ଖରେ ପାଣି ଟେକି ଝିଅ ଦିଆହୋଇଛି, ସେ ଘରୁ ଝିଅ ଆଣିବାଟା, ବୁଢ଼ୀ ବିଶ୍ୱାସରେ, ଅବିଧ୍। ସେ ସାଆନ୍ତ ପାଖରେ କଟାଳ କରେ ତମ କାନକୁ ସିନା କିଛି ଶୁଭୁନି, ତା' ବୋଲି ଆଖିକୁ କ'ଣ କିଛି ଦିଶୁନି? ଦି ବର୍ଷ ହେଲା ଲଗେଇଛି କୋଉଠି ବା'ଘରସା'ଘର ବୁଢ଼ା। ଏଇ ପିଣ୍ଠାରେ ବସି ଦିନରାତି ପାନ କରୁଥା।

ଗାଁ ସେ ମୁଣ୍ଡରେ ବରଗଛ। ତା ଆଗରେ ବିରାଟ ପଡିଆ। ମଝି ପଡିଆରେ କ୍ଲବ ଘର। ପଡିଆ ଚାରିକଡ଼ ଜାମୁକୋଲିଗଛ, ବେତବଣ। ବେତବଣ ପାରିହେଲେ ପାଟ ଗହୀରା ସେହି ପଡିଆରେ ପ୍ରତିବର୍ଷ ପେଣ୍ଠାଲ ବନ୍ଧା ହୁଏ। ଛୁଆଦାଦା ସିନା ଗାଁରେ। ଅନ୍ୟ ଡ୍ରାମା ପିଲାମାନେ ଚାକିରିବାକିରି କରି ପଦାରେ। ରଜ ଦଶହରାକୁ ଦି'ଥର ଗାଁକୁ ଆସନ୍ତି। ସେତିକିବେଳେ ଡ୍ରାମା ହୁଏ। ଅନ୍ୟବେଳେ କ୍ଲବ ଘର ଫାଙ୍କା ପଡିଥାଏ। ଛୁଆଦାଦା ସେଠି ଦିନରାତି ରେଡିଓ କୁଁ କରନ୍ତି। ଛବି ଆଙ୍କନ୍ତି। ହାରମୋନିୟମ୍ ବଜେଇ କେଉଁଠୁ ଶୁଣିଥିବା ଗୀତ ବୋଲନ୍ତି। ବିନିଅପାକୁ ଚିଠି ଲେଖନ୍ତି। ଦିନେ ଦିନେ ଛାଇ ଲେଉଟାଣି ବିନିଅପା ମୋତେ ସାଙ୍ଗରେ ନେଇ ବାରି ତଲେତଲେ କ୍ଲବ ଘର ଆଡକୁ ଯାଏ। ଦୁହେଁ ଗପନ୍ତି। ମୁଁ ଜାମୁକୋଲି ସାଉଁଟେ, ବେତକୋଲି ତୋଲେ, ବରଗଛ ଡାଲରେ ଧାଁ ଦଉଡ ଲଗେଇଥିବା ଗୁଣ୍ଠିଚିମୁଷାଙ୍କୁ ବାଟୁଲିଖଡ଼ା ବିନ୍ଧେ। ବିନିଅପା ଡାକ ଛାଡ଼େ – 'ଟିକନ, ଗଛକୁ ଚଢ଼ୁଛୁ କି?' 'ଟିକନ

ବେତବଣରେ ପଶୁଛୁ କି ?' ପୁଣି ଆର ଘଡ଼ିକି ଛୁଆଦାଦାଙ୍କୁ କୋବଲାଏ – ଟିକନକୁ ଡାକିବି ? ମୁଁ ମନେ ମନେ ଭାବେ, ମୁଁ କ'ଣ ଛୁଆଦାଦାଙ୍କ ମୁରବି ?

ବିନିଅପା ମୋ ଆଗରେ ଏଡ଼େ ଲମ୍ବା ଲମ୍ବା ଗପ କୁହେ ସିନା, ଦାଦାଙ୍କ ହାବୁଡ଼େ ପଡ଼ିଲେ ଯେମିତି ଶଙ୍ଖୀ ବିଲେଇ । ତା' ପାଟିରୁ ମୋଟେ କଥା ବାହାରେନା । ଖାଲି ହାଉଡିଙ୍କ ଭଳିଆ ହୁଁ ହାଁ ମାରେ, ନହେଲେ ତାଙ୍କ ମୁହଁକୁ ଅନେଇ ଠିଆ ହୋଇଥାଏ । ତା'ଆଖିରେ ପଲକ ପଡ଼େନା । ମୁଁ ସେତେବେଲେ ଜମା ତାଙ୍କ ପାଖ ମାଡ଼େନା । ଛୁଆଦାଦା ଆଗରୁ ଶିଖେଇଥାନ୍ତି – ବଡ଼ ମଣିଷଙ୍କ କଥା ଶୁଣିବା ମହାପାପ । ପାଣ୍ଡୁ ସା'ରେ ନିତି ପ୍ରାର୍ଥନା ସଭାରେ ଶିଖାନ୍ତି – ଦୁନିଆରେ ଦଶଟା କଥା ମହାପାପ । ଏଟା ସେ ଲିଷ୍ଟରେ ନ ଥାଏ । ଏ ଜାଣି ଏଗାର ନମ୍ବର । ମୋର ସ୍କୁଲକୁଯିବା ଆସିବା ସେମିତି । ଦିନେ ଗଲେ ଦି'ଦିନ ଯାଏନା । ମନହେଲେ ଅଧାରୁ ପଲେଇ ଆସେ । ପାଣ୍ଡୁ ସା'ରେ ମୋତେ କିଛି କହନ୍ତିନି । ଆମ ସାଆନ୍ତ ସ୍କୁଲ ସେକ୍ରେଟାରୀ । ବାପା ସ୍କୁଲ କାନ୍ଥକୁ ଘଣ୍ଟାଏ ଦାନ କରିଛନ୍ତି । ପାଣ୍ଡୁ ସା'ରେ ମୋତେ କିଛି କହିଲା ମାତ୍ରେ ମୁଁ ମିଛରେ ଆଖି ମଲି ମଲି ଆସି ସାଆନ୍ତ ଆଗରେ ଠିଆ ହୁଏ । ପିଣ୍ଡା ଉପରେ ନିଦା ବିଷ୍ଣୁ ପରି ବସି ସେ ବି ସେମିତି ଗୋଟାଏ ମିଛିମିଛିକିଆ ରଣହୁଙ୍କାର ଛାଡ଼େ, ପାଣ୍ଡୁ ମାଷ୍ଟରର ଏଡ଼େ ବହଳ ? ଆଣିଲୁ ମୋ ବଙ୍କା ବାଡ଼ି । ତା' ଅଖାଡ଼ୁଆ ପାଟିକୁ ସମସ୍ତଙ୍କର ଡର । ପାଟିରୁ ଫିଟିଲେ ନିରୋଲା ଦୋ–ଅକ୍ଷରୀ ।

ମା'ତେଣୁ ଝପଟି ଆସି କୁହେ – ତମେ ଆଉ ସେ ଟୋକାକୁ ଆଉ ପାଠଶାଠ ପଢ଼େଇ ଦେବନି କି ? ମାଷ୍ଟର ହୋଇ ଭଲରେ ମନ୍ଦରେ ପଦେ ଆକଟ କରି କହିବନି ?

– ଓ, କ'ଣ କହୁଛୁ ?' ସାଆନ୍ତ ପଚାରେ ।

– ପାଠ, ପାଠ । ସିଏ ଆଉ ପାଠଶାଠ ପଢ଼ିବନି ?

– ହାଟ ? କିଏ ହାଟକୁ ଯାଉଛି ?

– ଧେତ୍ । କିଏ ମୋର ଯାଙ୍କ ସାଙ୍ଗରେ ଏତେ ବଜରବଜର ହେବଲୋ ମା', ବୁଢ଼ୀ ତା' ବାଟରେ ପଲାଏ ।

– ପାଠ ?, ବୁଢ଼ା ବୁଢ଼ିପାରି ଦୀର୍ଘଶ୍ୱାସଟାଏ ଛାଡ଼ି କୁହେ, "ଚାରି ଚାରିଟା ପୁଅକୁ ପାଠ ପଢ଼େଇ ନଥିଲି କି ? ମଲାବେଲକୁ ପାଟିରେ ପାଣି ଦେବାକୁ କିଏ ପାଖରେ ରହୁଛି କି ନାହିଁ ଦେଖ ।"

ମୋର ଆଉ ପରବାୟ ନ ଥାଏ । ମୁଁ ଯାଇ ଏକାଥରେ ବିନିଅପା ପାଖରେ । ମୋତେ ଅବେଲରେ ଦେଖି ସେ ବି ଚିଡ଼େ । କହେ – ତୁ ପାଠଚୋରଟା କିରେ ? ହେଲେ, ତା ଗାଲି ମୋତେ ବାଧେନା । ତା' ରାଗ ବି ପାଣି ଫୋଟକା । ଘଡ଼ିକେ

ମିଳେଇ ଯାଏ। କାନିରେ ମୋ ମୁହଁ ପୋଛିଦେଇ ପାଟିଲା ଆମ୍ବଟାଏ କି ନଡିଆ ଫାଳେ ଧରେଇ ଦିଏ। ମୁଁ ଆମ୍ବ ଚୁଚୁମୁଥାଏ କି ନଡିଆ ଦାନ୍ତେଇଥାଏ, ପ୍ରଶ୍ନଟାଏ ପଚାରି ଦେବ, କହିଲୁ, ଗୋଟାଏ ନଡିଆର ତିନିଟା ଆଖି ହେଲେ ଦଶଟା ନଡିଆର କେତେଟା ଆଖି? ବନାନ କଲୁ – କେଳି କଦମ୍ବ।' ଅଙ୍କ, ସାହିତ୍ୟରେ ମୁଁ ଧୁରନ୍ଧର ବୋଲି ଯେଉଁ ସୁନାମଟା ଥିଲା, ସେତେକ ବିନିଅପା ଦୟାରୁ। କଣ୍ଟ ବସେଇ କଥାଟା ଏମିତି ବୁଝେଇ ଦେବ ଯେ ଜୀବନସାରା ମନେ ରହିଯିବ।

ମଲ୍ଲାବୁଦା କଅଁଳ ଚମ୍ପାଗଛ କଡ଼ାଏ। ହେଲେ ବିନିଅପା, ଛୁଆଆଦାଦାଙ୍କର ଚିଠିଲେଖା ସରେନା। ମୁଁ ବି କ୍ରମେ ଚିଠି ନେବା ଆଣିବା କାରବାରରେ ପାରିବାର ହୋଇଗଲି। ମଝିଆଣୀ ସାନବୋଉ ଯେତେ ଚେଷ୍ଟା କଲେ ବି ଆଉ ଚିଠିପତ୍ରର ଓର ପାଏନା। ମୁଁ ପ୍ୟାଣ୍ଟ ଅଣ୍ଟା ପାଖ ସିଲେଇ ଖୋଲି କଣାଟାଏ କରିଥାଏ। ତା ଭିତରେ ଚିଠି ପୂରେଇ ଜୋର କରି ବେଲ୍ଟ ଭିଡିଦିଏ।

ଦିନେ ଦିନେ ମା' ପଚାରେ – ଏମିତି ଆଣ୍ଟ କରି କାଇଁ କୋରଟ ଭିଡିଛୁ ଟିକନ? ପେଟ ଖଙ୍କ ପଡିଯିବ।

ମୁଁ ଜବାବ ଦିଏ – ମୋ ପ୍ୟାଣ୍ଟ ଚଲି ପଡ଼ିଲେ ତୁ ଟେକି ଧରିବୁ?

"ଧରମ ଦଣ୍ଡା ଉଗୁରି ଦେଖିବା!' ବୁଢ଼ୀ ଗାରୁଗାରୁ ହୁଏ। ଛୁଆଆଦାଦା ତେଣିକି ଦରଜୀ ପାଖରୁ ମୋ ପାଇଁ ଦି'ଖଣ୍ଡ ଚୋରା ମୁଣିବାଲା ପ୍ୟାଣ୍ଟ ସିଲେଇ କରି ଆଣିଲେ।

ଅଷ୍ଟେଇଁ ବେଳକୁ ମାମୁ ମୋତେ ନେବାକୁ ଆସିଥାନ୍ତି। ମାମୁଘରଆଡ଼େ ମୁଁ ବି ବହୁଦିନ ହେଲା ଯାଇ ନଥାଏ। ଯିବାକୁ ମନ ଉଚ୍ଛନ୍ନ ହେଉଥାଏ। ସାଆନ୍ତ କହିଲା, "ତାକୁ ଟିକେ ଶୀଘ୍ର ଆଣି ଛାଡ଼ି ଦେଇ ଯିବ ବାପା, ନ ହେଲେ ପାଣ୍ଡୁ ମାଷ୍ଟ ବିଗିଡିବ।

ତା' ପାଟିରୁ କଥା ସରିଛି କି ନାହିଁ, ବୁଢ଼ୀ କୋଉଠି ଥିଲା, ହୁଦନ୍ତ ଆସି ଗୋଟାଏ ଖଲ ପୂରେଇ ଦେଲା – ପାଣ୍ଡୁ ମାଷ୍ଟର ପରା କହୁଥିଲା କାଲି ବାବୁ ଆସିବେ। ସିଏ ଇସ୍କୁଲ ବନ୍ଦ କରି ମାମୁଘରକୁ ବାହାରିଛି କ'ଣ? ପାଠପଢ଼ା ଆଗ ନା ପୋରୁହାଁ ଆଗ ବା?

ସବୁଦିନ ପରି ବୁଢ଼ୀ ଗୋଡ କଚାଡ଼ି ଖଞ୍ଜା ଭିତରକୁ ପଲେଇଲା। ମୋର ସେଦିନ ଆଉ ମାମୁଘରକୁ ଯିବା ନୋହିଲା। ମାମୁ ବୁଝେଇଲେ – 'ହଉ, ବାବୁ ଆସି ଯାଆନ୍ତୁ। ଆମେ କାଲି ଉପରବେଲା ବାହାରିବା।

ବାବୁ ଆସିବେ ବୋଲି ସ୍କୁଲ ଘର, ପିଣ୍ଡା, ଦାଣ୍ଡ ସବୁଆଡ ଲିପାପୋଛା ହୋଇଥାଏ। ସା'ରେ ଜଳଖିଆ ମଗେଇ ରଖିଥାଆନ୍ତି। ବାବୁ ଆସି କଅଁଳ ଗାଧୁଆବେଳକୁ ପହଞ୍ଚଲେ। ଜଳଖିଆ ଖାଇ ସ୍କୁଲ କାଗଜପତ୍ର ଦେଖିଲେ। ପିଲାଙ୍କୁ

ବନାନ, ମାନସାଙ୍କ ପଚାରିଲେ। ବିନିଅପା ତ ମୋତେ ସେଥିରେ ଦୋରସ୍ତ କରି ଦେଇଥାଏ। ବଡ଼ କ୍ଲାସ ପିଲା ଯେଉଁ ପ୍ରଶ୍ନର ଉତ୍ତର ଦେଇ ପାରିଲେନି, ମୁଁ ସେସବୁ ଚଟାପଟ୍ କରିଦେଲି। ଖରାବେଳେ ଆମ ଘରେ ବାବୁଙ୍କ ଖାଇବା ପିଇବା ବରାଦ ହୋଇଥାଏ। ବାବୁ ଖାଉଖାଉ କହିଲେ, "ବୁଝିଲେ ଆଜ୍ଞା; ନାତି ଆପଣଙ୍କ ନାଁ ରଖ୍‌ବ। ଏମିତି ବିଚକ୍ଷଣ ପିଲା କି !"

ମୋତେ ଆଉ ପାରେ କିଏ ? ସଞ୍ଜ ବୁଡ଼ିବା ଆଗରୁ ମାମୁଘରେ। ତା'ପରଦିନ ଜାମା, ପ୍ୟାଣ୍ଟ କିଣିବାକୁ ମାମୁଙ୍କ ସାଙ୍ଗରେ ବଜାରକୁ ଗଲି। ମୋର ତ ଚୋରା ମୁଣିବାଲା ପ୍ୟାଣ୍ଟରେ ମନ ଲାଗିଛି। ଖୋଜି ଖୋଜି କୋଉଠି ମିଳିଲାନି। ମାମୁଁ ଆଉ ବାଟେ ଜାମା, ପ୍ୟାଣ୍ଟ କିଣି ଦେଲେ। ସେଥିରେ ଅଧିକ ତିନି ଚାରିଟା ଲେଖା ମୁଣି ଥିଲା। ହେଲେ, ସବୁ ପଦାରେ। ସେଥିରେ ଚିଠିପତ୍ର ପୂରେଇଲେ ଜଣାପଡ଼ିଯିବ। ଅଷ୍ଟେଙ୍ଗବାସୀ ମୋର ବିନିଅପା କଥା ମନେ ପଡ଼ିଲା। ମୁଁ ଘରକୁ ଯିବାକୁ କାନ୍ଦିଲି। ମାମୁ ଆଣି ମୋତେ ଛାଡ଼ି ଦେଇଗଲେ।

ଘରଟା ଖାଁ ଖାଁ ଲାଗୁଥାଏ। କାହାରି ପାଟିତୁଣ୍ଡ ଶୁଭୁ ନଥାଏ। ସାଆନ୍ତ ଡାକେ ବାଟରୁ – ଟିକା, ଟେକା, ଟୋକା, ଟିକନ –କେତେ ଅବଳୟ କାଢ଼େ। ଆଜି ଶୂନ୍ୟକୁ ଅନେଇ ବସିଛି। ଶୀତଦିନିଆ ପାଉଁଶିଆ ଖରାରେ ଚାରିଆଡ଼ ମଳିଚିଆ ଦିଶୁଥାଏ। ଛୁଆଦାଦା ତ କେତେବେଳେ ଘରେ ନଥାନ୍ତି। ମଝିଆଣୀ ସାନବୋଉ କି ନୂଆ ସାନବୋଉଙ୍କ ପାଟିତୁଣ୍ଡ ବି ଶୁଭୁନି। ରାହାବାଲୀ ବୁଢ଼ୀ କୁଆଡ଼େ ଗଲା ? ମରିଗଲା କି ଆଉ ? ମୁଁ କଣ ଘର ଭିତରକୁ ପଶିଗଲା ବେଳକୁ ବୁଢ଼ୀ କାଠଗଡ଼ ଭଳିଆ ଶୋଇଛି। ଦିନଟାରେ କାଇଁ ଶୋଇଛି ? ମୁଁ ଡାକିଲି – ମା ?'

ଉଁ କି ଚୁଁ ଜବାବ ଦେଲାନି। ଜର ଫର ହୋଇଛି ଭାବି ମୁଁ ଯେତିକି ଡାକୁ ହଲେଇ ଦେଇଛି, ଆଉ ଯାଏ କୁଆଡ଼େ ? ଉଠିଲା ତ ତଣ୍ଟ ସାପ ପରି ଫାଁ କରି – ଉଠ୍, ଉଠ୍ ଧରମଦଣ୍ଡା। ମୋ ପାଖରୁ ଉଠ୍। ଏଡ଼େ ବକଟେ ଛୁଆ, ପେଟରେ ପେଟେ ଛନ୍ଦ କପଟ ପୂରେଇଛି ! ମୋ ସଂସାର ବୁଡ଼େଇ ଆହୁରି ସୁଆଗିଆ ଡାକ ଡାକୁଛି ? ଡଗର ହେଇବୁ ଡଗର ! ରହିଥା ବିଲୁଆମୁହାଁ, ତୋ ବାପ ଆସୁ ଏଥର। ବୁଢ଼ୀ ଏକାଥରେ ଯାଇ ବାରିଆଡ଼େ ଉଠିଲା। ମୁଁ ବୁଝିପାରିଲି, ଏଇଟା ନିଶ୍ଚେ ଚିଠିପତ୍ର ବେପାର। ଚୋରା ମୁଣି ଭିତରେ ବିନିଅପାର ଚିଠି ଖଣ୍ଡେ ରହିଯାଇଥିଲା। ଉଚ୍ଛନିଆ ହୋଇ ମାମୁଘରକୁ ଗଲାବେଳେ ଛୁଆଦାଦାଙ୍କୁ ଦେବାକୁ ଭୁଲିଯାଇଛି। ସେଇଟୋ ମଝିଆଣୀ ସାନବୋଉ ହାତରେ ପଡ଼ିଛି।

ବୁଢ଼ୀ ତିନିଦିନକାଳ ରୁଷି ଶୋଇଲା। ଯେତେ ଯିଏ ଡାକିଲେ ଖାଇଲାନି –

ତା'ର ସେଇ ପଦେ କଥା। କୋଉଠି ବାହାଘର ଠିକ୍ କରି ମହାପ୍ରସାଦ ଟେକାସରିଲେ ଅନ୍ନ ଜଳଛୁଇଁବ ନହେଲେ କନିଅର ମଞ୍ଜି ବାଟି ପିଇଦେବ। ମୋର ସାଆନ୍ତ ଉପରେ ଭରସା ଥାଏ। କିନ୍ତୁ ସେ ଶଳା ବେଅକଲି ବି ସତୁରୀ ବର୍ଷ ବୟସରେ ନାରୀମାୟାରେ ଧର୍ମ ହୁଡ଼ିଲା। ଆଉ ଦି ଚାରି ଦିନ ସମ୍ଭାଳି ଯାଇଥିଲେ ବୁଢ଼ୀ ଫଣା ନୋଙ୍ଗାଥାନ୍ତା। ସତରେ କୋଉ କନିଅର ମଞ୍ଜି ବାଟି ପିଇ ଦେଉଥିଲା ? ସେମିତିଆ ଲୋକ କ'ଣ ସହଜେ ମରନ୍ତି ? ଆଜି ଏତେ କଥା କାହିଁ ହୋଇଥାନ୍ତା ?

ଦୁଇ ଚାରିଦିନ ଭିତରେ ବାହାଘର ଠିକ୍ ହୋଇ ମହାପ୍ରସାଦ ଟେକାହେଲା। ସ୍ୱୀକାର ବି ବଢ଼ିଲା। ବାପା, ଦାଦାଙ୍କ ପାଖକୁ ତାର ହୋଇଥାଏ। ବନ୍ଧୁବାନ୍ଧବଙ୍କ ଘରକୁ ଗୁଆ ଦିଆସରିଥାଏ। ବିନିଅପା ଆଗରୁ ଯିବାକୁ ମୋର ସାହସ ହେଉ ନଥାଏ। ମୁଁ ଖାଲି ବୁଝୁଥାଏ ଦିଲ୍‌ରୁବାକୁ ସମାଧ ଦେବାକୁ ରାଜା, ମନ୍ତ୍ରୀ, କଟୁଆଳ ସମସ୍ତେ ଏକାଠି ହୋଇଛନ୍ତି।

ଦିନେ ସଂଧ୍ୟାବେଳେ କ୍ଲବ ଆଗ ପଡ଼ିଆରେ ବୁଲୁଛି। ଦେଖିଲି, ବରଗଛ ଓହଳକୁ ଡେରି ହୋଇ ଠିଆ ହୋଇଛି ବିନିଅପା। ସେମିତି ଏକୁଟିଆ ଜୀବନରେ ଆଉ କାହାକୁ କେବେ ଦେଖିନି। ମୁଁ ତା'ପାଖକୁ ଦୌଡ଼ିଗଲି। ମୋତେ କୁଣ୍ଢେଇ ପକେଇ ସେ କହିଲା, ଶେଷକୁ ତୁ ବି ପର କରିଦେଲୁରେ ଧନ ? ମୋ କଥା ମନେ ପଡ଼ୁନି ?

ମୁଁ କଇଁକଇଁ ହୋଇ କାନ୍ଦିଲି। ମୋ କାନ୍ଦରେ ଚମକି ବରଗଛ ଡାଲରୁ ଗେଣ୍ଡାଲିଆ ଦୁଇଟା ଡେଣା ଝାଡ଼ି ପାଟ ଗହୀର ଆଡ଼କୁ ଉଡ଼ି ପଳେଇଲେ। ବିନିଅପା ଆଖିରେ ସେମାନଙ୍କ ଛାଇ ଯେମିତି ଲାଖିଗଲା। ମୁଁ କହିଲି, ତୁ ସେଦିନ ସତକଥା କହୁଥିଲୁ ଅପା।

– କି କଥା ?

ଛୁଆଦାଦା ମୋତେ କାଢ଼ୁଆ ନୁହନ୍ତି। ଛାର ଢିକର ବୁଢ଼ୀଟା କଥାରେ....', ଆଉ କିଛି କହିପାରିଲିନି। କୋହରେ କୋହରେ ତଣ୍ଡ ରୁନ୍ଧି ହୋଇଗଲା।

ଛୁଆଦାଦା ପଦାକୁ ବାହାରନ୍ତି ନାହିଁ। କ୍ଲବ୍ ଘର ଆଡ଼େ ବି ଯାଆନ୍ତି ନାହିଁ। ଘର ଭିତରେ ତକିଆରେ ମୁହଁମାଡ଼ି ସେମିତି ପଡ଼ିଥାନ୍ତି। ଘରକୁ ଜଣେଜଣେ ହୋଇ ବନ୍ଧୁବାନ୍ଧବ ଆସୁଥାନ୍ତି। ବାଜା, ବାଣ ଲାଗି ବଇନା ଦିଆ ହେଉଥାଏ। ଚିଠା ପଡ଼ୁଥାଏ। ଜାଇ ରଗଡ଼ା ହେଉଥାଏ। ହେମଅପା ବିନିଅପାର ଏତେ ସାଙ୍ଗସୁଖ। ଘଡ଼ିଏ ପହ‌ଡ଼େ ଛାଡ଼ବାଡ଼ ହୁଅନ୍ତି ନାହିଁ। ଗୋଟାଏ କଂସାରେ ଭାତ ବୁଡ଼େଇ ପଖାଳ ଖାଆନ୍ତି। ଇଏ ତା ମୁଣ୍ଡ ବାନ୍ଧି ବେଣୀ ପାରିଦିଏ ତ ସିଏ ୟା' ଗଭାରେ ଫୁଲମଞ୍ଜି ଦିଏ। ହେଲେ ହେମ ଅପା ବି ଆସିଥାଏ। ବାହାଘର ଖୁସିରେ ଲୋଟଣୀ ପାରା ପରି ଏପଟ ସେପଟ

ହେଉଥାଏ। ଏ ଦୁନିଆରେ କିଏ କାହାର ? ଛାଡ଼ ମୋତେ ସବୁ ବିଷ ପରି ଲାଗୁଥାଏ। ମୁଁ ବିନିଆପା ପାଖକୁ ପଳାଏ। ଦିନେ ମୋତେ ସିଆଡ଼େ ଯିବା ଦେଖି ବୁଢ଼ୀ ପଚାରିଲା କୁଆଡ଼େ ଯାଉଛୁ ?

ମୁଁ କହିଲି, କାଇଁ ତୋ'ର କ'ଣ ଅଛିବେ ?

— ଆଉ ଦିନେ ଯଦି ନଖ ପଇଡା ଝୁଅ କଟି ମାଡିଛୁ, ଦେଖିବୁ।' ସେଦିନ ମୁଁ ସେ ଚୋରା ମୁଣିଆ ପ୍ୟାଣ୍ଟରୁ ଖଣ୍ଡେ ପିନ୍ଧିଥାଏ। ବୁଢ଼ୀ ଆଗରେ ଲଙ୍ଗଲା ହୋଇ ପ୍ୟାଣ୍ଟଟାକୁ ଦି'ଫାଡ କରିଦେଇ କହିଲି — 'ତୁ ମୋର କ'ଣ କରି ପକେଇବୁ କହିନି ? କହବେ। ମୁଁ କ'ଣ ତୋ' ଘଇତା ଭଲିଆ ମାଇଚିଆ ହୋଇଛି ? ମୁଁ ଯିବି- ଯିବି- ଅଲବତ୍ ଯିବି। ତୋ ବାପା ଅଜା ସତଚାଳିଶ ପୁରୁଷ ମୋର କ'ଣ କରିବେ ଦେଖିବି। ସେମିତି ଲଙ୍ଗଲା ହୋଇ ବିନିଆପା ପାଖକୁ ଦୌଡି ପଳେଇଲି।

ବାହାଘର ଦିନ ଦାଦାଙ୍କ ସାଙ୍ଗରେ ମାର୍କୁଣ୍ଠି ଯିବାକୁ ଯିଏ ଯେତେ ବୁଝେଇଲେ, ମନା କଲି। ମୋ ପାଇଁ ନୂଆ ଜାମା, ପ୍ୟାଣ୍ଟ ଆସିଥାଏ। ମୁଁ ପିନ୍ଧି ନଥାଏ। ଚିରା ଚୋରାମୁଣିଆ ପ୍ୟାଣ୍ଟଟାକୁ ବସି ବାରିଆଡେ ସିଲେଇ କରୁଥାଏ। ବୁଢ଼ୀ ଦେଖି ପାଟି କଲା, "ଏ ବିଲୁଆମୁହାଁର ଓଗୁରି ଦେଖବା! ମଙ୍ଗନ ହାଣ୍ଡି ବସିଛି। ଜାମା ପେଏଣ୍ଟ ନଥିଲା ଭଲିଆ ଏ ଧରମଦାଣ୍ଡ କେମିତି ବସି ଚିରା ପେଏଣ୍ଟଟାକୁ ଶ ଯତୁନିଏ ସିଉଁଛି !"

ମୁଁ କହିଲି, "ବେଶୀ ପାଟି କଲେ ଛୁଞ୍ଚିରେ ଆଖ ଫୁଟେଇ ଦେବି, ଜାଣିଥା।"

ସଞ୍ଜବେଲକୁ ଘରେ ଖିଆପିଆ ଲାଗିଥାଏ। ମୁଁ ଯାଇ ବିନିଆପା ପାଖରେ। ସେ ଆଉ କଦାକଟା କରୁନଥାଏ। ଆମେ ବାରିଆଡେ ସପ ପାରି ଶୋଇଥାଉ, ଯେମିତି କିଛି ହୋଇନି। ହେମଆପା, ତା ଶଶୁର ଯାଇ ଆମ ଘରେ। ସିଆଡୁ ହୋ ହାଲ୍ଲା, ପାଟିତୁଣ୍ଡ ଶୁଭୁଥାଏ। ଶଙ୍ଖ ବାଜୁଥାଏ, ହୁଲୁହୁଲି ପଡୁଥାଏ। ମଝିରେମଝିରେ ଭେରଣ୍ଡା ଭୁକିଲାଭଲିଆ ମହୁରିଆ ମହୁରି ଫୁଙ୍କି ଦେଉଥାଏ।

ବିନିଆପା କହିଲା — 'ଆଜି ଗପ ଶୁଣିବୁନି ?'

ମୁଁ କହିଲି, "ନା। ଆଉ କି ଗପ !" କୁହୁକୁହୁ କାନ୍ଦି ପକେଇଲି। ବିନିଆପା ମୋତେ କୋଳରେ ଜାକି ଧରି କହିଲା — "ଛି ମୋ ଧନଟା ପରା ! ପୁଅପିଲା କ'ଣ କାନ୍ଦିଚି ?"

ମୋ ଇଚ୍ଛା ହେଉଥାଏ ଦମକାଏ ପବନ ହୋଇ, ମଲ୍ଲୀଫୁଲ ବାସନରେ ଫେଣ୍ଟ ହୋଇ ଯାଆନ୍ତି। ଚମ୍ପାଫୁଲ ମହକରେ ଗୋଲି ହୋଇଯାଆନ୍ତି। ବିନିଆପା ନିଃଶ୍ୱାସରେ ମିଶି ତା ଛାତି ଭିତରକୁ ପଶିଯାଆନ୍ତି। ଯିଏ ଯେତେ ଖୋଜିଲେ ମୋତେ ଆଉ

ପାଆନ୍ତେନି। ସେମିତି କାନ୍ଦୁକାନ୍ଦୁ କେତେବେଳେ ତା କୋଳରେ ଶୋଇ ପଡିଲି। ତା'
ଡାକରେ ନିଦ ଭାଙ୍ଗିଲା। ଦାଣ୍ଡରେ ବାଜା ବାଜୁଥାଏ। ସ୍ତ୍ରୀ ଲୋକମାନେ ପାଣି
ତୋଳିବାକୁ ବାହାରି ଥାଆନ୍ତି। ମଝିଆଣୀ ସାନବୋଉ କଳସୀ କାଖେଇ ଆଟରେ
ଚାଲିଥାଏ। ଆଗରେ ବାଜାବାଲା। ପଛରେ ବାରିକିଆଣୀ। ଏ କଡ଼େ ସେ କଡ଼େ
ସାହି ମାଇପେ। ଭାବୁଥାଏ – ବାଡ ସନ୍ଧିରୁ ବାଟୁଲି ଖଡ଼ା ମାରି କଳସୀ ଚୁନା କରିଦିଅନ୍ତି।
ମୋତେ ଆସ୍ତେ କରି ବିନିଅପା ପଚାରିଲା, ଗୋଟାଏ କାମ କରିପାରିବୁ?

ମୁଁ କହିଲି, ଗୋଟାଏ କାହିଁକି, ହଜାରଟା କାମ କହ। ତୋ ପାଇଁ ଜୀବନ
ଦେଇ ଦେବି।'

ମୋ ପାଟିରେ ହାତ ଦେଇ ସେ କହିଲା–ଛି୍, ସେମିତି କଥା ଆଉ ଦିନେ
କହିବୁନିରେ ଧନ।

ଉଚ୍ଛନିଆ ହୋଇ ମୁଁ କହିଲି – ହଉ, ଆଉ କହିବିନି। କି କାମ କହୁଛୁ କହ।

ମୋ କାନ ପାଖକୁ ମୁହଁ ଆଣି ସେ କହିଲା, ଛୁଆଦାଦାଙ୍କୁ ଥରେ ଡାକି
ଆଣିପାରିବୁ?"

ମୁଁ ପଚାରିଲି, ଏଇଟି କି?

– ନା, ବରଗଛ ମୂଳକୁ। ମୁଁ ସେଇଠି ଥିବି।

ଚିଲ ଭଳିଆ ମୁଁ ଘରକୁ ଦୌଡିଲି। ମୋତେ ଦେଖ୍ ବୁଢ଼ୀ ଗାରଡେଇ ଅନେଇଲା।
ପିତାଶୁଣୀ ବୁଢ଼ାର ଦି'ଚାରିମାସ ତଳେ ଆଖରୁ ପରଲ କଢ଼ା ହୋଇଥିଲା। ପରଲ
ସାଙ୍ଗରେ ଡାକ୍ତର ତା ଡିମା ଦିଟାକୁ ତାଡି ଦେଲାନ! ଛୁଆଦାଦାଙ୍କୁ ବାରିଆଡକୁ
ଡାକିନେଇ ମୁଁ ସବୁକଥା କହିଲି। ବୁଢ଼ୀ ଦୋକଡି ସନ୍ଧି ଅନ୍ଧାରରେ ଠିଆହୋଇ ସବୁ
ଶୁଣୁଛି ବୋଲି ଆମେ ଜାଣି ନଥାଉ। ଲୋକବାକ ଥିବାରୁ ପାଟି କଲାନି ସିନା,
ହେଲେ ଛୁଆଦାଦାଙ୍କୁ ଗୋଡେ ଗୋଡେ ଜଗିଲା। ଦାଦା ଏପଟସେପଟ ହେଉଥାନ୍ତି।
କାମଦାମ ଛାଡ଼ି ବୁଢ଼ୀ ତାଙ୍କ ପଛରେ ଜୋକ ପରି ଲାଗିଥାଏ। ପାଣି ତୋଲି ଆସି
ମଝିଆଣୀ ସାନବୋଉ ଦାଦାଙ୍କୁ ଗାଧୋଇବା ପାଇଁ ବାରି ଆଡକୁଟାଣି ନେଇଗଲା।
ଦାଦା ଆଉ ଯାଇ ପାରିବେନି ବୋଲି ବୁଝିପାରିଲି। ତେଣେ ବିନିଅପା ବରଗଛ ମୂଳେ
ଏକୁଟିଆ ଥିବ। ଡେରି ନକରି ସିଆଡ଼େ ଏକମୁହାଁ ଦୌଡିଲି।

କିନ୍ତୁ ବିନିଅପା କାହିଁ? ବରଗଛମୂଳ, ଓହଳସନ୍ଧି, କ୍ଲବଘର ପଛ ସବୁ ଖୋଜିଲି।
କୁଆଡ଼େ ଗଲା? କୂଅ, ପୋଖରୀକୁ ଡେଇଁପଡିଲା ନା ଦଉଡି ଶାଗେଇ ଦେଲା?
ଆତୁର ହୋଇ ଡାକିଲି। ମୋ ଡାକ ପାଟୁଆଳୀ ପବନ କୁଆଡ଼େ ଉଡେଇ ନେଲା।
ଜାମୁକୋଲି ଗଛ ଆଢୁ ବାହାରି କିଏ ଜଣେ ସେତିକିବେଳେ ପାଟଗଡ଼ିର ଆଡକୁ

ଦୌଡ଼ି ପଳେଇଲା । ଭୂତ ନା ପିଶାଚ ? ପଛରୁ ବରୁଜା ସାମଲ ପରି ଦିଶୁଥାଏ ।
ସେତେବେଳେ ଏ ଦୁନିଆରେ ମୋ'ର କାହାକୁ ଭୟ ନଥାଏ । କାଳିଜିହ୍ନିଆ ସେ
କାଳରାତି କଥା ମୋର ଏବେ ବି ମନେ ଅଛି । ବାୟା ବାତୁଳଙ୍କ ପରି ବିନିଅପାକୁ ମୁଁ
ଖୋଜୁଥାଏ । ଟିକକ ପରେ ସେଇ ବାଟ ଦେଇ ଦାଦା ବର ହେଇ ବାହାରିଲେ ।

ବାଜାବାଲା, ବାଣବାଲା, ବରଯାତ୍ରୀ ସବୁ ଆଗରେ ଚାଲିଥାନ୍ତି । ପଛରେ ପାଲିଙ୍କିରେ
ବସି ଦାଦା । ବରଗଛ ତଳେ ମୁଁ ଅରକ୍ଷିତଙ୍କ ପରି ଠିଆ ହୋଇଥାଏ । ପେଟ୍ରୋମାକ୍ସ
ଆଲୁଅରେ ସବୁ ପରିଷ୍କାର ଦିଶୁଥାଏ । ଛୁଆଦାଦା ଟୋପିଟୋପି ଚନ୍ଦନ ପିନ୍ଧିଥାନ୍ତି । ମୁଣ୍ଡରେ
ଜରି ଧଡ଼ିଆ ପଗଡ଼ି ଉପରେ ନାଲି ନେଲି ପର । ଆଖି ଦୁଇଟି କିନ୍ତୁ ନବଗୁଞ୍ଜର ଆଖି ପରି
ମେଘୁଆ ମେଘୁଆ । ସଲିମ ପାର୍ଟ କଲା ଦିନ ଦାଦା ଠିକ୍ ଏମିତି ଦିଶୁଥିଲେ । ମୋ ଉପରେ
ତାଙ୍କ ଆଖି କେମିତି ପଡ଼ିଲା କେଜାଣି, ଚମକିଲାପରି ଚିକ୍କାରକଲେ – ଟିକନ ?

ମୁଁ ଗାଁ ଆଡ଼କୁ ଆଖି ବୁଜି ଦୌଡ଼ିଲି ।

ତା'ପରଦିନ ବିନି ଅପାକୁ ଜର । ଏମିତି ଜର ଯେ ଦେହରେ ଖଇ ଫୁଟିଯିବ ।
ନାଖି ଜେଜ ଡାକ୍ତରଙ୍କ ପାଖକୁ ଯାଇଥାନ୍ତି । ମୁଁ ତା ମୁଣ୍ଡରେ ପାଣି ପଟି ଦେଉ ଦେଉ
ପଚାରିଲି – କାଲିରାତିରେ ତୁ କେଉଁଠି ଥିଲୁ ଅପା ? ମୁଁ ତୋତେ କେତେ ଖୋଜିଲି ।
ମୋ ଟିକି କୋଳରେ ମୁହଁ ଗୁଞ୍ଜି ଦେଇ ସେ କାନ୍ଦିଲା । ସେ କାନ୍ଦ ଏମିତି ମରମଥରା
ଯେ ଗଛବୃକ୍ଷ ଦୋହଲି ଉଠୁଥାନ୍ତି । ଆକାଶ ଦୁଲୁକି ଉଠୁଥାଏ । ଫାଟି ଆଁ କରୁଥାଏ
ମାଟି । ମଲ୍ଲୀଗଛରେ କଢ଼ ନଥାଏ । ଚମ୍ପା ଗଛରେ ଫୁଲ ନଥାଏ । ଅଗନାଅଗନି ବନସ୍ତ
ମଝିରେ ନଥାଏ କାଉ କୋଇଲିର ରାବ । ଅସୁରର ବିକଟାଳ ଆଁ ଭିତରେ, ଆହା ;
ବିଚାରୀ ନିରିମାଖି ଏକଲା ରାଜାଝିଅ – ମୋ ବିନିଅପା ।

ଅବୋଧ ବାଲୁତ ମୁଁ । କ'ଣ ଆଉ କରିଥାନ୍ତି ? ମୋ ପାଇଁ ମଲ୍ଲୀଗଛ
ମରିଯାଇଥାଏ । ଗପ ସବୁ ସରିଯାଇଥାନ୍ତି । ଏକା ଜିଦି କରି ବାପା ବୋଉଙ୍କ ସାଙ୍ଗରେ
ପଳେଇ ଆସିଲି । ଧୂଳିଖେଳ ଛାଡ଼ି ଆସିଲାବେଳେ ପିଲା ଯେମିତି ଗୋଡ଼ରେ ବାଲିଘର
ଆଡ଼େଇ ଦେଇ ଆସନ୍ତି, ସେମିତି । ଚୋରାମୁଣିଆ ପ୍ୟାଣ୍ଟ ଦୁଇଟାକୁ ବାରି ପୋଖରୀକୁ
ଫୋପାଡ଼ି ଦେଇ ଆସିଲି । ଗୋଟାଏ ଆନିରେ ପଳେଇ ଆସିଲି ସିନା, ସଞ୍ଜହେଲେ
ବିନିଅପା କଥା ଭାରି ମନେପଡ଼େ । ସହର ବଜାର, ଗାଡ଼ିମଟର, ବହିବସ୍ତାନୀ, ରମା,
ରିତୁଙ୍କ ମଝିରେ ବିନିଅପାକୁ ମୁଁ ଝୁରିହୁଏ । ନିଛାଟିଆ ଖରାବେଳେ କାଅଁ ଘୁମୁରିଲେ,
ଆମ୍ବଗଛ ଡାଳରେ କୋଇଲି ରାବିଲେ, ମାଛକାଟିଆ ମେଘ ଉହାଡ଼ରେ ଜହ୍ନ ଭାସିଗଲେ
ମନେପଡ଼େ ବିନି ଅପା । ଅଭିମାନରେ ଚିଠିପତ୍ର ଦିଏନା କି ଗଲାଆସିଲା ଲୋକଙ୍କ
ପଚାରେନା, କେମିତି ଅଛି ବିନିଅପା ?

ପରୀକ୍ଷା ସରିଥାଏ। ପରୀକ୍ଷାରେ ଭଲ ବି ହୋଇଥାଏ। ହେଲେ ମନ ଭଲ ଲାଗୁ ନଥାଏ। ରମାକୁ କି ଜର ହୋଇଛି କେଜାଣି। ଦି'ମାସ ହେଲାଣି ଓଲ୍ଲାଇବା ନାଁ ଧରୁ ନ ଥାଏ। ଦିନରାତି ବାନ୍ତି। ପେଟରେ ଔଷଧ ଟୋପାଏ ବି ରଖେଇ ଦେଉ ନ ଥାଏ। ଡାକ୍ତର, ଔଷଧ କିଛି କାମ ଦେଉନଥାନ୍ତି। କନ୍ଧା ଦୋହଲିଲାଣି। ସମସ୍ତେ ଆଶା ଛାଡ଼ି ସାରିଲେଣି। ଦିନେ ବୋଉ ବାପାଙ୍କୁ କହିଲା – "ଗାଁକୁ ଟିକେ ଗଲେ ହୁଅନ୍ତ ନି? ବିନିକୁ ଥରେ ଦେଖାନ୍ତେ। କେଡେକେଡ଼େ ଅସାଧ୍ୟ ବେମାରୀ ଧନ୍ଧା ଟିକକରେ ଭଲ କରୁଛି। ତେଣିକି ଆମ ଭାଗ୍ୟରେ ଥିଲେ ବଞ୍ଚନ୍ତା।"

ବୋଉ କଥାକୁ ମୁଁ କାନ ଡେରିଥାଏ। ମୋ ଛାତି ଭିତରେ ଦୁମୁଦୁମୁ ପାହାର ପଡ଼ୁଥାଏ। ବିନିଅପା କଣ ଡାକ୍ତର ନା କବିରାଜ? ବୋଉ ଗପୁଥାଏ – 'ବିନିଠେଇଁ ଠାକୁରାଣୀ ଅବତରିଛନ୍ତି। ଯିଏ ଯାଉଛି, ସେହି ବରପତ୍ର ଧନ୍ଧା ଟିକେ। ଯେତେ ବଡ଼ ରୋଗୀ ହେଇଥାନ୍ତ, ସେଟିକିରେ ଧାଡିଧୁଟି ହୋଇ ବସୁଛି।'

ରମାର ଯେଉଁ ଅବସ୍ଥା, ତାକୁ ଏତେବାଟ ଆଣି ଆସିବାକୁ ବାପା ଆଗଆଗ ରାଜି ହେଉ ନ ଥିଲେ। ଶେଷକୁ ବୁଡ଼ିଗଲା ଲୋକ କୁଟା ଖୁଅକୁ ଆଶ୍ରା କଲାପରି ଆସିଲେ।

ତିନି ଚାରିଟା ବର୍ଷରେ କେତେ ବଦଲିଗଲାଣି ଗାଁ। ବର୍ଷା, ବତାସରେ କେତେ ଘର ଭାଙ୍ଗି ମାଟିରେ ମିଶିଗଲାଣି। କେତେ ନୂଆ ଘରତୋଲା ହେଲାଣି। ସାଆନ୍ତ ଆଉ ବେଶୀ ଚଲପ୍ରଚଲ ହୋଇପାରୁନି। ପିଣ୍ଡାରେ ଥର ହୋଇ ବସୁଛି। ପାନ କୁଟିଲା ବେଲକୁ ହାତ ଥରୁଛି। ଅଷ୍ଟମଙ୍ଗଲାବାସୀ ଛୁଆଦାଦା ଗାଁ ଛାଡ଼ି ଯାଇଛନ୍ତି ଯେ ଆଉ ଫେରିବା ନାଁ ଧରୁନାହାନ୍ତି। ଛୁଆ ସାନବୋଉ ଯାଇ ତାଙ୍କ ବାପଘରେ। ମଝିଆଣୀ ସାନବୋଉ, ନୂଆ ସାନବୋଉ ବି ଯାଇ ଦାଦାମାନଙ୍କ ପାଖରେ। ଘରଟା ଭାରି ହତଶିରିଆ ଦିଶୁଥାଏ।

ଲୁହ, ସିଂଘାଣୀ ଏକାକଖଣ୍ଡ ହୋଇ ବୁଢ଼ୀ ରୋସେଇ ଘରେ ପଶେ। ଚାଲକୁ, ବାଡ଼କୁ ଦେଖେଇ ଦିନରାତି ରଖେଇବେଲ ହୁଏ। ନଖ ପରିଡ଼ା ଘର ସପ୍ତପୁରୁଷ ଉଦ୍ଧାଲେ। ମୁଁ ପଚାରିଲି, 'ସାଆନ୍ତ, ଦିନରାତି କଲଗାଉଣା ଶୁଣିଶୁଣି ତୋତେ ବିଜାର ଲାଗୁନି?'

ବୁଢ଼ା ଟିକେ ହସି ଦେଇ ପଚାରିଲା – 'ଓ?'

ମୋର ମନେପଡ଼ିଯାଏ ବୁଢ଼ୀ ଜାଲାରୁ ରକ୍ଷା କରିବାକୁ ଠାକୁର ତାକୁ ଆଗରୁ କାଲ କରି ଦେଇଛନ୍ତି।

ସଂଧ୍ୟାବେଲେ ବରଗଛଆଡ଼େ ବୁଲିଗଲି। ଏତେ ପରିବର୍ତ୍ତନ ଭିତରେ ଖାଲି

ବଦଳିନି ବୁଢ଼ା ବରଗଛ । ସେମିତି ଜଟାଜୁଟ ମୁଣ୍ଡେଇ, ଓହଲ ଲମ୍ବେଇ ଠିଆ ହୋଇ ଦୁନିଆର ରୀତିଗତି ଦେଖୁଛି । ସଂସାରର ହାନିଲାଭରେ ତା'ର ଯେମିତି କିଛି ଯାଏ ଆସେ ନାହିଁ । ଜାମୁକୋଲି ଗଛ, କ୍ଲବ ଘର କି ପଡ଼ିଆର ଚିହ୍ନବର୍ଣ୍ଣ ନଥାଏ । ରାଜାଘର ପୋଖରୀ ପରି ସେଠି ବିରାଟ ପୋଖରୀ । କାଚକେନ୍ଦୁ ପାଣି । ଅନେଇଲେ ମୁହଁ ଦିଶିବ । ଚାରିକଟି ଚାରିଟା ପଥର ପାହାଚ ବନ୍ଧା ତୁଠ । ବିନିଅପା ଗପ କହିଲାବେଳେ ଅବିକଳ ସେମିତିକା ପୋଖରୀ କଥା କୁହେ । ତା'ରି ଆଜ୍ଞାରେ ପାଞ୍ଚ ପଚିଶ ଖଣ୍ଡ ଗାଁ ଲୋକ ମିଶି ଖୋଳିଛନ୍ତି । ସେଠି କାଳେ ଗଙ୍ଗାମାତା ଅବତରିବେ । ବରଗଛ ମୂଳେ ବିରାଟ ଚାନ୍ଦିନୀ । ମଝିରେ ବସିଥାଏ ବିନିଅପା । ଲୋକ ଥାପପଟାଲି ଭାଙ୍ଗୁଥାନ୍ତି । କଳାମେଘୀ ଶାଢ଼ି ପିନ୍ଧି ବିନିଅପା ଠାକୁରାଣୀଙ୍କ ପରି ଦାଉଦାଉ ଜଳୁଥାଏ । ସିଂହାସନ ଉପରେ ସତେ ଯେମିତି ଦେବୀ ପ୍ରତିମା ବିଜେ ହୋଇଛନ୍ତି । ତାକୁ ଘେରି ମନ୍ତ୍ରୀ, ପାରିଷଦ, ସେନାପତି, କଟୁଆଳ । ତା ଆଜ୍ଞାରେ ସମସ୍ତେ ଚଳପ୍ରଚଳ । ଇଚ୍ଛାକଲେ ମେଘ ଝରେଇବ ତ ଖରା ଖେଳେଇବ । ଗଛବୃଚ୍ଛଙ୍କ ମୁଣ୍ଡ ଦଣ୍ଡବତ କଲା ପରି ନୁଆଁଇ ଦେବ ତ, ଜହ୍ନକୁ କହିବ – ସେଠି ରହ । ଗର୍ବରେ ମୋ ଛାତି ଫାଟି ପଡ଼ୁଥାଏ । ବୋଉ ତା' ପାଦତଳେ ରମାକୁ ଗଡ଼େଇ ଦେଲା । ସମ୍ରାଟଙ୍କ ପରି ବିନିଅପା ତା'ପାଟିରେ ଧଣ୍ଡା ଟିକେ ଛୁଆଁଇ ଦେଲା । ବୋଉ ମୋତେ ଶିଖେଇଲା – ଯାଉନୁ । ବିନି ତୋତେ ଏତେ ଭଲପାଏ । କ'ଣ ମାଗୁନୁ?"

କ'ଣ ମାଗିବି– ଭାବିଲି ।

କହିବି, ବିନିଅପା ପୋଖରୀ ପୋତେଇ ଦେ? କହିବି – ଜାମୁକୋଲି ଗଛକୁ ଠିଆ କରା? ମାଗିବି, ଫେରେଇ ଦେ' ମୋତେ ବୋହି ଯାଇଥିବା ତିନିବର୍ଷ? ମୁଁ ପୁଣି ଜାମୁକୋଲି ସାଉଁଟିବି । ଗୁଣ୍ଡୁଚିମୂଷାଙ୍କୁ ବାଟୁଲି ମାରିବି । ଚୋରାମୁଣିଆ ପେଣ୍ଟ ପିନ୍ଧି ଚିଠିପତ୍ର ନେବି ଆଣିବି । ମୋ ଆଖିରେ ଲୁହ ଜକେଇ ଆସିବା ଆଗରୁ ଘରକୁ ପଳେଇ ଆସିଲି ।

ରାତିରେ ବିନିଅପା ମୋତେ ଉକେଇ ପଠେଇଲା । ରାତି ଦି ଘଟି ବେଳକୁ ସେ ଘରକୁ ଫେରେ । ସେତେବେଳକୁ ତା ଦେହରୁ ଠାକୁରାଣୀ ଉତୁରୀ ଯାଇଥାନ୍ତି । ଦିନସାରା ସେ ଘରେ । ହେମଅପାକୁ ପରିବା କାଟିଦିଏ । ବେସର ବାଟିଦିଏ । ସେଦିନ ବି କାଳିଜହ୍ନିଆ ପଡ଼ିଥାଏ । ବିନିଅପା ସପପାରି ଚମ୍ପାଗଛମୂଳେ ଶୋଇଥାଏ । ମୁଁ ଡରିଡରି ତା ପାଖକୁ ଗଲି । ମୋତେ କୋଳ ଭିତରକୁ ଟାଣି ନେଇ ବୋକ ଦେଉ ଦେଉ ସେ କହିଲା – ମୋ ଧନ! ଆଉ କିଛି କହିପାରିଲିନି । ଖାଲି କାନ୍ଦିଲା । ରାତିସାରା ମୋତେ ସେମିତି କୋଳରେ ପୁରେଇ ଶୋଇଥାଏ । ଜୀବନରେ କେତେ ଦିଅଁ ଦେବତାଙ୍କ ପାଖକୁ

ଯାଇଛି, କେତେ ତୀର୍ଥ ବୁଲିଛି। ଖୋଜିଛି ସେ ରାତିର ଅନୁଭବ। ପାଇନି। ଆଜି ଭାବୁଛି, ସେ ରାତି ପାହି ନଥାନ୍ତା ହେଲେ! ଲମ୍ବିଥାନ୍ତା, ଲମ୍ବିଥାନ୍ତା ଆଖ୍ ଅପହଞ୍ଚ ଯାଏ। ପ୍ରଳୟ ପୟୋଧୁରେ ବିନିଆପା କୋଲରେ ପଶି ମୁଁ ବରପତ୍ର ଉପରେ ଭାସୁଥାନ୍ତି – ଅନନ୍ତକାଲ, ଅନନ୍ତ ଯୁଗ, ଦେଖୁଥାନ୍ତି ଗ୍ରହ ତାରା, ଚନ୍ଦ୍ରସୂର୍ଯ୍ୟ, ପବନସମୁଦ୍ର। ଭ୍ରମୁଥାନ୍ତି ଆକାଶପାତାଲ।

ବାପାଙ୍କ ଛୁଟି ସରି ଆସୁଥାଏ। ରମା ଦେହ ବି ଭଲ ହୋଇଗଲାଣି।

ଗାଁ ଦୁଧ, ଘିଅ ଖାଇ ସେ ଫୁଲବଡ଼ି ଭଳିଆ ଫୁଲିଗଲାଣି। ବାପା ବୋଉ ଫେରିବାକୁ ତରତର ହେଉଥାନ୍ତି। ବୁଢ଼ୀ ପୁଣି ରୋଷେଇ ଘର ଧୁଆଁକୁ ଡରି ବ୍ୟସ୍ତ ହେଉଥାଏ। ତା ଆଖିରେ ଆଉଥରେ ପରଲ ମାଡୁଛି। ସାଆନ୍ତର କିଛି ହୋଲ୍ ନ ଥାଏ କି ଢୋଲ୍ ନଥାଏ। ସବୁଦିନେ ସେ ସେଇ ଝଙ୍କାଳିଆ ବରଗଛ। ପିଣ୍ଡାରେ ବସି ସକାଳୁସଞ୍ଜ ପାନ କୁଟେ। କପାଲରେ ଥରଥର ହାତ ଯୋଡି କୁହେ – "ଉପରେ ଧର୍ମ ଅଛି। ଟିକନ, ଶଳା କେବେ ଧର୍ମ ହୁଡିବୁନି।"

ସେଇ ଧର୍ମକୁ ବୋଧେ ଦିନରାତି ଖୋଜେ। ଦିଶେ ପଢ଼ାବହିରେ ପଠାଣୀ ସାଆନ୍ତଙ୍କ ଛବି ପରି।

ଗାଁରୁ ଫେରିବା ଦିନ କେତେଲୋକ ଆମକୁ ବଳେଇଦେବାକୁ ସାଙ୍ଗରେ ଆସୁଥାନ୍ତି। ଆଗରେ ଜିନିଷପତ୍ର କାନ୍ଧେଇ ଭାରୁଆ। ତା ପଛେ ପଛେ ବାପା। ମାଇପୀ ମହଲରେ ବୋଉ ଗୋଟିଏ ଗୋଟିଏ ଚାଲିଥାଏ। ସବା ପଛରେ ମୁଁ। ମନେ ମନେ ବିନିଆପାକୁ ଖୋଜୁଥାଏ। ଏଇ ତ ତା'ଠାକୁର ପୂଜା ବେଲ। ସମସ୍ତଙ୍କ ଉପରେ ରାଗ ହେଉଥାଏ। କେମିତିଆ ବେଲ ଦେଖି ଘରୁ ବାହାରିଲେ କେଜାଣି? ବିନିଆପା ସାଙ୍ଗରେ ଦେଖାହେବ କି ନାହିଁ କିଏ ଜାଣେ? ପୁଣି କେବେ ଯାଇ ଗାଁକୁ ଆସିଲେ ସିନା ଦେଖାହେବ ବିନିଆପା।

ବରଗଛ ଓହଲ ତଲେ ମୋତେ ଅପେକ୍ଷା କରି ସେ କିନ୍ତୁ ଠିଆ ହୋଇଥିଲା। ମୁଁ ତା'ପାଖକୁ ଛୁଟିଗଲି। କହିଲି, ଯାଉଛି ଅପା। ମୁଣ୍ଡ ଲଗେଇ ପ୍ରଣାମ କରିବାକୁ ନଇଁ ପଡୁଥିଲି। ସେ ମୋତେ ଛାତିରେ ଜାକି ଧରିକହିଲା – ମୋ ଧନ! ମୋ ସୁନା!

ମୋ ମୁଣ୍ଡରେ ମୁହଁରେ ମେଘ ଟୋପା ପରି ଲୁହ ଝରିପଡି ଛାତି ଉପରକୁ ନିଗିଡି ଆସୁଥାନ୍ତି। ବାରି ପାରୁ ନଥାଏ କେଉଁ ଟୋପା ଲୁହ ମୋର, ଆଉ କେଉଁ ଟୋପା ବିନିଆପାର। ମୋ ହାତରେ ଗୋଟିଏ ନୀଲପଥର ବସା ମୁଦି ପିନ୍ଧେଇ ଦେଇ ସେ କହିଲା – ଯା'ରେ ଧନ, ସୁଖରେ ଥା'। ତା'ପରେ ଜମା ପଛକୁ ନ ଚାହିଁ ସେ ଏକମୁହାଁ ଫେରିଗଲା।

ସୁଧୀଜନେ, ଏ କାହାଣୀ ଏଇଠି ସରିବା କଥା । ହେଲେ, ଯାହା ଯେଉଁଠି ସରିବା କଥା, କ'ଣ ସରେ ?

ବର୍ଷେ ଖଣ୍ଡେ ପରେ ଶୁଣିଲି, ବିନିଅପା ଦେହରେ ଠାକୁରାଣୀ ଅବତରିଲା ବେଳେ ନଖିଜେଜ ଦିନେ ତା ଗୋଡ ତଳେ ଲମ୍ବ ହୋଇ ପଡି ଗୁହାରି କଲା, ମୋର ଆଉ କେଇ ଦିନ ମା ? ମା ଛେଉଣ୍ଡ ଝିଅଟା ! କ'ଣ କାଲକାଲକୁ ବାତୁଆ ରହିବ ?

ରାଣ ଦେଲା ପରି ତା ପରଦିନଠାରୁ ଠାକୁରାଣୀ ଛାଡିଗଲେ । ବିନିଅପା ଦେହରୁ ଠାକୁରାଣୀ ଛାଡି ଗଲେ ସିନା । ହେଲେ ଠାକୁରାଣୀ ଅବତରିଥିବା ଝିଅକୁ ବାହା ହେବ କିଏ ? ଆହା, ବେଶ ପୋଷାକ ଉତାରି ଦେଇଥିବା ଯାତରା ପାର୍ଟିର ରାଣୀ ଭଳି କେଡ଼େ ହତଶିରୀ, କେଡେ ହୀନମାନୀ ଦିଶୁଥିବ ବିନିଅପା ! ହାରାମୀ ନଖିଜେଜ ଏମିତି କାହିଁକି କଲା ? ସମସ୍ତେ ଦଗା ଦେବାକୁ ଏଡ଼େ ବଡ଼ ଦୁନିଆରେ ମଣିଷ ବୋଲି କ'ଣ ସେଇ ଜଣେ !

ପରେ ଦିନେ ବୋଉ ବାପାଙ୍କୁ କହୁଥିବାର ଶୁଣିଲି, ଏ ବିନିଟାର ଆମର ବୁଦ୍ଧିଶୁଦ୍ଧି କ'ଣ ବା ! କାଲେ ଠାକୁରାଣୀ ସାଜି ହୁକୁମ ଦେଉଥିଲା । ଶେଷକୁ ବରୁଜା ସାମଲ ଭଳିଆ ଛତରା ସାଙ୍ଗରେ ପଳେଇଲା ।

XXX XXX XXX

ବହୁତ ବହୁତ ବର୍ଷ ପରେ ଦିନେ ଶୁଣିଲି, ବିନିଅପା କଟକରେ ଘର ଭଡ଼ା ନେଇ ରହୁଛି । ଖବରଟା ପାଇ ଦରବୁଢ଼ା ବୟସରେ ଅକସ୍ମାତ ମୁଁ ଯେମିତି ବାଲୁତ ପାଲଟିଗଲି । କାମଦାମ, ଘରଦ୍ୱାର, ଛୁଆପିଲା ସବୁ ପଛରେ ପକେଇ କେଉଁ ଆଶାରେ କେଜାଣି କଟକ ଧାଇଁଲି । ଶୁଣିଥିଲି ମଦ ପିଇପିଇ ବରୁଜା ସାମଲକୁ ଟି.ବି. ଧରିଲାଣି । ସିଲେଇ ମେସିନ୍ ଖଣ୍ଡେ ପକେଇ ବିନିଅପା ତାକୁ ପୋଷୁଛି । ମହାନଦୀ ପୋଲ ପାଖରେ କେଉଁଠି ଘରଭଡ଼ା ନେଇ ରହୁଛନ୍ତି ସେମାନେ । ପଇସାପତ୍ର ଯାହା ଅଡ଼ୁଛି, ବରୁଜାର ମଦ ପାଣିକୁ ନିଅଣ୍ଟ ।

ବାଟସାରା ଭାବି ଭାବି ଆସିଥାଏ - ତା ନୀଲପଥର ବସାମୁଦି ତାକୁ ଫେରାଇ ଦେବି । ଜୀବନରେ ଯେତେବେଳେ ଯାହା ତାକୁ ମାଗିଛି - ଚାକିରୀ, ପ୍ରମୋସନ, ଜମିକିଣା, ଘରତୋଳା, ଝିଅ ବା'ଘର, ପୁଅଚାକିରୀ - କେବେ ନିରାଶ ହୋଇନି । କହିବି - ମୋର ଆଉ କିଛି ଲୋଡ଼ା ନାହିଁ ଅପା । ଜୀବନରେ ଯାହା ଯେତିକି ମୋତେ ଦେଇଛୁ ସେଥିରେ ମୋ ଥାଳ ପୂରି ଯାଇଛି । ଏ ମୁଦି ଏଣିକି ତୋ'ପାଖରେ ଥାଉ ।"

ମହାନଦୀ ପୋଲ କଡ଼ରେ ଗୋଟାଏ ଡେଙ୍ଗା ତାଳଗଛ ତଳେ ବିନିଅପାର ବଖୁରିକିଆ ଭଡ଼ାଘର । ପିଣ୍ଡାରେ ମେସିନ ଖଣ୍ଡେ ପକେଇ ସେ ପୁରୁଣା ଜାମା, ପ୍ୟାଣ୍ଟ

କେତେଖଣ୍ଡ ରଫୁ କରୁଥାଏ । ମୁଁ ପ୍ରଣାମ କରି ଠିଆହେଲି । ମେସିନ୍ ଉପରୁ ମୁଣ୍ଡ ଉଠେଇ ସେ ମୋତେ ଅଚିହ୍ନା ଆଖିରେ ଚାହିଁଲା ।

ମୁଁ ପଚାରିଲି, ମୋତେ ଚିହ୍ନିପାରୁନୁ ଅପା ? ମୁଁ ପରା ଟିକନ ।

ଦିନ ଦି'ପହରେ ଭୂତ ଦେଖିଲା ପରି ଚମକି ପଡ଼ି ବିନିଅପା ଚିକ୍ରାର କରି ଉଠିଲା – ଟିକନ ? କେଉ ଟିକନ ? ଟିକନଫିକନ ମୁଁ କାହାକୁ ଚିହ୍ନିନି । ତୁ ଏଠୁ ଯା ।"

ଆଖି ପିଛୁଲାକେ ଅନ୍ଧାରୁଆ ଘର ଭିତରକୁ ପଶିଯାଇ ସେ ଜୋରରେ ଟିଣ ତାଟିଟା କିଲିଦେଲା ।

ପାଲଭୂତ

ମିଶ୍ର ନର୍ସିଂ ହୋମର ରିସେପ୍ସନ୍ ହଲ୍ ସମ୍ପୂର୍ଣ୍ଣ ଏୟାର କଣ୍ଡିସନ୍ଡ୍। ପକ୍ଷାଘାତ ରୋଗୀର ହାତ ପରି ଗୋଟିଏ ପଙ୍ଖା। ତଥାପି କାହିଁକି ସ୍ଲୋ ମୋସନରେ ଘୁରୁଥିଲା କେଜାଣି ? ପଙ୍ଖାର ନିରୀହ ଦୋଲନ ଆଡ଼େ ଚାହିଁ ପ୍ରଶ୍ନଟାର ଉତ୍ତର ଖୋଜୁଥିଲେ ବାସୁଦେବ।

ଡଃ ମିଶ୍ର ଅପରେସନ୍ ଥ୍ୟଏଟରରୁ ଫେରିବାକୁ ଆହୁରି ତିନି ଘଣ୍ଟା ଡେରି।

ଆଃ ପ୍ରତୀକ୍ଷାର ଏହି ପ୍ରଲମ୍ବିତ କ୍ଲାନ୍ତି !

ଅନ୍ତତଃ ଏଇ ସମୟ ତକ ହୋଟେଲରେ ଶୋଇଶୋଇ କଟାଇ ଦେଇ ପାରିଥିଲେ ଭଲ ହୋଇଥାନ୍ତା। କିନ୍ତୁ ଅପରାହ୍ନ ତିନିଟାରେ ଥିଲା ଆପଏଣ୍ଟମେଣ୍ଟ। କ୍ଲାନ୍ତିରେ ଭାଙ୍ଗି ପଡ଼ିବା ପୂର୍ବରୁ ତାଙ୍କର ଆଖି କାନ୍ଥରେ ଟଙ୍ଗା ହୋଇଥିବା ଗୋଟିଏ ଅଏଲପେଣ୍ଟିଂ ଉପରେ ସ୍ଥିର ହୋଇଗଲା।

ଛବିରେ ପଟେ ଶାଣିତ ତରବାରୀ ପରି ତାଙ୍କ ଆଡ଼କୁ ପଛ କରି ଠିଆ ହୋଇଛି ସଦ୍ୟସ୍ନାତା ତରୁଣୀଟିଏ। ଏଲୋ ଅକର ଉପରେ ବଣ୍ଟସାଇନୋର ସେଡ୍ ଦେଲାବେଳେ ଶିଳ୍ପୀ ଜାଣିଶୁଣି ବ୍ରସର ସ୍ଟ୍ରୋକ୍ ଗୁଡ଼ାକୁ ବର୍ତ୍ତୁଲ ଆଉ ଗଭୀର କରି ଦେଇଛନ୍ତି।

ଦୁନିଆରେ ଶିକ୍ଷିତା ଆଖ୍ଟାରୁ ଅଧିକ ମାରାତ୍ମକ ବିସ୍ଫୋରକ କିଛି ନାହିଁ ବୋଧେ । ଆଡ୍‌ମିନିଷ୍ଟେଟିଭ୍ ଚାକିରିରେ ପଶି ନଥିଲେ ସେ ହୋଇଥାନ୍ତେ ଜଣେ ଆର୍ଟିଷ୍ଟ ।

ଗୋଟିଏ ଗଭୀର ଦୀର୍ଘଶ୍ୱାସ ତାଙ୍କର ହୃଦୟକୁ ଦଳିତ ମଥିତ କରି ରିସେପ୍‌ସନ୍ ହଲର ଶ୍ମଶାନିତ ନୀରବତା ମଧ୍ୟରେ ହଜିଗଲା । ପଞ୍ଝାର ଛାଇଟା ଛବି ଖଣ୍ଡକ ଉପରେ ଲ୍ୟାଣ୍ଟର ଚନ୍ଦ୍ର ଚାଲନା ପରି ଧୀରେ ବୁଲି ଆସିଲା ବେଳେ ତରୁଣୀ ଅଙ୍ଗର ରେଖା ସବୁ ହୋଇ ଉଠୁଥିଲେ ଆହୁରି ଉସ୍ଥୀଡ଼କ ।

କିନ୍ତୁ ଡ଼କ୍ଟର ମିଶ୍ରଙ୍କ ପରି ଜାତୀୟ ଖ୍ୟାତି ସମ୍ପନ୍ନ କ୍ୟାନ୍‌ସର ସ୍ୱେଶାଲିଷ୍ଟଙ୍କ ଅଭ୍ୟର୍ଥନା କକ୍ଷରେ ଛବି ଖଣ୍ଡକ ଲାଗୁଥିଲା ଏକ ପ୍ରଚଣ୍ଡ ବିରୋଧାଭାସ ପରି ।

ଡ଼କ୍ଟର ମିଶ୍ରଙ୍କର ରୁଚି ଅଛି ନିଶ୍ଚୟ । ସେହି ପ୍ରଥମ ଦେଖାରୁ ହିଁ ବାସୁଦେବ ଅନୁମାନ କରି ପାରିଥିଲେ । ସେଦିନ ତାଙ୍କର କେସ୍ ହିଷ୍ଟ୍ରୀ ଡ଼କ୍ଟର ମିଶ୍ର ନୀରବରେ ପଢ଼ିଲା ବେଳେ ଉତ୍କଣ୍ଠାରେ ଫାଟି ପଡ଼ୁଥିଲେ ସେ । ନିଃଶ୍ୱାସ ବନ୍ଦକରି ଯେପରି ଅପେକ୍ଷା କରି ରହିଥିଲେ ଗୋଟାଏ ପ୍ରଚଣ୍ଡ ବିସ୍ଫୋରଣକୁ । ଉଦ୍‌ବେଗକୁ ଚାପିଦେବା ପାଇଁ ଛ୍ୱେପ ଢୋକି ନେଲାବେଳେ ତାଙ୍କର ଘଣ୍ଟିକାଟା ଅଶ୍ଲୀଲ ମୁଦ୍ରାରେ ନାଚି ଉଠୁଥିଲା । ବେକ ମୂଳରେ ଦୁଇଟା ଶିରା ଫୁଲି ଫାଟିଗଲା ପରି ଲାଗୁଥିଲା ।

ବହୁ ସମୟ ଧରି ଡ଼କ୍ଟର ମିଶ୍ର କାଗଜପତ୍ର ଘଣ୍ଟା ଚକଟା କଲେ । ସ୍କାନିଂ ଓ ବାଇଓପ୍‌ସି ରିପୋର୍ଟ କାଢ଼ି ବାରମ୍ବାର ଦେଖିଲେ । ପ୍ରେସକ୍ରିପ୍‌ସନ୍ ପ୍ୟାଡ଼୍ ଉପରେ ଗୋଟାଏ ଦୁର୍ବୋଧ ଚିତ୍ର ଆଙ୍କିଲେ । ମନକୁ ମନ ମୁଣ୍ଡ ହଲାଇଲେ ।

ବାସୁଦେବ ଭାବିଲେ କଥାଟା ଆରମ୍ଭ କରିବାକୁ ଡ଼କ୍ଟର ମିଶ୍ର ନିଶ ଉପରେ ପେନ୍ ସାଉଁଲେଇ କିଛି ଗୋଟାଏ ଉପାୟ ଚିନ୍ତା କରୁଛନ୍ତି । କିନ୍ତୁ ହଠାତ୍ ଫୋନଟା ବାଜି ଉଠିବାରୁ ଉଭୟଙ୍କର ଏକାଗ୍ରତା ଭାଙ୍ଗିଗଲା ।

'ପ୍ଲିଜ ସେଣ୍ଡ ହିମ୍' ମାତ୍ର ପଦିଏ କଥା କହି ଫୋନ୍ ରଖିଦେଲେ ଡ଼କ୍ଟର ମିଶ୍ର । ସିଧା ହୋଇ ବସିଲେ ଏବଂ ସଲକ୍ଷ ଚାହିଁଲେ ବାସୁଦେବଙ୍କ ମୁହଁକୁ । ଚରମ ଉଦ୍‌ଘୋଷଣାଟି ଶୁଣିବା ପାଇଁ ନିଜକୁ ପ୍ରସ୍ତୁତ କଲାବେଳେ ବାସୁଦେବ ଗୋଟାପଣେ ଝାଳରେ ଗାଧୋଇ ପଡ଼ିଲେ ।

'ଆପଣ, ଆସନ୍ତା କାଲି ଆଉଥରେ ବାଇଓପ୍‌ସି କରାନ୍ତୁ ଏଠି ।'

ଆଉ କିଛି କହିବା ପୂର୍ବରୁ ଇଣ୍ଟରକମ୍‌ରେ କାହାର ଜରୁରୀ ଡାକରା ପାଇ ସେ ଉପର ମହଲାକୁ ଦ୍ରୁତ ପଦରେ ଉଠିଗଲେ ।

ଆଜି ବସିବସି ବାସୁଦେବ ସେ ଦିନର ଘଟଣା ଓ ଡ଼କ୍ଟର ମିଶ୍ରଙ୍କର ଚେହେରା ମନେ ପକାଇବାକୁ ଚେଷ୍ଟା କରୁଥିଲେ ।

ନ୍ୟାଭିବ୍ଲୁ ପ୍ୟାଣ୍ଟ ଓ ସ୍ୟାଣ୍ଡ କଲରର ଖଣ୍ଡେ ଡୋରିଆ ଟି-ସାର୍ଟ ଭିତରେ ବେଶ୍ ମାର୍ଜିତ ଦିଶୁଥିଲେ ଡଃ ମିଶ୍ର। କଥାବାର୍ତ୍ତା ପରି ପୋଷାକ ପତ୍ରରେ ମଧ୍ୟ ମିତାଚାରୀ ସେ। ମୋଟାମୋଟା ଲେନ୍ସ ତଲେ ତାଙ୍କ କଳା ଘୁମ୍ବର ଆଖି ଦୁଇଟା କିନ୍ତୁ ଚକାଡୋଲାଙ୍କ ପରି ଅସମ୍ଭବ ଭାବେ ସ୍ଥିର ଆଉ ନିଷ୍କଳ। ଜୀବନର ସମସ୍ତ ବିଡ଼ମ୍ବନା ଭିତରେ ସେ ଆଖି ଦୁଇଟି ରହୁଥିବ ଏମିତି ନିର୍ବାକ ଓ ନିସ୍ତବ୍ଧ ହୋଇ।

ଅଥଚ ତାଙ୍କ ପାଦ ଦୁଇଟା କିଶୋରୀର ପାଦ ପରି ଏତେ କୋମଳ ଆଉ ମୁଲାୟମ୍ କିପରି! ସେଥିରେ ଦୁଇପଟ ହାଲୁକା ହାଓ୍ୱାଇ ଚପଲ। ବାଁ ହାତଟା ଡଃ ମିଶ୍ର କେଜାଣି କାହିଁକି ବେଶୀ ବ୍ୟବହାର କରନ୍ତି।

ରିସେପ୍ସନ୍‌ର ଦରଜା ଠେଲି ଭିତରକୁ ପଶି ଆସିଲେ ଗୋଟିଏ ଦମ୍ପତି। ବାସୁଦେବଙ୍କ ଭିତରେ ଯେମିତି ଗୋଟାଏ ଭୂମିକମ୍ପ ସୃଷ୍ଟି ହେଲା। ପ୍ରଥମେ ଯେଉଁଦିନ ବାଇଓପ୍ସିରେ କ୍ୟାନ୍ସରର ପଜିଟିଭ୍ ରିପୋର୍ଟ ଆସିଥିଲା; ସେଦିନ ମଧ୍ୟ ନିଜ ଭିତରେ ଏମିତି ଏକ ହୃତ୍‌କମ୍ପ ସେ ଅନୁଭବ କରିଥିଲେ। ଏଥର କିନ୍ତୁ ମାରାତ୍ମକ ଭୂମିକମ୍ପ।

ଚପଲ ପ୍ରଜାପତି ପରି ଡେଣା ମେଲାଇ ଘୁରିବୁଲୁଥିବା ଏ ଦମ୍ପତି ଭିତରୁ କିଏ କ୍ୟାନ୍ସରର ଶୀକାର?

ସ୍ୱାମୀ ନା ସ୍ତ୍ରୀ?

ପୁରୁଷ ନା ନାରୀ?

ଏକ ଉତ୍ପୀଡ଼କ ଜିଜ୍ଞାସାରେ ତାଙ୍କର ମୁଣ୍ଡ ଭିତରଟା ବିବ୍ରତ ହୋଇ ପଡ଼ିଲା। ସେମାନଙ୍କ ପଛେ ପଛେ ସେ ରିସେପ୍ସନ୍ କାଉଣ୍ଟର ପାଖକୁ ଉଠିଗଲେ।

ସେମାନଙ୍କୁ କିଛି କହିବା ପୂର୍ବରୁ ରିସପ୍ସନିଷ୍ଟ ତରୁଣୀଟି କହିଲା, "ଆପଣ ସାର୍, ବୋର୍ ହୋଇଗଲେଣି ବୋଧେ। ବରଂ ଟିକେ ବାହାରେ ବୁଲି ଆସନ୍ତୁ। ଅନ୍ତତଃ ଦୁଇ ଘଣ୍ଟା ପୂର୍ବରୁ ଡକ୍ତର ବାହାରିବାର କୌଣସି ସମ୍ଭାବନା ନାହିଁ। ଭିତରେ ଗୋଟାଏ ମେଜର ଅପରେସନ ଚାଲିଛି।"

ସେଠାରେ ଆଉ ଅପେକ୍ଷା କରିବାର ଉପାୟ ନଥିଲା। ନିଜ ବସିବା ସ୍ଥାନକୁ ବାଧ୍ୟ ହୋଇ ଫେରିଆସିଲେ ସେ। ଅପରେସନ୍ କଥାଟା ଶୁଣିଲା ବେଳୁ ତାଙ୍କ ଛାତି ଭିତରେ କିଏ ଯେପରି ହାତୁଡ଼ି ପିଟିବା ଆରମ୍ଭ କରି ଦେଇଥିଲା।

କାଉଣ୍ଟର ପ୍ରୋଜେକସନ ଉପରେ ଠିଆ ହୋଇଥିବା ଟେରାକୋଟାର ପ୍ରକାଣ୍ଡ ହାତୀ ଉପରେ ଦେହକୁ ଢାଲିଦେଲା ପରି ଠିଆ ହୋଇଥିଲା ତରୁଣୀଟି। ସ୍ୱାମୀ ତା'ର ନଈଁପଟି ରିସେପ୍ସନିଷ୍ଟ ସହ କଣ କଥାବାର୍ତ୍ତା ହେଉଥିଲା। ଗୋଟାଏ ଅନିବାର୍ଯ୍ୟ

ଜିଜ୍ଞାସାରେ ଫାଟି ପଡ଼ୁପଡ଼ୁ ମନକୁ ମନ ସାନ୍ତ୍ୱନା ଦେଲେ ବାସୁଦେବ – "ନା, ଏମାନଙ୍କର କେହି ସଂପର୍କୀୟ ହୋଇଥିବ ବୋଧେ।"

ମୃତ୍ୟୁକୁ ଅସ୍ୱୀକାର କରିବାର ଇଚ୍ଛା ତାଙ୍କର ପ୍ରବଳତର ହୋଇ ଉଠୁଥିଲା। ତମାମ ଜୀବନ ସେ କେବେ ବି ମୃତ୍ୟୁକୁ ସ୍ୱୀକାର କରି ନାହାନ୍ତି। ଅପରାଜେୟ ଦମ୍ଭ ଭିତରେ ପରାଜୟକୁ ଚିରଦିନ ଘୃଣାକରି ବଂଚି ଆସିଛନ୍ତି ସେ। ବ୍ରତଚାରିଣୀ ପତ୍ନୀ ଚାରୁଲତାଙ୍କର ଉପବାସୀ ଚେହେରାକୁ ଦେଖି ଅଟ୍ଟହାସ୍ୟ କରି ଉଠିଛନ୍ତି ହୋ' ହୋ' ହୋଇ। ସକାଳ ସନ୍ଧ୍ୟାରେ ମୁହଁରେ ଦୁଇଥର ରେଜର ଘୁରାଇଛନ୍ତି। ଥ୍ରୀ-ପିସ୍ ସାହେବୀ ପୋଷାକରେ ଅଫିସ୍ ଯାଇଛନ୍ତି। ଜୋତାରେ ମୁହଁ ଦେଖା ନଗଲେ ଅର୍ଦ୍‌ଲି ମୁହଁ ଉପରକୁ ଫିଙ୍ଗିଛନ୍ତି। ସ୍ମାର୍ଟ, ପଙ୍କଚୁଆଲ୍, ଅନେଷ୍ଟ, ଡିସିପ୍ଲିନ୍‌ଡ ଆଇ.ଏ.ଏସ୍. ବାସୁଦେବ ପାତ୍ରର ପରିଚୟ ଭିତରେ ଚିରକାଳ ରହିବାରେ ହିଁ ତାଙ୍କର ଆତ୍ମ-ସନ୍ତୋଷ।

ବତିଶ ବର୍ଷ ଚାକିରି ଭିତରେ ବେକର ଚାଇନଟ୍ ହୁଗୁଲା ହେବାର କେହି କେବେ ଦେଖିନାହାନ୍ତି।

ଅଥଚ ଆଜି କ୍ୟାନସର ସ୍ପେଶାଲିଷ୍ଟ ଡକ୍ଟର ମିଶ୍ରଙ୍କ ଅଭ୍ୟର୍ଥନା କକ୍ଷରେ ସେ ବସି ରହିଛନ୍ତି ନିହାତି ଅପାଙ୍କ୍ତେୟଙ୍କ ପରି।

ଜୀବନ ଏମିତ   କାନମୋଡ଼ି ଅନେକ କଥା ଶିଖାଇଦେଇଥାଏ। କାହାକୁ କେବେ ଅପେକ୍ଷା କରିବାର ଧୈର୍ଯ୍ୟ ତାଙ୍କର ନଥିଲା। ତେଣୁ ଅଫିସରେ   କାହାର ସାମାନ୍ୟ ବିଳମ୍ବ ଦେଖିଲେ ସେ କ୍ରୋଧରେ ଫାଟି ପଡ଼ି ହିତାହିତ ଭୁଲିଯାଉଥିଲେ। ତାଙ୍କ କଲିଂ ବେଲର ଶବ୍ଦ ଶୁଣିଲେ ଚପରାଶୀ ଠାରୁ ଜଏଣ୍ଟ ସେକ୍ରେଟାରୀ ପର୍ଯ୍ୟନ୍ତ ଥରି ଉଠୁଥିଲେ। ଅଣନିଶ୍ୱାସୀ ହୋଇ ଦୌଡ଼ି ଆସୁ ଆସୁ ଝୁଣ୍ଟି ପଡ଼ୁଥିଲେ ପଞ୍ଚାବନ ବର୍ଷର ବଡ଼ବାବୁ ନୀଳାମ୍ବର ରଥ। କଚ୍ଛା ଖୋଲି ତଳେ ଲୋଟୁଥିଲା। ହସଟାକୁ ନିଜ ଭିତରେ ଚାପିନେଇ ବାସୁଦେବ ଗର୍ଜି ଉଠୁଥିଲେ – "ହୋପଲେସ୍।"

ଏଥିପାଇଁ ବି କମ ମୂଲ୍ୟ ଦେବାକୁ ପଡ଼ିନି ତାଙ୍କୁ। ଚରିତ୍ର ପଞ୍ଜିକାରେ ସବୁ ସୁନାମ ସତ୍ତ୍ୱେ ବାରମ୍ବାର ମନ୍ତବ୍ୟ ଦିଆଯାଇଛି – 'ଇମ୍ପେସେଣ୍ଟ'ର।

ରିସେପସନ୍ କାଉଣ୍ଟର ପାଖରୁ ଫେରି ଦମ୍ପତିଟି କେତେବେଲୁ ତାଙ୍କ ପାଖ ସୋଫାରେ ବସିଲେଣି। କାଚ ଫ୍ରେମ ଅଣ୍ଟା କାଉଣ୍ଟର ଭିତରୁ ରିସେପସନିଷ୍ଟ ତରୁଣୀଟି ଦିଶୁଛି ଆଉ ଖଣ୍ଡେ ଅଏଲ୍ ପେଣ୍ଟିଂ ପରି। ନିବିଷ୍ଟ ଚିଉରେ କଣ ଗୋଟାଏ ମାଗାଜିନ୍ ପଢ଼ୁଛି ସେ। ଚିର ଅଭ୍ୟସ୍ତ ବ୍ୟବସାୟିକ ହସର ମିପାରୁପୋ ଧାରଟିଏ କିନ୍ତୁ ଅଲକ୍ଷ୍ୟରେ ଲାଗି ରହିଛି ଓଠର ଉପାନ୍ତରେ   ।

ବାସୁଦେବ ଭାବିଲେ ତା' ପାଖକୁ ଉଠିଯାଇ କିଛି ସମୟ ଗପିଲେ ମନ ସୁଠୁଆନି।

ହୁଏତ ତାଙ୍କର ରିପୋର୍ଟ ସଂପର୍କରେ ସେ କିଛି ଜାଣିଥିବା କିନ୍ତୁ ପରମୁହୂର୍ତ୍ତରେ ନିଜର ଅଦ୍ୟମ ଇଚ୍ଛାକୁ ନିଜ ଭିତରେ ଜୋର କରି ଚାପି ଦେଲେ ସେ।

ବ୍ୟାକୁଳିତ ଇଚ୍ଛାମାନଙ୍କୁ ଏମିତି ନିର୍ମମ ହତ୍ୟା କରିବାରେ ହିଁ ଥାଏ ପୌରୁଷତ୍ୱ।

ସେଥିପାଇଁ ଜୀବନର ବହୁ ଆନନ୍ଦ ବିହ୍ୱଳ ମହାର୍ଘ ମୁହୂର୍ତ୍ତମାନଙ୍କରେ ସେ ଅଯଥା ମୁହଁ ଗମ୍ଭୀର କରି ବସିରହନ୍ତି। କୌଣସି କରୁଣ ଦୃଶ୍ୟରେ କାତର ହୋଇ ଲୁହ ବୋହିଯିବାର ଆଶଙ୍କାରେ, ବାଧ୍ୟ କରି ଆଖି ଦୁଇଟିକୁ ଅନ୍ୟଆଡ଼େ ବୁଲାଇ ନେଇଛନ୍ତି। କାହାକୁ ପଦେ ସମବେଦନା ଜଣାଇବା ପାଇଁ ତାଙ୍କର କଣ୍ଠରୁଦ୍ଧ ହୋଇଯାଇଛି। ସବୁ ପରିସ୍ଥିତିରେ ସେ ଚାହାନ୍ତି ନିଜକୁ ସ୍ୱତନ୍ତ୍ର ଓ ଅବିଚଳିତ କରି ରଖିବାକୁ।

ବାଇଓପ୍ସି ରିପୋର୍ଟ ମିଳିବା ପରେ ତେଣୁ ସେ ନିଜକୁ ଥରଟିଏ ହେଲେ ବି ସମବେଦନା ଦେଖାଇ ପାରି ନଥିଲେ। ତାଙ୍କୁ ଲାଗିଥିଲା – ସମସ୍ତେ ଯେପରି ତାଙ୍କ ମୁହଁର ପ୍ରତିକ୍ରିୟା ପଢ଼ିବାକୁ ଉତ୍କଣ୍ଠିତ ହୋଇ ଚାହିଁ ରହିଛନ୍ତି। ଦୁଃଖ କିମ୍ବା ପରାଜୟର ସାମାନ୍ୟତମ ସୂଚନାରେ ଯଦି ତାଙ୍କର ଗମ୍ଭୀର ମୁହଁ ଆଜି କୁଣ୍ଠିତ ହୋଇଉଠେ, ସମସ୍ତେ ହୋହୋ ହସରେ ଫାଟି ପଡ଼ି କୁହାକୁହି ହେବେ – 'ହଇରେ ଦେଖ। ବାସୁଦେବ ପାତ୍ରର ଆଖି ଏତେ ଦିନେ ଭାଙ୍ଗିଛି।'

ନିଜର ସବୁ ଉତ୍କଣ୍ଠା ଓ ବ୍ୟାକୁଳତାକୁ ତେଣୁ ସେ ନିଜ ଭିତରେ ଅଣନିଶ୍ୱାସୀ ହୋଇ ଚାପି ଦେଇଥିଲେ। ବାହାରକୁ ଦେଖାଇଥିଲେ – କିଛି ହୋଇନି! ବାସୁଦେବ ପାତ୍ର ଠିକ୍ ଅଛି। ନିଜ ସ୍ଥିତିରେ ଦୃଢ଼, ନିଶ୍ଚିତ।

ବାଇଓପ୍ସି କରିଥିବା ଡାକ୍ତରଙ୍କୁ କଥାଟାକୁ ଗୁପ୍ତ ରଖିବାକୁ ସେ ପ୍ରଥମରୁ ଅନୁରୋଧ କରିଥିଲେ। ଅନ୍ୟମାନଙ୍କର ସହାନୁଭୂତି ତାଙ୍କ ପାଇଁ ଅସହ୍ୟ। ମୃତ୍ୟୁ ଠାରୁ ବି ଯନ୍ତ୍ରଣାପଦ। କିନ୍ତୁ କଥାଟା କେମିତି ପ୍ରଘଟ ହୋଇଗଲା କେଜାଣି?

ନିଜର ବ୍ୟକ୍ତିଗତ ବ୍ୟାପାର ସଂପର୍କରେ ସର୍ବଦା ନୀରବ ସେ। ଏପରିକି ଚାରୁଲତା ବି ତାଙ୍କ ଇଚ୍ଛା, ଦୁଃଖ, ଆବେଗ କିମ୍ବା ଆନନ୍ଦର ସନ୍ଧାନ ପାଇ ନଥାନ୍ତି ଅନେକ ସମୟରେ। ଅଥଚ ସହରଟା ସାରା କ୍ୟାନସର ଖବର ସଂକ୍ରମିତ ହୋଇଗଲା ନୀରବରେ।

ମୁହଁ ଖୋଲି କିଛି ନପଚାରିଲେ ବି ଚାରୁଲତା ଅସମ୍ଭବ ଭାବେ ଗମ୍ଭୀର ହୋଇପଡ଼ିଥିଲେ। ଦାମ୍ପତ୍ୟ ଜୀବନର ଦୀର୍ଘ ତିରିଶ ବର୍ଷ ଭିତରେ ତାଙ୍କୁ ଆଉ କେବେ ଏତେ ଗମ୍ଭୀର ହେବାର ଦେଖି ନଥିଲେ ବାସୁଦେବ। ବର୍ଷିବାକୁ ଥିବା ମେଘଖଣ୍ଡେ ଯେପରି ଗୁମ୍ମାରି ଓହଲି ପଡ଼ିଛି ଆକାଶରୁ।ତା'ର ଅନ୍ଧାରରେ ତ୍ରସ୍ତ ହୋଇ ପଡ଼ିଛି

ସମଗ୍ର ପୃଥିବୀ। ଯେ କୌଣସି ମୁହୂର୍ତ୍ତରେ ବର୍ଷ ଯିବାର ସମ୍ଭାବନା। ଅଥଚ ନ ବର୍ଷ ଓହ୍ଲି ରହିଛି।

ବର୍ଷ ଯାଉଥିବା ମେଘ ଖଣ୍ଡକୁ ସହି ହୁଏ। ଉପଭୋଗ କରିହୁଏ ତାର ଝରିଯାଉଥିବାର ସଂଗୀତ। କିନ୍ତୁ ବର୍ଷୋନ୍ମୁଖୀ ମେଘର କ୍ଵାଳ ଦୁର୍ବିସହ!

ଚାରୁଲତାଙ୍କୁ ଏ ଖବର ଦେଲା କିଏ? ବାଁ ପଟ ସୋଫାରେ ଝିଅଟିର ଅସ୍ଫୁଟ ଚିକ୍କାରରେ ତାଙ୍କର ଭାବନାର ଖିଅ ହଜିଗଲା। ମା' କାନ୍ଧରେ ମୁଣ୍ଡ ଲଦି ବସିଛି କୋଡ଼ିଏ, ବାଇଶ ବର୍ଷର ଝିଅଟି। ବ୍ୟାଧିବିଦୀର୍ଣ୍ଣ ଦେହରେ କ୍ଷୀଣ ସଂକେତ କେବଳ ମଝିରେ ମଝିରେ ଯନ୍ତ୍ରଣା ବିରୁଦ୍ଧରେ ତା'ର ଅସ୍ଫୁଟ ପ୍ରତିବାଦ। ମରୁବାଲିର ପାଣ୍ଡୁର ଦିଗନ୍ତରେ କ୍ଷୀଣସ୍ରୋତା ମରୁନଦୀ ବିଲୁପ୍ତ ହୋଇଗଲା ପରି ଜୀବନ ହଜିଯାଇଛି କେଉଁଠି। ଶୁଖିଲା କୋବିପତ୍ର ପରି ମଳିନ କୁଞ୍ଚିତ ଦେହକୁ ମା'ର ହାତ ସାଉଁଲେଇ ନେଉଛି ରୌଦ୍ର ଦଗ୍ଧ ଅପରାହ୍ନର ଅପ୍ରତ୍ୟାଶିତ ଅସରାଏ ବର୍ଷା ପରି। କାଗଜ ଖୋଲ ପରି ତଳକୁ ଓହ୍ଲି ପଡ଼ିଛି ସାଲୁଓ୍ଵାରର ଗୋଡ଼ ଦୁଇଟି।

ଉଭୟ ନୀରବ। କିନ୍ତୁ ତା'ରି ଭିତରେ ବି ଯେମିତି ଦୁହେଁ ବୁଝୁଛନ୍ତି ଦୁହିଁଙ୍କର ଭାଷା। ଜଣେ ବାତ୍ୟା ବିଧ୍ଵସ୍ତା ବନସ୍ପତି। ଆଉ ଜଣେ ତାକୁ ଜାବୁଡ଼ି ଧରିଥିବା ସଂତ୍ରସ୍ତା ଧରିତ୍ରୀ।

ବାସୁଦେବଙ୍କର ମନେହେଲା – ସୃଷ୍ଟିର ପ୍ରାରମ୍ଭକୁ ବ୍ୟାଧି ଓ ବେଦନାର ମହାତାଣ୍ଡବ ଅସହାୟ ମାନବ ଶିଶୁକୁ ଯେତେବେଳେ ଏମିତି ବିଦୀର୍ଣ୍ଣ,ବିପର୍ଯ୍ୟସ୍ତ କରି ପକାଇଛି, ପୃଥିବୀ ଚିରନ୍ତନୀ ମମତାର ଫଣ୍ଡୁ ହୋଇ ତାକୁ ସାନ୍ତ୍ଵନାରେ ସାଉଁଲେଇ ଦେଇଛି – ସେ ମରି ହଜି ତା ଭିତରେ ମିଶିଯିବା ପର୍ଯ୍ୟନ୍ତ। ତା'ପରେ ପୁଣି ଥରେ ତାକୁ ଗଢ଼ିଛି ନୂଆ ରୂପରେ, ନୂଆ ବାଗରେ, ଯଂତ୍ରଣାର ମହାସ୍ରୋତ ଭିତରକୁ, ଆଉ ଥରେ ନିଷ୍ଠୁର ହାତରେ ଠେଲି ଦେଇ ସାନ୍ତ୍ଵନାର ନୂଆ ସଂଗୀତ ଶୁଣାଇବା ପାଇଁ।

ଏଇ କଣ ତା' ହେଲେ ଜନ୍ମାନ୍ତର ଦୁଃଖ?

ଏଠାରୁ ମୁକ୍ତି ପାଇବାର ନାମ କଣ ମୋକ୍ଷ? ନିର୍ବାଣ?

ଏହାରି ପାଇଁ କଣ ବୁଦ୍ଧଙ୍କ ଠାରୁ ଶଙ୍କରାଚାର୍ଯ୍ୟଙ୍କ ପର୍ଯ୍ୟନ୍ତ ସମସ୍ତଙ୍କର ବ୍ୟାକୁଳିତ ସାଧନା?

ଦର୍ଶନର ଏହି ଜଟିଳ ତତ୍ତ୍ୱକୁ କେବେ ପର୍ଯ୍ୟାଲୋଚନା କରିବାର ଅବକାଶ ଘଟିନାହିଁ ତାଙ୍କ ଜୀବନରେ। ଧର୍ମ କି ଦର୍ଶନ କଥା ପଡିଲେ, ତାଙ୍କର ମନେ ପଡ଼ନ୍ତି ବୁଢ଼ା ଜେଜେବାପା ଆଉ ତାଙ୍କର ଚନ୍ଦନ ଛିଟା ଲଗା ଗୀତା ବହିର ମସିଆ ମଲାଟ

ଅଥବା ତତ୍ତ୍ୱାନନ୍ଦ, ସ୍ୱରୂପାନନ୍ଦ, ଧର୍ମାନନ୍ଦଙ୍କ ପରି ଧର୍ମଗୁରୁମାନଙ୍କ ଯୌନ କେଲେଙ୍କାରୀକୁ ନେଇ ମାତୁଥିବା ଖବରକାଗଜର ବିତର୍କିତ ପୃଷ୍ଠା ।

ଥରେ କଲେକ୍ଟର ଥିବା ସମୟରେ ଗୁଢ଼ାଏ ଅଭିଯୋଗ ପାଇ ସେ ସେମିତି ଗୋଟିଏ ବାବାଙ୍କ ଆଶ୍ରମ ରେଡ୍ କରିଥିଲେ । କୌଣସି ସୂତ୍ରରୁ ଖବର ପାଇ ଶିଷ୍ୟଶିଷ୍ୟାମାନଙ୍କ ସହିତ ବାବା ତ ପୂର୍ବରୁ ଆଶ୍ରମ ଛାଡ଼ି ଚାଲିଯାଇଥିଲେ । ପଛରେ କିନ୍ତୁ ଛାଡ଼ିଯାଇଥିଲେ, ଗୁଢ଼ାଏ ଖାଲି ହ୍ୱିସ୍କି ବୋତଲ ଓ ଅବ୍ୟବହୃତ କଣ୍ଡୋମର ଜଞ୍ଜାଲ । ଯୋଗ ପଣ୍ଡିତ ସାଧନାର ନେପଥ୍ୟରେ ବାସୁଦେବ ସେଦିନ ଦେଖିଥିଲେ ଉଚ୍ଛୃଙ୍ଖଳ ଯୌନତାର ବିଭତ୍ସ ବ୍ୟଭିଚାର । ସେଇଦିନୁ ତାଙ୍କର ଧାରଣା – ସବୁ ବାବା, ସବୁ ଆନନ୍ଦ ଗୋଟାଏ ଗୋଟାଏ ହୋକସ୍ । ଗୋଟାଏ ଲେଖା ଧାର୍ମିକ ପ୍ରବଞ୍ଚନା ।

ଜେଜେବାପା ବି ଥିଲେ ସେମିତି ଆଉ ଗୋଟିଏ ପ୍ରବଞ୍ଚନା ।

ଘର-ଦ୍ୱାର, ନାତି-ନାତୁଣୀଙ୍କ ଦାରୋଟି ହସର ଜଞ୍ଜାଲ ଭିତରୁ ନିଜକୁ ଅଲଗା କରିନେଇ ଭାଗବତ ଘରେ ତାଙ୍କର ସମୟ ବିତୁଥିଲା ।ଏପରିକି ଜୀବନର ଶେଷ ଦୁଇମାସ ରୋଗ ଶଯ୍ୟାରେ ପଡ଼ି ବୁଢ଼ୀ ମା ଯେତେବେଲ ଚିତ୍କାର କରି ଉଠୁଥିଲା, ଜେଜେବାପା ସେତେବେଲେ ମାତି ରହୁଥିଲେ ଦଲେ ଗଞ୍ଜୋଡ଼ଙ୍କ ଖଞ୍ଜଣୀ ମାଡ଼, ପିଣ୍ଡବ୍ରହ୍ମାଣ୍ଡର ଦୁର୍ବୋଧତା ନ ହେଲେ ମାଲିକା ଚର୍ଚ୍ଚାରେ ।। ଯେଉଁ ଦେହକୁ ଛିନ୍ନବିଦୀର୍ଣ୍ଣ କରି ଏତେଦିନ ସେ ବଞ୍ଚିଆସିଥିଲେ, ତାକୁ ଶୁଖିଲା ପାନ ଶିଠା ପରି ଥୁ, ଥୁ ଦୂରକୁ ଫିଙ୍ଗି ଦେବାକୁ ସେତେବେଲେ ତାଙ୍କୁ ବେଶୀ ସମୟ ଲାଗି ନଥିଲା ।

ପତ୍ନୀଙ୍କ ଆରୋଗ୍ୟ କାମନାରେ ଇଷ୍ଟଗୁରୁଙ୍କ ଆଶ୍ରମକୁ ସେ ବାହାରିଗଲା ପରେ ଦିନେ ବୁଢ଼ୀମା’ ଘଟ ଛାଡ଼ିଲା । ମୃତ୍ୟୁର ଦୁଇଦିନ ପୂର୍ବରୁ ତା’ର ଆଉ କୌଣସି ଶାରିରୀକ ଯନ୍ତ୍ରଣା ନଥିଲା କିନ୍ତୁ ଶୂନ୍ୟ ଆଖି ଦୁଇଟା ବିରହୀ ଚକୋରୀ ପରି ଯେପରି ବ୍ୟାକୁଳିତ ହୋଇ କାହାକୁ ଖୋଜି ବୁଲୁଥିଲା ।

ନିଜର ମୃତ୍ୟୁ ପୂର୍ବରୁ କିନ୍ତୁ ସେହି ଜେଜେବାପା ଇଷ୍ଟଚିନ୍ତା ଛାଡ଼ି ଘୋର ସଂସାରୀ ହୋଇ ପଡ଼ିଥିଲେ । ଲତା ଭାଉଜ କିମ୍ୱା ତାଙ୍କ ହାତ ରନ୍ଧା ମାଛ ତରକାରୀ ନହେଲେ ସେ ଚିଡ଼ି ଉଠି ଜିନିଷପତ୍ର ଏଣେତେଣେ ଫିଙ୍ଗାଫୋପଡ଼ା କରୁଥିଲେ ।

ପଞ୍ଜାଟା ସେମିତି ସ୍ଲୋ ମୋସନ୍‌ରେ ଘୁରି ଚାଲିଛି । ଅନେକବେଲୁ ବାସୁଦେବଙ୍କୁ ଶୋଷ ଲାଗୁଥିଲା । ପାଣିର ସନ୍ଧାନରେ ଚାରିଆଡ଼େ ଆଖି ବୁଲାଇଲାବେଲେ, ତାଙ୍କ ଆଖି ଆଉଥରେ ରିଆଥିର ବିବର୍ଣ୍ଣ ମୁହଁ ଉପରେ ସ୍ଥିର ହୋଇଗଲା । ରିସେପ୍‌ସେନିଷ୍ଟ ପାଖକୁ ଉଠିଗଲେ ସେ ।

‘ଉପରେ ଫ୍ରିଜ୍ ଅଛି’ ସଂକ୍ଷିପ୍ତ ଉତ୍ତର ଦେଇ ତରୁଣୀଟି ପୁଣି ଆଖି ଫେରାଇ

ନେଲା ମାଗାଜିନ୍ ପୃଷ୍ଠାକୁ। ପାଣି ପାଇଁ ସିଡ଼ିରେ ଚଟୁ ଚଟୁ ହୋଇତ୍ ବାସୁଦେବଙ୍କର ମନେପଡ଼ିଲା, ତାଙ୍କ ବ୍ୟକ୍ତିଗତ ଅର୍ଦ୍ଦଲି ବେଣୁ ପଣ୍ଢାର ନିରୀହ ମୁହଁ।

ଉପରେ ବାଲ୍‌କୋନୀର ଧାରେ ଧାରେ ଗୁଡ଼ାଏ ଫୁଲ କୁଣ୍ଡ। ସେଥିରେ ସଯନ୍ ବର୍ଦ୍ଧିତ ବିଦେଶୀ ଫୁଲଗଛ। ଫ୍ରିଜ୍‌ରୁ ପାଣି ପିଇସାରି ଅନ୍ୟମନସ୍କ ଭାବରେ ଆଗେଇ ଯାଉ ଯାଉ ବାସୁଦେବ ପହଞ୍ଚିଲେ ଡଃ ମିଶ୍ରଙ୍କର ଅପରେସନ୍ ଥ୍ୱଏଟର ଆଗରେ। କିନ୍ତୁ ତାଙ୍କର ଚେତନାକୁ ଉପହାସ କରି ଅପରେସନ୍ ଥ୍ୱଏଟରର ଦ୍ୱାରା ବନ୍ଦ ଉପର କାନ୍ଥରେ ଝୁଲୁଥିଲା କେହି ଜଣେ ବାବାଙ୍କର ଆଉ ଗୋଟାଏ ପ୍ରକାଣ୍ଡ ତୈଲଚିତ୍ର। ବାବାଙ୍କ ମୁହଁରେ ସ୍ମିତହାସ୍ୟର କ୍ଷୀଣରେଖା, ଦ୍ୱିତୀୟାର ବଙ୍କିମଚନ୍ଦ୍ର ପରି ଲାଗୁଥିଲା ନିହାତି ରହସ୍ୟମୟ। ଅଭୟ ମୁଦ୍ରାରେ ସେ ଯେପରି ସାରା ସର୍ଜିକାଲ ୱାର୍ଡ ଉପରେ ଢ଼ାଲି ଚାଲିଥିଲେ ନିଜର ଅକୁଣ୍ଠିତ ଆଶୀର୍ବାଦ।

ଡଃ ମିଶ୍ର ବି ତା’ହେଲେ ବାବା ଭକ୍ତ ?

ଅତୃପ୍ତି ଓ ଅବସୋସ କଣ ଆଜି ତା’ହେଲେ କ୍ୟାନ୍‌ସର ଜୀବାଣୁ ପରି ସମଗ୍ର ପୃଥିବୀକୁ ଗ୍ରାସ କରିଯାଇଛି ?

ଗୋଟିଏ ଚିତ୍ରିତ ପ୍ରଜାପତି ଫୁଲକୁଣ୍ଡ ଉପରେ ଉଡ଼ି ବୁଲୁବୁଲୁ କାନ୍ତ ଆଲମୀରାର କାଚ କବାଟ ଉପରେ ବସିପଡ଼ିଲା। ଆଲମୀରା ଭିତରେ ସାଇତା ହୋଇଥିଲା ବିଭିନ୍ନ ଆକୃତିର କେତୋଟି ଟ୍ୟୁମର। ବିଭିନ୍ନ ସମୟରେ ମଣିଷର ଶରୀରକୁ ବ୍ୟବଚ୍ଛେଦ କରି ହୁଏତ ଡଃ ମିଶ୍ର ଏଗୁଡ଼ିକ କାଢ଼ିଛନ୍ତି। ମଝି ଥାକରେ ତାଙ୍କ ଦ୍ୱାରା କ୍ୟାନ୍‌ସର ଉପରେ ଲେଖାଯାଇଥିବା ବହି ଖଣ୍ଡେ। ଦାମୀ ବିଦେଶୀ କାଗଜରେ ଛପା ହୋଇଥିବା ପ୍ରଚ୍ଛଦରେ ଗୋଟିଏ ଅତିକାୟ କଙ୍କଡ଼ାବିଛାର ଛବି। ପ୍ରଚଣ୍ଡ କ୍ଷୁଧାରେ କାହାକୁ ଗ୍ରାସ କରିବା ପାଇଁ ଯେପରି ଦୁଇ ଊର୍ଦ୍ଧ୍ୱୟୀତ ବ୍ୟଗ୍ର ବାହୁ ତୋଲି ଛକି ରହିଛି ଭୟଙ୍କର ସରୀସୃପଟା।

ତାକୁ ଦେଖିବା କ୍ଷଣି ବାସୁଦେବଙ୍କର ହାତ ଗୋଡ଼ ଅବଶ ହୋଇଗଲା। ତାଙ୍କର ଗତ ରାତିର ଦୁଃସ୍ୱପ୍ନଟା ମନେପଡ଼ିଗଲା।

ଗଲା ରାତିରେ ସେ ସ୍ୱପ୍ନ ଦେଖୁଥିଲେ ଗୋଟିଏ ଛିନ୍ନବାହୁ କଙ୍କଡ଼ାବିଛା ତଳେ ପଡ଼ି ଅସହାୟ ଯଂତ୍ରଣାରେ ଛାଟିପିଟି ହେଉଛି। ଲାହୁଡ଼ ଭିତରେ ସଞ୍ଚିତ ବିଷ କ୍ୱାଲରେ ତା ଶରୀରଟା ନୀଳ ପଡ଼ିଯାଇଛି। କାହାକୁ ଦଂଶନ କରି ବିଷଜ୍ୱାଲାରୁ ସେ ଖୋଜୁଛି ମୁକ୍ତି। ତାକୁ ଘେରି ଠିଆ ହୋଇଛନ୍ତି ଜୟଣ୍ଟ ସେକ୍ରେଟାରୀ ସୁକାନ୍ତ ଚୌଧୁରଙ୍କ ଠାରୁ ଅର୍ଦ୍ଦଲି ବେଣୁ ପଣ୍ଢା ପର୍ଯ୍ୟନ୍ତ ତାଙ୍କ ଡିପାର୍ଟମେଣ୍ଟର ଯେତେସବୁ ଅଧସ୍ତନ। ବଡ଼ବାବୁ ନୀଲାୟର ରଥ ପାଟି କରୁଛନ୍ତି – "କିବେ ବେଣୁଆ, ଚାହିଁଛୁ କଣ ? ପକା ପାହାରେ।"

ଗୋଟାଏ ଲୁହା ଗୋବ ବସା ବାଡ଼ିରେ ଲାହୁଡ଼ଟାକୁ ଛେଚି ଛିଶୋଇ ଦେବାପାଇଁ

ଚେଷ୍ଟା କଲାବେଲେ ବେଣ୍ଡ ପଣ୍ଡା ପ୍ରତିଶୋଧ ନେଲାପରି ଖ୍ଙ୍କାରି ଉଠୁଛି – "ଚାଉଁ ଚାଉଁ କଲିଂ ବେଲ୍ ମାରିବୁ – ଛୁଆ ଚର ଚର ମୁଟିଲା ଭଲିଆ କଲିଂ ବେଲ୍ ମାରିବୁ। ବସେଇ ଉଠେଇ ଦେବୁନି। ଶଳା ମର – ମର ଏଥର।

ଏକା ପାହାରକେ ଲାହୁଡ଼ଟା ଛିଣ୍ଡାଇ ଅଲଗା କରିଦେଲା ସେ। ବାସୁଦେବଙ୍କୁ ଲାଗିଲା ଖଣ୍ଡେ ବିରାଟ ପଥରରେ ତାଙ୍କ ହାତ ଦୁଇଟାକୁ ବେଣ୍ଡ ପଣ୍ଡା ଛେଟି ଦେଉଛି। ଗାଁଗାଁ ଚିତ୍କାର କରି ନିଦରୁ ଉଠି ପଡ଼ିଲେ ସେ।

ସେହି ଦୁଃସ୍ୱପ୍ନର ତୀବ୍ର ଅନୁଭବରେ ବାସୁଦେବଙ୍କର ହାତ ଗୋଡ଼ ଏବେ ଅବସନ୍ନ ହୋଇ ପଡ଼ୁଥିଲା। ସେ ଗୋଟାଏ ବେଞ୍ଚ ଉପରେ ଲଥ୍ କରି ବସିପଡ଼ିଲେ। ୱାର୍ଡ ଭିତରୁ କୌଣସି ରୋଗୀଣୀର ଚିତ୍କାର ପରିବେଶଟାକୁ କାକୁସ୍ତ କରି ପକାଉଥିଲା।

ହୁଏତ ଡ଼ଃ ମିଶ୍ର ଆଜି ଠିକ୍ କରିବେ ତାଙ୍କର ଅପରେସନ୍ ଡେଟ୍। ତାଙ୍କ ସାରା ଶରୀରରେ ଭୟର ଗୋଟାଏ ଶିହରଣ ଖେଳିଗଲା। ତାଙ୍କର ମନେପଡ଼ିଲା ଏଜୁକେସନ୍‌ସେକ୍ରେଟାରୀ ଗୋପାଳ ମହାନ୍ତିଙ୍କର ଅଯାଚିତ ପରାମର୍ଶ। ଗୋପାଳ ବାବୁ ଖବରଟା ପାଇଲା ପରେ ଦିନେ ତାଙ୍କୁ କହୁଥିଲେ – "ଅପରେସନ୍ ପାଇଁ ଆପଣ ରାଜି ହୁଅନ୍ତି ନାହିଁ। ସେଗୁଡ଼ାକୁ ଛୁଇଁଲେ, ଯାହା କୁହନ୍ତି ଛ' ଘା। ଛୁରୀ ମାରୁ ମାରୁ ସେ ଜୀବାଣୁ ଗୁଡ଼ାକ ଭୟଙ୍କର ଭାବେ ଆଗ୍ରେସିଭ୍ ହୋଇ ଉଠନ୍ତି।" ତା' ପରେ ନିଜ ଅଭିଜ୍ଞତାରୁ ସେ ବର୍ଣ୍ଣନା କରିଥିଲେ ଜଣେ ଦୁଇଜଣ ହତଭାଗ୍ୟଙ୍କ ଦୁର୍ଭାଗ୍ୟର କାହାଣୀ।

ଯନ୍ତ୍ରଣା ଓ ମୃତ୍ୟୁର ସେସବୁ ପ୍ରଲମ୍ବିତ କାହାଣୀ ଶୁଣିବା ପାଇଁ ବାସୁଦେବଙ୍କର କିନ୍ତୁ ଧୈର୍ଯ୍ୟ ନଥିଲା। ଧେତ୍। ଗୋପାଳ ମହାନ୍ତି ଗୋଟାଏ ପ୍ରମୋଟେଡ୍ ଆଇ.ଏ.ଏସ୍।

କଥା ମଝିରୁ ସେ ଉଠିଯାଇଥିଲେ। ଆଜି କିନ୍ତୁ କଥାଟା ଯେତେ ଭୁଲିବାକୁ ଚେଷ୍ଟା କଲେ ମଧ୍ୟ ବାରମ୍ବାର ତାହା ମନେ ପଡ଼ୁଥିଲା। ପେଟ୍ ଭିତରଟା କିଏ ଯେପରି କୋରିବିଦାରି ପକାଉଛି। ତାଙ୍କର ମନେ ହେଲା କର୍କଟ ଜୀବାଣୁ ଏହା ଭିତରେ ତାଙ୍କ କଲିଜାକୁ କଣା କରି ଦେଲେଣି। ଫୁସ୍‌ଫୁସ୍‌କୁ ତୁଲା ପରି ଭିଣି ପକାଇଲେଣି। ଗୁଡ଼ାଏ କଙ୍କଡ଼ାବିଛା ସଲସଲ ହୋଇ ତାଙ୍କ ଗୋଡ଼ ଉପରକୁ ଯେପରି ଉଠି ଆସିଲେ। ଭୟରେ ଉଠି ପଡ଼ି ଆଗେଇ ଯାଉ ଯାଉ ସେ ଦେଖିଲେ ; ଦୁଇ ଜଣ ଆଟେଣ୍ଡାଣ୍ଟ ୱାର୍ଡ ଭିତରୁ ସ୍ଟ୍ରେଚରରେ ଜଣେ ରୋଗୀର ଶବ ଗୋଟାଏ ଧଲା ଚାଦରରେ ଢାଙ୍କି ବାହାରକୁ ଟାଣି ଟାଣି ଆଣୁଛନ୍ତି। ଦ୍ରୁତ ପଦରେ ବାସୁଦେବ ସିଡ଼ିରେ ଓହ୍ଲାଇ ଆସିଲେ।

ପୂର୍ବର ସେହି ସୋଫାଟି ଉପରେ ଏହା ଭିତରେ କେତେବେଲେ ଦମ୍ପତ୍ତି ଉଠିଆସି ବସିଛନ୍ତି। ତରୁଣୀଟି ସୋଫା ଉପରକୁ ଗୋଡ଼ ଟେକି ଆଣ୍ଠୁ ଉପରେ ମୁହଁ ଲଦି ବସିଛି, ଜଣେ ସଲଜ୍ଜା ନବବଧୂ ପରି। ଓଲଟ ସ୍ଥଳପଦ୍ମ ପରି ତା'ପାଦ ଦୁଇଟିରେ

ଦିପଟ ରୂପା ପାଉଣ୍ଟି, ଆଉ ତା' ତଳେ ବୋହି ଯାଉଛି ସରୁ ଅଲତାର ଧାର। ରକ୍ତ ନଦୀରେ ଭାରୁ ଜ୍ୟୋସ୍ନାର କୁଣ୍ଡିତ ପ୍ଲାବନଟିଏ ଉଠୁ ଉଠୁ ଯେପରି ଘଡିଏ ଅଟକି ଯାଇଛି।

ହଠାତ୍‍ ବାସୁଦେବଙ୍କ ଆଖିରେ ଅନେକ ସ୍ୱପ୍ନ ଘନେଇ ଆସିଲା। ସାରା ପୃଥିବୀଟା ଦେଖାଗଲା ବଡ଼ ଲୋଭନୀୟ। ତାଙ୍କର ମନେହେଲା ଜେଜେବାପାଙ୍କ ଠାରୁ ବଳି ବଡ଼ ପ୍ରତାରକ ସେ ନିଜେ। କର୍ତ୍ତବ୍ୟ ଓ ଶୃଙ୍ଖଳା ନାଁରେ ଫାଇଲ୍‍ର ନାଲି ଫିତା ତଳେ ସେ ଜୀବନଟାକୁ ଭିଡ଼ିମୋଡ଼ି ବାନ୍ଧି ଦେଲେ ଅନେକ ବର୍ଷ। ଶାସନ ଓ କ୍ଷମତାର ଛଳନା ଭିତରେ ଆଜିୟାଏ ସେ କେବଳ ନିଜକୁ ନିଜେ ଫାଙ୍କି ଆସିଛନ୍ତି। ଆଉ ଆଜି ଯେତେବେଲେ ସେ ଜୀବନକୁ ଫେରି ଚାହୁଁଛନ୍ତି – ଆଖି ଆଗରେ ଝୁଲି ପଡ଼ିଛି କଙ୍କଡ଼ାବିଛାର ହିଂସ୍ର କ୍ଷୁଧାର୍ତ୍ତ ବାହୁ ପ୍ରଶ୍ନବାଟୀ ହୋଇ ।

ଆଃ ! କେହି ଯଦି ତାର ସେ ବାହୁ ଦୁଇଟାକୁ କାମୁଡ଼ି ଛିଣ୍ଡେଇ ଦେଇ ପାରନ୍ତା !

ପ୍ରତିହିଂସାର ଜ୍ୱାଲାରେ ବାସୁଦେବ ତିଳ ତିଳ ଜଳିଯାଉଥିଲେ।

ଜଣେ ନର୍ସ ଗୋଟାଏ ବାଣ୍ଟ ଉଠା ଟ୍ରେରେ ଗୁଡ଼ିଏ ଛୁରୀ, କଇଁଚିଧରି ଉପର ମହଲାକୁ ଉଠି ଯାଉ ଯାଉ କାହା ସହିତ କଥାବାର୍ତ୍ତା ପାଇଁ ତାଙ୍କ ଆଗରେ ଅଟକି ଠିଆ ହୋଇଗଲା। ଭୟାର୍ତ୍ତ ଆଖିରେ ସେସବୁ ଧାରୁଆ ଅସ୍ତ୍ର ଗୁଡ଼ିକୁ ଚାହିଁଲା ବେଲେ ତାଙ୍କର କାହିଁକି କେଜାଣି ମନେପଡ଼ିଗଲା ଗାଁବଲି ମହାରଣାର ନିହାଣ, ବଟାଲି, କରତ, ବାରିସୀ । ବଲି ମହାରଣା ଆଉ ଡ଼ଃ ମିଶ୍ରଙ୍କ ଭିତରେ ପାର୍ଥକ୍ୟଟା ବୁଝି ପାରୁନଥିଲେ ସେ । ଭୟରେ ଟାଙ୍କୁରି ଉଠି ତାଙ୍କ ଲୋମସବୁ ଠିଆ ହୋଇଗଲେ। ଧଲା ଚାଦର ଘୋଡ଼େଇ ହୋଇ ସ୍ଟେଚର ଉପରେ ଶୋଇଥିବା ହତଭାଗ୍ୟ ରୋଗୀଟିର ଚିନ୍ତା ତାଙ୍କୁ କ୍ରମେ କାତର କରି ପକାଇଲା।

ଡ଼ଃ ମିଶ୍ରଙ୍କ ପାଖକୁ ଆସି ସେ ଭୁଲ କରିଛନ୍ତି। ଅଫିସ୍‍ ବଡ଼ବାବୁଙ୍କ କଥା ମାନି କୌଣସି ଭଲ ହୋମିଓପ୍ୟାଥ ପାଖକୁ ଯାଇଥିଲେ ହୁଏତ ଭଲ ହୋଇଥାନ୍ତା।

କିନ୍ତୁ ହୋମିଓପ୍ୟାଥ୍‍ ଗ୍ଲୋବୁଲ୍‍ସ ତାଙ୍କୁ ଲାଗେ ସାଗୁ ଦାନା ପରି।

ବହୁଥର ଛେପ ଢୋକି ଅଙ୍ଗେଇ ଅଙ୍ଗେଇ ବଡ଼ବାବୁ କହିଥିଲେ – "ହୋମିଓପ୍ୟାଥ୍‍ରେ ମିରାକିଲ୍‍ସ ଅଛି ସାର୍।" ଗୋଟାଏ ଭୁରୁଡ଼ିରେ ବାସୁଦେବ ତାଙ୍କୁ ମାଛିଟାଏ ପରି ହୁରୁଡ଼େଇ ଦେଇଥିଲେ।

ବରଂ ବଡ଼ବାବୁ କଥା ହିଁ ଠିକ୍‍ ଥିଲା। ଏ ନର୍ସିଂ ହୋମ ଗୋଟାଏ ଜୀବନ୍ତ ରୌରବ। ସବୁ କାଗଜ ପତ୍ର ଫେରାଇ ନେଇ ଘରକୁ ଫେରିଯିବାର ଇଚ୍ଛା ତାଙ୍କ ଭିତରେ ପ୍ରବଳ ହୋଇ ଉଠିଲା। କିନ୍ତୁ ; ପରକ୍ଷଣରେ ତାଙ୍କର ମନେପଡ଼ିଲା – ସେଇ

ପୁରୁଣା ସହରରେ ସହସ୍ର ପ୍ରଶ୍ନିଳ ଆଖି ତାଙ୍କୁ ଚାହିଁ ରହିଥିବ ବ୍ୟାଧିତ କୌତୂହଳରେ। ସହର ସାରା ତାଙ୍କର ଅନୁପସ୍ଥିତିରେ କଥାଟା ପ୍ରଘଟ ହୋଇସାରିଥିବ। କାହାକୁ ସେ କି ଉତ୍ତର ଦେବେ?

ଜଣେ ନର୍ସ ଆସି ଖବର ଦେଲା, 'ଭିତରକୁ ଯାଆନ୍ତୁ ସାର୍। ଡକ୍ତର ଅପେକ୍ଷା କରିଛନ୍ତି।' ଉଠି ଠିଆ ହେବାକୁ ତାଙ୍କର ସମସ୍ତ ଶକ୍ତି ଲୋପ ପାଇ ଯାଇଥିଲା। ସେ ନର୍ସକୁ ଅତି କଷ୍ଟରେ ପାଣି ଗ୍ଲାସେ ମାଗିଲେ। କାହାକୁ ପାଣି ଗ୍ଲାସେ ଆଣିବା ପାଇଁ କହି ନର୍ସ ତାଙ୍କୁ ପଚାରିଲା, "ଆପଣ ଏତେ ନର୍ଭସ୍ ହୋଇ ପଡୁଛନ୍ତି କାହିଁକି ସାର୍?'

ପାଣି ଗ୍ଲାସକ ପିଇ ସାରିଲା ପରେ ସେ ଡଃ ମିଶ୍ରଙ୍କର ଚାମ୍ବର ଭିତରକୁ ପଶିଗଲେ। ପରଦା ଆଢୁଆଲରେ ଡଃ ମିଶ୍ର ଅନୁରୋଧ କଲା ଭଙ୍ଗୀରେ କହିଲେ – "ଜଷ୍ଟ ଏ ମିନିଟ୍ ପ୍ଲିଜ୍।'

ସେ ଆଡ଼େ ବୁଲି ଚାହିଁ ବାସୁଦେବ ଦେଖ୍ଲେ – ଡଃ ମିଶ୍ରଙ୍କର ଗ୍ଲୋବ, ପିନ୍ଧା ହାତ ତରୁଣୀଟିର ଓଲଟ ସ୍ଥଳପଦ୍ମ ପରି ପାଦ ଦୁଇଟି ଉପରୁ ଶାଢ଼ୀଟାକୁ ଉପରକୁ ଟେକି ଦେଇ କ'ଣ ପରୀକ୍ଷା କରିବାରେ ବ୍ୟସ୍ତ ଅଛି।

– ହେ ଭଗବାନ!

ବାସୁଦେବଙ୍କ ଭିତରେ ଗୋଟାଏ ଭୟଙ୍କର ବିସ୍ଫୋରଣ ଘଟିଗଲା। ସତେ ଯେମିତି ସେ ଭାଙ୍ଗି ଖଣ୍ଡ ଖଣ୍ଡ ହୋଇଗଲା। ତାଙ୍କର ଦେହ ଭିତରୁ ସେ ଅଲଗା ହୋଇ ଯେପରି ମହାଶୂନ୍ୟକୁ ଛିଟିକି ପଡ଼ିଲେ। ଉପରେ ଉଡ଼ୁଉଡ଼ୁ ସେ ଦେଖ୍ଲେ, ତଳେ, ବହୁତ ତଳେ ଚାରୁଲତା ତାଙ୍କୁ ଧରିବା ପାଇଁ କାନି ପ୍ରସାରି ଦେଇଛନ୍ତି।

ଗ୍ଲୋବଟା ଖୋଲି ବେସିନ୍ ପାଖରେ ହାତ ଧୋଉଧୋଉ ଡଃ ମିଶ୍ର ବାସୁଦେବଙ୍କୁ ପଚାରିଲେ, "ଆପଣଙ୍କୁ ସ୍କାନିଂ କରିବାକୁ କହିଥିଲା କିଏ?'

'କିଏ' – ଶବ୍ଦଟା ସେ ଏପରି ଉଚ୍ଚାରଣ କଲେ ଯେ ତାହା ଗୋଟାଏ ଗାଳି ପରି ଶୁଭିଲା।

ବହୁ ଚେଷ୍ଟା ସତ୍ତ୍ୱେ ତାଙ୍କ ସହରର ସେଇ କ୍ୟାନସର ସ୍ପେଶାଲିଷ୍ଟଙ୍କ ନାଁ କିନ୍ତୁ ବାସୁଦେବଙ୍କର ସେତେବେଳେ ଆଦୌ ମନେ ପଡ଼ୁନ ଥିଲା। ନିର୍ବୋଧ ଦୃଷ୍ଟିରେ ସେ କେବଳ ଡାକ୍ତରଙ୍କୁ ଚାହିଁ ରହିଥିଲେ।

"ଟ୍ୟୁମର ର ନାଁ ଗନ୍ଧ ବି ନାହିଁ।'

ବାସୁଦେବଙ୍କୁ ଲାଗିଲା ସେ ତଳକୁ ଖସି ପଡ଼ୁଛନ୍ତି – ଚାରୁଲତାଙ୍କର କାନି ଭିତରକୁ।

– ମଣିଷ ଜୀବନକୁ ନେଇ ଯେତେସବୁ ନୁଇସେନ୍ସ।

ତଳେ ଦିଶୁଥିଲା କାନିଟା ପ୍ରସାରିତ କରୁକରୁ ଚାରୁଲଙ୍କ ବକ୍ଷଟା ଅନାବୃତ ହୋଇପଡୁଛି ।

"ଅଯଥା ମାନସିକ ଦୁଶ୍ଚିନ୍ତା ପାଇଁ ଆପଣ ତା ନାଁରେ ଗୋଟାଏ କେଶ୍ ଫାଇଲ୍ କରନ୍ତୁ।" କହୁ କହୁ ସିଡ଼ି ଚଢ଼ି ଉପରକୁ ଉଠିଗଲେ ଡ଼ କ୍ଟର ମିଶ୍ର ।

ତରୁଣୀଟି ଶାଢ଼ୀଟିର ପ୍ଲିଟ୍ ସଜାଡ଼ି ପରଦା ଉହାଡ଼ରୁ ବାହାରି ଆସୁ ଆସୁ ବାସୁଦେବଙ୍କ ମୁହଁକୁ ଚାହିଁ କାହିଁକି କେଜାଣି ଫିକ୍ କରି ହସିଦେଲା । ବାସୁଦେବଙ୍କ ଆଖି ରୂପାପାଉଞ୍ଜି ତଳର ଅଳତା ଧାରରେ ସ୍ଥିର ହୋଇଯିବା ପୂର୍ବରୁ ଚାରୁଲତା ତାଙ୍କୁ କାନିରେ ସାତଗଣ୍ଠି ଦେଇ ପିଠି ପଟେ ଝୁଲେଇ ସାରିଥିଲେ ।

ଖାମ

- କଣ୍ଡିଆ .... ବେ କଣ୍ଡିଆ ?

ଯାଃବେ ଶଳା, ଶୁଣିବିନି । ଡାକିଡାକି ତୋ ତଣ୍ଡି ଫାଟିଗଲେ ବି ମୋତେ ଶୁଣିବିନିରେ   ବାଇଁଚୋ ।

ବୁଝିଲନା ବାବୁ ମୋ ନାଁ ନୀଳକଣ୍ଠ ପଣ୍ଡା । ନୀଳକଣ୍ଠ ନ ହେଲା ନାହିଁ, କଣ୍ଠ କି କଣ୍ଡିଆ ଡାକନ୍ତୁ । ଆଗଆଗ ଡାକୁଥିଲା କଣ୍ଠିଆ । ଟିକେ ଦିହ ଘଷରା ହେବାରୁ ତା ମନ କଅଣ ହେଲା କେଜାଣି ଏବକୁ ଶଳା ଡାକୁଛି କଣ୍ଡିଆ । ତା ଦେଖାଦେଖି ଚିହ୍ନାପରିଚ ଗରାଖ, ବାସନମଜା ଟୋକା ଗୋଲୁ ବି କଣ୍ଡିଆନ୍ନ ବୋଲି ଡାକିଲେଣି । ରୋଷେୟା ହେଇ ରହିଲି ବୋଲି ମୋର କ'ଣ ମାନଇଜତ କିଛି ନାହିଁ ?

ବୁଝିଲେନା ବାବୁ , ମୁଁ କୋୟଲ କୁମ୍ପାନୀ କେଣ୍ଡିନୀଖଡ଼ଏଡେ ରୋଷେୟା ଥିଲି । ମାସକୁ ସାଢେ ତିନି ହଜାର ଦରମା ସାଙ୍ଗକୁ ଖୋରାକିପୋଷାକି ମାଗଣା । ଡୁଲୁ ସାହାବ ମତେ ପରମାନେଣ୍ଟ କରି ଦେବ ବୋଲି କହିଥିଲା । ପରମାନେଣ୍ଟ ହୋଇଥିଲେ ବାବୁ ମାସକୁ ଅଠର ହଜାର ଦରମା, କୁମ୍ପାନୀ କ୍ୱାଟର ଫ୍ରି । ରୋଗ ବଇରାଗକୁ

କୁମ୍ପାନୀ ଡାକ୍ତରଖାନା ମାଗଣା। ଦି ବର୍ଷରେ ଥର କୁମ୍ପାନୀ ଅଲ ଇଣ୍ଡିଆ ଫ୍ରି ବୁଲେଇବ। କୁମ୍ପାନୀ ଚାକିରିରେ ଭାରି ସୁବିଧା ବାବୁ। ସେଇ ଲୋଭରେ ସେଠି ଖଟିଲି ଦି ବରଷ କି ବେଶୀ। ଖଟିଲି କଅଣ ଗୋଟି ଖଟିଲି ଜାଣନ୍ତୁ। ସେ ଡୁଲୁ ସାହାବ ଯାଇ ଏ ବାଁଚୋ ରଙ୍ଗାସାହାବ ନ ଆସେ ନା ମୁଁ କୁମ୍ପାନୀରୁ ବିଦା ନ ହୁଏ।

ଡୁଲୁ ସାହାବ କି ରଙ୍ଗା ସାହାବତେଙୀ କିଛି ନାହିଁ। ଅସଲ ହେଲା ମୋର ସେଇ ହାରାମୀ ଗନ୍ଧର୍ବ କଲା। ସେଇ କଲା ଜୀବନରେ ନେଇ ମତେ କେତେ ଉଚ୍ଚା ଜାଗାରେ ଥୋଇଚି। ସେଇ ପୁଣି ରସାତଳିଆ କଟଡ଼ା ବି ଦେଇଚି। ସେ ସବୁ ଗପିଲେ ମହାଭାରତ ହେବ। ଆପଣଙ୍କୁ ଶୁଣିବାକୁ ବେଲ ନ ଥିବ। ଗପିବାକୁ ମୋ ପାଖରେ ବି ବେଲ ନାହିଁ। ଶୁଣିବା କଥା ଯଦି ଆସିଥାଆନ୍ତେ କୋୟଲ କୁମ୍ପାନୀ କେଣ୍ଢିନୀକୁ। ମୁଁ ମନ ଖୋଲି ଗପଥାଅନ୍ତି, ଆପଣ ବସି ଶୁଣିଥାଅନ୍ତେ। ଚା, କଫି ସେଠି କୋଉ ଅପୂର୍ବ ଜିନିଷ! ମନକରିଥିଲେ ଚିକେନ ପକୋଡ଼ା, ଚୁଙ୍ଗୁଡ଼ି ଚପ୍ ବି ଖୋଇଥାଆନ୍ତି। ଆଉ ଏ ମାହାରାଣୀ ଢାବା! ଛେଃ, ତାଙ୍ଛାର ଅଛ ପାତର ମାଛିଗୋଡ ଧୁଆ ପର୍କୁତି ଆପଣ ଜାଣି ନାହାନ୍ତି, ଆହୁରି କହୁଚେନି? ଖାଲି ଏଇ ପିଆଜ, ରସୁଣ, ଅଦା ଏତକ ଛେଡେଇ ସାରିବା ଯାଏ ଯାହା ଟିକେ ଗପିବା କଥା। ଏ ଗୁଡ଼ା ଭାରି ଦିକିଦାରିଆ କାମ ନୁହଁ କି ବାବୁ? ତମଆପଣଙ୍କୁ କଥା କହୁକହୁ କାମ ବି ସରିଯିବ, ମୋ ମନ ବି ଟିକେ ହାଲୁକା ନାଗିବ।

ମୋ ଅଜା କହୁଥେଲା. ଆପଣା ହସ୍ତେ ଜିହା ଛେଦି, କେ ଅଛି ତାର ପ୍ରତିବାଦୀ', ସେମିତିକା କଥା ଜାଣନ୍ତୁ। ସେ ଗୁଡ଼ା

ବହୁତ କଥା। କହୁଥିଲେ ସଞ୍ଜ ସରିକି ସରିବନି।ଦେଖୁଚେନି ବାବୁ, ଏଇଷିଣା ଦି କିଲୋ ରସୁଣ ଛେଡେଇଛେଡେଇ ଟିପ ଦଶି ଛିଣ୍ଟ ଯିବ। କଥା ଗପିବାକୁ ବେଲ କାହିଁ? ଏ ଶଳା ମାହାରାଣୀ ଢାବା ନୁହଁ ଯେ ଜୀବନମାରିଣୀ ଢାବା। ପାହାନ୍ତା ପହ୍ରୁ ଏଇଆ ଜାଣନ୍ତୁ ରାତି ବାର ଏକ। ଯମ ଆସି ଡାକିଲେ ବି ମରିବାକୁ ବେଲ ମିଲିବନି। ସହରବଜାର ଜାଗାରେ ରାସ୍ତାକଡ ଆଖୁ ପେଡ଼ା ମିସିନି ଦେଖିଚେନି ନା? ଆଖୁ ଛେଦରାକୁ ପନ୍ଦର ଥର ପୂରେଇ ଦୋରୁଅ କାଢୁଥିବ ସେ ମଷିଚୁସ୍। ଶେଷକୁ ଛେଦରା କୁ ଖାଟୁଆ ଗଦାକୁ ଫୋପାଡ଼ି ଦେବ। ଏ ଶଳା ଅଛ ପାତର ପର୍କୁତି ସେମିତିକା।

କେମିତିକା। ଦୋଛକି ଜାଗା ଦେଖି ଶଳା ଢାବା ଖୋଲିଛି ଦେଖୁନା। ଚଉଆଖିଆଟା। ଆଗଆଗ ଗାଁରେ ଛେଲି ଚରଉଥେଲା। ମାରି ଯାଟି ପାଞ୍ଚ ସାତଟା ଛେଲି ଅଧିଆ ପାଲିଲା। ଅଧିଆ ପାଲିବା କଥାଟା ବୁଝି ପାରିଲେନି କି ବାବୁ। ଆମର

ଇଆଡେ ସେମିତି ଚଳେ । ମାଲିକର ଅଧାକୁ ପାଲିଲା ବାଲାର ଅଧା । ଆମ ଗାଁ ପାଖରୁ ମୋଟେ ଦିଖଣ୍ଡ ଗାଁ ଛାଡି ମୋ ମାମୁଘର ଗାଁରେ ଅଛ ପାଥର ଘର । ତା କଥା ମୁଁ ଜାଣିନି ବାବୁ! ଗୋହି ଖୋଲିବି ଯଦି ଶଳା ମାଇ କୁତୀ ଭଳିଆ ନାଙ୍ଗର ଜାକି ପଲେଇବ । ଶଳା ପଇସା ହେଇଗଲା ବୋଲି ମୋତେ ଡାକିବ କଣ୍ଣିଆ ? ତୁ ଶଳା ମୋରି ଆଗରେ ମଣିଷ । ମୋ ମାମୁଘର ଗାଁରେ ତୋ ଘର । ଅଜାକୁ କୁହା ବୋଲା କରି, ହାତଗୋଡ ଧରିବାରୁ ବୁଢା ତାକୁ ଚାରିଟା ଛେଲି କିଣି ଦେଇଥିଲା । ସେତେବେଲକୁ ଅଜା କାଶୀ ନା ବାରଣାସୀରେ ସବୁଠୁ ନାଁ କରା ପଣ୍ଡିତ । ଗଙ୍ଗା କୂଲରେ ପାଞ୍ଚ ସାତଟା ଛୋଟବଡ ମନ୍ଦିର କାମ ଧରିଥାଏ । କାଶୀ ମନ୍ଦିରରେ ତ ବାବୁ ଚଉମୁହାଁ ଆୟ । ସେଥିରେ ପୁଣି ଆମଆଡୁ ଯାତ୍ରୀ ଗଲା ମାନେ ବାଞ୍ଛା ପାଢୀ କି ନ ଖୋଜି ଚାରା ନାହିଁ । ଆପଣ ମନକଲେ ବାବୁ ମୋ ଅଜା ବାଞ୍ଛା ପାଢୀ ନାଁ ଶୁଣିଥିବେ । ସେଠି ଅଜା ଗଙ୍ଗା କୂଲରେ ଦିଇଟା ଘର ଭଡା ନେଇଥାଏ । ଇଆଡକା ଯାତ୍ରୀ ଗଲେ ରଖାଏ । ମନ୍ଦିର କାମ ସାରି ଯାତ୍ରୀଙ୍କି ମଠମନ୍ଦିର ବୁଲେଇ ଦେଖାଏ । ଖାଲି ଦକ୍ଷିଣାରେ ଦକ୍ଷିଣାରେ ସେ ବେଲରେ ବୁଢାର ଦିନକୁ ପଚାଶ ଶହେ କି ବେଶୀ ଇନକମ । ଦଶ ଟଙ୍କାକୁ ସେ ଯୁଗରେ ଆମର ଇଆଡେ ଦୋଫସଲୀ ଜମି ଦିଗୁଣ୍ଡ । ବୁଝୁଚେନି ନା ବାବୁ ? କଞ୍ଛା ପଇସା ସେବେଲେ ଆମର ଏପଟେ ଆଖିରେ ଦେଖିବା ସାତ ସପନ । ଛାଡନ୍ତୁ, ସେ କଥା ଗପିଲେ ସଞ୍ଚ ଗଡି ରାତି ଦିଘଡି ହୋଇଯିବ ପଛକେ କଥା ସରିବନି ।

ମୋ ଖୋଇ ସେମିତିକା ବାବୁ । ଅଜା ଏଇ ଗୁଣକୁ ଭାରି ବିଗୁଢୁଥିଲା । ହେଲେ ଏଇ ଗୁଣ ଯୋଗୁ ନିଶା ଠିଆଢୀ ଗାଆଣ ମୋତେ ପାଲିଆ କରି ତିନି ବରଷ ପାଖରେ ରଖିଥିଲା । ଆଉ ବର୍ଷ ଗୋଟାକରେ ମୁଁ ଶ୍ରୀ ପାଲିଆ ହୋଇଥାନ୍ତି । ଛାଡନ୍ତୁ ସେ କଥା । ସେଥିରୁ ଆପଣ କଅଣ ପାଇବେ । ମୋ କର୍ମ ସେମିତିକା । ନ ହେଲେ ଏ ଅଛ ପାଥର ମାହାରାଣୀ ଭାବା କିଏ ନି ମୁଁ କିଏ ?

ହଁ, ଅଛ ପାଥର କଥା କହୁଥିଲି ନା ? ମୋ ଖୋଇ ସେମିତି । କୋଉ କଥାରୁ ଯାଇ କୋଉଟି ଉଠିବି, ମୂଲ କଥା ଆଉ ମନେ ନ ଥିବ । ନିଶା ଠିଆଢୀ ଗାଆଣର ବି ସେମିତି ଖୋଇ ଆଖ୍ୟା । ଲାବଣ୍ୟବତୀ ରୂପବର୍ଣ୍ଣୁବର୍ଣ୍ଣ ପାହାନ୍ତିଆ ତାରା ଉଇଁବ । ସେଇଠୁ ପଚାରିବ, କଅଣ କହୁଥିଲିରେ କଣ୍ଠ ? ଛାଡନ୍ତୁ, ନିଶା ଠିଆଢୀ ପାଖରେ ଆଉ ଦିଚାରି ବର୍ଷ ରହିଥେଲେ ଶ୍ରୀପାଲିଆ କଅଣ ଏତେବେଲକୁ ପାଲା ଗାଆଣ ହୋଇ ଢେର ନାମ କମାନ୍ତିଣି । ମୋ କଣ୍ଠଟା ବି କେମିତି ସୁରତ, ସୁଲଲିତ ଶୁଣି ନାହନ୍ତି ? ଏବେ ସିନା ଏ ମାହାରାଣୀ ଭାବାରେ ଟାଇମ ହେଉନି । ତା ଛଡା

ନିଆଁ ପାଖରେ ଦିନରାତି ଠିଆ ହେଲେ କଣ୍ ରହିବ ? ନହେଲେ କୋଇଲ କୁମ୍ପାନୀରେ ଥେଲା ବେଲେ ମୋ ଗୀତ ଶୁଣିଥାଆନ୍ତେ । ସେଠି ତ କୁମ୍ପାନୀ କେଣ୍ଟିନୀରେ ମୁଁ ହେଏଡେ ରୋଷେୟା । ଖାଲି ଷ୍ଟୋର୍ରୁ ଜିନିଷ ବାହାର କରିଦେବା ନହେଲେ ଆଇଟମ୍ ବରାଦ କରିବା ଛଡା ମୋର ଆଉ କି କାମ ? ପାଖକୁ ଦିଇଟା ରୋଷେୟା, ଚାରିଟା ହେଲ୍ପର୍ । ଗୋଟା ଚହଲିଆ ଟୋକା ଥାଏ ଖାଲି ମୋ ବୋଲ ହାକ କରିବାକୁ । ମୋ ପେଇଁ ବଜାରରୁ ପାନ, ବିଡି ଆସେ । ବିଡି କୋଉ ସେତେବେଲକୁ ମୁଁ ଆଉ ଟାଣୁଥିଲି ? ଚାରମିନାର ସିଗିରେଟ । ବାବା, କନକ, ଧୂଳିଗୁଣ୍ଠି ଦିଆ ପାନ । ସିଏ ଗୋଟା ଦୁସୁରା ଟାଇମି ଥିଲା ବାବୁ । ହଁ କଅଣ କହୁଥେଲି ମୋର ତ ସେମିତି କାମ ନ ଥାଏ । ରୋଷେୟା, ହେଲ୍ପର ଜାଣି ସବୁ କରନ୍ତି । ମାଛ,ମାଉଁସ ଦିନ ମୋତେ ଯାହା ଟିକେ ହାତ ମାରିବାକୁ ପଡେ । ଦିନେ ଦେଶୀକୁକୁଡା ଝୋଲ କରିଥାଏ । ଆସି ପହଞ୍ଚିଲା ଉଲ୍ଲୁ ସାହାବ । ତାକୁ କୁମ୍ପାଣୀ ଆଉ କୋଉ କମ୍ପାଣୀରୁ ନୂଆ କରି ବଡସାହାବ ପଦରେ ଆଣିଥାଏ । ତା ସ୍ତ୍ରୀ ସାଙ୍ଗରେ ରହୁଥାଏ କୁମ୍ପାଣୀ ଗେଷ୍ଟ ହାଉସ୍ ପାଖ ବଡ ବଙ୍ଗଲାରେ । ବାବୁ ଯୋଗ ତ ! କୁମ୍ପାନୀ କେଣ୍ଟିନୀ କିଏ ନା ଉଲ୍ଲୁ ସାହାବ କିଏ ? ତା ବଙ୍ଗଲାରେ ତ ଖାସ ଗୋଟାଏ ଖାନସାମା । ଗାଡ଼ି ଡ୍ରାଇଭର,ଚପରାଶୀ,ଚହଲିଆ ପଣପଣ । ସେ କାଇଁକି କେଣ୍ଟିନୀକି ଖାଇବାକୁ ଆସିବ ? ହେଲେ ଅସଲ ହେଲା ଯୋଗ । ତା ମନ ସେଦିନ କଅଣ ହେଲା କେଜାଣି କହିଲା, ଖାଇବାକୁ ଆଶ । ଯେମିତି ଦେଶୀକୁକୁଡା ଝୋଲ ଦି ସୋଡକା ହାପୁଡିଛି, ମୋତେ ଏକାଥରେ ନେଇ ଜାଣି ରାଜାଘର ଗାଦୀରେ ବସେଇଲା । ଘରେ ଭଲମନ୍ଦ ରନ୍ଧାହେବାକୁ ଥିଲେ ମୋତେ ଡକେଇବ । ତା ହେଙ୍ଗାସ୍ତାନୀ ଖାନସାମାଟା ମନେମନେ ମୋ ଉପରେ ରାଗୁଥାଏ । ହେଲେ ବଡ ସାହାବ ଆଗରେ ଠିଆ ହେବାକୁ ତାଆର କୋଉ ହିମତ ?

କୁମ୍ପାନୀ ଗେଏଷ୍ଟ ହାଉସ୍କୁ ସାହାବ ଆସିଲେ ମୋତେ ଡାକରା । ମାଲିକ ଆସିଲେ ମୋତେ ଡାକରା । ହେଲେ ସେ କାମ ମାସେ ପନ୍ଦର ଦିନେ ଥରେ ଅଧେ । ବେଲେବେଲେ ତ ମାସେ ପନ୍ଦର ଦିନ ଖାଲି ବସି ଶୋଇ ମାସକୁ ପାଞ୍ଚ ହଜାର ନେବା କଥା । ସେତେବେଲକୁ ଉଲ୍ଲୁ ସାହାବ ମୋ ଦରମା ବଢେଇ ପାଞ୍ଚ ହଜାର କରି ସାରିଲାଣି । ଡାଲିଂ ସାହାବାଣୀ ମୋ ଉପରେ ଭାରି ଖୁସ । କାମ ନ ଥିଲାକୁ ମୁଁ ତା ଘରେ ଉପରେ ପଡି ଦି ପାଇଟି କରି ଦେଇ ଆସେ । ତାକୁ ଚୁନା ମାଛ ବେସର, ମୁଡିଘା, ଡାଲମା, ଆଉଆଉ ଯେତେ ଆମ ଦେଶୀଖାନା ବନେଇ ଖୁଆଏ । ତା ଗୁଣ ଯେମିତି ତା ରୂପ ସେମିତି ବାବୁ । ରୂପ ବର୍ଷ ବସିଲେ ଅବିକା ରାତି ପାହି ଭୋଥର ହେଇଯିବ । ଯେତେହେଲେ ମୁଁ ନିଶା ତିଆଡ଼ୀ ଶିଷ୍ୟ । ସେ କଥା ଛାଡନ୍ତୁ । ଆଉ

କୋଉ ଦିନ ବେଳ ମିଳିଲେ କହିବି । ତା ରୂପ ଉପରେ ମୋ ନଜର ପଡ଼ି ନଥିଲା ବୋଲି ମିଛ କାହିଁକି କହିବି ବାବୁ ? ହେଲେ ସେଇଟା ଦୂର ଆକାଶର ଜହ୍ନକୁ ଦେଖି ଖୁସି ହେଲା ଭଳିଆ କଥା । ଜହ୍ନକୁ ଦେଖି, ଫୁଲକୁ ଦେଖି ତମେ ଆପଣ ଖୁସି ହେଉଚ ନା ନାହିଁ ? ଡାଲିଂ ସାହାବାଣୀକି ଦେଖି ମୁଁ ଟିକେ ଖୁସି ହେଲେ ମୋର ଦୋଷ ? ଜହ୍ନ ଦେଖି ଖୁସି ହେଲ ବୋଲି କଅଣ ଜହ୍ନକୁ ତୋଳିବାକୁ ହାତ ବଢ଼େଇବ ? ମୋ ଖୁସି ସେମିତିକା । ମୋ ହାତ ବଢ଼ା ବି ସେମିତିକା । କଅଣ କହନ୍ତିନି, ଆ ଜହ୍ନମାମୁ ସରଗଶଶୀ ଭଳିଆ । ସତରେ କୋଉ ସରଗଶଶୀ ଆକାଶ ଛାଡ଼ି ତଳକୁ ଓହ୍ଲେଇ ଆସେ ? ହେଲେ ମଣିଷ ଡାକେ ତ ! ଇଏ ଜାଣନ୍ତୁ ସେଇ ଭଳିଆ ଗୋଟେ କଥା ।

ସାହାବ ତାକୁ ଡାକେ ଡାଲିଂ । ମୁଁ କାହିଁ ଏତେ ଛଦକପଟରେ ପଶିବି ? ମୁଁ ଭାବେ ତା ନାଁ ଡାଲିଂ । ମୁଁ ବି ଡାକେ ଡାଲିଂ ସାହାବାଣୀ । ଦିନେ ଆମ ଗେଏଷ୍ଟ ହାଉସ ମେନେଜର ଶୁଣି ହାତେ ଲମ୍ବର ଜିଭ କାମୁଡ଼ି ପକେଇଲା । ମୁଁ ପଚାରିଲି, କଅଣ ହେଲା ଆଜ୍ଞା ? ଡାଲିଂ ସାହାବାଣୀ ନାଁ ଶୁଣୁଶୁଣୁ ଏମିତି ଚମକି ପଡ଼ିଲେ କାଇଁକି ?

– ପୁଣି ? ପୁଣି ..... ଶଳା ମୂର୍ଖ .....', ମୋତେ ମାରେ କି ନମାରେ ହୋଇ ଧାଇଁ ତ ଆସିଲା । ବୁଝୁବୁଝୁ କଥା କ'ଣ କି ବାବୁ, ଗେରସ୍ତ, ଭାରିଆ ଭିତରେ ସେଇଟା ଗୋଟା ଇଂରିଜି ଡାକ । ଗେରସ୍ତ ଭାରିଆକୁ ଡାକିବ ଡାଲିଂ, ଭାରିଆ ବି ଗେରସ୍ତକୁ ଡାକିବ ଡାଲିଂ । ଆମ ଏପଟ ଭଳିଆ, ହଇହେ ଶୁଭୁଟି' ଇଂରିଜିରେ ନଚଲେ । ସାହାବାଣୀ ଅସଲ ନାଁ କାଲେ ଦୁସୁରା । ମୁଁ କାହୁଁ ଏତେ କଥା ଜାଣିବି ? ହେଲେ ସେ ଶଳା ଡାକଟା ଆଉ ମୋ ଜିଭଅଗରୁ ଓହ୍ଲେଇବା ନାଁ ଧରିଲାନି । ତହିଁକି ଡାଲିଂ ସାହାବାଣୀ କେବେ ଦିନେ ରାଗେନା । ଖାଲି ମୁରୁକିମୁରୁକି ହସେ । କି ହସ ଆଜ୍ଞା ? ମୁଁ ନିଶା ତିଆଡ଼ୀ ଶିଷ୍ୟ । ହସ ବର୍ଷ ବସିଲେ ବି ରାତି ଦି ଘଡ଼ି ହେଇଯିବ । ଆଉ ଟିକକୁ ଭାବା ଦୁଆରେ ତେଲେଙ୍ଗା ଡାଇଭର ଗାଡ଼ି ଲଗେଇ ଖାଇବାକୁ ବସିବେ । ସଞ୍ଜ ଆଠଟା ନଅଟା ଭିତରେ ତାଙ୍କ ଖାଇବା ଅଭ୍ୟାସ । ତାଙ୍କ ଖାନା ବି ଦୋସରା । ଯେତେ ଯାହା ଆଇଟମ ହୋଇଥାଉ, ଖଟାପାଣି ଟିକେ, ନାଲି ଲଙ୍କା ମରିଚ ଦିଇଟା ନ ହେଲେ ନ ଚଲେ । ପଞ୍ଜାବି ଡାଇଭରଙ୍କ ଖାନା ଦୁସରା । ତାଙ୍କ ଟାଇମ ବି ଅଲଗା । ରାତି ଏଗାର ବାର ନ ହେଲେ ଖାନା ପେଢ଼ଁ ବସିବେନି । ତଡ଼କା, ତନ୍ଦୁରୀ, ନାନ, ଡାଲ ଫ୍ରାଇ । ସେଗୁଡ଼ା ଅଭିକ୍ଷତାର କଥା । ଗରାଖ ମାଗିବା ଯାଏ କଥା ଯିବ କାଇଁକି ? ଆପଣ କହୁ ନାହାନ୍ତି ? ନହେଲେ ମୁଁ ଆସିବା ଆଗରୁ ଶଳା ହେଡାଖିଆ ଅଛ ପାତର ବସି ମାଛି ହୁରୁଡ଼ାଉଥିଲା । ଛାଡ଼ନ୍ତୁ ତା ମାଛି ଗୋଡ ଧୁଆ ଖୋଇ ରୁ ତମେ ଆପଣ

କଅଣ ପାଇବେ ? ଏ ଅଦା, ରସୁଣ ଛଡେଇବା ବଡ ବିଜାର କାମ । କଥା କହୁଥିବି । ତେଣେ ହାତ ଚାଲିଥିବ । ମୋ ଖୋଇ ସେମିତି । ଅଦା ଅବସ୍ଥା ଦେଖୁ ନାହାନ୍ତି, ଆହୁରୁ କହୁଚନ୍ତି ? ହାଟରେ ଅଦା ନ ମିଳିଲା ଭଳିଆ ଶସ୍ତା ପଡିବ ବୋଲି କୋଉଠୁ ବାଛିବାଛି ଶୁକୁଟା, ମୁରୁକୁଟିଆ, ଚେରୁଆ ଅଦା ଆଣିଛି । ଅଖାରେ ଘଷିଘଷି ଆଙ୍ଗୁଠିରୁ ମଲି ଚମ ଛିଣ୍ଡିଯିବ ପଞ୍ଚକେ ଚୋପା ନ ଛାଡନ୍ତି । ବୋଇଲା, ଅଙ୍ଗୁଠି ଛିଣ୍ଡେ ଘରଷଣେ, ନ ପାରି ପକାଇଲା ଜଲେ । ' ମୋ ପଦ ନୁହଁ ଆଜ୍ଞା, ଗାଆଣ ନିଶା ତିଆଡୀ ପଦ । ଲୋକ ଥାଟପଟାଲି ଭାଙ୍ଗୁଥିବେ । ଚଅଁର ହେଲେଇ ସ୍ଟେଜ ଉପରେ ନିଶା ତିଆଡୀ ଦି ଘେରା ବୁଲି ପଡିଲା ବେଲକୁ ହରିବୋଲଜୁଲୁଜୁଲିରେ ଖଣ୍ଡମଣ୍ଡଲ କମ୍ପି ଉଠୁଥିବ । କହିଲା ବେଲକୁ ମୋ ରୁମ କେମିତି ଟାଙ୍କୁରି ଉଠୁଚି ଦେଖୁ ନାହାନ୍ତି । ସେ ଜୀବନ ଦୁସରା । ମୋ କର୍ମ ମନ୍ଦ ବୋଲି ଆଜି ବସି ଅଦାରୁ ଚୋପା ଛଡେଉଚି । ଏତକ ସରିଲେ, ୫ଡା ଦଶ କିଲେ ପିଆଜ କାଟିବି । ତେଣିକି ରୋଷେଇବାସ ଜଞ୍ଜାଲ ଲାଗିଯିବ । ଆଉ କଥା କହିବାକୁ ବେଲ କେତେବେଲେ ?   ଗୋଟା ହେଲପର ରଖିଲେ ହୁଅନ୍ତାନି ? ଏ ଅଛ ପାତର ତ ଅଦା ଭାଇ ଶୁଣ୍ଟି । ଭାବିଛି ଗୋଟା ଲୋକ ରେ ତ କାମ ଚଲୁଚି । ନହେଲେ ସେ ଗୋଲିଆକୁ ଏ କାମ ବରଗିଲେ ହୁଅନ୍ତାନି ? ସେ ଶଲା ମାଇଗୁଲିଆ ଟୋକା ଅବିକା ଅଛ ପାତର ଗୋଡହାତରେ ମାଲପା ଘଷୁଥିବ । ଏ କାମ ରୋଷେୟାର ? ବାବୁ ଆପଣ କହୁ ନାହାନ୍ତି ? ଦୁଃଖ ବଲେଇ ପଡିବାରୁ ଆପଣଙ୍କ ଆଗରେ କହୁଚି । ଆପଣ ଶୁଣି ଦିକିଦାରି ପାଉଚ୍ଚନ୍ତି କି ? ମୋ ଖୋଇ ସେମିତିକା । ଗୁଣ ଚିହ୍ନ ଗୁଣିଆ । ମୋର ଗଣ୍ଡବ କଲାରେ ଜନ୍ମ । ନହେଲେ ମାଗଣାକୁ ନିଶା ତିଆଡି ମୋ ମୁଣ୍ଡରେ ଚଅଁର ବୁଲେଇ କହୁଥିଲା, ଏଇ ନୀଲକଣ୍ଠ ଜାଣି ମୋ ନାଁ ରଖିବ । ହେଲେ ମୋ କର୍ମ ସେମିତି । ଶୁଣୁଚନ୍ତି ଯେତେବେଲେ ନ କହିଲେ ମୋ ଛାତି ଫାଟିଯିବ । ରକତମାଉଁସ ଦିହ ଧରି   କେତେ ଆଉ ସହବି କହୁ ନାହାନ୍ତି ?

ବଲୁରିଆ ଗାଁରେ ବାଦୀ ପାଲା ଚାଲିଥାଏ, ସାତରାତି । ସଞ୍ଜକୁ ନିଶା ତିଆଡୀ ତ ରାତିକୁ ବିମ୍ଧଧର ରଥଶର୍ମା । ଏ ପାଲି ଉଷାହରଣ ତ ଆରପାଲି ବେଣୀବନ୍ଧନ । ସେତେବେଲେ ପାଲାବାଲା ଗାଁରେ ଆ ଘରେ ତା ଘରେ ଜଣେଜଣେ ରହୁଥାଆନ୍ତି । ମୁଁ ଯା ଘରେ ଥାଏ, ଶାଶୁ ବୁଢୀ ରାଣ୍ଡକୁ, ବୋହୂ ଏକୁଟିଆ । ତା ଗେରସ୍ତ ଯାଇ କୋଉ ଡେଲି କି ବମ୍ୟେଇ ପଟେ ଚାକିରି କରୁଥାଏ । ମୁଁ ରାତି ସାରା ପାଲି ଧରିଧରି ହାଲିଆ ହୋଇ ଫାଁ ଗାଲି ପଡେ । ତେଣେ ବୋହୂ ନ ତିଆଣ ଛ ଭଜା କରି ମୋ ଉଠିବାକୁ ଅନେଇ ବସିଥାଏ । ବୁଢୀଟା ବି ଭଲ ଲୋକ ଆଜ୍ଞା । ପୁରାଣ ଶାହାସ୍ତରେ ଭାରି ମନ । ମୋତେ ବସେଇ ଛାଦ କଅଣ, ଚମ୍ପୂ କଅଣ ଶୁଣେ । ଶେଷକୁ ବରାଦ

କରିବ, ଗୋଟା ଭଜନ ଗାଉନୁ ପୁଅ। ବୋହୂ ଘର କାମ ବାହାନାରେ ଏପଟସେପଟ ହୋଇ କାନ ଡେରିଥିବ। ମୋର ତ ସୁରତ, ସୁଲଳିତ ସୋର। ଗଳା ବସେଇ ବସେଇ ଏମିତି ଗାଇବି ଯେ ବୁଢ଼ୀ ଆଖିରୁ ଖାଲି ବରକୋଲି ଟୋପା ପରି ଲୁହ ଗଡ଼ି ପଡ଼ୁଥିବ। ବୁଢ଼ୀ ବସିବସି ଢୋଲେଇଲା ବେଳକୁ ବୋହୂ ବରାଦ କରିବ କାଲି ରାତିରେ ଯୋଉ, ଚେତି ଚାତୁରୀ, ଗାଉଥେଲ ଥରେ ଗାଉନା। ମୋର ତ ଗନ୍ଧର୍ବ କଳାରେ ଜନ୍ମ। ସମ୍ଭାଳ ପଡ଼ୁଛି କେତକେ? ଚେତି ଚାତୁରୀ ଗାଇବି, କି ହେଲାରେ ଚମ୍ପୁ ଗାଇବି। ସିଏ ଖାଲି ଏପଟ ସେପଟ ହୋଇ ମୁରୁକିମୁରୁକି ହସୁଥିବ। ଦି ରାତି ଗଲା, ତିନି ରାତି ଗଲା। ତାଆର ହାଁ ଯବାନୀ ବୟସକୁ ମୋର ସେତେବେଳକୁ ଉତ୍ପାତିଆ ବେଲ। ଭଲମନ୍ଦ କିଏ ବାରୁଛି? ସେଦିନ ସଞ୍ଜ ପହର ପାଲି ବଢ଼େଇ ଗଲା ବେଳକୁ ବୁଢ଼ୀ ଶୋଇ ଘୁଙ୍ଗୁଡ଼ି ମାରୁଥାଏ। ବୋହୂ ମୋତେ ଡାକିଲା, ଏ ବାଡ଼ିପଟକୁ ଆସ। ଘରେ ଗରମରେ ଉୟନ୍ତି ହେଲା ଭଳିଆ ଲାଗୁଛି। ଚାନ୍ଦିନୀ ରାତି ପଡ଼ିଛି। ସେଇଠି ବସିବା। ତମେ ଗୀତ ଗାଇବ, ମୁଁ ବସି ଶୁଣିବି। ଛାଡ଼ନ୍ତ ବାବୁ; କଥା ଲମ୍ବେଇଲେ ବେଲ ପାଇବନି। ସତ କହିଲେ ବି ଆପଣ କୋଉ ବିଶ୍ୱାସ ଯିବେ। ବଲୁରିଆ ଗାଁ ବାଲା ତ ବିଶ୍ୱାସ ଗଲେନି। କହିଲେ, ଶଳା ଏଡ଼େ ସତିଆ ପୁରୁଷ? ଖାଲି ଯୁବତୀ ବୋହୂଟା ପାଖରେ ବସି ରାତି ଅଧରେ ଗୀତ ଗାଉଥେଲୁ? କାହିଁ ଗୀତ ବୋଲିବା କଥା ଯଦି ଘରେ ଜାଗା ନଥେଲା କି? ସେଇଠୁ ତାଙ୍କ ସାଇର ଦିଇଟା ଟୋକା ନଥକୁ ଛଅ ନଗେଇ ବାର କଥା କହିଲେ। ସେ ହାରାମଜାଦୀ ପୁଣି କଥା ଓଲଟେଇ କହିଲା, ମୁଁ ବାଡ଼ିକି ଉଠିଥେଲି। ଏ ଯୋଗଣୀଖିଆ ପର ଅଗିଁଠା ପତରଚଟା କୁକୁର କେତେବେଲେ ମୋ ପଛେପଛେ ଉଠି ଆସିଚି, ମତେ ଜଣା ନାହିଁ।

ସକାଲୁ ନିଶାପ ବସିଲା। ନିଶାପ ହେବ କଅଣ ନେମୁନୁଣ? ନିଶା ତିଆଡ଼ୀ ମୋ ତରଫରୁ ସମସ୍ତଙ୍କ ଆଗରେ ହାତ ଯୋଡ଼ି ଆଗତୁରା ଭୁଲ ମାଗିପକେଇଲା। ମତେ ସେଇ ନିଶାପ ପାଖରୁ ଦଲରୁ ବିଦା କଲା ବୋଲି ଘୋଷଣା କରିଦେଲା।

କଅଣ ମୋ କଥା ବିଶ୍ୱାସ ହେଲାନି ତ? ମୁଁ ନ ଜାଣି କହୁଥେଲି? ଛାଡ଼ନ୍ତ କଥା ଲମ୍ବେଇଲେ ମୋଟ। ଆଉ ଘଡ଼ିକୁ ରୋଷେଇବାସ ଜଞ୍ଜାଲ ଘୋଟିଯିବ। ତେଣିକି ରାତି ଅଧଯାଏ ନିଶ୍ୱାସ ମାରିବାକୁ ଫୁରୁସତ ମିଲିବନି କଥା ଗପିବାକୁ ବେଲ କୋଉଠି ମିଲିବ?

ଟିକେ ବସିଥାଆନ୍ତୁ ବାବୁ, ମୁଁ ଆଞ୍ଜ ଝାଡ଼ି କୋଇଲା ଗଣ୍ଠା ପକେଇ ଦେଇ ଆସେ। ନହେଲେ ଅଛ ପାତର ଉଠିଲେ ଅବିକା ଦିଗଭାଗ ଭାଙ୍ଗିବ। ଶଳାଟାର ପୁଣି ଯୋଉ ବିଚିକିଟିଆ ଗାଲି, ଚୋର ଚଣ୍ଡାଲ କାନରେ ଶୁଣିବନି। ଛାଡ଼ନ୍ତୁ ବାବୁ ମୋ

କର୍ମ ସେମିତି । ନ ହେଲେ ଗନ୍ଧର୍ବ କଳାରେ ଜନମ ପାଇ ମୁଁ ଆଜି କୋଇଲା ଆଞ୍ଚ ଖାଉଥାଆନ୍ତି ?

ଆଞ୍ଚ ଧରିଯାଉ, ତମ ଆପଣଙ୍କୁ ପେଶାଲ ଚାହା ପେଇବି ! ମୋର ପୁଣି ସାଙ୍ଗ ସୁଖ ଭଲ ମନ୍ଦ ଅଛି ନା ନାହିଁ ? ନା ଅଛ ପାତର କଥାରେ ? ମୁଁ ସେ ଶଳାକୁ ଡରିଛି ? ହଅକ ଯୋଉଠି ଗତର ଖଟେଇବି ସେଠି ଖାଇବି । ଯିଏ ତୁଣ୍ଡ ଦେଇଟି ସେ ମଣ୍ଡ ଦେଇଟି ନା ନାହିଁ ? ଏତେ ଗୋଟା ଡରିମରି ଚଲିବ କଅଣ ମ ?

ବୁଝିଲାନା ବାବୁ ନିଶା ତିଆଡ଼ୀ ପାଖରୁ ତଡ଼ା ଖାଇ ସିଧା ପଲେଇଲି ବାରଣାସୀ । କିଏ ତୀର୍ଥ କରିବାକୁ ବାରଣାସୀ ଯାଉଟି, ମୁଁ ପେଟ ଚାଖଣ୍ଡକ ପେଇଁ ବାରଣାସୀ ଗଲି । ତା ଛଡ଼ା ବଲୁରିଆ ଆମ ଗାଁରୁ କେତେ ଦୂର ? ମୁଁ ଘରେ ପହଞ୍ଚିବା ଆଗରୁ କଥା ପହଞ୍ଚ ଡିବିଟିବି ବାକୁଥବ । ଏମିତିକା ରସୁଆଳ କଥା ଶୁଣିବାକୁ ତ ଲୋକ କାନ ଠିଆକରି ବସିଥାଆନ୍ତି ।

ଅଜା ମତେ ଦେଖି ଆଚମ୍ଭିତ । ପଚାରିଲା, ଇରେ କୁହା ନାଇଁ ବୋଲା ନାଇଁ ତୁ କୁଆଡେ ? ତତେ ତ ବାଟଘାଟ ଜଣା ନାହିଁ ଏତେ ବାଟ କେମିତି ଆସିଲୁ ? ଛାଡ, ସେ ବୁଢ଼ା ବାଗ ସେମିତି । ଗୁରେଇତୁରେଇ ଗୋଟା କଥାକୁ ଶହେ ଥର ପଚାରିବ । ରାତିରେ ମତେ କହିଲା, ତୋର ତ ଶଳା ଗନ୍ଧର୍ବ କଳାରେ ଜନ୍ମ । ଏଟା ବିଦେଶ ଜାଗା । ସେମିତିକା ଖୋଇ କାଢ଼ିଲେ, ପିଠିରେ ଗାଈ ଚରିଯିବେ ବୋଲି ଆଗତୁରା କହି ଦେଉଟି । ଦେଖି ଚାହିଁ ଚଲୁଥିବୁ । ଏଠି ହରେକ ରକମ ମାଇକିନିଆ । କାହା ମତଲବ କଅଣ ଜାଣିବା କଷ୍ଟ ।

ସକାଳୁ ମତେ ଯାତ୍ରୀଘର ରୋଷେଇକାମରେ ଲଗେଇ ଦେଲା । ସେତେବେଳକୁ ବାବୁ ରୋଷେଇ କିଏ ନା ମୁଁ କିଏ ? ମୋର ଗନ୍ଧର୍ବ କଳାରେ ଜନମ । ଗାଇବା, ବଜେଇବା କଥା କୁହ ଉଠିବି, ବୁଢ଼ିବି । ହେଲେ ଏ ନୂଆ ଜଞ୍ଜାଳ ସମ୍ଭାଲୁଟି କେତେକେ । ବୁଢ଼ା ଆଠ ଦଶଦିନ ଲାଗି ସବୁ ଇଲମ ବଟେଇଲା । ହାଟ ସଉଦା ପାଖରୁ ରୋଷେଇବାସ, ଯାତ୍ରୀଙ୍କି ନେଇ ମଠମନ୍ଦିର ବୁଲେଇବା ସବୁ ମୁଁ ମାସ ଦିଇଟାରେ ସମ୍ଭାଲି ନେଲି । ବୁଢ଼ାର ବି ସେତେବେଳକୁ ବଅସ ହେଲାଣି । ଏତେ କାମକୁ ପାରୁ ନଥାଏ । ମତେ ସବୁ ଦାଇତ୍ୱ ଛାଡ଼ି ଦେଇ ଖାଲି ପୂଜାପୂଜି କାମ ବୁଝୁଥାଏ । ଫଗୁଣ ମାସିଆ ଘଡ଼ି । ଏ ବେଳକୁ ସେମିତି ଯାତ୍ରୀ ଭିଡ ନ ଥାଏ । ଯାତ୍ରୀ ବସାଘରେ ସିନା ଅରୁଆନ୍ନ, ଡାଲମା, ଖଟା, ଛେଣ୍ଡା .ପାୟସ । ସେମିତିକା ଯାତ୍ରୀଦଳ ଜୁଟିଲେ ଖୁବ୍ ବେଶୀ ହେଲେ କାନିକା, ଛେନା ତରକାରୀ, କାକରା । ଆଇଁଷ ରନ୍ଧା ବାଗବରଗ ମତେ ଜଣା ନ ଥାଏ । ସେହି ପାଖ ହୋଟେଲରେ ଗୋଟାଏ ହେଙ୍ଗସ୍ତାନୀ ମିସ୍ତ୍ରୀ

ପାଖରୁ ମାଛ, ମାଉଁସ, ଚିକିନି ରନ୍ଧା ଶିଖୁଥାଏ । ରୁଟିରେ ରୁଟିରେ ଖାଲି ଦଶ ପ୍ରକାର । ନାନ, ତନ୍ଦୁରୀ, ମୋଗଲାଇ, ରୁମାଲି, ହରେକ ରକମ ରୁଟି । ଚିକେନରେ ସେମିତି ଚିଲିଚିକିନି, ଚିକିନୀ ମସଲା, ଚାଇନିଜ, ଆହୁରରି କଅଣ କର୍ଣ୍ଣନେଷ୍ଟ, କଅଣ ନାଉଁ କଅଣ ସବୁ । ତାକୁ ଜାଣି ଗୁରୁ କରି ସେ ବିଦ୍ୟା ସାଧୁଥାଏ । ମୋ ବାଗ ସେମିତି । ଯୋଉଥିରେ ଥରେ ମୁଣ୍ଡ ପଶିଲା ପୂରା ନ କରି ଛାଡ଼ିବିନି ବାଇଁଚୋକୁ । ଅଜା ବିଗୁଡୁଥାଏ, ଶଳା ବାହୁଣ ଜନମ ପାଇ ସେଗୁଡ଼ା କାହିଁ ଶିଖୁଚୁବେ ? ମନ୍ଦିର ପୂଜା, ଦୋକାନ ପୂଜା, ମେଳାକାମ ଶିଖ । ମନ୍ତ୍ର ଶିଖ । ହାତ ଚଲା ଶିଖ । ସେଗୁଡ଼ା ବାହୁଣ ଯୋଗ୍ୟ କାମ । ଏଗୁଡ଼ା ଶିଖି କଅଣ ଖାନସାମା ହେବୁ ? ବାରଣାସୀ ଭଳିଆ ଜାଗାରେ ବାଁଛୁ ପାଢ଼ୀ ନାଁ ପକେଇବୁ ପାଜି । ତୁ ଶଳା କରିବୁ କଅଣ ? ତୋର ତ ଗନ୍ଧର୍ବ କଳାରେ ଜନ୍ମ । ସିଏ ତୋତେ ବାଟ କଢ଼େଉଛି ।

ବୁଢ଼ା କଥା ଶୁଣୁଚି କିଏ ? ଦିନରେ ହେଙ୍ଗସ୍ତାନୀ ମିସ୍ତ୍ରୀ ପାଖରୁ କାମ ଶିଖା । ରାତିରେ ଯାତ୍ରୀ ବସାଘରେ ବସି ଗୀତ ବୋଲା । ସେତେବେଳକୁ ମୋରି ଇନକମରୁ ଗୋଟାଏ ହାରମାନିୟା କିଣି ସାରିଲିଣି । ରାତି ଅଧ ଯାଏ ହାରମାନିୟା ବଜେଇ ଛାନ୍ଦ, ଚମ୍ପୁ ବୋଲେ । ରାତି ଅଧକୁ ଶୋଇ ସକାଳ ଆଠଟାକୁ ଉଠେ । ଦିନେ ପାହାନ୍ତାକୁ ଦଳେ ଯାତ୍ରୀ ପହଞ୍ଚି ନାନା, ନାନା ବୋଲି ଡାକ ଛାଡ଼ିଲେ । ଦ୍ୱାରକା, ମଥୁରା, ବୃନ୍ଦାବନ, ବଦ୍ରିନାଥ ବୁଲିବୁଲି ବାରଣାସୀରେ ପହଞ୍ଚିଥାଆନ୍ତି । ବୁଢ଼ୀ ଦି ତିନିଟା, ଗୋଟେ ଅଧ ବୟସିଆ ଲୋକ ଆଉ ଯୁବତୀ ବିଧବା ବୋହୂଟାଏ ବାବୁ । ତା ମୁହଁକୁ ଅନେଉଅନେଉ ମୋ ଛାତି ଭିତର ଖାଲି କୋରି ବିଦାରି ହୋଇ ଯାଉଥାଏ । କି ଭଳିଆ ରୂପ, କି ଗଢ଼ଣ, କେମିତି ଚନ୍ଦ୍ରଉଦିଆ ମୁହଁ ! ଶଳା ଦଇବ ଅନ୍ଧ ଯାକୁ ଏଇ ଦଣ୍ଡ ଦେଲା ? ତାକୁ ଆଉ ଜାଗା ମିଳିଲାନି ? ବୁଢ଼ୁବୁଢ଼ୁ ଭାରି ଥେଲାଥୋଇଲା ପାର୍ଟି । ଏ ବୋହୂ ଜାଣି ଅସଲ । ଶାଶୁ ବୁଢ଼ୀ ବୋଲି ଯିଏ ସାଙ୍ଗରେ ଆସିଛି ସେଇଟା ସାବତ ଶାଶୁ । ବୋହୂକୁ ଦି ଆଖିରେ ଦେଖିସହି ପାରେନା । ହେଲେ କରୁଚି କଅଣ ? ସାବତ ପୁଅ ତ ମରଣ କୋଉ ଦିନ ଜାଣିଲା ଭଳିଆ ବୋହୂ ନାଁରେ ଆଗତୁରା ସବୁ ସମ୍ପତିବାଡ଼ି କରି ଦେଇ ଯାଇଛି । ଏବେ ଯେତେ ରବେଇଖବେଇ ହେଲେ କୋଉ କୂଲକୁ ? ମାଡ଼ି ଜାକି ହୋଇ ବୋହୂ ସାଙ୍ଗରେ ଚଲୁଥାଏ । ଆଉ ଗୋଟା ଖେଣ୍ଡି ବୁଢ଼ୀ ଯିଏ ସାଙ୍ଗରେ ଆସିଚି ସେ ସେ ସାବତ ଶାଶୁର ବଡ ଭଉଣୀ । ଆଉ ଗୋଟା ବୁଢ଼ୀ ମଲାଶାଶୁ । ଅଧ ବୟସିଆଟା ତାଙ୍କ ଭାଗ ଚାଷୀ ।

ତାଙ୍କୁ ଚାରିଦିନ ଲାଗି ବାରଣାସୀରେ ଯେତେ ମଠ, ଯେତେ ମନ୍ଦିର ବୁଲେଇ ଦେଖେଇଲି । ସକାଳୁ ବେଳାବେଲି ଖାଇ ବାହାରି ଯାଉ । ଫେରିଲା ବେଳକୁ ଛାଇ

ନେଉଟା । ରାତି ଖାଇବା ବଢେଇ ମୁଁ ବସି ହାରମାନିୟାରେ ଗୀତ ବୋଲେ । ପଞ୍ଚାକଜାକ ମତେ ଘେରି ବସି ଶୁଣନ୍ତି ।   ତହିଁକି ଶାଶୁବୁଢୀ ଦଶଥର କହୁଥିବ, ଯାଉନୁ ବୋହୂ ଶୋଇବୁ । ବୋହୂ ତା କଥା ଏ କାନରେ ପୂରେଇ ସେ କାନରେ ବାହାର କରି ଦେଉଥାଏ । ବୁଢୀୟାକ ବସିବସି ଢୋଳାନ୍ତି । ବୋହୂ ଆହୁରି ଗୋଟା ଆହୁରି ଗୋଟା ବରାଦ କରୁଥାଏ । ମୋର ତ ଜନ୍ମରୁ ଗନ୍ଧର୍ବ କଳା । ମୁଁ ଛାଡ଼ୁଚି କେତକେ ।   ବୋହୂ ପେଚା ଭଳିଆ ମୋ ମୁହଁକୁ ସେମିତି ଅନେଇ ବସିଥାଏ । ତହିଁକି   ବୁଢୀ କହିଲା, ଏଠି ତ ଢେର ଦିନ ହେଲାଣି,   ଚାଲ ଗାୟା ହେଇ ଘରକୁ ଫେରିବା । ବୋହୂ ଆଉ ଦି ଦିନ, ଆଉ ଦି ଦିନ କହି ଦିନ ଗଡ଼େଉଥାଏ ।   ଥରେ ରାତିରେ ସମସ୍ତେ ଶୋଇ ସାରିଲା ପରେ   ମତେ କହିଲା, ଏଇଠି ଆଖ ପାଖରେ ମତେ କୋଉ ମଠରେ ରଖେଇ ଦିଅନ୍ତିନି ? ଆଉ ସେ ଘରକୁ ଫେରିବାକୁ ମୋର ଇଚ୍ଛା ନାହିଁ । ଏ ଖେଣ୍ଡି ବୁଢୀ କୋଉଦିନ ମତେ ବିଷ ଦେଇ ମାରିବ ନ ହେଲେ ବାଲି ମାଠିଆ ବେକରେ ବାନ୍ଧି କୂଅପୋଖରୀକି ପେଲି ଦେବ ।

ଆହା ବିଚାରୀର କେଡେ ଦୁଃଖ ? ସେମିତି କର୍ମ ଅବଳ ପଡିଚି ବୋଲି ଅଚଳାଚଳ ସମ୍ପତ୍ତି ଛାଡ଼ି,ଘରଦୁଆର ଛାଡ଼ି ଏ ବିଦେଶ ଜାଗାରେ ରହିବାକୁ ମନ କରୁଚି ସିନା । କୁଆଡେ ନେଇ ପଲେଇବିକି ? ଯିବି କୁଆଡେ ? ଏମିତି ଭାବି ହେଉଥାଏ ଦିନେ କହିଲା,   ମତେ ଟିକେ ଫୁଲପୁର ନେଇ ଚାଲୁନା ।

ମୁଁ ପଚାରିଲି,ସେଟା କୋଉଠି ?

ଟିକେ ମୁରୁକି ହସି ସିଏ କହିଲା,ମଲା ଏଠି ଏତେଦିନ ରହିଲଣି ।ଫୁଲପୁର କେଉଁଠି ଜାଣିନା ?

ମୁଁ କିଛି ଉଁଚୁ କିଛି ଜବାବ ନ ଦେବାରୁ କହିଲା, ଏଠୁ ଦିଟିନିଟା ଟେସନ ଛାଡ଼ି ଫୁଲପୁର । ସେଠି ମୋ ମାମୁପୁଅ ଭାଇ ଅଛି । ଥରେ ଘରକୁ ଗଲେ ଆଉ କଅଣ ଏତେ ବାଟ କିଏ ସାଙ୍ଗରେ ଆଣିବ ନା ତାକୁ ଦେଖି ପାରିବି ?'

କହୁକହୁ ଆଖି ଛଳଛଳ କରି ପକେଇଲା । ମୁଁ ତ ଗନ୍ଧର୍ବ କଳାରେ ଜନ୍ମ । ତା ଛଦକପଟରେ ପଶୁଚି କୁଆଡୁ ?

ତାପରଦିନ   କାଳ ଭୈରବ ମନ୍ଦିର ନାଁ କହି ଭୋରୁଭୋରୁ ବାହାରି ଗଲୁ । ବେଗରେ କଅଣ ପୁଲାଏ ପୂରେଇ ଥାଏ । ଶାଶୁ ପଚାରିବାରୁ କହିଲା, ଭୋଗ ଜିନିଷ ।'

ମୁଁ   ଏଣେ ଭାବୁଚି ମାମୁପୁଅ ଭାଇ ଘରକୁ ଏତେଦିନେ ଯାଉଚି,ଭଲମନ୍ଦ କଅଣ ନଉଥିବ । ମୋର ସେଠକୁ ମୁଣ୍ଡ ବଢେଇ କି ଲାଭ ?

କଅଣ ଆଉ ତମ ଆପଣଙ୍କୁ କହିବି ବାବୁ, ମତେ ଟେସନରେ ବସେଇଟିକଟ

ଆଣିବ ବୋଲି କହି ଯାଇଟି । ଯାଇଟି ତ ଯାଇଟି । ଅନୁମାନ କରନ୍ତୁ ସକାଳ ଯାଇ ସଞ୍ଜ ହେଲା । ଏପଟସେପଟ ହୋଇ ଯେତେ ଖୋଜିଲି ଆଉ କି ଦେଖା ପାଏ ? ଶାଳୀ ତ ଆଛା ଅଡୁଆରେ ଛନ୍ଦି ଦେଇ ଗଲା । ଅବିକା ଏକୁଟିଆ ଫେରୁଚି କେମିତି ? ତା ଶାଶୁ ବୁଢ଼ୀ ପଚାରିଲେ କି ଜବାବ ଦେବି ? ଅଜା ପଚାରିଲେ କି ଜବାବ ଦେବି ? ଅଜା ଯୋଉ ଚୋପାଛଡ଼ା ଲୋକ ପଚାରିବ, କାଳ ଭୈରବ ମନ୍ଦିର ଯିବା ଲୋକ, ତୁ ତାକୁ ନେଇ ଟେସନ ଯାଇଥିଲୁ କିଆଁ ? ତା ସାଙ୍ଗ ଲୋକ କହିବେ କୋଉ ଦଲାରୀଠାରୁ ପଇସା ପକେଇ ଆମ ବୋହୂକୁ ବିକିଦେଲା । ବାର ଝାମେଲା । ବାର କେଲାଙ୍କାରୀ । ଏତେ ବେପାରରେ ପଶୁଛି କିଏ ?

ଛାବିଲି ଘରକୁ ପଳେଇବି । ପାଖରେ ଯାହା କିଛି ପଇସା ପତର ଅଛି ଘରେ ପହଞ୍ଚି ହେବ କି ନାଇଁ କିଏ ଜାଣେ ? ବାଟରେ ଯାହା ହେବ, ଦେଖାଯିବ । ଏଠି ରହିଲେ ବିପଦ । ତା ସାଙ୍ଗ ଲୋକ କି ଅଜା ଯଦି ଟେସନକୁ ଖୋଜିଖୋଜି ଆସନ୍ତି । ଆମ ଇଆଡ଼କା ଗାଡ଼ି ଟାଇମି ମତେ କୋଉ ଅଜଣା ? କେତେଥର ଫେରନ୍ତା ଯାତ୍ରୀଙ୍କି ଗାଡ଼ି ଚଢ଼େଇ ଦେବାକୁ ଆସିଟି । ସେ ଗାଡ଼ିଟାକୁ ମୁଁ ଚିହ୍ନଟି । ଟିକଟ କାଟି, ଚାହା କପେ ପିଇ ଟେସନରେ କଣପଟିଆ ହେଇ ଗୋଟା ଅନ୍ଧାରୁଆ ଜାଗାରେ ମୁହଁ ଛପା ଦେଇ ବସିଲି । ଭୋକରେ ତେଣେ କରଡ଼ି ଜଳୁଥାଏ । ହେଲେ ବାଟଖର୍ଚ୍ଚ କେତେ ପଡ଼ିବ କିଏ ଜାଣେ ? ଖାଇବାକୁ ସାହାସ ପାଇଲାନି । ଭୋକ ଯେତେ ହଲାପଟା କରୁଥାଏ ମୁଁ ସେତେ ସେ ଶାଳୀର ସାତପୁରୁଷ ଉଝାଳୁଥାଏ । ଏଣେ କାନ ମୋଡ଼ି ହେଇ ଚାପୁଡ଼ା ଖାଉଥାଏ, ଥରକୁ ଦିଥର ଦଗା ଖାଇଲି । ସୋରଗରୁ ଏଥର ରମ୍ଭା କି ମେନକା ଆସି ପହଞ୍ଚିଲେ ବି ଆଉ ତାଙ୍କ ମାୟାରେ ଭୁଲିବିନି ।

ଓଡ଼ିଶା ଗାଡ଼ି ଯେମିତି ନାଗିଟି ଗଲି ତ ହୁଦସ୍ତ ଚଢ଼ି ।

ବାବୁ ତମେ ବେସ୍ତ ହଉଚ କି ? ଅଛ ପାତର ସଉଦା ପେଁ ବଜାରକୁ ଗଲାଣି । ଆସୁଆସୁ ନିକୁଞ୍ଛିଆରେ ଦି ଘଣ୍ଟା । ରୁହ ତମଆପଣଙ୍କ ପେଁ ମୁଁ ଚାହା ବସାଉଚି ।

ବାବୁ ସେ ଛ ମାସ କାଳ ଯୋଉ ହୀନସ୍ତା ? ସେଗୁଡ଼ା ଗପିଲେ, ବେଳ ପାଇବନି । ଚାହା ଓହ୍ଲେଇ ଏଇ ଖିଣା କାବୁଲି ସୋଲା ବସେଇବାକୁ ପଡ଼ିବ । ସେଇଠୁ ମସଲା ପେଷା । ଏ ଶାଳା ଗ୍ରାଇଣ୍ଡରଟା ପୁଣି ଘଡ଼ିଏ ଚାଲିଲେ ଘଡ଼ିଏ ବନ୍ଦ । ପାଞ୍ଚ କି ସାତ ବରଷ ହେଲା ଚାଲିଚାଲି ପାକୁଆ ହେଇ ଗଲାଣି । ଘଡ଼ିକ କାମକୁ ଛ ଘଡ଼ି ଲାଗିବ । ମୁଁ କାବୁଲି ସୋଲା ବସେଇ ଦେଇ ଆସେ । ମସଲା ପେଷୁଥିବି । କଥା ଗପୁଥିବି ।

ହଁ କଅଣ କହୁଥେଲି ? ଓଡ଼ିଶା ଫେରିବା କଥା ତ ? ଛମାସ କାଳ ଏଠି ସେଠି

ବୁଲି ଯୋଉ ନୋ ନଥଟ ହେଇଚି ? ଛାଡ଼ନ୍ତୁ ବାବୁ । ମୋ କର୍ମ ସେମିତି । ସେଇଠୁ ଆସି ଜୁଟିଲି କୋଇଲ କୁମ୍ପାନୀରେ । ମିଛ କାଇଁକି କହିବି ବାବୁ ଆଗଆଗ କେଇ ଦିନ ପରିବା କାଟିଲି । ମସଲା ବାଟିଲି । ଟହଲଟୁକୁରା କଲି । ବେଳ ପଡ଼ିଲେ ଲୋକଙ୍କ ଅଇଁଠା ବାସନ ବି ଉଠେଇଚି । ମିଛକହି କି ଲାଭ ? ଯୋଗ ତ ବାବୁ । ସେଇ ଯୋଉ ତଳହଟିଆଟା ରୋଷେୟା ଥେଲା, ତାଆର ପେଟମରା ବେମାରୀ । ଥରେ ଏମିତି ପଗଡ଼ିଦେଲା ଯେ ଏକାଥରେ ଯାଇ କୁମ୍ପାନୀ ଡାକ୍ତରଖାନାରେ ପଡ଼ିଲା ଆଠ ଦିନ । ମେନେଜର ଏତେ ସହସା ଲୋକ ପାଉଚି କୋଉଠୁ ? କୋଉ କମି ଲୋକ ହେଇତେନି ? ଏ ଓଳି ସେ ଓଳି ମିଶେଇ ସାତଅଠଶ' ଲୋକଙ୍କ ରୋଷେଇ । କ'ଣ ଛୋଟିଆ ମାମଲା ? ମୋ ରଙ୍ଗଢଙ୍ଗ ଦେଖି ମେନେଜର କଅଣ ଠଉରେଇଲା କେଜାଣି ସିଧା ପଚାରିଲା, ପାରିବୁ ?

ମୁଁ କହିଲି – ଦେଖିବା ।

ବାବୁ, ସେଦି ଗୁରୁବାର । ନିରାମିଷ ବାରି । ଆଇଟମ କହିଲେ ଭାତ, ଡାଲମା, ଆମ୍ବ ଖଟୁରୀଖଟା, ଛେନା ତରକାରୀ, ବଡ଼ିଶାଗ ଭଜା, କ୍ଷୀରୀ । ଆଗ ଚାଖିଲା ମେନେଜର । ଚାଖୁଚାଖୁ ପୂରା ଦେଢଟା ମିଳିଲି ଠୁଙ୍କିଦେଲା । ଠୁଙ୍କିଦେଲା ମାନେ ଏକବାର ଚାଟିଚୁଟି ପ୍ଲେଟ୍ ସଫା । ତା ମନକୁ ଏମିତି ପାଇଲା ଯେ ପାନ ଖଣ୍ଡେ ପାଟିକି ନେବାକୁ ତର ସହିଲାନି । କହିଲା, ଆଜିଠୁ ତୁ ରୋଷେୟା । ସେ ଶଳା ତଳହଟିଆଟା ସାତ ଜନମ ଗଲେ ଏମିତି ରାନ୍ଧି ପାରିବନି । ତାଆ ପର କଥା ତ ତମଆଆପଣଙ୍କୁ ରସୁଣ ଛେଡ଼େଇଲା ବେଲେ କହୁଥେଲି ।

ଡାଲିଂ ସାହାବାଣୀର ଖାଇବା ପିଇବାରେ ଯେମିତି ସଉକ, ଗାଉଣାବାଜଣାରେ ବି ସେମିତି ସଉକ । ଦିନେ ମୋ ବସାରେ ବସି ହାରମାନିୟା ଧରି ଗୀତ ଗାଉଚି । ସେଇବାଟେ ଗାଡ଼ିରେ କୋଉଠିକି ଯାଉଥେଲା, ଗାଡ଼ି ଅଟ୍କେଇ ଠିଆ ହେଇ ଶୁଣିଲା । ମୋ ଗୀତ ତା ମନକୁ ଏମିତି ପାଇଲା ଯେ ଘର ଭିତରକୁ ପଶି ଆସି ଠିଆଠିଆ କୁଣ୍ଢେଇ ପକେଇଲା । ମୋର ସେତେବେଳକୁ ଯୋଉ ଅବସ୍ଥା ! ମୁଁ ଗୋଟାପଣେ ଥରୁଥାଏ । ଦିହସାରା ଝାଳରେ ବୁଡ଼ିଥାଏ । ସାହାବାଣୀ କହିଲା, ନୀଲ, ସେଇ ନାଁରେ ସିଏ ମୋତେ ଡାକେ, କାଲସେ କୋଠି ମେଁ ତୁମ ଗୀତ ବୋଲେଙ୍ଗା ଔର ମେଁ ଶୁନେଙ୍ଗା' ତାପରଦିନ ସଞ୍ଜ ବୁଟୁ ନବୁଡ଼ୁଣୁ ତା ଅର୍ଦ୍ଦଲୀ ଆସି ହାଜର । ହାର୍ମନିୟା କାନ୍ଧେଇ ସିଏ ଆଗରେ, ମୁଁ ତା ପଛରେ । ସଞ୍ଜ ବେଳୁ ରାତି ଦିଗଡ଼ିଯାଏ ମୁଁ ଗୀତ ବୋଲେ । ସାହାବାଣୀ ଶୁଣେ । ଯେମିତି ନାଗେଶ୍ୱରୀ ଗାଇଲେ ତିତସ୍ତ ହୋଇ ଶୁଣେ ନାଗୁଣୀ । ଏତେବଡ ଆକ୍ରାନ୍ତରେ ତା ବୈଠକୀ ଖାନା । ସେଠି ବସିବନି । ବଙ୍ଗଲା ଭିତରେ ଆଗପଛ

ହୋଇ ଏତେ ଜାଗା,   ସେଠି ବସିବନି । ଏତେ ଗଦୀମୋଡା ସୋଫା, ଚିଆର,
କୁସନ । ସେଥିରେ ବସିବନୀ । ବସିବ କୋଉଠି ନା ବଙ୍ଗଲା ପଛ ବାଗ‌ାନା ଭିତରେ ।
ମୁଠୁଣିଏ ବହଳ ଘାସ ଗାଲିଚା । ତା ଉପରେ ମଖମଲି ଚଦର ବିଛା ହୋଇଥିବ ।
ଅର୍ଦ୍ଦଲୀ ଆଗରୁ ଆସି ହାରମାନିୟା ଥୋଇ ଦେଇ ଯାଇଥିବ । ସାହାବାଣୀ ବସି ଚା, କଫି
ପିଉଥିବ । ଖୋଲଟୁଙ୍ଗୁଟୁଙ୍ଗୁ କରି ଆମେ ଯେମିତି ନିଶା ତିଆଡ଼ୀ ଗାଇଣ ଆସିବାକୁ
ଅନେଇଥାଉ ସେମିତି ଅନେଇଥବ ସାହାବାଣୀ । ନାଗେଶ୍ୱରୀ ଶୁଣିବାକୁ ଚକାମାଡ଼ି
ପେଡ଼ୀ ଭିତରେ ଯେମିତି ଶୋଇଚି ନାଗୁଣୀ । ନାଉତୁମ୍ୟା ବାଜିଲେ ଉଠିବ ଭିଡ଼ିମୋଡ଼ି
ହୋଇ । ଫଣା ତୋଲି ନାଚିବ ହଲିଦୋହଲି ।

ସେ କଥା କଅଣ କହିବି ବାବୁ ? ମୁଁ କଅଣ ନିଶା ତିଆଡ଼ୀ ଗାଆଣ ହେଇଚି ?
ପାଲାରେ ନିଶା ତିଆଡ଼ୀ ପାହାଡପର୍ବତ, ବଣଜଙ୍ଗଲ, ନଈ, ସମୁଦ୍ର ବର୍ଷିବା ମୁଁ ଶୁଣିଚି
ବାବୁ । ସେଥିରୁ କେତେ ପଦ ମୋର ଏତେ ଦିନ ବାଆଦେ ବି ସ୍ମରଣ ଅଛି । କହିବେ
ଯଦି ଗାଇଯିବି । ହେଲେ ସାହାବ ବଙ୍ଗଲାରେ ତ ନଈ ନାଇଁ କି ପାହାଡ ନାଇଁ । ଖାଲି
କଡ଼ିକିଆ ହେଇ ଗୋଟାଏ ରାଧାଚୁଡ଼ା ଗଛ । ସେଥିରେ ଶଗଡେ ହେବ ସୁନେଲି ଫୁଲ
ନଦି ହେଇଥାଏ । ଏପଟକୁ ଗୋଟାଏ ଗଙ୍ଗଶିଉଳି ଗଛ । ଯେତେଯେତେ କାକର
ପଡ଼ୁଥାଏ,   ସେତେସେତେ ଫୁଲ ଝଡ଼ୁଥାଏ । ମୁଁ ଚମ୍ପୁ ଗାଉଥାଏ । ଛାନ୍ଦ ଗାଉଥାଏ ।
ଗାଉଥାଏ ଲାବଣ୍ୟବତୀ   ନ ହେଲେ ଉଷାହରଣ । ରାତି ବଢ଼ୁଥାଏ । ମୋ ମୁହଁକୁ
ଏକଲୟରେ ଚାହିଁ ବସିଥିବ   ଡାର୍ଲିଂ ସାହାବାଣୀ । ମୁଁ ଗାଉଥାଏ 'ତୁମେ ଦୂର
ଆକାଶର ପୁନେଇ ଚାନ୍ଦ ମୁଁ, ଶୋଷରେ ବିକଳ ଚାତକ ପକ୍ଷୀ', ଗାଉଥାଏ 'ତୁମେ
ଜଙ୍ଗଲ   କୋଲର ନୀଳ ଝରଣା ମୁଁ, ପାହାଡ ତଲର ଟାଙ୍ଗରା ଭୁଇଁ ।'

କୋଉ ସମାଜ ଗାଇଲା ବେଲେ ନିଶା ତିଆଡ଼ୀ ଏ ପଦ ଗାଏ ମୋର ମନେ
ପଡ଼େନା । ଚଇତାଲୀ ପବନ ଭଳିଆ ବାଉଲା ହେଇ ମୁଁ ଗାଉଥାଏ । ମତେ ଲାଗେ
ଗଛ, ପତର, ରାତି, ଆକାଶ, କାକର, ରାଧାଚୁଡ଼ା ଗଛର ସୁନେଲୀ ଫୁଲ, ଗଙ୍ଗଶିଉଳି
ଡାଲରେ ତାରା ଭଳିଆ ଫୁଟିଥିବା ଟିକିଟିକି ଫୁଲ ବି ମୋ ଗୀତ ତତ୍ସ୍ଥ ହେଇ ଶୁଣୁଛନ୍ତି ।
ସାହାବାଣୀର ତ ହେଙ୍ଗସ୍ତାନୀ ଭାଷା । ସିଏ କଅଣ ବୁଝେ କେଜାଣି କେତେବେଲେ
ଆଖି ଲୁହ ଛଲଛଲ ତ କେତେବେଲେ ଦୁତିଆ ଜହ୍ନ ଭଳିଆ ମୁରୁକି ହସ ।
କେତେବେଲେ ଲାଗେ ମୁଁ ସାପୁଆ କେଲାଟାଏ । ନାଗୁଣୀ ଖେଲୋଉଚି ତୁମ୍ୟ ବଜେଇ ।
କେତେବେଲେ ଲାଗେ ମୁଁ ନିଶା ତିଆଡ଼ୀ ଗାଆଣ । ଲାବଣ୍ୟବତୀ ରୂପ ବର୍ଷି ଘୁରୁଚି
ଚଅଁର ହେଲେଇ । ଆଉ କେତେବେଲେ ଲାଗେ ମୁଁ କାକରବତୁରା ଗଙ୍ଗଶିଉଳି ଫୁଲ ।
ସାହାବାଣୀ ପାଦ ତଲେ ଝରି ପଡ଼ୁଚି ଆକୁଲ ହେଇ । ଆଉ କେତେବେଲେ ଲାଗେ ମୁଁ

ପାହାନ୍ତା ପହର ବଇଁଶୀ ସୋର। ଅନ୍ଧାର ଭିତରେ ମିଳେଇ ଯାଉଚି ନିରାଶା ହୋଇ।

ତମେଆପଣ ବିଜାର ହେଉଚ କି? ମୋ ପାଲାବାଲିଆ ଖୋଇ କଥଣ ନୂଆ ଜାଣୁଚ? ହେଲେ ଯେତେ କହିଲେ ବି କୋଉ ମନ ପୂରୁଚି? ଏ ସବୁ ପାଲାବାଲିଆ ଜିନିଷ ସେମିତି ମ ବାବୁ। ଏତେ ଦିନେ ବୁଝୁଚି ନିଶା ତିଆଡ଼ୀ ଲାବଣ୍ୟବତୀ ରୂପ ବର୍ଷିଲା ବେଲେ କାଇଁକି ଏମିତି ଚଅଁର ବୁଲେଇ ସ୍ଟେଏଜେ ସାରା ଖେଦି ପକାଏ। କାଇଁକି ଏମିତି ବାଉତୀ ଲାଗିଲା ଭଲିଆ ଘିରିଘିରି ନାଚେ।

ଛାଡ଼ ମ ବାବୁ, କାହିଁ ଢୁଲୁ ସାହାବ ବଙ୍ଗଲା ବାଗନ ଆଉ କାହିଁ ଏ ଶାଲା ଅଛ ପାତର ମାହାରାଣୀ ଢାବା? ଆଉ ଟିକକୁ ଶାଲା ବଜାର ସଉଦା ସାରି ଆସି ପହଞ୍ଚୁ ନ ପହଞ୍ଚୁ ନେମ୍ବୁପକା ନାଲି ଚା ମାଗିବ। ଶାଲା ଡାଙ୍କର ପର୍କୁଟି ଜାଣି ନାହାନ୍ତି ଯେ ହସୁଚ୍ଚନ୍ତି।

କାବୁଲି ସୋଲା ସିଝି ଯିବଣି। ଆଲୁ ଡେକ୍‌ଚୀ ବସେଇ ଦେଇ ଆସେ। ଆଉ କଥା ଦି ପଦ ତ! ଚୁମ୍ବକରେ ବଢ଼ିଯିବ। ସମାଜ ବଢ଼ିଲା ବେଲକୁ ନିଶା ତିଆଡ଼ୀର ମୋଟେ ପଦେ ତ ଆଉ! 'ପାଲା ହେଲା ସମାପତ, ସର୍ବେ କର ପ୍ରଣିପାତ...' ସେଠୁ ଚଅଁର ନୁଆଁଇ ଆଖି ବୁଜିବ। ଯେମିତି ଖେଲ ସରିଲେ ପେଡ଼ୀ ଭିତରକୁ ଫେରିଯିବା ଆଗରୁ ଫଣା ନୁଆଁଏ ସାପ। ଲାବଣ୍ୟବତୀ ଗାଉଥାଉ କି ଉଷାହରଣ, ପ୍ରହଲାଦ ଚରିତ ଗାଉଥାଉ କି ଟୀକା ଗୋବିନ୍ଦ ଚନ୍ଦ୍ର। ସବୁ ସମାଜ ବଢ଼ିଲା ବେଲକୁ ପଦ ସେଇ ଗୋଟାଏ। ଚଅଁର ଜାକିଜୁକି ଖୁଣ୍ଡରେ ବାନ୍ଧିଲା ବେଲକୁ ଫି ରାତି ମୋ ଆଖିରେ ଲୁହ ଜକେଇ ଆସେ।

ଛାଡ଼ ସେ କଥା। ଏଇ ପିଆଜ ଏତକ କାଟି ସାରିଲା ଭିତରେ ଯାହା ଯେତିକି କଥା।

ଢୁଲୁ ସାହାବ କୁମ୍ପାନୀ ଛାଡ଼ିଯିବା ଆଗ ଦିନ ରାତି। ମୁଁ କେମିତି ଏତେ କଥା ଜାଣିବି? ଖାଲି ଆଚମ୍ବିତ ଲାଗୁଥାଏ। ସାହାବାଣୀର ଆଜି ହେଲଚି କଥଣ? ଏ ଗୀତ ଗା, ସେ ଗୀତ ଗା ବୋଲି କାଇଁ ତ କିଛି ବରାଦ କରୁନି। ଖାଲି ମୋ ମୁହଁକୁ ଅନେଇ ବସିଚି ବଡ଼ି ଭୋଆର ନିସ୍ତେଜିଆ ଜନ୍ଧ ଭଲିଆ। ନାଉଭଙ୍ଗା! କଇଁଫୁଲ ପରିକା ଚେହେରା ଝାଉଁଳି ପଡ଼ିଚି। ଗଙ୍ଗଶିଉଳି ଗଛ ମଥାନରେ ଜମାଟ ବାନ୍ଧିଥିବା ଅନ୍ଧାର ଭିତରକୁ ଅନେଇ କଥଣ ଯେମିତି ଖୋଜି ହେଉଚି। ମୋର ବି ସେଦିନ କଥଣ ହେଲା କେଜାଣି ଗୀତ ବୋଲିବାକୁ ମୋଟେ ମନ ଡାକୁ ନଥାଏ। ମୁଁ ସାହାବାଣୀ ମୁହଁକୁ ଅନେଇ ବସିଥାଏ ଜଲକାଙ୍କ ପରି। କେତେ ବେଲ ସେମିତି ବିତିଥେଲା କେଜାଣି, ଜନ୍ଧ ଯେତେବେଲେ ରାଧାଚୁଡ଼ା ଗଛ ସେପଟକୁ ଢଲୁଥାଏ, ନିଶା ଯେତେବେଲେ ସାଇଁସାଇଁ ଗର୍ଜୁଥାଏ, ଡାଲିଂ ସାହାବାଣୀ ପଚାରିଲା, ତୁମ ଚଲେଙ୍ଗେ?

ମୁଁ ପଚାରିଲି, କିଧର ?

– ହାମରା ସାଥ ।

ମୋ ସାହାସ ପାଇଲାନି ବାବୁ । ମନେ ପଡିଲା ବାରଣାସୀ ରେଲ ଟେସନ କଥା । ମନେପଡିଲା ଦିଦିନ ଅଖିଆଅପିଆ ରହିବା କଥା । ମନେ ପଡିଲା ରେଲ ଭିତରେ କାନ ମୋଡି ଚାପୁଡା ଖାଇବା କଥା । କାମ ଖୋଜି ଏଣେତେଣେ ବୁଲିବା, ଅଇଁଠା ବାସନ ଧୋଇବା ସବୁ ମନେ ପଡିଲା । ମନେ ପଡିଲା ବଲୁରିଆ ଗାଁ ସେ ବଦମାସୀ ମାଇକିନିଆ କଥା । ଗୋଟିପଣେ ତୁଳସୀ ହୋଇ ଯିଏ ଗାଁ ଲୋକଙ୍କ ଆଗରେ ଆଖିରୁ ନେମୁପାଣି ବୁହେଇ ପକେଉଥିଲା । ଆଉ ଇଏ ତ ସହଜେ ସାହାବାଣୀ ଲୋକ । ବଡଲୋକୀ ସଉକ ସମୁଦ୍ର ଜୁଆର ପରି ବାବୁ । ଭଙ୍ଗା ପଡିଲେ ମୁଁ କରିବି କଅଣ ? ଏ ଶଳା ଗନ୍ଧର୍ବ କଲା ମତେ ଜୀବନରେ ଏତେ ଘାଟରେ ପାଣି ପେଇଲାଣି ଛାଡିଲାଣି । ଆହୁରି ଠିକିବି ?

ମନା କରିଦେଲି । ସାହାବାଣୀ ଆଉ ପଦେ ବି କିଛି ନକହି, ଥରେ ବି ପଛକୁ ନ ଅନେଇ ବଙ୍ଗଲା ଭିତରକୁ କିଏ ମାରି ଗୋଡେଇଲା ଭଳିଆ ତରତରରେ ପଶିଗଲା ।

ମୁଁ କେତେବେଳ ସେମିତି ଠିଆ ହୋଇଥିଲି କିଏ ଜାଣେ ?

ତାପରଦିନ ଢୁଲୁ ସାହାବ କେତେବେଳେ ଗଲା, କଅଣ କଲା ମତେ ଜଣା ନାହିଁ । ସଞ୍ଜ ବେଳକୁ ବଙ୍ଗଲା ଭିତରେ ଖାଲି ଓଲଟ ଦେବଦାରୁ, ରାଧାଚୁଡା ଗଛର ଶୁଖିଲା ପତର ସାଙ୍ଗରେ ଶୁଖିଲା ଗଙ୍ଗଶିଉଳି ଫୁଲ ଆଉ ସେମାନେ ଛାଡିଯାଇଥିବା ଆଳୁକୁଟିମାଳୁକୁଟି ।

ବଙ୍ଗଲା ଚଉକିଦାର ପଚାରିଲା, ଏଠି କଅଣ କରୁଚ କି କଣ୍ଠିଆନ୍ନ ? ସାହାବାଣୀ ଗଲା ବେଳେ ତମକୁ କେତେ ଖୋଜିଲା । ତମେ ସେତେବେଳେ କୁଆଡେ ଯାଇଥେଲ ?

ମୁଁ କିଛି ଜବାବ ନ ଦେବାରୁ କଅଣ ମନେ ପଡିଗଲା ଭଳିଆ କହିଲା, ତମକୁ ଦେବାକୁ ସାହାବାଣୀ ଗୋଟା ଖାଆମ ଦେଇ ଯାଇଛି ।

ଘର ଭିତରୁ ଖାଆମଟା ଆଣି ମୋ ହାତରେ ଧରେଇ ଦେଇ କହିଲା, ସାହାବସାହାବାଣୀ ଭାରି ଭଲଲୋକ ଥେଲେ ମ କଣ୍ଠିଆନ୍ନ । ଏ ଶଳା ରଙ୍ଗା ସାହାବ ଚକ୍ରାନ୍ତ କରି ତାଙ୍କୁ ଏଠୁ ତଡିଲା ସିନା !

ତାପରଦିନ ରଙ୍ଗା ସାହାବ ବଡ ସାହାବ ଚଉକୀରେ ବସୁବସୁ ମତେ ଉକେଇ କହିଲା, କାଲିଠୁ ତୁ ମୋ ବଙ୍ଗଲା ରୋଷେୟା । ସାହାବାଣୀର ତୋ ରନ୍ଧା ଭାରି ପସଦ । ତୋ ଦରମା ଆଉ ଦି ହଜାର ବଢେଇଲି । ବର୍ଷକ ଭିତରେ ତତେ ପରମାନେଣ୍ଟ କରିଦେବି ।

ସାହାବାଣୀ ? ଶଳା   ତୋ ଅପରଛନୀ କୁଜିବେଙ୍ଗ ଭଳିଆ ମାଇକିନିଆକୁ ମୁଁ ଦେଖିନି ? କହୁରୁ ସାହାବାଣୀ ?

ଷଣ୍ଡ ଯିଏ ତା ମା ପେଟରୁ ଜଟ । ସାହାବାଣୀ ତ ଥେଲା   ଗୋଟାଏ । ଆଉ ଏଠି ସାହାବାଣୀ ଗୋଟା କିଏ ବେ ?

କଛି ଜବାବ ନ ଦେଇ ବାହାରି ଆସିଲି । କଅଣ କହିଥାନ୍ତି କହୁନା ବାବୁ ?

ବହୁତ ଚେଷ୍ଟାକଲି ପଛ କଥା ଭୁଲି ସେଠି ରହିବାକୁ । ନିଜ ସାଙ୍ଗରେ ନିଜେ ଯୁଝୁଥିଲି ଜାଣ । ହେଲେ ଏ ଶଳା ଗନ୍ଧବ

କଳା ମତେ ରଖେଇ ବସେଇ ଦେଲାନି ।   ସଞ୍ଜ ହେଲେ ମନେ ପଡିଲା ହାରମାନିୟା,ସଞ୍ଜ ହେଲେ ମନେ ପଡିଲା ଡାଲିଂ

ସାହାବାଣୀ   । କଅଣ ଆଉ କରିଥାଆନ୍ତି ? କାନ୍ଦେଇଲି ମୋ ହାରମାନିୟା । ଧଇଲି ଡାଲିଂ ସାହାବାଣୀ ଦେଇଥିବା

ଖାଆମ ଖଣ୍ଡକ ।

ଖୋଲିନି ଏ ଯାଏ । କିଏ ପଢି ପାରିବ ସେ ଚିଠି ? ଡାଲିଂ ସାହାବାଣି କଅଣ ଏମିତି ସେମିତି ଭାଷାରେ ଲେଖିଥିବ ?

ତାକୁ ପଢି ପାରିବ କିଏ ?

– କଣ୍ଟିଆ .... ବେ କଣ୍ଟିଆ ....?

ଧ୍ୱେତ ଆରପାରି ଗାଁ

'ସ୍କାଇ ଇଜ୍ ଦ ଲିମିଟ୍ ।'

ନିଦ ଭାଙ୍ଗିଲା ମାତ୍ରେ ବିଟୁର ଦୃଷ୍ଟି ପଡ଼ିଲା ୱାଲ୍ ହାଙ୍ଗିଙ୍ଟି ଉପରେ । "ସ୍କାଇ ଇଜ୍ ଦ ଲିମିଟ୍" ଲେଖା କାମୁଡ଼ି ଆକାଶରୁ ଉଡ଼ିଯାଉଥିବା ଗୋଟିଏ ଚଢ଼େଇର ଚିତ୍ର । କିଛି ଦିନ ତଲେ କେଉଁ ହସ୍ତଶିଳ୍ପ ପ୍ରଦର୍ଶନୀରୁ କିଣି ଆଣି ତା' ପଢ଼ା ଘର କାନ୍ଥରେ ଟାଙ୍ଗି ଦେଇଛନ୍ତି ବାପା । ଏମିତି ଜାଗାରେ ଟାଙ୍ଗି ଦେଇଛନ୍ତି ଯେଉଁଠି ନିଦ ଭାଙ୍ଗିବା ମାତ୍ରେ ତା'ର ଦୃଷ୍ଟି ପଡ଼ିବ । ଏହା ଆଗରୁ ମା' ଯେଉଁ ୱାଲ୍ ହାଙ୍ଗିଙ୍ଟି ଟାଙ୍ଗିଥିଲା ସେଥିରେ ଥିଲା ଦୂର ଦିଗ୍‌ବଳୟ ପର୍ଯ୍ୟନ୍ତ ଲମ୍ବିଥିବା ରାସ୍ତା ଉପରେ ଗୁଡ଼ାଏ ପାଦଚିହ୍ନ ଏବଂ ଲେଖାଥିଲା "ମାଇଲ୍‌ସ ଟୁ ଗୋ ବିଫୋର ଆଇ ସ୍ଲିପ୍ ।"

କିନ୍ତୁ ଆକାଶ କାହିଁକି ତା'ର ସୀମାକୁ ନିର୍ଦ୍ଦିଷ୍ଟ କରିବ ? ତା' ଉପରକୁ କାହିଁକି ସେ ଉଡ଼ିପାରିବନି ! ବାପା ମା'ଙ୍କୁ ଆକାଶ ଉପରର କଥା ଜଣା ନାହିଁ ବୋଲି ? ବାପା ମା' ଚାହାନ୍ତି ସେ ଉଠିଯାଉ....ଉଠିଯାଉ ଆକାଶର କେଉଁ ଦୂରତମ ବିନ୍ଦୁକୁ, ଯେଉଁଠିକୁ କାହା ଆଖି ପାଉନଥିବ । ସେ ଅନିର୍ଦ୍ଦିଷ୍ଟ ବିନ୍ଦୁଟି କେଉଁଠି ତା'ର ଠିକଣା କିନ୍ତୁ ସେମାନଙ୍କୁ ଜଣାନଥାଏ । ବିଟୁର ଭବିଷ୍ୟତକୁ ନେଇ ସେମାନଙ୍କ ଭିତରେ ତେଣୁ ଅନେକ ଦ୍ୱନ୍ଦ୍ୱ, ଅନେକ ଯୁକ୍ତିତର୍କ ।

ବାପା କୁହନ୍ତି – ଡାକ୍ତର।

ମା’ କୁହେ – ସଫ୍ଟୱ୍ୟାର ଇଞ୍ଜିନିୟର।

ବାପା କୁହନ୍ତି – ଆଇ.ଏ.ଏସ୍।

ମା’ କୁହେ – ମ୍ୟାନେଜମେଣ୍ଟ।

ବାପା କୁହନ୍ତି – କ୍ଷମତା।

ମା’ କୁହେ – ପଇସା।

ବିଟୁର ଇଚ୍ଛାଅନିଚ୍ଛା କଥା କେହି କେବେ ପଚାରନ୍ତି ନାହିଁ। ବିଟୁକୁ କେହି ଯଦି କେବେ ପଚାରନ୍ତା – ତୁ କ’ଣ ହେବାକୁ ଚାହୁଁ ବିଟୁ?

ବିଟୁ ଉତ୍ତର ଦିଅନ୍ତା – ନ ଥିଙ୍ଗ। ଆଇ ୱାଣ୍ଟ ଟୁ ବି ବିଟୁ ଓନ୍‌ଲି ଏବଂ ମୁଁ ଆଗ ମୋ ଛବିଟା ପୂରା କରିବାକୁ ଚାହେଁ।

ଛବିଟା ସେ ଆରମ୍ଭ କରିଥିଲା ପୂଜା ଛୁଟିରେ। ପ୍ରାୟ ଦୁଇ ମାସ ତଳେ। ସେତେବେଳେ ବି ତା’ର ରକ୍ଷା ନ ଥିଲା। କୋଚିଂ ସେଣ୍ଟର ବନ୍ଦ ଥିବାରୁ ଘରକୁ ଆସୁଥିଲେ ଚାରିଜଣ ଟ୍ୟୁଟର। ସକାଳ ସନ୍ଧ୍ୟା ଦୁଇ ଘଣ୍ଟା ଲେଖାଏ, ଆଠ ଘଣ୍ଟା ବସିବାକୁ ପଡ଼ୁଥିଲା ସେମାନଙ୍କ ଆଗରେ। ସେମାନେ ଗଲା ପରେ ମା’ ରୋଷେଇ ବନ୍ଦ କରି ତା’ ପଢ଼ା ଟେବୁଲ ପାଖରେ ଜଗି ବସୁଥିଲା ଆଠଟାରୁ ଦଶଟା। ବାପାଙ୍କର ପ୍ରଶ୍ନୋତ୍ତର କାର୍ଯ୍ୟକ୍ରମ ଆରମ୍ଭ ହୁଏ ଡାଇନିଂ ଟେବୁଲ ଉପରେ। ବିଟୁର ଆଖିପତା ସେତେବେଳକୁ ନିଦରେ ଲାଗିଆସୁଥା’ନ୍ତି। ମା’ ରାତିରେ ହର୍ଲିକ୍‌ ଦେଇଗଲା ବେଳେ କୁହେ – ଦିନସାରା ଯାହା ପଢ଼ା ହେଲା, ଶୋଇବା ଆଗରୁ ଆଖି ବୁଜି ସେସବୁ ଥରେ ମନେ ପକାଇଦେବା ଦରକାର। ରିଭିଜନ ଠାରୁ ବଳି ତାହା ଅଧିକ କାମ ଦିଏ।

ବିଟୁ ରାଗରେ ମା’ ଗଲା ପରେ – ମାଇଣ୍ଡ ଟୁ ଗୋ ବିଫୋର ଆଇ ସ୍ଲିପ୍‌ ୱାଲ ହାଙ୍ଗିଙ୍ଗ‌ଟାକୁ ଓଲଟାଇ ଦେଇ ଶୋଇପଡ଼େ। ଛବିଟା ସେମିତି ଅଧା ପଡ଼ିରହେ।

କେତେଟା ବାଜିଲା? ମା’ ସାଢ଼େ ଚାରିଟାକୁ ଆଲାର୍ମ ସେଟ୍‌ କରିଦେଇ ଯାଇଥାଏ। ନିଦ ନ ଭାଙ୍ଗିଲେ ଆସି ଜୋର କରି ଉଠେଇ ଦିଏ। ଆଜି ମା’ର ନିଦ ଭାଙ୍ଗିନି ବୋଧେ। କାଲି ରାତିରେ ଡି.ଭି.ଡି.ରେ କ’ଣ ଗୋଟାଏ ସି.ଡି. ପକେଇ ସେମାନେ ସିନେମା ଦେଖୁଥିଲେ। ତା’ ବୋର୍ଡ ପରୀକ୍ଷା ପାଇଁ ଟି.ଭି.ରୁ କେବୁଲ କନେକ୍‌ସନ୍‌ କାଟି ଦିଆଯାଇଛି।

ଚାଦରଟା ଟାଣି ଆଣି ଆଉ ଥରେ ଶୋଇପଡ଼ିବାକୁ ଇଚ୍ଛା ହେଲା ବିଟୁର।

ପାଞ୍ଚଟାରେ ବ୍ରାହ୍ମୀଘୃତ, ସାଢ଼େ ପାଞ୍ଚରେ ବ୍ରେନ୍‌ଟେକ୍‌, ଛ’ଟା ପଦରେ ପହଞ୍ଚନ୍ତି ମ୍ୟାଥ ଟ୍ୟୁଟର। ତାପରେ ଆରମ୍ଭ ହୋଇଯିବ ଦିନମାନର ରୁଟିନ୍‌, ରାତି ଦଶଟା ଯାଏ।

ରାତିରେ ମା' ହର୍ଲିକ୍ ଦେଇଗଲା ପରେ ଯାଇ ରକ୍ଷା । ଛବିଟା କଥା ଭାବିବାକୁ ବିଟୁର ବେଳ କାହିଁ ?

ଛବିଟାରେ ସେ କ'ଣ କେଉଁଠି ଆଙ୍କିବାକୁ ଭାବିଥିଲା, କେଉଁଠି କେଉଁ ରଙ୍ଗ ଦେବାକୁ ଭାବିଥିଲା, ଭୁଲିଗଲାଣି । ଆନୁଆଲ ଏକ୍‌ଜାମ ଆଉ ମାତ୍ର ଦୁଇମାସ । ଛବିଟା ଏବେ ଆଖିରେ ପଡ଼ିବା ମାତ୍ରେ ବାପା ଉଠାଇବେ ପଢ଼ିବା କଥା । ସୋସିଆଲ୍ ସାଇନ୍ସ ଘୋଷିବା ଦରକାର । ଏତେ ପରିଶ୍ରମ କରି ବି ସେ ହାଫ୍ ଇୟର୍‌ଲିରେ ସେମାନଙ୍କ ଆଶାନୁରୂପ ରେଜଲ୍ଟ କରିପାରିଲାନି । କ୍ଲାସରେ ସେ ଅବଶ୍ୟ ଫାଷ୍ଟ ହୋଇଥିଲା । କିନ୍ତୁ ଗତବର୍ଷ ଯେଉଁ ପିଲା ଫାଷ୍ଟ ହୋଇଥିଲା, ସେ ରଖିଥିଲା ନାଇନ୍ଟ ସେଭେନ୍ ପଏଣ୍ଟଏଇଟ୍ ପର୍ସେଣ୍ଟ । ତା'ଠାରୁ ପଏଣ୍ଟ ଓ୍ୱାନ୍ ପର୍ସେଣ୍ଟ ଅଧିକ । ଏ ବର୍ଷ ପି.ପି.ଏମ୍.ର ରେକର୍ଡ ନାଇନ୍‌ଟି ସେଭେନ୍ ପଏଣ୍ଟ ନାଇନ୍ । ମାନେ ବିଟୁ ଠାରୁ ପଏଣ୍ଟ ଦୁଇ ପର୍ସେଣ୍ଟ ଆଗରେ । ଗୋଟାଏ ସହରରେ ଦଶ ପନ୍ଦରଟା ଇଂଲିଶ୍ ମିଡିଅମ୍ ସ୍କୁଲ ଭିତରେ ବିଟୁ ଯଦି ପଏଣ୍ଟ ଟୁ ପର୍ସେଣ୍ଟ ପଛରେ, ଅଲ୍ ଇଣ୍ଡିଆ ଲେଭଲରେ ତା'ର ସ୍ଥିତି କେତେ ଦୟନୀୟ କାଲ୍‌କୁଲେସନ୍ କରି ଦେଖାଇଦିଅନ୍ତି ବାପା । ବାପାଙ୍କର ଇଚ୍ଛା, ସେ କେବଳ ଅଲ୍ ଇଣ୍ଡିଆ ଲେଭଲରେ ଫାଷ୍ଟ ହେଲେ ଚଲିବନି, ତାକୁ ଗତ ଦଶ ବର୍ଷର ରେକର୍ଡ ସବୁ ବି ଭାଙ୍ଗିବାକୁ ପଡ଼ିବ । ତା'ହେଲେ ଯାଇ କିଛି ହୋଇପାରିବ ସେ ।

'କମ୍ପିଟିସନ୍ କେତେ ସାଂଘାତିକ ହେଲାଣି ଜାଣିନା ତୁମେ', ବିଟୁର ପଢ଼ାପଢ଼ି ପ୍ରତି ଅଧିକ ସତର୍କ ହେବାକୁ ମା'କୁ ବୁଝାନ୍ତି ବାପା । ଛବିଟି କଥା ଭାବିବାକୁ ବିଟୁ ପାଖରେ ଆଉ ବେଳ ନ ଥାଏ । ନା, ଆଉ ନିଦ ହେବନି । ଚାଦରଟା ଫିଙ୍ଗିଦେଇ ବିଟୁ ଉଠିପଡିଲା । ସାଇନ୍ସ ହୋମ୍ ଟାସ୍କ ସେ ରାତିରେ କରି ପାରି ନଥିଲା । ବାପାଙ୍କର ପ୍ରଶ୍ନୋତ୍ତରୀ କାର୍ଯ୍ୟକ୍ରମ ଲମ୍ବିଥିଲା ଅନେକ ରାତି ପର୍ଯ୍ୟନ୍ତ । ଇଣ୍ଟରନେଟ୍‌ରୁ ସେ ଗୁଡ଼ାଏ ଅବ୍‌ଜେକ୍ଟିଭ୍ କୋଶ୍ଚିନ୍ ଡାଉନ୍‌ଲୋଡ୍ କରି ରଖିଥିଲେ । ମା' ସି.ଡି ଆଣି ନଥିଲେ ବୋଧେ ରାତି ପାହିବା ପର୍ଯ୍ୟନ୍ତ ସେ ସବୁ ସରି ନଥା'ନ୍ତା । ବାପା ବୁଝନ୍ତିନି କେତେ ହୋମ୍‌ଟାସ୍କ ଦିଆଯାଏ ସ୍କୁଲରେ । ହୋମଟାସ୍କ ନ କଲେ କେମିତି ନିଲ୍ ଡାଉନ୍ ହେବାକୁ ପଡ଼େ ବିଟୁକୁ । ଅଥ ପିଲାମାନଙ୍କ ଆଗରେ ନିଲ୍ ଡାଉନ୍ ହେବା କେଡ଼େ ଅପମାନଜନକ କଥା ! ସାଇନ୍ସ ମାଡାମଙ୍କର ପୁଣି ଟିକେ ବି ଦୟାମାୟା ନ ଥାଏ । ସାଙ୍ଗେ ସାଙ୍ଗେ ରିପୋର୍ଟ ପଠାଇ ଦିଅନ୍ତି ପ୍ରିନ୍ସିପାଲଙ୍କ ଟେବୁଲ୍‌କୁ । ପ୍ରିନ୍ସିପାଲ ଫୋନ୍ କରନ୍ତି ବାପାଙ୍କ ଅଫିସ୍‌କୁ । ବାପା ଫୋନ୍ କରି ମା'କୁ ଗାଲି ଦିଅନ୍ତି । ମା' ରାଗ ଶୁଢ଼େଇବାକୁ ତା' ସ୍କୁଲ ଫେରିବା ବାଟକୁ ଜଗି ବସିଥାଏ ।

ସାଇନ୍ସ ମାଡାମ୍ ଗତ ସପ୍ତାହରେ ଛୁଟିରେ ଥିଲେ । ସେଥିପାଇଁ ପୂରା ଗୋଟାଏ

ଚାପ୍‌ଟର ସାରିଦେଇଛନ୍ତି ଦୁଇ ଦିନରେ। ଗୁଡ଼ାଏ ହୋମ୍‌ଟାସ୍‌କ ଏକାବେଳେ। ସାରୁ ସାରୁ ଦୁଇ ଘଣ୍ଟା ଲାଗିଯିବ। ଛ'ଟା ପନ୍ଦରରେ ପହଞ୍ଚିବେ ମ୍ୟାଥ୍‌ ସାର୍‌। ଘଣ୍ଟା କଣ୍ଟା ଠାରୁ ଆହୁରି ପର୍ଟିକୁଲାର ସେ। ଏଗାରଟା ଭିତରେ ତାଙ୍କୁ ତିନିଟା ଟ୍ୟୁସନ ଆଟେଣ୍ଡ କରିବାକୁ ପଡ଼େ। ତା'ପରେ ଦୁଇଟା କୋଚିଂ ସେଣ୍ଟର। ଚାରିଟାରୁ ରାତି ଦଶଟା ଯାଏ ପୁଣି ତିନି ଜାଗା ଟ୍ୟୁସନ। ମାସକୁ କାଳେ ସତୁରି ହଜାର ଟଙ୍କା ଆୟ ତାଙ୍କର। ମ୍ୟାଥ୍‌ ଟ୍ୟୁଟର ହିସାବରେ ଏ ସହରରେ ତାଙ୍କର ଭାରି ନାଁ।

ମୁହଁହାତ ଧୋଇଆସି ବିଟୁ ବହିଖାତା ଖୋଲି ବସିଲା। ସାଢ଼େ ଚାରିଟାରେ ବାପା ଆସିଲେ। ଆଲାର୍ମ ବାଜିବା ଆଗରୁ ବିଟୁ ପଢ଼ି ବସିଥିବା ଦେଖି ଆଶ୍ୱସ୍ତ ହୋଇ ଫେରିଯାଉଥିଲେ। କ'ଣ ଭାବିଲେ କେଜାଣି, ବୁଲିପଡ଼ି କହିଲେ, "ଏର୍ଲି ଆଓ୍ଆରରେ ସିନା ମ୍ୟାଥ୍‌ ପଢ଼ନ୍ତି। ତୁ ରାତିରେ ହୋମ୍‌ଟାସ୍‌କ ସାରିନଥିଲୁ କି? ପଙ୍କ୍‌ଚୁଆଲିଟି ହେଉଛି ସଫଳତାର ପ୍ରଥମ ପାହାଚ। କେଉଁଦିନ ଶିଖୁ ଏ କଥା?"

କେତେ କଥା ଶିଖିବ ବିଟୁ? କେତେ ଉପଦେଶ ଆଉ ମନେରଖିବ? 'ସ୍କାଇ ଇଜ୍‌ ଦି ଲିମିଟ୍‌' ଠାରୁ ପଙ୍କ୍‌ଚୁଆଲିଟିର ପାହାଚ ପର୍ଯ୍ୟନ୍ତ। ସେ କିଛି ଉତ୍ତର ନ ଦେବାରୁ ବାପା ବୋଧେ ଚିଡ଼ିଗଲେ। କହିଲେ, "ତୁ ମେଜର୍ସ ଅଫ୍‌ ସେଣ୍ଟ୍ରାଲ ଟେଣ୍ଡେନ୍‌' ଠିକ୍‌ ବୁଝିପାରିନୁ କାଲେ? ସେ ଚାପ୍ଟରରୁ ଦୁଇ ମାର୍କର କୋଶ୍ଚିନ୍‌ ନିଶ୍ଚିତ। ଆନୁଆଲରେ ଆଉ ବୋର୍ଡରେ ବି। ମୁଁ ମ୍ୟାଥ୍‌ ସାରଙ୍କୁ କହିଛି, ସେ ଦୁଇ ତିନି ଥର ରିଭାଇଜ୍‌ କରାଇଦେବେ ଚାପ୍ଟରଟା।

ବାପା ଫେରିଗଲେ। ଯାହା ହେଉ ରକ୍ଷା ମିଳିଲା। ଯଦି ଅବିକା ସେଣ୍ଟ୍ରାଲ ଟେଣ୍ଡେନ୍‌ସିରୁ ପ୍ରଶ୍ନୋତ୍ତରୀ କାର୍ଯ୍ୟକ୍ରମ ଆରମ୍ଭ ହୋଇଥା'ନ୍ତା ତ କଥା ସରିଥିଲା। ସାଇନ୍ଦ ହୋମ୍‌ଟାସ୍‌କ କରିବାକୁ ସେ ଆଉ ବେଳ ପାଇନଥା'ନ୍ତା।

ମା' ଆସି ସାଢ଼େ ପାଞ୍ଚଟାରେ ଦେଇଗଲା ବ୍ରାହ୍ମୀଘୃତ, ପାଞ୍ଚଟା ପଞ୍ଚଚାଳିଶରେ ବ୍ରେନ୍‌ଟେକ୍‌, ଛ'ଟାରେ ବର୍ନଭିଟା। ହୋମ୍‌ଟାସ୍‌କ କରୁ କରୁ ଔଷଧ ଖାଇଲା ଭଲି ସବୁ ଖାଇଦେଲା ବିଟୁ। ହୋମ୍‌ଟାସ୍‌କ ସରିଲା ଛ'ଟା ପାଞ୍ଚରେ। ଯା'ହେଉ ମ୍ୟାଥ୍‌ ସାର ପହଞ୍ଚିବାକୁ ଆହୁରି ଦଶ ମିନିଟ୍‌ ଡେରି ଅଛି। ଆଜି ଆଉ ସାଇନ୍ଦ ପିରିୟଡରେ ନିଲ୍‌ ଡାଉନ୍‌ ହେବାକୁ ପଡ଼ିବନି ତାକୁ।

ମ୍ୟାଥ୍‌ ସାର ପଢ଼ାନ୍ତି ପଛପଟ ବାଲ୍‌କୋନୀରେ। ଏଡ଼େ ବଡ଼ ଘର ଭିତରେ ସେହି ଜାଗାଟା ହିଁ ନିରୋଳା ଥାଏ ସକାଳେ। ମ୍ୟାଥ୍‌ ବହିଖାତା ଧରି ବିଟୁ ବାଲ୍‌କୋନୀକୁ ବାହାରି ଆସିଲା। ବଉଳ ବାସ୍ନାରେ ମହକି ଉଠିଛି ବାଡ଼ିପଟ। ଗୁଡ଼ାଏ ବଉଳ ଧରିଛି ଏ ବର୍ଷ। କଅଁଳ ପତ୍ର ନଦି ହୋଇଛି ଗଛସାରା। ଗୋଟିଏ ଡାଲରେ ଚଢ଼େଇଟିଏ

ବସିଛି ଏକୁଟିଆ । ମଝିରେ ମଝିରେ ରାବି ଦେଉଛି । ସକାଳଟା ଏକୁଟିଆ ଲାଗୁଥିବାରୁ ବୋଧେ ଡାକୁଛି ତା' ସାଙ୍ଗକୁ । ସାଇନ୍ସ ମାଡାମ୍ କହୁଥିଲେ, ପଶୁପକ୍ଷୀମାନଙ୍କର କାଲେ ବି ଭାଷା ଅଛି । କେବଳ ସେହିମାନେ ହିଁ ବୁଝି ପାରନ୍ତି ସେସବୁ । ମଡର୍ଷ ରିସର୍ଚ କହୁଛି...., ବୁଝାନ୍ତି ସାଇନ୍ସ ମାଡାମ୍ ।

ଧେତ୍, କାହିଁକି ଏତେ ରିସର୍ଚ ? କାହିଁକି ମଣିଷର ସବୁ ଜାଣିବାର, ସବୁ ବୁଝିବାର ଇଚ୍ଛା ? ପଶୁପକ୍ଷୀମାନଙ୍କ ଭାଷା ବୁଝିଲେ ଅଧିକା କ'ଣ ହୋଇଯିବ ? ପଶୁପକ୍ଷୀମାନେ କ'ଣ ମଣିଷର ଭାଷା ବୁଝିବାକୁ ଚେଷ୍ଟା କରୁଛନ୍ତି ?

ବିଟୁ ଭାବିଲା, କିଛିଟା ଅଜଣା ହୋଇ ରହିଯିବା ହିଁ ଭଲ । କେଉଁ କେଉଁ ରଙ୍ଗ ମିଶିଲେ ଏ କଅଁଳ ପତ୍ର ରଙ୍ଗ ହେବ, କିଏ ଜାଣିଛି ? କେଉଁ ରଙ୍ଗରେ ଅଙ୍କା ହୋଇଛି ଏ ଟିକି ଚଢ଼େଇର ପର ? ସେଥିପାଇଁ ତ ସେସବୁ ଏତେ ସୁନ୍ଦର । ସାଇନ୍ସ ମାଡାମ୍ କିନ୍ତୁ କୁହନ୍ତି, ପତ୍ରର ରଙ୍ଗ ? ସେଥିରେ ଥାଏ କ'ଣ ? କ୍ଲୋରୋଫିଲ୍ ହିଁ ନିୟନ୍ତ୍ରଣ କରିଥାଏ ପତ୍ରର ରଙ୍ଗ । ଲୁହ ? ଲୁହ କ'ଣ ? ଗୋଟେ ରାସାୟନିକ ପଦାର୍ଥ । ଶରୀର ଭିତରେ ତିଆରି ହୋଇଥାଏ ।

ସେମିତି କହିଲେ ମଣିଷର ଦେହ ବି କ'ଣ ? କେତେଗୁଡ଼ାଏ ସେଲର ସମଷ୍ଟି । ମଣିଷ ବି କ'ଣ ? ଗୋଟାଏ ଜୈବିକ ପ୍ରକ୍ରିୟା । ବିଟୁ ବି କିଛି ନୁହେଁ । କେବଳ ଜୈବ ରସାୟନର କାରସାଦି । ତା'ହେଲେ କାହିଁକି ଏତେ ପାଠପଢ଼ା ? କାହିଁକି ଏ ତୀବ୍ର ପ୍ରତିଯୋଗିତା ? କ'ଣ ପାଇଁ ଏ ଅଣନିଶ୍ୱାସୀ ଘୋଡ଼ାଦୌଡ଼ ? କାହିଁକି 'ସ୍କାଇ ଇଜ୍ ଦ ଲିମିଟ୍'ର ଥ୍ୱାଲ ହାଙ୍ଗିଙ୍ ?

ଗୁଡ୍ ମର୍ଷିଂ ବିଟୁ, ମ୍ୟାଥ୍ ସାର୍ କେତେବେଲେ ପହଞ୍ଚ ଯାଇଥିଲେ । ଅନ୍ୟମନସ୍କତା ଯୋଗୁଁ ବିଟୁ ଜାଣିପାରିନଥିଲା । ଟିକେ ଲଜ୍ଜିତ ହେଲା ପରି ବିଟୁ କହିଲା, "ଗୁଡ୍ ମର୍ଷିଂ ସାର୍ । ଆଇ ଆମ ସରି ।"

ସେଥିପ୍ରତି ଦୃଷ୍ଟି ନ ଦେଇ ସାର୍ ପଚାରିଲେ, "ଫ୍ରିକ୍ୱେନ୍ସି ପଲିଗନ୍ ତୁମେ ଠିକ୍ ବୁଝିଚ ତ ?" ପ୍ରଶ୍ନ ନୁହେଁ, ଗୋଟାଏ ଆକ୍ରମଣକୁ ଯେମିତି ବିଟୁ ସାମ୍ନା କରୁଥିଲା ।

– ୟେସ୍ ସାର୍ ।

– ଏକ୍ସରସାଇଜ୍ ନମ୍ବର ଫର୍ଟିନ୍ ଥ୍ରୀ ସାରିଛ ?

– ୟେସ୍ ସାର୍ ।

– ଗୁଡ଼ ! ମୁଁ ଆଜି ତୁମକୁ ଆଉ ଥରେ ମେଜର୍ସ ଅଫ୍ ସେଣ୍ଟ୍ରାଲ ଟେଣ୍ଡେନ୍ସି ମୂଳରୁ ବୁଝାଇବି । ବି ଆଟେନ୍ଟିଭ ।

ଖାତା ଖୋଲି ସାର୍ ବୁଝେଇବା ଆରମ୍ଭ କରିଦେଇଥିଲେ । ଆଉ ଗୋଟାଏ

ଚଢ଼େଇ ଆସି ବସିଲାଣି ଆଗ ଚଢ଼େଇଟି ପାଖରେ। ତଳ ଉପର ଡିଆଁଡେଇଁ କରୁଛନ୍ତି ଦୁହେଁ। ମନେ ମନେ ବିଟୁ କହିଲା, ପଳାଅରେ ଚଢ଼େଇମାନେ। ଶୀଘ୍ର ପଳାଅ। ବାପା ଦେଖିଲେ ତୁମ ଥଣ୍ଡରେ ଅବିକା 'ସ୍କାଇ ଇଜ୍ ଦ ଲିମିଟ୍' ଝୁଲେଇଦେବେ। ତୁମକୁ ଉଡ଼ିବାକୁ ପଡ଼ିବ ଆକାଶ ଆଡ଼େ। ଗଛ ଡାଳରେ ତୁମେ ଆଉ ଡିଆଁଡେଇଁ କରିବ କେମିତି ? ବଉଳ ବାସ୍ନା ଖୁବ୍ ମିଠା ନା ?

ମ୍ୟାଥ୍ ସାର୍ ନିଠେଇ ନିଠେଇ କହୁଥିଲେ – ଇନ୍ କେସ୍ ଅଫ୍ ଆନ୍ ଅନ୍‌ଗ୍ରାଉଡ ଫ୍ରେଣ୍ଡ୍...।

ବିଟୁ ମୁଣ୍ଡରେ ସେସବୁ କିଛି ପଶୁନଥିଲା। ଚଢ଼େଇ ଦୁଇଟିର ଚମକ୍କାର ରଙ୍ଗ ତାକୁ ବାରମ୍ବାର ତା'ର ଅଧାଆଙ୍କା ଛବିଟି କଥା ମନେପକାଇ ଦେଉଥିଲା। ସେ ଏମିତି ଚଢ଼େଇ ଦୁଇଟି ନିଶ୍ଚେ ଆଙ୍କିବ ଛବିଟିରେ। ମ୍ୟାଥ୍ ସାର୍ ନ ଥା'ନ୍ତେ କି, ସେ କ୍ୟାମେରା ଆଣି ଗୋଟେ ଫଟୋ ଉଠେଇଥା'ନ୍ତା ଏମାନଙ୍କର।

ଚମ୍ପାଫୁଲିଆ ଖରା, ଆମ୍ବ ବଉଳର ବାସ୍ନା, କଅଁଳ ଆମ୍ବପତ୍ରର ରଙ୍ଗ ଆଉ ଚଢ଼େଇମାନଙ୍କର ନାଚକୁଦରେ କେତେ ଟିକିମିକି ଏ ସକାଳ। ମ୍ୟାଥ୍ ସାର୍ ମେଡିଆନ୍ ... ମେଡିଆନ୍ ହୋଇ ତାକୁ ନଷ୍ଟ କରିଦେଉଛନ୍ତି କାହିଁକି ? ମାସକୁ ସତୁରି ହଜାର ଟଙ୍କା ରୋଜଗାର ତାଙ୍କର। ସ୍କାଇର ଆଉ କେଉଁ ଅନିର୍ଦ୍ଦିଷ୍ଟ ଲିମିଟ୍‌ରେ ପହଞ୍ଚିବାକୁ ଚାହାନ୍ତି ସେ ? ଚଢ଼େଇ ଦୁଇଟା ଉଡ଼ିଗଲେ କେତେ ସର୍ବହରା ଦିଶିବ ଏ ସୁନ୍ଦର ସକାଳ! ସେଣ୍ଟ୍ରାଲ ଟେଣ୍ଡେନ୍‌, ଅନ୍‌ଗ୍ରାଉଡ ଫ୍ରେଣ୍ଡ୍, ସତୁରି ହଜାର ଟଙ୍କା। ଛଡ଼ା ମ୍ୟାଥ୍ ସାର୍ ଆଉ କିଛି ବୁଝନ୍ତିନି। ବିଟୁ ମୁଣ୍ଡରେ ଜୋର୍ ଜବରଦସ୍ତି ଟେଣ୍ଡେନ୍‌ ଭୁକେଇ ଦେବା ହିଁ ତାଙ୍କର ଏକମାତ୍ର ଲିମିଟେସନ୍।

– ସୋ ହ୍ୱାଟ୍ ଇଜ୍ ମେଡିଆନ୍ ?

– ମେଜର ଅଫ୍ ସେଣ୍ଟ୍ରାଲ ଟେଣ୍ଡେନ୍‌, ଯନ୍ତ୍ରବତ୍ ଉତ୍ତର ଦେଲା ବିଟୁ। ଚଢ଼େଇ ଭିତରୁ ଗୋଟିଏ ଉଡ଼ିଆସି ବସିଥିଲା ଗ୍ରୀଲ୍ ଉପରେ। ତା'ର ମୋଲାୟମ୍ ପରକୁ ଥରେ ଛୁଇଁ ଦେବାର ଇଚ୍ଛାଟି ବେଳୁବେଳ ବିଟୁ ମନରେ ଅନିବାର୍ଯ୍ୟ ହୋଇଉଠୁଥିଲା ସେତେବେଳେ।

– ଗୁଡ୍! ମ୍ୟାଥ୍ ସାର୍ ଆଉ ପଦଟିଏ ବି କିଛି ନ କହି ଉଠିଗଲେ। ବିଟୁ ବୁଝିପାରିଲା ଆଠଟା ପଦର ଛୁଇଁଥିବ ଘଣ୍ଟାକଣ୍ଟା। ଆଠଟା ଚାଳିଶରେ ସ୍କୁଲ ବସ୍। ସେ ତରତରରେ ବହିପତ୍ର ସଜାଡ଼ିବାକୁ ଲାଗିଲା। ହାତରେ ମୋଟେ ପଚିଶ୍ ମିନିଟ୍ ସମୟ। ବହିପତ୍ର ସଜାଡ଼ି, ଗାଧୁଆ ସାରି, ବ୍ରେକ୍‌ଫାଷ୍ଟ ଖାଇ, ପ୍ୟାଣ୍ଟସାର୍ଟ ଜୋତା ପିନ୍ଧି, ଟାଇ ଭିଡ଼ି ତାକୁ ପ୍ରସ୍ତୁତ ହେବାକୁ ପଡ଼ିବ, ଏହି ପଚିଶ ମିନିଟ୍ ଭିତରେ।

ଭୁଲ୍‌ରେ କେଉଁ ବହି କି ଖାତା ଛାଡ଼ିଗଲେ ନିଲ୍ ଡାଉନ୍ ହେବା କେଡ଼େ ଲଜ୍ଜାକର କଥା ସତରେ ! ଝିଅପିଲାମାନଙ୍କୁ କେବେ ନିଲ୍ ଡାଉନ୍ ହେବାକୁ ପଡ଼େନା ତ ! ସେଥିପାଇଁ ପୁଅମାନେ ନିଲ୍ ଡାଉନ୍ ହେଲା ବେଳେ ସେମାନେ ମୁହଁରେ ରୁମାଲ ଦେଇ ହସନ୍ତି ।

– ତୋର ବହିପତ୍ର ସଜଡ଼ା ସରିଲା ବିଟୁ ? ଗାଧୋଇବୁ ଆଉ କେତେବେଳେ ? ଏତେ ଲେଥାର୍ଜିକ୍ ପିଲାକୁ ପାରିହେବନି ଆଉ... ।' ବ୍ରେକ୍‌ଫାଷ୍ଟ ତିଆରି କରୁକରୁ କିଚେନ୍ ଭିତରୁ କହିଲେ ମା' । ବିଟୁ ହିଷ୍ଟ୍ରି ଖାତାଟା କେଉଁଠି ରଖିଥିଲା ମନେପକାଇ ପାରୁନଥିଲା ।

'ଦେଖାଯିବ ପରେ', ମନକୁ ମନ କହି ବିଟୁ ବାଥ୍ ରୁମ୍‌ରେ ପଶିଗଲା । ସାୱାର ଖୋଲିଦେଲା ପରେ ତା'ର ଦୃଷ୍ଟି ପଡ଼ିଲା ନେଟ୍‌ଏ ଆମ୍ବ ବଉଳ ଉପରେ । ଡାଳଟିଏ ଲମ୍ବି ଆସିଛି ବାଥ୍‌ରୁମ୍ ଝରକା କଡ଼କୁ । ସେଥିରେ ତିନି ଚାରି ନେଟ୍‌ଏ ବଉଳ । ଆଉ କେତେଦିନ ଗଲେ ବଉଳ ଚଣା ପାଲଟିଯିବ । ତା'ପରେ କଷି ଆମ୍ବସବୁ ପେଣ୍ଟା ପେଣ୍ଟା ହୋଇ ଗଛରୁ ଝୁଲିପଡ଼ିବେ । ତା' ଆନୁଆଲ୍ ପରୀକ୍ଷା ବେଳକୁ ଆମ୍ବ ପାଚିବ । ମା' ଲୋକ ଲଗାଇ ତୋଳି ଆଣିବ କିମ୍ବା ଗୋଟି ଗୋଟି ହୋଇ ଝଡ଼ିପଡ଼ିବେ ସେସବୁ ।

ପାଚି ଝଡ଼ିଯିବା ହିଁ ଆମ୍ବ ବଉଳର ଲିମିଟେସନ୍ । ଲିମିଟେସନ୍ ଥିବାରୁ ସିନା ଏତେ ବାସ୍ନା । ବଉଳଟି ଯଦି ସେମିତି ବଉଳ ହୋଇ ଚିରକାଳ ଗଛରେ ଲଟକି ରହନ୍ତା, କିଏ ପଚାରନ୍ତା ତାକୁ ? କିଏ ମୋହିତ ହୁଅନ୍ତା ତା' ମହକରେ ?

ସମସ୍ତଙ୍କର ଲିମିଟେସନ୍ ଅଛି । ନାହିଁ ଖାଲି ବିଟୁର । ତାକୁ ଉଡ଼ିବାକୁ ପଡ଼ିବ ଆକାଶର ଦୂରତମ, ଅନିର୍ଦ୍ଦିଷ୍ଟ ବିନ୍ଦୁଯାଏ । ଯେଉଁଠିକୁ କାହା ଆଖି ପାଉ ନ ଥିବ ।

ବ୍ଲଟି, ରବିଶ୍....., ଦିନେ ନା ଦିନେ ସେ ଓ୍ୱାଲ୍ ହାଙ୍ଗିଙ୍ଗଟାକୁ ଟାଣି ଫିଙ୍ଗିଦେବ ଝରକା ବାହାରକୁ ।

– ବିଟୁ ?

ବାଥ୍ ରୁମ୍‌ରୁ ବାହାରି ଆସିଲା ବିଟୁ ।

ଆଠଟା ତିରିଶ । ଆଉ ମାତ୍ର ଦଶ ମିନିଟ୍ । ବିଟୁ ଠିଆଠିଆ ବ୍ରେକ୍‌ଫାଷ୍ଟ ଖାଇଦେଲା । ପ୍ୟାଣ୍ଟ‌ସାର୍ଟ, ଜୋତାମୋଜା ପିନ୍ଧିବାକୁ ତିନି ମିନିଟ୍ । କିଏ ଜାଣେ ଜୋତାଟା ସଫା ଦିଶୁଛି କି ନାହିଁ ? ଜୋତା ସଫା ନ ଦିଶିଲେ ପି.ଇ.ଟି. ସାର ପ୍ଲେ-ଗ୍ରାଉଣ୍ଡରେ ଦୌଡାଇଦେବେ ଦୁଇ ରାଉଣ୍ଡ ।

– ତୁ ବ୍ରେକ୍‌ଫାଷ୍ଟ ଛାଡ଼ିଗଲୁ ଯେ ? ମା' ପଚାରିଲେ ଡାଇନିଂ ଟେବୁଲ୍ ପାଖରୁ ।

ଟାଇ ନଟ୍ ଭିଡ଼ୁଭିଡ଼ୁ ବିଟୁ ଉତ୍ତର ଦେଲା, "ଖାଇବାକୁ ଇଚ୍ଛା ନାହିଁ । ସ୍ଟୋମାକ୍ ଅପ୍‌ସେଟ୍ ।"

– ପଙ୍କ୍‌ଚୁଆଲିଟି ତ ଶିଖ‍ିଲୁନି ଆଜିଯାଏ। ସ୍କୋମାକ୍ ଅପ୍‌ସେଟ୍ ହେବନି ?
ସେସବୁ ଫାଲତୁ ବକବାସ୍ ଶୁଣିବାକୁ ବିଟୁର ବେଳ ନ ଥିଲା। ସ୍କୁଲ ବ୍ୟାଗ୍ ଓହ୍ଲେଇ
ସେ ଦୌଡ଼ିଲା ବସ୍‌ଷ୍ଟପ୍ ଆଡ଼େ।

– ଦୌଡ଼କେ, ଦୌଡ଼କେ ବିଟୁ....', ସ୍କୁଲ ବସ୍ ଭିତରୁ ଡାକ ଛାଡ଼ିଥିଲା ମୁନା।
ସ୍କୁଲ ବସ୍ ବିଟୁକୁ ଅପେକ୍ଷା କରି ଠିଆ ହୋଇଥିଲା। ତା' ଉଦ୍ଦେଶ୍ୟରେ ଡ୍ରାଇଭର
ଘନଘନ ହର୍ଷ ବଜାଉଥିଲା। ବସ୍ ଉପରକୁ ଚଢ଼ିଲା ବେଳକୁ ବିଟୁର ଧଇଁସଇଁ ଅବସ୍ଥା।
ସେ ବସି ସାରିଲା ପରେ ମୁନା କହିଲା, "ଚାଇ ନଟ୍‌ଟା ସଜାଡ଼ି ଦେ। କ୍ଲାସ୍ ଟିଚର୍ ନ
ହେଲେ ସକାଳୁ ସକାଳୁ ବିରକ୍ତ ହେବେ।"

ଆଗରେ ଅଇନା ନ ଥିଲା। ଅନୁମାନରେ ଚାଇ ନଟ୍ ସଜାଡ଼ିବାରେ ବିଟୁ
ସଫଳ ହୋଇ ପାରିଲାନି। ମୁନା ସଜାଡ଼ିଦେଲା ତା' ଚାଇ ନଟ୍। ଟିକେ ଦମ୍ ନେଲା
ବିଟୁ।

– "ତୁ ଇଂଲିଶ୍ ପ୍ରୋଜେକ୍ଟ ସାରିଛୁ ?" ମୁନା ପଚାରିଲା। ବିଟୁ ତାକୁ ନିର୍ବୋଧ
ଆଖ‍ିରେ ଚାହିଁରହିଲା। କୌଣସି ଇଣ୍ଡିଆନ୍ ଫେଷ୍ଟିଭାଲ ଉପରେ ପ୍ରୋଜେକ୍ଟିଏ
କରିବାକୁ ଛତ୍ରପାଲ ସାର୍ ଗତ ସପ୍ତାହରେ କହିଥିଲେ। ଏହା ଭିତରେ ବିଟୁ ସେ କଥା
ପୂରା ଭୁଲିଯାଇଥିଲା।

"ଆଜି ତ ପ୍ରୋଜେକ୍ଟ ସବ୍‌ମିଟ୍ କରିବାର ଶେଷ ଦିନ।" – ମୁନା ମନେ
ପକାଇ ଦେଲା।

"ଓଃ, ମାଇଁ ଗଡ୍" ସ୍ୱଗତୋକ୍ତି କଲା ପରି ବିଟୁ କହିଲା। ତା'ର ମନେପଡ଼ିଲା
ଛତ୍ରପାଲ ସାରଙ୍କ କାନଫଟା ଚିକ୍କାର। ଇଂଲିଶ୍ ଟିଚର ହିସାବରେ ଛତ୍ରପାଲ ସାର୍
ପୂରା ଅନାଡ଼ି। କିରଣ ଦେଶାଇଙ୍କ 'ଦି ଇନ୍‌ହେରିଟେନ୍ ଅଫ୍ ଲସ୍' ଉପନ୍ୟାସ ସମ୍ପର୍କରେ
ତାଙ୍କୁ ଥରେ ପଚାରିଥିଲା ବିଟୁ। ନାକ ଅଗରୁ ମାଛିଟାଏ ହୁରୁଡ଼େଇଲା ପରି ଗୋଟାଏ
ଭୁରୁଡ଼ି କାଢ଼ି ଛତ୍ରପାଲ ସାର୍ କହିଲେ, "ହ୍ୱାଟ୍ ଇଜ୍ ଦ୍ୟାଟ୍ ବୁ‍ଡି ଇନହେରିଟେନ୍ ?
ସେଥିରୁ କ'ଣ ପରୀକ୍ଷାରେ ପ୍ରଶ୍ନ ଆସିବ ? ଫିନିଶ୍ ଇଓର ଟେକ୍‌ଟ ଫାଷ୍ଟ।" ସିନିୟର
ପିଲାମାନେ କୁହନ୍ତି, ତାଙ୍କୁ କାଳେ ଓ. ହେନ୍‌ରୀ କିମ୍ୱା ମୋପାଁସାଙ୍କ ବିଷୟରେ ବି
ମାଲୁମ ନାହିଁ। ରେଫରେନ୍‌ ବହି ଘୋଷି ନିତି କ୍ଲାସ୍‌କୁ ଆସନ୍ତି। ଭୋକାବ୍ୟୁଲାରୀ ଘର
ଜିରୋ। ସାଧାରଣ ଶବ୍ଦର ଅର୍ଥ ବି ତାଙ୍କୁ ଜଣା ନଥାଏ। ଇଂଲିଶ୍ କହିଲା ବେଳେ
ଆଖ‍ି ଚୋବେଇ ଛେଦା କାଢ଼ିଲା ପରି ଶୁଭେ। ପ୍ରିନ୍ସିପାଲଙ୍କ କ୍ରୋଧରୁ ବଞ୍ଚିବା ପାଇଁ
ତେଣୁ ସେ ପିଲାଙ୍କ ଉପରେ ଆଲତୁ ଫାଲତୁ ପ୍ରୋଜେକ୍ଟ ଗୁଡ଼ାଏ ନଦି ଦିଅନ୍ତି। ସ୍କୁଲ
କାନ୍ଥସାରା ମାଲମାଲ ଇଂଲିଶ୍ ପ୍ରୋଜେକ୍ଟ।

ଆର୍ଟ ଟିଚର ରାଓ ସାର୍ କୁହନ୍ତି, "ପ୍ରୋଜେକ୍ଟ ଇଜ୍ ଆନ୍ ଏଣ୍ଡାଭର... ଥାନ୍ ସର୍ଟ ଅଫ୍ ମିନି ରିସର୍ଚ... ଗୋଟାଏ ଅନ୍ଵେଷଣ...ପିଲାର ଅନ୍ଵେଷଣ ପ୍ରବୃତ୍ତିକୁ ପ୍ରୋତ୍ସାହିତ କରିବା ପ୍ରୋଜେକ୍ଟର ଉଦ୍ଦେଶ୍ୟ।

ପ୍ରୋଜେକ୍ଟ କହିଲେ କିନ୍ତୁ ଛତ୍ରପାଲ ସାରଙ୍କ ପରି ଟିଚରମାନେ ବୁଝନ୍ତି ଇଣ୍ଟରନେଟ୍‌ରୁ ସଂଗ୍ରହ କରାଯାଇଥିବା ଗୁଡ଼ାଏ ରଙ୍ଗିନ୍ ଚିତ୍ର, ନ ହେଲେ ଥର୍ମୋକୋଲ ପେଷ୍ଟିଂ।

କିନ୍ତୁ କ'ଣ କରାଯାଇପାରିବ ବର୍ତ୍ତମାନ ? ଗୋଟେ ଛୋଟ କାର୍ଟୁନ ଭିତରୁ କାଢ଼ି ମୁନା ତା' ପ୍ରୋଜେକ୍ଟ ଦେଖାଇଲା। ଥର୍ମୋକୋଲ, ପ୍ଲାଷ୍ଟର ଅଫ୍ ପ୍ୟାରିସ୍, ପ୍ଲାଷ୍ଟିକ ଫୁଲ ଆଉ ପତ୍ରରେ କୌଣସି ଟ୍ରାଇବାଲ ଫେଷ୍ଟିଭାଲର ପ୍ରୋଜେକ୍ଟ ତିଆରି କରିଛି ମୁନା। ରଙ୍ଗିନ୍ କପଡ଼ା ଏବଂ ଚୁମୁକିରେ ତିଆରି ସ୍ତ୍ରୀପୁରୁଷଙ୍କ ପୋଷାକ ଭାରି ଲୋଭନୀୟ ଦିଶୁଛି। ଭଲ ଇଂଲିଶ୍ କହିପାରେ ବୋଲି ବିଟୁ ଉପରେ ଛତ୍ରପାଲ ସାରଙ୍କ ରାଗ। ଓଭର ସ୍ମାର୍ଟ କହି ଗାଲି ଦିଅନ୍ତି। ଆଜି ଭାଗ୍ୟରେ କ'ଣ ଅଛି କିଏ ଜାଣେ ! ବସ୍‌ରୁ ଓହ୍ଲାଇଲା ବେଳେ ବିଟୁକୁ ଆତଙ୍କିତ କରି ବାହାରି ଆସିଲା ଗୋଟାଏ ଦୀର୍ଘଶ୍ୱାସ।

କ୍ଲାସରେ ବ୍ୟାଗ୍ ରଖିବାର ପରମୁହୂର୍ତ୍ତରେ ହିଁ ଶୁଭିଲା ଘଣ୍ଟି। ପରେପରେ ଘନଘନ ହୁଇସିଲ୍। ମହାପାତ୍ର ସାର ଏମିତି ଉଚ୍ଛନିଆ ହୁଇସିଲ୍ କାହିଁକି ମାରନ୍ତି କେଜାଣି ? ବିଟୁକୁ ଲାଗେ ଗୋଟାଏ ଅତଳ ଗହ୍ୱର ଭିତରକୁ ତାକୁ କିଏ ଯେପରି ହଠାତ୍ ପେଲି ଦେଉଛି। ତା'ର ଶ୍ୱାସପ୍ରଶ୍ୱାସ ଜଖମ ହୋଇଯାଏ। ଓ୍ୱାଚର ବଟଲଟା ସିଟ୍ କଡ଼କୁ ଠେଲି ଦେଇ ସେ ଆସେମ୍ବ୍ଲି ଗ୍ରାଉଣ୍ଡକୁ ଦୌଡ଼ିଲା। ମର୍ଣିଂ ଆସେମ୍ବ୍ଲିଟା ଭାରି ବୋରିଂ ସମୟ ବିଟୁ ପାଇଁ। ନିତି ନିତି ସେହି ଘଷରା ପ୍ରାର୍ଥନା ବୋଲିବାକୁ ତା'ର ଆଦୌ ଆଗ୍ରହ ନ ଥାଏ। ଖାଲି ପନିସମେଣ୍ଟ ଡରରେ ଯାହା ବୋଲିବା କଥା। ମ୍ୟୁଜିକ୍ ଟିଚର ମଝିରେ ମଝିରେ ମାଇକରେ ଚିକ୍ରାର ଛାଡ଼ନ୍ତି – ଲାଉଡ଼୍‌ଲି ଷ୍ଟୁଡେଣ୍ଟସ୍, ଲାଉଡ଼୍‌ଲି।'

କ୍ଲାସ ଟିଚରମାନଙ୍କୁ ରାଉଣ୍ଡ ନେବାକୁ ପଡ଼େ, କେହି ପ୍ରେୟାର ଗାଉଛି କି ନାହିଁ ଜାଣିବାକୁ। ଯେଉଁ ଓଥ ନିଆଯାଏ ସେଥରେ ବୋଧେ କାହାରି ବିଶ୍ୱାସ ନ ଥାଏ। ନ ହେଲେ ପ୍ରତିଦିନ ସେହି ଏକା କଥାକୁ କାହିଁକି ଶୁଆଙ୍କ ପରି ଘୋଷାଯାଆନ୍ତା ? ଶପଥ ତ ଜୀବନରେ ଥରେ ନେଲେ ଯଥେଷ୍ଟ। ସେଇଆକୁ ସେଇଆକୁ ଅଯଥା ପ୍ରତିଦିନ ଦୋହରେଇବାରେ କି ଲାଭ ? ଆଜି ପୁଣି ଭାଷଣ ପାଲି ଅଗ୍ନିହୋତ୍ରୀ ସାରଙ୍କର। ଥରେ ମାଇକ୍ ଧରିଲେ ସେ ଛାଡ଼ିବା ନାଁ ଧରନ୍ତିନି।

କ୍ୟାରେକ୍ଟର...,   କ୍ୟାରେକ୍ଟର ହେଉଛନ୍ତି ଅଗ୍ନିହୋତ୍ରୀ ସାର। ବିଟୁ ସେଥରେ କାନ ନ ଦେଇ ଛତ୍ରପାଲ ସାରଙ୍କ ରାଗରୁ ରକ୍ଷା ପାଇବାର ଉପାୟ ଚିନ୍ତା କରୁଥିଲା।

ଆସେମ୍ଲ ଗ୍ରାଉଣ୍ଡରେ କାହିଁ ଦେଖାଯାଉନାହାନ୍ତି ସେ। ଛୁଟିରେ ଅଛନ୍ତି କି ? ରକ୍ଷାକର...ରକ୍ଷାକର, ସେ ମନେ ମନେ ପ୍ରାର୍ଥନା କଲା। ହାତ ଯୋଡ଼ି ମୁଣ୍ଡରେ ଲଗାଇବାର ଉପାୟ ନ ଥିଲା।

ବିଟୁର ରାଓ ସାରଙ୍କ କଥା ହଠାତ୍ ମନେପଡିଲା। ସେ ହିଁ ଏକମାତ୍ର ଭରସା। ସେ ଚାହିଁଲେ ଘଣ୍ଟାକ ଭିତରେ ପ୍ରୋଜେକ୍ଟଟି ତିଆରି କରି ଦେଇପାରନ୍ତି। ଆସେମ୍ଲ ସରିଲେ ସେ ଆର୍ଟରୁମକୁ ଯାଇ ତାଙ୍କୁ ଥରେ ଦେଖାକରନ୍ତା। କହନ୍ତା ତା'ର ଅସୁବିଧା କଥା।

କିନ୍ତୁ ଅଗ୍ନିହୋତ୍ରୀ ସାର କଥା ଲମ୍ବେଇଛନ୍ତି,.... ଇଫ୍, କ୍ୟାରେକ୍ଟର ଇଜ୍ ଲଷ୍ଟ... ସିନିୟରମାନଙ୍କ ଧାଡ଼ିରୁ ଶୁଭୁଛି ଚାପା ହସ। ଟିଚରମାନେ ବି ହସ ଚାପିବାକୁ ଚେଷ୍ଟା କରୁଛନ୍ତି। ସିନିୟରମାନେ ଅଗ୍ନିହୋତ୍ରୀ ସାରଙ୍କ ନାଁରେ ପଛରେ ବହୁତ କିଛି କୁହନ୍ତି। ତାଙ୍କର କାଳେ ପଇସା ରୋଜଗାର କରିବାର ଅନେକ ବାଟ। ଇନ୍‌ସ୍ୟୁରାନ୍ସ ପଲିସି ଯୋଗାଡ଼ କରନ୍ତି। ସ୍ତ୍ରୀଙ୍କ ନାଁରେ ଚିଟ୍ ଫଣ୍ଡ ଚଲାନ୍ତି। ଆଳତୁଫାଳତୁ ବାହାନା କରି ପିଲାଙ୍କଠାରୁ ଡୋନେସନ୍ ଆଦାୟ କରନ୍ତି। ସହର ଭିତରେ ଗୋଟାଏ ବହି ଦୋକାନ ବି ଅଛି ତାଙ୍କର। ଗତ ବର୍ଷ ଆନୁଆଲ୍ ପିକନିକ୍ ସମୟରେ ତାଙ୍କ ନାଁରେ ଫଣ୍ଡ ମାନିପ୍ୟୁଲେସନ୍ ଅଭିଯୋଗ ହୋଇଥିଲା। ପ୍ରତି ମାସରେ କାଳେ ସେ ବ୍ୟାଙ୍କରେ ପଚାଶ ହଜାର ଟଙ୍କା ଫିକ୍ସଡ୍ ଡିପୋଜିଟ୍ ରଖନ୍ତି। ଅଯଥାରେ ଏଠି କ୍ୟାରେକ୍ଟର ଲଷ୍ଟ, କ୍ୟାରେକ୍ଟର ଲଷ୍ଟ.... ହେଉଛନ୍ତି କାହିଁକି ? ଆସେମ୍ଲ ସରୁ ନ ସରୁଣୁ କ୍ଲାସ ଟିଚର ଆଟେଣ୍ଡାନ୍ସ ଧରି ଆସି ହାଜର ହୋଇଯିବେ। ସେ ଆଉ ରାଓ ସାରଙ୍କୁ ଦେଖା କରିବ କେତେବେଳେ ?

ସିନିୟରମାନଙ୍କ ହସ କ୍ରମେ ମୃଦୁ କୋଲାହଲରେ ପରିଣତ ହେଉଥିଲା। ଅଗ୍ନିହୋତ୍ରୀ ସାରଙ୍କ ଭାଷଣ ମଝିରେ ହଠାତ୍ ନ୍ୟାସନାଲ ଆନ୍ତେମ୍ ଆରମ୍ଭ ହୋଇଗଲା। ଯାହାହେଉ, ରକ୍ଷା !

ଥାର୍ଡ ପିରିୟଡ୍ ପର୍ଯ୍ୟନ୍ତ ରାଓ ସାରଙ୍କୁ ଦେଖା କରିବାର ସୁଯୋଗ ନ ଥିଲା। ସର୍ଟ ବ୍ରେକ୍‌ରେ ସେ ଗଲା ଆର୍ଟ ରୁମକୁ। ରାଓ ସାର୍ ଚା' ପିଉଥିଲେ ଆଉ ସାମ୍ନାକୁ ଚାହିଁ ରହିଥିଲେ। ତାଙ୍କ ଆଗରେ ଇଜଲ୍ ଉପରେ ଗୋଟାଏ ବିରାଟ କାନଭାସ୍। କ'ଣ ଆଙ୍କିବେ ସାର୍? ଗଛ ନା ସ୍ତ୍ରୀ ଲୋକର ଛବି? ବ୍ୟାକ୍‌ଗ୍ରାଉଣ୍ଡ କାମ ପୂରା ସରିନି। ବୁଝି ହେଉନି। ବଡ଼ ଅଭୁତ ଖିଆଲ ସାରଙ୍କର। ବେଳେ ବେଳେ କ'ଣ ଆଙ୍କନ୍ତି ବୁଝିହୁଏନା। ବ୍ଲାକବୋର୍ଡରେ କିନ୍ତୁ କଲର ଚକ୍‌ରେ ସୁନ୍ଦର ସୁନ୍ଦର ଚଢ଼େଇ, ନଈ, ଗଛ, ପାହାଡ଼ର ଛବି କରନ୍ତି।

- କମ୍ ଇନ୍ ବିଟୁ! ସାର୍ ଡାକିଲେ।

ସମ୍ମୋହିତଙ୍କ ପରି ବିଟୁ ଭିତରକୁ ପଶିଗଲା। ତା'ର ଦୃଷ୍ଟି ସ୍ଥିର ଥିଲା କାନଭାସର ଅଧାଅଙ୍କା ଛବି ଉପରେ। କାନଭାସର ଆକାଶ ଦିଶୁଛି ରାଓ ସାରଙ୍କ ଦୃଷ୍ଟି ପରି ଶାନ୍ତ, ନିର୍ଲିପ୍ତ। ଏମିତି ଦୃଷ୍ଟି ସେ ଆଉ କେଉଁଠି ଦେଖିଥିଲା? ବିଟୁ ମନେପକେଇବାକୁ ଚେଷ୍ଟା କଲା। ହୋଇପାରେ, ସକାଳର ଚଢ଼େଇର କିମ୍ଵା ବଉଳ ନେହୁର। ରାଓ ସାରଙ୍କ ମୁହଁରେ ସାଇଜ୍ କରି କଟାଯାଇଥିବା ଛୋଟ ଛୋଟ ଦାଢ଼ି। ଦିଶୁଛନ୍ତି ରଷିଆନ୍ ନଭେଲର କଳାଧଲା ଛବି ପରି।

- ୟେସ୍ ବିଟୁ, ତୁମେ ସେ ଛବିଟା ସାରିଲ?

- ସମୟ ହେଉନି, ଦୁର୍ବଳ ସ୍ଵରରେ ବିଟୁ ବୁଝେଇବାକୁ ଚେଷ୍ଟା କଲା। ନିଜର ଅପରିସ୍ଥିତି।

- ଛବି ଅଙ୍କା ବ୍ୟାପାରରେ ସମୟ କୌଣସି ବଡ଼ ଫ୍ୟାକ୍ଟର୍ ନୁହେଁ। ବଡ଼ ହେଉଛି ମୁଡ୍। ମୁଡ୍ ନିଜ ପାଇଁ ଆପେ ସମୟ ଯୋଗାଡ଼ କରିନିଏ। ତା'ଛଡ଼ା ପ୍ରତ୍ୟେକ ଆର୍ଟର ଥାଏ ନିଜସ୍ଵ ଗୋଟାଏ ଜୀବନୀ ଶକ୍ତି। ମାଟି ଫଟେଇ ଗଜା ବାହାରି ଆସିଲା ପରି ଆପେ ଆପେ ତାହା ବଢ଼ିଉଠେ; ଏପରିକି ବେଳେବେଳେ ଶିଳ୍ପୀର ମୁଡ଼କୁ ବି ବାଧ ଓ ବିବଶ କରି। ସେଥିରେ ଆପେ ପତ୍ର କଅଁଳେ, ଆପେ ଫୁଲ ଫୁଟେ। ଯେଉଁ ଆର୍ଟରେ ସେ ଜୀବନୀ ଶକ୍ତି ନ ଥାଏ, ତାହା ଆଦୌ ବଢ଼ିପାରେନା। ଦିନ ଦିନ, ବର୍ଷ ବର୍ଷ ଧରି ସେମିତି ପଡ଼ି ରହିଥାଏ।

ବିଟୁ ଭାବିଲା, ତା' ଛବିଟିର ସେହି ଜୀବନୀ ଶକ୍ତି ନାହିଁ କି? ତା'ର ମନ ହାହାକାର କରିଉଠିଲା। ନା, ନା ସେମିତି ହୋଇନଥାଉ। ଯେମିତି ହେଲେ ବି ସମୟ ଯୋଗାଡ଼ କରି ସେ ତା' ଛବିଟିକୁ ଶେଷ କରିବ। ରାତିରେ ବାପା ମା' ଶୋଇପଡ଼ିଲା ପରେ ସେ ଆଙ୍କିବ ତା' ଛବି।

ଚା' କପ୍ ଥୋଇଦେଇ ସାର୍ ର୍ୟାକ୍ରୁ କ'ଣ ଖୋଜୁଥିଲେ। ବିଟୁ ଇଂଲିଶ ପ୍ରୋଜେକ୍ଟ କଥା କହିବ କି ନାହିଁ ଦ୍ଵନ୍ଦରେ ପଡ଼ିଯାଇଥିଲା। ର୍ୟାକ୍ରୁ ସାର୍ ଖଣ୍ଡେ ଛବି କାଢ଼ିଲେ। ୱାଟର କଲରରେ ଅଙ୍କା ହୋଲି ଉସ୍ତବର ଛବିଟିଏ। ଛବିଟି ଦେଖାଇ କହିଲେ, "ଏ ଛବି ମୁଁ ଆଙ୍କିଥିଲି ପ୍ରାୟ ଚାରି ବର୍ଷ ତଳେ। କିନ୍ତୁ ପୂରା କରିପାରିନି ଏ ଯାଏ। ଏହା ଭିତରେ କେତେ ଛବି ଆଙ୍କି ସାରିଲିଣି। ହେଲେ ଏ ଖଣ୍ଡକ ପଡ଼ିରହିଛି ସେମିତି।"

ଛବିଟି ଅସମ୍ପୂର୍ଷ ବୋଲି ଆଦୌ ବୁଝିହେଉନଥିଲା। କେଉଁଠି କ'ଣ ବାକି ରହିଛି? ଇଂଲିଶ୍ ପ୍ରୋଜେକ୍ଟ ପାଇଁ ଭଲ କାମ ଦିଅନ୍ତା ଛବି ଖଣ୍ଡକ।

– ବୁଝିପାରୁନା ନା ? ପଚାରିଲେ ସାର୍ । ଟିକେ ରହି କହିଲେ, "ହୋଲିରେ ଯେଉଁ ପ୍ରାଣୋଚ୍ଛ୍ୱାସ, ଯେଉଁ ପ୍ରମତ୍ତତା, ଯେଉଁ ଦୁର୍ବାରତା ରହିବା କଥା, ତାହା ନାହିଁ ଛବିଟିରେ । ୱାଟର କଲରର ନେଇ ଖେଳିବାକୁ ଭଲ ଲାଗେ ମୋତେ । ଅଥଚ ବହୁ ଚେଷ୍ଟା ସତ୍ତ୍ୱେ ଏ ଛବି ଖଣ୍ଡକ ସେମିତି ନିସ୍ତବ୍ଧ ହୋଇ ରହିଗଲା । ହୁଏତ ଆଉ କେଉଁ ମିଡିୟମ୍ ନେଇଥିଲେ ହୋଇଥା'ନ୍ତା କି କ'ଣ !

ସାର୍ ଗୋଟାଏ ଦୀର୍ଘଶ୍ୱାସ ପକେଇଲେ । ବିଟୁ ଆଖ ଆଗରେ ଭାସି ଉଠିଲା ଗୋଟିଏ ଶୁଖି ଆସୁଥିବା ଗଛର ଚିତ୍ର । ବଢ଼ି ଆସୁ ଆସୁ ଯାହର କଅଁଳ ପତ୍ରସବୁ ଅକାଳରେ ଝାଉଁଳି ପଡ଼ିଛନ୍ତି । ସେ ବି ଗୋଟାଏ ଦୀର୍ଘଶ୍ୱାସ ଭିତରକୁ ଶୋଷିନେଇ ଆର୍ଟରୁମରୁ ବାହାରି ଆସିଲା ।

ଫୋର୍ଥ ପିରିୟଡ୍ ସରିବା ସଙ୍ଗେ ସଙ୍ଗେ ଆଶଙ୍କା ବଢ଼ିଗଲା ବିଟୁର । ପିଲାମାନେ ନିଜ ନିଜର ପ୍ରୋଜେକ୍ଟ କାଢ଼ି ସଜେଇବାରେ ବ୍ୟସ୍ତ । ଭୟାର୍ତ ଆଖିରେ ବିଟୁ ଚାହିଁଲା ଷ୍ଟାଫ୍ ରୁମ ଆଡ଼େ । ଦନ୍ତାହାତୀ ପରି ଛତ୍ରପାଲ ସାର୍ ଆଗେଇ ଆସୁଥିଲେ ସେପଟୁ । ତାକୁ ଲାଗିଲା, ଆଉ ଟିକକୁ ସେ ତାକୁ ଦଳିଚକଟି ମାଂସ ପେଣ୍ଡୁଲାଟିଏ କରିପକାଇବେ । ଆଗ ଧାଡ଼ିରୁ ଭୟାର୍ଦ ସ୍ୱରରେ ନିଲୁ ପଚାରିଲା, "ତୋ' ପ୍ରୋଜେକ୍ଟ କାହିଁ ବିଟୁ ?"

ବିଟୁ ଅସହାୟ ଦୃଷ୍ଟିରେ ତା' ମୁହଁକୁ ଚାହିଁରହିଲା । ନିଲୁ ବୋଧେ ବୁଝିପାରିଲା ତା'ର ଅସହାୟତା ।

କ'ଣ ହେବ ବର୍ତ୍ତମାନ ?

ନିଲୁ ସ୍ୱର ଶୁଭିଲା ବୁଡ଼ିଯାଉଥିବା ଲୋକର ଆର୍ତନାଦ ପରି । ତା' ପ୍ରଶ୍ନର ଉତ୍ତର ଦେବା ଅବସ୍ଥାରେ ବିଟୁ ନ ଥିଲା । ଛତ୍ରପାଲ ସାର୍ ସେତେବେଲକୁ ଆସି ଠିଆହେଲେଣି ଡୋର୍ ଆଗରେ । ବିଟୁର ଇଚ୍ଛା ହେଉଥିଲା ସେ ଦୌଡ଼ିଯାଇ କେଉଁଠି ଲୁଚିଯାଆନ୍ତା, ନ ହେଲେ ମାଟି ଫଟେଇ ଭିତରକୁ ପଶିଯାଆନ୍ତା । ଶୁଖିଲା ବରଡ଼ାପତ୍ର ପରି ତା' ହାତଗୋଡ଼ ଥରିବାକୁ ଲାଗିଲା । ହାର୍ଟଟାକୁ ଛାତି ଭିତରେ ଶକ୍ତମୁଠାରେ କେହି ଯେମିତି ଚାପି ଧରିଛି । ନିୟନ୍ତ୍ରଣହୀନ ହୋଇପଡ଼ୁଥିଲେ ତା'ର ଶ୍ୱାସପ୍ରଶ୍ୱାସ । ଛତ୍ରପାଲ ସାର‌ଙ୍କ ମୁହଁ ଖଣ୍ଡେ ଅତିକାୟ କଳାହାଣ୍ଡିଆ ମେଘ ପରି ଦିଶୁଛି । ଯେ କୌଣସି ମୁହୂର୍ତ୍ତରେ ତାହା ଫାଟିଯିବ ଏବଂ ବିଟୁ ଉପରେ ଓଜାଡ଼ି ହୋଇପଡ଼ିବ ଗାଳିର ଅବିଶ୍ରାନ୍ତ ଧାରା ।

ସାର୍ କ୍ଲାସ ଭିତରକୁ ଶୀଘ୍ର ଆସୁନାହାନ୍ତି କାହିଁକି ? କେତେ ସମୟ ସେ ଆଉ ଗୋଟାଏ ବିସ୍ଫୋରଣୋନ୍ମୁଖୀ ବୋମା ଆଗରେ ଏମିତି ନିଃସହାୟ ହୋଇ ଠିଆ ହୋଇ ରହିଥିବ ? ଯେତେ ଶୀଘ୍ର ବିସ୍ଫୋରଣ ଘଟିଗଲେ ବରଂ ଭଲ ।

ଅଥଚ ପରକ୍ଷଣରେ ଡୋର ଆଗରୁ ଅପସରିଗଲେ ଛତ୍ରପାଲ ସାର । ପଶିଆସିଲେ ସାଇନ୍ସ ମାଡାମ୍ । କେମିତି ସମ୍ଭବ ହେଲା ଏହା ? ବିଶ୍ୱାସ କରିବାକୁ ବିଟୁକୁ ଲାଗିଲା କିଛି ସମୟ ।

— ତୁମ କୋର୍ସ ଗୋଟାଏ ସପ୍ତାହ ପଛେଇ ଯାଇଛି । ଆଇ ଉଇଲ୍ ଫିନିଶ୍ ଫାଷ୍ଟ, ସେକେଣ୍ଡ ଆଣ୍ଡ ଥାର୍ଡ ଲ' ଅଫ୍ ମୋସନ୍ ଟୁଡେ', କହୁଥିଲେ ସାଇନ୍ସ ମାଡାମ୍ । ସିକ୍ସଥ ପିରିୟଡ୍ ବି ମାଡାମଙ୍କର । ଛତ୍ରପାଲ ସାରଙ୍କୁ କହି ସେ ଦୁଇଟା ପିରିୟଡ୍ ଏକାଠି ନେବେ ତା'ହେଲେ । ଯାହାହେଉ ବିପଦଟା ଚଲିଗଲା । ସାଇନ୍ସ ଖାତା ଖୋଲି ବସିବାର ଅନେକ ସମୟ ପରେ ବି ବିଟୁର ଛାତି ଭିତରଟା ସେମିତି ଧକଧକ କରୁଥିଲା ।

ସାଇନ୍ସ ମାଡାମ ପୁଣି ଦେଲେ ଗୁଡ଼ାଏ ଟାସ୍କ । ରିସେସ୍ ଆଉ ଗେମ୍ସ ପିରିୟଡକୁ ମିଶାଇ ପ୍ରାୟ ଦେଢ଼ ଘଣ୍ଟା ଲିଜର୍ । ଟିଫିନ୍ ନ ଖାଇ, ପ୍ଲେ ଗ୍ରାଉଣ୍ଡକୁ ନ ଯାଇ ବିଟୁ ସେସବୁ ଶେଷ କରିଦେଲା । ହୋମଟାସ୍କ ନ ଥିଲେ ରାତିରେ ସମୟ ମିଳିବ ଛବି ଆଙ୍କିବାକୁ । ରାତିରେ ଇଂଲିଶ ଟ୍ୟୁଟର ଗଲା ପରେ ତାକୁ ପ୍ରାୟ ଦୁଇ ଘଣ୍ଟା ସମୟ ମିଳେ ହୋମଟାସ୍କ କରିବାକୁ । ମା' ବ୍ୟସ୍ତ ଥାଏ କିଚେନ୍‌ରେ, ନ ହେଲେ ସିରିୟଲ ଦେଖାରେ । ବାପା ଅଫିସରୁ ଫେରିନଥା'ନ୍ତି । ସେହି ସମୟଟକ ସେ ଦେବ ଛବିଟି ପାଇଁ । କିନ୍ତୁ ଶେଷ ପିରିୟଡ୍‌ରେ ସୋସିଆଲ ସାଇନ୍ସ ସାର ନଦିଦେଲେ ପୁଣି ଗୁଡ଼ାଏ ଟାସ୍କ । ତା'ସହ ସଲଭ କରିବାକୁ ଗୋଟାଏ ସାମ୍ପଲ ପେପର । ସବୁ ସାରି କାଲି ଦେଖାଇବାକୁ ପଡ଼ିବ । ହୋମଟାସ୍କ ବାବଦରେ ଭାରି ପର୍ଟିକୁଲାର ସୋସିଆଲ ସାଇନ୍ସ ଟିଚର ।

ଟାସ୍କ...ଟାସ୍କ...ଆଉ ଟାସ୍କ । କେତେ ଟାସ୍କ ଆଉ କରିବ ସେ ? ଟାସ୍କ ଯେମିତି ଗୋଟାଏ କ୍ଷୁଧିତ ସରୀସୃପ ! ଯେତେ ଖାଇଲେ ବି ଯାହାର କ୍ଷୁଧା ଚିର ଅତୃପ୍ତ । ବିଟୁର ମନ ବିଦ୍ରୋହ କରିଉଠିଲା । ସନ୍ଧ୍ୟାରେ ଇଂଲିଶ୍ ଟ୍ୟୁଟର ଆସିବା ପୂର୍ବରୁ ଯେମିତି ହେଲେ ସେତକ ତାକୁ ସାରିବାକୁ ପଡ଼ିବ । ନ ହେଲେ ଛବି ପାଇଁ ସମୟ ମିଳିବନି ଆଉ ।

ସ୍କୁଲରୁ ଫେରି ସେ ତରତରରେ ଟିଫିନ୍ ଖାଇଦେଲା । କୁଆଡ଼େ ବି ଦୃଷ୍ଟି ନ ଦେଇ ସେ ବସିପଡ଼ିଲା ସୋସିଆଲ ସାଇନ୍ସ କୋଶ୍ଚିନ୍ ଆଉ ଖାତା ଧରି । ଗୁଡ଼ାଏ ଅବଜେକ୍ଟିଭ ଟାଇପ କୋଶ୍ଚିନ୍ । କେଉଁଠୁ ପାଇଛନ୍ତି ସାର ଏସବୁ ? ଉତ୍ତର ଖୋଜୁ ଖୋଜୁ ବହୁ ସମୟ ଯିବ । ତା'ପରେ ପୁଣି ଇଂଲିଶ୍ ପ୍ରୋଜେକ୍ଟ । ନ ହେଲେ କାଲି ଛତ୍ରପାଲ ସାର ପଚାରିବେ, ହ୍ୱାଇ... ? ଆନସାର ମି.... ? ତାଙ୍କ ସ୍ୱର ପଞ୍ଚମକୁ ଚଢ଼ିଯିବ । ଆଉ ଟିକକୁ ପହଞ୍ଚିବେ ଇଂଲିଶ ଟ୍ୟୁଟର । ତାଙ୍କ ପାଖରେ ବସିବାକୁ ପଡ଼ିବ ଦେଢ଼ ଘଣ୍ଟା । ନା, ଛବିଟି ପାଇଁ ଆଜି ଆଉ ସମୟ ହେବ ନାହିଁ ବୋଧେ । ସେ ତରତରରେ ଉତ୍ତର ଖୋଜିବାକୁ ଲାଗିଲା ।

କ୍ଲାନ୍ତି ଓ ହତାଶାରେ ଅବଶ ହୋଇପଡ଼ିଲା ବିଟୁ ।

ମଝିରେ ପଶି ଆସି ମା' ପଚାରିଲେ, "ତୁ ନିଉଜ୍ ପେପର ନ ପଢ଼ି କ'ଣ କରୁଛୁ ବିଟୁ ? ଖାଲି ଟେକ୍ସ୍ଟ ପଢ଼ିଦେଲେ ହୋଇଗଲା ? ତୋର ଭୋକାବ୍ୟୁଲାରୀ ବଢ଼ିବ କେମିତି, ଆଉଟ୍‌ଲୁକ୍ ବଢ଼ିବ କେମିତି ? ଘରକୁ ତିନି ତିନିଟା ଇଂଲିଶ୍ ପେପର ମଗାଯାଉଛି କାହିଁକି ?"

ପ୍ରଶ୍ନ ପରେ ପ୍ରଶ୍ନ । ଟାଙ୍କ ପରି ପ୍ରଶ୍ନର ବି ଯେମିତି ଶେଷ ନାହିଁ । ସମସ୍ତଙ୍କ ପ୍ରଶ୍ନର ଉଉର ଦେବାକୁ ଦୁନିଆରେ ମାତ୍ର ଜଣେ ...ବିଟୁ । ପ୍ରଶ୍ନ କରିବା ଅନ୍ୟମାନଙ୍କ ଅଧିକାର । ଉଉର ଦେବା କେବଳ ବିଟୁର କର୍ତ୍ତବ୍ୟ ।

ମା' କହିଲେ, "ତୁ ଆଜି ସ୍କୁଲରେ ଟିଫିନ୍ ବି ଖାଇନୁ । ଏସବୁ କି ପ୍ରକାର ବ୍ୟାଡ୍ ହାବିଟ୍ସ ତୋର ଡେଭଲପ କରୁଛି ଦିନୁଦିନ ?"

ପଦେ ବି ଉଁ ଚୁଁ ଜବାବ ନ ଦେଇ ବିଟୁ ସୋସିଆଲ ସାଇନ୍ସ ବହିର ପୃଷ୍ଠା ଅୟଥାରେ ଓଲଟାଇ ଚାଲିଥିଲା । କେଉଁ ପ୍ରଶ୍ନର ଉଉର ସେ ଖୋଜୁଥିଲା ଏହା ଭିତରେ ଭୁଲି ଯାଇଥିଲା ।

– "ଦିନୁ ଦିନ ପିଲାଟା ନଷ୍ଟ ହେବାରେ ଲାଗିଛି । ଆସନ୍ତୁ ତୋ ବାପା ଆଜି ....", ଇଂଲିଶ୍ ଟୁ୍ୟଟର ପହଞ୍ଚ ଯିବାରୁ ଅସନ୍ତୋଷକୁ ଅଧା ରଖ୍ ମା' ବାହାରିଗଲା ।

ବିଟୁ କହିଲା, "ଗୁଡ୍ ଇଭନିଂ ସାର ।"

– "ଗୁଡ୍ ଇଭନିଂ", ସାର ଜବାବ ଦେଲେ ଏବଂ ପଢ଼ା ଆରମ୍ଭ କଲେ । ସାର ଯିବେ ଆଠଟାରେ । ଦଶ ପନ୍ଦର ମିନିଟ୍ ଡେରି ବି କରିପାରନ୍ତି । ମ୍ୟାଥ ଟୁ୍ୟଟରଙ୍କ ପରି ସେ ଏତେଟା ଟାଇମ୍ ପର୍ଟିକୁଲାର ନୁହନ୍ତି । ପଢ଼ାନ୍ତି ବି ଭଲ । ପଢ଼ା ବାହାରେ ଅନେକ କଥା ଜଣା ତାଙ୍କୁ । ପ୍ରକୃତରେ ଯାହାଙ୍କୁ କୁହନ୍ତି ମ୍ୟାନ୍ ଅଫ୍ ଲିଟରେଚର । ଏଭଳି ଲୋକଙ୍କୁ ଚାକିରି ନ ଦେଇ ସେମାନେ ଛତ୍ରପାଲ ସାରଙ୍କ ପରି ନିଦା, କାଠୁଆ ଲୋକଙ୍କୁ ସ୍କୁଲରେ କାହିଁକି ରଖୁଛନ୍ତି କେଜାଣି ?

ମଝିରେ ବିଟୁ ପଚାରିଲା, "କ୍ରିଏଟିଭ୍ ୱାର୍କର ଜୀବନୀ ଶକ୍ତି ଥାଏ ସାର ?"

ପ୍ରସଙ୍ଗହୀନ ଏ ପ୍ରଶ୍ନରେ ସାର ପ୍ରଥମେ ଟିକେ ଇତସ୍ତତଃ ହୋଇଗଲେ । ତା'ପରେ ପଚାରିଲେ, "କିଏ କହୁଥିଲା ?"

ରାଓ ସାରଙ୍କଠାରୁ କଥାଟି ଶୁଣିଛି ବୋଲି ବିଟୁ କହିପାରିଲାନି । ଏହା ତାଙ୍କ ପ୍ରତି ସନ୍ଦେହ ଓ ଅପମାନ ପରି ହେବ ବୋଲି ତାକୁ ଲାଗିଲା । ନିରୁପାୟ ହୋଇ ସେ ତା' ପଢ଼ା ବହି ଉପରକୁ ଦୃଷ୍ଟି ଫେରାଇ ଆଣିଲା ।

ସାର କହିଲେ, "ଏହାର ଠିକ୍ ଉଉର ମୋତେ ଜଣା ନାହିଁ । କାରଣ ମୁଁ ନିଜେ

କ୍ରିଏଟିଭ୍ ନୁହେଁ ।” ନିଜ ରସିକତାରେ ନିଜେ ହସିଉଠିଲେ ସାର୍ । ତା’ପରେ କହିଲେ, “କିନ୍ତୁ ଥାଇପାରେ । କଲେଜ ମାଗାଜିନ୍ ପାଇଁ ଥରେ ମୁଁ ଗୋଟାଏ କବିତା ଲେଖିବା ପାଇଁ ଚେଷ୍ଟା କରି ଶହେ ଥର କଟାକଟି କଲି । ଶେଷ ପର୍ଯ୍ୟନ୍ତ ପୂରା କରିପାରିଲାନି କବିତାଟା ।”

ସାର୍ ପୁଣି ଥରେ ହସିଲେ ଏବଂ ପଚାରିଲେ, “କାହିଁ, ତୁମେ କିଛି ଲେଖାଲେଖି କରୁଛ କି ?”

– “ନୋ ସାର୍”, ବିଟୁ ସଂକ୍ଷେପରେ ଉତ୍ତର ଦେଲା । ଏ ପ୍ରସଙ୍ଗରେ ଅଧିକ ଆଲୋଚନା କରିବାକୁ ତା’ର ଆଉ ଆଗ୍ରହ ନ ଥିଲା । ସାର୍ କେତେବେଳେ ଯିବେ ସେ ଅପେକ୍ଷା କରିଥିଲା । ସାର୍ ଗଲା ପରେ କିଛି ସମୟ ପାଇଁ ସେ ଫ୍ରୀ । ମା’ କିଚେନ୍ କିମ୍ବା ଟି.ଭି.କୁ ନେଇ ବ୍ୟସ୍ତ ରହିବ । ବାପାଙ୍କର ଫେରିବାକୁ ଡେରି ହେବ । ସେ ଛବିଟା ବାହାର କରି ଥରେ ଦେଖିବ । ଅନ୍ତତଃ ସ୍ଥିର କରିବ, କେଉଁଠି କ’ଣ ଆଙ୍କିବ । କିଛି ସମୟ ପରେ ସାରଙ୍କ ପାଇଁ ଚା’ ଆଣି ମା’ ଆସିଲା । କହିଲା, “ଆଜି ତୋ ବାପାଙ୍କ କ୍ଲବରେ କ’ଣ ଗୋଟେ ପାର୍ଟି ଅଛି । ମୋତେ ଫୋନ୍ କରି ଯିବାକୁ କହିଛନ୍ତି । କାଲି ତୋତେ ଯେଉଁ କୋଶ୍ଚିନ୍ ଦେଇଥିଲେ, ହୋମଟାସ୍କ ସାରି ସେ ସବୁର ଆନ୍‌ସାର୍ ଲେଖି ରଖିବୁ । ବାପା କାଲି ଦେଖିବେ । ପଢ଼ା ସରିଲେ ଖାଇଦେଇ ଶୋଇପଡ଼ିବୁ । ଆମର ଫେରିବାକୁ ଡେରି ହେବ ।” ତରତରରେ ମା’ ବାହାରିଗଲା । କିଛି ସମୟ ପରେ ସାର୍ ।

ଏଇ ସୁଯୋଗର ଅପେକ୍ଷାରେ ଥିଲା ବିଟୁ । ଛବିଟି ଶେଷ କରିବା ପାଇଁ ଏପରି ଅପୂର୍ବ ସୁଯୋଗ ଆଉ କେବେ ମିଳିବନି । ନ ହେଉ ସୋସିଆଲ ସାଇନ୍ସ ହୋମ ଓ୍ୱାର୍କ, ନ ହେଉ ଇଂଲିଶ୍ ପ୍ରୋଜେକ୍ଟ, ନ ହେଉ ବାପାଙ୍କ କୋଶ୍ଚିନ୍ ଆନ୍‌ସାର୍ । କାଲି ସେଥିପାଇଁ ଯାହା ପରିଣାମ ଭୋଗିବାକୁ ପଡ଼ୁ ପଡ଼େ । ସେ ବହି ଥାକରୁ ବାହାର କଲା ଦୁଇ ପରସ୍ତ ଖବରକାଗଜ ତଳେ ଲୁଚାଇ ରଖିଥିବା ତା’ର ଅଧା ଆଙ୍କା ଛବି ଖଣ୍ଡକ । କଅଁଳା ଛୁଆକୁ ଗୋହ୍ମ କଲା ପରି ପରମ ଶ୍ରଦ୍ଧାରେ ହାତ ବୁଲେଇ ଆଣିଲା ତା’ ଉପରେ । ବ୍ୟାକ୍‌ଗ୍ରାଉଣ୍ଡଟା ଟିକେ ଅନ୍ଧାରିଆ ଦିଶୁଛି । କିନ୍ତୁ ଅନେକ କିଛି ଯେମିତି ଲେଖା ହୋଇଛି ସେଠି । ଯାହା ପଢ଼ି ହେଉନି, ଅଥଚ ବୁଝି ହୋଇଯାଉଛି । ରାଓ ସାରଙ୍କ ପରି ତା’ ପାଖରେ ଇଜଲ୍ ଖଣ୍ଡେ ଥାଆନ୍ତା କି !

ଘରେ କାମ କରୁଥିବା ପିଲାଟିକୁ ଡାକି ସେ କପେ ଚା ପାଇଁ କହିଲା । ବାହାରି ଆସି ଠିଆହେଲା ପଛପଟ ବାଲକୋନୀରେ । ଦକ୍ଷିଣା ପବନରେ ଫେଣ୍ଟି ହୋଇ ରହିଥିଲା କିଛି ଥଣ୍ଡା, କିଛି ବଉଳର ବାସ୍ନା । ଚଟେଇ ଦୁଇଟି କ’ଣ କରୁଥିବେ ଅବିକା ?

ସେମାନଙ୍କ ମୁଣ୍ଡ ଉପରେ ହୋମଟାସ୍କର ବୋଝ ନ ଥିବ । ଥଣ୍ଡରେ ଥଣ୍ଡ ଯୋଡ଼ି ପିଇଯାଉଥିବେ ରାତିର ଆରାମ । ଆଃ, ଚଢ଼େଇ ହେବା କେତେ ଭଲ ସତରେ! ଇଚ୍ଛା ହେଲେ ଆକାଶକୁ ଉଡ଼ିଯିବେ । ମନ ହେଲେ ପୁଣି ତଳକୁ ଓହ୍ଲେଇବେ । ନ ହେଲେ କିଚିରିମିଚିରି ଗୀତ ବୋଲିବେ କେଉଁ ଗଛ ଡାଳରେ ବସି ।

ଟିକେ ଦୂରରେ ନ୍ୟାସନାଲ ହାଇଓ୍ଵେ । ଗାଡ଼ିମାନଙ୍କର ଯିବାଆସିବା ଲାଗିଛି । ସେମାନଙ୍କର ହେଡ୍ ଲାଇଟ୍‌ସବୁ ଦିଶୁଛନ୍ତି ଯୋଡ଼ିଯୋଡ଼ି ଚଲମାନ ନକ୍ଷତ୍ର ପରି । ତା’ ସେପଟରେ ଶୂନ୍ୟ, ଉଦାସ କ୍ଷେତ । ଧାପସା ଜହ୍ନ ଆଲୁଅରେ ଦିଶୁଛି ବିସ୍ତୀର୍ଣ୍ଣ ପ୍ରାନ୍ତରଟିଏ ପରି । କ୍ଷେତ ଆରପଟେ ଗୋଟିଏ ଦୂର ଗାଁର ସିଲହୁଏଟ୍ । କେତେ ଶାନ୍ତ, କେତେ ନିରୁଦ୍‌ବିଗ୍ନ ଦିଶୁଛନ୍ତି ସବୁ । ସେମାନଙ୍କର କାହାରି ହୋମଟାସ୍କର ଝମେଲା ନାହିଁ । ସେଥିପାଇଁ ଏମିତି ସ୍ଥିର, ଆଶ୍ଵସ୍ତ ଓ ଅଚଞ୍ଚଳ ସେମାନେ । ବିଟୁର ମନେ ପଡ଼ିଲା ମାମୁଘର ଗାଁ କଥା । କ୍ଲାସ୍ ସେଭେନ୍ ବୋର୍ଡ ପରୀକ୍ଷା ପରେ ସେ ମା’ ସହ ମାମୁଘରକୁ ଯାଇଥିଲା ଦୁଇ ବର୍ଷ ତଳେ । ମାମୁଘର ଗାଁ ବି ଏମିତି ଜହ୍ନରାତିରେ ଢୋଳେଇ ପଡ଼େ ଉଦ୍‌ବେଗହୀନ ଆଳସ୍ୟରେ ।

ଟାସ୍କ ନ ଥା’ନ୍ତା କି, ସ୍କୁଲ ନ ଥା’ନ୍ତା କି, ବାପାମାନେ ନ ଥା’ନ୍ତେ କି, ସେ ପଳେଇ ଯାଆନ୍ତା ମାମୁଘରକୁ । ସେଠି ରାତି ରାତି ଦେଖନ୍ତା ଜହ୍ନ, ଆକାଶ, ବିଲ, ନଈ, ଡଙ୍ଗା ଆଉ ପିଣ୍ଡାରେ ବସି ବିଡ଼ି ଟାଣୁ ଟାଣୁ, ଗପ କରୁ କରୁ ସଞ୍ଜ ଅନ୍ଧାରକୁ ନାଲି ଚା’ରେ ଗୋଲେଇ ପିଇ ଯାଉଥିବା ମଣିଷମାନଙ୍କୁ ଏବଂ ବଡ଼ ବଡ଼ କାନ୍‌ଭାସରେ ଆଙ୍କନ୍ତା ସେମାନଙ୍କ ଛବି ।

ମାମୁଘରକୁ ଯିବା ବୋଧେ ଆଉ ସମ୍ଭବ ହେବନି । ସେ ଭାବିଥିଲା ଟେନ୍ଥ ବୋର୍ଡ ଏକ୍‌ଜାମ୍ ପରେ ତାକୁ ଲମ୍ବା ଛୁଟି ମିଳିବ । ସେ ମାମୁଘରକୁ ଯିବ । କିନ୍ତୁ ଭୁବନେଶ୍ଵରର କେଉଁ କୋଚିଂ ସେଣ୍ଟର ସହ ବାପା କଥାବାର୍ତ୍ତା ସାରିଲେଣି । ବୋର୍ଡ ଏକ୍‌ଜାମ୍ ପରେ ସେଠି କୋଚିଂ ନେବ । ସ୍ପୋକନ୍ ଇଂଲିଶ୍‌ର ଗୋଟାଏ ଦୁଇ ମାସିଆ କୋର୍ସ ବି କରିବାକୁ ପଡ଼ିବ ତାକୁ ।

କୋଚିଂ   ....ପ୍ଲ୍ୟୁସ୍   ଟୁ   ....ଜଏଣ୍ଟ   ଏଣ୍ଟ୍ରା୍‌ସ....ମେଡିକାଲ.... ମ୍ୟାନେଜ୍‌ମେଣ୍ଟ....ଆଇ.ଏ.ଏସ୍ .... ୦୪; ବିଟୁର ଆଖି ପାଏନା । କେବେ ଛୁଟି ମିଳିବ ଏଥିରୁ? ବିଟୁ ଶାନ୍ତିରେ ନିଶ୍ଵାସ ମାରି କହି ପାରିବ–ଯାଃ, ଆଜି ଆଉ କିଛି ଟାସ୍କର ଝମେଲା ନାହିଁ । ଆଜି ଖାଲି ମନଭରି ଛବି ଆଙ୍କିବି ।

ପିଲାଟି ଚା’ ଆଣି ଦେଇଗଲା ଟେବୁଲ୍ ଉପରେ । ବାଥ୍ ରୁମ୍‌କୁ ପଶିଯାଇ ବିଟୁ ହାତମୁହଁ ଧୋଇଲା । ତା’ ସହ ଧୋଇବାକୁ ଚେଷ୍ଟା କଲା ଦିନମାନର ସବୁ କ୍ଲାନ୍ତି,

ସବୁ ଅବସାଦ। ଫେରି ଆସି ବସିଲା ପଢ଼ା ଟେବୁଲ୍ ପାଖରେ। ଚା' ପିଉପିଉ ଛବିଟି ଆଡ଼େ ଚାହିଁଲା ତୃପ୍ତିରେ। ଦିଗ୍‌ବଳୟଟା ଦିଶୁଛି ସେହି କ୍ଷେତ ଆରପାରି ଗାଁର ଅଚହଲା ଦିଗ୍‌ବଳୟ ପରି ମାୟାମୟ। ସେ ତାକୁ ଆଉ ଡିଷ୍ଟର୍ବ କରିବନି। ଜହ୍ନ ବି ଆଙ୍କିବନି ସେଠି, କାଲେ ତା'ର ତନ୍ଦ୍ରା ଭାଙ୍ଗିଯିବ। ସେ ଆଙ୍କିଦେବ ଖାଲି ଗୋଟାଏ ନିଦୁଆ ଗାଁ। ଉପରେ ସ୍ଥିର ଆକାଶ। ଅଚଞ୍ଚଳ ପବନରେ ମୁଣ୍ଡ ହଲେଇ ରହସ୍ୟମୟ ହସ ହସୁଥିବେ ସେ ଗାଁର ତାଳ, ନଡ଼ିଆ ଗଛମାନେ।

ବିଟୁ ପାଖରେ ପ୍ୟାଲେଟ୍ ନ ଥିଲା। ଚା' ପ୍ଲେଟ୍‌ରେ ରଙ୍ଗ ଗୋଲେଉଗୋଲେଉ ସେ ଭାବୁଥିଲା କେଉଁକେଉଁ ରଙ୍ଗ ମିଶେଇ ଆଙ୍କିବ କ୍ଷେତ ଆରପାରି ଗାଁର ତନ୍ଦ୍ରାବାଉଳା ଦିଗ୍‌ବଳୟ ?

– ହ୍ୱାଟ୍‌ସ ଦ୍ୟାଟ୍ ବ୍ଲ‌ଡି ନନ୍‌ସେନ୍‌ସ ....?

କ୍ଷେତ ଆରପାରି ଗାଁର ଦିଗ୍‌ବଳୟ ଉପରେ ଛିଣ୍ଡି ପଡ଼ିଲା ନିଷ୍ଠୁର ଚଡ଼କ।

ତାକୁ ଜଣାଥିଲା, କ'ଣ ହେବ ବାପାଙ୍କର ପରବର୍ତୀ ଆଦେଶ।

ସେ ପର୍ଯ୍ୟନ୍ତ ଅପେକ୍ଷା ନ କରି ବିଟୁ ବାପାଙ୍କ କ୍ରୁଦ୍ଧ ଦୃଷ୍ଟି ସାମ୍ନାରେ କାନ ଧରି ଆଣ୍ଠେଇ ପଡ଼ିଲା।

କଇଁଛ

ଡେଣାଭଙ୍ଗା। ବାଦୁଡ଼ୀଟି ପରି ବାଲକୋନୀ ତାରରେ ଓହଲିଛି ଗୋଟେ ରଙ୍ଗଛଡ଼ା ଟି-ସାର୍ଟ। ଭିତରେ ଜଳୁଛି ଫାଇଭ୍ ଓ୍ୱାଟ୍ର ବଲବଟିଏ। ତିନି ସପ୍ତାହ ଧରି ଏକ ସ୍ଥିର ଚିତ୍ର। ଯେଉଁଥିରେ ସାମାନ୍ୟ ପରିବର୍ତ୍ତନ ନାହିଁ। ସମୁଦାୟ ଦୃଶ୍ୟଟି ହିଁ ବିରକ୍ତିକର ଲାଗୁଛି ଜୀବନ ଯେମିତି ଅଟକି ଯାଇଛି ଗୋଟିଏ ଅନତିକ୍ରମ୍ୟ ବିନ୍ଦୁରେ। ଗତି ନାହିଁ, ପ୍ରବାହ ନାହିଁ। କେବଳ ଏକ ଅକ୍ଲାନ୍ତ ପ୍ରତୀକ୍ଷା।

ମାର୍ଚ୍ଚ ମାସରେ ବିନା ଦରଖାସ୍ତରେ କିଏ ତିନି ସପ୍ତାହ ଧରି ଛୁଟିରେ ରୁହେ? କେତେ ଦାୟିତ୍ୱହୀନ ଲୋକ ଏ ସୁମନ୍ତ? ଅଫିସସାରା ସମସ୍ତେ ପଚାରୁଛନ୍ତି। ବି.ଏମ୍ କାରଣ ଦର୍ଶାଅ ନୋଟିସ୍ ଦେବାର ଧମକ ବି ଦେଲେଣି। ଗୋଟିଏ ଅତି ଗୁରୁତ୍ୱପୂର୍ଣ୍ଣ ସେକ୍ସନର ଦାୟିତ୍ୱରେ ଥାଏ ସେ। ପ୍ରତି ଶୁକ୍ରବାର ସନ୍ଧ୍ୟାରେ ଗାଁକୁ ଯାଇ ଫେରେ ସୋମବାର ସକାଳୁ। କିନ୍ତୁ ଏଥର ତିନି ସପ୍ତାହ ହେଲା ରହିଛି ଗାଁରେ। କୌଣସି ଖବର ମିଳୁନି ତା ପାଖରୁ। ମୋବାଇଲକୁ ବି ସୁଇଚ୍ ଅଫ୍ କରି ରଖିଛ ଦିନ ରାତି।

ଦୁଇ ବର୍ଷ ତଳେ ସମ୍ବଲପୁର ବ୍ରାଞ୍ଚରୁ ତାଙ୍କ ଅଫିସ୍କୁ ବଦଲି ହୋଇ ଆସିଥିଲା ସୁମନ୍ତ। ଅଫିସ୍ କାମରେ ବେଶ ଅଭିଜ୍ଞ ଓ ବିଚକ୍ଷଣ। ବହୁଦିନୁ ଖାଲି ପଡ଼ିଥିବା ଅତନ୍ତୁ

ସାମ୍ନାପଟ କ୍ୱାର୍ଟର୍ସଟି ମିଳିଥିଲା ତାକୁ । ନୀତା ଖୁସି ହୋଇଥିଲା, ଜଣେ ସାଙ୍ଗ ମିଳିବ ଗପିବା ପାଇଁ । ଅତନୁ ଖୁସି ହୋଇଥିଲା, ନୀତା ସବୁବେଳେ ଟି.ଭି. ଦେଖିଦେଖି ଆଖି ଖରାପ କରିବନି କିମ୍ବ । ଅଫିସରୁ ଫେରିଲେ ଅଯଥା ଅଭିଯୋଗରେ ତାକୁ ବୋର କରିବନି ବୋଲି ।

କିନ୍ତୁ କ୍ୱାର୍ଟର୍ସ ଆଲଟ୍‌ମେଣ୍ଟ ପରେ ଲୋକେ ଯେମିତି ତତ୍ପରତା ଦେଖାନ୍ତି, ସେମିତି କିଛି ଦେଖାଇ ନଥିଲା ସୁମନ୍ତ । ବହୁଦିନୁ ଅବ୍ୟବହୃତ ହୋଇ ପଡ଼ିରହିଥିବା ଘରର ପାଣିଚ୍ୟାପ, ଇଲେକ୍‌ଟ୍ରିକ୍‌ ପ୍ଲଗ୍‍.ପଏଣ୍ଟ ରିପାୟାରିଂ କରାଇ ନଥିଲା କିମ୍ବ । ହ୍ୱାଇଟ ୱାଶିଂ କରାଇ ନ ଥିଲା । ପୁରୁଣା ଘରର ମଳିଚିଆ କାନ୍ଥରେ ସ୍ତାର ଫଟୋ ଖଣ୍ଡେ ଟାଙ୍ଗି ଦେଇ ସୋମବାରରୁ ଶୁକ୍ରବାର ଅଫିସ୍ କରୁଥିଲା ଏବଂ ଅଫିସରୁ ଫେରି କଲୋନୀ ପିଲାଙ୍କ ସହ ଭଲି, ବ୍ୟାଡ଼ମିଣ୍ଟନ୍ ଖେଳୁଥିଲା, ଘରକୁ ଫେରି ଡେରୀ ରାତି ଯାଏ ବହି ଖଣ୍ଡେ ଧରି ବିଛଣାରେ ପଡ଼ି ରହୁଥିଲା । ବିଛଣା କହିଲେ ତଳେ ଖଣ୍ଡେ ସତରଞ୍ଜି, ତା ଉପରେ ଗୋଟେ ପୁରୁଣା ବେଡ୍ ସିଟ୍ ଏବଂ ଖଣ୍ଡେ ଲୋଚକୋଚା ତକିଆ । ବସିବା ପାଇଁ ତା ଘରେ ଚେୟାରଟିଏ ବି ନଥିଲା । ସେ ଦିଗରେ ତା'ର କୌଣସି ଉଦ୍ୟମ ବି ନ ଥିଲା । ଏପରିକି ପାଣି ପିଇବା ପାଇଁ ସେ ଗ୍ଲାସଟିଏ ବି କିଣୁ ନଥିଲା ।

ପ୍ରଥମେ ଅତନୁ ଭାବିଥିଲା ତା ପରିବାର ସମ୍ବଲପୁରେ ଅଛନ୍ତି । ଘର ମିଳିଲା ପରେ ସେ ପରିବାର ସହ ଜିନିଷପତ୍ର ଧରି ଆସିବ । ତେଣୁ ଏଠି ଜିନିଷପତ୍ରର ଅଧିକା ଜଞ୍ଜାଳ ବଢ଼ାଇବାକୁ ଚାହୁଁନି । କଲୋନୀ ଗେଟ୍ ଆଗରେ ଚା',ଜଳଖିଆ ଦୋକାନଟିଏ ଅବଶ୍ୟ ଥିଲା । କିନ୍ତୁ ସେଠି ମିଳୁଥିବା ଚା',ଜଳଖିଆ ଆଦୌ ଖାଇବା ଯୋଗ୍ୟ ନଥିଲା । ପାଖ ହୋଟେଲ୍ କଲୋନୀ ପାଖରୁ ଦେଢ କିଲୋମିଟର ଦୂର । ଅଧିକାଂଶ ରାତିରେ ସୁମନ୍ତ ଯେ ଉପାସ ଶୋଉଥିଲା ଏଥିରେ ନୀତା କିମ୍ବ ସୁମନ୍ତର ସଦେହ ନଥିଲା । କିନ୍ତୁ ସେମାନଙ୍କର ସେ ବାବଦରେ କିଛି କରିବାର ବି ନଥିଲା । ଗୋଟେ ଦି ସପ୍ତାହର କଥା ହୋଇଥିଲେ ଅଲଗା କଥା । ପ୍ରଥମେ ଦିନେ ଦୁଇଦିନ ସୁମନ୍ତକୁ ସେମାନେ ରାତିରେ ଖାଇବାକୁ ଡାକିଥିଲା । କିନ୍ତୁ ସେ ଆସିବା ଓ ଖାଇବା ବେଳେ ଏତେ କୁଣ୍ଠିତ ହୋଇ ପଡ଼ୁଥିଲା ଯେ ତାକୁ ଅଧିକ ବାଧ୍ୟ କରିବାକୁ ଦୁହେଁ ଇଚ୍ଛା କରି ନଥିଲେ । ଅବଶ୍ୟ ପ୍ରଥମ ପରିଚୟର ସଂକୋଚ ସେ ପର୍ଯ୍ୟନ୍ତ ପତଲା ହୋଇ ନଥିଲା । ଅଫିସରେ ଓ ଖେଳ ପଡ଼ିଆରେ ଏତେ ଚଳଚଞ୍ଚଳ ଜଣା ପଡ଼ୁଥିବା ସୁମନ୍ତ ଘରକୁ ଫେରିଲେ ଭୀଷଣ ଉଦାସ ଓ ଗମ୍ଭୀର ହୋଇ ପଡ଼ୁଥିଲା ।

ସୁମନ୍ତ ସହ ଖେଳ ପଡ଼ିଆରେ ପ୍ରଥମ ବନ୍ଧୁତା ହୋଇଥିଲା ଅତନୁର ଫୋର୍ଥ ଷ୍ଟାଣ୍ଡାର୍ଡରେ ପଢ଼ୁଥିବା ପୁଅ ଟୁକୁର । ଅଳ୍ପ ଦିନ ପରେ ସୁମନ୍ତ କିଣି ଆଣିଥିଲା ନେଟ୍

ସହ ଦୁଇଟା ର୍ୟାକେଟ୍ । ଟୁକୁ ଓ ସୁମନ୍ତ ଘର ଆଗରେ ନେଟ୍ ବାନ୍ଧି ଡେରିଯାଏ ଖେଳରେ ମାତୁଥିଲେ । ଟୁକୁ ମ୍ୟାଥ୍ ଓ ଇଂଲିଶ୍‌ରେ ଭୀଷଣ ଦୁର୍ବଲ ଥିଲା । ତା ପ୍ରୋଗ୍ରେସ୍‌ ରୋପୋର୍ଟ ଏବଂ ସେଥିରେ ଥିବା ପ୍ରିନ୍‌ସିପାଲଙ୍କ ଘନଘନ ଅସନ୍ତୋଷ ନେଇ ଦୁହେଁ ବହୁତ ବିବ୍ରତ ହୋଇ ପଡୁଥିଲେ । ଥରେ ମନ୍ଥଲି ଟେଷ୍ଟରେ ମ୍ୟାଥ୍ ଓ ଇଂଲିଶ୍ ଉଭୟରେ ଜୀରୋ ରଖିଥିବାରୁ ଟୁକୁ ଖିଆପିଆ ନ କରି କେବଳ କାନ୍ଦିବାରେ ଲାଗିଥିଲା । ସେହିଦିନୁ ସ୍ୱେଚ୍ଛାକୃତ ଭାବେ ସୁମନ୍ତ ଟୁକୁର ପାଠପଢ଼ା ଦାୟିତ୍ୱ ନିଜେ ନେଇଥିଲା । ଖେଳସାରି ସେ ଟୁକୁକୁ ଘଣ୍ଟାଏ ଦେଢଘଣ୍ଟା ରାତିରେ ମ୍ୟାଥ୍ ଓ ଇଂଲିଶ୍ ପଢ଼ାଉଥିଲା । ଖୁବ୍ ଅଳ୍ପ ଦିନ ଭିତରେ ଟୁକୁ ପଢ଼ାପଢ଼ିରେ ଆଶାତୀତ ଭାବେ ଉନ୍ନତି କରିଥିଲା । ଏପରିକି ଆନୁଆଲ ପରୀକ୍ଷାରେ ସେ କ୍ଲାସରେ ଥାର୍ଡ ପୋଜିସନ ବି ରଖିଥିଲା । ତା ପାଠ ପଢ଼ାଇବା ଦକ୍ଷତା ଦେଖି ଅତନୁ ଭାବୁଥିଲା ସୁମନ୍ତ ଶିକ୍ଷକତା ନ କରି ଭୁଲରେ ଏ ଚାକିର ଜଞ୍ଜାଳରେ ପଶିଛି ।

ପର ବର୍ଷକୁ ସମ୍ପର୍କ ଘନିଷ୍ଠ ହୋଇ ସାରିଥିଲା । ସୁମନ୍ତର ପୂର୍ବ ସଂକୋଚ ଆଉ ନଥିଲା । ଟୁକୁକୁ ପଢ଼େଇ ସାରି ରାତିରେ ସେମାନଙ୍କ ସହ ଖାଇବା ନୈମିତ୍ତିକ ହୋଇ ସାରିଥିଲା ଏବଂ ତିନି ବର୍ଷ ତଳୁ ନୀତା ଭୋଗୁଥିବା ଅନ୍ଦ୍ରା ଯନ୍ତ୍ରଣା ଟୁକୁ ସହ ବ୍ୟାଡ୍‌ମିଣ୍ଟନ୍ ଖେଳିବା ଦ୍ୱାରା ଯଥେଷ୍ଟ କମି ଯାଇଛି ବୋଲି ସେ କହୁଥିଲା । ଆଗଆଗ ସୁମନ୍ତ ନୀତାକୁ ଖେଳ ଶିଖିବାରେ ଅବଶ୍ୟ ସାହାଯ୍ୟ କରୁଥିଲା । କିନ୍ତୁ ନୀତା ସାମାନ୍ୟ ଶିଖି ଯିବା ପରେ ସେ କେବଳ ବାଲକୋନୀରେ ଠିଆ ହୋଇ ମା'ପୁଅଙ୍କ ଖେଳ ଦେଖୁଥିଲା । ସୁମନ୍ତ ଆଗରେ ନୀତା ଏତେ ପ୍ରଗଲ୍ଭ ହେବା ଅତନୁକୁ କୌଣସି ଦିନ ଭଲ ଲାଗୁ ନଥିଲା । କିନ୍ତୁ ସୁମନ୍ତର ବ୍ୟବହାରରେ ସେ କୌଣସି ଦିନ ଦୁର୍ବଲତା ବି ଲକ୍ଷ୍ୟ କରି ନଥିଲା । ଚାଲି ଚଲଣରେ ସୁମନ୍ତ ଥିଲା ମାତ୍ରାରିକ୍ତ ଭାବେ ପରିମିତ ।

ଥରେ ପୂର୍ବାପର ସମ୍ପର୍କହୀନ ଭାବେ ନୀତା କହିଲା, ଆପଣ ଫାମିଲି ଆଣୁ ନାହାନ୍ତି । ମୋତେ ଗପିବାକୁ ଜଣେ ସାଙ୍ଗ ମିଳନ୍ତା । ଆପଣମାନେ ଅଫିସ୍ ଗଲା ପରେ କେତେ ବୋରିଂ ଲାଗେ , ଆପଣ ବୁଝି ପାରିବେନି ।'

– ନା, ଫାମିଲି ଆଣିବା ଅସମ୍ଭବ',ଉତ୍ତେଜିତ ସ୍ୱରରେ ଘୋଷଣା କଲା ପରି କହିଲା ସୁମନ୍ତ ।

ତା ଆକସ୍ମିକ ଉତ୍ତେଜନାର କାରଣ ବୁଝି ନପାରି ନୀତା ଓ ସୁମନ୍ତ ଆଶ୍ଚର୍ଯ୍ୟ ହୋଇ ଚାହିଁ ରହିଲେ ।

ଆମ୍‌ରକ୍ଷା କଲା ପରି ସ୍ୱରରେ ନୀତା ପଚାରିଲା – କାହିଁକି ? କ'ଣ କିଛି ଅସୁବିଧା ଅଛି ?

ସୁମନ୍ତର ଉତ୍ତେଜନାରେ ସେତେବେଳକୁ ଟିକେ ଭଙ୍ଗା ପଡ଼ିଥାଏ। କୈଫିୟତ୍ ଦେଲା ପରି ସେ କହିଲା, ଚପଲା ମୋତେ ଭଲ ପାଏନା। ବିବାହ ପୂର୍ବରୁ ସେ ଅନ୍ୟ ଜଣକୁ ଭଲ ପାଉଥିଲା। ବାପମା'ଙ୍କ କଥାରେ ବାଧ ହୋଇ ମୋତେ ବାହା ହୋଇଛି। ମୋ ସହିତ ତା'ର ରହିବାକୁ ଟିକେ ବି ଇଚ୍ଛା ନାହିଁ। ଜମିବାଡ଼ି କଥା ବୁଝିବାକୁ ସପ୍ତାହରେ ଯେଉଁ ଦୁଇଦିନ ମୁଁ ଘରେ ରୁହେ ଭାରି ମାନସିକ ଅଶାନ୍ତି ଭୋଗେ ସେ। ତା ପୂର୍ବତନ ପ୍ରେମିକ ତାକୁ ଦେଖା କରି ପାରେନା। ମୁଁ ସମ୍ବଲପୁରେ ଥିଲା ବେଳେ ବରଂ ସେ ଭଲ ଥିଲା। ବର୍ଷରେ ଥରେ,ଦୁଇଥର ଆସୁଥିଲି। ସେଥିପାଇଁ ଏ ଟ୍ରାନ୍ସଫର ପାଇଁ ମୁଁ ଆଦୌ ଇଚ୍ଛା କରୁ ନଥିଲି। ଆଜି ବି ଯଦି ମୋର କୌଣସି ଦୂର ବ୍ରାଞ୍ଚକୁ ଟ୍ରାନ୍ସଫର ହୁଅନ୍ତା ମୁଁ ଖୁସିରେ ପଳାନ୍ତି। ମୋ ଦାଉରୁ ରକ୍ଷା ପାଇ ଯାଆନ୍ତା ବିଚାରୀ!

ଲମ୍ବା କୈଫିୟତ୍ ଦେଇ ଅଶନିଶ୍ୱାସୀ ହୋଇ ପଡ଼ିଲା ପରି ହେଲା ସୁମନ୍ତ। ନୀରବ ହୋଇଗଲା କିଛି ସମୟ। ଉଠି ପଳେଇଲା ତାପରେ।

ସେ ଯିବା ପରେପରେ ଅତନୁ କହିଲା, ଆଶ୍ଚର୍ଯ୍ୟ।

ନୀତା ହୁଏତ ସେତେବେଳେ ମନେମନେ ଅନୁତପ୍ତ ହେଉଥିଲା ଅଯଥା କଥାଟିଏ କହି ଦେଇଥିବାରୁ। ତାକୁ ନୀରବ ରହିବାର ଦେଖି ଅତନୁ ପଚାରିଲା, ଜଣେ ସ୍ୱାମୀ ପକ୍ଷରେ ଏମିତି ଖୋଲାଖୋଲି ସ୍ତୀର ପରକୀୟା ପ୍ରେମ କଥା ଘୋଷଣା କରିବା ଆଶ୍ଚର୍ଯ୍ୟ କଥା ନୁହେଁ?

– କିନ୍ତୁ ଏମିତି ସ୍ତୀ ଲୋକକୁ ସେ ବରଦାସ୍ତ କରିଛନ୍ତି ଲ୍ୟାହିଁକି?

– ବରଦାସ୍ତ ନ କରି କ'ଣ ଆଉ କରନ୍ତା?

ଅତନୁ ଏବେ ବୁଝି ପାରୁଥିଲା କ୍ୱାର୍ଟର୍ସ ଖଣ୍ଡକ ପାଇଁ ସୁମନ୍ତର ଅଣହେଲାର କାରଣ। ପରେ ତିନି ଚାରି ଦିନ ସୁମନ୍ତ ସେମାନଙ୍କ ଘରକୁ ଆସି ନଥିଲା।

କୁଆଡ଼େ ବୁଲିବୁଲି ଫେରୁଥିଲା ବହୁତ ରାତିରେ। ହାଫ୍ ଇୟର୍ଲି ପରୀକ୍ଷା ପରେ ଟୁକୁ ବି ତା ପିଉସୀ ଘରକୁ ପଳାଇଥିଲା।

ଶୁକ୍ରବାର ସନ୍ଧ୍ୟାରେ ଉଇକ୍ ଏଣ୍ଡ ପାଇଁ ଭାରି ହାଲୁକା ମୁଡ଼ରେ ଥିଲା ଅତନୁ। ନୀତା ପ୍ରସ୍ତାବ ଦେଲା ଅଧଘଣ୍ଟା ବ୍ୟାଡ଼ମିଣ୍ଟନ ଖେଲିବାକୁ।

ଯଦିଓ ସେ ଜାଣେ ଏ ସବୁ ଖେଲଫେଲ ପ୍ରତି ତା ସ୍ୱାମୀର କୌଣସି ଦିନ ଆଗ୍ରହ ନଥାଏ କିମ୍ବା ତାକୁ ଠିକ୍‌ରେ ରାକେଟ୍ ବି ଧରି ଆସେନା। ତଥାପି ସେ ଅନୁରୋଧଟି କାହିଁକି କଲା ନିଜେ ବୁଝି ପାଟିଲାନି।

ଅତନୁ ପଚାରିଲା, କ'ଣ ପୂର୍ବତନ ପ୍ରେମିକ କଥା ମନେ ପଡ଼ୁଛି?

ଏମିତି ଅଚାନକ ପ୍ରଶ୍ନରେ ନୀତାକୁ ଲାଗିଲା ଛାତି ଭିତରେ କେଉଁଠି ରକୋଟାଏ

ଅଟକି ଗଲା। ସାମାନ୍ୟ ଉଲ୍ଲାସ ସେଥିରେ ମିଶିଛି କି ନାହିଁ ସେ ବୁଝି ପାରିଲାନି। କଥାଟା ହାଲୁକା କରି ଦେବାକୁ ଟିକେ ହସି ଓଲଟା ପଚାରିଲା, ପ୍ରେମ କରିବାର ବୟସ କ'ଣ ମୋର ଆଉ ଅଛି ? ନା ମୋର ସତକୁସତ କେହି ପ୍ରେମିକ ଥିଲେ ତୁମକୁ କହୁ ଦିଅନ୍ତି ?

– ପ୍ରେମ କରିବାରେ କ'ଣ ବୟସ ଥାଏ ? ସୁମନ୍ତ ସ୍ତ୍ରୀ ତ ଏ ବୟସରେ ପ୍ରେମ କରୁଛି। ତା ଛଡ଼ା ମୋତେ କହିଲେ କ୍ଷତି କ'ଣ ? ସୁମନ୍ତ ସ୍ତ୍ରୀ ତ କହି ପାରୁଛି।

– ପ୍ରେମ ଯଦି କରୁଥିଲା ତାକୁ ବାହା ନ ହୋଇ ଅଯଥାରେ ଅନ୍ୟ ଜଣକୁ ଜୀବନସାରା ଜଳେଇପୋଡ଼େଇ ମାରୁଥିଲା କାହିଁକି ?' ପଚାରିଲା ନୀତା।

– ନିଜେ ଜଳିବାକୁ ନ ଚାହିଁଲେ, କିଏ କାହାକୁ ଜଳେଇ ପାରେ। ଏ ନିର୍ଲ୍ଜ ତାକୁ ଡାଇଭର୍ସ ନ କରି କେଡେ ଗର୍ବରେ କହି ବୁଲୁଛି ସେକଥା !

ଅତନୁ ମୁହଁରେ ଘୃଣା ଓ ବିରକ୍ତି ଦେଖି ନୀତା ଚୁପ୍ ହୋଇଗଲା। ରୋଷେଇଘରେ ଫୁଲକୋବିରେ ବେସନ ଗୋଲେଇଲା ବେଳେ ନୀତା ଭାବିଲା, ପ୍ରେମ କରିବା ଗର୍ବର କଥା ନା ନାହିଁ ? ତା'ର ଯଦି ପ୍ରେମିକଟିଏ ଥାଆନ୍ତା କିମ୍ବା ଅତନୁର ପ୍ରେମିକାଟିଏ। ଗୋଟିଏ ବିଛଣାରେ ଶୋଇଶୋଇ ଦୁହେଁ ତୃତୀୟ ଜଣକ କଥା ଭାବୁଥାନ୍ତେ। ଅନ୍ୟ ପାଖରେ ଧରା ପଡ଼ିଯିବା ଭୟରେ ମନର ସାତତାଳ ଗହୀରରେ ଲୁଚେଇ ରଖନ୍ତେ ନିଜନିଜ ମନର ଭାବନା। ଉପରକୁ

କିନ୍ତୁ ସବୁ ଦିଶନ୍ତା ନିସ୍ତରଙ୍ଗ ଚୋରା ବାଲି ପରି। ଗୁଡ୍ ଗାର୍ଲ୍ ହେବା ଲୋଭରେ ସେ ସିନା ଉମାକାନ୍ତର ପ୍ରେମକୁ ବୁଝି ଅବୁଝା ହେବାର ଅଭିନୟ କଲା। ନହେଲେ....
ନହେଲେ.....?

ବମ୍ବେରେ କେଉଁ ଗୋଟାଏ ପ୍ରଖ୍ୟାତ କମ୍ପାନୀରେ ଏବେ ରିଜିଓନାଲ ମ୍ୟାନେଜର ଅଛି ଉମାକାନ୍ତ। ବଢ଼ିଆ ଫୁଟ୍ବଲ୍ ଖେଳୁଥିଲା ସେତେବେଳେ। ଏବେ ଜଞ୍ଜାଲ ଭିତରେ ଆଉ ଖେଳୁଥିବ କି ଅତନୁ ପରି ସୋଫାବସା ହୋଇ ଯିବଣି କିଏ ଜାଣେ ? ଉମାକାନ୍ତର ପ୍ରେମ ଯେଉଁ କେତେ ଦିନ ସେ ଅନୁଭବ କରିଥିଲା କେମିତି ଲାଗୁଥିଲା ତାକୁ ? ଦେହରେ କି ମନରେ କେଉଁଠି ଦେଶା ଦୁଇଟି ଗଜୁରି ଉଠିଥିଲା କି ! ଭୂମିରେ ନ ଚାଲି ଉଡ଼ିଲା ପରି ଲାଗୁଥିଲା କି !ଚାରି ପାଖର ରଙ୍ଗ ବଦଲି ଗଲା ପରି ଲାଗୁଥିଲା କି !ଜହ୍ନର ଆଲୁଅ ଜଣା ପଡ଼ୁଥିଲା କି ଖଣ୍ଡଖଣ୍ଡ ସୁସ୍ୱାଦୁ ଆଇସକ୍ରିମ୍ ପରି ! ପବନରେ ମିଶିଥିଲା କି ଆମନ୍ତ୍ରଣ !ସମସ୍ତଙ୍କୁ ପଛରେ ପକେଇ ସେ ମାତିଥିଲା କି ଏକ ଅଧନିଶ୍ୱାସୀ ଦୌଡରେ !

କେମିତି ଲାଗୁଥିଲା ସେତେବେଳେ ? ଭାବିବାକୁ କେବେ ସମୟ ପାଇ ନଥିଲା

ନୀତା । ଆଜି ଭାବିଲା ବେଳକୁ ଲାଗୁଛି ଜୀବନର ସେହି ଦିନ କେତୋଟି ହିଁ ମୂଲ୍ୟବାନ । ଆଉ ସବୁ ତୁଚ୍ଛ । ଆଜି ଯଦି ଅଚାନକ ପହଞ୍ଚି ଯାଆନ୍ତା ଉମାକାନ୍ତ ? କି ପରିଚୟ ତା’ର ଦିଅନ୍ତା ସେ ଅତନୁକୁ ? ପୂର୍ବତନ ପ୍ରେମିକ ? ଚହଲିଗଲା ନୀତା ହାତର ଦାଲିଚଟୁ । ଛାଣି ଆଣିଥିବା ପକୋଡା କେତୋଟି ପୁଣି ତେଲ କଡେଇକୁ ଗଲିପଡି ଚହଲି ଉଠିଲା ଗରମ ତେଲ ।

ଅତନୁ ଯୋଜନା କରିଥିଲା ସନ୍ଧ୍ୟାରେ ସେମାନେ ସିନେମା ଯିବେ । କିନ୍ତୁ ପାଞ୍ଚଟା ବେଳୁ ଏତେ ଥଣ୍ଡା ପବନ ବୋହିବା ଆରମ୍ଭ ହୋଇଛି ଯେ ପଦାକୁ ବାହାରିବା କଷ୍ଟକର । ମୋଟର ସାଇକେଲରେ ଫେରିବାକୁ କଷ୍ଟ ହେବ । ସହଜେ ଥଣ୍ଡା ହେଲେ ନୀତାର ଅଣ୍ଟା ଯନ୍ତ୍ରଣା ବଢିଯାଏ । କାଲି ପୁଣି ଡାକ୍ତର ପାଖକୁ ନେବା ଝାମେଲା ଲାଗିବ । ହାତରେ ରୋଷେଇ କରିବାକୁ ପଡିବ । ଛୁଟି ଦୁଇଦିନ ପାଣିରେ ପଡିବ । ତା ଅପେକ୍ଷା ଏଠି ନିରୋଳାରେ ବସି ବିନି କଥା ଭାବିବା ବରଂ ଭଲ । ସୁମନ୍ତ ସ୍ତ୍ରୀର ପରକୀୟା କଥା ଶୁଣିବା ବେଳୁ ତା’ର ମନେ ପଡିଛି ବିନି କଥା । ବିନି ବି ସୁମନ୍ତର ସ୍ତ୍ରୀ ଚପଲା ପରି ସୁନ୍ଦରୀ । ସେମିତି ପତଳା ଓଠ, ସେମିତି ଗଭୀର ଆଖି । ସେମିତି ମାୟା ହରିଣୀ ପରି ରଙ୍ଗ । କିନ୍ତୁ କେବେ ବି ଚପଲା ପରି ଦୁଃସାହସୀ ନଥିଲା ସେ । ଚପଲାର ସାହସକୁ ଧନ୍ୟ କହିବାର କଥା । କେତେ ଜଣ ସ୍ତ୍ରୀ ଲୋକ ଏମିତି ଦୁଃସାହସ କରି ପାରନ୍ତି । ନା ଦୁଃସାହସ କାହିଁକି ଅସାଧାରଣ ସାହସ ହିଁ କୁହାଯିବ । ଏ ବୟସରେ ସ୍ୱାମୀ ଜାଣତରେ ପରକୀୟାରେ ମାତିବା ଅସାଧାରଣ ନୁହେଁ ? ବିନି ତ ସେ କଲେଜ ପଢା ବୟସରେ ବି ସାଙ୍ଗରେ ସିନେମା କଥା ଦୂରେ ଥାଉ କ୍ୟାଣ୍ଟିନ୍‌କୁ ଯିବାକୁ ବି ଡରୁଥିଲା । ଖାଲି ଲୁଚେଇଲୁଚେଇ ଚିଠି କେତେ ଖଣ୍ଡ ଲେଖିଦେଲେ ପ୍ରେମ ହୋଇଯାଏ ? ଥରେ ତା ହାତ ଧରି ପକାଇବାରୁ ତା’ର କି ଡର ! କି କାନ୍ଦ ! ହେଃ, ବିନି ସହ ତା’ର ପ୍ରେମଫ୍ରେମ କିଛି ନଥିଲା । ଥିଲା ପ୍ରଥମ ଯୌବନର ଉତ୍ତେଜନା । ଟିକିଏ ସାନ୍ନିଧ୍ୟର, ଟିକିଏ ଛୁଇଁ ଦେବାର ମୋହ । ପ୍ରେମ ଥିଲେ ବି ସେ କ’ଣ ନୀତା ଆଗରେ ଘୋଷଣା କରି ପାରନ୍ତା ସେ କଥା ? ନୀତା ତାକୁ ଯଦି ଛାଡପତ୍ର ଦିଅନ୍ତା ? ଦେଇ ପାରନ୍ତା କି ? ଘୋଷଣା କରି ପାରନ୍ତା ସ୍ୱାମୀର ପରକୀୟା କଥା, ଯେମିତି ଘୋଷଣାଟାଏ କରିପାରୁଛି ସୁମନ୍ତ ? ଧେତ୍, ବିନିଟା ଆଉ ଟିକେ ସାହସୀ ହେଲାନି କାହିଁକି ? ବାହାସାହା ହୋଇ ଅଛି ଏହି ସହରରେ । କେଉଁ ପ୍ରାଇଭେଟ୍ କମ୍ପାନୀରେ ଭଲ ଦରମାରେ ଡେପୁଟୀ ମ୍ୟାନେଜର୍ ନା ବ୍ରାଞ୍ଚ ମ୍ୟାନେଜର ଚାକିରି କରୁଛି । ତା ସ୍ୱାମୀ ବି ଅଛି ସେହି ସଂସ୍ଥାରେ । ଦୁଇ ବର୍ଷ ପାଇଁ କମ୍ପାନୀ ପଠେଇଛି ଆମେରିକା । ସେ ଖବର ପାଇ ଅତନୁ ଥରେ ଖୋଜିଖୋଜି ପହଞ୍ଚିଥିଲା ତା ଘରେ । ସହରର

ଉପାନ୍ତରେ ଆଭିଜାତ୍ୟମୟ, ବିଳାସପୂର୍ଣ ଘର। ବିନି ସୁଖରେ ଅଛି। ସ୍ୱାମୀ ବିଦେଶ ଯାଇଥିବାର ଦୁଃଖ ଟିକେ ବି ନାହିଁ ମୁହଁରେ। ଦେହରେ ସାମାନ୍ୟ ଚର୍ବ ଲାଗି ପୂର୍ବାପେକ୍ଷା ଆହୁରି ସୁନ୍ଦରୀ ଦିଶୁଥିଲା ସେ। ସୁମନ୍ତ ପହଞ୍ଚିଲା ବେଳକୁ ଅଫିସର କାହା ସହ ଭାରି ସ୍ମାର୍ଟ ସ୍ୱରରେ କଥା ହେଉଥିଲା ଫୋନରେ। କିନ୍ତୁ ସୁମନ୍ତକୁ ଦେଖି ଭୂତ ଦେଖିଲା ପରି ଭିତରେ ଚମକି ପଡିଲା ବୋଧେ। ମୁହଁରେ ଅବଶ୍ୟ ଝୁଲେଇ ରଖିଥିଲା ଚୁକୁଟାଏ ହସ। କିନ୍ତୁ ସେ ହସରେ ଉଷ୍ମତା ତ ଦୂରର କଥା ସାମାନ୍ୟ ଆନ୍ତରିକତା ସୁଦ୍ଧା ନଥିଲା ବୋଲି ସହଜରେ ବୁଝି ହେଉଥିଲା। ଅର୍ଡଲିକୁ ଡାକି ସ୍ନାକ୍ସ, କଫି ମଗେଇଲା। ଡିନର ଖାଇଯିବାକୁ ଅନୁରୋଧ ବି କରୁଥିଲା। କିନ୍ତୁ ସେ ସବୁ ଲାଗୁଥିଲା ଅବାଞ୍ଛିତ ଅତିଥିର ଚର୍ଚା ପରି କୃତ୍ରିମ ଓ ଅନାତ୍ମୀୟ। ଯେଉଁ କିଛି ସମୟ ସେ ତା ଘରେ ରହିଥିଲା ତାକୁ ଶ୍ୱାସ ରୁଦ୍ଧ ହୋଇଗଲା ପରି ଲାଗୁଥିଲା। କଫି, ସ୍ନାକ୍ସ ପାଇଁ ନୁହେଁ କି ବିନିର ସୁଖସ୍ୱାଚ୍ଛନ୍ଦ ଦେଖିବା ପାଇଁ ନୁହେଁ, ସେ ଯାଇଥିଲା ପଛରେ ହଜେଇ ଆସିଥିବା ତା ନିଦକ, ନିର୍ଝଞ୍ଜାଳି କଲେଜ ଜୀବନକୁ ଖୋଜିବା ପାଇଁ, ବିନି ସାଙ୍ଗରେ ପ୍ରଗଲ୍ଭ ହୋଇ କିଛି ସମୟ ଗପିବା ପାଇଁ। ଭାବିଥିଲା ବିନି ପୂର୍ବ ଅପେକ୍ଷା ଟିକେ ଅଧିକ ବୋଲ୍ଡ ହୋଇଥିବ। ଲାଜ ଛାଡିଥିବ, ଡର ଛାଡିଥିବ। ସେ କଲେଜ ବେଳ କଥା ମନେ ପକେଇ ତାକୁ ଚିଡେଇବ। କିନ୍ତୁ ସେମିତି କିଛି ହେଲାନି। ବିନି ସେ ସବୁ କଥା ଉଠେଇବାକୁ ସାମାନ୍ୟ ସୁଯୋଗ ବି ଦେଲାନି। ଅବଶ୍ୟ ଅପରିଚିତଙ୍କ ପରି ବ୍ୟବହାର କରି ନଥିଲା। କିନ୍ତୁ କମ୍ପାନୀ କାମରେ ବାହାରୁ ଆସିଥିବା କୌଣସି ଆଗନ୍ତୁକଙ୍କ ସହ ବ୍ୟବହାର ପରି ଥିଲା ତା ବ୍ୟବହାର। ମୁହଁ ଉପରେ ଝୁଲେଇଥିଲା ଅଦୃଶ୍ୟ ବିଜ୍ଞାପନଟିଏ, ଦେଖା ସାକ୍ଷାତ ତ ସରିଲା। ଏଥର ତୁମେ ଗଲେ ଭଲ, ନିରାପଦ।

ବିନି ଅପେକ୍ଷା ଚପଳା ବରଂ ଲକ୍ଷେ ଗୁଣ ଭଲ। ପ୍ରେମ କି ପ୍ରେମିକକୁ ଅସ୍ୱୀକାର କରିବାର ଭୀରୁତା ତା ନିକଟରେ ନାହିଁ। କେତେ ପାଠଶାଠ ପଢ଼ିଥିବ ଚପଳା? ମାଟ୍ରିକ୍? ବି.ଏ.? ପାଠରେ ବା ଅଛି କ'ଣ? ବିନି ମ୍ୟାନେଜମେଣ୍ଟରେ ମାଷ୍ଟର ଡିଗ୍ରୀ କରିନି କି?

ନୀତା କୋବି ପକୋଡ଼ା ଛାଣିଆଣି ଦେଖିଲା ଘର ଅନ୍ଧାର କରି ବସିଛି ଅତନୁ। ବସିଛି କି ଏଇ ସନ୍ଧ୍ୟାବେଳୁ ଢୋଳେଇଲାଣି କିଏ ଜାଣେ? ଚୁକୁ ବି ନାହିଁ। ନହେଲେ ତା ସହ ଅଧଘଣ୍ଟା ବ୍ୟାଡମିଣ୍ଟନ୍ ଖେଳିଥିଲେ ଭଲ ଲାଗିଥାନ୍ତା। ସୁମନ୍ତ ବି ଆସୁନି ସେଇ ଦିନୁ। ଆସିଥିଲେ ବ୍ୟାଡମିଣ୍ଟନ୍ ଖେଳିଥାନ୍ତା ଅଧଘଣ୍ଟା ଘଣ୍ଟାଏ। ନହେଲେ କେଉଁ ପ୍ରସିଦ୍ଧ କ୍ଲାସିକର କାହାଣୀ ଶୁଣେଇଥାନ୍ତା। ଭାରି ଚମତ୍କାର ଗପେ ସୁମନ୍ତ। ଚରିତ୍ରଗୁଡ଼ାଙ୍କୁ ଜୀବନ୍ୟାସ ଦେଇ ଯେପରି ଆଖି ଆଗରେ ଚଳପ୍ରଚଳ କରାଏ। ସେ

ଲେଖାଲେଖି କଲାନି କାହିଁକି ? ଲେଖୁଥିଲେ ନିଶ୍ଚେ ଜଣେ ପ୍ରସିଦ୍ଧ ଲେଖକ ହୋଇ ପାରିଥାନ୍ତା । ଏତେ ଗୁଣବାନ ଲୋକ ଭାଗ୍ୟରେ ପୁଣି ଏମିତି ବ୍ୟଭିଚାରିଣୀ ସ୍ତ୍ରୀ ? ବ୍ୟଭିଚାରିଣୀ ନୁହେଁ ତ ଆଉ କ'ଣ

କୁହା ଯାଇ ପାରେ ଏମିତି ସ୍ତ୍ରୀ ଲୋକକୁ ? ବିବାହ ପୂର୍ବର କଥା ଅଲଗା । ବାହାସାହ ହୋଇ... ଧେତ୍, ଲାଜ ଲାଗିବନି କି ! ଡର ଲାଗିବନି କି ! ସୁମନ୍ତ ତାକୁ ଡିଭୋର୍ସ ନକରି ଅଯଥା ନିଜେ ଏତେ କଷ୍ଟ ପାଉଛନ୍ତି କାହିଁକି କେଜାଣି ? ତିନି ଚାରିଦିନ ହେଲା ଆସୁ ନାହାନ୍ତି ତାଙ୍କ ଘରକୁ । ରାତିରେ ଉପାସ ଶୋଉଥିବେ ନିଶ୍ଚୟ । ହେଃ, କି ବାଜେ ଖିଆଲରେ ସେ ତାଙ୍କୁ ଫାମିଲି ଆଣିବା କଥା ପଚାରୁଥିଲା ସେ ଦିନ । ସେ କ'ଣ ଏତେ କଥା ଜାଣିଥିଲା ?

ନୀତା ଲାଇଟ୍ ଜଳେଇ ପଚାରିଲା, କ'ଣ ସନ୍ଧ୍ୟା ବେଳୁ ନିଦ ଲାଗିଲାଣି ?

ଅତନୁ କହିଲା, ନା ବସିବସି ଏଇ ସୁମନ୍ତ କଥା ଭାବୁଥିଲି । ବିଚରା ଏଥର ଘରକୁ ବି ଗଲାନି । ଏତେ ଥଣ୍ଡାରେ କୁଆଡେ ବୁଲୁଛି କେଜାଣି । ଆମ ଘରକୁ ତ ଆସୁନି । କେଉଁଠି କ'ଣ ଖିଆପିଆ କରୁଛି କିଏ କାଣେ ?

– କଥାଟା ପଚାରି .ମୁଁ ଠିକ୍ କଲିନି ସେଦିନ', ଅନୁତାପ କଲା ପରି କହିଲା ନୀତା । ସୁମନ୍ତ କଥା ଯଥା ସମ୍ଭବ ଏଡେଇ ଯିବାକୁ ଚାହୁଁଥିଲା ସେ । ଅତନୁର ଯେମିତି ପ୍ରକୃତି କଥା ବୁଲିବୁଲି କେଉଁଠି ପହଞ୍ଚିବ ଠିକଣା ନାହିଁ ।

ସୁମନ୍ତ କହିଲା, ତାକୁ ଆଜି ରାତିରେ ଖାଇବାକୁ ଡାକିଲେ ହୁଅନ୍ତା । ଆମ ଘରକୁ ଆସୁନି । ଭୀଷଣ ମାନସିକ ଅଶାନ୍ତି ଭିତରେ କଟୁଥିବ ବିଚରାର ଦିନ ।

– ଟୁକୁ ତ ନାହିଁ । ସେଥିପାଇଁ ଆସୁ ନଥିବେ । ତୁମେ ତାଙ୍କୁ ଡାକ । ମୁଁ ଶୀଘ୍ର ରୋଷେଇ ସାରି ଦେଉଛି ।

ରାତିରେ କିନ୍ତୁ ସୁମନ୍ତ ଫେରି ନଥିଲା । ତାପର ଚାରିପାଞ୍ଚ ଦିନ ମଧ ତା'ର ଦେଖା ନଥିଲା । ଗାଁକୁ ଯାଇଥିବ ଭାବି ଏମାନେ ତା କଥା ଭୁଲି ଆସିଲା ବେଳକୁ ଅଚାନକ ପହଞ୍ଚିଲା ରାତିରେ ଟି.ଭି.ରେ ଗୋଟିଏ ସାଧାରଣ ଜ୍ଞାନ ପ୍ରତିଯୋଗିତା ଚାଲିଥିଲା ବେଳେ । ପହଞ୍ଚି ଏମିତି ବ୍ୟବହାର ଦେଖାଇଲା ଯେପରି ଗତ ସପ୍ତାହରେ ସେମାନଙ୍କ ଭିତରେ କିଛି ଘଟି ନଥିଲା । ସେମାନଙ୍କ ସମ୍ପର୍କ ଯଥାରୀତି ଚାଲିଛି । ନୀତା ତା ପାଇଁ ଚା' କରିବାକୁ ଉଠିଗଲା । ସପ୍ତାହକ ଭିତରେ ଅତନୁ ଟି.ଭି.ର କେବଳ ଏହି କାର୍ଯ୍ୟକ୍ରମଟି ହିଁ ମନ ଦେଇ ଦେଖେ । ସେ ସୁମନ୍ତକୁ କିଛି ନ ପଚାରି ଟି.ଭି. ଦେଖିବାରେ ଲାଗିଲା । କ'ଣ ବା ପଚାରି ଥାଆନ୍ତା ? ତା ଘର ଖବର ପଚାରି ଲାଭ କ'ଣ ? ତା ମନ କଷ୍ଟ ହେବ । ରାତିରେ ଶୋଇ ପାରିବନି । ତିନି କପ୍ ଚା ନେଇ ନୀତା

ଫେରିଲା ।ଚା' ପିଇଲା ବେଳେ ସୁମନ୍ତ ସାଧାରଣ ଜ୍ଞାନ ପ୍ରତିଯୋଗିତାର ସବୁ ପ୍ରଶ୍ନର ଉତ୍ତର ଆଗତୁରା ଅତି ସହଜରେ ଦେଉଥିଲା । ପ୍ରତିଯୋଗୀମାନଙ୍କ ଉଦ୍ଦେଶ୍ୟରେ ତା ମୁହଁରେ ଗୋଟାଏ ବିଦ୍ରୂପର ଭାବ ଲକ୍ଷ୍ୟ କରୁଥିଲା ଅତନୁ । ନୀତା କହିଲା, ଆପଣ ଏ ପ୍ରତିଯୋଗୀତାରେ ଭାଗ ନେଉ ନାହାନ୍ତି କାହିଁକି ? ଏଥିରେ କ୍ୟାଶ୍ ପ୍ରାଇଜ୍ କେତେ ଜାଣି ନାହାନ୍ତି କି ?

ସୁମନ୍ତ ତା କଥାରେ କୌଣସି ଗୁରୁତ୍ୱ ନଦେଇ କହିଲା,ଚପଲା ନଥିଲା । ଛୁଟିଟା ମନ୍ଦ କଟିଲାନି ଗାଁରେ ।

ନୀତା କିମ୍ୱା ଅତନୁ ସେ ବିଷୟରେ କିଛି ପଚାରିବାକୁ ଉଚିତ ମନେ କଲେନି । ସେମାନେ ନୀରବ ରହିବାରୁ ସୁମନ୍ତ ଛାଁକୁ ଛାଁ କହିଲା , ତା ପୂର୍ବତନ ପ୍ରେମିକ ସହ ଦୀଘା ନା ଗୋପାଲପୁର ଯାଇଛି । ସେଠୁ ଫେରିଲା ବାଟରେ କେଉଁ ପ୍ରଦର୍ଶନୀ ଦେଖି ଫେରିବେ ସେମାନେ । ଫେରୁଫେରୁ ଗୋଟାଏ ସପ୍ତାହ କିମ୍ୱା ବେଶୀ ସମୟ ଲାଗିବ ବୋଲି କହୁଥିଲା ଚପଲା ।

ପୂର୍ବତନ ? ଆଉ ବର୍ତ୍ତମାନ ? ବର୍ତ୍ତମାନ କ'ଣ ତୋତେ ପ୍ରେମ କରୁଛି ? ସେଇଥିପାଇଁ ତୋତେ କହି ପୋଛି ବାଟ ଜଗେଇ ଯାଇଛି ? ନିର୍ଲ୍ଲଜ !

ତାସ୍ଚଲ୍ୟ କଲା ପରି ମନେମନେ ଉଚ୍ଚାରଣ କଲା ଅତନୁ । ତା'ର ସନ୍ଦେହ ହେଲା ସୁମନ୍ତର ପୌରୁଷତ୍ୱ ବୋଲି ବୋଧେ କିଛି ନାହିଁ । ନହେଲେ ସ୍ତ୍ରୀକୁ କିଏ ଅନ୍ୟଜଣେ ପୁରୁଷ ସହ ଦୀଘା,ଗୋପାଲପୁର ବୁଲିବାକୁ ପଠାଇ ଏମିତି କହି ବୁଲନ୍ତା ?

ନୀତା ତା ମୁହଁକୁ ଏମିତି ମୁଗ୍ଧ ଦୃଷ୍ଟିରେ ଚାହିଁ କ'ଣ ଦେଖୁଛି ?

– ଆପଣ କେବେ ଦୀଘା ଯାଇଛନ୍ତି ?', ନୀତାକୁ ଲକ୍ଷ୍ୟ କରି ପଚାରିଲା,ସୁମନ୍ତ ।

ପ୍ରଶ୍ନଟା ଅତନୁକୁ ଅନୁପ୍ରବେଶ ପରି ଲାଗିଲା । ଲାଗିଲା ଯେପରି ନୀତାକୁ ପ୍ରଲୋଭିତ କରି ସେ ଦୀଘା ବୁଲେଇ ନେବାକୁ ଷଡ଼ଯନ୍ତ୍ରଏ କରୁଛି ।

ଟି.ଭି.ରୁ ସାଧାରଣଜ୍ଞାନ ପ୍ରତିଯୋଗୀତା ବହୁ ପୂର୍ବରୁ ସରି ଯାଇଥିଲା । ଅତନୁ ବିରକ୍ତିରେ ଟି.ଭି. ବନ୍ଦ କରିଦେଲା ।ନୀତା କହିଲା, ଆପଣ ଆଜି ଏଠି ଖାଇ ଦେଇ ଯିବେ ।'

ସୁମନ୍ତ କହିଲା, ମୁଁ ଟିକେ ଫ୍ରେସ୍ ହୋଇ ଆସୁଛି ତାହେଲେ ।

ରାତିରେ ଖିଆପିଆ ସରିଲା ପରେ ସୁମନ୍ତ କହିଲା,ଚାଲନ୍ତୁ ଛାତ ଉପରେ ଟିକେ ବସିବା ।'

ଅତନୁ ମନା କରିବା ପୂର୍ବରୁ, ନୀତା ତା ପଛରେ ଯାଉଯାଉ ଡାକିଲା, ଆସ ଏତିକିବେଳୁ ଶୋଇବ କ'ଣ ? ବଢ଼ିଆ ଜହ୍ନ ପଡ଼ିଛି । ଭଲ ଲାଗିବ ।'

ଅତନୁକୁ ଟିକେ ନିଦ ଲାଗି ଆସୁଥିଲା। କିନ୍ତୁ ନ ଯାଇ ଉପାୟ ନାହିଁ। ନିଛାଟିଆ ଜହ୍ନ ରାତିରେ ସ୍ତ୍ରୀକୁ ନିରୋଳା ଛାତ ଉପରକୁ ଅନ୍ୟ ଜଣକ ସଙ୍ଗେ ପଠେଇ ଦେଇ ଘରେ ଶୋଇବ? ସେ କ'ଣ ସୁମନ୍ତ ହୋଇଛି? ଏମିତି ଶୀତ ରାତିରେ କିଏ ଛାତ ଉପରେ ବସେ? ସୁମନ୍ତଟା ଗୋଟାଏ ରବିଣ୍। ନୀତାର ବି କି ବୁଦ୍ଧି! ସୁମନ୍ତ ପ୍ରେମରେ ପଡ଼ିଲାଣି କି? ନ ହେଲେ ଟି.ଭିରେ ସାଧାରଣ ଜ୍ଞାନ ପ୍ରତିଯୋଗିତା ଚାଲିଥିଲା ବେଳେ ତା ମୁହଁକୁ ଏମିତି ଅପଲକ ଦୃଷ୍ଟିରେ ଚାହିଁ ବସିଥାନ୍ତା କାହିଁକି? ନା ତା ସ୍ତ୍ରୀର ପରକାୟା କାର୍ଡ଼ ଶୁଣି ନିଜର କେଉଁ ପୂର୍ବତନ ପ୍ରେମିକକୁ ମନେ ପକାଉଛି? ସ୍ତ୍ରୀ ଲୋକଙ୍କ ମନ ବୁଝିବା ଦୁସାଧ୍ୟ। ଚାଦରଟା ନୀତା କେଉଁଠି ରଖିଛି ମିଳୁନି। ସିଡ଼ିଘର କବାଟ ଖୋଲିବା ଶବ୍ଦ ତ ଶୁଭିନି ଏ ପର୍ଯ୍ୟନ୍ତ। ସିଡ଼ିଘର ଅନ୍ଧାର ଭିତରେ କ'ଣ କରୁଛନ୍ତି ଦୁହେଁ? ତରତର ହୋଇ ଅତନୁ ବାହାରି ଗଲା।

ସେ ପହଞ୍ଚିଲା ବେଳକୁ ନୀତା ପଚାରିଲା, ଆପଣ ଘରେ ଥିଲା ବେଳେ ବି ସେ ଲୋକଟା ଆସେ?

– ନା, କେବେ ଆସିନି। ତାକୁ ଦେଖା କରି ନପାରି ଚପଲା ଭାରି ଅଶାନ୍ତି ଭୋଗେ। ରୋଷେଇବାସ କରେନା। ଜିନିଷପତ୍ର ଫୋପଡ଼ାକଚଡ଼ା କରେ। ନହେଲେ ରୋଗୀ ପରି ବିଛଣାରେ ପଡ଼ି ରହେ ଘଣ୍ଟାଘଣ୍ଟା। ଯେଉଁଟା ଭୀଷଣ ଅସହ୍ୟ ମୋ ପାଇଁ।'

କିଛି ସମୟର ନୀରବତା ପରେ ସୁମନ୍ତ କହିଲା, ଗୋଟାଏ ଲୋକ ବିଛଣାରେ ଘଣ୍ଟାଘଣ୍ଟା ଧରି ବିଛଣାରେ ଶବ ପରି ପଡ଼ି ରହିବ, ଅସହ୍ୟ ନୁହେଁ ଦୃଶ୍ୟଟା? ମୋତେ ଲାଗେ ପ୍ରତି ମୁହୂର୍ତ୍ତରେ ସେ କ'ଣ କହିବକହିବ ହୋଇ କହି

ପାରୁନି। ତା ଛାତି ଭିତରଟା ରୁନ୍ଧି ହୋଇ ଯାଉଛି। ତାକୁ ନିଶ୍ୱାସ ନେବାକୁ କଷ୍ଟ ହେଉଛି। ଆଉ ବେଳେବେଳେ ଭାବେ ବିଛଣାରେ ପଡ଼ି ରହିଥିବା ତା ଶରୀର ଭିତରେ ସେ ନାହିଁ। ମୋତେ ଠକିବାକୁ ଶରୀରଟାକୁ ଏଠି ପକେଇ ଦେଇ ସେ ଲୀଳାଖେଳା କରିବାକୁ ଯାଇଛି ତା ପୂର୍ବତନ ପ୍ରେମିକ ସହ। ମୁଁ ବିବ୍ରତ ହୋଇ ପଡ଼େ। ମୋର ଇଚ୍ଛା ହୁଏ ବିଛଣାରେ ମରୁନଦୀ ପରି ପଡ଼ି ରହିଥିବା ତା ଖୋଲପାଟାକୁ ଉଠେଇ ନେଇ ନଇ ଭିତରେ ଫୋପାଡ଼ି ଦେଇ ଆସନ୍ତି।

– ଖୋଲପା?', ବୁଝି ନପାରି ପଚାରିଲା ନୀତା।

– ଆପଣ ବେଙ୍ଗବତୀ କନ୍ୟା କଥା ଶୁଣି ନାହାନ୍ତି କି? ଦିନସାରା ବେଙ୍ଗ ହୋଇ ଅସୁର ଗୁମ୍ପାରେ ଲୁଚି ରହେ। ରାତିରେ ରାଜାପୁଅ ଆସିଲେ ବେଙ୍ଗ ଖୋଲପା ଫୋପାଡ଼ି ଦେଇ ଅସଲ ରୂପଧରି ପ୍ରେମିକ ସହ ଲୀଳାଖେଳା କରେ।

ଅତନୁ ଭାବିଲା,   ନୀତା ବି ହୁଏତ ଗୋଟାଏ ବେଙ୍ଗବତୀ କନ୍ୟା । ଏଇ ଟିକକ ଆଗରୁ ସିଡ଼ିଘର ଅନ୍ଧାରରେ ବେଙ୍ଗ ଖୋଳପା ଫୋପାଡ଼ି ଦେଇ ଅସଲ ରୂପ କାଢ଼ିଥିବ । ଏବେ ତାକୁ ଦେଖି ପୁଣି ବେଙ୍ଗ ଖୋଳପା ଭିତରେ ପଶି ଯାଇଛି ।   ଯଦି ସେ ଏଠି ନଥାନ୍ତା, ସୁମନ୍ତ ସ୍ୱୀର ପରକୀୟା ଶୁଣୁଶୁଣୁ ସେ କ'ଣ ନିଜେ ପରକୀୟାରେ ମାତନ୍ତାନି ? ନହେଲେ ଏ ଶୀତ କାକର ରାତିରେ କାହିଁକି ଏମିତି ତରତର ହୋଇ ସୁମନ୍ତ ପଛେପଛେ ଛାତ ଉପରକୁ ପଳେଇ ଆସିଲା ? କୋଉ କ୍ଲାସିକାଲ କାହାଣୀ ଶୁଣିବା ଲୋଭରେ । ବିନିତା ବେଙ୍ଗ ଖୋଳପା କାଢ଼ି ଫିଙ୍ଗି ଦେଇ ନ ପାରିବାରୁ ସିନା ସେମିତି ବ୍ୟବହାର ତାକୁ ଦେଖେଇଲା ସେ ଥର । ରାଜାପୁଅ ପରି ସେ ଯଦି ତା ବେଙ୍ଗ ଖୋଳପାକୁ କାଢ଼ି ଫୋପାଡ଼ି   ଦେଇ

ପାରିଥାନ୍ତା !

– କ'ଣ କରେ ଲୋକଟା ? ', ପଚାରିଲା ଅତନୁ ।

– ଜାଣେନା । କିନ୍ତୁ ବିଶେଷ ପଇସାପତ୍ର ନାହିଁ ତା ପାଖରେ । କିନ୍ତୁ ଯାହା ବା ରୋଜଗାର କରେ ସବୁ ଚପଲା ପାଇଁ ଖର୍ଚ୍ଚ କରି ଦିଏ ।ମୁଁ ନଥିଲା ବେଳେ ଚପଲାକୁ ବୁଲେଇ ନିଏ । ପୁରୀ,ଚନ୍ଦ୍ରଭାଗା, ନନ୍ଦନକାନନ । ମୁଁ ସମ୍ବଲପୁରେ ଥିଲା ବେଳେ ଥରେ କାଲେ ଦିଲ୍ଲୀ ନେଇ ପଳାଇଥିଲା ।

– ଆପଣଙ୍କ ଗାଁ ଲୋକ କିଛି କୁହନ୍ତିନି ? ',ଜେରା କଲା ପରି ଅତନୁ ପଚାରିଲା ।

–ସେମାନେ କାହିଁକି କ'ଣ କହିବେ ? ଓଲଟା ମଜା ଦେଖନ୍ତି । ଦୋକାନ ବାରଣ୍ଡାରେ, ଚା' ଦୋକାନ ବେଞ୍ଚ ଉପରେ, ଗାଧୁଆ ତୁଠରେ ସେମାନଙ୍କୁ ଚର୍ଚ୍ଚା କରିବାକୁ ପ୍ରସଙ୍ଗ ମିଲିଯାଏ ।

– ଆପଣ ନିଜେ ମନା କରନ୍ତିନି କାହିଁକି ?

– ଲାଭ କ'ଣ ? ଜଣେ ଜୀଅନ୍ତା ମଣିଷ ଦିନଦିନ ଧରି ଅଣିଆଅପିଆ ବିଛଣାରେ ପଡ଼ି ରହିବ, ଉଠିଲେ ଅଶାନ୍ତି ହେଉଥିବ ଅହରହ....,ଆପଣ ସେପରି ଦୃଶ୍ୟ ଦେଖି ନାହାନ୍ତି କେବେ । ତା ଅପେକ୍ଷା ବରଂ ଭଲ ସେ ତା ପ୍ରେମିକ ସହ ଦୀଘା କି ଗୋପାଲପୁର ପଳେଇବା । ସେଠି ଚପଲା ଚପଲପକ୍ଷ ପ୍ରଜାପତି ପରି ବେଲାଭୂମି ସାରା ଘୁରି ବୁଲୁଥିବ ଏବେ । ମନହେଲେ ପଇଡ ପିଉଥିବ ନହେଲେ ଚିନାବାଦମ ଚୋବୋଉଥିବ । ସମୁଦ୍ରର ଉଦ୍ଧାଲ ଢେଉକୁ ଚାହିଁ ଖୁସି ହେଉଥିବ ନହେଲେ ତା ପୂର୍ବତନ ପ୍ରେମିକ ମୁହଁକୁ ଏକଲୟରେ ଚାହିଁ ବସିଥିବ ।

ଉମାକାନ୍ତ ତାକୁ ବ୍ୟେ ଡାକନ୍ତାନି ଥରେ! ଭାବିଲା ନୀତା ।ସେ ଅବଶ୍ୟ ଅତନୁକୁ ସାଙ୍ଗରେ ଯିବାକୁ ବାଧ୍ୟ କରନ୍ତା । ଆଖି ଉହାଡରେ ବେଙ୍ଗ ଖୋଳପା କାଢ଼ି

ଜୁହୁ ବିଚ୍‌କୁ ବାହାରନ୍ତା ଉମାକାନ୍ତ ସାଙ୍ଗରେ । ପୁଣି ଖୋଲପା ଘୋଡେଇ ହୋଇ ଫେରନ୍ତା ଅତନୁ ଆଗକୁ । ଏଠି ଥାଇ ଏମିତି ଲୁଚୁକାଳି ଖେଳରେ ମାତେ କି ସେ ବେଲେବେଲେ ?

– ଆପଣ ଦେଖିଛନ୍ତି ସେ ଲୋକକୁ ?

– ଦେଖିଛି । ଅନେକଥର । ବାହାରକୁ ଭାରି ଚୁପଚାପ ଜଣା ପଡେ ଲୋକଟା । ଗୁଢ଼ାଏ ଚିନ୍ତାରେ ଯେମିତି ମୁଣ୍ଡଟା ତଳକୁ ହୋଇ ଯାଇଛି । କେବେ ସେ ଉପରକୁ ଦୃଷ୍ଟି ତୋଲି ଚାହିଁବା ଦେଖିନି ମୁଁ । ଜଣେ ବିବାହିତା ନାରୀସହ ସମ୍ପର୍କ ବଜାୟ ରଖିବାକୁ ଯେଉଁ ଦୁଃସାହସ ଦରକାର ତାହା ତା ଭିତରେ ଅଛି ବୋଲି କେହି କେବେ ଅନୁମାନ କରି ପାରିବନି । ତଳକୁ ମୁହଁ ପୋତି ସେ ହୁଏତ ତା ସ୍ୱପ୍ନର ଜାଲ ବୁଣୁଥାଏ ।

ସ୍ୱପ୍ନ ଦେଖିବା ଭଲ । ସ୍ୱପ୍ନକୁ ଛାଡ଼ି ଜୀବନ କାହିଁ ? କିନ୍ତୁ ବିନି କେବେ ସ୍ୱପ୍ନ ଦେଖେନା । ସ୍ୱପ୍ନ ନ ଦେଖି କେମିତି ରୁହେ କେଜାଣି ? ସହର ଉପାନ୍ତର ସେହି ଜନାକୀର୍ଣ୍ଣ ଘରେ, ଜହ୍ନ ଯେତେବେଳେ ଦିଗ୍‌ବଲୟ ସେପଟୁ ଗହନ ସ୍ୱପ୍ନ ପରି ଉଙ୍କି ଆସୁଥିବ, ରାତିର ପବନ ଯେତେବେଳେ ଝରକା କବାଟ ବାଡେଇ ଡାକୁଥିବ କମ୍ପାନୀ, କମ୍ପ୍ୟୁଟର, ପ୍ରଫିଟ୍‌, ପ୍ରମୋସନ ଫିଙ୍ଗି ତା ସହ ବୁଲି ଯିବା ପାଇଁ ସେତେବେଳେ ବି କ'ଣ ବିନିର ଗହୀର ଆଖି ଧାରରେ ସ୍ୱପ୍ନ ଚେନାଏ ଉଙ୍କି ମାରୁ ନଥିବ ? କେବେ ବି ତା'ର ମନେ ପଡୁ ନଥିବ ଅତନୁ କଥା ? ପ୍ରମୋସନ ସିଡ଼ି ଶେଷରେ, ବିଦେଶ ଗସ୍ତର ଉଡ଼ାଣରେ, ଆଭିଜାତ୍ୟମୟ ଘରର ମାର୍ବଲ ଫ୍ଲୋରିଂରେ କ'ଣ ଜୀବନ ସରିଯାଏ ? ଆଃ; ବିଚାରୀ ବିନି ! ବୁଝି ପାରିନି ଜୀବନକୁ ଏ ଯାଏ । ସେତେବେଳେ କଲେଜ କ୍ୟାଣ୍ଟିନ୍‌ରେ ଅନ୍ୟମାନଙ୍କୁ ଡରି ଭଲରେ ଖାଇ ପାରୁ ନଥିଲା, କି ସିନେମା ଯାଇ ପାରୁ ନଥିଲା । ଏବେ ବିଦେଶ ଯାଇଥିବା ସ୍ୱାମୀ, କମ୍ପାନୀ ଚାକିରି, ମାର୍ବଲ ଫ୍ଲୋରିଂ ଘର ଲୋଭରେ ଜୀବନକୁ ଉପଭୋଗ କରି ପାରୁନି । ବଞ୍ଚିବା ନାଁରେ ବଞ୍ଚିବାର ଅଭିନୟ କରୁଛି କେବଳ । ବିନି ଯଦି ଚପଲା ହୋଇଥାନ୍ତା, ଯଦି ଡାକନ୍ତା ଚାଲ ଅତନୁ ନୈନିତାଲ ନହେଲେ ଉଟି, ନୀତା ମୁହଁକୁ ଚାହିଁ ତା ଅନୁରୋଧକୁ ଏଡେଇ ଦେଇ ପାରନ୍ତା ସେ ? ହୁଏତ ଯାଆନ୍ତା ଅଫିସ୍‌ କାମର ବାହାନା ଦେଖାଇ ।

– ଚମତ୍କାର ପ୍ରେମପତ୍ର ଲେଖିପାରେ ଚପଲା । ଚମତ୍କାର ! ବହୁ ପ୍ରେମ କବିତା ମୁଁ ପଢ଼ିଛି ଜୀବନରେ । କିନ୍ତୁ ଚପଲା ପ୍ରେମପତ୍ରର ସ୍ୱାଦ ଅନ୍ୟ କେଉଁଠି ପାଇନି ।

ମୋର କ'ଣ ଦୁଃଖ ହୁଏ ଜାଣନ୍ତି, ସେ ପ୍ରେମ ପତ୍ର ନାୟକ ମୁଁ ନୁହେଁ । ତାହା ହିଁ ମୋ ଅବଶିଷ୍ଟ ଜୀବନର ଟ୍ରାଜେଡୀ', ଭଙ୍ଗାଭଙ୍ଗା ସ୍ୱରରେ କହିଲା ସୁମନ୍ତ ।

କେଡେ ସାହସୀ ଏ ଲୋକ ! ଭାବିଲା ନୀତା । ସ୍ତ୍ରୀ ପରପୁରୁଷକୁ ଲେଖୁଥିବା ପ୍ରେମପତ୍ର ପଢ଼େ, ପୁଣି ତାକୁ କବିତା ପରି ଉପଭୋଗ ବି କରେ ? ଉମାକାନ୍ତକୁ ଚିଠି ଲେଖିବା କଥା ତ ତା ଦୂରତମ ସ୍ୱପ୍ନରେ ବି ନଥିଲା ବରଂ ଉମାକାନ୍ତ ଲେଖୁଥିବା ଚିଠିଗୁଡ଼ାକ ମନ ପୂରାଇ ଥରେ କେବେ ସେ ଭୟରେ ପଢ଼ି ସୁଦ୍ଧା ପାରି ନଥିଲା । ଟିକିଟିକି କରି ଚିରି ପବନରେ ଉଡ଼େଇ ଦେଉଥିଲା । ରଖିଥାନ୍ତା ହେଲେ ସେଥିରୁ ଖଣ୍ଡେ । ବାହାଘର ପରେ ଯେଉଁ କେତେଦିନ ସେ ଶାଶୁଘରେ

ଥିଲା, ତାକୁ ଖଣ୍ଡେ ବି ଚିଠି ଲେଖିନି ଅତନୁ । ଟୁକୁ ଜନ୍ମ ହେବା ପୂର୍ବରୁ ବାପଘରେ ସେ ଥିଲା ଚାରି ମାସ । ଥରେ ଫୋନ୍‌ରେ ଭଲମନ୍ଦ ବୁଝିନି ସେ । ଏମିତି କାଠୁଆ ଲୋକକୁ ନେଇ କି ପ୍ରେମ ! ଖାଲି ଗୋଟାଏ ଗତାନୁଗତିକତା । ଖାଲି ଗୋଟାଏ ନୈମିଭିକତା । ସକାଳୁ ଉଠି ଫୁଲ ତୋଳିବା ପରି, ଜଳଖିଆ ତିଆରି କରି ବାପପୁଅଙ୍କ ପାଇଁ ଟିଫିନ୍ ବକ୍ସ ସଜାଡ଼ିଲା । ପରି ନ ହେଲେ ଘର ଓଲେଇବା ପରି, ରାନ୍ଧିବାଢ଼ି ସେମାନଙ୍କୁ ଅପେକ୍ଷା କଲା ପରି ବିଛଣାକୁ ଯିବା ବି ଗୋଟାଏ କାମ । ସେତିକି ଯାହା ଆବଶ୍ୟକତା ଅତନୁ ପାଖରେ ତା’ର । ସେଠି ପ୍ରେମ ନଥାଏ, ଥାଏ ଆବଶ୍ୟକତା । ଗୁଡ୍ ଗାର୍ଲ ହେବା ଲୋଭରେ ପ୍ରେମକୁ ସେ ବିସର୍ଜନ ଦେଇ ଆସିଛି ବହୁତ ପଛରେ । ଏବେ ଖୋଜିଲେ ତାହା ଆଉ ମିଳିବାର ନୁହେଁ । ସୁମନ୍ତ କହିଲା ପରି ଏହାହିଁ ତା ଅବଶିଷ୍ଟ ଜୀବନର ଟ୍ରାଜେଡୀ । ଏଣିକି ଖାଲି ରାନ୍ଧିବାଢ଼ି ଖୁଆଇବା । ଅତନୁର ମର୍ଜି ଜଗି ଚଲିବା । ଛୁଆକୁ ବଡ କରେଇବା । ଛୁଆ ବଡ ହେଲେ ପୁଣି ତା’ର ଓ ତା ସ୍ତ୍ରୀ, ସେମାନଙ୍କ ଛୁଆଙ୍କର ମର୍ଜି ଜଗି ଚଲିବା । ଏମିତିଏମିତି ସେ ବୁଢ଼ୀ ହୋଇ ମରିଯିବ । ଏତିକି ପାଇଁ ଏତେ ସାଧସାଧନ ? ଏତିକି ପାଇଁ ଗୁଡ୍ ଗାର୍ଲ ସାର୍ଟିଫିକେଟ୍ ? କି ଲାଭ ମିଳିଲା ? ଉମାକାନ୍ତଟା ଏତେ ଦୂରରେ ନଥାଇ ଥାଆନ୍ତା ହେଲେ ଏହି ସହରରେ । .କୋଉଠି ହେଲେ ଦେଖା ହୁଅନ୍ତା ତ ଥରେ । ମାର୍କେଟ୍‌ରେ ନହେଲେ ପ୍ରଦର୍ଶନୀ ପଡ଼ିଆରେ । ସିନେମା ହଲ୍‌ରେ ନ ହେଲେ ପାର୍କରେ । ଚପଲା ପରି ଦୁଃସାହସୀ ହୋଇ ନ ପାରିଲେ ବି ସେ ଲୁଚେଇଲୁଚେଇ ହସି ଦିଅନ୍ତା ତ ଟିକେ । ଦୀଘା କି ଗୋପାଲପୁର ବେଳାଭୂମିରେ କେଡେ ଆନନ୍ଦରେ ସେଇ ଲୋକଟି ହାତରେ ହାତ ଛନ୍ଦି ଏବେ ବୁଲୁଥିବ ସୁମନ୍ତର ସ୍ତ୍ରୀ । ଢେଉ ପରେ ଢେଉ ଆସି କୂଳରେ ପିଟି ହୋଇ ଚୂନା ହୋଇଯାଉଥିବେ । ପୁଣି ଉଠୁଥିବ ନୂଆ ଢେଉ । ମନ ସାଙ୍ଗରେ ଦେହ ବି ଉଲ୍ଲସି ଉଠୁଥିବ ଦୋଳି ଖେଳିଲା ପରି । ଆଉ ତା ଜୀବନରେ ଖାଲି ରାନ୍ଧବାଢ଼,ଖୁଆ । ଛିଃ !

ରାତି ପରେ ରାତି ରାତି ବିତୁଥାଏ । ଉତ୍ତର ଦିଗରୁ ବହୁଥିବା ହାବୁଡ଼ାହାବୁଡ଼ା

କୋହଲା ପବନରେ ଦେହ ଥରିଯାଏ । ଗଛପତ୍ରରୁ ସଶବ୍ଦରେ   ଝରିପଡେ ଟୋପାଟୋପା କାକର । କିନ୍ତୁ ସୁମନ୍ତର ଗପ ସରେନା ।

ଲମ୍ବିଥାଏ ସୋମବାରରୁ ଗୁରୁବାର ସନ୍ଧ୍ୟାଯାଏ । ଭାରି ବନେଇବୁନେଇ ସେ କୁହେ ତା ସ୍ତ୍ରୀର ପରକୀୟା କାହାଣୀ । ତା ବର୍ଣ୍ଣନା ଶୁଭେ ପ୍ରଣୟ କାବ୍ୟ ପରି ରୋମାଞ୍ଚକର । ଚରିତ୍ରକୁ ଘଟଣାକୁ ଜୀବନ୍ୟାସ ଦେବାରେ ପ୍ରଚଣ୍ଡ ଦକ୍ଷ ସେ । ଦୁଇ ଦିନର ଅନୁଭୂତିକୁ ବର୍ଣ୍ଣନା କରିବାକୁ ଚାରି ରାତି ଅଘଟ ପଡେ । ନୀତା,   ଅତନୁ ଆଷ୍ଚର୍ଯ୍ୟ ହୁଅନ୍ତି । ଘୃଣାରେ ଛିଃଛିଃ କରନ୍ତି । ସମବେଦନାରେ ଅନ୍ତର ଭରିଯାଏ । ମନ ଭିତରେ କିନ୍ତୁ ନିରନ୍ତର ଗୁଡେଇ ହେଉଥାଏ କଞ୍ଚନାର ଜାଲ, ଅଠାଳିଆ ବୁଢ଼ିଆଣୀ ସୂତା ପରି, ଯାହାକୁ ଯେତେ ଛଡେଇବାକୁ ଚାହିଁଲେ ତହୁଁ ଅଧିକା ଗୁଡେଇ ହିଁ ହେଉଥାଏ । ।

ସୁମନ୍ତ ଯାଏ   ଶୁକ୍ରବାର ସନ୍ଧ୍ୟାରେ ।ଫେରେ ସୋମବାର ସକାଳୁ । ଦିଶୁଥାଏ ପ୍ରଳୟଙ୍କରୀ ଘୂର୍ଣ୍ଣୀ କବଳରୁ ବର୍ତ୍ତି ଆସିଲା ପରି । ରୁକ୍ଷ, ଶ୍ରୀହୀନ ଚେହେରା । ଲୋଚାକୋଚା ବେଶପୋଷାକ । ଆଶା,ସମ୍ଭାବନା,ଯନ୍ ଏବଂ ସଂପୃକ୍ତିହୀନ ଜୀବନ । ନିଜ ଶିବ କାନ୍ଧେଇ ଚାଲିଛି ଯେମିତି ଲୋକଟା । ଯେଉଁଠି ପାରିବନି ତଳେ ଓହ୍ଲେଇ ଥୋଇ ଦେବ ।

ଅଥଚ ମାର୍ଚ୍ଚ ପ୍ରଥମ ସପ୍ତାହରୁ ଗଲା ଯେ ଫେରୁନି ଆଉ । ବାଲକୋନୀ ତାରରେ ଡେଣା ଭଙ୍ଗା ବାଦୁଡୀ ପରି ଓହଲିଛି ତା ରଙ୍ଗଛଡା ଟି ସାର୍ଟ । ଭିତରେ ଜଳୁଛି ଫାଇଭ୍ ଓ୍ୱାଟ୍ର ବଲ୍ବ । ଜୀବନ ଅଥର୍ବ ହୋଇ ଯାଇଛି ଏକ ନିର୍ଦ୍ଦିଷ୍ଟ ବିନ୍ଦୁରେ । ଗତି ନାହିଁ, ପ୍ରବାହ ନାହିଁ ।ପଚାରୁଛନ୍ତ ଅଫିସ୍ ସାରା ଲୋକ । କାହାକୁ ସେ କି ଉତ୍ତର ଦେବ । କେତେଦିନ ଅପେକ୍ଷା କରି ଜଗି ବସିବ ସୁମନ୍ତକୁ ? ଏ କ୍ଳାନ୍ତିକର ପ୍ରତୀକ୍ଷାର ଶେଷ ହେବା ଦରକାର । ଦିନେ ଅଫିସରୁ ଫେରି ଘୋଷଣା କଲା ଅତନୁ ।

– କ'ଣ କରି ପାରିବ ତୁମେ ?

– ଯିବାକୁ ପଡିବ ତା ଘରକୁ ।' ପ୍ରତିଜ୍ଞା କଲା ପରି ସ୍ୱରରେ କହିଲା ଅତନୁ ଏବଂ ସେହି ସନ୍ଧ୍ୟାରେ ହିଁ ବାହାରିଲା ।

ନୀତା କହିଲା, ଅଜଣା ଜାଗା ।ବାଟଘାଟ ଜଣା ନାହିଁ । କାଲି ସକାଳୁ ଯିବ । ଏତେ

ଦିନ ତ ଗଲାଣି, ରାତିଟା ଭିତରେ କ'ଣ ପ୍ରଳୟ ହୋଇ ଯିବ ?

– ସୁମନ୍ତ ପ୍ରତିଥର ଏଇ ସନ୍ଧ୍ୟାବେଳେ ତ ବାହାରେ ।' ଧୈର୍ଯ୍ୟହୀନ ହୋଇ ବାହାରି ଗଲା ଅତନୁ ।

ପ୍ରଥମେ ବସ୍ । ତାପରେ ଅଟୋରେ ତିନିଚାରି କିଲୋମିଟର ଯାଇ ଗାଁ ମୁଣ୍ଡରେ ପହଞ୍ଚିଲା ବେଳକୁ ରାତି ଦଶଟା ଉପରେ । ଦୋକାନ ବନ୍ଦ କରିବାକୁ ଦୋକାନୀ ଜିନିଷ ପତ୍ର ସଜାଡ଼ୁଥିଲା । ଅତନୁ ପଚାରିଲା – ଚା' ଅଛି ?

ଅଚିହ୍ନା ଲୋକକୁ ଟିକେ ଅନେଇ ଦେଇ ଦୋକାନୀ ଚା କେଟଲୀ ଚୁଲିରେ ବସେଇଲା । ଗାଁ ଭିତରଟା ଅନ୍ଧାରୁଆ ଦିଶୁଛି । କ'ଣ ଏତେ ବେଳାବେଳି ଶୋଇ ପଡ଼ିଲେଣି ସମସ୍ତେ ?

ଅତନୁ ପଚାରିଲା, ସୁମନ୍ତ ଘର ଏଇ ଗାଁରେ ତ ? ସେ ଘରେ ଅଛି ?' ପ୍ରଶ୍ନଟି ପଚାରିଦେଇ ମନେମନେ ସଙ୍କୁଚିତ ହୋଇ ପଡ଼ିଲା ସେ । ସୁମନ୍ତ ସ୍ତ୍ରୀର ଯେଉଁ କାର୍ଯ୍ୟକଳାପ ! ହେଲେ ନ ପଚାରି ଉପାୟ କ'ଣ ।

ସୁମନ୍ତ ନାଁ ଶୁଣି ଯେମିତି ଚମକି ଉଠିଲା ଦୋକାନୀ । ତଳୁ ମୁହଁ ଉଠେଇ ପଚାରିଲା – ଆପଣ ସୁମନ୍ତର କ'ଣ ହୁଅନ୍ତି ?

ଆହୁରି ସଙ୍କୁଚିତ ହୋଇ ଅତନୁ କହିଲା, ଏକା ଅଫିସରେ ଆମେ କାମ କରୁ । ବହୁ ଦିନ ହେଲା ସେ ଛୁଟିରେ ଅଛି ତ !

– ଆପଣ କିଛି ଜାଣି ନାହାନ୍ତି କି ?

ଚମକି ପଡ଼ିଲାଣି ଅତନୁ । ସୁମନ୍ତ ଆତ୍ମହତ୍ୟା କରି ଦେଇଛି ବୋଲି ଶୁଣିବାକୁ ପାଇଥିଲେ ବି ସେ ଚମକି ପଡ଼ି ନଥାନ୍ତା । ସେଥିପାଇଁ ମାନସିକ ପ୍ରସ୍ତୁତି ନେଇ ଏତେ ବାଟରୁ ଆସିଛି ସେ ।

ଟିକେ ରହି ଦୋକାନୀ ଯାହା କହିଲା ସତକୁସତ ଚମକି ପଡ଼ିଲା ଅତନୁ । ଗାଁ ଭିତରୁ ପଲେ କୁକୁର କେଉଁଠୁ ଭୁକି ଉଠିଲେ ।

ଦୋକାନୀ କହିଲା , ତା ସ୍ତ୍ରୀ ଦେହ ଭାରି ସାଂଘାତିକ । କଟକ ବଡ ଡାକ୍ତରଖାନା ଡାକ୍ତର ଯେଉଁଠି ହାତ ଟେକି ଦେଲେ .... କ'ଣ ଆଉ କରି ପାରିଥାନ୍ତା ବିଚରା ! ବାହାଘର ଚାରିମାସ ନ ପୂରୁଣୁ ସ୍ତ୍ରୀ ପାଇଁ କେତେ ନୋନଟ ନ ହୋଇଛି, କେତେ ଡାକ୍ତର, କବିରାଜ ନ ଦେଖେଇଛି ।

କୋହରୁଚ୍ଛା ସ୍ୱରରେ ଦୋକାନୀ ଲମ୍ବେଇଉଥିଲା ଟ୍ରାଜିକ୍ କାହାଣୀ, ପିଲାଦିନୁ ବାପମା ନଥିଲେ । ମୁଣ୍ଡ ଉପରେ ଛାଇ ନଥିଲା କି, ଗୋଡ ରଖିବାକୁ ଭୁଇଁ ନଥିଲା । ନିଜ ଶିଙ୍ଗରେ ମାଟି ଖୋଲି ମଣିଷ ହୋଇଥିଲା ବିଚରା । ଶେଷକୁ ଯାହା ହାତ ଧରିଲା .... ଏମିତି ରୂପରଗୁଣର ବୋହୂ କି ! ଖଣ୍ଡମଣ୍ଡଳରେ ନଥିବ ବାବୁ । ଦଇବ ଅଢ଼ ସେତକ ବି ସହିଲାନି । ଦଶପଦର ବର୍ଷକାଳ ବିଛଣାରେ ପକେଇ ପକେଇ....',

ଅଧିକ କିଛି କହିବା ତା ପକ୍ଷରେ ସମ୍ଭବ ହେଲାନି ଆଦୌ। ଶୁଣିବାର ଧୈର୍ଯ୍ୟ ବି ଅତନୁର ନଥିଲା। ଅଧାପିଆ ଚା' ଗ୍ଲାସଟା ଥୋଇ ଦେଇ ସେ ଯିବାକୁ ଉଠିଲା।

ପୋଖରୀ ଆଡିରେ ଠିଆ ହୋଇ ଦୋକାନୀ ହାତ ବଢେଇ କହିଲା, ହେଇ ସେଇ ଯେଉଁ ଘରେ ଡିବିରି ଜଳୁଛି.... କ'ଣ ଆଉ ଦେଖିବାକୁ ଆସିଲ ବାବୁ....'

ମିଞ୍ଜିମିଞ୍ଜି ଡିବିରି ଆଲୁଅରେ ସୁମନ୍ତ ବସିଥିଲା ସ୍ତ୍ରୀ ମୁହଁକୁ ଚାହିଁ । ଏତେ ମଳିଚିଆ ଆଲୁଅରେ କ'ଣ ଖୋଜୁଥିଲା କି ଛାତ ଉପରେ ସେମାନଙ୍କୁ ଶୁଣେଇବାକୁ କନ୍ଧନାର ନୂଆ ଜାଲ ବୁଣୁଥିଲା କିଏ ଜାଣେ ?

ଶୁଆଶାରୀ କାହାଣୀ

ବୁଢ଼ାଟିଏ ବୁଢ଼ୀଟିଏ। ଦୁହିଁଙ୍କୁ ଅଶୀ ବରଷ ଟପିଲାଣି। ପୁଅ ଚାକିରିବାକିରି କରି ନିଜ ଭାରିଯାକୁ ନେଇ ବିଦେଶରେ। ଦି ଚାରି ବରଷରେ ଥରେ ଗାଁକୁ ଆସିବାକୁ ମନ କରେନା। ଝିଅଟିକୁ ବୁଢ଼ା ଭଲ ଘରବର ଦେଖି ଦେଇଥିଲା। ସିଏ ତା ସଂସାର ଜଞ୍ଜାଳରେ ବେସ୍ତ। ବୁଢ଼ାବୁଢ଼ୀଙ୍କ ଖୋଜ ଖବର ନେବାକୁ ତା'ର ବେଲ କାହିଁ? ଟୁଆଁଟୁଇଁ ଭଳିଆ ବୁଢ଼ାବୁଢ଼ୀ ଇଏ ତା ମୁହଁକୁ ସିଏ ଯା ମୁହଁକୁ ଅନେଇ ପଡ଼ିଥାଆନ୍ତି। ନସରପସର ହୋଇ ବୁଢ଼ୀ ବୁଢ଼ା ପାଇଁ ନ'ତିଅଣ, ଛ'ଭଜା ରାନ୍ଧେ। ବୁଢ଼ା ଥୁରୁଥୁରୁ ପାଦରେ ହାଟବଜାର ବୁଲି ବୁଢ଼ୀ ଭଲ ପାଉଥିବା ଦ୍ରବ୍ୟ ଖୋଜି ଆଣେ।

ଜଳକବାଟ ସନ୍ଧିରେ ଘରଚଟିଆ ଚଢ଼େଇ ଦୁଇଟି ବସା କରି ଥାଆନ୍ତି। ଚଟିଆଣୀ ବରଷକୁ ଦି ଥର ଅଣ୍ଡା ଦିଏ। ପକ୍ଷେ ଲାଗି ଅଣ୍ଡା ଉଷ୍ମାଏ। ଚଟିଆ ସେତେବେଲେ ବାର ଆଡ ବୁଲି ଖୁଦ କଣିକା, ଫଲମୂଲ ଖୋଜି ଆଣେ। ଅଣ୍ଡା ଫୁଟେଇ ଛୁଆ ଜୁଲୁଜୁଲୁ ଚାହାନ୍ତି। କିଚିରିମିଚିରି କରି ଚାରିଆଡ଼ ହୁରି ପକାନ୍ତି। କିଛି ଦିନ ବାଆଦେ ଡେଣା ଗଜୁରେ। ଖଣ୍ଡି ଉଡ଼ା ଦେଇ ଘର ଅଲିଆମଲିଆ କରନ୍ତି। ବୁଢ଼ା ବିଗିଡ଼େ। ବୁଢ଼ୀ

ବୋଧ ଦିଏ, ଆଉ କେଇ ଦିନେ ଉଡ଼ା ଶିଖିଲେ କୁଆଡେ ଉଡ଼ି ଯିବେନି। ବୁଢ଼ା ବଡ଼ ହୁଁ ଚ଼ାଏ ମାରି ଗୁମ୍ ହୋଇ ରୁହେ।

ଘର ଆଗରେ କୋଉ କାଳର ଓସ୍ତ ଗଛଟାଏ। ତା' କୋରଡ଼ରେ ବସା ବାନ୍ଧି ଥା'ନ୍ତି ଶୁଆଶାରୀ ଦୁଇଟି। ଶାରୀ କୋଉଠୁ ଶିଖି ପାହାନ୍ତା ପହରୁ ରାମ ନାମ ଜପେ। ସେଥିପାଇଁ ଶାରୀ ଉପରେ ବୁଢ଼ୀର ଭାରି ଶରଧା। ଯାହା ଟିକେ ଭଲମନ୍ଦ ହେଲା ଶାରୀ ପାଇଁ ରଖିଥାଏ। ଶୁଆଟା ଟିକେ ଡହଁରା ପ୍ରକୃତିର। ଭାରି ଖୁକୁବୁକିଆ। ଗୋଟାଏ ଜାଗାରେ ଘଡ଼ିଏ ପହଡ଼େ ଥିର ହୋଇ ବସିବା ତା' ଜାତକରେ ନ ଥାଏ। ରାତି ପାହିଲେ ଚଉଦ ବ୍ରହ୍ମାଣ୍ଡ ଖେଦେ। ସଞ୍ଜ ପହରକୁ ହାଲିଆ ହୋଇ ବସାକୁ ଫେରେ। ଖାଉ କି ନ ଖାଉ ତା' ଆଖିକି ସାତ ତାଲ ନିଦ ଘୋଟି ଆସେ। ହେଲେ ଶାରୀ ଆଖିକି ସହଜରେ ନିଦ ଆସେନା। କୋରଡ଼ ଭିତରେ ତାକୁ ଉଯନ୍ତି ହେଲା ଭଳିଆ ଲାଗେ। ସେ ପଦାକୁ ବାହାରି ଆସି ଗଛ ଡାଲରେ ବସେ। ଚାରି ଆଡକୁ ଚାହେଁ। ସାଙ୍ଗ ଖୋଜେ। ସେତେବେଳକୁ ନଈ ସେପାରି ତାଲଗଛ ମଥାନକୁ ଜହ୍ନ ଚଢ଼ିଥାଏ। ଚାରିଆଡ଼ ଫରଚା ଦିଶୁଥାଏ। ଜହ୍ନ ଉଇଁଲେ ତାଲଗଛ ବାହୁଙ୍ଗାରେ ବସା ବାନ୍ଧିଥିବା ବାଇ ଚଢେଇ,ଚଢେଇଯାଣୀ ବସା ଚାରିକଡ଼ି ଖୁସିରେ ଦି'ଚାରି ଘେରା ଚକର କାଟନ୍ତି। ହେଲେ ସେ ଦିନ କାହିଁ ସେ ଦି'ଟାଙ୍କର ଦେଖା ନ ଥାଏ। ଏ ଧୋଇଯ଼ା ମୂଲକରେ କେତେ ବାଆବତାସ ଗଲାଣି। କେତେଥର ସେମାନଙ୍କ ବସା ଉଜଡ଼ିଛି। ହେଲେ ଦି ଚାରିଦିନେ ପୁଣି ନୂଆ ବସା। ଏ ଧୋଇଯ଼ାପାରିଆ ମଣିଷଙ୍କ ପରି ସେ ଦି'ଟାଙ୍କ କଲିଜା ଭାରି ଟାଣ। ଆଉ କିଏ ହେଇଥିଲେ ଏଠୁ କୋଉଦିନୁ ବସା ଭାଙ୍ଗି ଯାଆନ୍ତେଣି। ସେଦିନ କଥା ପଡ଼ିବାରୁ ବାଇ ଚଢେଇଯ଼ାଣୀ କହିଲା ସଂସାର ଭିତରେ ଘର କରିଥିଲେ ପଥର ପଡ଼ିଲେ ସହି। ବୁଢ଼ି, ବତାସ କୋଉ ରାଇଜରେ ନାହିଁ ମ ଅପା ? ତା ବୋଲି ଏ ସାତ ପୁରୁଷର ଭିଟାମାଟି ଛାଡ଼ି ପଳେଇବୁ ? ଏମିତିକା କୁଲୁକୁଲୁ ଗୀତ ଗାଉଥିବା ନଈ, ଏମିତିକା ଖୋଲାମେଲା ନଈ ପଠା,ଏମିତିକା ଚଅଁରହେଲା କାଶତଣ୍ଠି ଫୁଲ,ଏମିତିକା ଗହଲ ମାଣିଆ କିଆରୀ, ଏମିତିକା ସୁନେଲୀ ରଙ୍ଗର ଢେଉ ଭାଙ୍ଗୁଥିବା ସୋରିଷ ଫୁଲ,ଏମିତିକା ଗହଗହ ଶାଗୁଆ ପାଟଗହୀର ଆଉ କୋଉଠି ପାଇବୁ ?ତା ଛଡ଼ା ରାତି ପାହିଲେ ତୁମ ଦୁହିଁଙ୍କ ସାଙ୍ଗସୁଖ, ଘରଚଟିଆଚଟିଆଣୀଙ୍କ ସାଙ୍ଗରେ ହସଗମାତ, ଭଦଭଦଲିଆ ମଉସାଙ୍କ ଶାହାସ୍ତ ପୁରାଣ। ଏ ସବୁ ଛାଡ଼ି ଆଉ କୁଆଡେ ଯିବାକୁ କାହା ସତ ବଲିବ ?

ଘରଚଟିଆ ଦିଟାଙ୍କର ବି କାହିଁ ଦେଖା ନ ଥାଏ। ପାହାନ୍ତା ପହର ଯାଏ କୁଲୁରୁବୁଲୁରୁ ଲଗେଇଥାଆନ୍ତି। ଆଜି ଶୋଇ ପଡ଼ିଲେଣି କି କଥଣ ?ଚଟିଆଟା ମହା

ସ୍ତ୍ରୀ ରଙ୍କୁଣା । ଚଟିଆଣୀ ପଛରେ ଦିନରାତି ଗୋଡେଇଥିବ । ଚଟିଆଣୀଟା କମି ଫୁଲେଇ କି! ଯାହା ହେଲେ ବି ଦିଟା ଭାରି ସାଧାସିଧା ପ୍ରାଣୀ । କାହାରି ଭଲରେ ମନ୍ଦରେ ନଥାନ୍ତି । ମୁହଁରେ ଗୋଟାଏ ପେଟରେ ଗୋଟାଏ କଥା ତାଙ୍କ ସ୍ୱଭାବରେ ନ ଥାଏ । ଶୁଆଟା ବି ଭାରି ସରଳିଆ ଯେ ହେଲେ ତାଆର ଟିକେ ବାରବୁଲା ଦିହରା ଖୋଇ ଅଛି । ଯୋଉ ଶାରୀ କି ଦେଖିବ ତା ପଛରେ ଗୋଡେଇବ । ସହଜେ ତ ଚହଟଟିକଣ କଥା କହିବାରେ ଓସ୍ତାଦ । ତେଣେ ନୂଆ ଶାରୀ ଦେଖିଲେ ସରଗରୁ ତୋଲି ଆଣି ବନେଇଚୁନେଇ କଥା କହିବ । କେତେ ସତ କେତେ ମିଛ ସେଇ ଜାଣେ । ନୂଆ ଶାରୀ ଆଖିରେ ପଲକ ପଡ଼ୁ ନଥିବ । ହାଁ କରି ଯ଼ା ମୁହଁକୁ ଅନେଇ ବସିଥିବ । ଶାରୀ ଦେହରେ ଏ ବଦଖୋଇ ଯାଏନା । ମାଇପି ଜନମ ପାଇ କାହା ଦେହ ସହିବ କହୁନା ? ହେଲେ ବାର ରାଇଜ ବୁଲି ବାର କଥା ଶୁଣି ଶୁଆ କେତେନାଇଁ କେତେ ଗପ କାହାଣୀ ଜାଣିଛି । କେଦାରଗଉରୀ କଥା, ଦେବଦାସ କଥା, ଅନାରକଲି କଥା, ମମତାଜ କଥା, ଲଇଲା ମଜୁନୁ କଥା, ହୀର-ରାଞ୍ଝା କଥା, ଏମିତି କେତେକେତେ ପ୍ରେମ କାହାଣୀ କହିବ ଯେ ସାତ ରାତି ପାହିବ ।

ଆହା ଲୋ ମୋ ରସିକ ନାଗର! କିଛି ନ ଜାଣିଲା ଭଳିଆ ପର ତଲେ ଚଁଚୁ ଜାକି କେମିତି ଶୋଇଛି ଦେଖୁନା । ଶୁଆକୁ ହଲେଇ ଦେଇ ଶାରୀ ଡାକିଲା – ହଇହେ ଶୁଭୁଛି, ଗୋଟେ ଗପ କୁହନ୍ତନି । ଆଜି କାହିଁକି ଆଖିକି ପୋଡାମୁହାଁ ନିଦଟା ଆସୁନି ।

ଶୁଆ ଆଖିକି ସେତେବେଲକୁ ସାତ ତାଲ ପ୍ରମାଣେ ନିଦ ଘୋଟି ଆସିଥିଲା । ସେ ବିଗିଡ଼ି ଯାଇ କହିଲା, ଇଲୋ ରାତି ଅଧରେ କି ଗପ! ଆଖି ବୁଜି ଶୋଇପଡ ବଲେ ନିଦ ଆସିବ । ନଳ ସେପାରି ଖଜୁରୀ ଗଛରେ କୋଲି ପାଚିଛି । ସକାଲୁ ଆଣି ଦେବି । କେଡେ ସୁଆଦିଆ କୋଲି ଚାଖିଲେ ଜାଣିବୁ ।

ଶାରୀ କହିଲା, ମଲା, ଏତେ ରାଇଜ ଉଡୁଛ ବୁଡୁଛ । କହୁଛ, କି ଗପ! ଆଉ କୋଉ ଶାରୀ କହିଥିଲେ ଅବିକା ପାଟିରେ ବାଟୁଲି ବାଜି ନଥାନ୍ତା । ତମ ପୁରୁଷ ଜାତିର ପ୍ରକୃତି ସେମିତିକା । ପର ମାଇକିନିଆ କଥା ତଲେ ପକେଇବନି । ନିଜ ଭାରିଆ କହିକହି ଥକି ଗଲେ ବି ଆଡ ଆଖିରେ ଅନେଇବନି ।

ଶୁଆ କହିଲା, ହଉଅ ବା, ତମ ସ୍ତ୍ରୀ ଜାତିଙ୍କ ଖୋଇ ଭାରି ଭଲ! ଏ' କଥଣ କହନ୍ତିନି ...., କଥାଟା ଅଧାରୁ ଢୋକି ଦେଲା ଶୁଆ । ଭାବିଲା ଶାରୀ ରାଗିଲେ ଅବିକା ରାତିସାରା ଗାଣୁଗାଣୁ ହେବ ଯେ ଶୁଆଇବସେଇ ଦେବନି । ଯୁଆଡ଼ୁ ଯାହା ଭଲମନ୍ଦ ଦି ପଦ କହି ଦେଲେ ଛୁଟ୍‌କିନା ଶୋଇ ପଡିବ । କଥା ବାଁରେଇବାକୁ

କହିଲା, ହଉ, କି ଗପ କହିବି କହ । ସତ କହିବି ନା ମିଛ କହିବି, ନା ଅଙ୍ଗେ ଲିଭେଇବା କଥା କହିବି ?

— ଆହା ଲୋ ମୋର ସତିଆ ପୁରୁଷ! କୋଉ କାଳେଯୁଗେ ତମେ ସତ କଥା କହିଥିଲ ନା ଆଜି ନୂଆ କହିବ ବା ? ତମ ପୁରୁଷଜାତି ଖୋଇ ମୁଁ ଜାଣିଚି । ଶହକେ ହଜାରେ ମିଛ । ସତମିଛ ଶୁଣିଶୁଣି ତ କାଳକ ଗଲା, ଆଜି ଗୋଟାଏ ପ୍ରେମ କଥା କୁହ ।

ମହାଅଠୁଆରେ ପଡିଗଲା ଶୁଆ । କହିଲା, ଇଲୋ ଆଜି କାଲି ରାଇଜରେ ଆଉ କୋଉଠି ପ୍ରେମ ଅଛି ଯେ ମୁଁ ତୋତେ ପ୍ରେମ ଗପ କହିବି ?

ମୁହଁ ଛିଂଚାଡି ଶାରୀ କହିଲା, ମଲା ବଜାରଘାଟରେ ଏତେ ଯୋଡିଜାଉଁଲି, ଏତେ ସାଙ୍ଗସୁଖ, ଏତେ ଖବର ଦିଆନିଆ, ଏତେ ଚିଠି ଲେଖାଲେଖି,ଏତେ ସିନେମା ଦେଖା, ଏତେ ହୋଟ୍ଲ ଖିଆ, ଦୋକାନ ବଜାରରେ ଏତେ କିଣାକିଣି,ଏତେ ଗୋଲାପ, ଗ୍ରିଟିଙ୍ଗିସ୍ ଦିଆନିଆ, ତମେ କହୁଚ, ପ୍ରେମ ନାହିଁ ।

— ଇଲୋ, ତୁ ତ ମାଇପି ଲୋକ । ବସା ଭିତରେ ଡିମ୍ବ ଉଷୁମେଇ, ଛୁଆ ପାଲି ତୋ ଦିନକାଲ ଗଲା । ତୁ ଦୁନିଆର ରୀତିରିବାଜ ଜାଣିବୁ କାହୁଁ? ତୁ ସେଗୁଡା ଯାହା ଦେଖୁରୁ ପ୍ରେମ ନୁହେଁ, ପେମ....ପେମ, ଛିଗୁଲେଇଲା ଭଲିଆ କହିଲା ଶୁଆ ।

— ତମ ଭଲିଆ ସିନା ରାତି ନ ପାହୁଣୁ ଆଉ କୋଉ ଶାରୀ ପଛରେ ଗୋଡେଇ ଚଉଦ ବ୍ରହ୍ମାଣ୍ଡ ଖେଦୁନି । ତା ବୋଲି ଆଖପାଖ ଘଟଣା କଅଣ ଦେଖୁନି ? ହଇହେ, ଦୁନିଆରେ ପ୍ରେମ ନଥିଲେ ସ୍ତ୍ରୀଏପୁରୁଷ ସଂସାର କରି ରୁହନ୍ତେ ?

ଶୁଆ କହିଲା, ଆଜି କାଲି ଯୁଗ କାଲ ଓଲଟିଲାଣି । ଦେଖେଇବେ ମହୁ, ଚଟେଇବେ ଜହର । ମୋ କଥା ଯଦି ପରତେ ଯାଉନୁ କାଲି ସକାଲୁ ମୋ ସାଙ୍ଗରେ ଭଦଭଦଲିଆ ମଉସା ପାଖକୁ ଯିବୁ । ତାଙ୍କ ପାଖରେ ଗୋଟାଏ ଯାଦୁ ମଲମ ଅଛି । ତାକୁ ଆଖିରେ ଲଗେଇଲେ ଗତ ଆଗତ ସବୁ ଦୃଶ୍ୟ ହେବ । ଆଖିରେ ଅଞ୍ଜନ ଲଗେଇ ବଜାରକୁ ଯିବା । ସେଠି ନିଜ ଆଖିରେ ଦେଖିଲେ ସବୁ ଜାଣିବୁ । ମୋ କଥା ସତ କି ମିଛ ସେତେବେଲେ ଯାଇ ବୁଝିବୁ ।

ଶାରୀ କହିଲା, ହଉ ଦେଖିବା । ପଡିଲା କାନିରେ ଗଣ୍ଠି । ଯଦି ତମ କଥା ସତ ହେଇଥାଏ, ମୁଁ ନିତି ରାତିରେ ସାତ ଭେରା ତମ ଗୋଡ ଘଷିଦେବି । ଆଉ ଯଦି ମିଛ ହେଇଥାଏ....?

— ଲୋକ ମୋତେ ମାଇଟିଆ, ମାଇପରଙ୍କୁଣା କୁହନ୍ତୁ ପଛକେ ସାତ ସାତ ଅଣଚାଶ ଭେରା ତୋ ଗୋଡ ଘଷି ଦେବି ।

— କାଇଁ, ଜୀବନସାରା ଦହଗଞ୍ଜ କରିକରି ମନ ଶାନ୍ତି ହେଲାନି ଯେ ମଲା ବାଆଦେ ମତେ ଅହି ନରକରେ ପକେଇ ଆହୁରି ହତ୍‌ସତ କରିବାକୁ ପାଂଚିଛ କି ! ଭାରି ମୋର ହିତକାରିଆ ତ ! ଶାହାସ୍ତ କହିଲା ସ୍ୱାମୀ ଯିଏ ଦେବତା ସିଏ। ସ୍ୱାମୀ ଛଡା ସ୍ତୀରୀର ଗତି ଅନ୍ତର ନାହିଁ। ସ୍ୱାମୀ ହୋଇ ତୁମେ ମୋ ପାଦରେ ହାତ ଦେବ ? କଅଣ ମୋତେ ପାତକରେ ବୁଡେଇ ମାରିବ।

ଶୁଆ କହିଲା, ନ ନେଲେ ଆଉ କଅଣ କରିବି ତୁ କହ।

— ଯଦି ତୁମ କଥା ମିଛ ହୋଇ ଥାଏ ଜୀବନସାରା ମୋ ଛଡା ଆଉ କୌଉ ଶାରୀକି ଆଡ ଆଖିରେ ଅନେଇବନି।

ଆଚ୍ଛା ଅଡୁଆରେ ପକେଇଲା ତ ମାଇକିନିଆ। ମନେମନେ ଭାବିଲା ଶୁଆ। ହେଲେ କଥା ତ ଦେଇଛି। ମରଦ କା ବାତ୍‌, ହାତୀକା ଦାନ୍ତ। ପୁରୁଷ ପୁଅ ହୋଇ କଥା ହାରିବ ? ନିଶ କଟିଗଲା ଭଳିଆ କଥା। ହଉ, ସେବେଳ ଅଛି। ଯାହା ହେବ ଦେଖା ଯିବ।

ଶାରୀ ଆଗରେ ଫୁଟାଣି ମାରି ଶୁଆ ଶୋଇ ପଡିଲା।

ପରଦିନ ସକାଳୁ ଦୁହେଁ ଭଦଭଦଲିଆ ପାଖରେ ପହଂଚିଲେ। ସବୁ ଶୁଣି ଭଦଭଦଲିଆ ଟିକେ ହସିଲା। କହିଲା, ଶାହାସ୍ତ କହିଛି, ଯୁଗକୁ ଯୁଗ କେତେ ମତେ, ତାହା ତୁ ଜାଣିବୁ କେମନ୍ତେ ଲୋ ଶାରୀ ? ହଉ, ମନ କରିଛୁ ଯେତେବେଳେ ଯା। ନିଜ ଆଖିରେ ଦେଖିଲେ ସବୁ ବୁଝି ପାରିବୁ।

ଆଖିରେ ଅଞ୍ଜନ ଲଗେଇ ଦୁହେଁ ବଜାର ଆଡେ ଉଡିଗଲେ।

ଖଣ୍ଡେ ଦୂର ଗଲା ପରେ ଗାଂଟିଏ ପଡିଲା। ଗାଁ ଦାଣ୍ଡରେ ଲୋକ ଥାଟ ପଟାଲି ଭାଙ୍ଗୁ ଥାଆନ୍ତି। ଗୋଟାଏ ଘର ଆଗରେ ସ୍ତୀ ଲୋକଟିଏ ଉଟିଆଣୀ ଛୁଆଟି କାଖେଇ କଡ଼ିକିଆ ବସିଥାଏ। ଘରର ଦାଣ୍ଡ କବାଟ ମଜବୁତ କରି କିଲା ହୋଇଥାଏ। ଦେଖଣାହାରୀ ଲୋକଙ୍କ ଭିତରୁ ଅଧେ ଛି ଛାକର କରୁଥାନ୍ତି ତ ଆର ଅଧକ ମୁହଁରେ ଲୁଗା ଦେଇ ହସୁଥାନ୍ତି। ତଳକୁ ଚାହିଁ, ଶାରୀ କହିଲା, ଏତେ ଲୋକ କାଇଁ ମାଇପିଟିକୁ ଘେରି ହୋହାଲା କରୁଛନ୍ତି ? ଟିକେ ତଳକୁ ଓହ୍ଲାନି, ଦେଖିବା।

ଶୁଆ କହିଲା, ତମ ମାଇପି ଜାତି ଖୋଇ ଖରାପ। ବାରଆଡେ ନଜର ପକେଇବ। ବାର କଥା ମୁଣ୍ଡରେ ପୂରେଇ ମୁଣ୍ଡ ଖରାପ କରିବ। ଅଭିଆଡ଼ୀ ଝିଅ ପ୍ରେମ କରି ବାପଘରେ ଛୁଆ ଜନମ କରିଛି। ନାଗର ଅବିକା ଧରାଞ୍ଚୁଆଁ ନ ଦିଏ। ତା ଘର ଲୋକେ ତାକୁ ଆଉ ଜାଗା ବାହା କରି ଜାନିୟଉତୁକ ଆଣିବା ମତଲବରେ ଅଛନ୍ତି। ଝିଅ ତାକୁ ବାହା ହେବାକୁ ଆନି ପୋତି ତା ଘର ଆଗରେ ବସିଛି। ଅଧେ ଲୋକ

ଝିଅ ପଟରେ ତ ଆର ଅଧକ ଟୋକା ପଟରେ । ଏ ବେପାର କଅଣ ସହଜେ ତୁଟିବ ?
ଆମକୁ ସେଥିରୁ କଅଣ ମିଳିବ ? ଚଂଚଳ ଚଂଚଳ ଚାଲ । ବଜାରରେ ଆହୁରି
କେତେ ନୂଆ କିସମର ପେମ ଦେଖେଇବି । ଏ ଗାଉଁଲୀ ପେମ କାହିଁ କେଉଁ
ମରହଟ୍ଟା କାଳର । ଯୁଗ କୁଆଡେ ଗଲାଣି, ଇଏ ମାଖୁନାକୁ ଛୁଆ କାଖେଇ ଏଠି
ଅବଳୟ ଦେଖୋଉଛି । ଲୋକେ ସେଥିପାଇଁ ହସୁଛନ୍ତି ।

ହସୁଛନ୍ତି କାହିଁକି ? ଇଏ କଅଣ ହସିବା କଥା ? ବିଚାରୀ କେତେ ବଡ
ଅସୁବିଧାରେ ପଡିଛି । ଲୋକଙ୍କ ମନରେ ଆଜିକାଲି ଦୟାମାୟା ନାହିଁ କି ?

— ହସିବେନି ଆଉ କଅଣ କାଦିବେ ? ପେଟ ଭଙ୍ଗୋଇବା ଏବେ କୋଉ ବଡ
କଥା ହେଇଛି ଲୋ ଶାରୀ ? ପାଂଚଶହ, ହଜାରେ ଖରଚ କଲେ ଧୁଆଧୋଇ ହୋଇ
ପୁଣି ସତୀ ସାବିତିରୀ । ଇଏ ତୁଚ୍ଛାକୁ ଲୋକହସା ହେଉଛି ନା ।

ମୁହଁମୋଡି ଶାରୀ କହିଲା, ହେଇଥିବ । ଭଦଭଦଲିଆ ମଉସା ତ କହୁଥିଲେ
ବେଳକୁ ବେଳ ଯୁଗ ବଦଳୁଛି । ମଣିଷର ମତିଗତି ବଦଳୁଛି । ନହେଲେ ପେଟର
ଛୁଆକୁ ନଷ୍ଟ କରିବାକୁ କାହା ସତ ବଲିବ ?

ଶୁଆଶାରୀ ଦୁହେଁ ପୁଣି ବଜାର ମୁହାଁ ଉଠିଲେ । ବାଟରେ ଗୋଟାଏ ପତଲା
ଜଙ୍ଗଲ ପଡିଲା । ତା ମଝିରେ କଇଁନାଡ ପରି ସରୁ ଝରଣାଟିଏ । ଶାରୀ କହିଲା, ଭାରି
ଶୋଷ ଲାଗିଲାଣି । ଝରଣାରୁ ମୁଦାଏ ପାଣି ପିଇ ଯିବା । କୋଉଦିନୁ ଝରଣା ପାଣିଟୋପା
ପାଟିରେ ବାଜିନି ।

ଦିହେଁ ତଳକୁ ଓହ୍ଲେଇଲେ । ପାଣି ମୁଦାଏ ପିଇ ଶାରୀ କହିଲା, ଝରଣା ପାଣିରେ
ଆଉ ଆଗ ସୁଆଦ ନାହିଁ । ମୋ ଆଈ କହୁଥିଲା ତା ବଅସ ବେଲେ ଚାରିଆଡେ ଖାଲି
ଅଗନାଅଗନି ବନସ୍ତ । ନଈଝରଣାରେ କାଚକେନ୍ଦୁ ପାଣି । ମୁଦାଏ ପିଇଲେ ଆୟ୍ୟାପୁରୁଷ
ଶାନ୍ତି ।

ଶୁଆ କହିଲା, ଆମେ ହେଲେ ତ ବଣଝରଣା ଛାଂଟ ଦେଖୁଛେ, ବଣଝରଣା
କଥା କହିଲେ ଆମ ଛୁଆପିଲାଙ୍କୁ ପୁରାଣ ଶୁଣିଲା ଭଲିଆ ଲାଗିବ ।

ଶାରୀ କହିଲା, ଚାଲୁନା ଆଖପାଖରେ କୋଉଠି କୋଲି ପାଚିଥିବ ଖୋଜିବା ।
ବଣକୋଲି କୋଉ ଦିନୁ ଖାଇନି ।

ଶୁଆ କହିଲା, ତୋର ଏତେ ଆଉକୁ ମନ ବଳୁଚି ? ତୁ ପେମ ଦେଖିବାକୁ
ବାହାରିଚୁ ନା କୋଲି ଖାଇବାକୁ ଲୋ ?

— ମଲା, ମୋତେ କଅଁଳ ଗାଧୁଆବେଳ ହୋଇନି । ତମ ପେମ ଏମିତି
କୁଆଡେ ପଲେଇ ଯାଉଚି ?

– ଆଜିକାଲି ପରା ଖରାବେଳିଆ ପେମ ଲୋ ଶାରୀ। ନିଜନିଜ ଗେରସ୍ତ ଭାରିଯା ତ ସେତେବେଳେ କାମଧନ୍ଦାରେ ବେସ୍ତ। ପରଲୋକ ସାଙ୍ଗରେ ପେମ କରିବାକୁ ସେତିକିବେଳେ ସୁବିଧା। ଚାଲ, ଚାଲ ଜଲଦି। ନ ହେଲେ ଏତେ ବାଟ ଆସିବା ଅକାରଣ। ପଛରେ ତୁ ମତେ ଦାହା ମିଛୁଆ ବୋଲି ଉଲ୍ଲୁଗୁଣା ଦେବୁ।

ଶାରୀ କହିଲା, ଏତେ ବାଟ ଉଡ଼ିଉଡ଼ି ମୋ ଡେଣା ଦିଇଟା ଘୋଲି ହେଇ ପଡ଼ୁଚି। ଆଉ ଟିକେ ବସ।

ଶୁଆ କହିଲା, ଆଉ ଏମିତି କେତେ ବାଟ କି? ବଜାରକୁ ଚାଲ। ତୋତେ ଥଣ୍ଡା ନ ହେଲେ ଲସି ପିଆଇବି। ଫଳ ଦେକାନରେ ଭଲିକିଭଲି କୋଲି ଜାଲରେ ପଶି ଟଙ୍ଗା ହେଇଥିବ। କେତେ କୋଲି ଖାଇବୁ ଖାଉଥା। ଆଉ ହେଇତିନି ଦେଖିନି, ଖରାବେଳେ ତୋତେ ଏମିତିକା ଜାଗାରେ ବସେଇବି ଖରା ତାତି ମୋତେ ବାଧିବନି।

– କାଇଁ, ସେଇଟା ସରଗ ରାଇଜ ନନ୍ଦନକାନନ କି?

– ତହୁଁ ବଲି। ମଣିଷ ଏମିତିକା ଯନ୍ତର ତିଆରି କରିଚି, ତା ପାଖରେ ବସିଲେ ଖରାଦିନେ ହେମାଲ। ଶୀତ ଦିନେ ଉଷ୍ମ।

– ତମେ ସିନା ବାର ଆଡେ ଉଡ଼ୁଚବୁଲୁଚ। ମୁଁ ମାଇପି ଲୋକ କି ଜାଣେ?

– ମୁଁ ତ ତତେ ମୂଲରୁ ସେଇଯା କହୁଛି। ଚାରିଆଡେ ବୁଲିଲେ ସିନା ଦୁନିଆର ଭଲମନ୍ଦ ଜାଣନ୍ତୁ। କୂଅବେଙ୍ଗ ଭଲିଆ ତୁ ତ ଦିନରାତି କୋରଡ ଭିତରେ ପଶିଥିବୁ। ଜାଣିବୁ କଅଣ ଲେମ୍ବୁଲୁଣ! ଦୁନିଆ ଏବେ କେତେ ବଦଲିଲାଣି ନ ଜାଣି ଖାଲି ଦିନରାତି ମୋ ଉପରେ ବିଗୁଡ଼ୁଚ୍ଚ।

ଶାରୀ ମୁହଁମୋଡ଼ି ଦେଇ କହିଲା, ଚାଲବା। କେତେ ସତିଆ ପୁରୁଷ ଦେଖେଇ ହେଉଛ। ତମେ ଭାରି ଭଲ କାମ କରୁଚ। ମୁଁ ମାହାଲିଆରେ ବିଗୁଡ଼ୁଛି।

ଆଉ କିଛି ବାଟ ଉଡ଼ିଗଲା ପରେ ସେଇ ଜଙ୍ଗଲ ମଝିରେ ଦେଉଲଟିଏ ଦେଖିଲେ। ଦେଉଲ ଆଗରେ ଦିବ୍ୟ ସୁନ୍ଦରୀ ସ୍ତ୍ରୀ ଲୋକଟିଏ ମଲାଗଲା ହୋଇ ଚାରି କାତ ମେଲି ପଡ଼ିଚି। ଆଖପାଖରେ କେହି ନାହାଁ। ଶାରୀ କହିଲା, ଟିକେ ତଲକୁ ଚାହାଁନି। ଏତେ ସୁନ୍ଦର ସ୍ତ୍ରୀ ଲୋକଟି ଏ ଜଙ୍ଗଲ ଭିତରେ ଏକୁଟିଆ ଶୋଇଛି କିଆଁ?

ଶୁଆ ନ କହିବା ଆଗରୁ ଶାରୀ ତଲକୁ ଓହ୍ଲେଇ ପଡ଼ିଲା। ଅଗତ୍ୟା ଶୁଆ ତଲକୁ ଓହ୍ଲେଇ କହିଲା, ଇଲୋ ଏଟା ମୋବାଇଲ ପେମ ଲୋ ଶାରୀ। ସିଏ ଶୋଇବ କାହିଁକି? ଜହର ପିଇଚି। ତା ପିଣ୍ଠରେ ଆଉ ପ୍ରାଣ ନାହାଁ। ମାଟିଘଟଟା ଏଠି ଖାଲି ଯାହା ଶାଗୁଣାବିଲୁଆଙ୍କ ଆହାର ହେବାକୁ ପଡ଼ି ରହିଛି।

– ମୋବାଇଲ ପେମ ପୁଣି କଅଣ ବା? ସେ ପେମ ପୁଣି କେମିତିକା? ମୁଁ ତ

କାନ ଉଠିବା ଦିନୁ ଶୁଣିନି । ତମେ କଅଣ ମୋତେ ହୁଣ୍ଡୀ ହାଉଡୀ ଠଉରେଇ ନୂଆନୂଆ କଥା ସବୁ କହୁଛ ?

ଶୁଆ କହିଲା, ଗଛ କୋରଡରେ ଡିମ ଉଷ୍ଟୁମେଇ ତୋର ତ ଦିହକ ବିଟିଲା । ତୁ ଦୁନିଆ କଥା ଜାଣିବୁ କେମିତି ? ମୋବାଇଲି ଯନ୍ତ୍ରଟା ବୁଢ଼ା ପାନବଟା ଭଳିଆ ଗୋଟାଏ ଡବା । ସେଠିରେ ରାଇଜ ଏ ମୁଣ୍ଡରେ କଥା କହିଲେ ସେ ମୁଣ୍ଡକୁ ଶୁଭିବ । ମନ କଲେ କଥା କହୁଥିବା ଲୋକ ଛବି ବି ଦିଶିବ । ବେଉରାବାତିନି ପଠେଇ ହେବ । ସେଇ ଯନ୍ତର ଲଗେଇ ଇଏ ଗୋଟାଏ ଟୋକା ସାଙ୍ଗରେ ପେମ କରୁଥିଲା । ସେ ଟୋକା ତାକୁ ଆକାଶ କଇଁଆ, ଚିଲିକା ମାଛ ସପନ ଦେଖେଇଥିଲା । ଏ ଝିଅ ଖାଲି ତା ମିଛ କଥାରେ ଉଡ଼ୁଥିଲା ବୁଡ଼ୁଥିଲା । ଶେଷକୁ କାହାକୁ କିଛି ନ ଜଣେଇ ଏଇ ଦେଉଳରେ ମାଲା ବଦଲେଇ ଦୁହେଁ ବାହା ହୋଇ ଥିଲେ ।

ଶାରୀ ପଚାରିଲା – ସେଇଠୁ ?

ଶୁଆ କହିଲା, ସେଇଠୁ କଅଣ ପଚାରୁଛୁ ? ସେ ଟୋକା ତ ସତ ସତିକା ପ୍ରେମ କରୁ ନଥିଲା, ଟାଇମି ପାଥ୍‌ସ ପେମ କରୁଥିଲା ।

ଶାରୀ କହିଲା, ଏଇ ଘଡ଼ିକ ଆଗରୁ କହୁଥିଲ ମୋବାଇଲି ପେମ । ଅବିକା କଅଣ ପୁଣି ଗୋଟାଏ ନୂଆ କଥା କହିଲଣି ? ଟାଇମି ପଥ୍‌ସ ପେମ ପୁଣି କଅଣ ?

ବିଗିଡ଼ି ଯାଇ ଶୁଆ କହିଲା, ହେ, ତୋତେ କହିବା ଯାହା, ଏ ବଣ ପାହାଡ଼କୁ କହିବା ସେଇୟା । ଖାଲି ଡିମ ଉଷ୍ଟୁମେଇ ଛୁଆ ଫୁଟେଇ ଦେଲେ ହେଇଗଲା ? ତୁ ଆଜିକାଲି କା ଅଢେଇ ଅକ୍ଷରିଆ ପେମ କଅଣ ବିଲକୁଲ ଜାଣିନୁ ।

ଶାରୀ କହିଲା, ସେଇଥି ପାଇଁ ତ ତମ ସାଙ୍ଗରେ ଏତେ ବାଟ ଉଡ଼ିଉଡ଼ି ଆସି ମୋ ଫଁକାଶି ଉଡ଼ିଲାଣି । ତମେ ତ ଏତେ ପେମ ପଣ୍ଡିତ ! ମତେ ଟିକେ ବୁଝେଇ ଦେଉନା ।

ଶୁଆ କହିଲା, ଆଗ କାଳରେ ସିନା ବାହାସାହା ହୋଇ ଗେରସ୍ତଭାରିଆ ଏକାଠି ଘର ସଂସାର କରି ରହୁଥିଲେ । ଏବେ ସେ କଥା ନାହିଁ । ବାହା ଗଣ୍ଠି ନ ଫିଟୁଣୁ ବର ଦିଲ୍ଲୀରେ ତ କନିଆ ତା ଚାକିରି ଜାଗାରେ ବୟ୍ୟେଇ କି ବାଙ୍ଗାଲୁରରେ । ଦିନ ସାରା ଗଧ ଖଟଣି । ହେଲେ ସଞ୍ଜ ବୁଡ଼ିଲେ ବେଳ କଟୁଛି କେତକେ ? ସେଇଠୁ ସୁରୁ ହେଲା ଟାଇମି ପାଥ୍‌ସ ପେମ । ପିଲା ଧୂଲିଘର ଖେଳିବା ଦେଖିନୁ ?ଏ ଘଡ଼ି ରାଜା ରାଣୀ ତ ଆର ଘଡ଼ିକି ମାଉଗୋଲ କଲିକଜିଆ । ଇଏ ସେମିତିକା କାରବାର । ବେଉଲା ମନରେ ନ ଥିବ କି ମାଲାରେ ନ ଥିବ । ଖାଲି ମନରଖା କଥାଭାଷା । ତୁଚ୍ଛା ଖିଆପିଆ ଦିଆନିଆ । ତୁଚ୍ଛା ମୋବାଇଲି ହସଖୁସି । ତୁଚ୍ଛା ବେଉରାବାତିନି । ଦିହେଁ ଜାଣୁଥିବେ

ସବୁ ମିଛ । ସେଇ ମିଛ ମାୟାରେ ଘାଂଟିଚକଟି ହୋଇ ବେଳ କାଟୁଥିବେ । ଦି ଦିନ ବାଆଦେ ଯିଏ ଯାହା ବାଟରେ । ତାକୁ କହୁଛନ୍ତି ଚାଇମି ପାଆସ ମୋବାଇଲି ପେମ । ଏ ସ୍ତ୍ରୀ ସେଇ ପେମରେ ପଡି ମିଛ ସୁନ୍ଦର, ଅଲତା ନାଇ ସାତ ତାଳଗଛ ଉଂଚର ସପନ ଦେଖୁଥିଲା । ଏବେ ମଜା ପାଉଛି ।

– ଆଉ ସେ ବୀଟ ପୁରୁଷ ?’, ପଚାରିଲା ଶାରୀ ।

ଶୁଆ କହିଲା, କେମିତି ଜାମାଯୋଡ ହୋଇ ବଜାରରେ ବୁଲୁଛି, ଗଲେ ଦେଖେଇ ଦେବି । ତା ମନ କାଇଁ ଟିକେ ଦୁଃଖ ହୁଅନ୍ତା ? ସତ ସତିକା ପେମ କରୁଥିଲେ ସିନା ମନ ଦୁଃଖ ହୁଅନ୍ତା । ସେ ଅବିକା ଆଉ କୋଉ ଝିଅକୁ ଫସେଇବା ଚକରରେ ଥିବ ।

– ହାଃ, ତା ପୁରୁଷପଣିଆ ମୁହଁରେ ନିଆଁ’, କହିଲା ଶାରୀ ।

ଶୁଆ କହିଲା, ନଇ ନ ଦେଖୁଣୁ, ଲଙ୍ଗଳା ହେବା ତମ ମାଇପି ଜାତିର ଗୋଟାଏ ବଦ ଖୋଇ । ବଜାରକୁ ଚାଲ । ଆହୁରି କେତେ କିସମର ପେମ ଦେଖିବୁ । ତେବେ ଯାଇ ବୁଝିବ କୋଉ ପାଣି ଯାଇ କୋଉଠି ହେଲାଣି ।

ଶୁଆଶାରି ଦୁହେଁ ପୁଣି ବଜାରମୁହାଁ ଉଡି ଗଲେ । କିଛି ବାଟ ପରେ ପଡିଲା ରେଲଷ୍ଟେସନ । କେତେ ରେଲ ଯାଉଥାଏ ଆସୁଥାଏ । କେଡେ ଗହଲଚହଲ, ଯିବାଆସିବା, କିଣାବିକା ଲାଗିଥାଏ । ହେଲେ ମାଇପିଟିଏ ଖାଲି ଏଣେତେଣେ ଲୁହନାଲ ଏକାଂଖିଣ୍ଟ ହୋଇ କାହାକୁ ଖୋଜି ହେଉଥାଏ । ଆବାକାବା ହୋଇ ଚାରିଆଡକୁ ହତାଶିଆ ଚାହାଣୀରେ ଅନେଉଥାଏ । ପୁଣି ଆଉ ଘଡିକି ଷ୍ଟେସନ ସାରା ଦରାଣ୍ଡି ପକେଉଥାଏ ।

ଶାରୀ କହିଲା, ଏ ମାଇପିଟା କାହାକୁ ଏମିତି ଖିନ ହୋଇ ଖୋଜୁଛି ଗୋ ?

ଶୁଆ କହିଲା, ତା ଦଗାଦିଆ ବରକୁ ଖୋଜୁଛି ।

ଶାରୀ ତଳକୁ ଓହ୍ଲେଇ ଷ୍ଟେସନ ପାଖ ବର ଗଛରେ ବସିଲା । ଷ୍ଟେସନ ଚାରିପଟେ ଦି ଚାରି ଘେରା ଚକର କାଟି ଶୁଆ ଆସି ତା ପାଖରେ ବସି କହିଲା, ଏଟା ଇଂଟରନେଏଟେ ପେମର ଫଳ ଲୋ ଶାରୀ ।

ଶାରୀ ପଚାରିଲା, ସେଇଟା ପୁଣି କଅଣ ?

ଶୁଆ କହିଲା, ଏଟା ସେଇ ମୋବାଇଲି ପେମ ଭଳିଆ କାରବାର । ହେଲେ ଏଥିରେ ଖାଲି ଖବର ଦିଆନିଆ । ଚିଠିପତର ଲେଖାଲେଖି । ଏ ପେମରେ ପଡିଲେ ଖାଲି ଚିଠି ଲେଖିଲେଖି ପେମର ତାଜମହଲ ଠିଆ କରିଦେବେ । ଏଣେ ପଛେ ଚିହ୍ନାଜଣା ନ ଥାଉ । ତେଣେ ସେଇ ଇଂଟରନେଏଟରେ ଫଟ ଦିଆନିଆ । ରାଜିରୁଜା,

ବାହାଘର । ଇଏ ମାଇକିନିଆ ସେମିତି ଗୋଟାଏ ପାଜି ହାବୁଡେ ପଡି ମିଛ ବାହା ହୋଇଥିଲା । ସେ ବାହାପିଆ ଟୋକା ତାକୁ ବମ୍ବେଇରେ ଅମୁକ ନାଇଁ ସମୁକ କମ୍ପାନୀରେ ବଡ ଚାକିରି କରିଛି ବୋଲି କହିଥିଲା । ଇଏ ତା ସାଙ୍ଗରେ ବମ୍ବେଇ ଯିବ ବୋଲି ଘରୁ ଗୋଡ କାଢି ଆସିଥିଲା । ଖାଲି କଅଣ ଆସିଥିଲା ? ବାପମା' ତା ବାହାଘର ପାଇଁ ଯେଉଁ ଟଙ୍କାପଇସା ସାଇତି ଥିଲେ, ଯେଉଁ ଆୟଅଳଙ୍କାର ଗଢେଇଥିଲେ ସବୁ ରୁଣ୍ଟେଇ ପୁଣ୍ଟେଇ ସାଙ୍ଗରେ ଆଣିଥିଲା । ମାଲ ଯେମିତି ହାତ ଚଢିଛି, ଯାକୁ ମଞ୍ଚ ବାଟରେ ବସେଇ ଦେଇ ସିଏ ତା ବାଟରେ ଯାଇଛି । ଇଏ ଏଇକ୍ଷିଣା ଅଖା ଧୋଉଛି, ଗୁଣ ଗାଉଛି ।

— ଆହା ବିଚାରୀ, ଏଇକ୍ଷିଣା କଅଣ କରିବ ? ବାପଭାଇଙ୍କି କେମିତି ମୁହଁ ଦେଖେଇବ ?

— ମୁହଁ ଦେଖେଇବା ବାଟ ଆଉ ରଖିଛି ଯେ ମୁହଁ ଦେଖେଇବ ? ଛଲୋ, ଚିହ୍ନା ନାଇଁ ଜଣା ନାଇଁ କି ଦେଖା ନାଇଁ କି ସାକ୍ଷାତ ନାଇଁ, ତୁଚ୍ଛା ଚିଠିଚିଠିରେ ତୋ ପ୍ରେମ ଏମିତି ଉଚ୍ଛୁଲିଲା ? ବାପଭାଇଙ୍କ ମୁହଁରେ ଚୁନକାଲି ବୋଲି, ଘରେ କଳାକନା ବୁଲେଇ ସବୁ ଆଣି ସେ ତଂଟିକଟା ଅଂଟିରେ ଓଜାଡି ପକେଇଲୁ ?

— ବିଚାରୀ ଅବିକା କଅଣ କରିବଟି ?

— କାହା ଘରେ ଅଇଁଠା ବାସନ ମାଜିବ, ନହେଲେ ଆଉ କେଉଁ ହାରାମୀ ବଜାରୀ ହାବୁଡେ ପଡି ଇଜତ ବିକିବ । ଦୁନିଆରେ କଅଣ ହାରାମୀଙ୍କର ଅଭାବ ଅଛି ? ଝିଅ ପିଲା ଦେଖିଲେ ତାଙ୍କ ପାଟିରୁ ପରା ଏହେ ମୋଟର କୁକୁର ନାଲ ଗଡି ପଡିବ ।

ଶାରୀ କହିଲା, ତୁମ ପୁରୁଷଲୋକଙ୍କ କଅଁଳ କଥାରେ ଯିଏ ଭୁଲିଲା ସେ ଚାରି ପାଞ୍ଚିରୁ ଗଲା ବୋଲି ଜାଣ ।

— ଓହୋ, ତମ ମାଇପି ଜାତି ଗୋଟା ପଣେ ତୁଳସୀ । ଏ କଥାରେ କଅଣ କହନ୍ତିନି, କହିବିନି, ନା କହିଲେ ଏ ଘରେ ରହିବିନି । ତମ ସ୍ତିରୀ ଜାତିଙ୍କ ଗୋହୀ ଖୋଲିଲେ ସାତ ଦିନ ସାତ ରାତି ପାହିବ । ଖକୁରୀ ଗଛର ମୂଳରୁ ପାହାଚ, ମୁଁ ଏବେ କୋଉ ଗୁଣ ବାହୁନିବି ? ବଜାରକୁ ଚାଲ, ତମ ସ୍ତିରୀ ପ୍ରକୃତି କେତେ ଭଲ ନିଜ ଆଖିରେ ଦେଖିବୁ । ତୁ ଆଉ ଏତେ ତଳକୁ ଚାହଁନା । ସବୁ କଥାକୁ ଏମିତି ନଜର ଦେଲେ, ବଜାରରେ ପହଂଚି ପାରିବୁନି ଲୋ ଶାରୀ ।

ଉଡିଉଡି ଦୁହେଁ ବଜାରରେ ପହଂଚିଲା ବେଳକୁ ନିଧୁମ ଖରାବେଳ । ଲସି ଦୋକାନରେ ଭାରି ଭିଡ । ଶୁଆ ପଚାରିଲା, ଶାରି ଲୋ ଲସି ପିଇବୁନା ଥଣ୍ଡା ପିଇବୁ ?

ଶାରୀ କହିଲା, ପଇଡ ପାଣି ଟୋପାଏ କୋଉଠି ମିଳିବନି ?

— ତୋର ଏଇ ମଫସଲିଆ ଗୁଣ କାଲକ ଗଲାନି। ବୁଢ଼ା ବାଡ଼ିରେ ଏତେ ନଡ଼ିଆ ଗଛ। ତତେ ପଇଡ ପାଣି ଅଭାବ ପଡ଼ିଲା ଯେ ତୁ ଏତେ ବାଟ ଆସି ପଇଡ ପାଣି ପିଇବାକୁ ମନ କରୁଚୁ ? ମଲେଇ ପକା ଲସି ଟୋପା ପିଅ। ଥରେ ପିଇଲେ ପାଟିରୁ ଛାଡ଼ିବନି।

— ଲସି ପିଉପିଉ ଶାରୀ କହିଲା, ସେ ମାଇପିଟା ଗାଡ଼ିମଟରକୁ ଜଗିଛି ନା କାହା ବାଟକୁ ଅନେଇ ଏମିତି ଘଡ଼ିକି ଘଡ଼ି ଘଂଟା ଦେଖୁଛି ବା ? କେତେବାଟ ଯିବ କେଜାଣି ? ଏକୁଟିଆ ମାଇପି ଲୋକଟା। ଏ ଉଦ୍‌ଉଦିଆ ଖରାବେଳେ ବଡ ହଇରାଣରେ ପଡ଼ିଲା। ଆମ ପକ୍ଷୀ ଜନମ ଭଲ। ଭଗବାନ ଡେଣା ହଳେ ଦେଇଛନ୍ତି ଯେ ଯେଣେ ଇଚ୍ଛା ତେଣେ ଯାଆ।

— ଶୁଆ କହିଲା, ନାଇଁଲୋ ଶାରୀ। ସିଏ ଗାଡ଼ିମଟରକୁ ଅନେଇ ବସିବ କାହିଁକି ? ନାଗର ଆସିବା ବାଟକୁ ଅନେଇ ଏମିତି ଡହଳ ବିକଳ ହେଉଚି। ହାତରେ ଯୋଉ ଡବା ଭଳିଆ ଯନ୍ତର ଧରି ଟିପାଟିପି କରୁଛି ତାକୁ କହନ୍ତି ମୋବାଇଲି। ବାଟରେ ଏଇ ଯନ୍ତର କଥା ତୋତେ ମୁଁ କହୁ ନ ଥିଲି ? ସେଇଠିରେ ଜଲଦି ଆସିବାକୁ ବେଉରା ପଠୋଉଚି। ଆଉ ଘଡ଼ିକି ସେ ଟୋକା ଆସି ପହଂଚିବ। ତୁ କି ଡେଣା ଦେଖୋଉଛୁ ? ତେଣିକି ଦେଖିବୁ ୟା ଦିହରେ କେମିତି ଡେଣା ଗଜୁରିବ। ମଟର ସାଇକେଲରେ ବସି ଦିହଁ ପିଁ କିନା ଉଡ଼ି ଯିବେ। ଲସି ପିଅ ଡେଣା ଝାଡ଼ି ଏତିକି ବେଳୁ ସଜ ହେଇ ବସିଥା। ତାଙ୍କ ପଛେପଛେ ଗଲେ ଅସଲା ମଜା ଦେଖିବୁ।

ସତକୁସତ ଘଡ଼ିଏ ଯାଇନି, ଛଇଛାଡ଼ିଆ ଟୋକାଟାଏ ମଟର ସାଇକେଲ ଚଢ଼ି ପହଂଚିଲା। ଶୁଆ କହିଲା ପରିକା ସେ ମାଇକିନିଆ ଦିହରେ ଯେମିତି ଡେଣା ଦିଲଟା ଗଜୁରିଲା। ଦିହଁ ଦିଲଟା ଥଣ୍ଡା ମଗେଇ ପିଇଲେ। ମାଇକିନିଆ ପଚାରିଲା, ଆଉ ଦିଲଟା ଲସି ମଗେଇବି କି ?

ଟୋକା କହିଲା, ନା ଥାଉ। ଆଜି ହୋଟେଲ ଫୁଲ୍‌ମୁନ୍‌ରେ ତୁମକୁ ସ୍ପେଶାଲ୍ ଲଂଚ୍ ଖୁଆଇବି ।

ସ୍ତ୍ରୀ ଲକୋଟି କହିଲା, ତୁମ ସାଙ୍ଗରେ ଫୁଲ୍‌ମୁନ୍‌ରେ ବସି ଲଂଚ୍ କରିବାର ଭାଗ୍ୟ ମୋର କାହିଁ,? ମୁଁ କ'ଣ ତୁମ ସ୍ତ୍ରୀ ପରି ଭାଗ୍ୟବତୀ ହୋଇଛି ? କେତେ କଷ୍ଟରେ ସପ୍ତାହକୁ ତୁମକୁ ପାଖରେ ଦୁଇତିନି ଦିନ ପାଏ। ତାହା ପୁଣି ମୋତେ ଘଂଟାଏ କି ଦି ଘଂଟା ପାଇଁ। ପାଂଚଟା ବେଳକୁ ମୋତେ ପୁଣି ଯାଇ ପୁଅକୁ ସ୍କୁଲରୁ ଆଣିବାକୁ ପଡ଼ିବ। ଆଜି ଆସିବାକୁ ତୁମେ କେତେ ଡେରି କରି ଦେଲ।

ଗୋଟାଏ ଲମ୍ବା ନିଶ୍ୱାସ ପକେଇ ଟୋକା କହିଲା, ସେ ହାରାମୀ ପୋଗ୍ରାମ କୋର୍ଡିନେଟର୍ ଟା ଠିକ୍ ଗୋଟାଏ ବେଳକୁ ଉଠେଇ ପଠେଇଲା । ନ ହେଲେ କାଲି ରାତି ଆଠଟା ଯାଏ ବସି ମୁଁ ଆଜିର ଅଧା କାମ ସାରି ଦେଇଥିଲି ।

ଦୁହେଁ ଉଠିଲେ । ଟୋକା ମଟର ସାଇକେଲ ଷ୍ଟାର୍ଟ ନ କରୁଣୁ ମାଇକିନିଆ ଯାଇ ତା ଅଁଟାକୁ ଦି ହାତରେ ଜାବୁଡି ଧରି ବସିଲା ପଛରେ ।

ଲସି ପିଆ ଅଧା ରଖି ଜଣେ ଲୋକ ଆଉ ଜଣକୁ କହିଲା, ହାଃ ଶାଲା ! ଯୁଗ କଅଣ ହେଲା ? ଦିନ ଦି ପହରେ ମଟର ସାଇକେଲ ପଛରେ ମାଇକିନିଆଟା ଟୋକାଟାକୁ କେମିତି କୁଣ୍ଢେଇ ବସୁଛି ଦେଖ । ନିଜ ଭାରିଯା କାହିଁକି ଏମିତି ବସିବକି !

– ତା ବର କାଲେ ପରା କୋଉ କମ୍ପାନୀରେ କେଡେ ବଡ ଅଫିସର ହେଇଛି । ଇଏ ଏ ଲଫଙ୍ଗାଟା ସାଙ୍ଗରେ ଏମିତି ମାତିଛି କାହିଁକି ?

– ସିଏ ଲଫଙ୍ଗା ! ହେବ କାହିଁକି ମ ? ସିଏ ବି କୋଉ କମ୍ପାନୀରେ ବଡ ଚାକିରୀ କରିଛି । କେତେ ନାହିଁ କେତେ ପାଠ ପଢିଛି । ତା ସ୍ତ୍ରୀ କୋଲକାତାର କୋଉ ସଫ୍ଟୱୟାର୍ କମ୍ପାନୀରେ ଇଞ୍ଜିନିୟର ଅଛି । ମାସକୁ ଦେଢ ଲକ୍ଷ କି ବେଶୀ ଦରମା ପାଉଛି । ହେଲେ ବର୍ଷେ ଦି ବର୍ଷରେ ଥରେ ସ୍ୱାମୀସ୍ତ୍ରୀଙ୍କ ଭେଟାଭେଟି ହେବା କଷ୍ଟ । ଏ ଟୋକା ଚେହେରାକୁ, ତା ବଳବୟସକୁ ଦେଖୁଛୁ ଟି ? ପର ସ୍ତ୍ରୀ ପାଖରେ ନ ପଶି ସେ ଆଉ କରନ୍ତା କ'ଣ ?

– ହେଲେ ସେ ମାଇକିନିଆ ଏତେ ବଡ ଅଫିସରର ସ୍ତ୍ରୀ । ପୁଣି ଗୋଟାଏ ଛୁଆର ମା । ଏ ଲୋକହସା ଧନ୍ଦାରୁ କ'ଣ ପାଉଛି କେଜାଣି ?

– କିଛି ନ ବୁଝିଲା ଭଳିଆ କି କଥା କହୁଛୁ ରେ ! ନା ଅଜଣା ଚାଉଳ ଭାତ ଖାଉଛୁ ? ଶାଲା ଏ ଧନ୍ଦାରେ ପଡିଲେ ମହାମହା ରୂଷିମୁନିଙ୍କର ତ ମତି ଭ୍ରମ ହେବ । ତୁ କୋଉଠୁ ଆସିଲା ଭଳିଆ କହୁଛୁ – ଲୋକହସା ! ଲୋକଙ୍କ କଥାକୁ ସିଏ ଖାତିରି କରିଛି ?

ଶାରୀ ଏକାଧାନରେ ସେ ଦୁହିଁଙ୍କ କଥା ଶୁଣୁଥିଲା ।

ଶୁଆ କହିଲା, ଜଲଦି ଜଲଦି ଚାଲ ଲୋ ଶାରୀ । ଯଦି ଆଗତୁରା ପହଂଚି କବାଟ କିଲି ଦିଅନ୍ତି ତ କଥା ସରିଲା । ଖରାବେଳଟା ଏଣେତେଣେ ବୁଲି ହନ୍ତସନ୍ତ ହେବାକୁ ପଡିବ । ତୁ ବି ଅଦଲବଦଲ ପେମ କେମିତିକା ଦେଖି ପାରିବୁନି ।

ଉଠି ଯାଉ ଯାଉ ଶାରୀ ପଚାରିଲା, ପେମରେ ପୁଣି ଆଜିକାଲି ଅଦଲବଦଲ ଚଲିଲାଣି ?

– ଆଉ, ଏମାନଙ୍କ ଗେରସ୍ତଭାରିଯା କଅଣ ଦୂର ସହରରେ ମୁଁହ ଜାକି

ବସିଥିବେ ବୋଲି ଭାବୁଛୁ? ସେମାନେ ପୁଣି ଆଉ କାହା ଅଇଁଠା ପତରରେ ମୁହଁ ମାରୁଥିବେ ନା ନାହିଁ ତୁ ନିଜେ କହନ୍ତୁ।

ଶାରୀ କହିଲା, କେଜାଣି ଲୋ ମା' ହେଇଥିବ।

ସେ ଦୁହେଁ ମଟର ସାଇକେଲରେ ଯାଇ ପହଁଚିବା ଆଗରୁ ଶୁଆଶାରୀ ଯାଇ ଜଳକବାଟି ବାଟେ ଘରେ ପଶି କିଛି ନ ଜାଣିଲା ଭଳିଆ ଚୁପ ହୋଇ ବସିଲେ। ଶାରୀ କହିଲା, ଘର ଭିତରେ କଅଣ ହେବ ନ ହେବ ଜାଣିବାକୁ ଆହୁରି ବାକି ରହିଲା? ଏ ଗରମରେ ମୋ ଦେହମୁଣ୍ଡ ଝାଇଁଝାଇଁ କରି ଯାଉଛି। ସହଜେ କେତେ ବାଟ ଉଡ଼ିଉଡ଼ି ଆସି ଦେଶା ହଲକ ପରାଶ।

ଶୁଆ କହିଲା, ଟିକେ ଥୟ ଧର ଲୋ ଶାରୀ। ସେମାନେ ଆଗ ପହଁଚନ୍ତୁ।

ସତକୁ ସତ ଦୁହେଁ ପହଁଚିଲା ପରେ କବାଟ କିଲି ଦେଇ ସେ ସ୍ତ୍ରୀ ଲୋକ ଗୋଟାଏ ଏମିତି ଯନ୍ତ ଚଲେଇ ଦେଲା ଯେ ଚାରିଆଡେ ମଲୟ ବୋହିଲା ପରି ଲାଗିଲା। ଶୁଆ କହିଲା, ଦେହରେ କେମିତି ଚନ୍ଦନ ବୋଲି ଦେଲା ଭଳିଆ ଲାଗୁଛି ଦେଖୁଛୁ ତ? ଏମିତିକା ସୁଖ ଆଉ କୋଉଠି ମିଳିବ?

ଥଣ୍ଡା ହାଓ୍ୱ ବାଜି ଶାରୀ ଆଖିକି ଛୁଟ୍ କିନା ସାତ ମହଣ ନିଦ ଲାଗି ଆସିଲା। ଶୁଆ ଆଉ ତାକୁ ଯେତେ ଖୋଂଚାଖୋଂଚି କଲା ସେ ନ ଉଠେ। ତା ନିଦ ଭାଙ୍ଗିଲା ବେଳକୁ ଟୋକା ପିଁ କିନା ମଟର ସାଇକେଲ ଛୁଟେଇ ପାର। ମାଇକିନିଆ କବାଟ ଦେଇ ତରତରରେ ଗାଧୁଆ ଘରେ ପଶୁଛି।

ବିଗିଡି ଯାଇ ଶୁଆ କହିଲା, ତୋ ଭଳିଆ ମାଇକିନିଆକୁ ସାଙ୍ଗରେ ଆଣିବା ଅକାରଣ। ଟିକେ ଚେଇଁ ଥିଲେ କେଡେ ବଢିଆ ଦୃଶ୍ୟ ଦେଖି ଥାନ୍ତୁ। ଶୋଇବାକୁ ତୋତେ ଆଉ ବେଳ ମିଳିଲାନି?

ରାଗରେ ଗରଗର ହୋଇ ଶାରୀ କହିଲା, ଏଇୟା ଦେଖିବାକୁ ନିତି ବଜାର ମୁହାଁ ଉଡ଼ି ଆସୁଛ? ଏକୁଟିଆ ଆସ ନା ଆଉ କୋଉ ଶାରୀ କି ସାଙ୍ଗରେ ଆଣି ଦେଖ ବା?

– ଇଲୋ, ତୁ କି କଥା କହୁଛୁ ଶାରୀ? ଏଇ କଥା ଟିକେ ଛବିରେ ଦେଖିବାକୁ ଲୋକ ପାଂଚ ହଜାର ନାଂ ଦଶ ହଜାର ଖରଚ କରୁଛନ୍ତି। ମାହାଲିଆ ଦେଖିଥାନ୍ତୁ ଛାଡ଼ ତୋ ଭାଗ୍ୟରେ ନାହିଁ।

– ଯୋଉ ଅଲାଜୁକୀ ସାଙ୍ଗରେ ନିତି ଆସି ମାହାଲିଆ ଦେଖୁଛ, ତାକୁ ସାଙ୍ଗରେ ଆଣିଲନି। ମୁଁ କଅଣ ଆସିବାକୁ ନେହୁରା ହେଉଥିଲି ନା ଏମିତିକା ଧରମଛଡ଼ା ଜାଗାରେ ତମେ ମୋତେ ଆସି ପୁରେଇବ ବୋଲି ଜାଣିଥିଲି?

ତା   ରାଗ ଦେଖି ତାକୁ ବୋଧ ଦେବାକୁ ଶୁଆ କହିଲା,ଇଲୋ, ଦେଖୁଛୁ କାଥ।ପୋଛୁଚୁ ଚନ୍ଦନ ? କୁମ୍ଭିର ନେଇ ମଟ୍ଟି ନଇରେ କଲାଣି, ତୋର ସେଇ ଆଉ କୋଉ ଶାରୀ ପାଖରେ ଗେବ ମରିଛି ? ଆହୁରି ଯଦି ମଣିଷଙ୍କ ଭଳିଆ ମୁଁ ....

ଶାରୀ କହିଲା, କଥାଟା ନ କହି ଅଧାରୁ ଢୋକି ଦେଲ କାହିଁକି ମ ? ତମ ମନ ହଉଛି ଯଦି, ମୋବାଇଲି ପେମ ନହେଲେ ଇଂଟରନେଏଟେ ପେମ କରୁନା। ମୁଁ କଅଣ ମନା କରୁଛି। ହେଲେ ଅଦଲବଦଲ ପେମ କଥା ମନରେ କେବେ ଚିନ୍ତିବନି। ତୁମ ଛଡା ଆଉ କୋଉ ପୁରୁଷ କଥା ମୁଁ ଆଜି ଯାଏ ସପନରେ ଭାବିନି କି ମଲା ଯାଏ ଭାବିବିନି। ତୁମରି ଆଖି ଆଗରେ ମୋ ଜୀବନ ଚାଲିଯାଉ। ତେଣିକି ତମେ ଆଉ ଯାହା ସାଙ୍ଗରେ ଯାହା ମନ କର, ମୋର କି ଯାଏ ? ଆଖିରେ ଦେଖିଲେ ସିନା ଦିହ ସହୁନି। ନ ଦେଖିଲେ ଗଲା।

-ଏହେ, ତିଲକୁ ତାଲ କରୁଛୁ କାହିଁକି ? ଆଉ କୋଉ ଶାରୀ ସାଙ୍ଗରେ ମୁଁ ଭାବପୀରତି ଲଗେଇବା କେବେ ଦେଖିଛୁ ?   ଏମିତି ବାଟରେଘାଟରେ କିଏ ଦେଖା ହେଲେ, କି ପଦେ ହସ ଖୁସି ହୋଇଗଲେ କଅଣ ପ୍ରେମ ହେଇଗଲା ? ପୁରୁଷ ଲୋକଙ୍କ ଅଖାଡୁଆ ଖୋଇ ତୁ ଜାଣିନୁ ? ହଉ,ଚାଲ। ଏତେ ଦିନେ ସହରବଜାର ଭଳିଆ ଜାଗାକୁ ଆସିଛୁ। ତୋତେ ହୋଟଲରେ ଖୁଆଇବି।

ଶାରୀ କହିଲା, କଅଣ ଲସି ନା ଫସି ଟୋପା ପେଇଥିଲି ଯେ ଆସି ସଞ୍ଜ ବୁଡିଲାଣି। କୋଉ ଅପୂର୍ବ ଚିଜ ଦେଖିବ ବୋଲି ତ ଆସି ଏ ହତଲକ୍ଷ୍ମୀ ଘରଟା ଭିତରେ ପଶି ଏତେବେଲ ହେଲାଣି। ମୋତେ ଆଉ ଭୋକ ନାହିଁ। ଚାଲ ଜଲଦି ଘରକୁ ଫେରିବା। ଘରେ ପହଂଚୁପହଂଚୁ କେତେ ରାତି ନାଇଁ କେତେ ରାତି ହେଉଛି କେଜାଣି ?

ଶୁଆ କହିଲା, ଜହ୍ନ ରାତି ପଡିଛି। ସହଜମାମଲାରେ ଉଡିଉଡି ଯିବା। କୋଉ ଆମେ ମଣିଷ ହୋଇଛେ ଯେ ଆମର ଘରଦୁଆର ନା ଶୋଯସ୍ୱପାତି ଦରକାର ହେଉଛି ? ଯୋଉଠି ଡେଣା ଘୋଲି ହେବ ସେଠି ଗଛ ଡାଲରେ ଆଶ୍ରା ନେଲେ ରାତି ପାହିବ। ତରତର କିଆଁ ?

- ପାଚିଲା କେନ୍ଦୁ କି ପିଜୁଲିଟାଏ କୋଉଠି ମିଲନ୍ତା କି ! ଗତ ସନ ବତାସରେ ବୁଢା ବାଡିରୁ ପିଜୁଲି ଗଛଟା ଉପୁଡି ପଡିଲା ଦିନୁ ପାଚିଲା ପିଜୁଲି ଖଣ୍ଡେ ପାଟିରେ ବାଜିନି। କେନ୍ଦୁ ତ ସହଜେ ସାତ ସପନ ହେଲାଣି। ତମେ ଆଗ ବଣ ଜଙ୍ଗଲ ବୁଲି ବଣୁଆ କେନ୍ଦୁ କେତେବେଲେ କେମିତି ଆଣୁଥିଲ ଯେ, ଏବକୁ କାହା ପେମରେ ମାତି ନିତି ବଜାରମୁହାଁ ହେଲାଣି ।

ଶୁଆ କହିଲା ଆଜିକାଲି ହୋଟେଲରେ କୋଉ ଜିନିଷ ଅପୂରୁବ ବା ? ଚାଲ ଆଜି ତୋତେ ଫୁରୁଟ ସାଲାଡ ଖୁଆଇବି । କେତେ ପ୍ରକାର ଦେଶୀବିଦେଶୀ ଖଟାମିଠା ଫଳ ଦେବେ ଦେଖିବୁ ।

ଫଳ ଲୋଭରେ ଶାରୀଶୁଆ ପଛରେ ଉଡିଉଡି ଯାଇ ହୋଟେଲ ପାଖରେ ପହଂଚିଲା । ହୋଟେଲ ଅଗରେ ଧାଡିକି ଧାଡି ମଟରଗାଡି । ହରେକ ରଙ୍ଗର ଚିକିମିକି ଧପଧପିଆ ଆଲୁଅ ଖଞ୍ଜା ହୋଇଛି । ଠା କୁ ଠା ନାଲିନୀଲହଲଦିଆ ଛତା ପୋତା ହୋଇଛି । ତା ତଳେ ଯୋଡିଯାଉଁଲି ହୋଇ ହଲକୁ ହଲ ସ୍ତ୍ରୀ ପୁରୁଷ ମୁହଁକୁ ମୁହଁ ଯୋଡି ବସିଛନ୍ତି । ଉପର ତାଲା କାଚଝରକା ସେପଟେ କୁହୁଡିଆ ନୀଲ ଆଲୁଅ । ମାଛ ଭଜା, ମାଉଁସ କଷା, ଭଲିକିଭଲି ଚିଙ୍ଗୁଡି, କଙ୍କଡା ତରକାରୀ, ଛତୁ, ପନିରି, ସୋଡାବୋତଲ, ମଦ । ବିଚିକିଟିଆ ଆଇଁଷିଆ ଗନ୍ଧରେ ପେଟରୁ ଦାନା ବାହାରି ଆସିବା ପରିକା ଲାଗୁଛି । ଯୋଡିଯାଉଁଲିଙ୍କ ହସଗମାତ ଦେଖିବ କଅଣ, ରଙ୍ଗ ରହସ୍ୟ ଦେଖିବ କଅଣ, ବେଶ ପୋଷାକ ଦେଖିବ କଅଣ । ଶାରୀ ଖାଲି ଆବାକାବା ହୋଇ ଏଣେତେଣେ ଅନୋଉଥାଏ । ପୁରୁଷ ଗୁଡାକ ହେଲେ ଜାମା ପେଏଂଟ ପିନ୍ଧିଛନ୍ତି, ମାଇକିନିଆ ଗୁଡା ଅଧା କାହିଁକି ଉଧୁ ଲଙ୍ଗୁଲି । ଛିଃ. ଏଗୁଡାଙ୍କ ମୁହଁକୁ ଲଜ ସରମ ନାହିଁ କି ? ବୁଦ୍ଧିଅକଲ ସବୁ ପୋଡି ଖାଇଲେଣି କି ? ପୁରୁଷ ପୁଥ ଆଗରେ ଏମିତି ଅଧା ଲଙ୍ଗୁଲି ହେଇ ବସିଛନ୍ତି କେମିତି ? ଲାଜରେ ମୁହଁ ପୋଡି ଯାଉଛି । ଶୁଆ କହିଲା, ଭିତରକୁ ଚାଲ । ଆହୁରି ମଜା ଚିଜ ଦେଖେଇବି । ଶାରୀ କହିଲା, ପାଟିତୁଣ୍ଡରେ ମୋ ମୁଣ୍ଡ ଝାଇଁ ମାରି ଯାଉଛି । ଯେତିକି ଦେଖିଲେଣି ଯଥେଷ୍ଟ । ମୋ ଆମ୍ଭା ପୁରୁଷ ଶାନ୍ତି ହୋଇ ଗଲାଣି । ମୋର ସେ ସାଲାଡ ଫାଲାଡ ନ ହେଲା ନାହିଁ, ତମେ ଚାଲିଲ ।

ଶୁଆ କହିଲା, ନାଚ ଘର ଭିତରକୁ ଯାଇଥିଲେ ଅଦଲବଦଲ ପେମରେ କି ମଜା ଦେଖିଥାନ୍ତୁ । ଇଏ ତା ଭାରିଯା ଅଂଟାକୁ ଧରି ନାଚିଲଣି ତ, ସିଏ ୟା ଭାରିଯାକୁ ଧରି ଉପର ତାଲା କୁହୁଡିଆ ଘରକୁ ଧାଇଁଲାଣି ।

– ଉପର ତାଲା ପେଛଁ ଆହୁରି କଅଣ ବାକି ରହିଲା ?', ଶାରୀ ପଚାରିଲା ।

– ସେଇଟା କାଜୁଆଲ ପେମ ଲୋ ହୁଣ୍ଡ! ଏ ପେମ କରିବାକୁ ସେମିତି ଧରାବନ୍ଧା ନିୟମ କିଛି ନାହିଁ । ପେମ ମାଡିଲା ତ କିଛି ପରୁଆ ନ କରି ନିଧଡକ ପେମ କର । ମଣିଷକୁ ଯେମିତି ଭୋକ କରେ, ଶୋଷ କରେ କି ନିଦ ମାଡେ, ସେମିତି କାଲେ ପେମ ବି ମାଡେ । ମନ ଇଚ୍ଛା ଯାହାକୁ ଯୋଉଠି, ଯାହା ସାଙ୍ଗରେ ପେମ ମାଡିଲା ସେ ପେମ କରିବ । ଖାଲି ମିଆଁବିବି ରାଜି ହେଲେ କଥା ସରିଲା ।

– ଛିଃ, ସେ ଅଲକ୍ଷଣା, ଧରମ ଛଡ଼ା କଥାଗୁଡ଼ା ଆଉ କୁହନା। ଜଲଦି ଚାଲ। ନ ହେଲେ ମୋ ପେଟ ହଜ୍ଜାଲି ବାନ୍ତି ହୋଇ ଯିବ।

– ତୁ ପରା ଫ୍ରୁଟ ସାଲାଦ ଖାଇବାକୁ ମନ କରିଥିଲୁ? ନ ଖାଇ କଅଣ ଯିବାକୁ ବାହାରିଲୁଣି?

– ଏ ଜାଗାରେ ପାଣି ଛୁଇଁଲେ ଅହି ନରକରେ ଜାଗା ମିଳିବନି। ଖାଇବା କଥା ଆଉ ମୁହଁରେ ଧରୁଛ?

ପାଟିରୁ କଥା ନ ସରୁଣୁ ଶାରୀ ଆଗେଆଗେ ଉଡ଼ିଗଲା। ପଛେପଛେ ଶୁଆ।

ଗଛ କୋରଡ ପାଖରେ ପହଁଚିଲା ବେଳକୁ ପାହାନ୍ତା ପହର। ଶାରୀ ସାତବୁଡ଼ ଦେଇ ନଈରେ ଗାଧୋଇଲା। ପର ଝାଡ଼ି ଗଛ ଡାଳରେ ବସିଲାବେଳକୁ ଚାରିଆଡ଼ ଟିକେଟିକେ ଫରଚା ହେଲାଣି। ବୁଢ଼ୀ ଦାଣ୍ଡ ଦୁଆର ଓଲେଇ ଗୋବରପାଣି ପକୋଉଥାଏ। ଶାରୀ ଯେମିତି ରାମ ନାମ ଜପିଛି ବୁଢ଼ୀ ମୁରୁକି ହସି ପଚାରିଲା, କାଲି ଦିନ ସାରା କୁଆଡ଼େ ତୋର ଦେଖା ନ ଥିଲା ଲୋ ଶାରୀ? ଆଜି ସାବିତ୍ରୀ ଅମେଇସା। କୁଆଡ଼େ ଯିବୁନି। ମଉସା କେତେ କିସମର ଫଳମୂଳ, ପାଚିଲା ଖଜୁରୀ କୋଲି ଆଣିଛନ୍ତି। ଆଉ ଟିକକୁ ପୂଜା କରି ଭୋଗ ଲଗେଇ ସାରିଲେ ତୋତେ ଦେବି।

ସେତେବେଳକୁ ଘର ଚଟିଆ ଦିଇଟା ଉଠି କିଚିରିମିଚିରି ଲଗେଇଲେଣି। ବାଇ ଚଢେଇ, ଚଢେଇଆଣୀ ତାଳ ଗଛ ଚାରିପଟେ ଚକ୍କର କାଟିଲେଣି। ବଣି ଚଢେଇ ଦୁଇଟି କୁଆଡ଼ୁ ଆସି ପୋକଜୋକ ଖୁଣ୍ଟୁଛନ୍ତି। ଛିଣ୍ଡିଲେଇଲା ପରିକା ଶାରୀ ଶୁଆକୁ କହିଲା, ଆମର ଏ ନଈକୂଳିଆ ମଫସଲି ଜାଗା ଭଲ। ଏଠି ତମ ବଜାରିଆ ମୋବାଇଲି ପ୍ରେମ ନାହିଁ କି ଇଁଟରନେଏଟେ ପ୍ରେମ ନାହିଁ। ଅଦଲବଦଲ ପ୍ରେମ ନାହିଁ କି କାଜୁଆଲ ପ୍ରେମ ନାହିଁ। କେହି ପର ତିରିଲାକୁ ଆଡ଼ ଆଖିରେ ଅନେଇବା ଦେଖୁଛ? ନିଜ ନିଜ ଘର ସଂସାରରେ ସମସ୍ତେ ବେସ୍ତ। ପ୍ରେମ ନାହିଁ ବୋଲି ଆଉ ଦିନେ କହିବନି।

ଶୁଆ କହିଲା, ଇଲୋ ଏତେ କଥା ଦେଖି, ଜାଣି ଶେଷକୁ ଏଇଆ ବୁଝିଲୁ? ସାତ କାଣ୍ଡ ରାମାୟଣ ଚାଲା....

ଶୁଆକୁ ଅଧିକା କୁହାଇ ନ ଦେଇ ଶାରୀ କହିଲା, ଥାଉ, ଥାଉ। ସାବିତ୍ରୀ ଅମେଇସା ପରା ଦିନରେ ଆଉ ସେ ଅଲକ୍ଷଣା କଥା ମୁହଁରେ ଧରନା। ବେଶୀ ଦୂର ଯିବା ଦରକାର ନାହିଁ, ଏଇ ବୁଢ଼ାବୁଢ଼ୀ ଦିଜଣଙ୍କୁ ଦେଖ। ବୁଢ଼ୀ ସାବିତ୍ରୀ ଅମେଇସା ପୂଜା କରିବ ବୋଲି ଅଶୀ ବରଷ ବଅସରେ ବୁଢ଼ା ନୋ' ନଅଟ ହେଇ କେତେ କଅଣ ଯୋଗାଡ଼ଯନ୍ତର କରିଛି। ବୁଢ଼ୀ ବି ପାହାନ୍ତାରୁ ଉଠି କେତେ ନିହତରେ ଦାଣ୍ଡବାଡ଼ିରେ ଗୋବର ପାଣି ପକେଇ, ଘରଦୁଆର ଲିପାପୋଛା କରି ପୂଜା କରିବ ବୋଲି ନଈକି ଗାଧୋଇ ଗଲାଣି।

— ହେଃ ତୁଚ୍ଛା କଥା। ନୂଆ ଶାଢ଼ିଚୁଡ଼ି ପିନ୍ଧି ସିନ୍ଦୂରଅଳତା ନାଇ ଫୁଲେଇ ହେବାକୁ ତମ ସ୍ତ୍ରୀ ଲୋକଙ୍କର ଏ ସାବିତିରୀ ଅମେଇସା ଗୋଟା ଫରିବି। କଅଣ କହନ୍ତିନି, ମନରେ ନାଇଁ ନା ମାଳାରେ ନାଇଁ, ଏ ସାବିତ୍ରୀ ଅମେଇସାରୁ ମିଳିବ କଅଣ ? ବୁଢ଼ୀ ମନ ଭିତରେ ନିତି ବୁଢ଼ା ମରଣ ପାଂଚୁଛି। ତେଣେ ଫଳମୂଳ ଭଲମନ୍ଦ ଖାଇବାକୁ ପେଖନା କାଢୁଚି।

— ଆଜି ପରା ଦିନରେ ଏତେ କାଳ କଥା ଗୁଡ଼ା ତମେ କେମିତି ତୁଣ୍ଡରେ ଧରୁଛ କେଜାଣି ? ପାଚିଲା ବାଳରେ ସିନ୍ଦୂର ନାଇବାକୁ ସ୍ତ୍ରୀ ଜନମ ପାଇ କିଏ କଳପଣା ନ କରେ ? ବୁଢ଼ୀ ଭଳିଆ ସୁଧାର ମଣିଷ ପୁଣି କୋଟିକରେ ଗୋଟିଏ ମିଳିବେନି। ପୁଅବୋହୂ ସିନା ପର କରି ଦେଲେ। ବୁଢ଼ୀକି ଦେଖିନି। ସକାଳୁ ଉଠି ବୁଢ଼ା ପାଇଁ ଚା କରି ଦେବା ଠାରୁ ରାତିରେ ଗୋଡ଼ରେ ତେଲ ଘଷି ଦେବା ଯାଏ କୋଉଠିରେ ଦିନେ ହେଳା କରିଚି ? ବୁଢ଼ା ଭଲ ପାଏ ବୋଲି ମାଛ, ମାଉଁସ ଟିକେ ଆଣି ଦେବାକୁ ବାର ଲୋକଙ୍କୁ ନେହୁରା ହୋଇ କହୁଥିବ। ଓଷଦ ଖାଇଲା କି ନାହିଁ ଗୋଡ଼େଗୋଡ଼େ ଜଗି ବସିଥିବ। ନିଜେ ତୁଚ୍ଛା ଖାଇବ ପଛେ ବୁଢ଼ାକୁ ଖରାରେ ହାଟବଜାରକୁ ଛାଡ଼ିବନି। ବୁଢ଼ା ଆଠ ଦିନ ପୁଅବୋହୂଙ୍କ ପାଖକୁ ଯାଇଥିଲା ଯେ, ଚିନ୍ତାରେ ବୁଢ଼ୀ ଶୋଇବସି ପାରିଲାନି।

ଶାରୀକି କଥା ମଝିରୁ ରୋକି ଦେଇ ଶୁଆ କହିଲା, ଥାଉ,ଥାଉ ସକାଳ ପହରୁ ଆଉ ଏତେ ଗୁଣ ବାହୁନେନା। ଆଗକୁ ଦିନ ସାରା ପଡ଼ିଛି। ଭଦଭଦଲିଆ ମଉସାକୁ ନେହୁରା ହୋଇ ଆଉ ଟିକେ ଅଞ୍ଜନ ମାରି ଆଣିବି। ବୁଢ଼ୀ ପୂଜା ସାରି ଓଲିଖି ହେଲା ବେଳକୁ ତୁ ଗଛ ଡାଲରେ ବସିଲେ ବଳେ ବୁଢ଼ୀ ମନ କଥା ଜାଣି ପାରିବୁ। ତେବେ ଯାଇ ମୋ କଥା ସତ କି ମିଛ ବୁଝ଼ି ପାରିବୁ।

ସତକୁ ସତ ଭଦଭଦଲିଆ ଗୋଡ଼ହାତ ଧରି ଶୁଆ ଆଉ ଟିକେ ଅଞ୍ଜନ ମାରି ଆଣି ଶାରିକି ଦେଲା। ବୁଢ଼ୀ ପୂଜା ସାରିଲା ବେଳକୁ ଶାରୀ ଆଖିରେ ଅଞ୍ଜନ ଲଗେଇ ଗଛ ଡାଲରେ ବସିଲା। ବୁଢ଼ୀ ତଳେ ଢୋଢୋ ମୁଣ୍ଡ ବାଡେଇ ଠାକୁରଙ୍କ ଢେର ବେଳ କୁହାର ହୋଇ କହୁଥାଏ, ହେ ମହାପୁରୁ, ମୁଁ ଅହି ସୁଲକ୍ଷଣୀ ହୋଇ କାତ ସିନ୍ଦୂର ନାଇ, ଅହିଅ ଡେଙ୍ଗୁରା ବଜେଇ, ମଶାଣୀ କି ନ ଯାଏ ପଛକେ, ସିଏ ମୋ କୋକେଇ ଆଗରେ ଖଇକଉଡ଼ି ବିଂଚି ନ ଯାଆନ୍ତୁ ପଛକେ ମୋତେ ପାତକ ଲାଗୁ ପଛକେ, ମୁଁ ନରକରେ ପଡେ ପଛକେ, ତାଙ୍କୁ ମୋ ଆଖି ଆଗରେ ନେଇ ଯା।

କି ଆଚ୍ୟ୍‌ତ କଥା ! ବୁଢ଼ୀଟା ଏତେ ସୁଧାର ଜଣାପଡେ। ଯିଏ ଦେଖିବ କହିବ ବୁଢ଼ା ପାଇଁ ଜୀବନ ଛାଡ଼ି ଯାଉଛି। ଆଜି ସାବିତିରୀ ପରା ଦିନରେ କେଡେ

କାଳ କଥା କଳପଣା କରୁଛି ? ବୁଢ଼ା କୋଉଠିରେ ତାର ଅଭାବ ରଖିଚି ନା, କୋଉ ଦିନ ତା କଥା ତଳେ ପକେଇଚି ? ସତରେ କଅଣ ନାରୀ ମାୟା ବଡ଼ି ପାଣି ବୋଲି ଯାହା କହନ୍ତି ସତ ?

ତେଣେ ଶୁଆ ଛିଗୁଲେଇଲା ଭଳିଆ ମୁରୁକି ମୁରୁକି ହସୁଛି । ଗୋଡ ଘଷି ଦେବା ବଡ କଥା ନୁହେଁ । ଏମିତିରେ ସେ ଶୁଆକୁ ନିତି ରାତିରେ ମୋଡି ଘଷି ଦିଏନା କି ? ହେଲେ ଇଏ ବାଜି ହାରିବା କଥା । ଜୀବନ ସାରା ଶୁଆ ଉଲ୍ଲୁଗୁଣା ଦେଉଥିବ । ପର ତିରିଲା ପଛରେ ଗୋଡେଇବାକୁ ତାକୁ ଆଛା ମଉକା ମିଳିଯିବ ।

ତା ମନ ଜାଣିଲା ଭଳିଆ ଶୁଆ କହିଲା, ହେଲା ତ ? ଏବେ ବୁଝିଲୁ ? ବୁଢ଼ାର ଆଉ କାହା ସାଙ୍ଗରେ ସଅଟ ଥିବ ନା । ନହେଲେ ଏମିତି କାହିଁ ଭାବନ୍ତା ? ଏଥର ଆଉ କୋଉ ଶାରୀ ସାଙ୍ଗରେ ପଦେ ହସଖୁସି ହେଲେ ତୁ ମୁହଁ ଫୁଲେଇବୁନି ତ ?

ସ୍ତିରୀ ଜନମ ପାଇ ଏ କଥା କିଏ ବା ଦେହ ଧରି ସହିବ ? ଶାରୀ କହିଲା, ଇଏ ସତ ଅଞ୍ଜନ କି ତମେ କଅଣ ତଗଲତଫାତ କରିଚ କିଏ ଜାଣେ ? ସହରବଜାରକୁ ଯାଇ କଳାକୁ ଧଲା, ଧଲାକୁ କଳା କରିବା ତ ଆଜିକାଲି ତମ ବାଁ ହାତ ଖେଲ । ଏ ଅଞ୍ଜନଫଞ୍ଜନ ଉପରେ ମୋର ଟିକେ ବି ବିଶ୍ୱାସ ନାଇଁ । କୋଉଠୁ କଅଣ ଆଣି ମତେ ମିଛଟାରେ ଭଣ୍ଡୁଚ । ଚାଲ ଦିହେଁ ସାଙ୍ଗ ହୋଇ ଭଦଭଦଲିଆ ମଉସାଙ୍କ ପାଖକୁ ଯିବା । ତାଙ୍କ ମୁହଁରୁ ଶୁଣିଲେ ଯାଇ ମୁଁ ମାନିବି ।

ଶୁଆ କହିଲା, ତମ ମାଇପି ଜାତିର ଏ ମୁହଁ ଟାଣ ଖୋଇ କାଲକ ଗଲାନି । ତମେମାନେ ଚିରକାଲ ଅବିଶ୍ୱାସୀ । ତୁ ବିଶ୍ୱାସ ଯିବୁ କେମିତି ? ଠିକ୍ ଅଛି । ଜଲଦି ଚାଲ । ନ ହେଲେ ଗତ ଆଗତ ଜାଣିବାକୁ ଭଦଭଦଲିଆ ମଉସା ପାଖରେ ଏବେ ଏତେ ଭିଡ ହେଉଛି ଯେ ସଞ୍ଜ ପହର ଯାଏ ଭଣ୍ଟା ଲଗେଇଲେ ବି ପାଲି ପଡ଼ବନି ।

ଭୋଗ ପାଇ ଦି ପ୍ରାଣୀ ବାହାରି ଗଲେ । ଯୋଗକୁ ସେ ଦିନ ଭଦଭଦଲିଆ ପାଖରେ ନିରୋଲା ଥାଏ ।   ଦୁହେଁ ସାଷ୍ଟାଙ୍ଗ ପ୍ରଣିପାତ କରି ମନ କଥା ଖୋଲି କହିଲେ । ସବୁ ଶୁଣି ସାରି ଭଦଭଦଲିଆ କହିଲା, ଆରେ ତୁମେ ଦିଇଟା ଖାଲି ବୁଢ଼ାବୁଢ଼ୀଙ୍କ ଦେଖୁଚ । ପୁଅବୋହୂଙ୍କ ଚରିତ ଆଚରଣ କିଛି ଜାଣିନ । ବୁଢ଼ା ଆଠ ଦିନ ପାଇଁ ତାଙ୍କ ପାଖକୁ ଯାଇଥିଲା । ଟିଭି ସିରିଏଲ ଦେଖି ପାରିଲାନି ବୋଲି ବୋହୂର ଯୋଉ ମୁହଁମୋଡା, ଯୋଉ ଫୋପଡା କଟଣା ! ସିଝାଦରସିଝା କଅଣ ଦିଇଟା ରାନ୍ଧି ଥୋଇ ଦେବ । ତେଣିକି ବୁଢ଼ାକୁ ରୁଚୁ କି ନ ରୁଚୁ । ବୁଢ଼ା ଅଧେ ଦିନ ଉପାସ । ପୁଅକୁ ତ ବାପ ପାଖରେ ବସି ପଦେ ଦୁଃଖସୁଖ ହେବାକୁ ବେଲ ନ ଥାଏ । କଥାକଥାକେ ବୋହୂ ସିଙ୍ଗିସିଙ୍ଗି ହେଉଥିବ । ବୁଢ଼ା ଛାଇ ଦେଖିଲେ ତା ନାହି ତିର୍ଯ଼ । କେମିତି ବୁଢ଼ାକୁ

ବିଦା କରିବ ସେଇ ପାଂଟରେ ଥାଏ । ନ ହେଲେ ଟିଭି ଦେଖା ହେଉଚି କେତେକେ ନା ସାହୀ ବୁଲା, ସାଙ୍ଗସାଥୀଙ୍କ ମେଲରେ ହେଁହେଁ ଫେଁଫେଁ ଚଲୁଚି କେତକେ ! ଜାଣିଜାଣି ବୁଢ଼ା ଯେଉଁ ସବୁ ଦ୍ରବ୍ୟ ନ ଛୁଇଁବ, ସେଇୟା ରାନ୍ଧିବାଢ଼ି ଥୋଇବ । ଗେରସ୍ତ ଆଗରେ ଦଶ ଥର ଘର ଓଲେଇ ପକେଇବ । ଦିନକୁ ଦି ଥର ବିଛଣା ଚଦର କାଟିବ । କଅଣ ନା ବୁଢ଼ା ସବୁ ଅଲିଆଆସନା କରି ପକୋଉଚି । ବୁଢ଼ା ତା ବଙ୍କା ବାଡ଼ି ଉଖ୍ଢ଼ାଲି ହେଉଥିବ, ତା ଚସମା ଖୋଜୁଥିବ । ସେଇଠି ଟିଭି ଆଗରେ ଖୁଂଟଟା ପ୍ରମାଣେ ବସିଥିବ । ହୁଙ୍କିବନି କି ଚଙ୍କିବନି । ବୁଢ଼ା ଓଷଦ ଡବା ଏଣେ ନାଇଁ ତେଣେ ନୁଟେଇ ଦେବ । ପୁଅ ବୁଢ଼ା ପାଇଁ ଯାହା ବା ଭଲଟା କି ମନ୍ଦଟା ଆଣିଥିବ ମୋତେ ଦେବନି । ସିଏ ବାହାରି ଗଲା ପରେ ନିଜେ ଖଣିବ । ଓଲଟା ଗେରସ୍ତ ଆଗରେ ବାର କଥା ନଗେଇଝୁଟେଇ କହିବ । ବୁଢ଼ା ଆଗରେ ଜାଣିଜାଣି ମୁଣ୍ଡରୁ ଲୁଗା ଖସେଇ ହେରସୀ ଘୋଡ଼ୀଙ୍କ ଭଳିଆ ହେଁହେଁ ହେବ । ବଡ ପାଟିରେ କଥା କହିବ । ବୁଢ଼ା ଦିହରେ ଏ ସବୁ ଯାଉଛି କେତକେ ? ଆସିବ ଆସିବ ବୋଲି ବୁଢ଼ା ବାଟ ପାଇଲାନି ।

ଶାରୀ କହିଲା, ଇଲୋ ମା, ମୁଁ ଭାବିଥିଲି କୁହାର ବୋଲର ବୋହୂଟା । ବାହାଘର ପରେ ଯେଉ ଆଠ ଦିନ ଏଠି ରହିଥିଲା କେଡେ ଶାଣ୍ତଶୁଣ ! ଦିହରୁ ମୁଣ୍ଡରୁ ଲୁଗା ଟିକେ ଖସିବନି । ଶାଶୁଶଶୁରଙ୍କ ଗୋଡ ତଳେ ମୁଣ୍ଡିଆ ନ ମାରିବା ଯାଏ ପାଣି ଟୋପା ବି ପାଟିରେ ଦେବନି । ସକାଳୁସକାଳୁ ନ'ତରକାରୀ, ଛ'ଭଜା କରି ଥୋଇବ । ଶାଶୁ ଅଇଁଠା ଥାଲିରେ ବସି ଖାଇବ । ସଞ୍ଝ ବେଳେ ଶାଶୁକୁ ଭାଗବତ ଅଧାଏ ପଢ଼ି ଶୁଣେଇବ । ବୁଢ଼ା କୋଠଲି ସେବାରେ ବସିବା ଆଗରୁ ଫୁଲ ତୋଲି ଆଣିଥିବ । ଚନ୍ଦନ ଘୋରି ରଖିଥିବ । ଧୂପ ଲଗେଇ ଦେଇଥିବ । ଗାଁ ସାରା ତ ଧନ୍ୟଧନ୍ୟ କରୁଥିଲେ । ପୁଣି ଏମିତି କଅଣ ହେଲା ?

ଭଦଭଦଲିଆ କହିଲା, ମହାକାଲ ଫଲ ଦେଖିନୁ କିଲୋ ଶାରୀ ? ଦେଖା ସୁନ୍ଦର କଖାରୁ ବଡି । ସେମିତିକା ସ୍ତ୍ରୀ ଲୋକଙ୍କର ମୁହଁରେ ଗୋଟାଏ ପେଟରେ ଆଉ ଗୋଟାଏ କଥା । ସେତେବେଲେ ବୁଢ଼ାର ଆୟଥମଲ ଥିଲା । ବଲବଅସ ଥିଲା । ହଜାରେ ଜାଗା ଚାଖିଚାଖି ବୁଢ଼ା ବୋହୂ ଆଣିଥିଲା । ଗାଁ ସାରା କହି ବୁଲୁଥିଲା, ଦେବାନେବାରେ କଅଣ ଅଛି ? ଯେଉ ଅସଲ ଧନ ଘରକୁ ଆଣିଚି ସିଏ ତ ବୋହୂ ନୁହେଁ, ମୁଣ୍ଡାଏ ସୁନା । ଅବିକା ସୁନା ଧୋଇ ପାଣି ପାଉଥାଉ ।

ଶାରୀ କହିଲା, ବୁଢ଼ୀ ଆଗେ ଗଲେ ବୁଢ଼ା ତ ଭାରି ହଇରାଣ ହେବ ।

ଭଦଭଦଲିଆ କହିଲା, ହଇରାଣ କଅଣ କହୁଛୁ ଲୋ ଶାରୀ । ଏତେ ବଡ ଖଣ୍ଡାଟା ଭିତରେ ବୁଢ଼ା ଏକୁଟିଆ ଦେହ ଧରି ରହିବ କେମିତି ? ସକାଳୁସକାଳୁ ବୁଢ଼ୀ

ଚା   କରୁଥିବ । ବୁଢ଼ା ଖବରକାଗଜ ପଢ଼ି ଶୁଣୋଉଥିବ । ରାତି ଦିଘଡ଼ି ଯାଏ ବୁଢ଼ୀ ରୋଷେଇ କରୁକରୁ ଚୁଲି ମୁଣ୍ଡରେ ଗୋଡ ଲମ୍ବେଇ କୋଉ ପିଲାଦିନ କଥା ଗପୁଥିବ । ବୁଢ଼ା ହୁଁ ହାଁ ମାରୁଥିବ । ବୁଢ଼ା ଶାହାସ୍ତ ପୁରାଣ ଶୁଣାଉଥିବ । ବୁଢ଼ୀ ପିଇ ଗଲା ଭଳିଆ ହାଁ କରି ଅନେଇ ବସିଥିବ । ନସରପସର ହେଇ ବୁଢ଼ୀ ବୁଢ଼ା ପାଇଁ ଦଶ ପ୍ରକାରେ ରାନ୍ଧୁଥିବ ।   ଚଟଣୀ ବାଟୁଥିବ । ଚିତୋଉ ପିଠା ଗଢ଼ୁଥିବ । ବୁଢ଼ା ରାଗିମାଗି ପାଟି କରୁଥିବ, କାଇଁ ରାତି ଅଧ ଯାଏ ରୋଷେଇ ଘରେ ପଶିଚୁ ? ଆଉ ଟିକକୁ କହିବୁ, ମୋ ଅଂଟା କଅଣ ହେଲା । ବୁଢ଼ୀ ଭଲ ପାଏ ବୋଲି ହାଟ ବଜାର ବୁଲି ବୁଢ଼ା ଦହିଛେନା ଖୋଜୁଥିବ । ଘରମରା ଗୁଆଘିଅ ଖୋଜୁଥିବ । ଘରକୁ ଫେରିଲା ବେଳକୁ ବୁଢ଼ୀ ମିଛ ରାଗ ଦେଖେଇ କହୁଥିବ, ଖରାରେ ଏତେ ବାଟ ଯିବାକୁ ତମକୁ କିଏ କହୁଥିଲା ? ମୁଣ୍ଡ କଅଣ ହେଲେ ମତେ କହିବନି ।' ଏଡେ ଶରଧାରେ ବୁଢ଼ୀ ଛେନାମଣ୍ଡା ଗଢ଼ିବ ଯେ ଖାଇବ ମୋତେ ଗୋଟାଏ । ବୁଢ଼ା ପାଇଁ ସବୁ ସାଇତି ଥୋଇଥିବ । ବୁଢ଼ା ବି ଛୁଆଙ୍କ ଭଳିଆ ଯାଉଣୁଆସୁଣୁ ସେଥିରୁ ଗୋଟାଏ ନେଇ ପାଟିରେ ପୂରେଇ ଦେଉଥିବ । ଅହିଅ ଡେଙ୍ଗୁରା ବଜେଇ ବୁଢ଼ୀ ଆଗେ ଚାଲିଗଲେ ଆପଣା ସ୍ୱାର୍ଥିକା କଥା ହେବନି ? ସେଇଥି ପାଇଁ ବୁଢ଼ୀ ତା ଆଖି ଆଗରେ ବୁଢ଼ାକୁ ନେଇ ଯିବାକୁ ଠାକୁରଙ୍କୁ ଡାକୁଛି ।

ଶୁଆକୁ ଅନେଇ ଶାରୀ କହିଲା, ଏବେ ଅସଲ ଗୁମର ବୁଝିଲ ତ ? ଦୁନିଆରେ ପ୍ରେମ ଅଛି କି ନାହିଁ କୁହ ।

ଶୁଆ କି ଛାଡ଼ିବା ଯନ୍ତୁ ? ଭାବିଲା ଭଦଭଦଲିଆ ଆଗରେ ଅବିକା ହାର ମାନିଲେ ନାକ ନିଶ ତଲେ ପଡ଼ିଲା ଭଳିଆ କଥା ହେବ । ଜୀବନସାରା ଆଉ କୋଉ ଶାରୀ ମୁହଁକୁ ଅନେଇ ହେବନି କି କାହା ସାଙ୍ଗରେ ପଦେ ହସଖୁସି ହେଇ ହେବନି । ସେ ମୁହଁ ଟାଣ ନ ଛାଡ଼ି କହିଲା, ଏ ବୁଢ଼ାବୁଢ଼ୀ ଦିଇଟା କୋଉ ମରହଟ୍ଟୀ ଅମଲ ଲୋକ ହେଲେଣି । ପେମ କରିବାକୁ ମନ ଥିଲେ କଅଣ ହେବ ? ତାଙ୍କୁ ଏ ଦିନେ ଆଉ କିଏ ପେମ କରିବ ?

ଭଦଭଦଲିଆ କହିଲା, ତୁ ଟା ମହା ଡହରା ରେ ଶୁଆ । ଇରେ, ବଲ ବଅସରେ କଅଣ ଅଛି ? ଅସଲ ହେଲା ମନ । ବାହାଘର ବେଲେ ବେଦୀରେ ଖାଲି ହାତ ଗଣ୍ଠି ପଡେନା, ତା ସାଙ୍ଗରେ ମନର କୋଉ ସାତ ତାଲ ଗହୀରରେରେ ବି ଅଫିଟା ଗଣ୍ଠି ପଡ଼ିଯାଏ । ସେ ଗଣ୍ଠି ଛିଣ୍ଡେଇବା ଏଡେ ସହଜ ନୁହେଁ ରେ ଧନ ।

– ଆଉ ଏ ଯୋଉ ଅଦଲବଦଲ ପେମ କି କାଜୁଆଲ ପେମ ? ମୁହଁ ଟାଣ ନ ଛାଡ଼ି ପଚାରିଲା ଶୁଆ ।

ଭଦଭଦଲିଆ କହିଲା, ସେଗୁଡ଼ା ଘଡ଼ିକିଆ ଜୁଆର। ଛାଡ଼ିଗଲେ ପନ୍ତା। କେତେବେଲେ ଗୋଡ଼ ଖସି ରସାତଲିଆ କଟଡ଼ା ଖାଇବ, ଠିକଣା ନଥାଏ।

ଭଦଭଦଲିଆକୁ ଜୁହାର ପକେଇ ଫେରି ଆସିଲା ବେଲକୁ ବୁଢ଼ୀ ପଚାରିଲା, ତୁ ଏତେବେଲ ଯାଏ କୁଆଡ଼େ ଯାଇତିଲୁ ଲୋ ଶାରୀ। ପୂଜା ସାରି ମୁଁ କେତେବେଲୁ ତୋ ବାଟ ଜଗି ବସିଛି

ଶାରୀ ବୁଢ଼ିକି ବି ଗୋଟାଏ ସାଷ୍ଟାଙ୍ଗ ଜୁହାର ପକେଇଲା। ତାକୁ ପାଟିଲା କେନ୍ଦୁଟାଏ, ପିଜୁଲି ଫାଲେ, ଖଜୁରୀ କୋଲି ଦିଇଟା ଦେଇ ବୁଢ଼ୀ ପଚାରିଲା, ତୋ ଉହରା ଶୁଆ ?

ଶୁଆ ପଛରେ କୋଉଠି ରହି ଯାଇଥିଲା କେଜାଣି, ଶାରୀ ତା' ପାଇଁ ପାଟିଲା ପିଜୁଲି ଫାଲେ ଗଛ କୋରଡ଼ରେ ସାଇତି ରଖିଲା।

ତାଳଗଛ ଛାଇ

ଏ ଗପ ଜମା ଲେଖିବିନି ବୋଲି ଭାବିଥିଲି। ଆଜି କିନ୍ତୁ ଭାବୁଛି – ଲତା ଭାଉଜଙ୍କ ପାଇଁ ମୋର ଏ ଗପ ଲେଖିବା ଉଚିତ୍। ଚା', ଚିଚୋଉ ପିଠା ଛାଡ଼ି ସେ କେବେ ଗପ ପଢ଼ନ୍ତିନି ବୋଲି ବି ମୁଁ ଜାଣିଛି। ତଥାପି ଲେଖୁଛି – ଅଜୁ ପାଇଁ, ସୁର ପାଇଁ ନ ହେଲେ ମୋ ନିଜ ପାଇଁ।

ଅଜୁ, ସୁର ମୋ ପିଲାଦିନର ସାଙ୍ଗ। କଣ୍ଟ ଅବଧାନ ଚାଟଶାଳୀ ପାଖରୁ ମାଟ୍ରିକ୍ ଯାଏ ଏକା ସାଙ୍ଗରେ ପଢ଼ାପଢ଼ି। କଲେଜ୍‌ରେ ପଢ଼ିଲାବେଳେ ମଝିରେ ଖାଲି ଯାହା ପାଞ୍ଚ, ସାତ ବର୍ଷ ଛଡ଼ାଛଡ଼ି। ଅଜୁ ବି ମୋ ସାଙ୍ଗରେ ବାଣୀବିହାରରେ ଏମ୍.ଏ. ପଢ଼ିବ ବୋଲି ନାଁ ଲେଖେଇ ଥିଲା। କିନ୍ତୁ ମାତ୍ର ଗୋଟାଏ ମାସ ପରେ ରାଜନୀତିରେ ପଶିବ ବୋଲି ଗାଁକୁ ପଳେଇଲା। ତା ଭଳି ଟାଲେଣ୍ଟେଡ୍ ପିଲା ହଠାତ୍ ପାଠ ପଢ଼ା ଛାଡ଼ି ଦେବାରୁ ମନ ଦୁଃଖ ହେଲା। କିନ୍ତୁ କ'ଣ ଆଉ କରାଯାଏ!

ମୁଁ ଏମ୍.ଏ. ପରୀକ୍ଷା ଦେଇ ଗାଁକୁ ଫେରିଲା ପରେ ପୁଣି ଏକାଠି ହେଲୁ।

ମୋ ହେତୁ ପାଇଲା ବେଳକୁ ସୁର ବାପା ମରିସାରିଥିଲେ। ଡ୍ରାମା ଫ୍ରାମାରେ ମାତି ସେ ବି ଭଲ ପାଠ ଶାଠ ପଢ଼ିଲାନି। ଦୁଇ ଚାରି ବର୍ଷ ଏକାଙ୍ଗୀ ବାତ ଭୋଗି ମୋ

ବି.ଏ. ପରୀକ୍ଷା ବର୍ଷ ତା ବୋଉ ବି ମଲେ। ତେଣୁ ବିଚରା ବାହା ସାହା ହୋଇ ବର୍ଷେ ଖଣ୍ଡେ ଆଗରୁ ଗାଁରେ ଥାଏ। ଲତାଭାଉଜ ତା ସ୍ତ୍ରୀ।

ଅଜୁର ସେତେବେଳକୁ ରାଜନୀତିରେ ନୂଆନୂଆ ଅଭିଜ୍ଞତା। ମୁଁ ବାଣୀ ବିହାରରେ ଥିଲାବେଳେ ସେ ମାସେ, ପନ୍ଦର ଦିନେ ଭୁବନେଶ୍ୱର ଯାଏ। ମଝିରେ ମଝିରେ ମୋ ପାଖରେ ହଷ୍ଟେଲରେ ରୁହେ। ମୁଁ ପଚାରେ – ରାଜନୀତି କରିବା କଥା ଯଦି ବିରୋଧୀ ଦଳ ବାଲାଙ୍କ ସାଙ୍ଗରେ ମିଶି କି ଲାଭ ? ରୁଲିଂ ବାଲାଙ୍କ ପଛରେ ଗୋଡ଼େଇଲେ ହେଲେ ଚାକିରିବାକିରି ଆଶା ଥାଆନ୍ତା।'

ମୁହଁରେ ଏତକ ପଚାରେ ସିନା ମନଟା ଭାରି ଦୁଃଖ ହୁଏ। ପିଲାଟା ଭଲ ପାଠ ପଢ଼ୁଥିଲା। ଅନର୍ସ ପରୀକ୍ଷାରେ ଭଲ ରେଜଲ୍ଟ ବି କରିଛି। ଏମ୍.ଏ. ନପଢ଼ି କାହିଁକି କାହିଁକି ଏ ଧନ୍ଦାରେ ମାତିଛି ? ପୁଣି ଅପୋଜିସନ୍ ବାଲାଙ୍କ ପଛରେ ମାଗଣାରେ ଗୋଡ଼େଇ ଲାଭ କ'ଣ ?

ମୋ କଥା ଶୁଣି ଅଜୁ ଟିକେ ହସିଦିଏ। କୁହେ – ଟିକନ୍ ଏମ୍.ଏ. ପଢ଼ୁଚ୍ଛୁ ସିନା ତୋ ମୁଣ୍ଡରେ ବୁଦ୍ଧିଶୁଦ୍ଧି କିଛି ନାହିଁ।"

ମୁଁ ଆଶ୍ଚର୍ଯ୍ୟ ହୋଇ ତା ମୁହଁକୁ ଚାହେଁ। ଠୋ ଠୋ ହସି ସେ ମୋତେ ବୁଝାଏ – ଆରେ, ପିଲାଙ୍କ ଦିନ ରାତି ଖେଳ ଦେଖିନୁ ? ଆଜିକାଲି ରାଜନୀତି ସେଇୟା। ଆଜି ଯିଏ ଅପୋଜିସନ୍ କାଲି ସିଏ ରୁଲିଂ। ଲାଗ ଲାଗ କୌଉ ପାର୍ଟି ଦି'ଥର କ୍ଷମତାକୁ ଫେରିବା ଦେଖୁଚ୍ଛୁ ? ଇଏ କ'ଣ ଉଣେଇଶ ଶହ ସାଠିଏ ମସିହା କଥା ହୋଇଛି ?

ସତକୁ ସତ ମୋ ଫିଫଥ ଇୟର ସରିଲା ବେଳକୁ ଅଜୁ ପାର୍ଟି କ୍ଷମତାକୁ ଫେରିଲା। ସେତିକି ବେଳକୁ ପଞ୍ଚାୟତ ସମିତି ଇଲେକ୍‌ସନ୍। କିନ୍ତୁ କାହିଁକି କେଜାଣି ଅଜୁ ଇଲେକ୍‌ସନରେ ଠିଆ ହେଲାନି। ଲୋକଙ୍କ ଭିତରେ ସେତେବେଳେ ତା'ର ପତିଆରା ଯାହା ଅକ୍ଲେଶରେ ସେ ବ୍ଲକ୍ ଚେୟାରମ୍ୟାନ୍ ହୋଇ ପାରିଥାନ୍ତା। ପଚାରିଲେ କିଛି ନ କହି ରହସ୍ୟମୟ ହସ ହସେ। କୁହେ, ତୁ ବୁଝି ପାରିବୁନି। କ୍ଷମତାକୁ ଯିବାକୁ ଆହୁରି ଅଭିଜ୍ଞତା ଦରକାର। ଆଗ ଫିଲ୍ଡ ତିଆରି ସରୁ। ତେଣିକି କ୍ଷମତା ବଲେବଲେ ଆସିବ।'

ମୁଁ ଆଉ କିଛି କୁହେନା। ଅଜୁ ଫିନ୍‌ଫିନ୍ ଧଳା ଟ୍ରାଉଜର, ପଞ୍ଜାବି ପିନ୍ଧେ। ରାଜଦୂତ ଚଢ଼ି ଦିନରାତି ବୁଲେ। ଲୋକଙ୍କ ଭଲ ମନ୍ଦରେ ପାଖରେ ଠିଆ ହୁଏ। ଲୋକଙ୍କର ବି ତା ଉପରେ ବହୁ ଭରସା। ଆମ ଅଞ୍ଚଲର ସବୁ ଖବର ତା ନଖ ଦର୍ପଣରେ।

ଦିନେ ବୋଉ କହିଲା, 'ଅଜୁକୁ ଟିକେ ଚାକିରିବାକିରି କଥା କହନୁ। କେତେ

ଲୋକଙ୍କୁ ସେ ଚାକିରିରେ ପୂରେଇ ସାରିଲାଣି । ତୋ ପାଇଁ କାହାକୁ ଟିକେ କୁହାବୋଲା କରନ୍ତାନି । '

ତାକୁ ମୁହଁରେ କିଛି କହି ପାରିଲିନି । ମନେ ମନେ ବଡ଼ ବିରକ୍ତ ଲାଗିଲା । ଘର ଲୋକ ଭାବନ୍ତି ପାଠ ପଢ଼ା ସରୁସରୁ ଚାକିରି କୋଉଠି ଅନେଇ ବସିଥାଆନ୍ତା । ବର୍ଷେ, ଛ'ମାସ ଘରେ ବସିଗଲେ ସମସ୍ତଙ୍କ ଆଖିରେ ତୁମେ ଅପଦାର୍ଥ । ବୋଉର ବା ଦୋଷ କ'ଣ ? ସେ ଆଗକାଲିଆ ମଣିଷ । ଚାକିରି ଖଣ୍ଡେ କେଉଁଠି ଯୋଗାଡ଼ ଯଦି ହୋଇଗଲେ, ସୁନାନାକୀ ବୋହୂଟିଏ ଆଣି ସେ ରୋଷେଇବାସ ଜଞ୍ଜାଳରୁ ମୁକ୍ତି ପାଆନ୍ତା । ତା ଆଶା ସେତିକି ।

ଗାଁରେ ଗୋଟିଏ ଅଲଗା ରକମ ଜୀବନ । ଚାଷବାସ, ବେପାରବଣିକ ନେଇ ଯେ ଯାହା ଧନ୍ଦାରେ । ସ୍ତ୍ରୀ ଲୋକମାନଙ୍କୁ ବି ଫୁରସତ୍ ମାରିବାକୁ ବେଳ ନ ଥାଏ । ମୋତେ ଗାଁ ମୋତେ ଆରୋଉ ନଥାଏ । ଖାଲି ବାଣୀବିହାର ଜୀବନ ମନେ ପକେଇ ଛଟପଟ ହୁଏ । ନିମାଇଁ ପାତ୍ର, ରବି ନାୟକ ଟ୍ୟୁସନ, ଯୋଗାଡ଼ କରି ସେଠି ବ୍ୟାଙ୍କିଙ୍, କମ୍ପିଟେଟିଭ୍ ପାଇଁ ଲାଗିଛନ୍ତି । ତୁଚ୍ଛା ଭାବପ୍ରବଣତାରେ ମୁଁ ଗାଁକୁ ପଳେଇ ଆସିଲି ।

ଅଜୁ ତା' କାମରେ ବ୍ୟସ୍ତ । ସୁରକୁ ଡ୍ରାମା, କ୍ଲବ, ତାସ ଖେଲରେ ମାତି ଦିନରାତି ଅଣ୍ଟେନା । ସନ୍ଧ୍ୟା ବେଳେ ମୋତେ ଲତା ଭାଉଜଙ୍କ ପାଖରେ ଜୁଟେଇ ଦେଇ ରିହରସାଲ୍ କରିବାକୁ ପଳାଏ । ଫେରୁ ଫେରୁ ରାତି ଏଗାର । ସଞ୍ଜ ବୁଡ଼ୁବୁଡ଼ୁ ଲତା ଭାଉଜଙ୍କୁ ଡର ମାଡ଼େ । ସୁର ପରି ମାଲିକି ସେ ଛେଲି ପରି ଅଡ଼ୁଆ ।

ସାଙ୍ଗ ସାଥୀମାନେ ମୋତେ ଚିଡ଼ାନ୍ତି – ତଲମୁହାଁ । ଝିଅ ପିଲାଙ୍କ ମୁହଁକୁ ଅନେଇ ମୁଁ କଥାବାର୍ତ୍ତା କରିପାରେନା । ସହଜେ ଲତା ଭାଉଜଙ୍କ ସାଙ୍ଗରେ ଆଗରୁ ବେଶୀ ଚିହ୍ନା ପରିଚୟ ନଥାଏ । ତାଙ୍କ ସାଙ୍ଗରେ ମୁଁ କି ଗପ ଗପିବି ! ରୋଷେଇ ଘରେ ସେ ଚିତୋଉ ପିଠା ଗଢ଼ନ୍ତି । ଚା' କରନ୍ତି । ମୋତେ ଜଳଖିଆ ଦିଅନ୍ତି, ରୁମାଲ ବୁଣନ୍ତି ନହେଲେ ନଭେଲ୍ ପଢ଼ନ୍ତି । କୁଆଡ଼ୁ ବୁଲି ବୁଲି ଆସି ଅଜୁ ପହଞ୍ଚେ । ପହଞ୍ଚୁ ପହଞ୍ଚୁ ବରାଦ କରେ – ଭାଉଜ, ଟିକେ ଚା, ବସା । '

ଲତା ଭାଉଜ କୁହନ୍ତି, 'ଦିନ ସାରା ଖରାରେ ବୁଲି ବୁଲି ଆସିଛ । ଚା' କାହିଁ ପିଇବ ? ମୁଁ ଦହି ମିଶ୍ରୀ ସରବତ କରି ଦେଉଛି ।'

– ଯେତେ ଯୁଆଡ଼ୁ ଚା' ଖାଇଲେ କ'ଣ ହେବ ? ସନ୍ଧ୍ୟାବେଳେ ତୁମ ହାତରୁ ଚା' ଟିକେ ନ ଖାଇଲେ କ'ଣ ମନ ଶାନ୍ତି ହେବ ! ଚା'ରେ ତୁମେ କ'ଣ ସବୁ ପକାଅ କି ଭାଉଜ ?

"ତୁମ ରାଜନୀତିଆଙ୍କର ଏ ମୁହଁ ଦେଖା କଥା କାଲିକ ଗଲାନି", କହିଦେଇ ଭାଉଜ ହସି ହସି ରୋଷେଇ ଘରେ ପଶନ୍ତି। ଅଜୁ ମୋତେ ପଚାରେ – କିରେ, ତୁମେ ଦୁଇଜଣ ଘରଟା ଭିତରେ ଏମିତି ଅପଢ଼ ହେଲା ଭଳିଆ ବସିଥିଲ କାହିଁକି ? ବାଣୀବିହାରରେ ଦି ବର୍ଷ ପଢ଼ିଲ୍ୟ। ଲାଜ ଛାଡ଼ିନୁ ?

ରୋଷେଇଘରୁ ଭାଉଜ କୁହନ୍ତି – ଟିକିନ ଆମର ହେଲେ ଝିଅପିଲା ହୋଇଥାଆନ୍ତେ ! ଆମେ ଦି'ଜଣ ଟିକେ ସାଙ୍ଗସୁଖ ହେଇ ଗପନ୍ତୁ।

ସୁର ସ୍କୁଲ ଡ୍ରାମାରେ ଆଗେ ହିରୋ ହେଉଥିଲା। ଏବେ ଗାଁ ଡ୍ରାମାରେ ହିରୋ ସାଙ୍ଗକୁ ଡାଇରେକ୍ଟର। ଗାଁ ଟୋକାଙ୍କୁ ମତେଇ ଗୋଟାଏ କୃଷ୍ଣ ଲୀଳା ପାର୍ଟି ଗଢ଼ିବ ବୋଲି ଲାଗିଥାଏ। ଚାନ୍ଦା, ଭେଦା ଆଦାୟକରି ସେତେବେଳକୁ ହାରମୋନିୟମ୍, ଡ଼ୁବିତାବଲା ଏବଂ ଆଉଥାଉ ବାଦ୍ୟ ଯନ୍ତ୍ର କିଣା ସରିଥାଏ। ଅଜୁ ପଛରେ ଲାଗିଥାଏ କେଉଁ ଫଣ୍ଡରୁ କିଛି ପଇସା ପତ୍ର ଦେଲେ ପୋଷାକ ପତ୍ର କିଣା ହୁଅନ୍ତା। ଅଜୁ କୁହେ,' କାହିଁ ସେ ମୁତ୍‌ଫର୍‌କା ବେପାରରେ ମାତିଛୁ କେଜାଣି ? ଆଜି କାଲି ଯେମିତିଆ ଅପେରା ପାର୍ଟିସବୁ ବାହାରିଲେଣି, ତା' ସାଙ୍ଗରେ ତୁମ କୃଷ୍ଣ ଲୀଲା ଚାଲିବ ? ସୁଆଙ୍ଗ ଯୁଗ ଆଉ ଅଛି ?'

– ଟିଭିରେ ଏତେ ଏତେ ପୌରାଣିକ ସିରିୟଲ୍ ତାହେଲେ ଚାଲୁଛି କେମିତି ?' ସୁର ପଚାରେ।

ଅଜୁ ତାକୁ ଠଙ୍ଗା କରେ – ଟିଭି ଆଉ ତମର ଏ ଖଡ଼ାଖଣ୍ଡିଆ କୃଷ୍ଣଲୀଳା ପାର୍ଟି !

ମାଟ୍ରିକ୍ ପରୀକ୍ଷା ଦେଇସାରି ସୁର କଟକରେ କେଉଁଠି ବର୍ଷେଖଣ୍ଡେ ରହି ଟିଭି, ରେଡିଓ ସଜଡ଼ାସଜଡ଼ି ଶିଖିଥିଲା। ହାତ ଭଲ। ଯେତେ ଅସଜଡ଼ା ଜିନିଷ ହୋଇଥାଉ, ଘଡ଼ିକେ ସଜାଡ଼ି ଥୋଇବ। ହେଲେ ସେ ସବୁ କାମରେ ମନ ଦିଏନା। ଜମିବାଡ଼ି ଭାଗ ଲଗେଇ ଦେଇ ନିଶ୍ଚନ୍ତରେ ବୁଲେ। ଲତା ଭାଉଜ ମନ ଦୁଃଖ କରନ୍ତି, "ଏମିତି କେତେଦିନ ଚଲିବ କେଜାଣି ? ଟିଭି, ରେଡିଓ ଦୋକାନ ଖଣ୍ଡେ କଲେ ହୁଅନ୍ତାନି ?"

'ଦୋକାନ', ଛିଗୁଲେଇଲା ପରି ସୁର ପଚାରେ, "ଦୋକାନ ପାଇଁ କେତେ ଟଙ୍କା ଲାଗିବ ଜାଣିଛୁ ନା ମାଗଣାରେ ଦୋକାନ ହୋଇଯିବ ?"

ଅଜୁ କହିଲା – "ଟଙ୍କା କଥା ତୋତେ କାହିଁକି ଚିନ୍ତା ପଡ଼ିଛି ? ସେ କଥା ମୁଁ ବୁଝିବି। ତୁ ଏ ବେକାର ଧଡ଼ା ଛାଡ଼ !" ସୁର ଆମ୍ ସମ୍ମାନକୁ ବାଧେ। ସେ ପଚାରେ – ଡ୍ରାମା ନାଟକକୁ ତୁ ବେକାର ଧଡ଼ା କହୁଛୁ ?

ଲତା ଭାଉଜ ମାଡ଼ି ବସନ୍ତି – "ନାଇଁ ସେଇଥରେ ପେଟ ପୂରିବ !"

– ତୁମ ପେଟ ସିନା ପୂରୁନି ଭାଉଜ', ଅଜୁ କୁହେ, 'ଯା ପେଟ ପୂରିବା କଥା

ପୁରୁଛି । ବାହାଘର ଆଗରୁ ଏ ବଲି ମହାନ୍ତି ଭାରିଯାର ନାଗୁଆ ଗରାଖ ଥିଲାଟି । ଏତେ ଶୀଘ୍ର କଣ ମନ ଛାଡୁଛି ?'

ଗାଁ ସେ ମୁଣ୍ଡରେ ବଲି ମହାନ୍ତି ଘର । ଡ୍ରାମା ପିଲାଙ୍କ କ୍ଲବ ଘର ପାଖକୁ ଲାଗିଛି । ବଲି ମହାନ୍ତି କଲିକତିଆ । ତା ଭାରିଯା ଛପା ଶାଢ଼ୀପିନ୍ଧି ଦି କେନିଆ ବେଣୀ ପାରି ଦାଣ୍ଡ ବାଡ଼ି ଲହର ପହର ହୁଏ । ଅନ୍ଧାରେ କାନି ଗୁଡେଇ ପିଲାଙ୍କୁ ନାଚ ଶିଖାଏ । ବାପଘରେ କେଉଁଠି ନାଚ ଶିଖ଼ିଥିଲା । ସୁର ସାଙ୍ଗରେ ତା'ର ଚିଠି ପତ୍ର ଦିଅମାନିଆ ଖବର ମୁଁ ଦି' ତିନି ବର୍ଷ ତଳେ ଅକ୍ଜୁଠାରୁ ଶୁଣିଥିଲି । କିନ୍ତୁ ବାହାଘର ପରେ ତା' ସହ ସୁରର ସମ୍ପର୍କ କଥା ବିଶ୍ୱାସ କରି ପାରୁ ନ ଥିଲି । ଭାବିଲି ସୁରକୁ ଡ୍ରାମା ପ୍ରାମା ଛଡେଇବାକୁ ଅକ୍ଜୁ ଏମିତି ଚିଡୋଉଛି ।

ଅକ୍ଜୁ ସତକୁ ସତ ମାସକ ଭିତରେ ଲାଗିପଡ଼ି ସୁର ନାଁରେ ଲୋନଟାଏ କରେଇ ଦେଲା । ହରିପୁର ବଜାରରେ ଦୋକାନ ଘର ବି ବୁଝିଦେଲା । ସାଙ୍ଗରେ କଟକ ଯାଇ ଜିନିଷ ପତ୍ର କିଣି ଆଶିଲା । ଦୋକାନ ଭଲ ଚାଲିଲା । ହରିପୁର ବଜାର ଆମ ଗାଁ ପାଖରୁ ପାଞ୍ଚ ସାତ ମାଇଲ । ସନ୍ଧ୍ୟା ହେଲେ ସୁର ଦୋକାନ ବନ୍ଦ କରି ଗାଁକୁ ପଲେଇ ଆସେ । ଅକ୍ଜୁ କୁହେ, 'ଦୋକାନରେ ଅସଲ କାରବାର ତ ରାତିରେ, ଦିନରେ ଦୋକାନକୁ ଆସିବାକୁ ଲୋକଙ୍କର ବେଲ କାହିଁ ? ତୁ ତ ସଞ୍ଜ ନ ବୁଡୁଣୁ ଦୋକାନ ତାଲା ପକେଇ ଘରେ । ଦୋକାନ ଚାଲିବ କ'ଣ ?'

ଭାଉଜ ବାଧ୍ୟ କରନ୍ତିନି । ତାଙ୍କର ଏକୁଟିଆ ଘର । ସନ୍ଧ୍ୟାହେଲେ ତାଙ୍କୁ ଡର ମାଡ଼େ । ସେ କୁହନ୍ତି – ରାତିରେ ଏକୁଟିଆ କେମିତି ଫେରିବେ ?

ଅକ୍ଜୁ କୁହେ – କାଇଁ ସେଇ ଦୋକାନରେ ଶୋଉନି । ଏତେ ବଡ଼ ଘରଟାଏ ସେଠି ଖାଲି ପଡ଼ିଛି ।'

ଲତା ଭାଉଜ କୁହନ୍ତି – ଦୋକାନ ତ ଗୋଟା ପ୍ରକାରେ ଚାଲିଛି । ବେଶୀ ଲୋଭ କରି ଲାଭ କ'ଣ ?

– ଯାହା କହିଲ ସେଇଟା ତୁମ ଦୋଷ ନୁହେଁ ଭାଉଜ । ଆମ ସମସ୍ତଙ୍କ ଦୋଷ । ଅଳ୍ପକେ ସନ୍ତୁଷ୍ଟ । ମଖନଲାଲ ମାରୱାଡ଼ୀ ହରିପୁର ବଜାରରେ ଦୋକାନ କରି ବର୍ଷ ପାଞ୍ଚଟାରେ କୋଟିପତି । ତୁମେ କହୁଛ– ଲୋଭ !

ଲତା ଭାଉଜ ଆଉ ବିଶେଷ କିଛି ନ କହି ଚା' କରିବାକୁ ରୋଷେଇ ଘରକୁ ଉଠି ଯାଆନ୍ତି ।

ଅକ୍ଜୁ ବୁଝାଏ – ଆଗ ଲୋନ୍‌ଟା ସୁଝା ସରିଥିଲେ ଆଉ ଗୋଟାଏ ଲୋନ୍ କରେଇ ଦେବାକୁ ମୁଁ ଭାବିଥିଲି । ଦୁଇ ତିନିଟା କମ୍ପାନୀର ଡିଲରସିପ ନେଇଥିଲେ

ବିଜିନେସ୍ କଲାପରି ଲାଗିଥାଡ଼ା। ଆଜି ସିନା ଆମ ପାର୍ଟି ପାୱାରରେ ଅଛି। କାଲି ସକାଳୁ ପାୱାରରୁ ଗଲେ ଛଟିଆ ଛ'ପଇସାରେ କିଏ ପଚାରିବ? ତାଳଗଛ ଛାଇକୁ ବିଶ୍ୱାସ ଅଛି ଭାଉଜ, ରାଜିନୀତିକୁ ବିଶ୍ୱାସ ନାହିଁ।'

ତା ଭିତରେ ମୁଁ ଚାକିରି ପାଇଗଲି। ନୂଆ ପୋଷ୍ଟିଂ, ଦୂର ଜାଗା। ଦି'ବର୍ଷ ପରେ ଗାଁକୁ ଫେରିଲା ବେଳକୁ ସୁର ଘର ଚେହେରା ଏକବାର ବଦଳିଗଲାଣି। ଦି'ବଖରା ଘର ଛାତ ପକେଇଛି। ଘରେ ଟିଭି, ଫ୍ରିଜ୍, ୱାଶିଂ ମେସିନ୍। ଆସିଲାବେଳେ ଦେଖି ଆସିଥିଲି ହରିପୁର ବଜାରରେ ବିରାଟ ସୋ ରୁମ୍। ଯା ହେଉ ସୁର, ଲତାଭାଉଜ ଭଲରେ ଅଛନ୍ତି।

ମୋ ବାହାଘର ଠିକ୍ ହୋଇସାରିଥାଏ। ଅଜୁ ବୋଉ ମୋତେ ତାଙ୍କ ଘରକୁ ଖାଇବାକୁ ଡାକିଥାନ୍ତି। ଅଜୁ ଘରକୁ ଫେରିନଥାଏ। ତା' ବୋଉ କହିଲେ, 'ବାପା ସେ ବାଲୁଙ୍ଗାକୁ ତୁ ଟିକେ ବୁଝ। ଯେତେ ଯୁଆଡ଼ୁ ପ୍ରସ୍ତାବ ଆସୁଛି ମନା କରି ଦେଉଛି। କି ରାଜନୀତି କରୁଛି ଯେ ଘରେ ନିତି ଯାତରା ଗୋଟାକର ଲୋକ। ରୋଷେଇ ଘରେ ପଶି ପଶି ମୋ ଅଣ୍ଡା ପିଠି ଲାଗିଯାଉଛି।'

ଅଜୁ ସେତିକିବେଳେ ଘରେ ପଶୁପଶୁ କହିଲା, 'ମୁଁ ତ କେଉଁ ଦିନୁ କହୁଛି ପୂଜାରୀଟିଏ ରଖିବା। ତୁ ରାଜି ହେଲେ ସିନା।'

ତା ବୋଉ ଚିହିଙ୍କି ଉଠିଲେ – ମୋ ଦେଇପିଣ୍ଡରେ ପଦା ଲୋକ ପଶିବେ?

ଅଜୁ ମୋତେ ବୁଝାଇଲା – ଏଇକ୍ଷିଣା ମୋର କ୍ୟାରିୟର ଗଢ଼ିବା ବେଳେ। ଆଗକୁ ଇଲେକ୍ସନ୍। ବାହାଘର ଝାମେଲାରେ ପଶିଲେ ମୁଁ ସମ୍ଭାଳି ପାରିବି? ମୁଁ ଅଜୁକୁ ବାଧ୍ୟ କରିପାରିଲିନି। କିନ୍ତୁ ତା ବୋଉଙ୍କ ପାଇଁ ମନ ବ୍ୟସ୍ତ ହେଉଥାଏ। ସେଦିନ ସନ୍ଧ୍ୟାବେଳେ ସୁର ଘରେ ସେଇ ଆଲୋଚନା ହେଉଥିଲା। ସୁର କହିଲା – ହେଃ, କାହିଁ ବାଜେ କଥାରେ ମୁଣ୍ଡ ଖରାପ କରୁଛ? ତା'ର କୋଉ କଥା ଅଟଳ ରହୁଛି? ବୁଲା ଷଣ୍ଡ ପରି ତ ପାଲନ୍ଦା ଖାଉଛି। ସେ ଯାଉଥିଲା ଆମ ଭଳିଆ ବାହା ସାହା ହୋଇ ମୁଣ୍ଡରେ ତୁଣ୍ଡି ବାନ୍ଧିବାକୁ? ଲତା ଭାଉଜ ସବୁ ଶୁଣିଲେ। ଉଁ କି ଚୁଁ ପାଟି ଫିଟେଇଲେନି।

ବାହାଘର ପରେ ମାସେ ଖଣ୍ଡେ ଗାଁରେ ରହି ମୁଁ ଫେରିଲି। ସ୍ତ୍ରୀ ଗାଁରେ ରହିଲେ ମଝିରେ ମଝିରେ ଯିବା ଆସିବା କରୁଥାଏ। ଅଜୁର ରାଜନୈତିକ ପତିଆରା କ୍ରମେ ଆମ ଅଞ୍ଚଳରେ ବଢ଼ୁଥାଏ। ହେଲେ କାହିଁକି କେଜାଣି ସେ ଇଲେକ୍ସନରେ ଠିଆ ହେଉ ନଥାଏ। ମୁଁ ବି ତାକୁ ଆଉ ଏ ବିଷୟରେ ବିଶେଷ କିଛି ପଚାରୁନା। ସୁର ଏବେ ପକ୍କା ବ୍ୟବସାୟୀ। ରେଡିଓ, ଟିଭି ଦୋକାନ ସାଙ୍ଗକୁ ବଡ଼ ଇଲେକ୍ଟ୍ରୋନିକ୍ ଦୋକାନଟିଏ ଖୋଲିଛି। ବଦଳି ନଥାନ୍ତି ଖାଲି ଲତା ଭାଉଜ। ସେମିତି ଚିତୋଉ ପିଠା

ଗଢ଼ନ୍ତି । ଚା’ କରନ୍ତି । ରୁମାଲ ବୁଣନ୍ତି । ନଭେଲ୍ ପଢ଼ନ୍ତି । ଦେହରେ ଖାଲି ଟିକେ ଯାହା ଅଧିକା ମାଂସ ଲାଗିଛି । ଦିନେ ପଚାରିଲି, 'ଭାଉଜ, ହରିପୁର ବଜାର ତ ଟାଉନ୍ ପାଲଟି ଗଲାଣି । ସେଠି ସୁର ପାଖରେ ନରହି ଏଠି କାହିଁ ରହିଛ ? ସଞ୍ଜ ହେଲେ ଆଉ ଡର ମାଡୁନି ?' କିଛି ନକହି ଲତା ଭାଉଜ ହସନ୍ତି ।

ରଜ ବେଳକୁ ମୁଁ ଛୁଟିରେ ଗାଁକୁ ଆସିଥାଏ । ମଝିରେ ଗୋଟାଏ ଦିନ ଛାଡ଼ି ରଜ । ଜ୍ୟେଷ୍ଠ ମାସିଆ ଗୁଲୁଗୁଲି ସାଙ୍କୁ ଗାଁଟା କେମିତି ଗୁମସୁମ୍ ଲାଗୁଥାଏ । ରଜ ସଜବାଜରେ ଗାଁ ଏଇକ୍ଷଣି ଉଠୁଥାଏ ପଡୁଥାଏ । କଥା କ’ଣ ? ଅଜୁ ସାଙ୍ଗରେ ତ ସହଜେ ଦେଖା ମିଳିବନି । ସୁର ଦୋକାନରୁ ଫେରୁ । ସେ ବି ଆଜିକାଲି ଗାଁକୁ ଫେରିବାରେ ଠିକ୍ ଠିକଣା ନଥାଏ । କେବେ ଦି ଚାରି ଦିନେ ମନ ହେଲେ ଗାଁକୁ ଆସେ । ରାତିରେ ଆସି ପୁଣି ସକାଳୁ ପଳେଇ ଯାଏ । ସନ୍ଧ୍ୟାବେଳେ ଚା’ ଖାଇସାରି ମୁଁ ସୁର ଘରକୁ ବାହାରିଲି । ସ୍ତ୍ରୀ ପଚାରିଲେ – କୁଆଡ଼େ ବାହାରିଲଣି ?

ମୁଁ କହିଲି – ସୁର ଘରଆଡୁ ଟିକେ ବୁଲିଆସେ ।

– ତମ ସାଙ୍ଗଙ୍କ କାର୍ଡ଼ ଶୁଣିନ କି ?', ମୁଁ ଆଶ୍ଚର୍ଯ୍ୟରେ ତାଙ୍କ ମୁହଁକୁ ଚାହିଁଲି ।

ସେ ଗପିଲେ – "ଦି ଦିନ ତଳେ ରାତିରେ ସୁର କାଲେ ବଲି ମହାନ୍ତି ଘରେ ପଶିଥିଲେ । ବଲି   ମହାନ୍ତି କଲିକତାରୁ ଫେରିଛି ବୋଲି ତାଙ୍କୁ ଜଣା ନ ଥାଏ । ତା’ ଡାକରେ ମହାନ୍ତି ସାହାଆ ଦୌଡ଼ାଦୌଡ଼ି ହୋଇ ଆସିଲେ ।"

– ସେଇଠୁ ?

–ବାଡ଼ି ପଟେପଟେ ସୁର   ନଈ କୂଳଆଡେ   ଧାଇଁ ପଳେଇଲେ । ସେଇଦିନୁ ଯାଇଛନ୍ତି ତ ଯାଇଛନ୍ତି । କୋଉଠି ଲୁଚିଛନ୍ତି କେଜାଣି ? ଗାଁ ଲୋକ ଯାଇ ତାଙ୍କ ଦୋକାନ ଆଡୁ ବି ଖୋଜି ଆସି ସାରିଲେଣି । ଗାଁବାଲା ସବୁ ଏକାଠି ହୋଇଛନ୍ତି । ପଅରଦିନ, ରାତିରେ କ’ଣ ନିଶାପ ବସିଥିଲା । ତାଙ୍କ ଘରକୁ ନିଆଁ ପାଣି ଅଟକ କରିଛନ୍ତି । ତା’ଭିତରେ ସୁର ନ ଆସିଲେ ତାଙ୍କ ଦେଖ୍‍ଲା କାମ କରିବେ ।"

ମୁଁ ପଚାରିଲି – ଅଜୁ ?

– ସେ କ’ଣ ଗାଁରେ ଅଛନ୍ତି ? ସେଇଦିନ ରାତିରେ ସାଙ୍ଗ ହୋଇ କ୍ଲବ୍‍ଘରେ ଫିଷ୍ଟ କରୁଥିଲେ । ସୁର ଏଣେ ବଲି ମହାନ୍ତି ଘରେ ପଶିବାକୁ, ଅଜୁ   ତେଣେ ଫୋନ୍ ପାଇ ଭୁବନେଶ୍ୱର ଯିବାକୁ । ସବୁ ଯୋଗ ଏକାଠି ହୋଇଛି । ବିଚାରୀ ଲତା ଅପା ଘରେ ଏକୁଟିଆ । ତିନିଦିନ ହେଲା ତାଙ୍କ ଘରେ ଚୁଲି ଜଳିନି ।

ମୁଁ ସାଙ୍ଗେ ସାଙ୍ଗେ ତାଙ୍କ ଘରକୁ ବାହାରିଲି । ସ୍ତ୍ରୀ କହିଲେ – ଗାଁ ସାରା ତ ତାଙ୍କ ଘରକୁ ଏକ ଘରକିଆ କରିଛନ୍ତି । ତମେ ଗଲେ ଗାଁ ବାଲା କ’ଣ କହିବେ ?

– ଲତା ଭାଉଜଙ୍କର ଦୋଷ କଣ ?

– "କେଜାଣି, ଦୋଷ କି ଗୁଣ ତୁମେ ଜାଣିଥିବ । ତୁମ ସବୁ ସାଙ୍ଗଙ୍କ ପ୍ରକୃତି ଏକା ।' ମୁହଁ ଛିଞ୍ଚାଡ଼ି ସେ ଘର ଭିତରକୁ ପଳେଇ ଗଲେ । ତାଙ୍କ ଆକସ୍ମିକ ବିରକ୍ତିର କାରଣ ମୁଁ ବୁଝି ପାରିଲିନି ।

ମୁଁ ପହଞ୍ଚିଲାବେଳକୁ ଲତା ଭାଉଜ ଦାଣ୍ଡ କବାଟ ସେପଟରେ ଠିଆହୋଇଥାନ୍ତି । ଗୋବିନ୍ଦ ପାତ୍ର ବୁଢ଼ା ଦାଣ୍ଡରେ ବସି ନିଜ ଲୋକ ଭଳିଆ ଭଲେଇ ହୋଇ କହୁଥାଏ

– ସୁର କେଉଁଠି ଲୁଚିଛି ତାକୁ ଖବର ପଠା ବୋହୂ । ଭଲରେ ଭଲରେ ଆସି ଗାଁ ଅଡ଼ୁଆ ଗାଁରେ ଟୁଟେଇ ଦେଇ ଯାଉ । ଇଏ ଛୋଟିଆ ମାମଲା ନୁହେଁ । ବେଳ ଥାଉଥାଉ ଉପାୟ ନ କଲେ ଶେଷକୁ ହାତ ଗୋଡ଼ ପାଇବନି ।'

ମୁଁ କହିଲି – ସୁର କେଉଁଠି ଅଛି, କଣ ଭାଉଜ ଜାଣିଛନ୍ତି ?

ଗୋବିନ୍ଦ ପାତ୍ର ଗେଧ ମାଙ୍କଡ଼ ପରି ଖେଙ୍କି ଉଠିଲା – 'ଗେରସ୍ତ କୋଉଠି ଲୁଚିଛି ଭାର୍ଯ୍ୟାକୁ ଅଜଣା ? ଇଏ ଆସିଲେ ଆମକୁ ପାଠ ପଢ଼େଇବାକୁ ।'

ମାମଲଟି ନ ପଟିବାରୁ ସେ ଉଠି ପଳେଇଲା ।

ଲତାଭାଉଜଙ୍କୁ ପଚାରିପଚାରି କିଛି କହିଲେନି । କଣ ବା କହିଥାନ୍ତେ ? ସ୍ୱାମୀ ପର ଘରେ ପଶି ଧରା ପଡିବାଥାରୁ ବଳି ଅପମାନ ସ୍ତ୍ରୀ ଜୀବନରେ ଆଉ କ'ଣ ଥାଏ ? ବହୁ ସମୟ ବସିବସି ମୁଁ ଫେରିଲି । ପରେ ଶୁଣିଲି – କେଉଁଠୁ ଖବର ପାଇ ତାଙ୍କ ବାପା ଆସିଥିଲେ । ସାଙ୍ଗରେ ନେଇ ଯିବାକୁ କହୁଥିଲେ । ଭାଉଜ ଗଲେନି । ବୋଧେ ଲାଜରେ ବାପଘର ଗାଁରେ ମୁହଁ ଦେଖାଇବାକୁ ଇଚ୍ଛା କଲେନି । କିନ୍ତୁ ଏଠି ଏକୁଟିଆ କେମିତି ରହିବେ ? ଗାଁ ମେଲିକୁ ରାଜା ପାରିବେନି । ଆଜିକାଲି ଲୋକଙ୍କର ମତିଗତି ଯାହା । କେତେବେଳେ କ'ଣ ହେବ ଠିକଣା ନାହିଁ । ମନେ ମନେ ମୁଁ ଅଳ୍କୁ ଅପେକ୍ଷା କରିଥାଏ । ସେ ପଦେ କହିଦେଲେ ଗାଁ ବାଲା ଚୁପ୍ ପଡ଼ି ଯାଆନ୍ତେ । ଏତିକି ବେଳେ ତା'ର ବି ଦେଖା ନାହିଁ ।

ତା'ପରଦିନ ରାତିରେ ସ୍କୁଲ ବାରଣ୍ଡାରେ ନିଶାପ ବସିଥାଏ । ଦାଣ୍ଡରେ ବାଟରେ ଲୋକ ହାଉଯାଇ ହେଉଥାନ୍ତି । କିଏ କହୁଥାଏ "ଘରୁ ଜିନିଷପତ୍ର ସବୁ ବୋହି ଆଣ ।" କିଏ କହୁଥାଏ – "ସେ ଚୁପୁସୀମୁହାଁ ମାଇକିନିଆର ଭାରି ଗଉଁ । ଶାଳୀ ନର ମଣିଷ ସାଙ୍ଗରେ କଥା କହିବନି । ଘଇତାକୁ କୋଉଠି ଭାଡ଼ି ତଳେ ନହେଲେ ଗୁହାଳ ସଙ୍ଗାରେ ପୁରେଇଛି ।"

ସୁର ପ୍ରତି ଗାଁ ଲୋକଙ୍କ ଈର୍ଷା କଥା ମୁଁ ଜାଣେ । ଗାଁରେ ଶାଗ ଖିଆକୁ ପେଜ ଖିଆ ଦେଖ ପାରେନା । ବର୍ଷ କେତେଟାରେ ସୁର ଯେମିତି ଉଠିଛି, ତା' ଘର

ଉପରେ ସମସ୍ତଙ୍କର ଆଖ୍ଯ। କେବଳ ଅଜୁ ଡରରେ କେହି ପାଟି ଫିଟେଇ ନଥିଲେ। ଏବେ ଓରମାନା ମେଣ୍ଟେଇବାକୁ ମଉକା ଜୁଟିଛି। ଗୁଲିଆ ପାତ୍ର ବଡ଼ ପାଟିରେ କହିଲା – ଏତେ କଥା କାହିଁ ପଡିଛି ? ଯେସାକୁ ତେସା। ଫରେନ୍‍ରେ ସେମିତି ଆଇନ୍‍।’

ଗୁଲିଆ ପାତ୍ର ସୁରଟ ସୂତା କଲରେ ଚାକିରି କରେ। ରଜକୁ ଗାଁକୁ ଫେରିଛି। ନନ୍ଦୁଆ ସାହୁ ପଚାରିଲା – ‘ମାନେ ? ତୁ କହୁଛୁ ଆମେ ସୁରିଆ ଘରେ ପଶିବା ?’

ଗୁଲିଆ ପାତ୍ର କହିଲା – ତା’ ଘରେ ପଶିବ ? ସେଠକୁ ତୁମର କଲିଜା ଅଛି ? ସୁରଟ ହୋଇଥିଲେ ଏତେବେଳକୁ ମାମଲତ ବଢ଼ି ସାରନ୍ତାଣି। ତୁମେ ଶଳେ ତୁଚ୍ଛା ମାଇଚିଆ”

– ଏଡ଼େ ଅଣ୍ଟିରାଟା ଯଦି ତୁ ଗଲୁନି। ସବୁ ବାହାପିଆ ଯୋଉଦିନ ମରିଥିଲେ ତୁ ଶଳା ସେଇ ଦିନ ଜନ୍ମ ହୋଇଥିଲୁ।”

ହୁଦସ୍ତ ଛିଡ଼ା ହୋଇ ପଡି ଅଣ୍ଟାରେ ଗାମୁଛାଟାକୁ ଭିଡୁ ଭିଡୁ ଗୁଲିଆ ପାତ୍ର କହିଲା – କଣ କହିଲୁ ? ଦଶମାସିଆ ଛୁଆ ଯଦି ଚାଲ ମୋ ସାଙ୍ଗରେ। ଏକା ଝଙ୍କାରେ ଯଦି ସୁରିଆ ମାଇପକୁ ଲଙ୍ଗଳା କରି ମଝି ଦାଣ୍ଡରେ ଠିଆ ନ କରିଛି ମୁଁ ମୁକୁନ୍ଦ ପାତ୍ର ଛୁଆ ନୁହେଁ, ଘୁସୁରୀ ଛୁଆ।’

– ଯା’ବେ। ସେ ଫୁଟାଣୀ ଆଉ କୋଉଠି ଦେଖେଇବୁ। ଅଜୁ ସାଆନ୍ତାରାକୁ ଚିହ୍ନିଛୁଟି ? ଠିଆ ଫାଡି ଲୁଣ ମଡ଼େଇ ଦେବ। ଖାଲି ସେ ଗାଁରେ ନାହିଁ ବୋଲି।

– ତୋ ଅଜୁ ସାଆନ୍ତରା ତୋତେ ବଡ଼ ବେ! ରାଜନୀତି କରୁଛି ବୋଲି କଣ ମୁଣ୍ଡ କିଣିଛି ? ସୁରଟରେ ଏମିତି କେତେ ଅଜୁ ସାଆନ୍ତରା ରାସ୍ତାରେ ପଡି ମୁଣ୍ଡ ଗଡ଼େଇଉଛନ୍ତି।’

ପାଟିତୁଣ୍ଡ ଘୋଘାରେ କିଏ କ’ଣ କହୁଛି ଜଣା ପଡୁ ନଥାଏ। ଗାଁ ରାଜନୀତି ଅଭୁତ। ଲୋକ ଗୋଟିକୁ ମତ ଗୋଟିଏ। କେଉଁ ହିଡ଼ ବାଡ଼ି କଜିଆ ରାଗ କେଉଁଠି ଶୁଝେ। ସୁର ପଟ କିଏ, ବଲି ମହାନ୍ତି ପଟ କିଏ ବୁଝିବା କଷ୍ଟ। ମୁଁ ଫେରି ଆସିଲି।

ରାତି ଅଧରେ ଗାଁ ଦାଣ୍ଡରେ ହୋ’ହାଲା ଶୁଭିଲା। ପଦାକୁ ବାହାରି ଆସି ଦେଖିଲି ସମସ୍ତେ ସୁର ଘର ଆଡ଼କୁ ଦୌଡୁଥାନ୍ତି। ମୋର ଗୁଲିଆ ପାତ୍ର କଥା ମନେ ପଡ଼ିଲା। ଘରେ କାହାରି କଥା ନ ମାନି ମୁଁ ସେମାନଙ୍କ ପଛେ ପଛେ ଦୌଡ଼ିଲି। ମୁଁ ପହଞ୍ଚିଲା ବେଲକୁ ଅବସ୍ଥା ଅସମ୍ଭାଳ। ଘର ଚାରିପାଖ ଲୋକ ଘେରିଛନ୍ତି। ଘର ଉପରେ ଟେକା ପଥର ବୃଷ୍ଟି ହେଉଛି। ଗୁଲିଆ ପାତ୍ର ଲୋକଙ୍କ ମଝିରୁ ବାହାରି ପଡି ଦାଣ୍ଡ କବାଟରେ ଦୁଇଟା ଠିଆ ଗୋଇଠୋ ମାରି କହିଲା – ବାହାରିଆ ହାରମଜାଦୀ ମାଇକିନିଆ। ଘର ଘଇତାକୁ ତ ସମ୍ଭାଳି ପାରୁ ନଥିଲୁ, ଏବେ ପର ଘଇତାକୁ ସମ୍ଭାଳ।’

ସେତିକିବେଳେ କିଏ ଝରକା କବାଟରେ ଦି ପାହାର ପକେଇ ଡାକ ଛାଡିଲା — ବାହାରିଆ ଜଲଦି । ନ ହେଲେ ଘରେ ନିଆଁ ଲଗେଇ ଦେବୁ ।

ଭୁସ୍‌କିନା ଦାଣ୍ଡ କବାଟ ଖୋଲିଗଲା । ବାହାରି ଆସିଲେ ଲତା ଭାଉଜ । କାନ୍ଦିକାନ୍ଦି ଆଖି ଦୁଇଟା ଗେଣ୍ଡା ଭଳିଆ ଫୁଲିଥାଏ । ଗଣ୍ଠି ଖୋଲି ବାଲ ଗୋଛାକ ଆଣ୍ଠୁଯାଏ ଓହଲିଥାଏ । ଲୋକସବୁ ଚମକି ପଡି ପଛକୁ ଘୁଞ୍ଚିଗଲେ । ଗୁଲିଆ ପାତ୍ର ଦାଣ୍ଡ କବାଟକୁ ପଛକୁ ପେଲି ଠିଆ ହୋଇଥିଲା । ହଠାତ୍‌ କବାଟ ଖୋଲି ଯିବାରୁ ପଡି ଯାଉଯାଉ କାନ୍ତୁକୁ ଧରି ସମ୍ଭାଲି ଗଲା । କାହାରି ପାଟିରୁ କଥା ବାହାରୁ ନ ଥାଏ ।

— କିଏ କହୁଥିଲା ସମ୍ଭାଲିବା କଥା ?', ପଚାରିଲେ ଲତା ଭାଉଜ ।

ଯେମିତି ଚଡଚଡିଟାଏ କେଉଁଠି ଛିଣ୍ଡି ପଡିଲା । ସେମିତି ଶୁଭୁଥାଏ ତାଙ୍କ ସ୍ୱର । ମୁଁ ଡରି ଗଲି । ଆଶ୍ଚର୍ଯ୍ୟ ବି ହେଲି । ଏ ତ ଚା' ଚିତୋଉ ଗଢୁଥିବା ଲତା ଭାଉଜ ନୁହନ୍ତି । ଏ ତ ରୁମାଲରେ ଫୁଲ ବୁଣୁଥିବା କି ନଭେଲ୍‌ ପଢୁଥିବା ଲତା ଭାଉଜ ନୁହନ୍ତି । ବାହାରକୁ ଏତେ ନିରୀହ, ଲଜ୍ଜାଶୀଲା ଦିଶୁଥିବା ଗାଉଁଲି ବୋହୂଟିଏ ଭିତରେ କେଉଁଠି ଥିଲା ଏତେ ସାହସ ? କେଉଁଠି ଥିଲା ଏତେ ଦର୍ପ ? ଗୋଟିଏ ପଦରେ ସମସ୍ତଙ୍କୁ ଏପରି ଚୁପ୍‌ କରି ଦେଲେ ଯେ ଛୁଞ୍ଚିଟିଏ ପଡିଲେ ଗଡମା ଫୁଟିଲା ପରି ଶୁଭିବ ।

ଗୁଲିଆ ପାତ୍ର ପାଖକୁ ସିଧା ଆଗେଇ ଗଲେ ସେ । ତା ମୁହଁକୁ ସିଧା ଅନେଇ ପଚାରିଲେ — ତୋତେ ଏକୁଟିଆ ସମ୍ଭାଲିବା କଥା ପଚାରୁଥିଲୁ ନା ତୋ ସାଙ୍ଗରେ ଆଉ ଯେତେଜଣ ଆସିଛନ୍ତି ସମସ୍ତଙ୍କୁ ସମ୍ଭାଲିବା କଥା ପଚାରୁଥିଲୁ ?'

ଭାଉଜଙ୍କ ଆଖିରେ ପଲକ ପଡୁ ନଥାଏ । ସେ ଆଖିର ତେଜକୁ ସମ୍ଭାଲିବାକୁ ଗୁଲିଆ ପାତ୍ରର ଶକ୍ତି କାହିଁ ?

ବିଷ୍ଣୁ ଲେଙ୍କା କହିଲା— ସେ ଶଲା ଛତରା, ବାହାପିଆ କଥାରୁ ତୁମେ କ'ଣ ପାଇବ ଭାଉଜ ? ତୁମେ ଘର ଭିତରକୁ ଯାଅ । ମୁଁ ବାରବାର କହୁଛି, ଭାଉଜଙ୍କ ଠେଇଁ କଅଣ ଅଛି ? ସେ ହାରମଜାଦା କ'ଣ ମୋ କଥା ଶୁଣୁଛି ? ଅବୁ ଭାଇ ଆସନ୍ତୁ ମୁକୁନ୍ଦା ପାତର ପୁଅ କଥା ଆଗ ବୁଝି ସାରିଲେ ପଛେ ଯେଉଁ କଥା ।

— ମକୁନ୍ଦି ପାତର ପୁଅକୁ ତ ସୁରତ ପଇସା ବାଢ୍ କରୁଚ । ସିଏ କ'ଣ ଇନ୍ଦ୍ରଚନ୍ଦ୍ର ମାନୁଚି ?' କହିଲା ନନ୍ଦୁଆ ସାହୁ ।

— ତମ ଭଲ ଲୋକୀ ତମ ପାଖରେ ଥାଉ । ସେଗୁଡା ଆଉ କେଉଁଠି ଦେଖେଇବ । ଏତେ ଭଲ ଲୋକ ଯଦି ତା ସାଙ୍ଗରେ ଏଠିକୁ ଆସିଥିଲ କାହିଁକି ?', ବୁଲିପଡି ଲତା ଭାଉଜ ପଚାରିଲେ ।

ସେତେବେଳକୁ ଅନ୍ଧାର ଭିତରେ କେତେ ଜଣ କୁଆଡେ ଖସି ପଳେଇଲେଣି। ଗୁଲିଆପାତ୍ର ଠିଆ ହୋଇଥାଏ ଦାରୁଭୂତ ଭଳି। ସତେକି ଦେହରେ ଜୀବନ ନାହିଁ।

ତା ଆଡକୁ ଅନେଇ ଲତା ଭାଉଜ ପଚାରିଲେ- ଠିଆ ହୋଇଛୁ କାହିଁକି ? ସମ୍ଭାଳିବି ପରା ? କୋଉଠି ? ଏଇ ଦାଣ୍ଡରେ ? ସମସ୍ତଙ୍କ ଆଗରେ ?

- 'ମୁଁ-ମୁଁ-ମୁଁ', ଗୁଲିଆ ପାତ୍ର ପାଟି ଖନି ବାଜିଯାଉଥାଏ। ତାଳ ବରଡ଼ାପରି ସେ ଗୋଟାପଣେ ଥରୁଥାଏ। ସତେ ଅବା ଛୁଇଁଦେଲେ ଚଳି ପଡିବ।

- ସମସ୍ତଙ୍କ ଆଗରେ ଡର ମାଡ଼ୁଛି ଯଦି, ଘର ଭିତରକୁ ଆ', ଲତା ଭାଉଜ ତା ଅଣ୍ଟାରେ ଭିଡ଼ା ହୋଇଥିବା ଗାମୁଛାକୁ ଧରି ଟାଣିଲେ। ସେତେବେଳକୁ ନନ୍ଦୁଆ ସାହୁ, ବିଷ୍ଣୁ ଲେଙ୍କା ବି କୁଆଡ଼େ ଗଲେଣି। ହାଣ ମୁହଁକୁ ନେଲା ଛେଳି ଭଳିଆ ଗୁଲିଆ ପାତ୍ର ମେଁ ମେଁ ହେଉଥାଏ।

ତାକୁ ଗୋଟାଏ ଧକ୍କା ମାରି ଭାଉଜ କହିଲେ - ପର ମାଇପ ପାଖରେ ପଶିବାକୁ ଛାତି ଦରକାର - ଛାତି। ଏଇ ମାଙ୍କଡ଼ କଲିଜା ଧରି ସମ୍ଭାଳିବା କଥା ପଚାରୁଥିଲୁ ? ମାଇଚିଆ - ଯା- ଭାଗ୍।

ଗୁଲିଆ ପାତ୍ର ଚିଲ ଭଳିଆ ଗାଁ ଦାଣ୍ଡରେ ଅଦୃଶ୍ୟ ହୋଇଗଲା। ଦାଣ୍ଡ କବାଟ ସେମିତି ଫାଁ ମୁକୁଲା କରି ସେ ଘର ଭିତରକୁ ପଶିଗଲେ। ତାଙ୍କ ଆଗକୁ ଯିବାକୁ ମୋର ବି ସେତେବେଳେ ସାହସ ହେଲାନି। ମୁଁ ଫେରି ଆସିଲି।

ଆଠ ଦିନପରେ ଗାଁରୁ ଫେରିଲା ବେଳକୁ ଅବସ୍ଥା ଶାନ୍ତ ପଡ଼ି ଆସିଲାଣି। ଗାଁ ଗଣ୍ଡଗୋଳ ଜୁଆରିଆ ନଈ। ଘଡ଼ିକେ ଜୁଆର, ଘଡ଼ିକେ ଭଟା। ରଜବାସୀ ଲୋକେ ଚାଷବାସରେ ଲାଗିଲେଣି। ଗୁଲିଆ ପାତ୍ର କେଉଁଦିନୁ ସୁରଟ ପଳେଇଲାଣି। ସୁର କଥା, ବଳି ମହାନ୍ତି ଭାର୍ଯ୍ୟା କଥା ଭାବିବାକୁ କାହାର ଆଉ ବେଳ କାହିଁ ? ଅକୁ ସେ ପର୍ଯ୍ୟନ୍ତ ଗାଁକୁ ଫେରିନଥାଏ। ଯିବା ଆଗରୁ ସୁର ଘରକୁ ଗଲି। ଭାଉଜ ଭାରି ଚୁପଚାପ୍ ଜଣା ପଡୁଥାନ୍ତି। ଏତେ ବଡ଼ ଧକ୍କା ସମ୍ଭାଳିବା ଛୋଟ କଥା ନୁହେଁ। ପଦେ ଦି'ପଦ ମାମୁଲି କଥାବାର୍ତ୍ତା ହୋଇ ଫେର ଆସିଲି।

ଏହା ଭିତରେ ବିତି ଗଲାଣି ଅନେକ ବର୍ଷ। ଚାକିରି ଜୀବନରେ କେତେ ନୂଆ ଜାଗା, କେତେ ନୂଆ ଲୋକ। କେତେ ଘଟଣା, କେତେ ଅଘଟଣା ମୋତେ ଅଭିଜ୍ଞ କରିଛି ତ କେତେ ଅପରିସ୍ଥିତି ମୋତେ ନିର୍ବୋଧ ବନେଇ ଛାଡ଼ିଛି। କିଏ ତା'ର ହିସାବ ରଖିଛି !

ଅକୁ ରାଜନୀତି ଛାଡ଼ି ବହୁ ବର୍ଷ ତଳୁ ବ୍ୟବସାୟରେ ପଶିଲାଣି। ତା'ର ସବୁ ନିଷ୍ପତ୍ତି ଏମିତି ଆକସ୍ମିକ। ରାଜନୀତି କରିବ ବୋଲି ଦିନେ ହଠାତ୍ ପାଠପଢ଼ା ଛାଡ଼ିଥିଲା। ଏବେ ରାଜନୀତି ଛାଡ଼ି ବ୍ୟବସାୟରେ ପଶିବାରେ ଆଶ୍ଚର୍ଯ୍ୟ ହେବାରେ କ'ଣ ଅଛି ?

ପୁରୀ,ଗୋପାଳପୁର.କଟକ,ଭୁବନେଶ୍ୱର, ଦୀଘାରେ ବଡବଡ ହୋଟେଲ । ପବ୍ଲିଶିଂ ହାଉସ୍, ରିୟଲ୍ ଇଷ୍ଟେଟ୍, କନଷ୍ଟ୍ରକ୍ସନ କମ୍ପାନୀ,ହସ୍ପିଟାଲ୍,ପବ୍ଲିକ୍ ସ୍କୁଲ୍ …. ଗୋଟାଏ ବିରାଟ ଶିକ୍ଷା-ସାମ୍ରାଜ୍ୟର ମାଲିକ ସେ । ଏବେ ପୁଣି କାଲେ ଗୋଟେ ଦୁଇଟା ଇଣ୍ଡଷ୍ଟ୍ରୀ ପାଇଁ ଚେଷ୍ଟା କରୁଛି । ବହୁ ପ୍ରଭାବଶାଳୀ ଲୋକଙ୍କ ସାଙ୍ଗରେ ତା'ର ସମ୍ପର୍କ ।

କିନ୍ତୁ ଅଜୁ ସ୍ତ୍ରୀର ଚାକିରି କରିବା ଦରକାର କ'ଣ ? ତା ଭୁବନେଶ୍ୱର ହେଡ୍ ଅଫିସରେ କର୍ମଚାରୀ ସଂଖ୍ୟା କାଲେ ଦୁଇ ଶହରୁ ବେଶୀ । ଜଣେଜଣେ ହୋଟେଲ ମ୍ୟାନେଜରକୁ ସେ ସତୁରୀ,ଅଶୀ ହଜାର ଟଙ୍କା ଲେଖା ଦରମା ଦିଏ । ଅଥଚ କେଇଟା ଟଙ୍କା ଦରମା ପାଇଁ ତା ସ୍ତ୍ରୀ ଘରସଂସାର ଛାଡି ବରଗଡ,ବଲାଙ୍ଗୀରରେ ବର୍ଷବର୍ଷ ଧରି ପଡିଛନ୍ତି ? ପ୍ରମୋସନ୍,ଟ୍ରାନ୍ସଫର୍ ପାଇଁ ବଡବଡ ଅଫିସର୍ ବି କାଲେ ଅଜୁର ସାହାଯ୍ୟ ଲୋଡନ୍ତି । ନିଜ ସ୍ତ୍ରୀର ଟ୍ରାନ୍ସଫର୍ ପାଇଁ ତାକୁ କ'ଣ ସମୟ ଲାଗନ୍ତା ? ଘଟଣାଟା ବୁଝିବାକୁ ଯେତେ ଚେଷ୍ଟା କଲେ ବି ଅବୁଝା ରହିଯାଏ ।

ଏଣେ ବୟସ ବଢିବା ସାଙ୍ଗୋସାଙ୍ଗେ ମୋ ଜଞ୍ଜାଳ ବି ବଢୁଥାଏ । ବର୍ଷ ଗୋଟାକରେ ମୋ ପୁଅ ଡାକ୍ତରୀ ପାଶ୍ କରିବ । ଗାଁ ଜମିବାଡ଼ି ଭାଗରେ । ମୁଣ୍ଡ ଉପରେ ଝିଅ ବାହାଘର ବୋଝ । ଅଜୁ କଥାରେ ବେଶୀ ମୁଣ୍ଡ ଖେଳେଇବାକୁ ସମୟ ନ ଥାଏ ।

କେବେ କେମିତି ଗାଁକୁ ଗଲେ ଦେଖା ହୁଅନ୍ତି ଲତା ଭାଉଜ । ସେମିତି ଚା' ଚିତୋଉ ପିଠା । ସେହି ସ୍ଥିର, ନିର୍ବାକ୍ ଚାହାଣୀ–ଗୋଧୂଳି ଆକାଶରେ ସଞ୍ଜୁଆ ତାରା ପରି । ଚା'ଜଳଖିଆ ଦେଇ ପଚାରନ୍ତି ପିଲାପିଲିଙ୍କ ଖବର, ଦେହ ପା'କଥା । ଚାକିରି ବଦଲି, ପ୍ରମୋସନ, ଝିଅ ବାହାଘର ସବୁ କଥା ପଚାରନ୍ତି । କିନ୍ତୁ କେବେ ଆଉ ଥରେ ବି ସୁର କଥା ଉଠାନ୍ତିନି । ମୁଁ ବି ବୁଝେ ତାଙ୍କର ଅଭିମାନ । ଜାଣି ଜାଣି ସେ କଥା କେବେ ଉଠାଏନା । ଆଉ କି ଲାଭ ?

କଥାବାର୍ତ୍ତା ମଝିରେ ବେଲେବେଲେ ଅଜୁ କଥା ପଡ଼େ । ଆଜିକାଲି ଦି ଚାରି ବର୍ଷରେ ଥରେ ସେ ଗାଁକୁ ଆସିବା କଷ୍ଟ । ତା'ବୋଉ ବହୁ ବର୍ଷ ହେଲା ମଲେଣି । ଗାଁରେ ତା'ର ଆଉ କି କାମ ? ଅକାଲେସକାଲେ କେବେ କେମିତି ଗାଁକୁ ଆସିବା କଥା । ଆଗ ଭଲି ଲତା ଭାଉଜ ସେମିତି ଓଠ ଫୁଲେଇ କୁହନ୍ତି – "ତାଙ୍କ କଥାକୁ କୋଉ କାଲେ ଯୁଗେ କିଏ ବିଶ୍ୱାସ କରିଥିଲା ? ତାଲ ଗଛ ଛାଇକୁ ଭରସା କରିବ ସିନା ଅଜୁକୁ ଭରସା କରିବନି । ଚାକିରି ଚୋରି, ବଣିଜ ମିଛ ବୋଲି କହନ୍ତି, ଶୁଣିନ ?"

ସତକଥା ! କିନ୍ତୁ ଏତେବଡ଼ ବ୍ୟକ୍ତିତ୍ୱ । ଏତେ ଲୋକଙ୍କ ସାଙ୍ଗରେ ସମ୍ପର୍କ । ରାଜ୍ୟସାରା ଖବର ତା ନଖ ଦର୍ପଣରେ । ସେ ଚାହିଁଥିଲେ ସାତ ସମୁଦ୍ର ଘାଣ୍ଟି ସୁରକୁ

ବାହାର କରିଥାନ୍ତା । କାହିଁ, କେତେ ବର୍ଷତଳେ କ'ଣ ଘଟିଥିଲା । କିଏ ତାକୁ ମନେ ରଖୁ ବସିଛି ? ବଳି ମହାନ୍ତି ଭାର୍ଯ୍ୟା ମରି ତା' ଉପରେ ଗଛ ଉଠିଲାଣି । ସେହି କଥାକୁ ଗଣ୍ଠିକରି ସୁର ଯାଇଛି ଯେ ଯାଇଛି । ସେ ବଞ୍ଚି ଛି କି ନାହିଁ ବେଳେବେଳେ ସନ୍ଦେହ ହୁଏ । କେଉଁଠି ଥିଲେ ଏତେ ବର୍ଷ ଭିତରେ ଚିଠି ପତ୍ର ଖଣ୍ଡେ ଦିଅନ୍ତାନି ? ବର୍ଷେ ଦି ବର୍ଷ ପରେ ଗାଁରେ ସେମିତି କଥା ଶୁଣା ଯାଉଥିଲା । ମହାନ୍ତି ସାହିଆ ସେତେବେଳେ ବଡ଼ ଦୁର୍ଦ୍ଦାନ୍ତ । ବରକୁ ମହାନ୍ତି ଘରକୁ ଯିବା ଆସିବା କରୁଥିବା ଗୋଟାଏ ଲୋକକୁ ମାରି ରାତିକା ରାତି କାଳେ ନଈରେ ଭସେଇ ଦେଇଥିଲେ । ସୁରକୁ ସେମିତି କରି ନାହାନ୍ତି ତ ?

ଗାଁକୁ ଗଲେ ଏସବୁ ଭାବେ ସିନା, ସେଠୁ ଆସିଲେ ବାର ଜଞ୍ଜାଳ ଘାରିଯାଏ । ଅଜୁ, ସୁର, ଲତାଭାଉଜ ଆଉ ବିଶେଷ ମନେ ପଡ଼ନ୍ତିନି ।

ମୋ ଚାକିରି ଜୀବନ ସାରା ଦୂରରେ ଦୂରରେ କଟିଲା । ସ୍ତ୍ରୀ ବେଳେ ବେଳେ ଛିଗୁଲାନ୍ତି – "ତୁମ ଦେଇ ଖଡ଼ା ଶିଝିବନି ? ଲୋକ କଟକ, ଭୁବନେଶ୍ୱରରେ ରହି ରିଟାୟାର୍ଡ କରୁଛନ୍ତି । ତୁମେ ସେମିତି ଦେଶକୁ ମୁଣ୍ଡେଇ ବୁଲୁଥା । ଅଜୁଙ୍କୁ ଥରେ କହିଲେ ହୁଅନ୍ତାନି" ?

ମୋର ଲତା ଭାଉଜଙ୍କ କଥା ମନେ ପଡ଼ିଯାଏ – ଅଜୁ ଉପରେ କି ଭରସା ! ଅଜୁ ସହ ଦେଖା ହୋଇଥିଲା ଦଶ କି ପନ୍ଦର ବର୍ଷ ତଳେ । ତା'ସ୍ତ୍ରୀ ଏତେ ବର୍ଷ ହେଲାଣି ବରଗଡ଼, ବଲାଙ୍ଗୀର ବୁଲୁଛି । ସେ ଚାହିଁଥିଲେ କ'ଣ ବଦଳି କରି କଟକ କି ଭୁବନେଶ୍ୱର ଆଣି ପାରନ୍ତାନି ? ମୋ ବଦଳି କଥାରେ ସେ ମୁଣ୍ଡ ପୂରେଇବ ? ମୁଁ ସ୍ତ୍ରୀଙ୍କୁ ବୁଝାଏ ।

କଟକରେ ଘରଟା ଅଧା ତୋଲା ହୋଇ ପଡ଼ିଛି । ଏତେ ଦୂରରେ ରହି ଗାଁ ଜମିବାଡ଼ି ଖବର କି ଝିଅ ବା'ଘର ପ୍ରସ୍ତାବ ବି ବୁଝି ହେଉନି । ପୁଅ ଆସନ୍ତା ବର୍ଷ ହାଉସମ୍ୟାନ୍ସିପ୍ ସରିଲେ ଭୁବନେଶ୍ୱରରେ କ୍ଲିନିକ୍ ଖୋଲିବ କହୁଛି । ମୋର ଚାକିରି ସରିବାକୁ ଆଉ ବର୍ଷ ପାଞ୍ଚଟା । ସମସ୍ୟା ତ ଅନେକ । କିନ୍ତୁ କ'ଣ ଆଉ କରାଯାଏ ? ବେଳେ ବେଳେ ଭାବେ ଅଜୁକୁ ଥରେ କହିବି କି ?

ହଠାତ୍ ଦିନେ ଖବର ପାଇଲି କଟକରେ ପୋଷ୍ଟଟାଏ ଖାଲି ହେଉଛି । ଟଙ୍କା ଦେଲେ ବାଘୁଣୀ ଦୁଧ ମିଳିବ, ହେଲେ ଆମ ଚାକିରିରେ କଟକ କି ଭୁବନେଶ୍ୱରରେ ପୋଷ୍ଟଟାଏ ମିଳିବା କଷ୍ଟ । ଅଜୁକୁ ଥରେ କହିବାକୁ ସ୍ଥିର କଲି । ଏମିତି ତ ପ୍ରତି ମାସରେ ଅଫିସ୍ କାମରେ ଥରେ ଅଧେ ଭୁବନେଶ୍ୱର ଯିବାକୁ ପଡ଼ୁଛି । ଥରେ କହିଲେ କ୍ଷତି କ'ଣ ? ଏଥର ଛାଡ଼ିଲେ ଆଉ ହୁଏତ ରିଟାୟାମେଣ୍ଟ ଯାଏ ସୁଯୋଗ ଆସି ନ ପାରେ । ତା'କାନରେ ପଡ଼ିଥାଉ କାଳେ ଯଦି କିଛି ହୋଇପାରେ ।

ଦିନେ ସନ୍ଧ୍ୟାରେ ତା ଘରେ ପହଞ୍ଛିଲି। ଘର ତ ନୁହେଁ ଗୋଟାଏ ରାଜ ପ୍ରାସାଦ। ହାଉଜାଉ ଲୋକବାକ। ଯେମିତି ଗୋଟାଏ ଦରବାର ଲାଗିଛି। ଚିଟ୍ ପଠେଇ ଅପେକ୍ଷାରେ ବସିଥାଏ।

କେତେ ଲୋକ! କେତେ ପ୍ରକାର କାମ! ବସି ବସି ମୋତେ ବିରକ୍ତ ଲାଗିଲାଣି। ଜୀବନରେ ଅପେକ୍ଷା କରି ବସିବାଟା ହିଁ ବୋଧେ ସବୁଠାରୁ ଯନ୍ତ୍ରଣାପ୍ରଦ। ବହୁତ ସମୟ ପରେ ଚପରାଶି ଆସି ମୋତେ ସିଧା ଅଜୁ ଶୋଇବା ଘର ଭିତରକୁ ଡାକି ନେଲା। ମଝିରେ ଆସି ଅଜୁ କହିଗଲା – ତୁ ଆଜି ରାତିରେ ରହ। ଗପିବା କେତେ ବର୍ଷ ପରେ ଦେଖା ସାକ୍ଷାତ ମନେ ପଡୁଛି ?

ତା' ଦରବାର ସବୁ ସରୁ ରାତି ଏଗାର ପାଖାପାଖି। ଖାଇ ପିଇ ସାରିବା ପରେ ବାରଆଠୁ ବାରକଥା ପଡ଼ିଲା। କଣ୍ଟ ଅବଧାନ ଚାଟଶାଳୀପାଖରୁ ଖଣ୍ଡିଆ ତୋଟା ବେଲ ପରତିଆ ଆମ ଗଛଯାଏ। ମୋତେ ଆଶ୍ଚର୍ଯ୍ୟ ଲାଗୁଥାଏ। କେତେ କଥା ମନେ ରଖ୍ଛି ଅଜୁ! ମୁଁ ଭାବିଥିଲି – ବିଜନେସ୍, ପ୍ରଫିଟ୍ ଏବଂ ଇଣ୍ଡଷ୍ଟ୍ରୀ କଥା ଛାଡ଼ିଦେଲେ ସେ ଆଉ କିଛି ଭାବୁ ନଥିବ। କିନ୍ତୁ ଅଜୁକୁ ସ୍ମରଣ, ବିସ୍ମରଣ ଦୁଇଟା ଯାକ ଶକ୍ତି ବୋଧେ ଭଗବାନ ସମାନ ଭାବରେ ଦେଇଛନ୍ତି। ପଛକଥା ଗପିଲା ବେଳକୁ ଅଜୁ ବଡ଼ ଭାବପ୍ରବଣ ହୋଇ ପଡୁଥାଏ। ତା'ଭିତରେ ମୋ ବଦଲି ପ୍ରସଙ୍ଗ କେମିତି ଉଠେଇବି ? କଥାଟା ମୋତେ ଭାରି ସ୍ୱାର୍ଥପରିଆ ଲାଗୁଥାଏ। ଅଜୁ ପଚାରିଲା – କାହିଁକି ଆସିଥିଲୁ କହିଲୁନି ତ ?

ମୁଁ ଅସଲ କଥାଟା ନ କହି ବାଁରେଇବାକୁ ଚେଷ୍ଟା କଲି – କାହିଁ, ତୋ ପାଖକୁ ଆସିବାକୁ କ'ଣ କାରଣଟାଏ ନିହାତି ଦରକାର ?

– ବିନା କାରଣରେ କେହି କ'ଣ କେବେ ମୋ ପରି ବ୍ୟବସାୟୀ ପାଖକୁ ଆସେ ? ଏତେ ବର୍ଷ ବ୍ୟବସାୟ କଲି । ଏତିକି ଜାଣିନି ?

ଅଜୁ ପାଖରେ ନିଜକୁ ବହୁ ଛୋଟ ଲାଗିଲା। ମନ ଦୁଃଖ ବି ହେଲା। ଏତେ ଗହଲି, ଚହଲି, ଲୋକବାକ, ଟଙ୍କାପଇସା, ଲାଭକ୍ଷତି ଭିତରେ ସେ ମନେ ହେଲା ବଡ଼ ନିଃସଙ୍ଗ। ଗାଁ ମୁଣ୍ଡ ଏକୁଟିଆ ତାଳଗଛ ପରି ଠିଆ ହୋଇ ସତେ ଅବା ପାଟ ଗହୀରରେ ଖରାଛାଇର ଗୋଡାଗୋଡି ଖେଳ ଦେଖୁଛି।

ଅଜୁ ପଚାରିଲା – କ'ଣ କାମ ଥିଲା କହୁନୁ? ମୋ ପାଖରେ ଲାଜ କ'ଣ? ବଡ଼ ଅନିଚ୍ଛାରେ ମୁଁ ତାକୁ ବଦଲି କଥା କହିଲି।

ସେଇ ରାତି ଅଧରେ ସେ ଆମ ଡାଇରେକ୍ଟରଙ୍କୁ ଫୋନ୍ କଲା। କହିଲା – "କାଲି ମର୍ଷ ଆଉଥାରରେ ଦୟା କରି ଅର୍ଡରଟା କରି ଦିଅନ୍ତୁ। ସେ ହାତରେ ନେଇଯିବ। ଜୀବନରେ ମୋର ବନ୍ଧୁ ବୋଲି ତ ସେଇ ଜଣେ।"

ମୁଁ ଶାନ୍ତିରେ ନିଶ୍ୱାସ ମାରିଲି । ଏତେ ସହଜରେ କାମଟା ହୋଇଯିବ ବୋଲି ଭାବି ନଥିଲି । ହଠାତ୍ ଏକ ଗୁରୁତର ସମସ୍ୟାର ସହଜ ସମାଧାନ ହୋଇଗଲେ ମନ ଛୁଆଁଳିଆ ହୋଇଯାଏ । ସବୁଆଡ଼ୁ ପରିସ୍ଥିତି ବୋଧେ ମୋତେ ସେଦିନ ଟିକେ ଅଧିକ ଚପଳ କରିଦେଲା । କିଛି ନ ଭାବି ହଠାତ୍ ପଚାରି ଦେଲି — ତୁ କାଲେ ଡ଼ବଲ୍ ଫୋନ୍ ରଖିଥାଉ । ଗୋଟାଏ ସତ । ଗୋଟାଏ ମିଛ । କେଉଁ ଫୋନରେ କହିଲୁ ?

ଅଜୁ ଗମ୍ଭୀର ହୋଇଗଲା । ଟିକେ ରହି କହିଲା – ସେ ପ୍ରକାର ଡିପ୍ଲୋମାସିରେ ମୋର କେବେ ବିଶ୍ୱାସ ନ ଥାଏ ।"

ରାଗିଲା କି ? ଯେତେ ସାଙ୍ଗ ହେଲେ ବି ପଢ଼ିଲା ପରି ସେ ଝରକା ସେପଟ ଅନ୍ଧାରକୁ ଚାହିଁଥାଏ । ମୋତେ ବଡ଼ ଅସ୍ୱସ୍ତି ଲାଗିଲା ।

କହିଲି – କଥାଟା ତୋତେ ମୁଁ ଠଚ୍ଚାରେ କହିଲି । ତୁ ଏମିତି ସିରିୟସ୍ ହୋଇ ପଡ଼ୁଛୁ କାହିଁକି ? ଅନ୍ଧାର ଭିତରୁ ଆଖି ନ ଫେରାଇ ଅଜୁ କହିଲା – ଜୀବନରେ ଡିପ୍ଲୋମାସୀ ଖେଳିଥିଲି ଥରେ । କାହା ସାଙ୍ଗରେ ଜାଣିଛୁ ?

ପଚାରି ଦେଇ ସେ ପୁଣି ନୀରବ ହୋଇଗଲା । ଭାରି ଗମ୍ଭୀର ଜଣା ପଡ଼ୁଥାଏ ରାତି । ଅଗନା ଅଗନୀ ବନସ୍ତ ମଝିରେ ଯେମିତି ସାଙ୍ଘ ସାଙ୍ଘ ନିଶା ଗର୍ଜୁଛି । ଆଉ ଅଧିକ ସମୟ ନୀରବ ରହିଲେ ହୁଏତ ମୋ ଛାତି ଫାଟିଯିବ । ଗୋଟାଏ ଲହରସରେ ପଚାରିଦେଲି–କାହା ସାଙ୍ଗରେ ?

– "ଲତା ଭାଉଜ ସାଙ୍ଗରେ" ଉତ୍ତର ଦେଲା ଅଜୁ ।

ତା' ସାଙ୍ଗରେ ଗୋଟାଏ ଦୀର୍ଘଶ୍ୱାସ । ଦୀର୍ଘଶ୍ୱାସ ତ ନୁହେଁ ଯେମିତି ସୃଷ୍ଟିର ଶେଷ ଅଣଚାଶ ।

ମୋତେ ଲାଗିଲା – ଅଜୁ ଓ ମୁଁ ମିଛ ନଳିଟିଏ ହୋଇ ଝରକା ସେକଡ଼ ଅନ୍ଧାର ଭିତରକୁ ବୋହି ଯାଉଛୁ ।

ଅନ୍ଧ ପୁଟୁଲି

ସକାଳୁ ଉଠୁଉଠୁ ଶୁଆ କହିଲା. ଶାରୀ ଲୋ ; ଆଜି କାହିଁକି ବଜାର ଆଡେ ଯିବାକୁ ମନ ହେଉଛି । କେତେ ଆଉ ଏ ବଣୁଆ ଫଳମୂଳ, କନ୍ଦାକୋଲି ଖାଇ ରହିବା ? ଚଞ୍ଚଳଚଞ୍ଚଳ କାମ ସାରି ଦେ । ବଜାର ଆଡେ ଯିବା ।

ଶାରୀ କହିଲା, ତମର ପୁଣି ସେ ଅଦଲବଦଲ ପେମ କି ମୋବାଇଲି ପେମ ଦେଖିବାକୁ ମନ ହେଲାଣି । ସେଇ କଥା କହୁନା । ମିଛଟାରେ ଫଳମୂଳ ଦୋଷ ଦେଉଛ କାହିଁକି ? ଏ ସୃଷ୍ଟି ସର୍ଜନା ହେବା ଦିନୁ ମହାପୁରୁ ହାତୀକୁ ବରଡାଲ, ପିମ୍ପୁଡ଼ି କି ଖୁଦ କଣା ଖଞ୍ଜିଛନ୍ତି । ଆମର ଚଉଦ ପୁରିଷ କି ସତଚାଳିଶ ପୁରୁଷ ସେଇ କନ୍ଦାକୋଲି, ଫଳମୂଳ ଖାଇ ଜୀବନ ବିତେଇ ଥିଲେ ନା ନାହିଁ ? ବଜାର ମୁହାଁ ହେଇ ଅବିକା ସେଗୁଡ଼ା ତମକୁ ବିଷ ପରିକା ଲାଗୁଛି ? ବଣଫଳମୂଳରେ ଯୋଉ ସୁଆଦ, ବଜାର ଜିନିଷରେ ମିଳିବ ?

ଶୁଆ କହିଲା ଲସି ଟୋପାକ ଛଡ଼ା, ସେଦିନ ତ ବଜାର ଜିନିଷ ତୁ ଆଉ କିଛି ମୁହଁରେ ଦେଇନୁ । ଭଲ କି ଭେଲ ଜାଣିଲୁ କେମିତି ? ଚାଲ ଆଜି ତୋତେ ଫାଷ୍ଟ ଫୁଡ୍ ଚଖେଇବି । ଭଲ ହୋଟେଲରେ ଖୁଆଇବି ।

ଶାରୀ କହିଲା, ଖାଲି ଖାଇବା ଟିକକ ପାଇଁ ମୋର ଏତେ ବାଟ କିଏ ଯାଉଛି ? କଅଣ କମି ବାଟ ହୋଇଛି ? ସେଦିନ ଯାଇ ପନ୍ଦର ଦିନ କାଳ ମୋ ଡେଣାରୁ ପରଶ ଛାଡ଼ିଲାନି । ତମର ଯଦି ଏତେ ମନ ହେଉଛି ଆଉ କୋଉ ଶାରୀ କି ସାଙ୍ଗରେ ନେଇ ଯାଅ । ମାଉସୀ ବାଡ଼ିରେ ପିଜୁଳି ପାଚିଛି । ଗୋଟାଏ ଆଣିଲେ ମୋର ଦି ଦିନ ଯିବ । ମୁଁ ଏତେ ବାଟ ଯାଇ ପାରିବିନି ।

ଶୁଆ କହିଲା, ବଜାରରେ ହରେକ ରକମ କୋଳି, ଫଳମୂଳ ମିଳୁଛି । ନହେଲେ ସେସବୁ ଖାଇବୁ । ସବୁ ଦିନେ ଏଇ ଗାଁ ଚାରିପଟେ ଚକରି କାଟିବାକୁ ତୋତେ ସୁଖ ଲାଗୁଛି ? ଦୁନିଆ କେତେ ବଦଳୁଛି । କେତେ କେତେ ନୂଆ ଜିନିଷ ବଜାରକୁ ଆସୁଛି । ଭଲିକିଭଲି ପୋଷାକ । ଭଲିକି ଭଲିକି ନୂଆ ଚଳଣୀ । ଦେଖିଲେ ତୋ ଆଖି ଚାଲରେ ଖୋସି ହୋଇଯିବ । ଗଲେ ଆସିଲେ ସିନା ଦେଖିବୁ ।

ମୁହଁ ମୋଡ଼ି ଶାରୀ କହିଲା, ହଃ ବା ସେଦିନ ଯୋଉ ଧରମଛଡ଼ା ନୂଆ କଥା ଦେଖିଲି ଶୁଣିଲି ମୋ ଆଖି, କାନ ଏକାଥରେ ପବିତ୍ର ହୋଇଗଲା । ଆହୁରି କଅଣ ନୂଆ ଜିନିଷ ଦେଖିବାକୁ ବାକି ରହିଲା ? ମୋ ପୁଅ ନୂଆ ବୋହୂଟିଏ ଆଣିଛି । ଦେଖିବାକୁ କେତେ ସୁନ୍ଦର ବୋଲି ନଈ ସେପାରି ବରଗଛ ଶାରୀ କହୁଥିଲା । ପୁଅ କେତେଥର ଯିବାକୁ ଖବର ଦେଲାଣି । ବଳ ପାଉନି ବୋଲି ମୁଁ ଯାଇ ପାରୁନି । ହୋଟେଲରେ ଗଣ୍ଠା ଖାଇବାକୁ ମୋର ତମ ସାଙ୍ଗରେ କିଏ ଏତେ ବାଟ ଯିବ ?

– ଆଲୋ ତୁ କଅଣ ମଣିଷଙ୍କ ଭଳିଆ କଥା କହିଲୁଣି ? ଏଇ ଆଖି ଆଗର ଘଟଣା ଦେଖି କିଛି ଶିଖିଲୁନି ? ପୁଅବୋହୂଙ୍କୁ ଦେଖି ଆସିବାକୁ, ମାଉସୀ ମଉସାଙ୍କ ପଛରେ ଏତେ ଲଗେଇ ଥିଲା । ମଉସା ଏ ବୁଢ଼ା ଦିନେ ସରୁ ଚାଉଳ, ମୁଗ ଡାଲି, ଘିଅ, କଦଳୀ, ବିରି ନଡ଼ିଆ, ଛେନା, ଗୁଡ଼ଠାରୁ କେତେ କଅଣ ଅଟୋରେ ନେଇ ଯାଇ ନଥିଲେ କି ! ପନ୍ଦର ଦିନ ରହି ପାରିଲେ ? ଆହୁରି ପୁଅବୋହୂ କଥା ମୁହଁରେ ଧରୁଛୁ ? ଆମ ପକ୍ଷୀ ଜନମ ଭଲ ଲୋ ଶାରୀ । ଛୁଆଙ୍କ ଦେହରେ ଡେଣା ଲାଗିଲା ତ ଦିଅ ଉଡ଼େଇ ଦିଅ । କଳ୍ପଣା କରିବ କାହିଁକି ପଛରେ ହତାଶା ହେବ କାହିଁକି ?

–ଦୁନିଆ ସାରା ସବୁ ବୋହୂ କଅଣ ମାଉସୀ ବୋହୂ ଭଳିଆ ଘୋଡ଼ାମୁହଁି ହେଇଛନ୍ତି ? ରାଇଜରେ ପୁଣି ଏମିତି ବୋହୂ ଅଛନ୍ତି, ସକାଳୁ ଉଠି ଶାଶୁଶ୍ୱଶୁରଙ୍କ ଖବର ନ ବୁଝିବା ଯାଏ, ପାଟିରେ ପାଣି ଦେବେନି ।

– ସେମିତିକା ବୋହୂ ଆଜିକାଲି ସାତ ସପନ ହେଲେଣି । କାହିଁ କୋଟିକରେ ଗୋଟିଏ ମିଳୁଥିବ କି ନାହିଁ । ଆଠ ଦିନ ତଳେ ବଜାର ଆଡ଼େ ଯାଇଥିଲି । ଦେଖିଲି ଡାକ୍ତରଖାନାରେ ବୁଢ଼ାଟିଏ ପଡ଼ିଛି । ପୁଅ ସେଇ ବଜାର ଭିତରେ ଦୋକାନ କରିଛି ।

ମଉସାଙ୍କ ଭଲିଆ ବୁଢ଼ା ତା କରମ ଆଦରି ଗାଁରେ ମାଟି କାମୁଡ଼ି ପଡ଼ିଥିଲା। ବୁଢ଼ୀ ତ ଦି ବରଷ ଆଗରୁ ବାଟ କାଟିଲାଣି। କି ଯୋଗରେ ବୁଢ଼ା ଦିହ ଖରାପ ହେଲା କେଜାଣି, ଲୋକ ନିନ୍ଦାକୁ ଡରି ଡାକତର ଦେଖାଇବା ନାଁରେ ପୁଅ ଗାଁରୁ ଯାଇ ନେଇ ଆସିଲା। ଅବିକା ଡାକତର ଖାନାରେ ପକେଇ ଦେଇ ତା ବାଟରେ ସିଏ। ଦି ଚାରି ଦିନେ   ଥରେ ଅଧେ ମୁହଁ ମାରିବା କଷ୍ଟ। ରୋଗ କଅଣ ମନକୁ ଭଲ ହେବ ? ଓଷଦପତର ଦେଲେ ସିନା ଯାହା ହୁଅନ୍ତା। ବୁଢ଼ାକୁ ଦେଖି ମୋ ମନ କଅଣ ହୋଇଗଲା। ଜୀବନ ସାରା ଏଇ ପୁଅ ପାଇଁ ବିଚରା କି ନୋ’ ନଅଟ ନ ହୋଇଛି। କେତେ ଧାଁଦଉଡ   ନ କରିଛି ? ଆଜି ବଳ ହଟିବାରୁ ପୁଅ ବୋହୂ ଛଟିଆ ଛ’ ପଇସାରେ ପଚାରୁ ନାହାନ୍ତି। ମଣିଷ ଜୀବନ ଏମିତିକା ଲୋ ଶାରୀ। ବରଞ୍ଚ ଆମ ପଶୁ ପକ୍ଷୀଙ୍କ ଜୀବନ ଭଲ। ଟୋ ଠା ଠି । ବଳ ପାଇଲା ଯାଏ ଚଲ୍‌ଥା। ନ ହେଲେ ଜୀବ ଛାଡି ଗଲେ ନେଶ୍ୱରା ଛିଣ୍ଡିଲା। ଏମିତି ମଲା କତରାରେ ପଡ଼ି ଘୋଷାରି ହେବା କେଉଁଥିକି ?

— ବୁଢ଼ାର କଅଣ ଗାଁରେ ଜମିବାଡ଼ି କିଛି ନାହିଁ ? ଦି ଚାରି ଗୁଣ୍ଠ ବିକି ଡାକ୍ତର ବଇଦ ଦେଖୋଉନି ? ଓଷଦପତର ଭଲମନ୍ଦ କରୁନି।

— ଇଲୋ, ଜମିବାଡ଼ି ନଥିବ କାହିଁକି ? ବୁଢ଼ାକୁ ତୁ କଅଣ କମି ଲୋକ ବୋଲି ବୁଝିଛୁ ? ବାପଜେଜ ଅମଳରୁ ବୁଢ଼ାର ଢେର ଜମିଜମା ଥିଲା। ଖାନଦାନୀ ବୁନିଆଦିଆ ଘର। ବୁଢ଼ା ସରକାରୀ ଚାକିରି ଖଣ୍ଡେ କରିଥିଲା। ସହରବଜାର ଜାଗାରେ ଜମି ଖଣ୍ଡେ କିଣି ଘର ଖଣ୍ଡେ ବି କରିଥିଲା। ପୁଅ ବୋହୂ ଅବିକା ସେଘରେ ନାଟ କରୁଛନ୍ତି।

— ମଲା ନିଜ ଘରଦୁଆର ଛାଡ଼ି ବୁଢ଼ା ଗାଁ କୁ ପଳୋଉଥିଲା କାହିଁକି ବା ! ଯେତେହେଲେ ଡାକତର କବିରାଜ ପାଇଁ ସହରବଜାରରେ ଯେତେ ସୁବିଧା ଗାଁ ରେ କାହୁଁ ମିଳିବ ?

— ହୁଣ୍ଡୀ ହାଉଡିଙ୍କ ଭଲିଆ କି କଥା କହୁଛୁ ? ବୋହୂ ବୁଢ଼ାବୁଢ଼ୀଙ୍କି ଦି ଆଖିରେ ଦେଖି ପାରିଲେ ସିନା ? ସେତେବେଳେ ବୁଢ଼ୀ ବଞ୍ଚିଥିଲା। ତା ଆଖିରେ ବୋହୂ ଅନିଆଚାର ଗଲାନି। ବୋହୂ ଦିନ ଦିଘଡ଼ି ଯାଏ ଶୋଇବ। ସେମିତି ଅଘଷା ଦାନ୍ତ, ଅଧୁଆ ମୁହଁରେ ରୋଷେଇ ଘରେ ପଶିବ। କଥାକଥାକେ କହିବ, ମୋତେ ଚକୁଳି ପିଠା ଗଢ଼ି ଆସେନା, ମୋତେ ମାଛ କାଟି ଆସେନା। ମୋତେ ବେସର ବାଟି ଆସେନା। ଆମ ଘରେ ମୋ ବୋଉ ମୋ ହାତରେ ପାଣି ଲଗେଇ ଦେଉ ନଥିଲା। ଯେମିତି କାମ ନ ଆସିବା ଗୋଟାଏ ବଡ ଗଉରବର କଥା। ଆଉ ଫେସନ ଦେଖିବୁ କଅଣ ? ବୁଢ଼ୀ ପାଟି ଖଣ୍ଡକୁ ଦି ଖଣ୍ଡ କଲେ ପୁଅ କିଛି ନ ବୁଝି ତେଣୁ କାମୁଡ଼ା କୁକୁର ଭଲିଆ ଖେଦି ଆସିବ । ବୁଢ଼ା ଯେତେ ତାଗିଦା କଲେ ବୁଢ଼ୀ ପାଟି କୋଉ ଚୁପ୍‌ ରହୁଛି ? ଯାହା

ଯେମିତି ଚଲୁଥିଲା, ବୁଢ଼ା ଚାକିରି ସରିବା ବାସ୍ତି ପୁଅବୋହୂ ଏମିତି ହିନିମାନ କଲେ ଯେ ବୁଢ଼ାବୁଢ଼ୀ ଗାଁକୁ ଯିବାକୁ ବାଟ ପାଇଲେନି।

– କାହିଁ ସେ ଦିଇଟାଙ୍କୁ ଘରୁ ନିକାଲି ଦେଲେନି ?

– ଲୋକଲଜ୍ୟା ବୋଲି କିଛି ନା ନାହିଁ ? ସେଇଟା କଅଣ ଦାଣ୍ଡକୁ ସୁନ୍ଦର ଦିଶି ଥାଆନ୍ତା ? ଜମିବାଡ଼ି ଖବର ବୁଝିବା ନାଁରେ ବୁଢ଼ାବୁଢ଼ୀ ଗାଁକୁ ଗଲେ ଯେ ଆଉ ଫେରିବା ନାଁ ଧରିଲେନି। ତିହିଁକି ପୁଅ ଥିବ ଥିବ ଘାଟି ମୁଣ୍ଡ ଦେଖି, ଧାନ କଟା ବେଳକୁ, ବିରିମୁଗ ଅମଳ ବେଳକୁ ଯାଇ ପହଞ୍ଚି ଯିବ। ବୁଢ଼ାବୁଢ଼ୀ କୋଉ ପଛ କଥା ମନରେ ଧରି ବସିଛନ୍ତି ? ପୁଅ ବୋଲି ତ ସେଇ ଗୋଟାଏ। ଯେତେ ଯାହା କଲେ କୋଉ ପଦାକୁ ଫୋପାଡ଼ି ଦେବେ ? ବୁଢ଼ୀ ଭଲମନ୍ଦ ଯାହା ସାଇତି ଥିବ ସବୁ ରୁଣ୍ଟେଇ ପୁଣ୍ଟେଇ ଗାଡ଼ିରେ ନଦିବ। ବୁଢ଼ା ଜାଲୁଆ ଡାକି ବାଡ଼ି ପୋଖରୀରୁ ମାଛ ଧରେଇବ। ଗଛରୁ ନଡ଼ିଆପଇଡ ତୋଳିବ। ପେନସନ ଟଙ୍କାରୁ ହଜାରେ ଦିହଜାର ପୁଅକୁ ଧରେଇବ। ବୋହୂ ପାଇଁ ଶାଢ଼ି ପଠେଇବ।

–ପୁଅବୋହୂ କଅଣ ବଜାରରେ ବସି ସେଇ ପଇସାରେ ଚଲୁଥିଲେ ?

ଶୁଆ କହିଲା ତୁ ଏମିତି ଗୋଟାକୁ ଗୋଟା କଥା ପଚାରୁଥିବୁ ନା ଜଲଦି ବାହାରିବୁ ? ସଜ ହୋଇ ବାହାରିବାକୁ ତୋର ତ ଅବିକା କଅଁଳ ଗାଧୁଆବେଳ ହେବ। ଡାକତରଖାନା ଯାଇ ବୁଢ଼ାକୁ ଟିକେ ଦେଖି ଯିବାକୁ ମନ ହେଉଛି। ଯେତେ ହେଲେ ବୁଢ଼ା ମଣିଷଟା ! ଆମେ ପୁଣି ବୁଢ଼ାବୁଢ଼ୀ ହେବା ନା ନାହିଁ ?

ଶାରୀ କହିଲା, ସେକଥାଗୁଡ଼ା ଆଉ କାହିଁ କହୁଛ ? ଏଇ ମଉସାମାଉସୀଙ୍କ କଥାରୁ ଦେଖୁନା। ଦିହଁଙ୍କ ଆଖିରେ ପରଲ ମାଡୁଛି। ସଞ୍ଜ ବୁଟିଲେ ଭଲ ଦିଶୁନି। ଶହେ ଜାଗା ଝଣ୍ଡୁଛନ୍ତି। ମାଉସୀର ଆଉ କଅଣ ରୋଷେଇବାସ କରି ଦେବାକୁ ବଲ ବଅସ ମାଡ଼ି ପଡ଼ୁଛି ? ଖାଲି କର୍ମ ଅସରଣକୁ ସିନା !

–ଇଲୋ ଏ ଦୁହେଁ ହେଲେ ଇଏ ତା ମୁହଁକୁ ସିଏ ୟା ମୁହଁକୁ ଅନେଇ ଦୁଃଖ କଷ୍ଟକୁ ଅଙ୍ଗେ ଲିଭେଇ ଚଲୁଛନ୍ତି। ସେ ବୁଢ଼ାର କେହି ଆଗକୁ ନାହିଁ କି ପଛକୁ ନାହିଁ।

ସେଇଠି ପାଖ ରୋଗୀଙ୍କର ଲୋକବାକ ଭଲମନ୍ଦ ଆଣି ଆସୁଥିବେ। ଡାକତରକୁ ପଚାରି ଓଷଦ ପତର ଦେଇ ଯାଉଥିବେ। ବୁଢ଼ା ଖାଲି ସେଇ ଡାକତର ଖାନାରୁ ଯାହା ମିଳିବ ସେଇୟାକୁ ଭରସା କରି ଜଲଜଲ ଅନେଇ ରହିଥିବ। ମଲୁ ପାଟିକୁ ରୁଟୁ କି ନରୁଟୁ। ମନ ଖୋଲି କାହାକୁ କହିବ ? କିଏ ଅଛି ? ତା ହତାଶିଆ ଚାହାଣୀକୁ ଦେଖିଲେ ଛାତି ଭିତର କୋରି ବିଦାରି ହୋଇଯିବ ଲୋ ଶାରୀ। ଦଇବ ହେଲେ ବୁଢ଼ାଟାକୁ ନେଇ ଯାଆନ୍ତା। ମଲା କତରା ରେ ପଡ଼ି ଆଉ ଏତେ ହାନ୍ତସ୍ତ ହୁଅନ୍ତାନି।

— ଜୀବନମରଣ କାହା ହାତର କଥା ହୋଇଛି ? ସେ ସବୁ ତ ଉପରବାଲା ହାତରେ ’, କହି ଦେଇ ଶାରୀ ଉପରକୁ ଅନେଇଲା ।

ଶୁଆଶାରୀ ଦିହେଁ ସହର ମୁହାଁ ଉଡ଼ିଗଲେ । ବାଟରେ ଶାରି ପଚାରିଲା, ବୁଢ଼ା ପୁଅର ପିଲାଝିଲା କିଛି ଅଛନ୍ତି ନା ନାହିଁ ମ ?

ଶୁଆ କହିଲା, ଦିଇଟା ଜାଆଁଲା ଛୁଆ । ପିଲାଝିଲା ନ ଥିବେ କାହିଁକି ?

— ସେମାନେ ତ ପୁଣି ଦେଖୁଥିବେ, ଜାଣୁଥିବେ । ବାପମା’ଙ୍କ ପାଖରୁ ଯାହା ଦେଖିବେ ଶିଖିବେ ସେଇଯ୍ୟା କରିବେ ।

— ମଣିଷ ଯଦି ଏତେ ଆଗତ କଥା ଭାବୁଥାନ୍ତା, ଚେତୁଥାନ୍ତା ଦୁନିଆରେ ଏତେ କଥା କାହିଁକି ହୁଅନ୍ତା ? ଏଇ ପୁଅ ପାଇଁ ବୁଢ଼ା ଜୀବନସାରା କ’ଣ ନ କରିଛି ? ଏତେ ବକଟେ ହୋଇଥିଲା, କି ବେମାରୀ ଧରିଲା ଯେ ହାତଗୋଟ ନାଠି କରି, ଆଖି ଖୋଷି ଦେଲା । ବୁଢ଼ାବୁଢ଼ୀ କେତେ ଡାକ୍ତରକବିରାଜ ପାଖକୁ ନ ଧାଉଁଛନ୍ତି ? କେତେ ଗୁଣିଗାରଡ଼ି, କେତେ ଟୁଣ୍ଟୁକାଟୁଣ୍ଟୁକି ! ସବୁ ପାଣି ଫାଟି ଗଲା । ଥିବ ଥିବ ପୁଅ ଆଠଦିନେ ପନ୍ଦର ଦିନେ ଛୋବ ଚାଲିଯିବ । ଦାନ୍ତ ଜାବ ପଡ଼ିଯିବ । ଘରେ କାନ୍ଦ ବୋବାଲି ପଡ଼ିଯିବ । ଖିଆପିଆ କଥା ପଚାରେ କିଏ ? ଶେଷକୁ ଜମି ଏକରେ ବିକି, ଧାରଉଧାର କରି ବୟେଛ ନା ଦିଲ୍ଲୀ ନେଇ ବଡ ଡାକତର ଦେଖେଇବୁଢ଼ାବୁଢ଼ୀ ଭଲ କରି ଆଣଲେ । ସେଇ ଦିନୁ ଜମି ବିକା ଲାଗିଲା ଯେ ସେଥିରୁ ଆଉ ଛୁଟଣ ନାହିଁ । ପୁଅ କେମିତି ଭଲ ଇସ୍କୁଲରେ ପଢ଼ିବ, କେମିତି ଭଲରେ ଖାଇବ, ବୁଢ଼ୀ ଆଖିକି ନିଦ ନ ଥିବ । ବୁଢ଼ାକୁ ବି ବସେଇ ଉଠେଇ ଦେବନି । ହେଲେ ପୁଅ ଘୋଡ଼ାମୁହାଁ ପାଠ ଛାଡ଼ି ଆଉ ସବୁ କଥାରେ ଆଗସର । ବାର କଳି ଆଣି ଘରେ ପୁରେଇବ । ଚାଲି ଗଲା ଶଗଡ଼ରେ ହାତ ମାରିବା ପର୍କୃତି । ବୁଢ଼ୀ ହେଲେ ଆକଟ କରି ପଦେ କହିବ, ବୁଢ଼ା କୋଉ ଦିନ ପାଟିକୁ ଖଣ୍ଡକୁ ଦି ଖଣ୍ଡ କରିବନି । ଏଟୋକା ବାଆଦେ ଝିଅଟାଏ ହୋଇଥିଲା । ବୁଢ଼ାବୁଢ଼ୀ ଆଶା କରିଥିଲେ ଆଉ ଗୋଟାଏ ପୁଅ ହେବ । ବୁଢ଼ୀ କଥାକଥାକେ କହୁଥିଲା, ଏକ ଆଖି ନୁହେଁ । ଏତେ ବକଟେ ପାଣି ହାଣ୍ଟି ଛୁଆ, ସେଇଟା କୋଉ ଛୁଆରେ ସୁମାରି ? ଦିନେ କାଲେ ତ ଦେହମୁଣ୍ଡ ଭଲ ରହୁନି । ସେଇଟାକୁ କି ଭରସା ? ହେଲେ ଦେଖିଲା ବେଲକୁ ଝିଅଟାଏ ହେଲା । ଝିଅକୁ ଦେଖି ବୁଢ଼ୀର ଯୋଉ କାନ୍ଦ । ରାଗରେ ବୁଢ଼ା ବାରରାତ୍ର, ଏକୋଇଶା ବି କଲାନି । ଭାରି ଅଣହେଲାରେ ଝିଅଟା ବଢ଼ିଲା ଲୋ ଶାରୀ । କେଜାଣି ଏ ଯୁଗ ହେଇଥିଲେ ଆଉ କି ଉପାୟ କରିଥାନ୍ତେ କି କଣଣ । ସେତେବେଲେ ତ ଏତେ କଥା ଜଣା ନ ଥିଲା ।

— ମଲା ଇଏ ପୁଣି କୋଉ ଆଉର କଥା ବା ! ଇଲୋ ଛୁଆ ତ ଛୁଆ । ଝିଅ

କଅଣ ପୁଅ କଅଣ ? କଅଣ କାହା ହାତର କଥା ହୋଇଛି ? ଝିଅ ଛୁଆ ଜନମ ନହେଲେ ଏ ସୃଷ୍ଟି ରହିବ ? ମଣିଷ ଏତେ ବୁଦ୍ଧି କାଢୁଛି, ଏତିକି କଥା ବୁଝି ପାରୁନି ? ତମେ ସେ ଝିଅକୁ ଦେଖିଛ ?

    – ନ ଦେଖିବି କେମିତି ? ସେଇ ଝିଅ ଜାଣି ଏବକୁ ବୁଢା ଜୀବନ ବଞ୍ଚେଇଛି । କଅଣ ଛୋଟିଆ ମୋଟିଆ ଚାକିରି ଖଣ୍ଡେ କରିଛି । ତାଆର ବି ଛୁଆ ପିଲା ଜଞ୍ଜାଳ । ଦରମା ପଇସା ଆଜିକାଲି ବଜାରରେ କୁଆଡିକି ? ଅଧିକା ଦି ପଇସା ଆୟ କରିବାକୁ ଘରେ ସିଲେଇ ମିସିନି ଖଣ୍ଡେ ପକେଇଛି । ଶାଶୁଘର ସେମିତି ଚଳିଲା ପଛ ନୁହନ୍ତି । ଗେରସ୍ତ ଯାଇ ବିଦେଶରେ । ଦିନେ ଦି ଦିନେ ସାହୀ ପଡିଶାଙ୍କୁ ଘର ଜଗେଇ ଡାକ୍ତରଖାନା ଧାଉଁଛି । ଭଲଟା ମନ୍ଦଟା ଯାହା ପାଇଲା ସାଙ୍ଗରେ ଆଣିଥିବ । ବୁଢା ଭଲ ପାଏ ବୋଲି ଚୁନା ମାଛ ବେସର କରି ଆଣିଥିବ. ନହେଲେ ଡାଲମା ଟିକେ । ଭଜାମଣ୍ଡା ଦିଇଟା । ବୁଢା ସେଇ ଆଶାରେ ଝିଅ ଆସିବା ବାଟକୁ ଅନେଇ ବସିଥିବ । ମନବୋଧ କରି ଦିଇଟା ଖାଇବ । ଧାରଉଧାର କରି ଝିଆ ଓଷଦ ପତ୍ର କିଣି ଦେଇ ଯିବ । ଡାକତର, ନର୍ସଙ୍କ ହାତଓଠ ଧରି ବାର ନେହୁରା ହୋଇ କାନ୍ଦି ବୋବେଇ ଯିବ । ବୁଢାର ପଛ କଥା ମନେ ପଡୁଥିବ । ପୁଅ ବେଲକୁ ଟିଣଡବା ଦୁଧ, ଟନିକି, ଗାଇପି ଓ୍ୱାଟର, ଘୋରା ଓଷଦ ଝିଅ ବେଲକୁ ଚୁଡାଗୁଣ୍ଡ ଚକଟିବାକୁ ଦୁଧ ଟୋପା ବି ନାହିଁ । କେତେ ହାତାଦର, କେତେ ଅଣହେଲା ! ଦେହ ସହିବନି ।

    –ଆଲୋ ସେ ବୁଢୀଟା ମା ନା ରାକ୍ଷସୀ ବା ? ନିଜ ପେଟରୁ ଜନମିଥିବା ଛୁଆକୁ ଏମିତି ହତାଦର କରିବାକୁ ତ ସତ କେମିତି ବଲୁଥିଲା ମ ? ନିଜେ ତ ପୁଣି ଝିଅ ଜନମ ପାଇଛି । ସେ କଥାକୁ ଟିକେ ହେଜିଲାନି ?

    – ସେତେବେଲ କଥା ପଚାରେ କିଏ ? ବୁଢୀ ଦିନେ ମଲା ବିଛଣାରେ ପଡି କୋଉ ହେଜିଲା ? ଏ ଝିଅ ସେତେବେଲେ ଯେତେ ନ କରିଛି !

    – ସତରେ ?

    – ଆଉ ? ବୁଢୀ କି ଅସାଧ୍ୟ ବେମାରୀ ଧରିଲା କେଜାଣି ଉଠି ଚଲପ୍ରଚଲ ହୋଇ ପାରିଲାନି ।ବିଛଣାରେ ପଡିପଡି ପିଠି ପଟ ଘା' ହୋଇଗଲା । ପୁଅବୋହୂ ଦେଖିବାକୁ ଆସିଥିଲେ ଯେ ବୋହୂ ମୁହଁରେ ଲୁଗା ଦେଇ କୋଣେ ବାଟରେ ଠିଆ ହେଲା ।ପୁଅ ବୁଢାକୁ ଅମୁକ ନାଁ ସମୁକ କର ବତେଇ ଦେଲେ ଛୁ' । ଓଲଟା ବୁଢୀ ମାଲାରୁ ବୁଢା ମୁଣ୍ଡରେ ଦୋଷ ଲଦିଲା, ମୁଁ ଏ ଡାକ୍ତର ନାଁ ସେ ଡାକ୍ତର ପାଖକୁ ନେବାକୁ କହୁଥିଲି । ସେ ଅମୁକ ଡାକ୍ତର ମୋର ଏତେ ଚିହ୍ନା ପରିଚ । ଛାଡ଼.ଗାଲୁଆଙ୍କର ବାରବାଟୀ ଚାଷ । ମୁଣ୍ଡରୁ ଅଠା ଛେଡେଇବାକୁ ଯେତକ ଫନ୍ଦିଫିକର । ବୋହୂ ବି ଓଢଣା

ଦେଇ ସାତ ଅସରା ବାହୁନି ନ ଥିଲା କି ! ସେଥିରେ ବୁଢ଼ାର ଆମ୍ବ୍ୟାପୁରୁଷ ବୋଧ ହୋଇ ଯାଇଥିବ ।

– ସେଇଠୁ ?

– ସେଇଠୁ ବୋଲି ପଚାରୁଛୁ କଅଣ ? ପଥିଓଷଦ କରିକରି ବୁଢ଼ାର ଟାଣଟୁଣ ଅବସ୍ଥା । ପେନସନ ଟଙ୍କା ବା କେତେ ? ଜମି ବାଡ଼ିରୁ ଆଜିକାଲି କିବା ଆୟ ? ସେଥିରୁ ମାସେ ଦି ମାସରେ ପୁଅ ବାର ଆରା ଦେଖେଇ ହଜାରେ ଦି ହଜାର ଟାଣୁଥିବ । ହେଲେ ଝିଅ ଦେହ ସହୁଛି କେତେକେ ? ତା ପାଖରେ ବି ସେମିତି ଆୟ ଅଳଙ୍କାର ନ ଥିଲା । ଧାଇଁଧାଇଁ ଜିଆ ନାଡ ପରିକା ଟେ୍ୟନ ଖଣ୍ଡେ ।ସେଇଯ୍ୟାକୁ ବନ୍ଧା ପକେଇ ବୁଢ଼ୀ ପଛରେ ଖର୍ଚ୍ଚ କରିଥିଲା । ବୁଢ଼ୀ ଗୋଟାଏ ସୁଉକି ହାର ନାଇ ଥିଲା । କାନରେ ହଲେ ପେଣ୍ଟି । ମଲା ଆଗରୁ ସବୁ ବାନ୍ଧିବୁନ୍ଧି ବୋହୂ ହାତକୁ ଟେକି ଦେଲା । କହିଲା, ମୋ ନାତୁଣୀକୁ ଦେବୁ । ହାତରୁ ମୁଦିଟି ଓହ୍ଲେଇ କହିଲା, ଦି ଜଣଙ୍କୁ ତ ସାଙ୍ଗରେ ଟିକେ ଆଣିଲୁନି । ଆଖି ପୂରେଇ ଥରେ ଦେଖିଥାନ୍ତି । ଆଉ କଅଣ ବଞ୍ଚିବି ?

–ସେଇଠୁ ?

ଶୁଆ ଚିଢ଼ି ଯାଇ କହିଲା, କେତେ ସେଇଠୁ,ସେଇଠୁ ପଚାରୁଛୁ? ତମ ମାଇପି ଜାତିର ପର୍କୃତି ସେମିତି । ଛେନାରୁ ଟୋପା ଛଡେ଼ଉଥିବ ।

ଶାରୀ କହିଲା– ମଲା, ତୁଚ୍ଛାଟାରେ ଏମିତି ବିଗିଡ଼ି ଯାଉଛ କାହିଁକି ବା ? ଏଣେ କହୁଛ,ଝିଅ ଏତେ କରିଥିଲା । ସେତେ କରିଥିଲା । ବେକରୁ ଟେ୍ୟନ ବନ୍ଧା ପକେଇ ବୁଢ଼ୀ ପାଇଁ ପଥି ଓଷଦ ଆଣିଥିଲା । ନିଜ ଛୁଆ ପିଲାଙ୍କୁ ଅଣହେଲା କରି ବୁଢ଼ୀର ଏତେ କରିଥିଲା । ତେଣେ କହୁଛ ଯୋଉ ବୋହୂ ଦିନେ ମୁହଁକୁ ଅନେଇ ନ ଥିଲା ବୁଢ଼ୀ ତାକୁ ଲୁଟେଇ ସବୁ ଦେଇ ଦେଲା । ତା ମା' ମନ କେମିତି କେଜାଣି ?

ଶୁଆ କହିଲା,ଲୁଟେଇ ଟୋରେଇ ଦେବ କାହିଁକି ? ଝିଅ କଅଣ କୁଆଡେ ପଳେଇ ଥିଲା ? ତାଆରି ଆଖି ଆଗରେ ପରା ଦେଲା ।

– ବୋହୂ ନାତିନାତୁଣୀଙ୍କୁ ସାଙ୍ଗରେ ଆଣୁ ନ ଥିଲା କାହିଁକି ?

– କୁଆଡିକା ହୁଣ୍ଟାଟାକି ? ଏତକି ବୁଝି ପାରୁନୁ ? ଆଲୋ ବୁଢ଼ୀ ଦେହ ପରା ଘା'ଘଉଡରେ ମିଳେଉ ଥିଲା । ତା ଛୁଆଙ୍କ ଦେହକୁ କାଲେ ବେମାରୀ ଡେଇଁବ ବୋଲି ବୋହୂ ଡରିଲା । ତେଣେ ତାଙ୍କର ପରୀକ୍ଷା ଅଛି ବୋଲି କହି ବୁଢ଼ୀକି ବାଁରେଇ ଦେଲା । ଆଜିକାଲି ଛୁଆଙ୍କ ପାଠପଢ଼ା ଗୋଟାଏ ବଡ ବାହାନା ହେଇଛି ବୋଲି ଜାଣିନୁ କି ?

ଶାରୀ କହିଲା, ଧନ୍ୟ କହିବ ସେ ଝିଅକୁ । ଏତେ ଅଣହେଲାରେ ବି ବାପକୁ ଡାକ୍ତରଖାନାରେ ଜଗି ବସିଛି ।

—ଖାଲି କଅଣ ଜଗି ବସିଛି ? ବୁଢ଼ା ଓଷଦ ପତର ଖର୍ଚ୍ଚ ପାଇଁ କାମଦାମ ସାରି ପାହାନ୍ତା ପହର ଯାଏ ସିଲେଇ ମେସିନ ଉପରେ ହାମୁଡ଼େଇ ପଡ଼ିଥିବ। ଅଧିକା ଦି ପଇସା ହାତକୁ ଆସିଲେ ସିନା ବୁଢ଼ା ପାଇଁ ଭଲଟା ମନ୍ଦଟା ଆଣିବ।

—ବୁଢ଼ା ପେନସନ ଟଙ୍କା ?

—ଇଲୋ ତୋତେ କଥା ନହସରେ ଆଗ କଥା ଗୁଡ଼ା କହିନି। ତୁ ତ କଥା ମଝିରେ ଏଶୁ ନାହିଁ ତେଣୁ ପଚାରିବୁ। ମନ ପକେଇ କେତେ ସଜାଡ଼ିସୁଜୁଡ଼ି କହିବି ?

—ଶାରୀ କହିଲା,   କଥାଟା ଆରମ୍ଭ କରିଛ ଯେତେବେଲେ ଟିକେ ମୂଲ୍ଲରୁ ବାଗେଇ କହ୍ନା। ବାଟ ଉଡ଼ା ବି ଜଣା ପଡ଼ନ୍ତାନି।

ଶୁଆ କହିଲ, ଟୋକା ପାଠ ପଢ଼ା କଥା ପାଖରୁ ଛାଡ଼ିଥିଲି। କହୁଥିଲି ତ ସେଇଟାର ମହା ଡଁହରା ପର୍କୃତି। ସେଇଟାର କି ପାଠଶାଠ ହେବ ? ଏଣେ ପୁଅକୁ ଡାକତର, ଇଞ୍ଜିନିୟର କରିବ ବୋଲି ବାପମାଙ୍କ ଆଖିକି ନିଦ ନାହିଁ। ପୁଅ ତେଣେ ପଇସା ନେଇ ସାଙ୍ଗସୁଖରେ ଉଡ଼ୋଉଛି। ଯେତେ ଟ୍ୟୁସନ, କୋଟିଂ ସେଣ୍ଟର ଗଲେ କଅଣ ହେବ ? ପିଲାର ପାଠ ପଢ଼ାରେ ମନ ଥିଲେ ସିନା ! ଶେଷକୁ ତିନି ଥରରେ ବିଏ ଖଣ୍ଡକ ବି ପାଆସ କରି ନ ପାରି ମାକୁ ବୁଝେଇଲା, ଆଜି କାଲି ପାଠ ପଢ଼ାରୁ କଅଣ ମିଲୁଛି ? ଅସଲ ଚିଜ ହେଲା ଟଙ୍କା। ଯାହା ପାଖରେ ସେତକ ନାହିଁ, ଯେତେ ପାଠ ଶାଠ ପଢ଼ିଲେ ବି ତାକୁ କିଏ ପଚାରେ ? ଟଙ୍କା ରୋଜଗାର ବିଦ୍ୟା ମୋତେ ଷୋଲ ଅଣା ଉପରେ ସତର ଅଣା ଜଣା। ମୋ ଏ ସାଙ୍ଗ ନାହିଁ ସେ ସାଙ୍ଗ ଛୋଟିଆ ମୋଟିଆ ଦୋକାନ ଖଣ୍ଡେ ପକେଇ ଆଜି ଲକ୍ଷପତି। ମୁଁ ଟ୍ୟୁସନ କୋଟିଂ ସେଣ୍ଟରକୁ ସାଇକେଲ ପେଲିପେଲି ଥେଇଯ୍ୟା। ଖାଲି ଟଙ୍କା ପାଞ୍ଚଦଶ ଲକ୍ଷ ହୁଅନ୍ତା କି ବର୍ଷ ଗୋଟାକରେ ଦେଖନ୍ତୁ ମୁଁ ଯାଇ କୋଉଠି ଉଠନ୍ତି। ବୁଢ଼ୀ ମନକୁ କଥାଟା ପାଇଲା ଯେ ହେଲେ ଦଶ ଲକ୍ଷ ଟଙ୍କା। କଥା ଶୁଣି ବୁଢ଼ୀ ଦୋଦୋ ପାଞ୍ଚ ହେଲା। ତାକୁ ତ ବୁଢ଼ା ଅବସ୍ଥା ଜଣା। ସେ କହିଲା ତୋ ପାଠ ପଢ଼ାରେ ତ ପାଣି ପରି ପଇସା ଖର୍ଚ୍ଚ ହେଉଛି। ସେଇ ଟଙ୍କା ଖର୍ଚ୍ଚକୁ ଡରି ଝିଅଟା ନାଁ କଲେଜରେ ଲେଖେଇବାକୁ ବାପ ମନା କରିଦେଲା। କହିଲା, ଯେତେ ହେଲେ ଝିଅ ଜନମ ପର ଘରକୁ। କୋଉ ଆମକୁ ପୋଷିବ ନା ପାଲିବ ? ଯାହାକୁ ଆଶା କରିଛି, ତା ଗୋଡ ଆଗେ କୂଲରେ ଲାଗୁ।

ବିଗିଡ଼ିଲା ପରି ପୁଅ କହିଲା ପାଠ ପଢ଼େଇବାକୁ ମୁଁ ଖୋସାମତ କରୁଥିଲି ? ମୁଁ ତ କୋଉ ଦିନୁ କହୁଛି ମୋତେ ଟଙ୍କା ଦିଅ, ବେପାରରେ ପଶିବି। ଷ୍ଟେସନାରୀ ଦୋକାନ ଖଣ୍ଡେ କଲେ ମୋ ପଇସା କିଏ ଖାଇବ ! ପାଠ ପଢ଼ାରୁ ମୋତେ ମିଲିବ କଅଣ ? ନୀଲ ପାତ୍ର ଦି ବର୍ଷ ହେଲାଣି ଏମ୍ ପାଆସ କରି ବୁଲୁନି କି ? କେତେ

ଚାକିରି ମିଳି ଯାଉଛି ?   ତାଛଡ଼ା ସରକାରୀ ଚାକିରି ରେ କେଉ ବାଙ୍ଶୀ ଡେଉଛି ? ବାପଙ୍କ ଅବସ୍ଥା ଦେଖି ଜାଣନ୍ତୁ ? ମାସ ଶେଷକୁ ୦ ଠା ଠି ।

ବୁଢ଼ୀ କହିଲା, ସେଇଥିରେ ପୁଣି   କେଉ ମୁହଁରେ ଟଙ୍କା ମାଗୁଛୁ ? ତୋ ନାଁ ଲେଖା ବେଳକୁ ପରା ଲୋଥିନ ଉଠେଇ ଥିଲେ । ଝିଅଟା ଫାଷ୍ଟ କିଲାସ ପାଇ ଘରେ ବସିଲା । ପାଠ ସିନା ପଢ଼େଇ ପାରିଲୁନି । ତାକୁ ପୁଣି ବାହା ସହା କରିବୁ ନା ନାହିଁ ?

– ଝିଅ ବାହାଘର ଚିନ୍ତା ତୋତେ କାହିଁକି ପଡ଼ିଛି । ବର୍ଷ ଗୋଟାକରେ ଯେତିକି ଇନକମ କରିବି, ଚାରିଟା ବାହାଘର ଖର୍ଚ୍ଚ ଉଠିବ । ଆଜିକାଲି ସ୍ଟେସନାରୀ   ବଜାର କଥା ତୁ ଜାଣିନୁ ବୋଲି ସେମିତି ବେସ୍ତ ହେଉଛୁ । ଟଙ୍କାକରେ ତିନି ଟଙ୍କା ଲାଭ ।

– ହେଲେ ବାପା ଅବିକା ଟଙ୍କା ଆଣିବେ କୋଉଠୁ ? କୋଉ ପାଞ୍ଚଦଶ ହଜାର କଥା ହୋଇଛି ?

– ଆଜିକାଲି କେବିନ ଖଣ୍ଡେ ପକେଇଲେ ତ ତିନି ଲକ୍ଷରୁ ଊଣା ଖର୍ଚ୍ଚ ହେବନି । ପାଞ୍ଚ ଦଶ ହଜାର ନେଇ କ'ଣ ଶୁଙ୍ଘିବି ?

– ପାଞ୍ଚ ଦଶ ଲକ୍ଷ କିଏ ଆମେ କିଏ ? ନହେବା କଥା କହୁଛୁ ।

ପୁଅ ବୁଝେଇଲା, ଆଜିକାଲି କିଏ ନଗଦ ଟଙ୍କା ଧରି ବ୍ୟବସାୟ କରୁଛି ? ବ୍ୟାଙ୍କ ବାଲା ପରା ଲୋନ ଦେବାକୁ ଅନେଇ ବସିଛନ୍ତି । ବାପାଙ୍କୁ କହନୁ ଏ ଘର ବନ୍ଧା ଦେଇ ଲୋନ୍ ଆଣନ୍ତୁ ।

ଜିଭ କାମୁଡ଼ି ପକେଇ ବୁଢ଼ୀ କହିଲା, ଏ କଥା କହିବାକୁ ତୋ ସତ କେମିତି ବଲୁଛିରେ ଧନ !   ଏ କଥଣ କୁହନ୍ତିନି ହାଉକୁ ଘୋରି ଘର ଖଣ୍ଡେ କରିଛନ୍ତି । ତାକୁ ବନ୍ଧା ପକେଇ ଆମେ ରହିବୁ କେଉଁଠି ? ବୁଢ଼ୀ ଦିନେ ମୁଁ କଥଣ ଯାଇ ଗାଁରେ ଚୁଲି ଧୂଆଁରେ ଘାଣ୍ଟି   ଚକଟି ହେବି ? ତୋ ପଛରେ ଏତେ ଲାଗିଥିଲୁ କଥଣ ଏଥି ପାଇଁ ?

ସବୁ ଶୁଣି ଟୋକା କହିଲା, ହଉ ସେଇ ଘରକୁ ମୁଣ୍ଡେଇ ବସିଥା । ମୁଁ ସୁରଟ ନ ହେଲେ ବାଙ୍ଗାଲୁର   ପଲେଇବି ।

ପୁଅ   ଘର ଛାଡ଼ି ପଲେଇବା   କଥା ଶୁଣି ତେଣେ ତ ବୁଢ଼ାବୁଢ଼ୀଙ୍କ ଫଙ୍କାସି ଉଡ଼ିଗଲା ଲୋ ଶାରୀ ।

ବୁଢ଼ା   କହିଲା, ସବୁ ତ ତାଅରି ପାଇଁ । କୋଉ ନ'ଟା ଛ' ଟା ଅଛନ୍ତି ? ଝିଅ ବୋଉ ତ ଆହୁରି ଅଡୁଆ । ତାକୁ ହାତକୁ ଦି ହାତ କରି ଦେବା କଥା ଯଦି ପୁଅ କହୁଛି ଆମକୁ ଚିନ୍ତା ପଡ଼ିଛି କାହିଁକି ? ପାଠ ନ ହେଲା ନାହିଁ,ବ୍ୟବସାୟ କରି ଉନ୍ନତି କରୁ । ପୁଅ ଯଦି ଘର ଛାଡ଼ି ପଲେଇବ ଘର ରହି କଥଣ ଆମ ମଲା ଗାତରେ ପାଣି ଦେବ ?

ଘର ବନ୍ଧା ପକେଇ ପୁଅକୁ ଟଙ୍କା ଧରେଇ ଦେବାକୁ ବୁଢ଼ାକୁ ତର ସହିଲାନି। ପୁଅ ବଜାର ମଝିରେ ଘର ଭଡ଼ା ନେଇ ମହା ଆଟଙ୍କରେ ଦୋକାନ ଦେଲା।

– ଦୋକାନ ଚାଲିଲା ?'. ପଚାରିଲା ଶାରୀ।

ଶୁଆ କହିଲା, ଚାଲିବା ନ ଚାଲିବା କଥା କିଏ ଜାଣିଛି ? ଦୋକାନ ଦେବା ଦି ମାସ ନ ପୁରୁଣୁ ଲାଗିଲା ଲୀଲା। ଏ ବୋହୂ ସେତେବେଳକୁ କଲେଜରେ ପଢ଼ୁଥିଲା। ନିତି କଲେଜରୁ ଫେରିଲା ବେଳକୁ ସେଣ୍ଟ କିଣିବା ବାହାନାରେ, ପାଉଡର କିଣିବା ବାହାନାରେ ଏଇଟା ନାଇଁ ସେଇଟା କିଣିବା ବାହାନାରେ ଦୋକାନରେ ହାଜର। ତା ଚହଟଚିକଣ ରୂପକୁ ଦେଖି, ତା କଥାକୁହା ଛିକୁ ଦେଖି, ତା ଆଖି ନଚାକୁ ଦେଖି, ତା ବେଣୀ ଛଟାକୁ ଦେଖି ଟୋକା ତ ଏକାଠରେ ବାଇ। ଦିନେ ନ ଆସିଲେ, ଫୋନ କରିବ। ନ ହେଲେ ଶେଷକୁ ଦୋକାନରେ ତାଲା ପକେଇ ଯାଇ କଲେଜ ଆଗରେ ପଇଁତରା ମାରିବ।

ବାଟରେ ଝଙ୍କା ବରଗଛଟାଏ ଦେଖି ଶାରୀ କହିଲା ଏଇଠି ବସି ଟିକେ ଦଅମ ନେବା। ମୋ ଡେଣା ଦିଇଟା ଘୋଲେଇ ହୋଇ ପଡ଼ିଲାଣି।

ଶୁଆ କହିଲା, ଆଉ ଟିକେ ଉଡ଼। ହେଇ ବଜାର ଦିଶିଲାଣି। ସେଠି ପହଞ୍ଚିଲେ ଆଗେ ତୋତେ ଦୁଇଟା ଥଣ୍ଡା ପିଆଇବି।

ଶାରୀ କହିଲା ସେ ଥଣ୍ଡାଫଣ୍ଡାରୁ ମୋତେ କଅଣ ମିଳିବ ? କୋଉଠି ନଈ କି ପୋଖରୀଟାଏ ପଡ଼ନ୍ତା କି ଟିକେ ଗାଧାନ୍ତି। ଖରାରେ ଏତେ ବାଟ ଉଡ଼ିଉଡ଼ି ମୋ ଦେହ ମୁଣ୍ଡ କଅଣ ହୋଇ ଯାଉଛି।

–ବଜାର ଆଗରୁ ପରା ଏତେ ବଡ ନଈ। ଏ କେଇ ଦିନେ ଭୁଲିଗଲୁ ? ସେଇଠି ମନ ଇଚ୍ଛା ଗାଧୋଇବୁ। ମୁଁ ନଈ କୂଳ ଦୋକାନରୁ ଲିଟୁ ନହେଲେ ଖଜୁରୀ କୋଲି କିଣି ଦେବି।

– ଡାକ୍ତରଖାନାରେ ପହଞ୍ଚିବାକୁ ଡେରି ହେବନି ?

–ନା ମ ! ଡେରି କଅଣ ? ପାଖ ବରଗଛରେ ବସିଲେ ତ ଝରକା ବାଟେ ସବୁ ଦେଖା ଯିବ। ସତରେ ଖରାଟା କେଡେ ଟାଣ ହୋଇଛ । ମୁଁ ବି ଟିକେ ଗାଧୋଇ ପଡ଼ିବି। ଖରାବେଳେ ସେ ଟୋକା ଘରକୁ ଯିବା। ଥଣ୍ଡାରେ ବସିବା। ଦେହ ମୁଣ୍ଡରୁ ପରାଶ ଛାଡ଼ିଯିବ।

– କୋଉ ଟୋକା ଘରକୁ ? ସେ ଯୋଉ ଲଫଙ୍ଗା ଟୋକା ? ସେ ପୋଡ଼ାମୁହାଁ ପୋଡ଼ାମୁହଁିଙ୍କ ନାଁ ତୁଣ୍ଡରେ ଧରନା। କୋଉ ଗଛ ଡାଲ ଦେଖି ବସି ପଡ଼ିଲେ, ଖରାବେଳଟା କୁଆଡେ ମେଣ୍ଟ ଯିବ। କିଛି ନହେଲେ ଡାକ୍ତରଖାନା ଭିତରେ ବସିଲେ ବୁଢ଼ାକୁ ତା ଝିଅକୁ ଟିକେ ଦେଖିବା।

ଶୁଆ କହିଲା ତୋର ଏଇ ଆଗତ ଚଲା ଗୁଣ ଗଲାନି । ସେ ଟୋକା ଘରକୁ ଯିବା କଥା ମୁଁ କହୁଛି । ଡାକ୍ତରଖାନରେ ତ ବୁଢ଼ାକୁ ଦେଖିବା । ତା ପୁଅ ଘରକୁ ଗଲେ ସେ ଦିଲ୍ଲୀଟାଙ୍କ ହାଲ ହରକତକତ ଦେଖିବୁ ।

— ନାଇଁ ତୁମେ ଥଣ୍ଡା କଥା କହିଲ ତ! ମୁଁ ସେ ଦିନ କଥା ଭାବିଲି ।

— ତୁ କ'ଣ ଭାବୁଛୁ ସେଇ ମାଇକିନିଆ ଘରେ ଲୀଲା କରିବାକୁ ଖାଲି ଥଣ୍ଡା ଯନ୍ତର ଲାଗିଛି ? ଏବେ ପରା ସହରବଜାର ଜାଗାରେ ଘରେଘରେ ସେ ଯନ୍ତର ଫିଇଟ୍ ହେଇଛି ।

— ହଁ ସେ ଦି ଜଣଙ୍କ କଥା ଜହୁଥିଲ ପରା!

— କ'ଣ ହୁଅନ୍ତା । ଦି ଚାରି ମାସ ଲୀଲା ଲଗେଇ ପୁଅ ତାକୁ ଦିନେ ଘରକୁ ଡାକିଲା । ବୁଢ଼ୀ କୋଉ ଏତେ କଥା ଜାଣିଛି ? ତା ଛାଇ ଛଟକ ଦେଖି ଏକାଠରେ ରାଜି । ବୁଢ଼ାକୁ କହିଲା ଆମ ହାଣ୍ଡିରେ ସେ ଆଗରୁ ଚାଉଲ ପକେଇଛି । ଯାହାକୁ ଯିଏ ନା ବିରି କି ଚାଉଲ ତିନ୍ତେଇ ଦିଏ। ପୁଅ ସାଙ୍ଗକୁ ମାନିବ ଏକା । ଦିନ

ପନ୍ଦରଟାରେ ବାହାଘର ବଟେଇ ବୁଢ଼ାବୁଢ଼ୀ ବୋହୂ ଆଣିଲେ । ବୁଢ଼ା କହିଲା, ଭଲ ହେଲା ଝିଅ ପରଘରକୁ ପଠେଇବା ଆଗରୁ ଝିଅଟିଏ ଆସିଲା । ବୁଢ଼ି କହିଲା ବୋହୂ ନୁହେଁ ତ ସେ ମୋ ଝିଅ । ସିଏ ଆଗ, ଝିଅ ପଛ ।

—ଝିଅ ଜନମ ବେଳକୁ ନାକ ଟେକୁଥିଲେ ପରା!

—ସେ କଥା ଆଉ ହେଜ ଥିଲା ? ସିଏ ଘରେ ଜନମ ହୋଇଥିବା ଝିଅ। ସିଝାଣିନାକୀ। ଇଏ ପୁଅ ଆଣିଥିବା ବୋହୂ । ଦେ ପିଣ୍ଡିରେ ପଶିବ। ବଡବଡୁଆଙ୍କୁ ବାଡି ଆଡେ ବାଢିବ। ପୁଣି କଲେଜ ମାଟି ମାଡିଛି ।

ଶୁଆଶାରୀ ଦୁହେଁ ନଈକୂଲେ ପହଞ୍ଚି ଜାମୁକୋଲି ଡାଲରେ ବସିଲୋ । ଶାରୀ ପଚାରିଲା, ପାଣି ଧାରେଧାରେ ଏ କଳା ସୁଅ ଛୁଟିଛି କାହିଁକି ? ନଇ ପାଣିଠାରୁ ତ ଅଲଗା ଦିଶୁଛି ।

ଶୁଆ କହିଲା ବଜାର ଭିତରୁ ନଳା ଆସି ପଡିଛି । ସେଇ ବାଟେ ନର୍ଦ୍ଦମା ପାଣି ଆସି ନଇରେ ପଡୁଛି ।

ଶାରୀ କହିଲା, ଛିଆ ଲୋ ମା ; ଏ ଅସନା ପାଣିରେ ମୋର ଗାଧୋଇବା ଦରକାର ନାହିଁ ।

ଶୁଆ କହିଲା, ତୋର ଏଇ ନାକଶିଙ୍ଗା! ଗୁଣ ଗଲାନି । ଦେଖୁଛୁ କାଠ, ପୋଛୁଚୁ ଚନ୍ଦନ । ତୋ ପାଇଁ କାଚକେନ୍ଦୁ ପାଣି ଏଠ କୋଉଠୁ ଆସିବ ?

— ବଜାର ଭିତରେ ଗଡିଆ ପୋଖରୀ ନାହିଁ ?

– ଗଡ଼ିଆ, ପୋଖରୀ ଏଠି କୋଉଠୁ ଆସିବ ଲୋ ଶାରୀ ? ତା ଉପରେ ତାଉପରେ ଘର କରିବାକୁ ଲୋକ ବାଡ଼ଆବାଡ଼ି। ରାତିକା ରାତି କୋଠା ଟିଆ ହେଉଛି। ବାଡ଼ି ଗୋବରେ ଗୋବେ ଖାଲି ଜାଗା ମିଳିବା କଷ୍ଟ। ତୁ ଗଡ଼ିଆ ପୋଖରୀ ଖୋଜୁଛୁ ?

ଶାରୀ କହିଲା। ଆମ ଜାଗା ଖଣ୍ଡିକ ଭଲ। କଳାଘୁମର ନଢ଼ ପାଣି ଟୋପାକରେ ଗାଧୋଇ ପଡ଼ିଲେ ଆତ୍ମା ପୁରୁଷ ଶାନ୍ତି।

–ଯାହା ମିତି ଯିଏ। ଗାଁଗଣ୍ଡା କଥା ବଜାରରେ ଖୋଜିଲେ ଯେମିତି ମିଳିବନି, ବଜାର ସୁବିଧା ସେମିତି ଗାଁରେ କାହୁଁ ମିଳିବ ? ନ ହେଲେ ବୁଢ଼ାଟା କାହୁଁ ଗାଁ ମାଟି ଛାଡ଼ି ଏଠି ଆସି ପଡ଼ି ହୀନସ୍ତ ହେଉଥାନ୍ତା ? କିଛି ନ ହେଲେ ସାହୀ ପଡ଼ିଶା କିଏ ଆସି ଦେହରେ ମୁଣ୍ଡରେ ଟିକେ ହାତ ମାରନ୍ତେ ତ !ହଉ ସେ କଥା ଛାଡ଼। ଚାଲ ବଜାର ଭିତରେ କୋଉଠି ପାଣି କଳ ଦେଖି ଗାଧୋଇବୁ। ତୋ ଭଳଆ ନାକଟେକି କି ସାଙ୍ଗରେ ଆଣିଲେ ମହା ହଇରାଣ। ଖାଲି ଏଇଟା ନାଇଁ ସେଇଟା କହି ବାର ଅଡ଼ୁଆରେ ଛନ୍ଦିମନ୍ଦି ପକେଇବୁ।

–ମୁଁ କଅଣ ସାଙ୍ଗରେ ଆଣିବାକୁ ଖୋସାମତ କରୁଥିଲି ?', ମୁହଁ ଫୁଲେଇ କହିଲା ଶାରୀ।

– ଇଲୋ ତୁ ଖୋସାମତ କରିବୁ କାହିଁକି ? ତୁମ ମାଇପି ଜାତିଙ୍କ ଖୋଇ ମୁଁ ଜାଣିନି ? ସାଙ୍ଗରେ ନଆଣି ଆସିଲେ ବସାକୁ ଫେରିଲା ବେଳକୁ ମୁହଁରେ ମାଛି ବସିବନି।

– କାହିଁ ମୋ ମୁହଁ କଅଣ ନର୍ଦ୍ଦମା ହେଇଛି ଯେ ମାଛି ବସନ୍ତେ ?

ଶୁଆ ହସିଲା। କହିଲା –ଭାରି ଚାଲାକୀ ହୋଇଗଲୁଣି ତ ଆଜିକାଲି ? ଆଗେ ତ ପାଟିରୁ ଦଶ ପଦରେ ପଦେ ବଚନ ବାହାରୁ ନ ଥିଲା। ସହରବଜରକୁ ଆସିବା ଫଳ ଦେଖୁଛୁ ଟି ? କେତେ କଥା ଦେଖୁଛୁ ଜାଣୁଛୁ। କଥାରେ କହନ୍ତି ଦେଖାଶିଖା ଦୁନିଆ। ମୁଁ ଦେଖୁଚି ଆଉ କେଇ ଦିନେ ତୁ ତ ମୋ କାନ କାଟି ଦେବୁ।

ଶାରୀ କହିଲା, ସେ ମୁହଁ ଦେଖ କଥା ରଖିଥା। ଯିଏ ତୁମ ଗୁଣ ଜାଣି ନଥିବ,ତା ଆଗରେ କହିବ ଯେ ସିଏ ତମ କଥାରେ ଭଲି ଯିବ। ତୁମ ସାଙ୍ଗରେ ଏତେ ବରଷ ଘର ସଂସାର କରି ତୁମ ଗୁଣ ମୁଁ ଆହୁରି ଜାଣିବାକୁ ବାକି ରହିଲା ?ଏଇଷିଣା ଆଉ କୋଉ ଶାରୀ କି ଦେଖିଲି ଭାଲୁ ଟୁକା ଦେଇ କୁଆଡେ ଉଠିବ ଠିକଣା ନାହିଁ। ଚାଲାକି ବାହରୁଛି ! ଚାଲିଲ ଜଲଦି ।ଖରା ବେଲୁବେଲ ଟାଣ ହେଉଛି।

ଶୁଆ କହିଲା, ହଉ, ଚାଲ। ଡାକ୍ତର ଖାନ କଉରେ ଗୋଟାଏ ପାଣି କଳ ଅଛି। ସେଇଠି ଟିକେ ଗାଧୁଆପାଧୁଆ କଲେ ତୋ ମିଜାଜ ଥଣ୍ଡା ପଡ଼ିବ। ନ ହେଲେ ଅବିକା ଖାଲି ଚିତିମିତି ହେଉଥିବୁ।

ଶୁଆଶାରୀ ଦୁହେଁ ଉଡ଼ଉଡ଼ି ଯାଇ ଡାକ୍ତରଖାନା ପାଖରେ ପହଞ୍ଚିଲେ। ଗାଧୁଆ ପାଧୁଆ ସାରି ଝାଡ଼ଝୁଡ଼ି ହୋଇ ବରଗଛ ଡାଳରେ ବସିଲେ। ଶୁଆ କହିଲା, ତୁ ଟିକେ ବସିଥା। ଡାକ୍ତରଖାନ ଭିତରେ ପାଣି ଥଣ୍ଡା ଯନ୍ତର ଫିଟିଂ ହୋଇଛି। ମୁଁ ଯାଇ ତୋ ପାଇଁ ଥଣ୍ଡା ପାଣି ମୁଦାଏ ଆଣେ। ଦୋକାନ ଥଣ୍ଡା ପିଇବାକୁ ତ ମନା କରୁଛୁ। ପିଇ ଥିଲେ ଜାଣିଥାନ୍ତୁ କେଡେ ସୁଆଦ! ମଉସା ବାଡି ପଇଡ ପାଣି ତା କୋଉ ପାସଙ୍ଗରେ ପଡିବ ?

ଶୁଆ କଥା ନ ଶୁଣିଲା ପରି ଶାରୀ ପଚାରିଲା, ବୁଢା କୋଉଠି ଅଛି ?

ଶୁଆ କହିଲା ସେଇ ଝରକା ବାଟେ ଚାହୁଁନୁ। ବୁଢା ଝରକା କଡ ବିଛଣାରେ ଶୋଇଥିବ। ତା ଝିଅ ଆସିବା ବେଳ ତ ଆହୁରି ହେଇନି। ଆଜି ଆସିବ କି ନାହିଁ କେଜାଣି ?

ଶାରୀ କହିଲା, ଟିକେ ସେପଟେ ଚାହାଁନି। ହାତରେ ଟିଫିନି କେରିଅର ଓହଲେଇ ଯେଉଁ ମାଇପିଟି ଆସୁଛି, ସେଇ ବୁଢା ଝିଅ କି ?

– ଆରେ ହଁ ତ! ତୁ କେମିତି ଜାଣିଲୁ ?

– ମୁହଁଟା କେମିତି ଶୁଖି ଯାଇଛି ଦେଖୁନା। ଆହା ଖରାରେ ଆସି ବିଚାରୀ କେମିତି ଧଉଁଲି ପଡିଛି। ତା ଶାଶୁ ଘର ଏଠୁ କେତେ ବାଟ କି ?

– ମୁଁ କଅଣ ଜାଣିଛି ? ହଉ, ତୁ ବସି ବାପ ଝିଅଙ୍କ କଥାବାର୍ତ୍ତା ଶୁଣୁଥା। ମୁଁ ହେଇ ଗଲି ଆସିଲି। ଫାଟକ ଆଗରେ ଫଳମୂଳ ଦୋକାନ ଅଛି। କଅଣ ଖାଇବାକୁ ମନ ହେଉଛି କହନୁ। ଆଣିବି।

ଶାରୀ କହିଲା, ମୋତେ ଅବିକା ଭୋକ ନାହିଁ। ତୁମକୁ ଭୋକ ହେଉଥିଲେ ଖାଇ ଦେଇ ଆସିବ।

ଶୁଆ ଉଡିଗଲା ପରେ ଶାରୀ ଝରକା କଡ ଗୋଟାଏ ଡାଳକୁ ଉଡି ଯାଇ ଭିତରକୁ ଅନେଇଲା। ଝିଅ ବୁଢା ବିଛଣା ପାଖରେ ପହଞ୍ଚି ପଚାରିଲା, ଗାଧୋଇଲଣି ?

ବୁଢା ଆଖି ଖୋଲି କହିଲା, ତୁ ପୁଣି ଆଜି ଏତେବାଟ ଚାଲିଚାଲି ଆସିଲୁ? କେତେ ଦିନ ଏମିତି ଦଉଡାଧାପଡା କରୁଥିବୁ? ମୁଁ କ'ଣ ଆଉ ଭଲ ହେବି? କେତେ ଦିନ ଆହୁରି ଭୋଗିବାକୁ ଅଛି କେଜାଣି। ନିଜେ ଦହଗଞ୍ଜ ହେଇଛି.ତୋତେ ବି ଦହଗଞ୍ଜ କରୁଛି।

– ଅଯଥା କଥାଗୁଡା ତୁମେ କାହିଁକି କୁହ କେଜାଣି। କେତେ ଲୋକ ଡାକ୍ତରଖାନାରେ

ପଡିଛନ୍ତି ନା ତୁମେ ଏକା ? ମଣିଷ ଜନମ ପାଇ ଦେହମୁଣ୍ଡ କାହାର ନାହିଁ।

ତମର ଏମିତି କଅଣ ହେଇଛି କି ? ଡାକ୍ତର କହୁଥିଲେ ଆଉ ଦି ଚାରି ଦିନେ ପୁରା ଭଲ ହୋଇଯିବ ।

ବୁଢ଼ା ହସିଲା । ମଉଳା ଜହ୍ନିଫୁଲ ଭଳିଆ ଶେତା ହସ । ସେ ଜାଣିଥିଲା ତା ମନ ରଖିବାକୁ ଝିଅ ମିଛ କହୁଛି । ଝିଅ ବି ବୋଧେ ଜାଣିଥିଲା, ତା ମିଛ ଧରା ପଡ଼ି ଯାଇଛି । କେହି କାହାକୁ ଆଉ କିଛି ନ କହି ଘଡ଼ିଏ ବସିଲେ । ଝିଅ କହିଲା, ଚାଲିଲ ତୁମକୁ ଟିକେ ଆଜି ଭଲ କରି ଗାଧୋଇ ଦେବି । ଦେହ ହାତରେ କେତେ ମଳି ବସିଲାଣି । ତୁମେ ଗାଧୋଇ ସାରିଲେ ଲୁଗାଟା ବି କାଚି ଦେବି । ନୂଆ ଲୁଗା ଖଣ୍ଡେ ବାହାର କରି ରଖି ଥିଲି ଯେ ତରତରରେ ବାହାରିଲା ବେଳକୁ ଆଣିବାକୁ ଭୁଲିଗଲି । ତୁମେ ଖାଇ ସାରି ଶୋଇଲେ ବଜାରକୁ ଯାଇ ଲୁଗା ଖଣ୍ଡେ କିଣି ଆଣିବି । ସେଇ ଲୁଗା ଦି ଖଣ୍ଡକୁ କେତେ ଧୋଇ ଶୁଖେଇ ପିନ୍ଧିବ ?

–ନାଇଁ, ନାଇଁ ଏତେ ଖରାରେ ତୁ ଆଉ ବଜାରକୁ ଯିବୁନି । ମୋର ଏଇ ଲୁଗା ଦି ଖଣ୍ଡକରେ ଚଲି ଯାଉଛି । ଆଉ ତ ଦିନ କେଇଟାର କଥା ତ !

ଝିଅରୀ ଦେଖିଲା ଭିତରେଭିତରେ ଚମକି ପଡ଼ିଲା ଝିଅ । ଧମକେଇଲା ପରି ପଚାରିଲା, ବାଉଳାଚାଉଳାଙ୍କ ଭଳିଆ କି କଥା କହୁଛ ବାପା ?

ବୁଢ଼ାର ଶୁଖିଲା ଓଠରେ ଲହକା ବିଜୁଳି ପରି ଖେଳିଗଲା ମଲା ଜହ୍ନ ପରି ଆଉ ଧାରେ ମଉଳା ହସ । କହିଲା, ଡାକ୍ତର ଆଉ କେଇ ଦିନେ ପୁରା ଭଲ ହୋଇଯିବି ବୋଲି କହୁଥିଲା ପରା ! ଅଯଥାରେ ନୂଆ ଲୁଗା କିଣିବୁ କାହିଁକି ? ଘରେ କଅଣ ମୋର ଲୁଗା ନାହିଁ ?

କଥା ବାଁରେଇ ଦେବାକୁ ଝିଅ ପଚାରିଲା, ଭାଇ, ନୂଆବୋଉ ଆସିଥିଲେ କି ?

ଯଦିଓ ଉତ୍ତରଟି ବୁଢ଼ା ଠାରୁ ତାକୁ ବେଶୀ ଜଣା ଥିଲା । ସଜ କଟା ଘା'ରେ ହାତ ବାଜିଗଲା ପରି ବୁଢ଼ାକୁ ମନରେ ଚାଉଁ କିନା ବାଜିଲା ଝିଅର କଥା । ବୁଢ଼ା ଝରକା ବାଟେ ପଦାକୁ ଚାହିଁଲା ।

ଝିଅ କହିଲା, ଭାଇର ତ ବାର ଜଞ୍ଜାଲ । ଦୋକାନ କାମରୁ ଫୁରସତ ମିଲୁ ନଥିବ । ନୂଆବୋଉ ଛୁଆ ଦିଇଟାଙ୍କ ଜଞ୍ଜାଲରେ ଘାଣ୍ଟି ହେଉଛି । ଦିଇଟଦିଇଟା ଛୁଆଙ୍କୁ ସହରବଜାର ଜାଗାରେ ସମ୍ଭାଲିବା କଅଣ ସୋଜା କଥା ହୋଇଛି ?

ଝିଅର ମନରଖା କଥାରେ ବୁଢ଼ା କିଛି ଜବାବ ଦେଲାନି ।

ଝିଅ କହିଲା, ତୁମେ ଚଞ୍ଚଲ ଗାଧୋଇ ପଡ଼ିଲ । ମୁଁ ମାଗୁର ମାଛ ଝୋଲ କରି ଆଣିଛି । ସଜନାଛୁଇଁ ଦିଇଟା ଭାଜି ଆଣିଛି । ସଜନା ଛୁଇଁ ଦିଖଣ୍ଡ ଚୋବେଇଲେ, ପାଟିରୁ ଅରୁଚି ଛାଡ଼ି ଯିବ । ଅଖିଆଅପିଆ ଦେହ କେମିତି ଦିଶୁଛି ।

ବୁଢ଼ା ଅନେଇଲା ଝିଅ ର ଶୁଖିଲା ମୁହଁକୁ । କେତେବେଳେ କଅଣ ଦିଟା ଘରୁ ଖାଇ ଆସିଥିବ । ମୋତେ କିଛି ଖାଇବ କି ନାହିଁ କିଏ ଜାଣେ ? ମା' ବେଲକୁ ଟେନ୍ ଟା ବନ୍ଧା ପକେଇଥିଲା ଯେ ଅଭାବ ଭିତରେ ଆଉ ମୁକୁଲେଇ ପାରିଲିନି । ଖାଲି ବେକ । ହାରେ ପାଣି କାତ କେଇପଟ । କୋଉକାଳର ରଙ୍ଗଛଡ଼ା ଛାପା ଶାଢ଼ୀ ଖଣ୍ଡେ ପିନ୍ଧିଛି । ପିଲାଟି ଦିନୁ କେଡ଼େ ଅଣହେଲାରେ ନ ବଢ଼ିଛି । କୋଉ ଦିନ ପାଟି ଖଣ୍ଡକୁ ଦି ଖଣ୍ଡ କରିନି । ସେଇ ପିଲା ଦିନୁ ମା' ହାତରୁ ପାଇଟି ଛଡ଼େଇ କରିଛି । ପିଲାଦିନୁ ଡାକ୍ତର ହେବାକୁ ସପନ ଦେଖୁଥିଲା । ଭଲ ପାଠଶାଠ ବି ପଢ଼ୁଥିଲା । ଗୋଟାଏ ଅକାଳକୁସ୍ମାଣ୍ଡ ପଛରେ ସାରା ଜୀବନର ପରିଶ୍ରମ ସାରି ନଦେଇ ଟିକେ ଦୃଷ୍ଟି ଦେଇଥିଲେ, ଆଜି ଡାକ୍ତର ହେଇ ବସିଥାନ୍ତା ।

 - କ'ଣ ଏତେ ଭାବୁଛ ? ଉଠିଲା,' ତରତର କଲା ଝିଅ । ବୁଢ଼ାକୁ ଉଠେଇ ଧରିଧରି ଗାଧୁଆ ଘର ଆଡେ ନେଲା ।

ଶାରୀ ଚାରିଆଡ଼କୁ ଅନେଇଲା । ଶୁଆ ଏ ଯାଏ ଫେରିନି । କୁଆଡ଼େ ଗଲା କେଜାଣି ?

ବୁଢ଼ାକୁ ଗାଧୋଇ ଦେଇ ଝିଅ ଖିଆପିଆ କରେଇଲା । ଗାଉଁହାତ ଟିକେ ଘଷି ଦେବାରୁ ବୁଢ଼ା ଆଖିକି ଛୁଟକିନା ନିଦ ଆସିଗଲା । ବାସନକୁସନ ଧୁଆଧୋଇ କରି ବ୍ୟାଗରେ ରଖି ବଜାରକୁ ବାହାରିଲା ବେଲକୁ ପହଞ୍ଚିଲେ ଡାକ୍ତର ।ଝିଅକୁ ଦେଖି କହିଲେ, ତାଙ୍କୁ ଘରକୁ ନେଇ ଯା ।ଅଯଥାରେ ଏଠି ପକେଇ ହଇରାଣ ହେଉଛ କାହିଁକି ?

ମୁହଁ ପୋତି ଠିଆ ହେଲା ଝିଅ ।

- ଅପରେସନ କରେଇଥିଲେ ଯାହା କିଛି ଦିନ ଆଶା ଥିଲା । ଏବେ ଆଉ ଅପରେସନ କରିବା ବାଟ ବି ନାହିଁ । ଏତେ ଦୁର୍ବଲ ଦେହରେ ହାତ ଦେବାକୁ ସାହସ କରିବ କିଏ ? ତୁମ ଭାଇଙ୍କୁ ଆଠ ଦିନ ତଲୁ ଦୁଇ ବୋତଲ ରକ୍ତ ଯୋଗାଡ କରିବାକୁ କହିଥିଲି ଯେ, ତାଙ୍କର ଆଉ ଦେଖା ଦର୍ଶନ ନାହିଁ । ଏମିତି ଡାକ୍ତରଖାନାରେ ପକେଇ ଦେଇ ଗଲେ ରୋଗୀ କଅଣ ମନକୁ ଭଲ ହେବ ?

- କେତେ ଟଙ୍କା ଲାଗିବ ଅପରେସନ୍ ପାଇଁ ?

-ଏବେ ଆଉ ସେ କଥା ଭାବି କି ଲାଭ ? ଅବସ୍ଥା ଯାହା ଜଣା ପଡ଼ୁଛି ଖୁବ୍ ବେଶୀରେ ଆଉ ଦିନେ କି ଦି ଦିନ ।

- ଭଲରେ ଚଲାବୁଲା, କଥାବାର୍ତ୍ତା କରୁଛନ୍ତି ତ ?

ଗୋଟାଏ ଦୀର୍ଘଶ୍ୱାସ ପକେଇ ଡାକ୍ତର ଉପରକୁ ହାତ ଠାରି ଦେଲେ । କହିଲେ, ତୁମ ଭାଇଭାଉଜଙ୍କୁ ଖବର ଦିଅ । ପରିସ୍ଥିତି ଆଦୌ ଭଲ ଜଣା ପଡ଼ୁନି ।

ତଳେ ବସି ପଡ଼ିଲା। ଝିଅ କାନ୍ଦୁକୁ ଆଉଜି।

ଥଣ୍ଡା ପାଣି ନେଇ ପହଞ୍ଚିଲା ଶୁଆ।

ଶାରୀ ପଚାରିଲା, ଏତେବେଳ ଯାଏ କୁଆଡ଼େ ଯାଇଥିଲ? ବୁଢ଼ା ଅବସ୍ଥା ଭାରି ସାଂଘାତିକ। ଆଉ ମୋତେ ଦିନେ କି ଦି ଦିନ ବୋଲି ଡାକ୍ତର କହିଗଲା। ଅକାଳ ଚଉକ ପଡ଼ିଲା ଭଳିଆ ଝିଅ କେମିତି ମୁଣ୍ଡରେ ହାତ ଦେଇ ବସିଛି ଦେଖୁନା।

-ପୁଅବୋହୂ ଜାଣିଲେଣି?

- ମୁଁ କେମିତି ଜାଣିଲି? ଡାକ୍ତର ବାବୁ ତ କାଲେ ଆଠ ଦିନ ତଳୁ ରକତ ଦି ବୋତଲ ଯୋଗାଡ଼ କରିବାକୁ କହିଥିଲେ। ତାଆର ଦେଖାଦର୍ଶନ ନାହିଁ।

- ଚାଲିଲୁ ଟିକେ ତା ଘର ଆଡ଼ୁ ବୁଲି ଆସିବା।

ସେଠିକି ଯାଇ ଆଉ ଦେଖିବାକୁ ଆହୁରି କଅଣ ବାକୀ ରହିଲା? ତୁଚ୍ଛାରେ ଏତେ ବାଟ କାହିଁ ଏ ଖରାରେ ଯିବା?

- ଚାଲୁନୁ। ବଲେ ବୁଝିବୁନି। ଏତେ ପୁଅ ବୋହୂ ହେଉଛୁ ପରା!! ଯିବୁ ଯିବୁ ବୋଲି ଉଠେଇ ବସେଇ ଦେଉନୁ। ଦେଖିବୁ ଚାଲ।

ବୋହୂ କଥା ପଡ଼ିବାରୁ ମନ ପଡ଼ିଗଲା ଭଳିଆ ଶାରୀ କହିଲା, ଗଲା ବେଳକୁ ଘୁଙ୍ଗୁର ହେଲେ, ଫିତା ଗଜେ ମୋତେ କିଣି ଦେବ। ବୋହୂଟାକୁ ଆଉ କଅଣ ଖାଲି ହାତରେ ଦେଖିବାକୁ ଯିବି?

- ହଉ,' କହି ଶୁଆ ଆଗେଆଗେ ଉଡ଼ିଲା। ଶାରୀ ପଚାରିଲା, ସେଗୁଡ଼ାଙ୍କ ଘର ଏଠୁ କେତେ ବାଟ?

ପଛକୁ ନ ଅନେଇ ଶୁଆ କହିଲା, ସେ ତାଙ୍ଗାରତାଙ୍ଗାରିଆଣୀଙ୍କର କି ଘର ବା? ବୁଢ଼ା ପେଟରୁ ସଞ୍ଚି ସେ ଖଣ୍ଡ କରି ନ ଥିଲେ....

ଶୁଆ କଥା ଆଉ ଶୁଭିଲାନି। ଶାରୀ ତରତରରେ ଉଡ଼ି ସାଙ୍ଗ ଧରି କହିଲା, ଟିକେ ଆସ୍ତେଆସ୍ତେ ଉଡୁନା। ତୁମ ସାଙ୍ଗରେ ମୁଁ ଉଡ଼ି ପାରିଲା ସିନା!

ଶୁଆ କହିଲା, ହେଇ ତ ଘର ହେଲା। ଏଇ ପିଜୁଳି ଗଛରେ ବସ। ଭଲ ଗଙ୍ଗାକୂଳିଆ ପିଜୁଳି। ବୁଢ଼ା କୋଉଠୁ ଚାରା ଆଣି ପୋତିଥିଲା। କେଡ଼େ ଆକ୍ରାନ୍ତରେ ବଢ଼ିଛି ଦେଖୁଛୁ ଟି। କେତେ ପାଚିଲା ପିଜୁଳି ଓହଳିଛି। ଏତେ ପିଜୁଳିପିଜୁଳି ହେଉଥିଲୁ ମନ ଇଚ୍ଛା ଖାଆ।

- ତା ରାହବାଲୀ ବୋହୂ ଯଦି ଦେଖିବ ମୋ ମୁଣ୍ଡରେ ପାହାରେ ଦେବ।

- ହେଃ, ଛାଇ ଲେଉଟା ଯାଏ ତା ଟିଭି ଦେଖା ସରିବନି। ସେ ବାଡ଼ି ଆଡ଼କୁ ଆସୁଥିଲା, ପିଜୁଳି ଗଛକୁ ଅନେଇବାକୁ?

– ଶଶୁରଟା   ତେଣେ ଡାକ୍ତରଖାନରେ ପଡିଛି। ତାକୁ ଦେଖିବାକୁ ଯିବାକୁ ବେଳ ମିଳୁନି। ଘରେ ବସି ଟିଭି ଦେଖୁଛି ? ସେଇଟା ମୁହଁକୁ ଲାଜ ସରମ ନାହିଁ କି ?

– ତୋ ମୁହଁକୁ ଲାଜ ନାହିଁ ବୋଲି ତୁ ତା ଲାଜ କଥା ପଚାରୁଛୁ। ଖାଲି ତା ଗେରସ୍ତ ଆସିଯାଉ, ଲାଜରେ ତୋତେ ମୁହଁ ଲୁଚେଇବାକୁ ଜାଗା ମିଳିବନି।

ଶୁଆ ପାଟିରୁ କଥା ସରିନି ମୋଟର ସାଇକେଲ ଘଡଘଡ କରି ପହଞ୍ଚିଲା, ପୁଅ। କହିଲା, କାଇଁ ଏମିତି ଉଚ୍ଛନିଆ   ହୋଇ ଫୋନ୍ କରୁଥିଲ ? ଦୋକାନରେ ଅବିକା କାରବାର ବେଳ।

ବୋହୂ କହିଲା, ସେଇ ଦୋକାନକୁ ମୁଣ୍ଟେଇ ବସି ଥା। ଏଣେ ପଛେ ଘର ବୁଡି ପାଣି ତଣ୍ଡିଆଣି ହେଲାଣି।

ଆବାକା ହୋଇ ପୁଅ ପଚାରିଲା, ହେଇଛି କ'ଣ ? ପିଲା ସ୍କୁଲରୁ ଫେରିଲେଣି ତ ?

ବୋହୂ ମୁହଁ ଛିଞ୍ଚାଡି କହିଲା, ହଃ ମ। ଏ ଖରାରେ ବସ୍ ପାଖକୁ ଦୋଉଡିଦୋଉଡି ମୋ ଫଂକାସୀ ଉଡୁଛି। ତେଣେ ତମ ଭଉଣୀର ଫୋଥନ ଉପରେ ଫୋଥନ।

– କାଇଁ ଫୋନ୍ କରୁଥିଲା ?

– ତମ ବାପାଙ୍କର କାଲେ ପାଟି ଜାବ ପଡି ଗଲାଣି। ଆଖି ଖୋଲୁ ନାହାନ୍ତି। ଡାକ୍ତର ଆଶା ଛାଡି ଦେଲଣି।

– ଡାକ୍ତର ସାଙ୍ଗରେ ତ ଏଇ ଦି ଚାରି ଦିନ ତଳେ କଥାବାର୍ତ୍ତା ହୋଇଥିଲି। ଡାକ୍ତର ମୋତେ ରକ୍ତ ଦି ବୋତଲ ପାଇଁ କହିଥିଲା। ଦୋକାନ ଜଞ୍ଜାଳରେ ମୋର ଆଉ ସେ କଥା ମନେ ନାହିଁ।

– କାଇଁ ତୁମ ଭଉଣୀ ପରା ନିତି ଡାକ୍ତରଖାନାକୁ ଦୋଉଡା ଲଗେଇଛି। ରକ୍ତ ଦି ବୋତଲ ଯୋଗାଡ କରି ପାରିଲାନି ?

– ଛାଡ ସେ କଥା। ତୁମେ ଟିକେ ଜଲଦି ବାହାରିଲ। ଆଜି ଯଦି ଭଲମନ୍ଦ କିଛି ହୋଇଯାଏ ଲୋକ ଛି ଛାକର କରିବେ।

– ଏଇଷିଣା ଆଉ ଗଲେ କେତେ ନ ଗଲେ କେତେ ? ତୁମ ଭଉଣୀ ତ ତା ଦେଖିଲା କାମ ସାରି ଦେଇ ବସିଥିବ। ତୁଚ୍ଛାକୁ ତୁମେ ଅବିକା ଯାଇ କ'ଣ କରିବ ? ମା'ମଲା ବେଳକୁ ଗାଁରୁ ସବୁ ପୋଛିପାଛି ନେଇ ପେଟ ପୂରିଲାନି ଯେ ଆହୁରି ବାପ ପାଖରୁ ଝଡେଇବାକୁ ଆଶା ଥିଲା। ବାପ ଯାହା ସଞ୍ଚି ସାଇତି ରଖିଥିବ ସବୁ ତ ଝିଅକୁ ଦେଇ ସାରିଥିବ। ଆମେ କ'ଣ ମଡା ଉଠେଇବାକୁ ଯିବା ? କାହିଁ ରିଟାର୍ଡ କରିବାର

ଏତେ ଦିନ ହେଲାଣି। ଯୋଉ ଟଙ୍କା ପଇସା ମିଳିଥିବ କୋଉଠି ରଖିଛି କହିଲାନି ତ! ଏଣେ ବ୍ୟାଙ୍କରେ ଘରଟା ବନ୍ଧା ପଡ଼ିଛି। ସେ ଟଙ୍କା ଅବିକା ଶୁଝିବ କିଏ? ମୋ ଛୁଆଙ୍କୁ ଜାଣି ଦାଣ୍ଡରେ ବସେଇ ଦେଇ ଗଲା ନା!

— ଅରେ, ଏତେ କଥା ତ ମୋ ମୁଣ୍ଡରେ ଢୁକି ନ ଥିଲା।

—ତୁମ ମୁଣ୍ଡରେ ଢୁକିବ କାହିଁକି? ତୁମେ ତ ମଠରେ ଖାଇ ଖଟରେ ଗଡ଼ଗଡ଼େଉଛ। ଯିବା କଥା ଯଦି ଏକୁଟିଆ ଯାଅ। ଏ ସଞ୍ଜ ବେଳେ ଛୁଆଁ ହୋଇ ମୋର ମୁଣ୍ଡ ଧୋଇ ଗାଧୋଇବ କିଏ? ତୁଚ୍ଛାକୁ ଥଣ୍ଡାରେ ମୋ ନାକକାନ ଫିଟୁନି। ସିଆଡେ ସିଆଡେ ମଡ଼ା ନେବାର ବେବସ୍ଥା କରିବ। ଘରକୁ ଆଣି ବେପାର ଲଗେଇବନି। ମୋ ଛୁଆ ଡରିବେ।

ସ୍ତ୍ରୀ କଥା ଶୁଣି ଘଡ଼ିଏ ଚୁପ୍ ହୋଇ ବସିଲା ପୁଅ। କହିଲା, ରହି ରହି ଆଚ୍ଛା ବେଳରେ ଗଲା ବୁଢ଼ା। ଅବିକା ବାର ଝାମେଲା। ସଞ୍ଜ ସୁଦ୍ଧା ଜଞ୍ଜାଳ ବଢ଼ିବ କି ନାହିଁ କିଏ ଜାଣେ? ଗାଡ଼ିବାଲା ଅବିକା ମଡ଼ା ଉଠେଇବାକୁ କ'ଣ ସହଜେ ମଞ୍ଜିବେ?

ବୋହୂ କହିଲା, କାହିଁ ଯୋଉ ଝିଅକୁ ସବୁ ଲୁଟେଇ ଲାଟେଇ ଦେଲା, ସେ ଝିଅ ଅବିକା ସେ କଥା ବୁଝୁନି।

ଶୁଆ ଡାକିଲା, ଶାରୀ ଲୋ ଚାଲ ଯିବା। ସବୁ ତ ଦେଖିଲୁ, ଶୁଣିଲୁ। ନା, ଆଉ ଜାଣିବାକୁ କଅଣ ବାକୀ ରହିଲା?

ଶୁଆ ପଛରେ ଉଡ଼ି ଯାଉ ଯାଉ ଶାରୀ କହିଲା, ଚାଲନି ଟିକେ ଡାକତରଖାନା ବାଟେ ଯିବା। ଏ ଦୁଇଟା ତ ଗଲା ଭଲିଆ ଲାଗୁନି। ବିଚାରୀ କଅଣ କରୁଥିବ ଟିକେ ଦେଖି ଯିବା।

ଡାକ୍ତରଖାନା ବିଛଣାରେ ଧଲା ଚଦର ଘୋଡେଇ ହୋଇ ଶୋଇଥିଲା ବୁଢ଼ା। ଝିଅ ଯାଇଥିଲା, ମୁଦି ବିକି ଟଙ୍କା ଆଣିବାକୁ। ଆଗତୁରା ଟଙ୍କା ନ ଧରିଲେ ଗାଡ଼ିବାଲା କେହି ମଡ଼ା ଉଠେଇବାକୁ ରାଜି ହେଉ ନଥିଲେ।

ଶାରୀ କହିଲା, ଚଞ୍ଚଲ ଚାଲିଲ ଏଠୁ। ଝିଅ ଫେରିଲେ ତା ମୁହଁକୁ ଚାହିଁଦେଲେ ମୋ ଛାତି ଫାଟିଗଲା ପରି ଲାଗିବ।

ବାଟରେ ଶୁଆ କହିଲା, ବଜାର ଭିତରକୁ ଯିବାକୁ କହୁଥିଲୁ ପରା! ବୋହୂ ପାଇଁ ଫିତା, ଘୁଙ୍ଗୁର ନେବୁନି।

— କି ପୁଅ ବୋହୂ କାହାର? ଦୁନିଆର ରୀତିନୀତି ତ ଆଖିରେ ଦେଖିଲ! ଆହୁରି ବୋହୂ ନାଁ ମୁହଁରେ ଧରୁଛ?

ଶୁଆ କହିଲା, ହୁଣ୍ଟୀଟା କିଲୋ? ତା ବୋଇଲେ ଦୁନିଆରେ ଛୁଆ ଜନମ

କରିବା କି ଲାଲିବା ପାଳିବା କଅଣ ବନ୍ଦ ହୋଇ ଯିବ ? ବିଷ୍ଣୁମାୟା ଘାରିଛି ପରା !
ସେଥିରୁ ମୁକୁଳି ଯିବ କିଏ ?

ମୁହଁ ମୋଡି ଶାରୀ କହିଲା, ମଲା, ଠାକୁର କଅଣ କହି ଥିଲେ ଝିଅଙ୍କୁ ହତାଦର
କରି ପୁଅଙ୍କୁ ଗେହ୍ଲାବସରରେ ବଢେଇବ ? ସେଇଟା ବି କଅଣ ମାୟା ?

ଶୁଆ କହିଲା, ସେଇଟା ମାୟା ନୁହେଁ ଲୋ ଅନ୍ଧ ପୁତୁଲି ।

ଘର

ଗଲା ପଚାଶ ବର୍ଷ ଭିତରେ ଏ ସହର ବହୁତ ବଦଳି ଯାଇଛି। ଏପରି ବଦଳି ଯାଇଛି ଯେ ତା ପୂର୍ବ ଚେହେରା ଏବେ ଆଉ ସହଜରେ ମନେ ପଡେନା। କିନ୍ତୁ ଏତେ ସବୁ ପରିବର୍ତ୍ତନ ଭିତରେ ବଦଳି ନାହିଁ ଦୁଇଟି ଜିନିଷ – 'ରୋଡ୍ ହର୍ସ' ବସ୍ ହର୍ସର ବିଚିତ୍ର ରାଗିଣୀ ଏବଂ ସହରର ଦକ୍ଷିଣ- ପୂର୍ବ ଦିଗରେ ଠିଆ ହୋଇଥିବା ଗୋଟିଏ ଶିଉଳିବସା ପୁରୁଣା କୋଠା।

ଏ ପୁରାତନ ସହରର ଅଣଓସାରିଆ ଗଲି ବାଙ୍କ ଅତିକ୍ରମ କଲାବେଳେ 'ରୋଡ୍ ହର୍ସ' ଯେପରି ହର୍ଷ ବଜାଏନା, ଯାତ୍ରା ପାଇଁ ସାଦର ଆମନ୍ତ୍ରଣ ଜଣାଏ। ସମଗ୍ର ସହରର ପବନରେ ସଞ୍ଚରି ଯାଏ ଏକ ଉଚ୍ଛନ୍ନ ଭାବ। ଲାଗେ ସତେ ଅବା ବସ୍ତା ରାସ୍ତାରେ ନ ଚାଲି ପବନରେ ପକ୍ଷୀରାଜ ଘୋଡା ପରି ଉଡି ଆସୁଛି, ପିଠିରେ ବସାଇ ଘଡିକରେ ଅଲକାପୁରୀରେ ପହଞ୍ଚାଇ ଦେବ। କହିବା ବାହୁଲ୍ୟ, ସେତେବେଳେ କଟକ ସହର ହିଁ ଥିଲା ଏ ସହରବାସୀଙ୍କ ପାଇଁ ମାୟାମୟ ଅଲକାପୁରୀ। ପୃଥିବୀର କୌଣସି ଜିନିଷ ସେଠାରେ ଅପ୍ରାପ୍ତ ବୋଲି କେହି କେବେ ଚିନ୍ତା କରି ପାରୁନଥିଲା। ପାହାଡିଆ ତାରା ମଳିନ ପଡିବା ଆଗରୁ 'ରୋଡହର୍ସ' ଠାକୁର ଦାଣ୍ଡ ଛାଡେ। ଫେରେ ରାତି

ସାଢେ ଦଶରେ। ସେତେବେଳେ ତା ହର୍ଷ ଶୁଭେ ଶ୍ରାନ୍ତ ପଥିକର ଭାରୀ ଦୀର୍ଘଶ୍ୱାସ ପରି। ସାରା ସହରକୁ କ୍ଲାନ୍ତିର ନିଦ ଘୋଟି ଆସେ। ଭାରି ଭଲ ଲାଗେ ବିଛଣାରେ ପଡିପଡି ତା ହର୍ଷ ଶୁଣିବାକୁ। କେଉଁ ଦିନ ତାହା ଶୁଭେ ପକ୍ଷୀରାଜର ହେଷା ରବ ପରି ତ ଆଉ କେଉଁ ଦିନ ସମୁଦ୍ରର ଅଶାନ୍ତ ଲହରୀ ନିର୍ଘୋଷ ପରି।   ଏବେ ଏହି ପରିଣତ ବୟସରେ ତାହା ଶୁଭୁଛି ଆଲତୀ ବେଳାର ମନ୍ଦ୍ର ଶଙ୍ଖଧ୍ୱନି ପରି। ଅଥଚ ମୁଁ ଭଲଭାବେ ଜାଣେ, ଗଲା ପଚାଶ ବର୍ଷ ଭିତରେ ତା’ର ବିଚିତ୍ର ରାଗିଣୀରେ ସାମାନ୍ୟତମ ପରିବର୍ତ୍ତନ ବି ହୋଇନି। ପୁରୁଣା ଡ୍ରାଇଭର ଜାଗିରିଆ କାହିଁ କେତେ ବର୍ଷ ତଳୁ ମରି ହଜି ଗଲାଣି। ତା ପୁଅ ବି ହାତ ଥରିବାରୁ ଷ୍ଟିଅରିଂ ଛାଡି ଘରେ ବସିଲାଣି। ଏବେ ଗାଡି ଚଲାଉଛି ଜାଗିରିଆର ନାତି। କିନ୍ତୁ ରାଗ ସଙ୍ଗୀତର ଶାସ୍ତ୍ର ନିର୍ଦ୍ଦିଷ୍ଟ ଆରୋହ, ଅବରୋହ ପରି ‘ରୋଡହର୍ସ’ର ହର୍ଷ ଚିର ଅପରିବର୍ତ୍ତନୀୟ।   ମହାକାଳର ଅନାହତ ନାଦ ପରି ଥରେ ଭୋର ସାଢେ ଚାରିରେ ଆଉଥରେ ରାତ ସାଢେ ଦଶରେ ବାଜି ଉଠେ ଏବଂ ମୋର ମନେ ପଡେ ଟିକନ ମିଶ୍ର କଥା, ସହରର ଦକ୍ଷିଣ-ପୂର୍ବ ଦିଗରେ ଠିଆ ହୋଇଥିବା ଶିଉଳିବସା ପୁରୁଣା କୋଠା କଥା। ମନେମନେ ମୁଁ ମିଛ ସ୍ୱପ୍ନର ଜାଲ ବୁଣେ — ‘ରୋଡହର୍ସ ’ ଚଢି ଟିକନ ମିଶ୍ର ଫେରି ଆସୁଥିବ....।

ଆଜିଠୁ କୋଡିଏ ବର୍ଷ ତଳେ ଟିକନ ମିଶ୍ର ପ୍ରତିଥର ଏହି ରୋଡହର୍ସରେ ହିଁ ଫେରୁଥିଲା। ପ୍ରତିଥର ଫେରୁଥିଲା ରାତି ସାଢେ ଦଶରେ ଏବଂ ଗେଟ୍ ପାଖରୁ ଟିକ୍ରା କରି ବାର ଦର୍ପରେ ଘୋଷଣା କରୁଥିଲା ତା’ର ଉପସ୍ଥିତି। ବ୍ରିଫ୍‌କେଶ୍‌ରେ ବିଭିନ୍ନ କିସମର ଘରନକ୍ସା ଭର୍ତ୍ତି ଖଣ୍ଡେ ପୁରୁଣା ଡାଏରୀ, କେଇ ହଜାର ଟଙ୍କା ଓ ଗୁଡ଼ାଏ ଯୋଜନା ଧରି ସେ ଆସେ। ଧୁଆଧୋଇ ହୋଇ ଖାଇ ବସିବା ଆଗରୁ ଆରମ୍ଭ କରେ ତା’ ଯୋଜନାର ପୁଙ୍ଖାନୁପୁଙ୍ଖ ବର୍ଣ୍ଣନା ଏବଂ ପରଦିନ ରୋଡହର୍ସର ପାହାନ୍ତିଆ ହର୍ଷ ଶୁଭିବା ଆଗରୁ ସହରତଳି ବସ୍ତିଆଡ଼େ ବାହାରିଯାଏ ବଢ଼େଇ, ରାଜମିସ୍ତ୍ରୀ କି ମୂଲିଆ ସନ୍ଧାନରେ। ପ୍ରବଳ ଉତ୍ସାହରେ ପନ୍ଦର ଦିନ, ମାସେ ଘର କାମରେ ମାତେ। ଘରଟାର କେଉଁପଟରେ କେଇ ଫୁଟ କାନ୍ଥ ଉଠେ କି କେଉଁ କଣରୁ ଶିଉଳି ଛଡ଼ା ହୋଇ ଫାଲେ ପଲସ୍ତରା ହୁଏ। କେଉଁଠି ଝରକାଟିଏ କି ଶ୍ରିଲଟାଏ ଖଞ୍ଜାହୁଏ ତ କେଉଁ ରୁମ୍‌ରେ ଛାତ ଖଣ୍ଡେ ପଡ଼େ। ଛୁଟି ସରିଲେ ଦିନେ ପୁଣି ପାହାନ୍ତାରୁ ରୋଡହର୍ସ ଚଢ଼ି ସେ ବାଲେଶ୍ୱର ଫେରିଯାଏ। ସେତେବେଳେ ସେ ସେଠିକାର ସରକାରୀ କଲେଜରେ ଇଂରାଜୀ ଅଧାପକ।

ନଈକୂଳିଆ ନିରୋଲା ଜାଗା ଦେଖି ଟିକନର ଜେଜେ ଜମି ଖଣ୍ଡକ କିଣିଥିଲେ। ପ୍ରାୟ ଦୁଇ ଏକର ପରିମିତ ବିରାଟ ହତା। ଜମିର ପୂର୍ବ ମାଲିକ

ଥିଲେ ସହରର ଜଣେ ପୁରୁଣା ହୋମିଓପାଥ । ବର୍ଦ୍ଧମାନର କେଉଁ ବଙ୍ଗାଳୀ ଜମିଦାରଙ୍କ ସ୍ତ୍ରୀଙ୍କୁ ଅସାଧ୍ୟ ବ୍ୟାଧିରୁ ମୁକ୍ତ କରି ଜମିଖଣ୍ଡକ ସେ ଉପହାର ସ୍ୱରୂପ ହାସଲ କରିଥିଲେ । କିନ୍ତୁ ଘର କରିବା ପୂର୍ବରୁ ଡାକ୍ତର ନିଜେ ଦୁରାରୋଗ୍ୟ ବ୍ୟାଧିଗ୍ରସ୍ତ ହୋଇ ଆଖି ବୁଜିଲେ । ବର୍ଦ୍ଧମାନ ଜମିଦାର କାଲେ ଖରାଦିନିଆ କୋଠି ବସାଇବା ଉଦ୍ଦେଶ୍ୟରେ ଜମି ଖରିଦ କରିଥିଲେ କେଉଁ ମଦ ବେପାରୀ ଠାରୁ । ମୂଲ ମାଲିକଙ୍କୁ କେଇ ବୋତଲ ମଦ ପିଆଇ ମଦ ବେପାରୀ ଜାଗା ଖଣ୍ଡକ ଏକ ରକମ ହଡ଼୍ପ କରିଥିଲା । ତା'ପୂର୍ବର ଇତିହାସ କାହାକୁ ଜଣା ନାହିଁ । ଏତକ କି ଜଣା ପଡ଼ି ନ ଥାନ୍ତା, ଯଦି ଟିକନ ଘର କରିବା ଆଗରୁ ସେ ସବୁ ସଂଗ୍ରହ କରିବାକୁ ଯତ୍ନ କରି ନ ଥାନ୍ତା । ନିଃସନ୍ତାନ ହୋମିଓପାଥ ରୋଗ ଶଯ୍ୟାରେ ବହୁଦିନ ପଡ଼ି ରହିବା ପରେ ଅନ୍ୟୋପାୟ ହୋଇ ଟିକନର ଜେଜେଙ୍କୁ ଜମି ବିକ୍ରୀ କରି ଦେଇଥିଲେ । ଏତେ ବିରାଟ ହତା ଚାରିପଟେ ପାଚେରି ଉଠେଇ କାବୁ କରିବାକୁ ଲାଗିଥିଲା ଅନେକ ବର୍ଷ । ଜମିର ପଶ୍ଚିମପଟରେ ଦୁଇଟା ଇଟା ଭାଟି ପୋଡ଼ି ଘର ଶୁଭ ଦେବାର ବର୍ଷକ ଭିତରେ ବୁଢ଼ାଙ୍କର ଦେହାନ୍ତ ଘଟିଲା । ମୃତ୍ୟୁ ପୂର୍ବରୁ ସେ କେବଳ ଈଶାନ୍ୟ କୋଣରେ ଠାକୁର ଘର କାନ୍ଥ କେଇ ହାତ ଉଠାଇ ପାରିଥିଲେ । ବୁଢ଼ାଙ୍କ କାଲ ହେଲା ପରେ ଘର ଖଣ୍ଡକ ସେମିତି

ପଡ଼ି ରହିଲା । ଟିକନ ବାପା ବ୍ୟବସାୟରେ ଟିକେ ପ୍ରତିଷ୍ଠିତ ହୋଇ ଘର କାମ ଆଡ଼କୁ ମନଦେଲା ବେଳକୁ ଡିହ ସାରା ଅରମା ଭର୍ତି । ଖୋଲା ହୋଇଥିବା ନିଅଁ ବହୁ ଜାଗାରେ ପୋତି ହୋଇ ପଡ଼ିଥିଲା । ହତା ସଫା କରେଇ ଘର ପାଖକୁ ଇଟା ବୋହିଲା ବେଳକୁ ଗାଁ ଅବଧାନ କହିଲା – ବାବୁ ଟିକେ ଜାଣିବା ଶୁଣିବା ଲୋକଙ୍କୁ ପଚାର । ବୁଢ଼ା ସାଆନ୍ତେ ମୋ କଥା ନ ମାନି ବାସ୍ତୁପୁରୁଷ ଛାତିରେ ନିଅଁ ଖୋଲିବାରୁ ତ ଅବସ୍ଥା ଦେଖୁଛ...'

ବାସ୍, ସେତିକିରେ ବଦଲିଗଲା ଘରର ନକ୍ସା । ପୁରୁଣା ନିଅଁ ପୋତା ହୋଇ ନୂଆ ନିଅଁ ଖୋଲାହେଲା । ମଝିରେ – ବାସ୍ତୁପୁରୁଷଙ୍କ ଛାତିରେ ପ୍ରଶସ୍ତ ଖୋଲା ଅଗଣା । ଚାରିପଟେ ଦଶଟା ବଡ଼ ବଡ଼ କୋଠରୀ । ବାୟବ୍ୟ ଦିଗରେ ଭଣ୍ଡାର ଘର, ଅଗ୍ନିକୋଣରେ ରୋଷେଇ ଘର । ସଂପୂର୍ଣ୍ଣ ବାସ୍ତୁଶାସ୍ତ୍ର ସମ୍ମତ ନକ୍ସା । ସହରରେ ସେତେବେଳେ ସବୁଠାରୁ ବଡ଼ ଲୁଗା ଦୋକାନ ତାଙ୍କର । ଲୁଗା ବ୍ୟବସାୟରେ ଟଙ୍କାକେ ଦେଢ଼ ଟଙ୍କା ଲାଭ । ସେହି ଅନୁସାରେ ବଢ଼ିଥିଲା ଘରର ଲମ୍ବ, ପ୍ରସ୍ଥ । ଟିକନ କୁହେ – ବାପା ହାତ ଦେଖାଇ କହୁଥିଲେ ଏ ଘରଟା ବୁଢ଼ାର, ସେପଟଟା କୁନାର, ସେଇଟା... । ପାଞ୍ଚ ଭାଇରେ ଏକମାତ୍ର ଗୋହ୍ଲ ଭଉଣୀ ହେମ ଅପା ଅଭିମାନରେ ଗଳାଫୁଲେଇ ପଚାରେ – ଆଉ

ବାପା ମୋର ?' ରଡ଼, ସିମେଣ୍ଟ ରଖିବାକୁ ତିଆରି ହୋଇଥିବା ଆଉଟ୍ ହାଉସ୍କୁ ଦେଖାଇ ଟିକନ ତାକୁ ଚିଡ଼ାଏ – ତୋର ସେଇ ଗୋଦାମ ଘର ।'

କାନ୍ତୁ ଉଠେଇ ନିମଟାଳ ଡ଼େଲେଇ ପକେଇ ସାରିଲା ବେଳକୁ ବଡ଼ପୁଅ ବୁଢ଼ା କଲେଜ ଗଲାଣି । ତା' ପଛକୁ କୁନା, ମୁନା, ବାବୁ, ଟିକନ । ମଝିରେ ଝିଅ ବାହାଘର । ବ୍ୟବସାୟ ସେତେବେଳକୁ ମାନ୍ଦା ଧରିଲାଣି । ସହରରେ ତହୁଁ ବଲ୍ଗି ତହୁଁ ବଲ୍ଗି ଲୁଗା ଦୋକାନ । ଜଞ୍ଜାଳ ଭିତରେ ଘର କାମ ଅଧା ରହିଗଲା ।

କୋଡ଼ପୋଛା ଗେହ୍ଲା ପୁଅ ହିସାବରେ ଗପ ଶୁଣିବାକୁ ବାପାଙ୍କ ପାଖରେ ଶୋଇ ଟିକନ ଶୁଣେ ଘରତୋଲା ଗପ । ଠାକୁର ଘରେ କେମିତି ରଙ୍ଗର ମାର୍ବଲ ବିଛା ହେବ, ସିଂହାସନ ମୁହଁ କେଉଁ ଦିଗକୁ ହେବ, କେଉଁ ଘରତଳ ମୋଜାଇକ୍ ହେବ, କେଉଁ ଘର ତଳେ ତିଆରି ହେବ ଅଣ୍ଡର ଗ୍ରାଉଣ୍ଡ – ବାପାଙ୍କର ଖାଲି ସେଇ ଗପ । ଦୋକାନରେ ଚାକର,ଗୁମାସ୍ତାକୁ ଛାଡ଼ି କେବେ କେମିତି ବୁଲି ବାହାରିଲେ ପହଞ୍ଚୁଥିଲେ ଘର ପାଖରେ । ଟିକନକୁ ବୁଝାଉଥିଲେ ସମସ୍ତେ ଏକାଠି ବସି ଖାଇବାକୁ କେଉଁ ଜାଗାଟି ସୁବିଧାଜନକ ହେବ । ବୋଉ ସାଙ୍ଗରେ ଠାକୁରଙ୍କ ପାଖକୁ ବାହାରି ଅଧାରୁ ବାଟଭଙ୍ଗି ଘର ଆଡ଼େ ମୁହାଁଉଥିଲେ ଏବଂ ବୋଉକୁ ବୁଝାଉଥିଲେ କେଉଁଠି ଲାଗିବ ନାତିନାତୁଣୀମାନଙ୍କ ପାଇଁ ଦୋଲି । ନଈ ଆଡ଼କୁ ମୁହଁ କରି ଠିଆ ହୋଇଥିବା ଆଉଟ୍ ହାଉସ୍ ବାରଣ୍ଡାରେ ବସି ବେଳେ ବେଳେ ସତୃଷ୍ଣ ଦୃଷ୍ଟିରେ ଅଧାତୋଲା ଘରଆଡ଼େ ଚାହିଁରହୁଥିଲେ ଏବଂ କେବେ କେମିତି ଉଠିପଡ଼ି ଅରଣା ମାଡ଼ୁଥିବା ବଣୁଆ ଲତା ଛିଣ୍ଡାଇ ଦୂରକୁ ଫିଙ୍ଗୁଥିଲେ, ନ ହେଲେ ଅନ୍ୟମନସ୍କ ଭାବେ ଆଙ୍ଗୁଳି ଘଷି ଘଷି କାନ୍ଥରୁ ଶିଉଲି ଛଡ଼ାଉଥିଲେ । ମନେ ମନେ ଯୋଜନା କରୁଥିଲେ କବାଟ,ଝରକା ପାଇଁ କେଉଁଠୁ ଆସିବ ଶାଗୁଆନ କାଠ । କଟକର କେଉଁ ଦୋକାନରୁ କିଣା ହେବ ମୋଜାଇକ୍ ଗୋଡ଼ି । ଦୋକାନରେ ବସି ଚିହ୍ନଜଣା ଗରାଖଙ୍କ ଠାରୁ ବୁଝୁଥିଲେ ଭଲ ବଢ଼େଇ, ରାଜମିସ୍ତ୍ରୀମାନଙ୍କର ଖବର । ଏମିତି କି ଡୁବୁରି ଆଡ କେଉଁ କ୍ୱସରରେ ଛାତ ପାଇଁ ଏକ ବଛୁଆରି ଗୋଡ଼ି ମିଳିବ ତା'ର ଠିକଣା ସଂଗ୍ରହ କରି ଡାଏରୀରେ ଟିପି ରଖୁଥିଲେ । ଟିକନ ପାଖରେ ସେ ଡାଏରୀ ମୁଁ ଦେଖିଛି । ଇଞ୍ଜିନିୟରିଂ ଛାତ୍ରଙ୍କ ପ୍ଲାନ୍ ଡ୍ରଇଂ ଖାତା ପରି, ସେଥିରେ ବହୁ ପ୍ରକାର ଘରର ନକ୍ସା, ଗ୍ରୀଲର ଡିଜାଇନ୍ ଆଉ ମିସ୍ତ୍ରୀ, ଦୋକାନୀମାନଙ୍କ ଠିକଣା । ଶେଷ ପର୍ଯ୍ୟନ୍ତ ସେ ସାହସ ହରେଇ ନ ଥିଲେ । ଘର କଥା ପଚାରିଲେ ହସି ହସି କହୁଥିଲେ – ପଞ୍ଚୁପାଣ୍ଡବଙ୍କ ପରି ପାଞ୍ଚଟା ଯୋଗ୍ୟ ପୁଅ ମୋର । ଖାଲି ସେମାନେ ଟିକେ ପାରିଯାଆନ୍ତୁ । ମାସ ପାଞ୍ଚଟାରେ ଘର କାମ ବଢ଼େଇ ପ୍ରତିଷ୍ଠା କରିବି । କିନ୍ତୁ ସେ ପାଞ୍ଚ ମାସର ସୁଯୋଗ ତାଙ୍କ ଜୀବନରେ କେବେ ଆସି ନ ଥିଲା । ଜୀବନର ଶେଷ

କେତେ ବର୍ଷ ପକ୍ଷାଘାତଗ୍ରସ୍ତ ହୋଇ ସେ ବିଛଣାରେ ପଡ଼ିରହୁଥିଲେ। ଭଲକରି କଥା କହିବା ବି ତାଙ୍କ ପକ୍ଷରେ ସମ୍ଭବ ହେଉ ନ ଥିଲା। ଟିକନ କୁହେ - ଶୂନ୍ୟ ଆଖିରେ ବାପା ପୁରୁଣା ଖଣ୍ଡାର କଡ଼ି, ବରଗା ଆଡ଼େ ଚାହିଁରୁହନ୍ତି। ଓଠ ଥରେ। ବହୁ କଷ୍ଟରେ ଯେତେବେଳେ ପଦେ ଅଧେ କଥା କହନ୍ତି, କୁହନ୍ତି ଘ-ର-।'

ଟିକନ ବୁଝେ। କୋହରେକୋହରେ ତା' ଛାତି ଭିତରଟା ରୁନ୍ଧି ହୋଇଯାଏ। ପ୍ରବୋଧନା ଦେବାକୁ ପାଟି ଖୋଲେନା। ତାକୁ ଲାଗେ ବାପାଙ୍କର କେବଳ ବାଁପଟଟା ପକ୍ଷାଘାତଗ୍ରସ୍ତ ହୋଇଛି ସିନା, ହେଲେ ପକ୍ଷାଘାତରେ ତା'ର ସର୍ବାଙ୍ଗ ଅଥର୍ବ ହୋଇଯାଇଛି। ଅଶନିଶ୍ୱାସୀ ହୋଇ ସେ ଘର ଆଡ଼େ ଛୁଟିପଳାଏ। ସେଠି ଇଟା ଗଦାରେ ଛୁଆ ଫୁଟାଉଥାଏ ଚିତି ସାପ, କାନ୍ଥରେ ସନ୍ଧିରେ ଚେର ମେଲୁଥାନ୍ତି ବର-ଓସ୍ତ ଗଛ। ନାଗଅଇରି, କାନକୋଲି ବୁଦା ତଲୁ ଦିନ ଦ୍ୱିପ୍ରହରରେ କାନ ଅତଡ଼ା ପକାନ୍ତି ବିଲୁଆ ପଲ। ବଡ଼ଭାଇମାନେ ଚାକିରି କରି କିଏ କୁଆଡ଼େ। ବାପାଙ୍କ ପାଇଁ ପି.ଏଚ୍.ଡି. ଛାଡ଼ି ସେ ସେଣ୍ଟ୍ରାଲ ୟୁନିଭର୍ସିଟିରୁ ପଳେଇ ଆସିଥିଲା ସିନା, ତାଙ୍କ ଅବଶୋଷ ପାଇଁ ଚାକିରି ବାକିରି ନ ଥିବା ତା'ପରି ବେକାର ପୁଅଟି ଆଉ କ'ଣ କରିପାରିଥାନ୍ତା ? କେବେ କେମିତି ବୋଉ ଘରତୋଲା କଥା ଉଠାଇ ବଡ଼ଭାଇମାନଙ୍କୁ ଚିଠି ଲେଖିଲେ ବଡ଼ଭାଇ ଜବାବ ପଠାନ୍ତି - ଆଜିକାଲି ସେମିତି ଜାଗାରେ କିଏ ଘର କରୁଛି ! ବାପା କାହିଁକି ମାଗଣାଟାରେ ଘର ଘର ହେଉଛନ୍ତି। ତୁ ତାଙ୍କୁ ବୁଝାଇଦେବୁ। ଭୁବନେଶ୍ୱରରେ ଖଣ୍ଡେ ଫ୍ଲାଟ୍ ଯୋଗାଡ଼ କରିଦେବାରୁ ମୁଁ ମୋ ସାଙ୍ଗକୁ କହିଛି। ବଡ଼ ମଝିଆ ଭାଇ ଲେଖନ୍ତି - ପ୍ଲାନ୍ ନାହିଁ, ପ୍ଲାନ୍ ନାହିଁ ସେଟା ଗୋଟା କି ଘର ! ସାନ ଭାଉଜ କୁହନ୍ତି ଗାଧୁଆ ଘର କି ପାଇଖାନା ନାହିଁ। ଆମେ ଯା'ମାନେ କ'ଣ ନଇକୁ ଗାଧୋଇଯିବୁ ? ବଡ଼ ଭାଉଜ ଲେଖନ୍ତି - ବାପାଙ୍କୁ ବୁଝେଇଦେବ ବୋଉ, କେଉଁ ଜିନିଷରେ ଏତେ ଆସକ୍ତି ଭଲ ନୁହେଁ। ବିଶେଷତଃ ଏ ଅବସ୍ଥାରେ। ପାଠଶାଉ ପଢ଼ି ନ ଥିବା ହୁନ୍ଢୀ ବୋଉ ଚିଠି ଶୁଣୁଶୁଣୁ ବାଡ଼ିପଟ ସଜନାଗଛ ଡାଲକୁ ଚାହିଁରୁହେ। ବହୁ ସମୟ ପରେ ବସିବା ଜାଗାରୁ ଉଠୁ ଉଠୁ କହେ - ହଉ, ତମର ସବୁ ଯୋଉଠିରେ ଖୁସି। ଖାଲି ବୁଢ଼ା ମଣିଷଟା..., ଆଉ ଅଧିକ କିଛି କହି ପାରେନା। ସବୁ ମାନ ଅଭିମାନ, ସବୁ ଅଭିଯୋଗକୁ କାନିରେ ସାତ ଗଣ୍ଠି ପକେଇ ଓହ୍ଲେଇ ଦେଇ ବାପାଙ୍କ ହାତ ଗୋଡ଼ରେ କବିରାଜୀ ତେଲ ଘଷେ, ଆଉ ପୁଣି କେଉଁ ଆଶାରେ କିଏ ଜାଣେ ? ଟିକନ ମିଶ୍ର ଆଶ୍ଚର୍ଯ୍ୟ ହୋଇ ବାପାବୋଉଙ୍କୁ ଚାହିଁ ରୁହେ।

କ୍ୟାରିୟର ଦୃଷ୍ଟିରୁ ଟିକନକୁ ସେତେବେଳେ ସରକାରୀ କଲେଜ ଅଭାବ ନ ଥିଲା। କେବଳ ବାପାଙ୍କୁ ଛାଡ଼ି ଦୂରକୁ ଯିବିନି ବୋଲି ସେ ଘର ପାଖ ପ୍ରାଇଭେଟ୍

କଲେଜରେ ରହିଲା। ସକାଳୁ ଉଠି ବାପାଙ୍କ ବିଛଣା ଝାଡ଼େ, ଦାନ୍ତ ଘଷାଏ, ଦାଢ଼ି କାଟେ, ଲୁଗାପଟା ସଫା କରେ, ଦୁଧ ଭାତ ଚକଟି ଚାମଚଚାମଚ କରି ଗିଲାଏ, ଔଷଧ ଖୁଆଏ ଏବଂ ଅଧେଦିନ ଅଖିଆ କଲେଜ ପଳାଏ। ବୋଉର ବି ସେତେବେଳକୁ ଆଉ ବାପାଙ୍କୁ ଉଠାବସା କରିବାର ସାମର୍ଥ୍ୟ ନ ଥାଏ। ରୋଷେଇ ଘର ଧୂଆଁରେ ତା’ମୁଣ୍ଡ ବିନ୍ଧେ। ଆଖିକୁ ଚାରିଆଡ଼ କୁହୁଡ଼ିଆ ଦିଶେ, ଦେହ ହାତ ଥରେ ଏବଂ ପ୍ରକାରାନ୍ତରେ ସଚରାଚର ମା’ମାନଙ୍କ ପରି ସେ ଟିକନକୁ ବାହା ହେବାକୁ ପ୍ରବର୍ତ୍ତାଏ। କିନ୍ତୁ ଟିକନ ଆଖିରେ ସେ ସମୟରେ ବାହାଘର ଅପେକ୍ଷା ଘରର ସ୍ୱପ୍ନ ଅଧିକ ଘନୀଭୂତ ହୋଇ ସାରିଥାଏ। ଲାଗୁଥାଏ ଯେପରି ବାପାଙ୍କ ଆଖିରୁ ସେ ସ୍ୱପ୍ନ ତା’ଆଖିକୁ ସଂକ୍ରମିତ ହୋଇଛି। କାରଣ ବାପା ଆଉ ‘ଘ – ର –’ ନ କହି ଅତି କଷ୍ଟରେ କହୁଥାନ୍ତି ‘ବା–ହା–ଘ–ର’। ବହୁ କନ୍ୟାପିତା ବି ତାକୁ ଜ୍ୱାଇଁ କରିବା ଲୋଭରେ ଯୌତୁକ ବାବଦକୁ ଘରଟା ସଂପୂର୍ଣ୍ଣ କରି ଦେବାର ସୂଚନା ବିଭିନ୍ନ ବାଟରେ ଦେଇ ସାରିଥାନ୍ତି। ସେ ସବୁ ପ୍ରସ୍ତାବ ବୋଉ କାନକୁ ଲୋଭନୀୟ ଶୁଭୁଥାଏ। ତାଙ୍କ ଆଖି ସମ୍ଭାବନାରେ ଉଜ୍ଜ୍ୱଳ ବି ଦିଶୁଥାଏ। ଅଥଚ କଥା ପଦକରେ ସମସ୍ତ ପ୍ରସ୍ତାବ ନାକଚ କରି ଦେଇ ଟିକନ ଘୋଷଣା କରେ – ଘର ଯଦି କେବେ ତୋଲା ହେବାର ଥାଏ, ତୋଲା ହେବ ମୋ ପରିଶ୍ରମ ଟଙ୍କାରେ।

ଅବଶେଷରେ ତା’ବାପାଙ୍କ ମୃତ୍ୟୁର କେତେ ମାସ ପୂର୍ବରୁ ମାନୀ ସେ ଘରକୁ ବୋହୂ ହୋଇ ଆସିଲା। ଆସୁ ଆସୁ ଟିକନ ମିଶ୍ରଠାରୁ ବାପାଙ୍କ ଭଗ୍ନ ସ୍ୱାସ୍ଥ୍ୟର ବିପର୍ଯ୍ୟୟ ଓ ଅପୂର୍ଣ୍ଣ ଆଶାର ବିଡ଼ମ୍ବନାକୁ ଭାଗ କରିନେଲା। ଦିନ କେତେଟାର ବ୍ୟବଧାନରେ ବାପା, ମା’ ପରସ୍ପରକୁ ଡକାଡକି ହୋଇ ଗଲା ପରି ଆରପାରିକୁ ଚାଲିଗଲେ। ତେଣିକି ଘରର ସ୍ୱପ୍ନ ଟିକନ ମିଶ୍ର ଏକାନ୍ତ ନିଜସ୍ୱରେ ପରିଣତ ହେଲା। କେବେ ମୂଲିଆ ଲଗାଇ, କେବେ ଏକା ଏକା ସେ ଅରମା ଦିହ ସଫା କରେ। ଇଟା ଗଦାକୁ ସଜାଡ଼ି ଥାକ ମାରି ରଖେ, ଘରର ଦୈର୍ଘ୍ୟ ପ୍ରସ୍ଥ ମାପେ ଏବଂ ବାପାଙ୍କ ପୁରୁଣା ଡାଏରୀର ଅବଶିଷ୍ଟାଂଶରେ ଏଣୁତେଣୁ ହିସାବ କରେ। ଭାଇ ଭାଉଜମାନେ ଭାବନ୍ତି – ପାଗଳ। ବଡ଼ ଭାଇ କୁହନ୍ତି – ସେଟା ହାତୀ ନୁହେଁ ; ରାଜାଙ୍କ ପାଗଳା ହାତୀ। କେବେ ବି କାହା ମୁଣ୍ଡରେ ସୁନା କଳସୀ ଢାଳିବନି। ଘର ଘର ହୋଇ ଜେଜେ ଗଲେ, ବାପା ବି ଗଲେ। କେହି ପୂରା କରି ପାରିଲେ ?” ବଡ଼ ମଇଆଁ କୁହନ୍ତି – “ଆରେ ଟିକନ, ବାୟା ହେଲୁ ? ଶହେ ବାଇ ଦେଢ଼ଶହ ଫୁଟର ଘର କିଏ, ଆମେ କିଏ ? ସାତ ଜନ୍ମ ଗଲେ ଆମେ ତାକୁ ପୂରା କରି ପାରିବା ? ଖଣ୍ଡେ ଝରକା କି ଚଉକାଠ ଦାମକୁ ଆମ ମାସକର ଦରମା ନାହିଁ। କାହିଁକି ଅଯଥା ମାତିଛୁ ? ତୋ ପି.ଏ.ର୍.ଡ଼ି. କାମରେ ମନ

ଦେ । ସାନମଉଆ, ସାନଭାଇ ଆଗ ଆଗ ଅବଶ୍ୟ ନିରୁସ୍ସାହିତ କରୁ ନ ଥିଲେ । କିନ୍ତୁ ଦୁଇଟା ରୁମ୍‌ର କାନ୍ଥ ଛାତ ପାଉନ ଉଠି ବେରିଂ ବିମ୍ ପଡ଼ି ସାରିଲା ବେଲକୁ ସେମାନେ ବି କରଛଡ଼ା ଦେଲେ ।

ଯେତେ ନାହିଁ ନାହିଁ, ଟିକନକୁ ଘର ନିଶା ସେତେ ଘାରୁଥାଏ । କଲେଜରୁ ଫେରି ଘରଆଡ଼ୁ ଘେରାଏ ବୁଲିଆସେ । ମାନୀ ଆଗରେ ବସି ବର୍ଣ୍ଣନା କରେ ତା' ଯୋଜନାର ରୂପରେଖ । ମାନୀ ସବୁ ଶୁଣି ହିଁ କି ନାହିଁ ନ କହି ଖାଲି ଟିକେ ହସିଦିଏ । ଏତେ ଟିକେ ହସ ଯେ ସେଥିରୁ ତା' ମନୋଭାବ ବୁଝିବା କଷ୍ଟ । ସେଥିପ୍ରତି ଟିକେ ବି ଗୁରୁତ୍ୱ ନ ଦେଇ ଟିକନ ତା'ଆଠ ଦଶ ମାସରେ ଥରେ ମିଲୁଥିବା ଦରମା ଟଙ୍କାରେ ଗୋଡ଼ି କିଣେ, ବାଲି କିଣି ଗଦାଏ, ରଡ଼ ଆଣି ଆଉଟ୍ ହାଉସ୍‌ରେ ସାଇତେ । ତାକୁ ଭଲ କରି ଜଣାଥାଏ ପ୍ରାଇଭେଟ୍ କଲେଜର ଅନିଶ୍ଚିତ ଦରମା ଉପରେ ନିର୍ଭର କରି ଏତେ ବଡ଼ ଘରର ଛାତ ଏକାଥରେ ପକାଇବା ଅସମ୍ଭବ । ତେଣୁ ଇଞ୍ଜିନିୟର, ରାଜମିସ୍ତ୍ରୀମାନଙ୍କ କଥାରେ କାନ ନ ଦେଇ ଥରକେ ଗୋଟାଏ ନ ହେଲେ ଦୁଇଟା ରୁମ୍‌ର ଛାତ ପକେଇବାକୁ ସେ ଯୋଜନା କରିଥାଏ । କହୁଥାଏ ଆଗ ସେ ରୁମ ଦୁଇଟାରେ ଝରକା, କବାଟ ଲଗାଇ ପଲସ୍ତରା, ଚଟାଣ କାମ ସାରିଲେ ଆଉ ଦୁଇଟା ରୁମ୍ କାମ ହାତକୁ ନେବ । ନିଜ ଯୋଜନା ସପକ୍ଷରେ ଯୁକ୍ତି ବାଢ଼େ- ଏତେ ବଡ଼ ଘର ଏକାଥରେ କରିବାକୁ ଜିନିଷ ମିଲିବ କେଉଁଠୁ ? କିନ୍ତୁ ପ୍ରକୃତରେ ଏକାଥରେ ଏତେ ବଡ଼ ଘର କାମ ହାତକୁ ନେବାକୁ ତା'ର ସାହସ ପାଉ ନ ଥାଏ । ଗାଁ ଚାଷବାସରୁ ବିଶେଷ କିଛି ଆୟ ହେଉ ନ ଥାଏ । ପୁରୁଣା ଖଣ୍ଡା କଡ଼ି, ବରଗା ଛାତରୁ ପାଣିଗଲେ । ଘର ମରାମତି, ବାଡ଼ବନ୍ଦୀରେ ଟିକନର ଦି'ମାସର ଦରମା ବାର୍ଯ୍ୟ ଉଡ଼ିଯାଏ । ତା' ଛଡ଼ା ଥାଏ ଜେଜେଙ୍କ ଅମଲର ଠାକୁର-ପୂଜାରୀ, ବନ୍ଧୁ-ବାନ୍ଧବ, ଭାର-ବେଭାର ଖର୍ଚ୍ଚ । ବଡ଼ ଭାଇମାନେ ଏ ସବୁ କାମରେ କେବେ ମୁଣ୍ଡ ପୁରାନ୍ତି ନାହିଁ । ବରଂ ଖବର ପଠାନ୍ତି - ଟିକନ ବାସୁମତୀ ଚାଉଲ ପଚାଶ କିଲୋ ପଠାଇବୁ । ଆର ମାସରେ ପୁଅ ଜନ୍ମଦିନ ।'

ବଡ଼ ଭାଉଜ ଲେଖନ୍ତି - ଗାଁ ମୁଗ ଦଶ ତିରିଶ କିଲୋ ପଠାଇବ । କିଶା ମୁଗଡ଼ାଲି ଖାଇଖାଇ ପାଟି ଅରୁଚି ଧରିଲାଣି । ତଥାପି ବି ବେଳେ ବେଳେ ଭାଉଜମାନଙ୍କ ମନରେ ଭାବନାଟାଏ ଦାନା ବାନ୍ଧୁଥାଏ - ଗାଁ ଜମିବାଡ଼ି ସବୁ ମାନୀ, ଟିକନ ଭୋଗଭାଗ୍ୟ କଲେ । ଉଡ଼େଇ ଉଡ଼େଇ ହାଲୁକା ପରିହାସର କେଉଁ ସନ୍ଧି ଦେଇ ସେ ଭାବନା ଛିଟିକି ଆସି ମାନୀର ମର୍ମସ୍ଥଲ ବିଦ୍ଧ କରେ । ଟିକନ ଆଗରେ ଅଭିଯୋଗ କଲେ ତୋ ତୋ ହସ ସେ ଜବାବ ଦିଏ - ଓମେନ୍, ଜେଲ୍‌ସି ଇଜ୍ ଦାଏ ନେମ୍ । ସେମାନଙ୍କ

ଜାଗାରେ ତୁମେ ଥିଲେ ବି ସେଇୟା କୁହନ୍ତ। ନିଜର ସାମର୍ଥ୍ୟ ଅନୁସାରେ ସେ ସମସ୍ତଙ୍କୁ ଖୁସି କରିବାକୁ ଚେଷ୍ଟା କରେ। ଭାଇ, ଭାଉଜଙ୍କ ପାଖକୁ ଚାଉଳ ମୁଗ ଡାଲି ପଠାଏ। ବଉଣୀ, ବିଣୋଇଙ୍କୁ ଖୋଜାଲୋଡା କରେ। ବନ୍ଧୁବାନ୍ଧବଙ୍କ ଘରକୁ ଭାର, ବେଭାର ପଠାଏ। ଏପରିକି ମାନୀ ପାଇଁ ଶାଢ଼ି, ଗହଣା କିଣେ ଏବଂ ପୂଜାପାର୍ବଣରେ ରାଧାମାଧବଙ୍କ ରୀତିକାନ୍ତିରେ କିଛି ଅଭାବ ରଖେନା।

ତା'ର ଯୁକ୍ତି – ଯାହାର ଯାହା ପ୍ରାପ୍ୟ। ଘର ସ୍ୱପ୍ନଟା ତ ମୋର ଏକାନ୍ତ ବ୍ୟକ୍ତିଗତ। ଅନ୍ୟମାନଙ୍କୁ ଅଧିକାରରୁ ବଞ୍ଚିତ କରି ସେ ସ୍ୱପ୍ନ ପୂରା କରିବାରେ ବାହାଦୁରି କ'ଣ?

ଏ ସବୁ ଭିତରେ ଘର ଦି' ବଖରା ଛାତ ପକେଇ କବାଟ ଝରକା ଲଗେଇବାକୁ ବଢ଼େଇ ଖୋଜିଲା ବେଲେକୁ ଟିକନ ପି.ଏସ.ପି. ପାଇଲା। ଅନ୍ୟମାନେ ଭାବିଥିଲେ – ଘର ମୋହ ଛିଣ୍ଡେଇ ଟିକନ ଦୂରକୁ ଯିବାକୁ ରାଜି ହେବ ନାହିଁ। କିନ୍ତୁ ସମସ୍ତଙ୍କୁ ଆଶ୍ଚର୍ଯ୍ୟ କରି ଟିକନ ସରକାରୀ ଅଧାପକ ହେବାକୁ ବାହାରିଲା। କୋରାପୁଟ। କୋରାପୁଟରୁ ବରଗଡ଼, ଫୁଲବାଣୀ ହୋଇ କଟିଗଲା ବହୁ ବର୍ଷ। ପି.ଏଚ.ଡି. ସାରି ଟିକନ ରିଡ଼ର ହେଲା। ପୁଅ ଡାକ୍ତରୀ ପଢ଼ିଲା। ମାନୀ ସୁନ୍ଦା ଦି' କଡ଼େ ଚୁଲ ଧଲା ପଡ଼ିଆସିଲା। ଟିକନ ଚଷମା କାଚ ଦିନକୁ ଦିନ ମୋଟା ହେଲା। ସହର ପଞ୍ଚା ବଢ଼େଇ ଘରକୁ ଛୁଇଁବାକୁ ଚେଷ୍ଟା କଲା। ସମସ୍ତେ ଭାବିଲେ ଅନ୍ୟ ଭାଇଙ୍କ ପରି ଟିକନ ବି ଘରଟାକୁ ଭୁଲିଗଲା। କିନ୍ତୁ ପୁଅ ଚାକିରି ପାଇବାର ଛ'ମାସ ଭିତରେ ସେ ବାଲେଶ୍ୱର ବଦଲି ହୋଇ ଆସିଲା ଏବଂ ଦିନେ ରୋଡହର୍ସରୁ ଓହ୍ଲାଇ ଘୋଷଣା କଲା – ଘରଟା ଏଥର ଯେମିତି ହେଲେ ପୂରା କରିବି।

ତେଣିକି ପ୍ରତି ଛୁଟିରେ ଟିକନ ରୋଡହର୍ସରୁ ଓହ୍ଲାଏ ଠିକ୍ କଲେଜ ଛୁଟି ହେବା ଦିନ ରାତିରେ। ହେଲେ ତା'ର ଅପ୍ରାଣ ଚେଷ୍ଟା ସତ୍ତ୍ୱେ ଘର କାମ କେଉଁଥର ବେଶୀ ବାଟ ଆଗାଏନା। ଏ ସହରର ବଢ଼େଇ, ମିସ୍ତ୍ରୀ ମାର୍କଣ୍ଡେଶ୍ୱର ଭଣ୍ଡାରୀ। ଅଠର କାମରେ ହାତ ଦେବେ। ସବୁ କାମ ଅଧା। ଖରାଦିନେ ଛୁଟି ଦୁଇ ମାସ ବେଲକୁ ସିମେଣ୍ଟ ଦର ଚଢ଼ା। ବାଲି ବୋହିବାକୁ ଟ୍ରକ୍, ଟ୍ରାକ୍ଟର ମିଲେନା। ବଢ଼େଇ ପଛରେ ଦୌଡ଼ି ଦୌଡ଼ି ଟିକନ ଥକିପଡ଼େ। ରାଜମିସ୍ତ୍ରୀମାନେ ଦି' ଦିନ କାମ କରି ଧରାଛୁଆଁ ଦିଅନ୍ତି ନାହିଁ। ଛୁଟି ହେବାର ପନ୍ଦର ଦିନ ଆଗରୁ ଟିକନ ଚିହ୍ନା ବଢ଼େଇ, ମିସ୍ତ୍ରୀକୁ ଚିଠି ଦିଏ, ଫୋନ୍ କରେ। ହେଲେ ଶେଷକୁ ଯେଉଁ କଥାକୁ ସେଇ କଥା। କେଉଁଥର ଫାଲେ ମାତ୍ର ପଲସ୍ତରା ହୁଏ ତ, କେଉଁଥର କେଇ ଫୁଟ କାନ୍ତ ଉଠେ। ଇଟା, ଗୋଡି, ବାଲି ପଦାରେ ପକାଇ ଟିକନ ପୁଣି କଲେଜ ଖୋଲିବା ଦିନ ପାହାନ୍ତାରୁ ରୋଡହର୍ସ ଚଢ଼େ।

ଆଉ ଥରକୁ ଫେରିଲା ବେଲକୁ ଅଧେ ଇଟା ଚୋରି ହୋଇଯାଇଥାଏ। ରଡ଼ରେ

କଳଙ୍କି ଲାଗିଥାଏ । ବର୍ଷାରେ ବାଲି ବୋହି ଯାଇଥାଏ । ସିମେଣ୍ଟ ବସ୍ତା । ମୁଣ୍ଡ ପାଲଟିଥାଏ । ଡବା ଭିତରେ ରଙ୍ଗ ଶୁଖି ମାଟି ପରି ଆଁ କରିଥାଏ ।

ତଥାପି ଦୁର୍ଦ୍ଦମନୀୟ ଆବେଗରେ ଟିକନର ନୂଆ ଉତ୍ସାହ ନେଇ ଆସେ ଓ ଘର କାମରେ ମାତେ । ଦିନ ସାରା ଖଣ୍ଡେ ରଙ୍ଗଛଡ଼ା ଲୁଙ୍ଗି ଗୁଡ଼େଇ ହୋଇ ମିସ୍ତ୍ରୀ, ମଜୁରିଆଙ୍କ ସାଙ୍ଗରେ ମିଶି ଖଟେ । ସନ୍ଧ୍ୟା ହେଲେ ସହରର ଗଳି କନ୍ଦିରେ ବୁଲି ଦେଖେ କେଉଁ କୋଠାରେ ନୂଆ ପ୍ରକାରର ଜାଲି ଲାଗିଛି । କେଉଁ ଦୋକାନରେ ତିଆରି ହେଉଛି ନୂଆ ଡିଜାଇନ୍‌ର ଗ୍ରିଲ୍ । ରାତିରେ ନଛ‌କୂଳ ଝୁମ୍ପୁଡ଼ି ହୋଟେଲରେ ଖାଏ ଏବଂ ଆଉଟ୍ ହାଉସ୍ ଛାତରେ ଶୋଇ ପରଦିନ କାମର ଯୋଜନା କରେ ।

କାମ ଚୂଡ଼ାନ୍ତ ପର୍ଯ୍ୟାୟରେ ପହଞ୍ଚିଲା ବେଳକୁ ଉଠିଲା ଭାଇ ଭାଗ କଥା । ଥରେ ମାତ୍ର କ୍ଷୀଣ ଆପଭିତ୍ତିଏ ଉଠାଇଥିଲା ଟିକନ - ଘର କାମଟା ଆଗ ସରିଯାଉ । ସେତେବେଳକୁ ଛାତ ପଡିବାକୁ ବାକି ଥାଏ ମୋଟେ ଦୁଇଟା ରୁମ୍ । ବଡ଼ ଭାଇ କହିଲେ ବାଣ୍ଟକୁଣ୍ଡ ସରିଯାଉ । ଯାହା ଭାଗରେ ପଡ଼ିବ, ସେ ବୁଝିବ । ବଡ଼ ମଝିଆ ସାପ ମରିବନି, ବାଡ଼ି ଭାଙ୍ଗିବନି ନ୍ୟାୟରେ ଯାହା କହିଲେ, ତା'ର ଅର୍ଥ କିଛି ବୁଝା ପଡ଼ିଲାନି । ସାନ ଭାଇ କହିଲା - ଟିକନକୁ ଦେଇ ଦିଅ ଘରଟା । ଜୀବନ ସାରା ତା' ପଛରେ ଲାଗିଛି । କିନ୍ତୁ ବାଣ୍ଟକୁଣ୍ଡ ସରିଲା ବେଳକୁ ଜ୍ୟେଷ୍ଠ ଅଂଶ ହିସାବରେ ଶାବକ କଡ଼ି, ବରଗା ଖଞ୍ଜା ସାଙ୍ଗରେ ନୂଆ ଘରର ପୂର୍ବପଟ ଦି ବଖରା ପଡ଼ିଲା ବଡ଼ ଭାଇଙ୍କ ଭାଗରେ । ବଡ଼ ଭାଉଜ ମୁହଁ ବୁଲେଇ କହିଲେ - ସେ ପୁରୁଣା କଡ଼ି, ବରଗା ଘରକୁ ଫି ବର୍ଷ ସଜାଡ଼ିବାକୁ ଆମର ବଳ, ବୟସ କାହିଁ ? ନୂଆ, ପୁରୁଣା ସବୁ ଆମେ ବିକି ଦେବୁ । ଟିକନଙ୍କର ଇଚ୍ଛା ହେଲେ ରଖନ୍ତୁ, ନ ହେଲେ ପାନ୍ନାଲାଲ ମାରୁଆଡ଼ି ଆଡ଼ଭାନ୍ସ ଯାଚୁଥିଲା, ତାକୁ ଖବର ପଠେଇବୁ ।

ଫୋନରେ ସବୁ ଶୁଣି ମାନୀ କହିଲା - ଏତେଗୁଡ଼ା ଟଙ୍କା ଦେଇ ସେ ଘର ରଖିବା ଦରକାର ନାହିଁ । ବରଂ ତୁମେ ଟାଉନ୍ ଭିତରେ ଥିବା ଦୋକାନ କୋଠାଟା ରଖ । କିଛି ନ ହେଲେ ମାସକୁ ଦଶ, ବାର ହଜାର ଭଡ଼ା ମିଳିବ । ସେତେବେଳକୁ ସେ ଯାଇ ପୁଅ ପାଖରେ ଆମେରିକାରେ । ପୁଅ ବି ମା'କୁ ସମର୍ଥନ କଲା । ଏପଟେ ଟିକନ ହସିଲା । ସଂକ୍ଷିପ୍ତ ଅଥଚ କ୍ଷୁରଧାର ପରି ଶାଣିତ ସେ ହସ ।

ପୁଅକୁ ଜବାବ ଦେଲା - ମୂଲ୍ୟ ଛଡ଼ା ମୂଲ୍ୟବୋଧର କଥା ତୋ ମା'କୁ ମୁଁ କେବେ ବୁଝାଇ ପାରି ନ ଥିଲି । ତୁ ବି ବୁଝି ପାରିବୁନି । ଟଙ୍କା ପାଇଁ କାହାର ବ୍ୟସ୍ତ ହେବା ଦରକାର ନାହିଁ । ସେ ବ୍ୟବସ୍ଥା ମୁଁ କରିସାରିଛି । କିନ୍ତୁ ବଡ଼ଭାଇଙ୍କୁ ଜମି ସାଙ୍ଗରେ

ଘରର ଦାମ୍ ଶୁଝି ସାରିଲା ବେଳକୁ ତା' ଜି.ପି. ଏଫ୍. ଖାଲି ହୋଇ ଲୋନ୍ ହୋଇ ସାରିଥିଲା ଦୁଇ ଲକ୍ଷ ।

ବନ୍ଧନ ପତ୍ର ରେଜିଷ୍ଟ୍ରେସନ୍ ସାରି ଫେରିବା ଦିନ ଟିକନ ସ୍ୱର ଭାଙ୍ଗା ଭଙ୍ଗା ଶୁଭୁଥାଏ । ରାତିରେ ଆଉଟ୍ ହାଉସ୍ ଛାତରେ ବସି ବହୁ ସମୟ ଛାତ ପଡ଼ି ନ ଥିବା ରୁମ୍ ଦୁଇଟା ଆଡ଼କୁ ଚାହିଁ ରହିଲା ଏବଂ ଶେଷରେ ଗୋଟାଏ ଭାରୀ ଦୀର୍ଘଶ୍ୱାସ ପକେଇ କହିଲା – ଭାବିଥିଲି ଘର କାମ ସରିଥିଲେ ଗୋଟାଏ ବିରାଟ ଡାଇନିଂ ଟେବୁଲ୍ ତିଆରି କରିଥାନ୍ତି । ତା' ଚାରିପାଖରେ ଘେରି ବସିଥାନ୍ତୁ ଆମେ ସବୁ ଭାଇ, ଭାଉଜ, ପିଲାମାନେ । ଛାତ ଉପରେ ଶୋଇ ମୁଁ ଦେଖିଥାନ୍ତି ନଈର ଦୃଶ୍ୟ । ନଈ ସେଦିନ ମୋତେ ଦିଶିଥାନ୍ତି ସମୁଦ୍ର ପରି ଆଦିଗନ୍ତ । ରାତିର ଆକାଶକୁ ଚାହିଁ ମୁଁ ଛିଣ୍ଡା ଛିଣ୍ଡା ସ୍ୱପ୍ନ ଯୋଡ଼ିଥାନ୍ତି । ତିଆରି କରିଥାନ୍ତି ମୋ ଅଲିଖିତ ଉପନ୍ୟାସର ନକ୍ସାଞ୍ଚ । ନାଲି ଶାଢ଼ି ପିନ୍ଧି ଚା' ନେଇ ଆସିଥାନ୍ତା ମାନୀ । ଗୋଡ଼ କଟାଡ଼ି ସିଡ଼ିରେ ଫେରି ଯାଉ ଯାଉ ଗଲା ଫୁଲେଇ କହିଥାନ୍ତା – ତମକୁ ଚା' ଦେବାକୁ ମୁଁ ଆଉ ଏତେ ଉପର ତଳ ହୋଇ ପାରିବିନ ।

ତାପରେ ତପ୍ତ ସାପର ନିଶ୍ୱାସ ପରି ଆଉ ଗୋଟାଏ ଦୀର୍ଘଶ୍ୱାସ । ମନେ ହେଲା ସେ ଦୀର୍ଘଶ୍ୱାସର ଆଘାତ ସହି ନ ପାରି ଯେପରି ଘରର ପଞ୍ଜୁରାଟା ଦୋହଲିଉଠିଲା । ନଈର   ପାଣି ଉଚ୍ଛୁଳିଉଠି କୂଳ ଲଙ୍ଘିବାକୁ ଚେଷ୍ଟା କଲା । ପଠା ବାଲିରେ ଚରିଗଲା ହୁତୁହୁତୁ ନିଆଁ । ବହୁ ସମୟ ଲାଗିଲା ଟିକନକୁ ପୁଣି ସେ ଦୀର୍ଘଶ୍ୱାସକୁ ଶୋଷି ନେବାକୁ ।

ଶେଷରେ କହିଲା – ହେଲେ ମୁଁ ଭଲ କରି ଜାଣେ, ଭାଇ – ଭାଉଜ କି ସେମାନଙ୍କ ପିଲାମାନେ 'ଯାବତ୍ ଚନ୍ଦ୍ରାର୍କେ' ଏ ଘରେ ଆଉ କେବେ ପାଦ ଦେବେନି । ଆଜି ବନ୍ଧନ ପତ୍ରରେ ତ ଲେଖାହେଲା ସେଇକଥା । ମାନୀ ବି କେବେ ପୁଅକୁ ଛାଡ଼ି, ଆମରିକା ଛାଡ଼ି ଇଣ୍ଡିଆ ଫେରିବନି ।

ଆଶ୍ୱାସନା ଦେଲା ପରି ମୁଁ କହିଲି – ଭଲ ବାସ୍ତୁବିଜ୍ଞାନୀ କାହାକୁ ଡକାଇ ଥରେ ଦେଖାଇଲୁନି ଘରଟା । ନିଶ୍ଚୟ କେଉଁଠି କ'ଣ ଅସୁବିଧା..।'

ମୋ ପାଟିରୁ କଥା ଛଡ଼େଇ ନେଇ ଟିକନ କହିଲା – ସବୁ ବାସ୍ତୁବିଜ୍ଞାନ ମୁଁ ପଢ଼ିଛି । ପ୍ରାଚ୍ୟ ଠାରୁ ପାଶ୍ଚାତ୍ୟ । ଚୀନ୍ ଠାରୁ ଜାପାନ । ଅଲ୍ ଆର କଣ୍ଡାଡିକାରୀ । ଭାରତୀୟ ବାସ୍ତୁବିଜ୍ଞାନୀଙ୍କ ମଧ୍ୟରେ ବି ବହୁ ମତମତାନ୍ତର । ଆଉ ସେସବୁ ଚିନ୍ତା କରିବାକୁ ସମୟ ନାହିଁ । ଆର ମାସରେ ମୁଁ ବି ଆମେରିକା ଯାଉଛି । ଭିସା, ପାସ୍‌ପୋର୍ଟ ସବୁ ଯୋଗାଡ଼ ସରିଲାଣି । ଖାଲି ଡି.ପି.ଆଇ.ରେ ଛୁଟି ସାଙ୍କ୍ସନକୁ ଅପେକ୍ଷା ।

ମୁଁ ପଚାରିଲି – ଘର ?

ଟିକନ କହିଲା – ମୋତେ ଦି'ଟା ବର୍ଷ ପାଇଁ ତ ଯାଉଅଛି। ଆମେରିକାରେ ପୋଷ୍ଟ ଡକ୍ଟରାଲ ଡିଗ୍ରୀ ପାଇଁ ବହୁ ଦିନୁ ଇଚ୍ଛାଟିଏ ଥିଲା। ସୁଯୋଗ ମିଳିଛି ଯେତେବେଳେ, ଜୀବନର ଅବଶୋଷ ସଂଖ୍ୟା ଆଉ ବଢ଼ାଇବି କାହିଁକି ?

ସେ ଦୁଇ ବର୍ଷ କିନ୍ତୁ ଲମ୍ବି ଲମ୍ବିଗଲା ଦଶବର୍ଷ। ପୋଷ୍ଟ ଡକ୍ଟରେଟ୍ ସାରି ଟିକନ ଆମେରିକାର କେଉଁ ୟୁନିଭର୍ସିଟିରେ ଅଟକିଗଲା। ମଝିରେ ମଝିରେ ଚିଠି ଲେଖେ, ଫୋନ୍ କରେ – ଘର କେମିତି ଅଛି, ଟାଉନ୍ କେଉଁଯାଏ ବଢ଼ିଲାଣି, ରୋଡହର୍ସ ଏବେ ଚାଲୁଛି ନା ନାହିଁ ?

ଦଶବର୍ଷ ପରେ ପୁଣି ଥରେ ରୋଡହର୍ସରୁ ଅଚାନକ ଓହ୍ଲାଇଲା ଟିକନ। ମୋତେ ମାସକ ପାଇଁ। ଭାଇ ଭାଉଜମାନଙ୍କ ଘର ବୁଲିଲା। ସାଙ୍ଗସାଥୀଙ୍କୁ ଦେଖାକଲା। ଡିପିଆଇରୁ ଚାକିରି ଅଡୁଆ ତୁଟାଇଲା। ସେ ଫେରିବା ଆଗ ଦିନ ରାତିରେ ପୁଣି ସେଇ ଆଉଟ୍ ହାଉସ୍ ଛାତରେ ମୁଁ ତା' ଆଗରେ ପୁରୁଣା ପ୍ରଶ୍ନଟା ଦୋହରାଇଲି – ଘର ?

ହସିହସି ଟିକନ ଜବାବ୍ ଦେଲା – ଘର କମ୍ପ୍ଲିଟ୍ କରିବାକୁ ମୋ ପାଖରେ ଏବେ ଟଙ୍କାର ଅଭାବ ନାହିଁ। ଆମେରିକାନ୍ ଡଲାର ମୂଲ୍ୟ ଏବେ ଅଠଚାଳିଶ ଟଙ୍କାରୁ ବେଶୀ। ହସଟା କ୍ରମେ ଅଟ୍ଟହାସ୍ୟରେ ପରିଣତ ହେଉଥିଲା।

ଅଧାରୁ ତା' ବେକମୋଡ଼ି ଦେଇ ସେ ମୋତେ ଓଲଟା ପ୍ରଶ୍ନ କଲା – କିନ୍ତୁ ଘର ତୋଲା ସରିଲେ ଇଣ୍ଡିଆ ଫେରିବାକୁ ମୋର ଆଉ କେଉଁ ସ୍ୱପ୍ନ ଅବଶିଷ୍ଟ ରହିବ ? ଆମେରିକାରେ ଶୋଇ ପ୍ରତି ରାତିରେ ମୁଁ କ'ଣ ଭାବେ ଜାଣୁ ?'

ଦୁର୍ବୋଧ ଦୃଷ୍ଟିରେ ତା' ମୁହଁକୁ ଚାହିଁ ମୁଁ ପଚାରିଲି – କ'ଣ ?

– ଜନ୍ମ ଜନ୍ମାନ୍ତର ଧରି ମୁଁ ଏ ଆଉଟ୍ ହାଉସ୍ ଛାତରେ ହିଁ ଶୋଇରହିଛି। ଯୁଗ ପରେ ଯୁଗ, ମନ୍ଵନ୍ତର ପରେ ମନ୍ଵନ୍ତର ଧରି ମୋ ଉପରେ ବହିଚାଲିଛି ସୃଷ୍ଟିର ଅସରନ୍ତି ଅଣଚାଶ। ଶୋଇ ଶୋଇ ମୁଁ କେବଳ ଘରର ସ୍ୱପ୍ନ ହିଁ ଦେଖୁଛି। ଏଇ ଘର ତୋଲିବା ହିଁ ଯେମିତି ମୋର ଏକମାତ୍ର ଭବିତବ୍ୟ। ତା'ରି ଭିତରେ ବିତୁଛି ମୋର କେତେ ଜନ୍ମ, କେତେ ପ୍ରଜନ୍ମ। ସୃଷ୍ଟିରୁ ପ୍ରଳୟ ପୁଣି ପ୍ରଳୟରୁ ସୃଷ୍ଟି ମଝିରେ ଅଭିନୀତ ହୋଇଚାଲିଛି ଭଙ୍ଗାଗଡ଼ାର ଏକ ମହାନାଟକ। ସେଥିରେ ବିରତି ନାହିଁ, ଯବନିକା ବି ନାହିଁ। ଯେଉଁଦିନ ସେ ନାଟକ ସରିଯିବ, ମୋର ଅସ୍ତିତ୍ୱ ତରଳିଯିବ। ନିଜ ପାଖରୁ ମୁଁ ନିଜେ ହଜିଯିବି।'

ଏ କଥାର ମୁଁ ବା କି ଉତ୍ତର ଦେଇଥାନ୍ତି ! କିଛି ସମୟ ରହି ଟିକନ କହିଲା – ମୋର କିନ୍ତୁ ଟିକେ ବି ଦୁଃଖ ନାହିଁ। ସୃଷ୍ଟିରେ କେଉଁ ଘର କ'ଣ କେବେ ସଂପୂର୍ଣ୍ଣ ହୋଇଥାଏ ! କେଉଁଠି ନା କେଉଁଠି, କେଉଁ କଳ୍ପନା ନାହିଁ କେଉଁ କଳ୍ପନା ଅଧା ରହିଯାଏ।

ମୋର ଖୁସି ବାପା, ଜେଜଙ୍କ ଅମଲର ଘରେ ମୁଁ କାନ୍ଥ କେଇ ହାତ ଉଠେଇ ପାରିଛି।
ମୁଁ ନ ହେଲେ ମୋର ପୁଅ କି ନାତି, ନ ହେଲେ ନାତିର ନାତିର ଦିନେ ଇଣ୍ଡିଆ
ମନେ ପଡ଼ିବ। ମନେ ପଡ଼ିବ ଏଇ ଘର କଥା। ଖୋଜି ବାହାର କରିବ ସେ ପୁରୁଣା
ଘରର ନକ୍ସା। ଡାଏରୀ ପୃଷ୍ଠାରୁ ଆବିଷ୍କାର କରିବ ତା' ଜେଜେଙ୍କ ଜେଜେଙ୍କ ଜେଜର
ଆଶା, କଳ୍ପନା। ସେ ଆସି ପୁରୁଣା କାନ୍ଥରୁ ଶିଉଳି ଛଡେଇବ। ପୁରୁଣା କାନ୍ଥ ଭାଙ୍ଗି
ନୂଆ କାନ୍ଥ ଗଢ଼ିବ। ଆଉଟ୍ ହାଉସ୍ ଛାତରେ ଶୋଇ ନୂଆ କରି ଛିଣ୍ଡାଛିଣ୍ଡ ସ୍ୱପ୍ନ
ଦେଖିବ। କିଏ କହିପାରିବ — ସେ ଜଣକ ଆଉ କେଉଁ ଜନ୍ମର ମୁଁ ନ ହୋଇଥିବି!

ରାତିର ନୀରବତାକୁ ଛୁରିରେ ଚିରି ଦେଲା ପରି ହଠାତ୍ ବାଜି ଉଠିଲା ରୋଡହର୍ସ
ହର୍ଷ। କେତେ ହେଲାଣି ରାତି ? ରୋଡହର୍ସର ଏହା ଯାତ୍ରାରମ୍ଭ ବେଳାର ଶୁଭ ମାଙ୍ଗଳିକ
ନା ଯାତ୍ରା ବିରତିର କ୍ଲାନ୍ତ ଉଦ୍ଘୋଷଣା ? ସହରର କେଉଁ ଗୋଟାଏ ବାଙ୍କ ବୁଲୁଛି
ରୋଡହର୍ସ। କିନ୍ତୁ କେଉଁ ଦିଗରେ ସେ ବାଙ୍କ ? ମୋତେ ଲାଗୁଥିଲା ଏ ସହରର ପୂର୍ବ,
ପଶ୍ଚିମ, ଉତ୍ତର, ଦକ୍ଷିଣ– ସବୁ ଦିଗ ଅଜସ୍ର ବାଙ୍କରେ ବାଙ୍କମୟ। ରୋଡହର୍ସ ଖାଲି
ଯାହା ଏତେ ବର୍ଷ ହେଲା ହର୍ଷ ବଜାଇ ତା' ଚାରି ପାଖରେ ଘୂରିବୁଲୁଛି !

ପ୍ରଜାପତିର ଘର

ପ୍ରଜାପତିର ଘର ନ ଥାଏ କି ?

ପ୍ରଜାପତି ଡେଣା ସଦା ଅସ୍ଥିର ବୋଲି ମାନୁର ଧାରଣା। ସେମାନେ ଚୁପଚାପ ଗୋଟିଏ ଜାଗାରେ ବସିରହିବା ମାନୁ କେବେ ଦେଖିନି। କିନ୍ତୁ ଏ ପ୍ରଜାପତିଟା ଘରକୁ ନ ଯାଇ ଏଠି ଏମିତି ତପସ୍ୟା କଲା ପରି ବସିରହିଛି କାହିଁକି ? ତାକୁ ନେଇ ହସ୍ପେଲ ବଗିଚାରେ ଛାଡ଼ିଦେଇ ଆସିବ ବୋଲି ମାନୁ ଅନେକ ଥର ଭାବିଲାଣି। କିନ୍ତୁ ଟେଷ୍ଟ ପରୀକ୍ଷା ଜଞ୍ଜାଳରେ ବ୍ୟସ୍ତ ରହି ସବୁଦିନେ ଭୁଲିଯାଉଛି।

କାଲି ଟେଷ୍ଟ ପରୀକ୍ଷା ସରିଲା। ଆଜିଠାରୁ ସ୍କୁଲ ଛୁଟି। ପିଲାମାନେ ଜିନିଷପତ୍ର ସଜାଡ଼ି ଅପେକ୍ଷା କରିଛନ୍ତି ବାପାମାନଙ୍କୁ। ଆଖପାଖର ପିଲା କେତେଜଣ କାଲିଠାରୁ ପଳେଇ ଗଲେଣି। ବାପା ଆସିଲେ ମାନୁ ବି ଘରକୁ ଯିବ ଏଥର। ପୂଜା ଛୁଟିରେ ସେ ଘରକୁ ଯାଇ ନଥିଲା।

ତାଙ୍କ ଘର ଏଠୁ ବହୁତ ଦୂର। ବାପା ପହଞ୍ଚୁ ପହଞ୍ଚୁ ଡେରି ହେବ। ଘରକୁ ନେବା ପାଇଁ ସବୁ ଜିନିଷ କିଣିକାଣି ରଖିଛି ସେ। ସାନୁ ପାଇଁ ଗୋଟେ ପେନ୍‌ସିଲ ବାକ୍ସ, ମୁଣ୍ଡ ଉପରେ ଛତା ଧରିଥିବା ଝିଅ କଣ୍ଡେଇଟିଏ, ଦି' ଖଣ୍ଡ କମିକ୍ସ ବହି ଏବଂ

ଗୋଟେ ନେଲ୍‌ପଲିସ୍‌। ଗ୍ରୀଟିଂସ କାର୍ଡ ଖଣ୍ଡେ ମଧ୍ୟ ବନେଇଛି ନୂଆ ବର୍ଷରେ ତାକୁ ଉପହାର ଦେବା ପାଇଁ। ନୂଆ ବର୍ଷ ଦିନ ସେମାନେ ବେଲୁନ୍‌ ଟଙ୍ଗେଇ ଘର ସଜେଇବେ। ଘର ଆଗରେ ଲେଖିବେ – ହାପି ନିୟୁ ଇୟର। ଲେଖା ଦୁଇକଡ଼େ ଦୁଇଟା କାର୍ଟୁନ ବି ଆଙ୍କିବ ମାନୁ। ଚାରିପଟରେ ସଜା ହେବ ଲିଟୁ ଲାଇଟ୍‌। ଆନୁଆଲ ଫଂକ୍ସନ ଦିନ ସ୍କୁଲ ଯେମିତି ସଜା ହୋଇଥିଲା ଦୁହେଁ ମିଶି ସେମିତି ସଜେଇବେ ଘର। ଘରଟା ଦିଶିବ ଗ୍ରୀଟିଂସ୍‌ କାର୍ଡ ଉପରେ ଅଙ୍କା ହୋଇଥିବା ଛବିଟି ପରି।

କିନ୍ତୁ ବାପା କେତେବେଲେ ଆସିବେ କିଏ ଜାଣେ ? ସେମାନେ ଘରେ ପହଞ୍ଚୁ ପହଞ୍ଚୁ ବହୁତ ଡେରି ହୋଇଯିବ। ସେତେବେଳୁ ସାନୁ ଶୋଇ ପଡ଼ିଥିବ କି କ'ଣ ! ସେଟା ଭାରି ନିଦ କାବୁରୀଟାଏ। ସାନୁ ଶୋଇପଡ଼ିଥିଲେ ଘରେ ପହଞ୍ଚିବାର ଆଉ କି ମଜା ! ଗଲା ବେଲେ ବାଟରୁ ସେ ପେଡ଼ା ପ୍ୟାକେଟ୍‌ଟିଏ କିଣିନେବ। ପେଡ଼ା ନାଁ ଶୁଣିଲେ, ଯେତେ ନିଦରେ ଶୋଇଥିଲେ ବି ସାନୁ ଉଠି ବସିବ।

ବାପା ପହଞ୍ଚିବା ଆଗରୁ ତା'ର ଜିନିଷପତ୍ରସବୁ ସଜାଡ଼ି ବ୍ୟାଗରେ ସଜେଇ ରଖିବା ଦରକାର। ବେଡ୍‌ ବାନ୍ଧିବା ଦରକାର। ପହଞ୍ଚିଲା କ୍ଷଣି ବାପା ଯିବାକୁ ତରତର ହେବେ। ସେ ପ୍ରଜାପତିଟାକୁ ଅନେଇ ଠିଆ ହୋଇଛି କାହିଁକି ? ସେ କହିଲା, "ହେ ପ୍ରଜାପତି, ଯା, ତୋ ଘରକୁ ଯା। ଆଜିଠାରୁ ସ୍କୁଲ ଛୁଟି ବୋଲି ଜାଣିନୁ କି ? ଆଉ ଟିକକୁ ହଷ୍ଟେଲ ଫାଂକା ହୋଇଯିବ। ଏକୁଟିଆ ଏତେ ବଡ଼ ହଷ୍ଟେଲ ଭିତରେ ତୁ କ'ଣ କରିବୁ ? ହଷ୍ଟେଲ ଖାଲି ହୋଇଗଲେ କେମିତି କାନ୍ଦ ମାଡ଼େ ତୁ ଜାଣିନୁ ? ଦଶହରା ଛୁଟିରେ ମୁଁ ଥିଲା। ମୁଁ ଜାଣିଛି। ଯା, ଘରକୁ ପଲା।"

ପ୍ରଜାପତି ମାନୁ କଥା ଶୁଣିଲାନି। ମାନୁ କହିଲା, "ବସିଥା। ମଜାପାଇବୁ ଯେ।"

ସେ ତା' ରୁମକୁ ଫେରିଆସିଲା। ରୁବି, ଶୋଭା, କମଲା ସକାଲୁ ପଲେଇଲେଣି। ରୁମଟା ଭିତରେ ଏବେ ସେ ଏକା। ଚାରିଆଡ଼େ ଖେଲାଖେଲି ହୋଇ ପଡ଼ିଛି ସେମାନଙ୍କ ବହିପତ୍ର, ଜାମାପଟା ସାଙ୍ଗକୁ ପୁରୁଣା ଖାତା, ଚିରା କାଗଜ, ଖାଲି ମିକ୍ସଚର ପ୍ୟାକେଟ, ପୁରୁଣା ଟୁଥ ବ୍ରସ୍‌, ଧୂପକାଠି ଖୋଲ। ନିଜ ନିଜ ଜିନିଷ ସଜାଡ଼ିଲା ବେଲେ ସେମାନେ ଫୋପାଡ଼ି ଦେଇ ଯାଇଛନ୍ତି ଏସବୁ। ଭାରି ଅପରିଷ୍କାର ଲାଗୁଛି ରୁମଟା। ଆଗ ଏଗୁଡ଼ାକ ପରିଷ୍କାର ନ କଲେ ସେ ତା'ଜିନିଷ ସଜାଡ଼ିବ କେମିତି ? ରୁବି ତା' ବେଡ଼ଟା ବି ନ ବାନ୍ଧି ତରତରରେ ପଲାଇଛି। ମେଟ୍ରୋନ୍‌ ବୁଢ଼ୀ ଦେଖିଲେ ଯିବାକୁ ପରମିସନ୍‌ ଦେବନି। କହିବ – "ଆଗ ରୁମ୍‌ ସଜାଡ଼, ତା'ପରେ ଯିବା କଥା କହିବୁ।" ବାପା ସେତେବେଲେକୁ ତରତରହେଉଥିବେ। ବାପା ଆଉ ଟିକେ ଆଗରୁ ପହଞ୍ଚିଥିଲେ ସେ ବି ପଲେଇଥା'ନ୍ତା। ଏଇକ୍ଷଣୀ କେତେ ଛିନ୍‌ଛତ୍‌ ଏସବୁ !

ବାହାରେ ପଡ଼ିଥିବା ଗୋଟିଏ କାଗଜ ପେଟି ଆଣି ସେ ଅଳିଆଆଘାକ ପୂରେଇଲା । ସଜାଡ଼ି ରଖିଲା ସମସ୍ତଙ୍କ ବହିପତ୍ର, ଜାମାପଟା । ରୁବି ବେଡ଼ଟା ବାନ୍ଧିସାରି ଅଳିଆ ପେଟି ଥୋଇ ଆସିଲା ବାହାରେ । ଝାଡ଼ୁ ଆଣି ଘର ଓଲେଇଲା ବେଳେ ଉପରକୁ ବୁଲି ଆସିଲା ମେଟ୍ରୋନ୍ । ମାନୁକୁ ଘର ଓଲେଉଥିବା ଦେଖି ପଚାରିଲା, "ତୋ ବାପା ଆସିନାହାଁନ୍ତି କି ଲୋ ମାନୁ? ତୁ ଏଥର ବି ଘରକୁ ଯିବୁନି କି?"

– "ବାପା ଆଉ ଟିକକୁ ଆସି ପହଞ୍ଚିବେ ।" କହିଦେଇ ମାନୁ ପୁଣି ଘର ଓଲେଇବାରେ ମନଦେଲା । ମେଟ୍ରୋନ୍ ଅନ୍ୟ ରୁମ୍ଆଡ଼େ ଚାଲିଯାଉଥିଲା । କିନ୍ତୁ କ'ଣ ଭାବିଲା କେଜାଣି ଫେରିଆସି କହିଲା – "ତୋ ବାପାଙ୍କୁ କହିଦେବୁ, ଏଥର ରହିଲେ ତୋ ଖାଇବା ପିଇବା ଖବର ମୁଁ ବୁଝି ପାରିବିନି । ବଡ଼ ଝମେଲା ସେ ସବୁ ।"

ପୂଜା ଛୁଟିରେ ମାନୁ ଘରକୁ ଯାଇନଥିଲା । ଛୁଟି ପରେ ଥିଲା ପ୍ରିଟେଷ୍ଟ ପରୀକ୍ଷା । ବାପା ତାକୁ ବୁଝେଇଥିଲେ – "ତୋର ଏ ବର୍ଷ ବୋର୍ଡ ପରୀକ୍ଷା । ଘରକୁ ଯାଇ କ'ଣ କରିବୁ? ବରଂ ହଷ୍ଟେଲରେ ରହି ଥରେ ଭଲରେ ରିଭିଜନ୍ ସାରିଦେ । ବୋର୍ଡ ପରୀକ୍ଷା ବେଳକୁ ଆଉ ଭୟ ରହିବନି । ମୁଁ ମେଟ୍ରୋନକୁ ତୋ ଖାଇବା ପିଇବା କଥା ବୁଝିବାକୁ କହିଦେଇଛି ।"

ବୋର୍ଡ ପରୀକ୍ଷା ବାପାଙ୍କର ଗୋଟିଏ ଆଳ । ପ୍ରକୃତ କାରଣଟି ମାନୁ ଜାଣେ । ମା'ଙ୍କ ମା' ପୂଜା ଛୁଟିରେ ବୁଲି ଆସିଥିବ ତାଙ୍କ ଘରକୁ । ତାଙ୍କ ସହରର ଦଶହରା ଭାରି ପ୍ରସିଦ୍ଧ । ବୁଢ଼ୀ ପ୍ରତିବର୍ଷ ପୂଜା ବେଳେ ତାଙ୍କ ଘରକୁ ବୁଲିଆସେ । ଫେରେ ଦୀପାବଳୀ ପରେ । ସେ ମାନୁକୁ ମୋଟେ ଦୁଇ ଆଖିରେ ଦେଖିପାରେ ନାହିଁ । ଗୋଡ଼େ ଗୋଡ଼େ ତାକୁ ଜଗି ବସିଥାଏ । କଥା କଥାକେ କୁହେ – "କି ପାଠ ପଢୁଛୁ ଲୋ? ତମ ସ୍କୁଲରେ ଏଇୟା ଶିଖା ହେଉଛି?" ମାନୁକୁ ସେସବୁ ଭଲଲାଗେ ନାହିଁ । ବାପାଙ୍କୁ ବି । ସେ କିନ୍ତୁ ବୁଢ଼ୀ କଥାରେ କୌଣସି ପ୍ରତିବାଦ କରିପାରନ୍ତି ନାହିଁ । ମା'କଥାରେ ବି ସେମିତି ଚୁପ୍ ରୁହନ୍ତି ।

ମା'ବୋଲି ମାନୁ ଯାହାକୁ ଡାକେ, ସେ ତା'ର ନିଜ ମା' ନୁହେଁ । ତାକୁ ଜନ୍ମଦେଇ ମା' କାଳେ ସେ ଡାକ୍ତରଖାନାରେ ହିଁ ମରିଯାଇଥିଲା । ସେଥିପାଇଁ ମାମୁଘର କେହି ତାକୁ ଭଲପାଆନ୍ତି ନାହିଁ । ପିଲାଦିନୁ ମା'ବୋଲି ସେ ଯାହାକୁ ଚିହ୍ନିଥିଲା, ସେ ତା'ର ସାବତ ମା' । ବହୁତ ପରେ ମାନୁ ଜାଣିଲା ଏ କଥା । ପ୍ରାୟ ସ୍ଟାଣ୍ଡାର୍ଡ ଫୋର କି ଫାଇଭରେ ପଢ଼ିଲା ବେଳେ । ସେତେବେଳେ ସେ ପଢୁଥିଲା ଖ୍ରୀଷ୍ଟିଆନମାନଙ୍କର ଗୋଟିଏ ବୋର୍ଡିଂ ସ୍କୁଲରେ । ଘରଠାରୁ ପ୍ରାୟ ପଚାଶ କିଲୋମିଟର ଦୂର ଥିଲା ସ୍କୁଲଟି । ସ୍ଟାଣ୍ଡାର୍ଡ ଫୋରରୁ ସ୍ଟାଣ୍ଡାର୍ଡ ସେଭେନ୍, ଚାରିବର୍ଷ ତା'ର କଟିଥିଲା ସେଠି । ତା ପୂର୍ବର

ସ୍କୁଲଟି ଥିଲା ତାଙ୍କ ନିଜ ସହରରେ। କିନ୍ତୁ ମାନୁକୁ ବାପା ହଷ୍ଟେଲରେ ହିଁ ରଖାଇଥିଲେ। ଏବେକା ସ୍କୁଲର ଦୂରତା ତାଙ୍କ ସହର ଠାରୁ ଦେଢ଼ ଶହ କିଲୋମିଟର କିମ୍ବା ତା'ଠାରୁ ଅଧିକ। ଶ୍ରେଣୀ ଚଢ଼ିବା ସାଙ୍ଗେ ସାଙ୍ଗେ ଘରଠାରୁ ତା'ସ୍କୁଲର ଦୂରତା ବି ବଢ଼ି ବଢ଼ି ଯାଉଛି, ଯଦ୍ୱ ଘୁଞ୍ଚ ଘୁଞ୍ଚ ଗଲା ପରି। ମାନୁ ଏବେ ସବୁ ବୁଝିପାରେ। ମନକୁ ମନ ହସିଦିଏ। ଦୁଃଖରେ ହସିଟିଏ। ହୁଏତ ଦୁଃଖକୁ ମନରୁ ଜୋର କରି ଦୂରେଇ ଦେବା ପାଇଁ। ବାପା ବି ବୋଧେ ସେମିତି ମିଛ ହସ ହସୁଥିବେ। ତା'ଙ୍କ ହସଟି ଭାରି ନିସ୍ତେଜ ଦିଶେ। ଝଡ଼ି ପଡୁ ପଡୁ ଡେଙ୍ଗରେ ଅଟକି ଯାଇଥିବା ଝାଉଁଳା ଫୁଲଟିଏ ପରି ସେ ହସ। ଏତେ ଦୁଃଖ ନେଇ କେମିତି ଚଳପ୍ରଚଳ ହୁଅନ୍ତି ବାପା? ସବୁ ବାପାମାନେ କ'ଣ ଏମିତି ଦୁଃଖୀ?କାହିଁ, ଅନ୍ୟ କାହା ବାପାଙ୍କୁ ତ ସେ ଏମିତି ଦେଖୁନି!

କ'ଣ ବାପାଙ୍କର ଦୁଃଖ? ଯେମିତି ଗୋଟେ ମସ୍ତବଡ଼ ଭୁଲର ବୋଝ ମୁଣ୍ଡେଇ ସେ ଚାଲିଛନ୍ତି ଜୀବନସାରା। ସାନୁ କୁହେ, ସେ ଘରକୁ ଗଲେ ବାପା ବେଶୀ ଚୁପଚାପ୍ ହୋଇପଡନ୍ତି। ନ ହେଲେ ଘରେ ଖବରକାଗଜ ପଢ଼ନ୍ତି, ଟି.ଭି. ଦେଖନ୍ତି, ଡାକୁ ଜୋକସ ଶୁଣାନ୍ତି। ଫୁଲଗଛରେ ପାଣି ଦିଅନ୍ତି। ଗୀତ ଗାଉଥା'ନ୍ତି ମନକୁ ମନ।

ତା'ହେଲେ ବାପାଙ୍କ ଦୁଃଖର କାରଣ କ'ଣ ସେ ନିଜେ? କେବେ ତ ବାପାଙ୍କ ମନରେ ଦୁଃଖ ଦେଲା ପରି ସେ କିଛି କରେନା। କେବେ ବି ବାପାଙ୍କର ଅବାଧ୍ୟ ହୁଏନା। ସେ ଗଲେ ବାପା ଦୁଃଖୀ ହୋଇ ପଡନ୍ତି କାହିଁକି?

ହେଇଥିବ। ସତ କହୁଥିବ ସାନୁ।

ଖ୍ରୀଷ୍ଟିୟାନମାନଙ୍କର ବୋର୍ଡିଂ ସ୍କୁଲରୁ ଯାଇ ଥରେ ସେ ଅଚାନକ ପହଞ୍ଚି ଯାଇଥିଲା ଘରେ। ସେ ସ୍କୁଲ ଥିବା ସହରଟିରେ କ'ଣ ଗୋଟାଏ ଗଣ୍ଡଗୋଳ ଲାଗି ଯାଇଥିଲା। ଯେତେ ଶୀଘ୍ର ସମ୍ଭବ ହଷ୍ଟେଲ ଖାଲି କରିଦେବାକୁ କୁହାଯାଇଥିଲା ହେଡମିଷ୍ଟ୍ରେସଙ୍କୁ। ଜଣେ ପିଅନ ସାଙ୍ଗରେ ତାକୁ ହେଡମିଷ୍ଟ୍ରେସ୍ ଘରକୁ ପଠେଇ ଦେଇଥିଲେ।

ସେ ଘରେ ପହଞ୍ଚିଲା ବେଳକୁ ବହୁତ ଖୁସିଖୁସି ଲାଗୁଥିଲେ ବାପା। ତାଙ୍କ ଓ ଆଖି ଯେପରି ଖୁସିରେ କଥା କହୁଥିଲା। ଆଗରୁ ମାନୁ କେବେ ତାଙ୍କୁ ଏତେ ଖୁସି ହେବା ଦେଖ ନ ଥିଲା। ସେ ବି ଖୁସି ହୋଇ ଯାଇଥିଲା। ଘରକୁ ଚିକେନ୍ ଆସିଥିଲା। ବାପା ଗୁଣୁଗୁଣୁ ହୋଇ ଗୀତ ଗାଇ ଚିକେନକୁ ଛୋଟଛୋଟ ପିସ୍ କରି କାଟୁଥିଲେ। ମା' ଗ୍ରାଉଣ୍ଡରରେ ରୋଷେଇ ଘରେ ମସଲା ବାଟୁଥିଲା। ନୂଆ ଶାଢ଼ି ପିନ୍ଧି ବହୁତ ସଜେଇ ହୋଇଥିଲା ସେ। ଫ୍ରିଜରେ ସଜା ହୋଇ ରଖା ଯାଇଥିଲା ଦୁଇ ତିନି ପ୍ରକାର ମିଠା। ସାନୁ କହିଲା– "ତୁ ଆସିଲୁ ଭଲ ହେଲା। ଆଜି ସିନେମା ଯିବାର ଅଛି। ହିନ୍ଦୀ ସିନେମା ମୁଁ ଭଲ ବୁଝିପାରେନା। ମା'କୁ ପଚାରିଲେ ଖାଲି ଚିଡ଼ିବ।"

ମା'ର ଥିଲା ସେଦିନ ଜନ୍ମଦିନ। ତାକୁ ଗିଫ୍ଟ ଦେବା ପାଇଁ ବାପା ମୁଦିଟିଏ ଆଣିଥିଲେ। ମାନୁ ବି ଭାବିଥିଲା ବଜାର ଯାଇ କ'ଣ ଗୋଟିଏ ଗିଫ୍ଟ ଆଣିବ ମା' ପାଇଁ। ଗୋଟେ ବାର୍ଥ ଡେ କାର୍ଡ ବି ବନେଇବ।

କିନ୍ତୁ କ'ଣ ହେଲା କେଜାଣି, ସବୁ ଖୁସିରେ ଯେମିତି ହଠାତ୍ ପାଣି ପଡ଼ିଗଲା। ବାପା ଗମ୍ଭୀର ହୋଇପଡ଼ିଲେ। ଶାଢ଼ିପଟା ଓହ୍ଲାଇ ରଖିଦେଲା ମା'। ଫ୍ରିଜରେ ମିଠାସବୁ ସେମିତି ଥୁଆ ହୋଇ ରହିଲା। ବାପାଙ୍କୁ ଚିକେନ ରାନ୍ଧିବାକୁ ପଡ଼ିଲା। ସିନେମା ପୋଗ୍ରାମ ବନ୍ଦ ରହିଲା। ରାତିରେ ବାପା କି ମା କେହି ବୋଧେ ଖାଇନଥିଲେ। ମା' ଶୋଇଥିଲା ଡାଇନିଂ ସ୍ପେସରେ ପଡ଼ିଥିବା ସୋଫା ଉପରେ।

କାହିଁକି ଏମିତି ହେଲା ମାନୁ ବୁଝିପାରୁନଥିଲା। ରାତିରେ ମା' ପାଟିରେ ତା ନିଦ ଭାଙ୍ଗିଗଲା। ବାପା ଠିଆ ହୋଇଥିଲେ ତା'ପାଖରେ ମୁଦିଟି ଧରି। ବଡ଼ ପାଟିରେ ଚିକ୍ରାର କଲା ପରି ମା' କହୁଥିଲା – "ଦୋଷ ଆଉ କାହାର ହେବ କାହିଁକି ? ସବୁ ମୋ ଭାଗ୍ୟର ଦୋଷ। ନ ହେଲେ ଆଜି କାହିଁକି ସେ ଆସି ପହଞ୍ଚିଥାଆନ୍ତା !" ମାନୁକୁ ଅଶାନ୍ତିର କାରଣଟି ବୁଝିବାକୁ ବାକି ରହିଲା ନାହିଁ। ବାପା ସେମିତି ଠିଆ ହୋଇଥା'ନ୍ତି ଦୋଷୀଟିଏ ପରି। ମାନୁ ହଠାତ୍ ଘରେ ପହଞ୍ଚିବା ପାଇଁ ଯେମିତି ସେ ହିଁ ଦାୟୀ। ମାନୁ ଆଖି ବୁଜି ଶୋଇଥିବାର ଛଳନା କରୁଥାଏ। କିଛି ସମୟ ପରେ ମା' ଦାଣ୍ଡକବାଟ ଖୋଲି ପଦାକୁ ପଳେଇଲା। ତା ପଛେ ପଛେ ବାପା। କ'ଣ କହି ବାପା ମା'କୁ ବୁଝାଇବାକୁ ଚେଷ୍ଟା କରୁଥିଲେ ସ୍ପଷ୍ଟ ଶୁଣାଯାଉନଥିଲା। କିନ୍ତୁ ଭାରି କାକୁସ୍ଥ ଶୁଭୁଥିଲା ତାଙ୍କ ସ୍ୱର, ଉତ୍ତର ଜଣା ନ ଥିବା ଜଣେ ଦୁର୍ବଳ ଛାତ୍ରର ମୁମୂର୍ଷୁ ସ୍ୱର ପରି।

ମାନୁ ହଷ୍ଟେଲକୁ ଫେରିବା ପର୍ଯ୍ୟନ୍ତ ଘରେ ସେମିତି ଅଶାନ୍ତି ଲାଗି ରହିଥିଲା। ବାପା ନୀରବରେ ଚଳପ୍ରଚଳ ହେଉଥିଲେ ଅଭିଯୁକ୍ତ ପରି। ମା'ପଦେ ବି କିଛି କହି ନଥିଲା ମାନୁକୁ। ସାନୁ କେବେ କେମିତି ଲୁଚି ଛପି କଥା ହେବାକୁ ଆସିଲେ, ପଛରୁ ଫଟା କଂସା ପରି ମା' ଚିକ୍ରାର କରୁଥିଲା– "ସାନୁ ?"

କାହିଁକି ଏମିତି ଅଶାନ୍ତି କରେ ମା' ? କାରଣ ନ ଥାଇ କାହିଁକି ଚିଡିମିଡ଼ି ହେଉଥାଏ ସବୁବେଳେ ? ସାନୁକୁ ଗାଳିଦିଏ। ବାପାଙ୍କୁ ଖରାପ କଥା କୁହେ। ଜିନିଷପତ୍ର ଫିଙ୍ଗା ଫୋପଡ଼ା କରେ। ରୋଷେଇବାସ ନ କରି ଦିନରାତି ଶୋଇ ରହିଥାଏ ଡାଇନିଂ ସ୍ପେସ ସୋଫା ଉପରେ। ବାପା ଚୁପ୍‌ଚାପ୍ ବାହାରକୁ ପଳାନ୍ତି। ଫେରନ୍ତି ବହୁତ ରାତିରେ। ସାନୁମାନଙ୍କ ପାଇଁ ଅଣ୍ଡା ଆମ୍‌ଲେଟ୍ ନ ହେଲେ ସୁଜି ଉପମା ତିଆରି କରନ୍ତି। ନିଜେ ଅଖିଆ ଶୋଇ ପଡନ୍ତି। ଭାରି ଚୁପଚାପ୍, ଭାରି ଉଦାସଉଦାସ ଲାଗନ୍ତି ବାପା ସେତେବେଳେ। କ'ଣ ଗୋଟାଏ ହଜେଇ ଖୋଜି ହେଲା ପରି। କିନ୍ତୁ କ'ଣ ସେ

ଜିନିଷଟି ? ମାନୁ ଜାଣିପାରେନା । ତାକୁ ଦୋଷୀଦୋଷୀ ଲାଗେ । ହେଲେ ଦୋଷଟିକୁ ବି ସେ ଖୋଜିପାଏନା । କେବଳ ଛୁଟି ସରିବାକୁ ଦିନ ଗଣେ । ହଷ୍ଟେଲ ପଳେଇ ଆସିବାକୁ ଛାତିପିଟି ହୁଏ ।

ହଷ୍ଟେଲରେ ପହଞ୍ଚିଲେ ବି ମାନୁର ରକ୍ଷା ନ ଥାଏ । ସେ ପୁଣି ଦିନ ଗଣିବା ଆରମ୍ଭ କରେ । ଛୁଟିକୁ ଅପେକ୍ଷା କରେ । ଘରେ ତାକୁ କେହି ଅପେକ୍ଷା କରିନଥା'ନ୍ତି । ସେ ଘରକୁ ଗଲେ ଅଶାନ୍ତି ଆରମ୍ଭ ହୁଏ । ଏ କଥା ମାନୁଠାରୁ ଆଉ କିଏ ବେଶୀ ବୁଝେ ? କିନ୍ତୁ ଘରକୁ ଯିବାର ଇଚ୍ଛାଟିଏ,ଅମାନିଆ ପ୍ରଜାପତି ପରି କେତେବେଳ ତା'ମନ ଭିତରକୁ ଉଡ଼ିଆସେ ଜାଣିପାରେନା । ଚିତ୍ରବିଚିତ୍ର ଡେଣା ହଲେଇ ସେ ଉଡି ବୁଲୁଥାଏ ମାନୁ ମନରେ । ମାନୁର ମନେପଡୁଥାଏ ଘର ।

କାହାପାଇଁ ଏତେ ମନେ ପଡେ ଘର ?

ସାନୁର ଭଲପାଇବା ପାଇଁ ନା ବାପାଙ୍କ ଦୁଃଖ ପାଇଁ ?

ସାନୁ ତାକୁ ଭଲପାଏ । ଭାରି ଭଲ ପାଏ । ଗଲେ ତା' ପାଖ ଛାଡ଼େନା । ଫ୍ରିଜରୁ ମିଠା କାଢ଼ିଆଣି କୁହେ – ନେ, ଚଣ୍ଡଳ ଖାଇ ଦେ । ମା' ଦେଖିଲେ ପାଟି କରି ଘର କମ୍ପେଇବ । ରୋଷେଇ ଘରୁ ଆଚାର ଚୋରି କରି ଆଣି କୁହେ – ଚାଲ, ଛାତ ଉପରେ ଖାଇବା । ତା'ପାଇଁ ସ୍କୁଲ ବ୍ୟାଗରେ ଚକୋଲେଟ୍ ଲୁଚେଇ ରଖିଥାଏ । ଜ୍ୟାମେଟ୍ରି ବକ୍ସରେ ଲୁଚେଇ ରଖିଥାଏ ଭଲଭଲ ବିନ୍ଦି ପ୍ୟାକେଟ୍ । ଆସିଲା ବେଳେ ପଚାରେ – ଏ କଲମଟା ନେବୁ ? ତା' ସାଙ୍ଗରେ ଖାଇବାକୁ, ଶୋଇବାକୁ ସାନୁର ପ୍ରବଳ ଇଚ୍ଛା । ମା' କିନ୍ତୁ ତାକୁ ଆଖି ଆଗରେ ରଖିଥାଏ ସେଇ କେତେଦିନ । ମାନୁ ସାଙ୍ଗରେ ପଦେ ଗପିବାର ଦେଖିଲେ ଡାକ ଛାଡ଼େ – ତୋ ହୋମଟାସ୍କ ସାରିଲୁଣି ସାନୁ ? ଦେଖିବୁ ଏଇକ୍ଷିଣା ? ମାନୁ ସାନୁ କାନରେ କୁହେ – ଯା, ମା' ରାଗୁଛି ।

ସାନୁ ମନମାରି ଯାଇ ପଢ଼ା ଟେବୁଲ ପାଖରେ ବସେ । ଘରେ ମାନୁପାଇଁ ପଢ଼ା ଟେବୁଲ ନ ଥାଏ । ଖଟ ନ ଥାଏ । ରୁମ୍ ବି ନ ଥାଏ । ସେ ଗଲେ ଡ୍ରଇଂ ରୁମରେ ତା'ପାଇଁ ପଡ଼େ ଖଣ୍ଡେ ଫୋଲଡିଂ ଖଟିଆ । ଖଟ ତଳେ ଏୟାର ବ୍ୟାଗରେ ପଶି ତା'ର ବହିପତ୍ର, ଜାମାପଟା । ଛୁଟି ସରିଲେ ଜିନିଷପତ୍ର ଏୟାର ବ୍ୟାଗରେ ପୂରେଇ ପୁଣି ତା'ବାଟରେ ସେ । ସାନୁ ଗଲା ପରେ ମାନୁ ଏକୁଟିଆ ହୋଇପଡ଼େ ଡ୍ରଇଂ ରୁମ୍ ଭିତରେ । ଏକୁଟିଆ ବସି ବସି ସେ କରିବ କ'ଣ ? ତା'ର ଦିନ ଗଣିବା ଆରମ୍ଭ ହୋଇଯାଏ । କେବେ ଛୁଟି ସରିବ । ସେ ହଷ୍ଟେଲକୁ ପଳେଇ ଆସିବ । ବରଂ ହଷ୍ଟେଲରେ ଭଲ । ସେଠି ତା'ର ନିଜର ହୋଇ ବେଡ଼ଟିଏ ଅଛି କାନ୍ତରେ ଆଲମାରି । ସାଙ୍ଗ ହେବାକୁ ଅଛନ୍ତି ରୁବି, ଶୋଭା, କମଲା ।

ରୁବି, ଶୋଭା, କମଲାଙ୍କ ମେଲରେ ପହଞ୍ଚି ପୁଣିଥରେ ସେ ଏକୁଟିଆ ହୋଇଯାଏ। ମା’ ତା ପାଇଁ ଆଚାର ଡବା ସଜାଡ଼ି ଦେଇ ନ ଥାଏ। ଜଳଖିଆ ତିଆରି କରି ଦେଇ ନ ଥାଏ। ସାଙ୍ଗ ପିଲାଙ୍କୁ ବାଣ୍ଟିବା ପାଇଁ ତା’ପାଖରେ ଘର ତିଆରି ପିଠା ନ ଥାଏ। ତା’ ଜାମାପଟା କେହି ସଜାଡ଼ି ଦେଇନଥା’ନ୍ତି। ଛାଡ଼ି ଦେଇଗଲା ବେଳେ ବାପା ବଜାରରୁ କିଣିଦେଇ ଯାଇଥା’ନ୍ତି ଗୋଟାଏ ପ୍ୟାକେଟ ମିକ୍ଚର। ଦୁଇ ପ୍ୟାକେଟ୍ ବିସ୍କୁଟ। ସେଥିରେ ଘରର ବାସ୍ନା ନ ଥାଏ। ରୁବି ଦେଖାଉଥାଏ ତା’ ମା’ ତିଆରି କରି ଦେଇଥିବା ନୂଆ ସ୍ୱେଟର। ଶୋଭା ଦେଖାଉଥାଏ ତା’ବାପା କିଣିଦେଇଥିବା ନୂଆ ଫ୍ରକ। କମଲା ଯାଉଥାଏ ଘରୁ ଆଣିଥିବା ଛେନାମଣ୍ଡା। ଦେଖେଇବାକୁ କି ଯାଚିବାକୁ ମାନୁ ପାଖରେ ଥାଏ କ’ଣ? କିଛି ନ ଥାଏ। କିଛି ବି ନ ଥାଏ ଘରର ସ୍ମୃତି – ଯାହାକୁ ମନେପକେଇ ସେ କହିପାରନ୍ତା– କେଡ଼େ ମଜାରେ କଟିଗଲା ଘରେ ଛୁଟିଦିନଗୁଡ଼ାକ! ସ୍ମୃତି ଟୁରୁ ଫେରିଲା ପରି ଫେରିଥାଏ ସେ। ଭାବୁଥାଏ ଯାଇନଥିଲେ ବରଂ ଭଲ ହୋଇଥା’ନ୍ତା। କେତେ ପଢ଼ାପଢ଼ି ସାରିଦେଇଥା’ନ୍ତା ଛୁଟି ଭିତରେ। ମନେ ମନେ ପ୍ରମିସ୍ କରୁଥାଏ ଏଥର ଆଉ ସେ ଘରକୁ ଯିବନି। ବାପା ଡାକିଲେ ବି। କିନ୍ତୁ ଦି’ଚାରିଦିନ ପରେ ଯେଉଁ କଥାକୁ ସେଇ କଥା। ଦୁଷ୍ଟ, ଅବାଧ୍ୟ, ପ୍ରଜାପତି ପରି ଘରକୁ ଯିବାର ଇଚ୍ଛାଟି ଉଡ଼ିବୁଲେ ରଙ୍ଗିନ ଡେଣା ମେଲେଇ। ତା’ର ମନେପଡ଼େ ଘର। ମନେପଡ଼େ ସାନୁ। ସେ ତା ପାଇଁ ପେନ୍‌ସିଲ କଟର କିଣେ, ନେଲ୍ ପଲିସ୍ କିଣେ, ଷ୍ଟିକର କିଣେ। ବହୁ ଜିନିଷ କିଣିକାଣି ସାଇତି ରଖେ। ବେଶୀ ମନେପଡନ୍ତି ବାପା ଆଉ ତାଙ୍କର ଉଦାସ, ଚୁପ୍‌ଚାପ୍ ଦୁଇଟି ଆଖି।

ଏମିତି ଘରଟିଏ ଥାଆନ୍ତା କି, ଯେଉଁ ଘରେ ଖାଲି ବାପା ଥାଆନ୍ତେ! ସେ ବାପାଙ୍କ କୋଳରେ ମୁହଁ ଗୁଞ୍ଜି ଶୋଇପଡନ୍ତା। ବାପା ଗପ କରୁ କରୁ ତା’ ମଥା ସାଉଁଲେଇ ଦିଅନ୍ତେ। ସେ ଭୁଲିଯାଆନ୍ତା ମିସ୍‌ମାନଙ୍କର ନାଲି ଆଖି, ହୋମ୍ ଟାସ୍କର ଜଞ୍ଜାଳ, ରୁବି, ଶୋଭାଙ୍କ ଗୋପନ ଈର୍ଷ୍। ଏବଂ ମେସ୍‌ର ଗୋଡିମିଶା ଭାତ ସାଙ୍ଗକୁ ଲାଲ୍‌ଆ ଡାଲି କଥା। ଶୋଇପଡନ୍ତା ଯେ ଶୋଇପଡନ୍ତା – ବହୁତ ବେଳ। ବାପା ପଚାରନ୍ତେ – ଆଇସକ୍ରିମ୍ ଖାଇବୁ ମାନୁ? ବାପା ଜାଣନ୍ତି ଆଇସକ୍ରିମ ଖାଇବାକୁ ମାନୁ ବହୁତ ଭଲପାଏ। ଛୁଟିରେ ଗଲେ ବାପା ତାକୁ ବହୁତ ଆଇସକ୍ରିମ୍ କିଣି ଦିଅନ୍ତି। ଘରକୁ ଫେରି ସେ ସାନୁକୁ କୁହେ – “ବାପା ମୋତେ ତିନିଟା ମଲେଇ ଆଇସକ୍ରିମ୍ କିଣି ଦେଲେ ଆଜି। ମଲେଇ ଆଇସକ୍ରିମ୍ କେତେ ଟେଷ୍ଟୀ ଜାଣିରୁ ନା?”

ପରେପରେ ଆରମ୍ଭ ହୋଇଯାଏ ମା’ର ଜିନିଷପତ୍ର ଫୋପଡ଼ା, ରୋଷେଇ

ବନ୍ଦ, ଡାଇନିଂ ସ୍ପେସ୍ ସୋଫା ଉପରେ ବିଛଣାପରା। ବାପାଙ୍କ ଚେହେରାରୁ ହସ ଲିଭିଯାଏ। ନୀରବରେ ସେ ରୋଷେଇ ଘର ଭିତରକୁ ପଶନ୍ତି।

ଧୀରେ ଧୀରେ ଅବଶ୍ୟ ଅଭିଜ୍ଞ ହେଉଥାଏ ମାନୁ। ଘରକୁ ଫେରି ସେ ଆଉ ସାନୁକୁ ଆଇସକ୍ରିମ୍ କଥା କୁହେନା। ମା' କିନ୍ତୁ କଥା ବାଁରେଇ ପଚାରେ – ବାପା ବଜାରରେ କ'ଣ କିଣିଦେଲେ ଖାଇବାକୁ? ମାନୁ ନ ଶୁଣିଲା ପରି ଚୁପ୍ ରୁହେ। ମା' ପୁଣି ପଡ଼େ ବାପାଙ୍କ ପଛରେ – ମାନୁକୁ ଆଜି ଆଇସକ୍ରିମ କିଣି ଦେଲନି କି?

ବାପା ବି ଏଡ଼େଇ ଯିବାକୁ ଚେଷ୍ଟା କରନ୍ତି କଥାଟି। ଅଶାନ୍ତି ସୃଷ୍ଟି କରିବାକୁ ମା'କୁ ଆରା ମିଳିଯାଏ। ଏବେ ବାପା ଯାଚିଲେ ବି ସେ ଆଇସକ୍ରିମ୍ ଖାଇବାକୁ ମନା କରେ। ବେଶୀ ବାଧ କଲେ କୁହେ – ମିସ୍ କହୁଥିଲେ, ଆଇସକ୍ରିମ୍ ଖାଇଲେ ଦାନ୍ତ ଖରାପ ହୁଏ। ଖରାପ ପାଣିରେ ତିଆରି ହୋଇଥାଏ ସେଗୁଡାକ। ବାହାନାଟି ବାପା ବୁଝି ପାରନ୍ତି କି କ'ଣ ତାଙ୍କ ମୁହଁଟି ଶୁଖିଯାଏ, ଯେଉଁଟାକୁ ମାନୁର ଭାରି ଡର। ସେ କୁହେ – ହଉ ଦିଅ ଗୋଟାଏ।

– "ତୁ ଏଥର ଘରକୁ ଯିବୁନି କି?" ରୁମ୍ ଭିତରକୁ ପଶିଆସି ପଚାରିଲା ନିମି।

– "ବାପା ଆଉ ଟିକକୁ ପହଞ୍ଚିବେ', ସମସ୍ତଙ୍କୁ ଦେବାପାଇଁ ସେଇ ଗୋଟିଏ ଉଭର ହିଁ ଥିଲା ମାନୁ ପାଖରେ।

– ମୋ ବାପା ଆଉ ଅଧଘଣ୍ଟା ଭିତରେ ପହଞ୍ଚିବେ। ଫୋନ୍ କରିଥିଲେ ବାଟରୁ। ଯା'ହେଉ ମେସ୍ ଘାଣ୍ଟ ତରକାରି ଖାଇବାରୁ ରକ୍ଷା ମିଳିଗଲା।

ମାନୁ ଚାହିଁଲା ନିମି ମୁହଁକୁ। ଖୁସିରେ ଉଚ୍ଛୁଲି ପଡୁଥାଏ ନିମି। କହିଲା – ପିଲାସବୁ ପଳେଇଲେଣି ବୋଲି ମେଟ୍ରୋନ୍ ବୁଢ଼ୀ ଯେତେସବୁ ପଚା, ପୋକା ପରିବା ଥିଲା ମିଶେଇ ଘାଣ୍ଟ ତରକାରି କରିବାକୁ କହିଛି ରୋଷେୟା ନନାକୁ। ମୁଁ ବାପାଙ୍କ ସାଙ୍ଗରେ ଢାବାରେ ଖାଇବି। ବାଟରେ ଗୋଟାଏ ଭଲ ଢାବା ପଡ଼ିବ। ସେଠି ରୁଟି ସାଙ୍ଗରେ ବଢ଼ିଆ ଅଣ୍ଡା ତଡ଼କା ମିଳେ।

ହସ୍ଟେଲରୁ ପିଲା କମିଲେ ଡାଲି ଆହୁରି ପାଣିଆ ହୁଏ। ରୋଷେୟା ନନା ସେଥିରେ ପେଜ ମିଶେଇ ଦିଏ। ତରକାରି ବନ୍ଦ ହୋଇଯାଏ। ଲାଲୁଆ ଡାଲି ସାଙ୍ଗକୁ ଥଣ୍ଡା ଚାଉଳିଆ ଭାତ ଆଉ ସେକା ପାଁପଡ଼। ବାପା କେତେବେଳେ ପହଞ୍ଚିବେ ମାନୁ ଜାଣେ ନାହିଁ।

– "ଆଉ ସବୁ କିଏ ଅଛନ୍ତି?" ମାନୁ ପଚାରିଲା।

– କିଏ ଆଉ? ନେହା ବାହାରୁଥିଲା ଯିବା ପାଇଁ। ତା' ବାପା ଗେଟ୍ ପାଖରେ

ଅପେକ୍ଷା କରିଥିଲେ। ଦେବୀଦ୍ୱାର ପିଲାୟାକ ଅପେକ୍ଷା କରିଛନ୍ତି। କାହା ବାପା ଗୋଟେ ଗାଡ଼ି ନେଇ ଆସିବେ। ସେଥିରେ ସମସ୍ତେ ଏକାଠି ଯିବେ।

– "ଘାଣ୍ଟ ତରକାରି ସବୁ କ'ଣ ମୁଁ ଏକା ଖାଇବି ?" ନିଜକୁ ପରିହାସ କଲା ପରି ପଚାରି ଦେଇ ମାନୁ ହସିଲା।

– "କାହିଁ ତୋ ବାପା କେତେବେଲେ ଆସିବେ କି ? ଫୋନ୍ କରିନାହାନ୍ତି ?" ନିମି ପଚାରିଲା।

–ବାପା ପହଞ୍ଚୁ ପହଞ୍ଚୁ ଡେରି ହେବ। ବାରଟା କି ଗୋଟାଏ। ଯେତେ ସକାଳୁ ବାହାରି ଥିଲେ ବି ବାରଟା ଆଗରୁ ପହଞ୍ଚ ପାରିବେନି। ଆମ ଘର ଏଠୁ ଦେଢ଼ଶହ କିଲୋମିଟର ଦୂର ତ !" ଉତ୍ତରଟା ନିମିକୁ ଦେଲେ ବି ଲାଗିଲା ଯେମିତି ସେ ନିଜକୁ ପ୍ରବୋଧନା ଜଣାଉଛି।

ନିମି କହିଲା – 'ଏଥର ଆମେ ସାଉଥ-ଇଣ୍ଡିଆ ବୁଲିଯିବୁ। କୋଡ଼ାଇ କେନାଲ... ବୃନ୍ଦାବନ ଗାର୍ଡେନ...ଆଉ କେଉଁ କେଉଁ ଜାଗା କଥା ବାପା କହୁଥିଲେ ମନେ ନାହିଁ। ମୁଁ ଗୋଟାଏ ଚନ୍ଦନ କାଠର ଗଣେଶ ମୂର୍ତ୍ତି କିଣିବି ଭାବିଛି। ଗୋଟେ ଚନ୍ଦନ ସେଣ୍ଟ ବି। ତୋ ପାଇଁ କ'ଣ ଆଣିବି ଆଗରୁ କହିଥା'।"

– ମୋ ପାଇଁ କିଛି ଆଣିବୁନି। ମୋର କିଛି ଦରକାର ନାହିଁ।

– କାହିଁ, ମୋ ଉପରେ ରାଗିଛୁ କି ?

ମାନୁ କେବେ ବି ବୁଲିଯାଏନା ବାପା ମା'ଙ୍କ ସାଙ୍ଗରେ। ହଷ୍ଟେଲରୁ ଘର। ଘରୁ ପୁଣି ହଷ୍ଟେଲ। ସେତିକି ତା'ର ପୃଥିବୀ। ବାପା ମା' ସାନୁକୁ ସାଙ୍ଗରେ ନେଇ ବୁଲିଯାଆନ୍ତି। ପଢ଼ାପଢ଼ି କଥା କହି ବାପା ପ୍ରତିଥର ତାକୁ ମନା କରନ୍ତି। ପଢ଼ାପଢ଼ି ନ ଥିଲେ ବି ମା' କୋଉ ତାକୁ ସାଙ୍ଗରେ ନେବାକୁ ରାଜି ହୁଅନ୍ତା ! ସେ ବୁଝିପାରେ ବାପାଙ୍କ ଅସହାୟତା। ତେଣୁ ଯିବାକୁ କେବେ ଜିଦ୍ କରେନା। ଫେରିଲା ବେଲେ ବାପା କେଉଁଠର ତା' ପାଇଁ ଆଣିଥା'ନ୍ତି କଲମଟିଏ ନ ହେଲେ ଫ୍ରକ୍ ଖଣ୍ଡେ। ମାନୁ ଜାଣି ଜାଣି ତାକୁ ସାନୁ ପାଇଁ ଛାଡ଼ି ଦେଇଆସେ। ବାପା ମା'ଙ୍କ ସାଙ୍ଗରେ ବୁଲିଯିବାର ସୁଯୋଗ ତା' ଭାଗ୍ୟରେ କେବେ ଜୁଟିବନି। ନିମିକୁ ଦେଲା ପରି ଜିନିଷ ସେ କେବେ ଆଣିପାରିବନି। ଅଯଥାରେ ତା'ଠାରୁ ନେବ କାହିଁକି ? କିନ୍ତୁ ଯେତେ ସାଙ୍ଗ ହେଲେ ନିମିକୁ କ'ଣ ଏକଥା କହି ହୁଏ ? ତାକୁ ଭୁଲେଇଦେବା ପାଇଁ ସେ କହିଲା – ମୁଁ ତ କେବେ ସାଉଥ-ଇଣ୍ଡିଆ ଦେଖିନି। ତୋତେ କ'ଣ ଆଣିବୁ ବୋଲି କହିବି କେମିତି ?

– "ହଉ ତୋ ପାଇଁ ଯାହା ଭଲ ମଣିଷ ପାଇବି ଆଣିବି। ଜିନିଷପତ୍ର ସଜାଡ଼ିବି ଯାଉଛି।

ବାୟ-ହାପି ନିୟୁ ଇୟର।" ନିମି ପଳେଇଲା ତା' ରୁମକୁ।

ମାନୁର ଇଚ୍ଛା ହେଲା ବାପାଙ୍କୁ ଥରେ ପୁରୀ ଯିବା ପାଇଁ କୁହନ୍ତା। ତିନି ବର୍ଷ ତଳେ ଷ୍ଟାଣ୍ଡାର୍ଡ ସେଭେନ୍ ପରୀକ୍ଷା ସରିବା ପରେ ବାପା ଥରେ ତାକୁ ପୁରୀ ନେଇଯାଇଥିଲେ କ'ଣ ଗୋଟାଏ ମାନସିକ ପୂରଣ କରିବା ପାଇଁ। ସେ କାଳେ ପେଟରେ ଥିଲା ବେଳେ ମା' ମାନସିକ କରିଥିଲା ତାକୁ ପୁରୀ ନେଇଯିବା ପାଇଁ। ମାନସିକ ପୂରଣ କରିବାକୁ ମା' ତ ରହିଲାନି। ବାପା ତାକୁ ସିଧା ସେହି ବୋର୍ଡିଂ ସ୍କୁଲରୁ ହିଁ ନେଇ ଯାଇଥିଲେ ପୁରୀ। ଟ୍ରେନ୍‌ରେ କଟକରୁ ପୁରୀ। ଜୀବନରେ ପ୍ରଥମ ଥର ପାଇଁ ମାନୁ ଟ୍ରେନ୍ ଦେଖିଥିଲା। ପ୍ରଥମ ଥର ପାଇଁ ଦେଖିଥିଲା ସମୁଦ୍ର। ଭାରି ମଜାରେ କଟିଥିଲା ଗୋଟାଏ ସପ୍ତାହ। ସେମାନେ କୋଣାର୍କ ବୁଲି ଯାଇଥିଲେ। ମାନୁ ଚନ୍ଦ୍ରଭାଗାରେ ଦେଖିଥିଲା ସୂର୍ଯ୍ୟୋଦୟର ଦୃଶ୍ୟ। ସମୁଦ୍ର ବାଲିରେ ବାଲିଘର ଗଢ଼ିଥିଲା। ମସଲା ମୁଢ଼ି ଖାଉ ଖାଉ ଲହରୀମାନଙ୍କୁ କହିଥିଲା – ମୋତେ ଛୁଁ – ମୋତେ ଛୁଁ। ଲହରୀ ଯେତେବେଳେ ସତକୁ ସତ ତା'ପାଦ ଦୁଇଟିକୁ ଓଦା କରି ଦେଉଥିଲେ କିମ୍ବା ତା' ବାଲିଘରକୁ ଭାଙ୍ଗି ଦେଉଥିଲେ, ଭାରି ମନ ଦୁଃଖ ହେଉଥିଲା ତା'ର। ଟିକେ ଦୂରରେ ବାପା ତାକୁ ଅପଲକ ଆଖିରେ ଚାହିଁ ବସିଥିଲେ ଚୁପଚାପ। ଯେମିତି ଜୀବନରେ ଆଗରୁ କେବେ ଦେଖି ନ ଥିଲେ। କ'ଣ ଭାବୁଥିଲେ କିଏ ଜାଣେ ?

ସେମାନେ ରହୁଥିଲେ ସମୁଦ୍ର କୂଳର ଗୋଟିଏ ହୋଟେଲରେ। ସେଠିକି ସମୁଦ୍ରର ଗର୍ଜନ ଶୁଭେ ସାପର ସୁ' ସୁ' ଗର୍ଜନ ପରି। ରାତି ହେଲେ ଲାଗୁଥିଲା ସମୁଦ୍ରରେ ଝଡ଼ ଉଠିଛି। ବଡ଼ ବଡ଼ ଲହରୀ କୂଳ ଟପି ହୋଟେଲ ଉପରକୁ ମାଡି ଆସିଲା ପରି ଜଣା ପଡୁଥିଲା। ଭୟରେ ସେ ବାପାଙ୍କ ଛାତିରେ ମୁହଁ ଗୁଞ୍ଜି ଦେଉଥିଲା। ତାକୁ କୋଳ ଭିତରକୁ ଟାଣି ନେଇ ବାପା ପଚାରୁଥିଲେ – "ହଷ୍ଟେଲରେ ରାତିରେ ତୋତେ ଡର ମାଡ଼େ କିଲୋ ମା' ?"

ହଷ୍ଟେଲରେ ମାନୁକୁ ଥରେ ଥରେ ସତରେ ଡର ଲାଗେ। ଖ୍ରୀଷ୍ଟିୟାନମାନଙ୍କର ସେହି ବୋର୍ଡିଂ ସ୍କୁଲରେ ରାତିରେ ଯେତେବେଳେ ସମସ୍ତେ ଶୋଇପଡନ୍ତି, ଚାରିଆଡ଼ ସେତେବେଳେ ଭାରି ଶୂନ୍‌ଶାନ୍ ଲାଗେ। ଦୂରରୁ ଶୁଭୁଥାଏ ଓ୍ୱାଚ୍‌ମ୍ୟାନ କୋଠାର ଭାରୀ ଶବ୍ଦ, କଫିନ୍ ପିଠିରେ କଣ୍ଟା ପିଟିଲା ପରି। ପାଚେରି ସେପଟ ଝଙ୍କା ଓସ୍ତଗଛ ଡାଲରୁ କିଏ ଗୋଟାଏ କୁହ୍ଣେଇଲା ପରି ଶୁଭେ। ପିଲାମାନେ କୁହାକୁହି ହୁଅନ୍ତି ଓସ୍ତଗଛରେ କାଳେ ସଲମନ ଏକ୍‌କାର ସ୍ତ୍ରୀ ଭୂତୁଣୀ ହୋଇ ରହୁଛି। ସଲମନ ଏକ୍‌କା ଆଉ ଥରେ ବାହା ହେବାକୁ କାଳେ ତା' ଆଗ ସ୍ତ୍ରୀକୁ ବିଷ ଦେଇଥିଲା। ବିଷର ମାତ୍ରା

କିମିଯିବାରୁ ତା' ସ୍ତ୍ରୀ ସହଜେ ମଲାନି । ଛେଲାଛେଲା ରକ୍ତମାଂସ ବାନ୍ତି କରି ଏମିତି କୁନ୍ଥେଇ ହେଉଥିଲା ତିନି ଦିନ, ତିନି ରାତି । ସେ ମରିଗଲା ପରେ ସଲମନ ଏକାକୀ ହାତେ ଲେଖାଏ ଲମ୍ବର କଣ୍ଟା ଆଣିଥିଲା କଫିନ୍‌ରେ ପିଟିବା ପାଇଁ । ଯେମିତି ତା'ର ସ୍ତ୍ରୀର ଭୂତୁଣୀ କେବେ କଫିନ୍ ଭିତରୁ ବାହାରି ଆସି ନ ପାରେ । କିନ୍ତୁ ସେ ଆଉଥରେ ବାହା ହେଲା ପରେ ଭୂତୁଣୀଟା କଫିନ୍ ଭିତରୁ କେମିତି କସି ଗଲା କେଜାଣି, ପ୍ରତି ରାତିରେ ଓସ୍ତଗଛ ଡାଲରେ ବସି ଏମିତି କୁନ୍ଥାଏ । ଭୟରେ ତକିଆରେ ମୁହଁ ମାଡ଼ି ଶୋଇପଡ଼ିବାକୁ ଚେଷ୍ଟା କରେ ମାନୁ । କିନ୍ତୁ ତା' ଆଖିକୁ ସହଜରେ ନିଦ ଆସେନା ।

ତା'ର ଖାଲି ମନେପଡୁଥାଏ ମା' କଥା । ତା' ମା' ଏମିତି ଭୂତୁଣୀ ହୋଇ କୋଉ ଓସ୍ତଗଛ ଡାଲରେ ବସି କଷ୍ଟରେ କୁନ୍ଥୋଉଥିବ କି ? କେମିତି ଥିଲା ମା' ଦେଖିବାକୁ ? ଘରେ ମା'ର କୌଣସି ଫଟୋ ନାହିଁ । ଅନେକ ଥର ସେ ମା'ର ଛବିଟିଏ ଆଙ୍କିବାକୁ ଚେଷ୍ଟା କରିଛି । କିନ୍ତୁ ଯେତେ କଳ୍ପନା ମିଶେଇ, ରଙ୍ଗ ଡବାରୁ ବାଛିବାଛି ଯେତେ ଉଜ୍ଜ୍ୱଳ ରଙ୍ଗ କାଢ଼ି ସେ ମା'ର ଛବି ଆଙ୍କିବାକୁ ଚେଷ୍ଟା କରିଛି, ପାରିନି । ଯେତେ ସୁନ୍ଦର କରି ଆଙ୍କିଲେ ବି ତା ମନକୁ ପାଇନି । ତା' ମା' ନିଶ୍ଚୟ ଛବିଠାରୁ ଅଧିକ ସୁନ୍ଦରୀ ହୋଇଥିବ । ଛବିଗୁଡ଼ାକ ଚିରି ସେ ପବନରେ ଉଡ଼େଇ ଦେଇଛି ।

ମା'ଯଦି ଭୂତୁଣୀ ହୋଇଛି, ଥରେ ଆସନ୍ତାନି ତା' ଆଗକୁ! ସେ କ'ଣ ଜାଣିପାରୁନି ମାନୁ ଏକା ହଷ୍ଟେଲରେ ଅଛି ବୋଲି ? ଏଠି ଶୋଇ ତା' କଥା ମନେପକାଉଛି ବୋଲି ? ଭୂତଙ୍କର ପରା କାଲେ ଲୁହାର ଆଖି! ସେମାନେ ପରା କାଲେ ସବୁ ଜାଣିପାରନ୍ତି! ତା' ଆଖିରୁ ଲୁହ ବୋହି ତକିଆ ତିନ୍ତିଯାଏ । ଲୁହରେ ଲୁହରେ କିଛିଁ ଉଠେଇ ଶୋଇପଡ଼େ ମାନୁ ।

ତା'ଠାରୁ କିଛି ଉତ୍ତର ନ ପାଇ ନିଜକୁ ନିଜେ କହୁଥିଲେ ବାପା– ପିଲା ଲୋକ, ରାତିରେ ଡର ତ ମାଡୁଥିବ ନିଶ୍ଚୟ ।

ଗୋଟାଏ ଦୀର୍ଘଶ୍ୱାସ ବାହାରି ଆସୁଥିଲା ତାଙ୍କ ଛାତି ଥରେଇ । ସମୁଦ୍ରର ସୁ' ସୁ' ଗର୍ଜନ ଠାରୁ ତାହା ଶୁଭୁଥିଲା ଦୀର୍ଘତର । ମାନୁ ଭାବୁଥିଲା ବାପାଙ୍କ ଛାତି ରୁଦ୍ଧ ହୋଇଯାଉଛି ସେ ଦୀର୍ଘଶ୍ୱାସରେ । ସେ ତାଙ୍କ ଛାତିକୁ ଆଉଁସି ଦେଇ କହିଥିଲା — ଏବେ ଥ୍ଲମ ଡର ମାଡୁନୁଁ କ'ଣ ଆଉ ଛୋଟ ପିଲା ହୋଇ ଅଛି ?

ବାପା ନୀରବ ରହୁଥିଲେ

ସମୁଦ୍ରର ଗର୍ଜନ ଶୁଣୁ ଶୁଣୁ ମାନୁ ଶୋଇ ପଡ଼ିବାକୁ ଚେଷ୍ଟା କରୁଥିଲା । ତା'ପରେ ଲାଗୁଥିଲା ବାପା କାନ୍ଦୁଛନ୍ତି ନିଃଶବ୍ଦରେ । ମନ୍ଦିର ଭିତରେ ନିଃଶବ୍ଦରେ ଯେମିତି କାନ୍ଦୁଥିଲେ ସେଦିନ । ରନ୍‌ବେଦୀ ଆଗରେ, ଚକାଡୋଲାଙ୍କୁ ଅନେଇ ଠିଆ ହୋଇଥିଲେ

ବାପା । ତାଙ୍କ ଆଗରେ ଠିଆ ହୋଇଥିଲା ମାନୁ । ଆଲଟି ହେଉଥିଲା । । ଚକାଡୋଳାଙ୍କୁ ଅନେଇ ମାନୁ ଭାବୁଥିଲା– ଜଗନ୍ନାଥଙ୍କ ଆଖ୍ ଦୁଇଟା କେଡେ଼ ବଡ଼ ବଡ଼ରେ ବାବା ! ନ ହେଲେ ଏଡେ଼ ବଡ଼ ପୃଥ୍ବୀର ସୁଖଦୁଃଖ ଦେଖନ୍ତେ କେମିତି ? କିନ୍ତୁ କାହାକୁ ଏମିତି ଧ୍ୟାନ କଲା ପରି ଚାହିଁଛନ୍ତି ସେ ?

ତାକୁ ?

ହେଲେ ତାକୁ କାହିଁକି ଚାହିଁବେ ଜଗନ୍ନାଥ ? ଜଗନ୍ନାଥଙ୍କର ଆଉ କିଛି କାମ ନାହିଁ କି ! ଚାହିଁଛନ୍ତି ବୋଧେ ବାପାଙ୍କୁ । ଧ୍ୟାନକ୍ଲାସରେ କଳା ବିନ୍ଦୁ ଆଡ଼କୁ ଯେମିତି ଏକଲୟରେ ଚାହିଁ ରହିବାକୁ ଶିଖନ୍ତି ମିସ୍, ସେମିତି ଏକଲୟରେ ଚାହିଁଛନ୍ତି ଜଗନ୍ନାଥ । ଥରେ ବି ତ ପଲକ ପକାଉ ନାହାନ୍ତି । ମାନୁ କିନ୍ତୁ ପାରେନା । ଯେତେ ଚେଷ୍ଟା କଲେ ବି କେଉଁ ଛଟକରେ ପଲକ ପଡ଼ିଯାଏ । ଜଗନ୍ନାଥ ନିଶ୍ଚେ ଜଣେ ବଡ ଯୋଗୀ ହୋଇଥିବେ । କେତେ ବଡ଼ ? ଭାବିଲା ବେଳକୁ ତା’ ଗାଲରେ ଖସିପଡ଼ିଲା ବଡ଼ ଟୋପାଏ ଲୁହ । ସେ ମୁହଁ ଟେକି ଚାହିଁଲା ବାପାଙ୍କୁ । ବାପାଙ୍କ ଆଖ୍ ଦୁଇଟା ବି ବଡ଼ ବଡ଼ ଦିଶୁଥିଲା । ଚକାଡୋଳା ପରି କି ତା’ ଠାରୁ ଆହୁରି ବଡ଼ । କ’ଣ ଦେଖୁଥିଲେ ବାପା ? ଆଖ୍ରୁ ଖସି ପଡ଼ୁଥିଲା ବରକୋଲି ପରି ବଡ଼ ବଡ଼ ଟୋପା ଲୁହ ।

ବାପା ସମସ୍ତଙ୍କୁ ଲୁଚେଇ ଲୁଚେଇ ପ୍ରତି ରାତିରେ ଏମିତି କାନ୍ଦନ୍ତି କି ? ହଷ୍ଟେଲରେ ଶୋଇ ଭାବେ ମାନୁ । ଆଃ, ତା’ର ଘରଟିଏ ଥାଆନ୍ତା କି ? ସେ ବାପାଙ୍କୁ ଆଣି ପାଖରେ ରଖନ୍ତା । ଅଫିସରୁ ଫେରିଲେ ତାଙ୍କୁ ଚା’, କଫି ବନେଇ ଦିଅନ୍ତା । ଫ୍ରିଜ୍ରେ ରଖନ୍ତା ଭଲିକି ଭଲି ମିଠା । ପ୍ରତିଦିନ ତାଙ୍କ ପାଇଁ ରାନ୍ଧି ଦିଅନ୍ତା ମାଛ ନ ହେଲେ ଚିକେନ୍ । ତାକୁ ଭଲ ରାନ୍ଧିଆସେ । କୁକିଂ କମ୍ପିଟେସନ୍ରେ ସେ ଏଥର ଫାଷ୍ଟ ପ୍ରାଇଜ୍ ପାଇଛି ସ୍କୁଲରେ ।

ସେମିତି ଘରଟିଏ ନାହିଁ ମାନୁ ପାଇଁ । ନିଜର ବୋଲି କହିବାକୁ ତା’ର କ’ଣ ଅଛି ଏଇ ହଷ୍ଟେଲ ବେଡ୍ ଖଣ୍ଡିକ ଛଡ଼ା । ଏ ବର୍ଷ ପରୀକ୍ଷା ପରେ ତାକୁ ଏଟା ବି ଛିଡିବାକୁ ପଡ଼ିବ । ପୁଣି ଆର ବର୍ଷ କୋଉ କଲେଜର କୋଉ ହଷ୍ଟେଲରେ ତାକୁ ନିଜ ପାଇଁ ଜାଗାଟିଏ ତିଆରି କରିବାକୁ ପଡ଼ିବ କିଏ ଜାଣେ ?

ରୋଷେୟା ନାନା ଆସି ଡାକିଲା, ଖାଇବ ଆସ ଦିଦି । ଆଜି ତମେ ଏକା । ଚଞ୍ଚଳ ଖାଇଦେଲେ ମୁଁ ଜିନିଷପତ୍ର ସଜାଡ଼ିବି ।

– ଆଉ ସମସ୍ତେ ପଲେଇଲେଣି ?

– ହଁ । ଦେବାଦ୍ୱାର ପିଲା ଥିଲେ ଯେ, ଏଇ ଟିକକ ଆଗରୁ ପଲେଇଲେ ।

– ନିମି ?

– ସେ ତ କେତେବେଳୁ ଗଲେଣି। ତୁମେ ଚଞ୍ଚଳ ଆସ। କହୁ କହୁ ରୋଷେୟା ନାନା ପଳେଇଲା ତଳକୁ।

ମାନୁ ଜାଣିଥିଲା, ତାକୁ ଛାଡ଼ି ସମସ୍ତେ ପଳେଇଥିବେ। ତା' ହେଲେ କାହିଁକି ସେ ପଚାରୁଥିଲା ଗୁଡ଼େଇ ତୁଡ଼େଇ ଏତେ କଥା? କ'ଣ ଶୁଣିବାକୁ ଚାହିଁଥିଲା ସେ? କ'ଣ ତା'ର ଇଚ୍ଛା? କେହି ଜଣେ ହେଲେ ଥାଉ, ତା' ସାଙ୍ଗରେ ସାଙ୍ଗ ହେବାକୁ?

ରୁମ୍‌ର ବାହାରି ଆସିଲା ମାନୁ। ଚାରିଆଡ଼ ଯେମିତି ଖାଁ ଖାଁ ଲାଗୁଛି। ଖାଇ ଗୋଡ଼େଇଲା ପରି। କ'ଣ କରିବ ସେ? ମେଟ୍ରୋନ୍ ବୁଢ଼ୀ ଶୋଇଥିବ ତା' ରୁମ୍‌ରେ। ଶୋଇ ଶୋଇ ବହି ପଢ଼ୁଥିବ, ନ ହେଲେ ଟି.ଭି. ଦେଖୁଥିବ। ଯିବ କି ତା' ପାଖକୁ? ନା, ଗଲେ ଏବେ ପଚାରିବ, ତୋ ବାପା କେତେବେଳେ ଆସିବେ ମାନୁ? ତୁ ଏଥର ବି ଘରକୁ ଯିବୁନି କି?

ଖାଇବାକୁ ତା'ର ମୋଟେ ଇଚ୍ଛା ନ ଥିଲା। ନାଲୁଆ ଡାଲିଥରେ ଭାତ ଦି' ଗୁଣ୍ଠା ଗୋଲେଇ କଷ୍ଟେ ମଷ୍ଟେ ସେ ଢୋକିଦେଲା। ଘାଣ୍ଟ ତରକାରି ଜମା ଛୁଇଁଲାନି। ନ ଖାଇଲେ ମେଟ୍ରୋନ୍ ବୁଢ଼ୀ ଅବିକା ବାର ଆଠୁ ତେର କଥା ପଚାରିବ। ସେ ବି ବାପାଙ୍କ ସାଙ୍ଗରେ ହୋଟେଲରେ ଖାଇବ। ଆଜି ରୁଟି ସାଙ୍ଗରେ ଚିକେନ୍ ଖାଇବାକୁ ଭାରି ଇଚ୍ଛା ହେଉଛି। ମେସ୍‌ରେ ମାସକୁ ଥରେ ଚିକେନ୍ ହୁଏ। ତା' ଭାଗରେ ପଡ଼େ ମୋଟେ ଖଣ୍ଡେ କି ଦି'ଖଣ୍ଡ।

ରୋଷେୟା ନାନା କହିଲା, ତୁମେ ତ ଜମା କିଛି ଖାଇଲନି ଦିଦି। ଆଗରୁ ଜାଣିଥିଲେ ମୁଁ ମୂଲରୁ ଚୁଲି ଲଗେଇନଥା'ନ୍ତି। ଏଇଷିଣା ଫୋପଡ଼ା ହେବ ସବୁ। ବୁଢ଼ୀ ଦେଖ୍‌ଲେ ପାଟି କରି ରାଜ୍ୟ କମ୍ପେଇବ।

ତାକୁ କିଛି ନ କହି ମାନୁ ଗେଟ୍ ବାହାରକୁ ଚାଲି ଚାଲି ଗଲା। ପିଲା ନ ଥିବାରୁ ଗେଟ୍ ଆଗ ଦୋକାନ ଦୁଇଟା ବି ବନ୍ଦ ହୋଇଗଲାଣି। ସେ ରାସ୍ତାକୁ ଅନେଇଲା, ଯେତେଦୂର ଆଖି ପାଇବ। ନା, ବାପା ଆସୁ ନାହାନ୍ତି। ଏତେବେଳ ଯାଏ କୁଆଡ଼େ ଗଲେ ବାପା?

ସେ କ'ଣ ଜାଣନ୍ତିନି, ମାନୁକୁ କେତେ ଏକୁଟିଆ ଲାଗୁଥିବ! ଯଦି ବାପା ନ ଆସନ୍ତି ଆଜି?

ଆଗକୁ ଆଉ ଭାବିପାରିଲାନି ମାନୁ। ଫେରିଆସିଲା ନିଜ ରୁମ୍‌କୁ। ବାତରେ ତା'ର ଦୃଷ୍ଟି ପଡ଼ିଲା ପ୍ରଜାପତିଟି ଉପରେ। ତପସ୍ୱୀଙ୍କ ପରି ସ୍ଥିର, ନିଷ୍ଚଳ ହୋଇ ବସିରହିଛି ସେମିତି। ଇଚ୍ଛାଗୁଡ଼ାକ ଏଇ ତପସ୍ୱୀ ପ୍ରଜାପତିଟି ପରି ସ୍ଥିର, ନିଷ୍ଚଳ ହୋଇ ଥା'ନ୍ତେ କି! ନା, ସେମାନେ ସବୁ ସେହି ଦୁଷ୍ଟ, ଅବାଧ ପ୍ରଜାପତିମାନଙ୍କ ଡେଣା ପରି ଚପଳ ଆଉ ବିଚିତ୍ର।

କିନ୍ତୁ ଏବେ ରୁମ୍ ଭିତରେ କ'ଣ କରିବ ମାନୁ ଏକା ଏକା ? ବାକ୍‌ଟାକୁ ଆଉ ଥରେ ସଜାଡ଼ିବ ? ବ୍ୟାଗ୍ ଖୋଲି ଦେଖ଼ିବ ଘରକୁ ନେବା ଜିନିଷସବୁ ଠିକ୍‌ରେ ରଖ଼ିଛି କି ନାହିଁ ?

ବାକ୍ସ ଖୋଲି ସଜାଡ଼ିଲା ବେଳେ ତା'ର ମନେପଡ଼ିଗଲା ବୁଣୁଥିବା ସ୍ୱେଟରଖଣ୍ଡକ କଥା । ନିଜେ ଗ୍ରାଫ୍ ତିଆରି କରି, ଘର ଗଣି ଉଠେଇ ସେ ବୁଣୁଥିଲା ଖଣ୍ଡେ ସ୍ୱେଟର ନିଜ ପାଇଁ । ମିସ୍, ରୁବି, ନେହା ଯେ ଦେଖ଼ିଲା ପ୍ରଶଂସା କରୁଥିଲା । ମିସ୍ କହୁଥିଲେ – "ପାଟର୍ନଟା 'ସରିତା' ମାଗାଜିନ୍‌କୁ ପଠେଇ ଦେ ମାନୁ । ନିଶ୍ଚେ ଫାଷ୍ଟ ପ୍ରାଇଜ ପାଇବୁ ।" ଟେଷ୍ଟ ପରୀକ୍ଷାରେ ବ୍ୟସ୍ତ ରହି ସେ ଏକରକମ ଭୁଲି ଯାଇଥିଲା ତା'କଥା ।

ମାନୁ ପାଇଁ ମା' ରକମ ରକମର ସ୍ୱେଟର ବୁଣିଦିଏ । ସେଥିପାଇଁ ସେ ବର୍ଷସାରା ସରିତା କିଣି ସାଇତି ରଖେ । ମାନୁ ପାଖରେ ମୋଟେ ଖଣ୍ଡେ ସ୍ୱେଟର । ତିନି ଚାରିବର୍ଷ ତଳେ କିଣି ଦେଇଥିଲେ ବାପା । ରଙ୍ଗ ଛାଡ଼ିଆସିଲାଣି । ଛୋଟ ବି ହୋଇଆସିଲାଣି ଦିନକୁଦିନ । ପିନ୍ଧିବାକୁ ଭଲ ଲାଗୁନି । ସ୍ୱେଟରଟା ସେ ନୂଆବର୍ଷ ଦିନ ଘରେ ପିନ୍ଧିବ ବୋଲି ବୁଣିଥିଲା । ବୁଣାବୁଣି ସରିଯାଇଛି । କେବଳ ବୋତାମ ଲଗେଇଦେଲେ ହେଲା । ବୋତାମ ବି କିଣି ସାରିଛି । ମାନୁକୁ କାମଟିଏ ଜୁଟିଗଲା । ବସି ବସି ସେ ବୋତାମ ସବୁ ଲଗେଇଲା ସ୍ୱେଟରରେ । ତା'ପରେ ପିନ୍ଧି ଠିଆହେଲା ବେସିନ୍ ପାଖ ମିରର୍ ଆଗରେ । ସତରେ ଭଲ ଦିଶୁଛି । ଏକଦମ ନୂଆ ପାଟର୍ନ । କିନ୍ତୁ କେଉଁଠି କେମିତି ଫାଙ୍କା ଫାଙ୍କା ଲାଗୁଛି ଟିକେ । ଦୁଇ ପାଖରେ ଦୁଇଟା ପ୍ରଜାପତି ଲଗେଇ ଦେଲେ ଭଲ ଦିଶିବ କି ?

କଣ୍ଟା ଆଉ ଉଲ୍ ଧରିବସିଲା ମାନୁ ପ୍ରଜାପତି ବୁଣିବା ପାଇଁ । ବାପା ତ ଆସି ନାହାନ୍ତି ଏଯାଏ । ବସି ବସି କ'ଣ କରିବ ସେ ? ବରଂ ପ୍ରଜାପତି ଦୁଇଟା ବୁଣି ଲଗେଇ ଦେଲେ ଭଲ ଦିଶିବ ସ୍ୱେଟରଟା । ସାନୁ ଦେଖ଼ ଭାରି ଖୁସି ହେବ । ତା'ପଛେ ପଛେ ଗୋଡ଼େଇବ ତା' ପାଇଁ ଦୁଇଟା ପ୍ରଜାପତି ବୁଣିଦେବା ପାଇଁ । ଗୋଡ଼ କଟାଡ଼ି ଘର ହୁଲୁସ୍ତୁଲ କରିବ – କେଉଁଠୁ ଶିଖ଼ିଲୁ ମୋତେ ଟିକେ ଶିଖ଼େଇ ଦେ । ମା' ଯେଉଁ ମାନ୍ଧାତା ଅମଲର ସ୍ୱେଟର ବୁଣିଛି, ସେଗୁଡ଼ା ପିନ୍ଧି ସ୍କୁଲକୁ ଯିବାକୁ ମୋତେ ଲାଜ ଲାଗୁଛି ।"

ମାନୁ ଖୁସି ହେବ ନିଜର କୃତିତ୍ୱରେ । ମା'ର ଅସାମଥର୍ୟରେ । ସାନୁର ଈର୍ଷାରେ । ସାନୁକୁ ସେ ମନେ ମନେ ଈର୍ଷା କରେ କି ? ହୋଇଥିବ !

ପିଲାଦିନୁ ମାନୁ ଦେଖ଼ି ଆସିଛି – ମା' ତାକୁ ମୁଣ୍ଡ କୁଞ୍ଚେଇଦିଏ । ହେଡ଼ କ୍ଲିପ୍ ଲଗେଇ ଦିଏ । ଭଲିକି ଭଲି ବିନ୍ଦି ଲଗେଇ ଦିଏ । ବାପାଙ୍କୁକୁହେ – "ସାନୁ ପାଇଁ

ଖଣ୍ଡେ ଲାଲ ରଙ୍ଗର ଫ୍ରକ୍ ଆଣ୍ଡନ। ମହାପାତ୍ରବାବୁଙ୍କ ଝିଅ ଯେମିତିକା ଫ୍ରକ୍ ପିନ୍ଧୁଛି। ତା'ଠାରୁ ଟିକେ ଛୋଟ ଛୋଟ ଫୁଲ ହୋଇଥିଲେ ଭଲ।" ବାପା ନ ଆଣିଲେ ତାଙ୍କ ସାଙ୍ଗରେ କଳି ଲଗାଏ। ଜିନିଷପତ୍ର ଫୋପଡ଼ାକଟଡ଼ା କରେ। ମାନୁ ଚାହିଁରହେ ସାନୁର ସୌଭାଗ୍ୟକୁ। ତା' ଆଖିକୁ ଲୁହ ଆସିଯାଏ। ଲୁହ ଲୁଚେଇବାକୁ ସେ ବଗିଚା ଆଡ଼େ ପଳାଏ। ବଗିଚାରେ ବସି ଭାବେ – ସାନୁଟା ଆଜନ୍ମ ସୁଖୀ। ତା'ର ମା ଅଛି। ଭଲିକି ଭଲି ବିନ୍ଦି ଅଛି, ଫ୍ରକ୍ ଅଛି, ସ୍ୱେଟର ଅଛି। ତା'ପାଖରେ ବାପା ଅଛନ୍ତି। ମାନୁ ପାଖରେ କିଛି ନାହିଁ। କିଛି ବି ନାହିଁ ସ୍କୁଲ ୟୁନିଫର୍ମ ଆଉ ରଙ୍ଗଛଡ଼ା ସ୍ୱେଟରଟି ଛାଡ଼ି। ମିସ୍ ଯେ କୁହନ୍ତି – ସୁଖ ଦୁଃଖ କେହି ଚିରନ୍ତନ ନୁହନ୍ତି! ଏଭ୍ଲି ଥିଂ ସାଲ ପାସ୍ ଆଓ୍ୱେ! ସୁଖ ବି ଦୁଃଖ ବି। କେବେ ତା'ର ଦୁଃଖ ଯିବ? କେବେ ମନ ଖୋଲି ହସିପାରିବେ ବାପା ଦିନର ଆଲୁଅ ପରି? କେବେ ମା'କୁ ମୋତେ ନ ଡରି ତାକୁ ପଚାରି ପାରିବେ – ଆଇସ୍କ୍ରିମ୍ ଖାଇବୁ ମାନୁ? କହ, କେତେଟା ଖାଇ ପାରିବୁ ଏକାଥରେକେ।

ସ୍ୱେଟରରେ ପ୍ରଜାପତି ଦୁଇଟି ଲଗେଇ ସାରି ମାନୁ ପିନ୍ଧିଲା ଏବଂ ଆଉ ଥରେ ଠିଆ ହେଲା ମିରର ଆଗରେ। ବଢ଼ିଆ ଦିଶୁଥିଲା ସ୍ୱେଟରଟା ଏଥର। ସାନୁ ଦେଖିଲେ ଗୋଡ଼ କଟାଡ଼ି ହେବ। ନା, ସେ ତାକୁ ଶିଖେଇଦେବ ପ୍ରଜାପତି ଗ୍ରାଫ୍। ବୁଝେଇଦେବ କେମିତି ଘର ଗଣି ଗଣି ବୁଣାଯାଏ ପ୍ରଜାପତି। ଟିକି ଭଉଣୀଟାକୁ ଗୋଟେ ଈର୍ଷା କ'ଣ?

କିନ୍ତୁ ବାପା ଏ ପର୍ଯ୍ୟନ୍ତ ପହଞ୍ଚିଲେନି କାହିଁକି? ସେ ଯାଇ ଥରେ ଫୋନ୍ କରି ପଚାରିବ କି? ଫୋନ୍ ବୁଥ୍ଟା କିନ୍ତୁ ସ୍କୁଲ ଗେଟ୍ ପାଖରୁ ବହୁତ ଦୂର। ମେଟ୍ରୋନ୍ ବୁଢ଼ୀ ଦେଖିଲେ ଆଖି ତାଲୁରେ ଖୋଷିଦେଇ ପଚାରିବ – "ଏକୁଟିଆ ତୁ ବଜାରକୁ ଯିବୁ? ତୋ ବାପା କେମିତି ଦାୟିତ୍ୱହୀନ ଲୋକ? ଆଚ୍ଛା ଝାମେଲାରେ ପକାଉଛନ୍ତି ମୋତେ। ତୁ ଆଉ ଟିକେ ବରଂ ଅପେକ୍ଷା କର। ମୁଁ ଯିବି ତୋ ସାଙ୍ଗରେ।"

କେତେବେଳେ ଆଉ ଅପେକ୍ଷା କରିପାରିବ ମାନୁ? ବ୍ୟାଗ୍, ବାକ୍ସ,ରୁମ୍ ସେ ଦୁଇ ତିନିଥର ଲେଖାଏଁ ସଜାଡ଼ି ସାରିଲାଣି। କ'ଣ କରିବ ଏବେ? କେତେବେଳେ ଘରୁ ବାପା ବାହାରିଥିବେ?

ମାନୁ ଜାଣେ – ମା' ଆଜି ସକାଳୁ ଜାଣି ଜାଣି ରୋଷେଇ କରିବା ଡେରି କରିଥିବ। ରୋଷେଇ ସରିଲା ବେଳକୁ ହଠାତ୍ ମନେପଡ଼ିଗଲା ପରି କହିଥିବ – "ଘରେ କାଲିଠାରୁ ସୁଜି ନାହିଁ। ସୁଜି ଆଣି ଦେଇଯାଅ। ନ ହେଲେ ସାନୁକୁ ଜଳଖିଆ କରିଦେବି କ'ଣ?" ବାପା କିଛି ନ କହି ବଜାର ଯାଇଥିବେ। ସେଠୁ ଫେରିଲେ ବରାଦ କରିଥିବ, ଛାତ ଉପରେ କୋଉଦିନୁ ଫୋଲ୍ଡିଂ ଖଟିଆଟା ପଡ଼ିଛି। ମୁଁ ଉଠେଇ

ପାରୁନି । ତାକୁ ସଜାଡ଼ି ରଖ୍‌ଦେଇ ଯାଅ । ତା'ପରେ ବରାଦ କରିଥିବ, ସାନୁକୁ ସ୍କୁଲରେ ଛାଡ଼ି ଆସ । କାମ ପରେ କାମ । ଯେମିତି ବାପା ମାସେ କି ଦି'ମାସ ପାଇଁ କୁଆଡ଼େ ଯାଇଛନ୍ତି । ମା'ର ବରାଦ ସରୁନଥିବ । ବାପାଙ୍କର କାମ ସରୁନଥିବ । ପାଟିତୁଣ୍ଡ ଭୟରେ କିଛି କହିପାରୁନଥିବେ ବାପା । ବରଂ ଜାଣି ଜାଣି କଅଁଲେଇ କଅଁଲେଇ କଥା କହୁଥିବେ । ଯେମିତି ମା' କିଛି ବି ଅନ୍ୟାୟ ବରାଦ କରିନି । ସେ କହିବା ଆଗରୁ ତାଙ୍କର ଏସବୁ କରିଦେବା ଉଚିତ ଥିଲା । ଶେଷକୁ ମୋଟରସାଇକେଲ ବାହାର କରି ବାପା ମାଗିବେ ଟଙ୍କା । ମା' ଯେତିକି ଦେଉଥିବ ବାପାଙ୍କ ମନକୁ ପାଉନଥିବ । ସେ ଆଉ ଶହେ କି ଦୁଇଶହ ଅଧିକ ମାଗୁଥିବେ । ମା' କହୁଥିବ– ଆଉ ଟଙ୍କା କ'ଣ ହେବ ? ନ ହେଲେ ମୋଟରସାଇକେଲ ଥୋଇଦେଇ ବସ୍‌ରେ ଯାଅ । କେତେ ବାଟ କି ?

ବାପା ମିଛ ବାହାନା ଯୋଡ଼ୁଥିବେ – ବାଟରେ ଗାଡ଼ିଟା ଟିକେ ମେକାନିକ୍‌କୁ ଦେଖାଇବାକୁ ଭାବୁଛି । କ୍ଲଚ୍‌ଟା ଠିକ୍‌ କାମ କରୁନି । ସାଇଲେନ୍‌ସର୍‌ଟା ବି ଶଢ କରୁଛି ବହୁତ । ଗିଅର ଅଏଲ୍ ବି ବଦଳା ହେବ ।

ମା' ବୁଝୁଥିବ ଏଗୁଡ଼ାକ ମିଛ ବାହାନା । ସେ କାଟି ଦେଉଥିବ –ଆର ମାସରେ ପରା ଗ୍ୟାରେଜରେ ସାତ ଶହ ଟଙ୍କା ଖର୍ଚ୍ଚ କରି ଗାଡ଼ି ସଜାଡ଼ିଥିଲ ?

ବାପା ଉପାୟ ନ ପାଇ ନୂଆ ବାହାନା ଖୋଜୁଥିବେ । ଡେରି ହେଉଥିବ ଘରୁ ବାହାରିବାକୁ ।

ମାନୁ ଜାଣେ ଏସବୁ । ଐକିକ ଧାରାର ଅଙ୍କ ପରି ଏହା ଭାରି ସହଜ । ପାହାଚ ପାହାଚ କରି ବିନା କଷ୍ଟରେ ମାନୁ ଓହ୍ଲେଇ ଆସିପାରେ ନିର୍ଣ୍ଣୟ ଉତ୍ତର ପର୍ଯ୍ୟନ୍ତ ।

କିନ୍ତୁ ସେ କରିପାରିବ କ'ଣ ? ଇଚ୍ଛାମାନେ କ'ଣ ଏ ତପସ୍ୱୀ ପ୍ରଜାପତିଟି ପରି ହୋଇଛନ୍ତି ? ସେମାନଙ୍କର ଡେଣା ତ ଯେତିକି ଚପଳ ସେତିକି ଚିତ୍ରିତ ।

ସାନୁ ପାଇଁ କିଣିଥିବା କମିକ୍ ବହି କାଢ଼ି ପଢ଼ିବାକୁ ମାନୁ ଚେଷ୍ଟା କଲା । କିନ୍ତୁ ବହିରେ ତା' ମନ ଲାଗିଲାନି । ପୃଷ୍ଠା ପରେ ପୃଷ୍ଠା ଓଲଟେଇ ସେ କେବଳ ଛବିଗୁଡ଼ାକ ଉପରେ ଆଖି ପହଁରେଇ ଗଲା । ବିଛଣା ବାନ୍ଧି ଦେଇ ବହୁତ ଭୁଲ କଲା ସେ । ଅବିକା ଟିକେ ସେ ଶୋଇପଡ଼ିଥାନ୍ତା । ବିଛଣା ଖୋଲି ଆଉ ଥରେ ବିଛେଇବାକୁ ତା'ର ଇଚ୍ଛା ହେଲାନି । ଯଦି ସାଙ୍ଗେ ସାଙ୍ଗେ ପହଞ୍ଚିଯାଆନ୍ତି ବାପା ? ବିଛଣା ବାନ୍ଧିବାକୁ ଆହୁରି ଡେରି ହେବ । ଏୟାର ବ୍ୟାଗ ଉପରେ ମୁଣ୍ଡ ଦେଇ ଚିତ୍ର ଦେଖୁଦେଖୁ ତା' ଆଖ୍ପତା ଦୁଇଟି କେତେବେଲେ ଲାଗି ଆସିଲା । ରୋଷେୟା ନନାର ଡାକରେ ନିଦ ଭାଙ୍ଗିଲା ମାନୁର । ବାହାରେ ଠିଆହୋଇ ରୋଷେୟା ନନା କହୁଥିଲା – ତୁମ ବାପା ଆସି ମେଟ୍ରୋନ ମାଡ଼ାମ ରୁମ୍‌ରେ ବସିଛନ୍ତି । ଶୀଘ୍ର ଆସ ।

ଝରକା ବାଟେ ମାନୁ ଚାହିଁ ଦେଖିଲା, ଖରା କେତେବେଳୁ ମଉଳି ଗଲାଣି। କିଏ ଫୋପାଡ଼ି ଦେଇ ଯାଇଥିବା ପଲିଥିନଟିଏ ପବନରେ ଉଡ଼ି ବୁଲୁଛି ଏଣେତେଣେ। ଗେଟ୍ ବାହାରେ ଠିଆ ହୋଇଛି ବାପାଙ୍କ ମୋଟରସାଇକେଲ। ଏୟାର ବ୍ୟାଗଟିକୁ କାନ୍ଧରେ ପକେଇ ସେ ଦଉଡ଼ିଆସିଲା ତଳକୁ।

ବାପା କିନ୍ତୁ ଯିବାକୁ ବ୍ୟସ୍ତ ହେଲା ପରି ଜଣାପଡ଼ୁନଥିଲେ ଆଦୌ। ମେଟ୍ରୋନ୍ ବୁଢ଼ୀ ସାଙ୍ଗରେ କ'ଣ କଥାବାର୍ତ୍ତା ହେଉଥିଲେ। ତାକୁ ଦେଖି ପଚାରିଲେ – ଶୋଇ ପଡ଼ିଥିଲୁ କି ମା' ?

ହଷ୍ଟେଲରେ ଏକୁଟିଆ ବସିବସି ଆଉ କ'ଣ କରିଥା'ନ୍ତି ଦିନସାରା ? ପିଲାସବୁ କିଏ କୁଆଡ଼େ ସକାଳୁ ଗଲେଣି। ହଷ୍ଟେଲ ଖାଲି ହୋଇଗଲେ କେମିତି କାନ୍ଦ ଲାଗେ ଜାଣିଛ ନା ?

ମାନୁ କିନ୍ତୁ ଏସବୁ କିଛି କହିପାରିଲାନି ବାପାଙ୍କୁ। କିଛି ବି। ସେ ଜାଣେ ଡେରିରେ ପହଞ୍ଚିବାରେ କିଛି ବି ଦୋଷ ନାହିଁ ବାପାଙ୍କର। ଯେତେ ଡେରି ହେଉ ପଛେ, ଆସି ପହଞ୍ଚିଲେ ତ ! ଘରକୁ ମୋଟରସାଇକେଲରେ ଏମିତି କେତେ ସମୟ ଲାଗିବ କି ? ସାନୁ ଶୋଇପଡ଼ିବା ଆଗରୁ ସେମାନେ ନିଶ୍ଚୟ ପହଞ୍ଚିବେ। ନ ହେଲେ ପେଡ଼ା ନାଁ ଶୁଣିଲେ ସାନୁ ନିଦରୁ ଉଠି ବସିବ।

– "ଚାଲ ଯିବା ବଜାରକୁ।" ମେଟ୍ରୋନ୍ ସାଙ୍ଗରେ କଥା ମଝିରେ ବାପା କହିଲେ।

ବଜାରକୁ କାହିଁକି ? ମନେ ମନେ ମାନୁ ଡରିଲା। ଆରମ୍ଭ ହେଲା କି ବାପାଙ୍କର ଐକିକ ଧାରାର ଅଙ୍କ ? ଯାହାର ନିର୍ଣ୍ଣୟ ଉତ୍ତର – ବୋର୍ଡ ପରୀକ୍ଷା। ଘରକୁ ନ ଯାଇ ହଷ୍ଟେଲରେ ପଢ଼ାପଢ଼ି କରିବା ଭଲ।

ତାକୁ ଚୁପ୍ ରହିବାର ଦେଖି ବାପା ପଚାରିଲେ – ତୋର କିଛି କିଣାକିଣି କରିବାର ନାହିଁ ?

– ଗଲା ବେଳେ ବାଟରେ କିଣିବାନି ?

– ତୁ କ'ଣ ଘରକୁ ଯିବାକୁ ସ୍ଥିର କରିଛୁ ?

ଏ ପ୍ରଶ୍ନର କୌଣସି ଉତ୍ତର ମାନୁ ପାଖରେ ନ ଥିଲା। ତାକୁ ଡର ଲାଗିଲା – ସେ ହୁଏତ ମେଟ୍ରୋନ୍ ବୁଢ଼ୀ ଆଗରେ କାନ୍ଦି ପକେଇବ। ସେ ପଦାକୁ ବାହାରି ଆସିଲା। ତା' ପଛେ ପଛେ ବାପା।

ମେଟ୍ରୋନ୍ ବୁଢ଼ୀ ପଛରୁ କହିଲା – ତାକୁ ବୁଝାନ୍ତୁ ; ସେ ରହିବାକୁ ରାଜି ହେଲେ ଖାଇବା ପିଇବାରେ କିଛି ଅସୁବିଧା ହେବ ନାହିଁ। ପୂଜା ଛୁଟିରେ ପୁଣି ମୁଁ ବୁଝିଥିଲି ନା ନାହିଁ।?

ପୂଜା ଛୁଟି ପନ୍ଦର ଦିନ ପାଇଁ ବାପା ମେଟ୍ରୋନ୍ ବୁଢ଼ୀଙ୍କୁ ଦେଇଯାଇଥିଲେ ପାଞ୍ଚ ଶହ ଟଙ୍କା। ମେଟ୍ରୋନ୍ ବୁଢ଼ୀ କିନ୍ତୁ ପ୍ରତିଦିନ ଖାଇବାକୁ ଦେଉଥିଲା ପଖାଳ ସାଙ୍ଗରେ ବାଇଗଣ ଭରତା ନ ହେଲେ ଦି'ଖଣ୍ଡ ଆଚାର। ମାନୁ ମୁଣ୍ଡରେ କିନ୍ତୁ ସେସବୁ କିଛି ପଶୁନଥିଲା। ବାପାଙ୍କ ଐକିକ ଧାରା ଅଙ୍କ ଭିତରେ ସେ ରୁନ୍ଧି ହୋଇପଡ଼ିଥିଲା। ଯଦିଓ ନିର୍ଣ୍ଣୟ ଉତ୍ତରଟି ସେ ଜାଣେ।

ମାନୁ ଠିଆ ହୋଇଥିଲା ଗୋଟାଏ ଟଗରଗଛ ତଳେ। ବାପା ତା' ପାଖରେ ଠିଆହୋଇ ଅୟଥାରେ ସେ ଗଛରୁ ପାଚିଲା ପତ୍ର ଛିଣ୍ଡେଇ ତଳେ ପକାଉଥିଲେ। ହୁଏତ ସାହସ ଖୋଜୁଥିଲେ ମାନୁକୁ ନିର୍ଣ୍ଣୟ ଉତ୍ତରଟି କହିବା ପାଇଁ। ତାଙ୍କ ମୁହଁ ଦିଶୁଥିଲା ମେଟ୍ରୋନ୍ ବୁଢ଼ୀ ଭରତା ପାଇଁ ଚକଟୁଥିବା ସିଝା ବାଇଗଣ ପରି। ବାଟ'ସାରା ଐକିକ ଧାରାର ଅଙ୍କଟି ସେ ଘୋଷି ଘୋଷି ଆସିଥିବେ।

ମାନୁ ଯଦି ରାଜି ନ ହୁଏ .... ଡରି ଯାଇଥିବେ ବାପା। ଡରି ଯାଇଥିବେ - ପୁଣି ଅଶାନ୍ତି, ପୁଣି ଜିନିଷପତ୍ର ଫୋପଡ଼ା କଚଡ଼ା, ପୁଣି ରୋଷେଇ ବନ୍ଦ, ପୁଣି ଡାଇନିଂ ସ୍ୱେସରେ ଗୋଡ ଭାଙ୍ଗି ଠିଆହେବା। ବାପା ଡରି ଯାଇଥିବେ ଖ୍ରୀଷ୍ଟିୟାନମାନଙ୍କ ବୋଡିଂ ସ୍କୁଲ ହଷ୍ଟେଲରେ ରାତିରେ ସେ ଡରିଲା ପରି, କିମ୍ୱା ତା' ଠାରୁ ଆହୁରି ବେଶୀ।

ଆହା, କେତେ ଦୟନୀୟ ତା'ର ବାପା! ଏ ନିଛାଟିଆ ହଷ୍ଟେଲଠାରୁ ବି କେଡ଼େ ଦୟନୀୟ! କେତେ ଆଉ ଦୋଷ କଲା ପରି ଗୋଡ଼ ଭାଙ୍ଗି ଠିଆ ହେବେ ଡାଇନିଂ ସ୍ୱେସରେ, ମେଟ୍ରୋନ୍ ଆଗରେ ପୁଣି ମାନୁ ଆଗରେ ? ସେ ଚାହିଁଲା ବାପାଙ୍କ ମୁହଁକୁ। ତାଙ୍କ ଆଖି ଦୁଇଟା କ୍ରମେ ବିସ୍ତାରିତ ହେବାକୁ ଲାଗିଥିଲା। ମାନୁକୁ ଡର ଲାଗିଲା। ଆଉ ଟିକକୁ ହୁଏତ ବାପାଙ୍କ ଆଖି ସ୍ଥିର, ଅପଲକ ପାଲଟି ଯିବ। ନିଷ୍ପନ୍ଦ, ନିସ୍ତବ୍ଧ, ନିର୍ବାକ ଚକାଢୋଲା। ବାହାରକୁ ଯେତେ ଅବିଚଳିତ ଦିଶୁଥିଲେ ବି ତା' ପଛରେ ବହୁଥିବ ଗୋଟିଏ ଅବିଶ୍ରାନ୍ତ ଝଡ଼। ସେ ଝଡ଼ ସମୁଦ୍ରର ଗର୍ଜନଠାରୁ ଆହୁରି ଅବିଶ୍ରାନ୍ତ, ଆହୁରି ଉଦ୍‌ବେଳନମୟ। ଗୋଟାଏ ଆବେଗରେ ଧରି ପକାଇଲା ସେ ବାପାଙ୍କ ହାତ। ଘୋଷଣା କଲା ଐକିକ ଧାରା ଅଙ୍କର ନିର୍ଣ୍ଣୟ ଉତ୍ତର - ବୋର୍ଡ ପରୀକ୍ଷା ଆଉ ଦୁଇ ମାସ। ମୁଁ ଘରକୁ ଯିବିନି। ମେଟ୍ରୋନ୍ ମାଡ଼ାମ ତ ଖାଇବା ପିଇବା କଥା ବୁଝିବେ କହିଛନ୍ତି।

କିନ୍ତୁ ହଠାତ୍ ତା' ମୁହଁରେ ଝରି ପଡ଼ିଲା ବରକୋଲି ପରି ଦୁଇଟି ବଡ଼ ବଡ଼ ଟୋପା ଲୁହ। ଏଥର ବି ସେ ମୁହଁ ଉପରକୁ ଉଠେଇ ଦେଖିଲା। ବାପା କାନ୍ଦୁଛନ୍ତି, ଚକାଢୋଲାଙ୍କ ଆଗରେ କାନ୍ଦିଲା ପରି।

ସେ କହିଲା - "ପରୀକ୍ଷା ସରିଲେ ମୁଁ ଯିବିନି କି ? ତୁମେ କାନ୍ଦୁଛ କାହିଁକି ?"

ବାପା କିଛି କହିଲେନି। କିଛି ବି କହିପାରିଲେନି ପଦେ ଯିବା ପର୍ଯ୍ୟନ୍ତ। ମାନୁ ବ୍ୟାଗ୍‌ରୁ କାଢ଼ିଦେଲା କମିକ୍ ବହି, ପେନ୍‌ସିଲ୍ ବାକ୍, କଣ୍ଢେଇ, ସ୍ବେଟର ଖଣ୍ଡେ ବି। କହିଲା – “ସାନୁ ପାଇଁ ବୁଣିଥିଲି। ତାକୁ କହିବ, ନୂଆବର୍ଷ ଦିନ ପିନ୍ଧିବ ଆଉ ବହୁତ ବେଲୁନ୍ ଟଙ୍ଗେଇ ଘର ସଜେଇବ। ଯେମିତି ଦିଶେ ଗ୍ରୀଟିଂସ କାର୍ଡର ଏଇ ଘର ପରି।” ବହି ଭିତରୁ ବାହାର କରି ସାନୁ ପାଇଁ ବନେଇଥିବା ଗ୍ରୀଟିଂସ୍ କାର୍ଡ ଖଣ୍ଡେ ସେ ବଢ଼େଇଦେଲା ବାପାଙ୍କ ହାତକୁ।

ବାପା ଆଉ ପଛକୁ ନ ଚାହିଁ ଏକାଥରକେ ପଲେଇଲେ ମୋଟର ସାଇକେଲ ପାଖକୁ। ମାନୁ ବି ପଛକୁ ନ ଚାହିଁ ଫେରିଆସଲା ତା’ ଏୟାର ବ୍ୟାଗ୍ ଓହ୍ଲେଇ।

ବାଟରେ ପୁଣି ଥରେ ଦେଖା ହେଲା ତପସ୍ବୀ ପ୍ରଜାପତି। ମାନୁ କହିଲା – “ଭଲ ହେଲାରେ ପ୍ରଜାପତି! ମୁଁ ପଲେଇଥିଲେ ତୋତେ ଏକୁଟିଆ ଲାଗିଥା’ନ୍ତା। ତୋ ପାଇଁ ନୂଆବର୍ଷରେ ମୁଁ ଘରଟିଏ ତିଆରି କରିଦେବି।”

ରୁମ୍‌କୁ ଫେରିଆସୁଥିଲା ମାନୁ। କିନ୍ତୁ ହଠାତ୍ କ’ଣ ମନେ ପଡ଼ିଗଲାପରି ପଛକୁ ଫେରିଯାଇ କହିଲା – “ନାଇଁରେ, ଆଗ ତୋ ପାଇଁ ମା’ର ଛବିଟିଏ ଆଙ୍କିଦେବି। ମୋର ସବୁ କଳ୍ପନାକୁ ମିଶେଇ, ଦୁନିଆର ସବୁଠାରୁ ଉଜ୍ଜ୍ବଳ ରଙ୍ଗ ବାଛି ମୁଁ ତୋ ପାଇଁ ଆଙ୍କିଦେବି ମା’ର ଛବି। ମା’ ନ ଥିଲେ କି ଘର?”